G

咕
噜
GuRu

周励

著

亲吻世界

——曼哈顿手记

Exploring the World

上海三联书店

贝里琉战役遗址的尼米兹石碑

马赛马拉大草原热气球升空

肯尼亚：辛巴狮王的浪漫时光

情燃埃及：倔强的沙漠骆驼

枫丹白露中国馆最初是欧仁妮皇后（Empress Eugenie）
的私藏馆，不少珍藏品来自圆明园

圣彼得堡的叶卡捷琳娜宫，十二月党人妻子
去西伯利亚寻找丈夫的出发地

北极之北：如梦如幻北极熊

帝企鹅日记：爱在零下 80 度

乘坐俄罗斯 50 年胜利号核动力破冰船抵达北极点

踏着探险先驱的足迹逐梦南极点

生命在高处：滑翔伞横越马特洪峰

▲ 作者航拍珠峰旗云

北极彩虹：从北极点破冰船飞往北极探险史上著名的约瑟夫岛

序　言

陈思和

　　周励在新冠病毒肆虐狂欢、死神挥镰频繁收割之至暗时刻，独坐窗前，遥想当年，奋笔疾书，从子夜到晨曦微露，心潮澎湃，战火纷飞的历史镜头，无数冤魂的惨淡呼喊，凝聚在她的心脏、血管、手指、键盘、屏幕……汇集成一篇篇生命文字，构筑起现在耸立于读者眼前的这一本新书：《亲吻世界》。

　　这本书的书名给人一个错觉，会误以为这是一本世界文化旅行的指南，但不是。周励的文字颠覆了那种期待：旅游将会带来食色、猎奇、惊险等令人愉快的享受；我们阅读周励的文章需要有足够精神准备，准备承受那种心灵的冲击，它逼迫我们重新穿越时间隧道，再去体验一场场地狱般的血与火的生死考验。

　　这种冲击来自人类的理性精神。尤其是第一部分《被遗忘的炼狱：跳岛战役探险录》的六篇作品，被"遗忘"其实是被忽略，我们以往忽略了盟军为赢得太平洋战争所付出的巨大牺牲，同时也忽略了日本军国主义者被洗脑以后所遭遇的巨大牺牲。在世界战争的疯狂情绪支配下，狭隘的民粹主义者、军国主义者、复仇主义者，甚至打着爱国主义旗号的形形色色被洗脑者乌云密布，猖獗一时，他们的鼓噪声弥漫世界,而这个时刻,真正清醒的理性主义者最难坚守自己的精神阵地。就如第一次世界大战中,真正的英雄不是成千上万唱着战歌赴死的烈士们,而是法国作家、《约翰·克里斯朵夫》的作者罗曼·罗兰,他祭出了"超越混乱之上"的人道主义标杆,为狂热的世人挽回一点做人尊严。周励传承了罗曼·罗兰的理性精神,对于第二次世界大战的太平洋战争,她踏遍跳岛战役遗址,翻阅历史文献无数,写下了毫不煽情的文字:

> 从1941年12月7日到1945年9月2日,太平洋战争中盟军(包括中国)超过400万军人阵亡,2500万平民死亡;而轴心国超过250万军人阵亡,500万平民死亡。二战,给今天的人们带来太多的思考:以史为镜,以史为鉴。

战争当然有正义与非正义之分。周励的理性精神还表现在她对历史人物在具体历史环境下的复杂性做出了清醒的判断。麦克阿瑟是太平洋战争的主帅,代表了正义的一方,书中写到密苏里战列舰上的受降仪式,麦克阿瑟与尼米兹出场时:"高大帅气的两人一起雄赳赳走向主会场",作家忍不住加了一句:"真爱死他们了"。但是紧接着写到由于麦帅在战争中的错误决策导致大批美国士兵牺牲的时候,作家又冷冰冰地添上一句:"现在,麦克阿瑟终于回来了。但是,一将功成万骨枯。"后一句话在中国文化的语境下,潜在的意思真是太丰富了。战争是残酷的,即使正义的一方,也可能在错误决策下牺牲许多鲜活的生命。对于太平洋战争中另外一个主帅尼米兹,作家赞扬有加,情有独钟,但这并非因为尼米兹是太平洋战争的常胜将军,而是他在贝里琉战役日军墓园的入口处竖起了一块用英文书写的碑,显示了"在败者面前,王者的谦虚,对失去生命的悲悯与对军事专业领域勇猛同行的敬佩,都放射着人格与教养的魅力光芒"。

很显然,面对众说纷纭的历史,作家有着明确的态度、立场和爱憎。也许有人会质疑我的说法：罗曼·罗兰是在一次大战的混乱之中祭出理性的武器来警告世人，而周励则是在回顾半个多世纪以前的历史，有可比性吗？我的回答是当然有可比性，周励确实是站在当下的立场上回顾历史，但是"以史为镜、以史为鉴"的环境和功能没有改变，正如作家在书中写到纽约的疫情：

> 一个0.1微米的诡异病毒，居然成为压弯海霸巨舰的一根稻草，"罗斯福号"停靠在我熟悉的关岛，几年前我实地探访了太平洋战争关岛战役遗址，对那里很有感情。新冠病毒COVID－19大摇大摆，无孔不入，环球肆虐。纽约12万人感染1万余人罹难，医院的走廊摆满了包裹着橘色尸袋的罹难者遗体，形同炼狱。勇敢战斗在第一线的纽约市医护人员一个个病倒，即使大难不死的痊愈者也立即重返前线。截至复活节，全球公开报道因新冠去世的娱乐名人已经达到61位。他们临终前都像林正斌教授那样呼喊着"救救我"，撕心裂肺的悲恸笼罩全球。

在这短短的一段话里，已经涉及中美两国以及世界各地的疫情，那还是复活节前夕的记录，而在我写这篇序言的时候（7月17日北京时间下午5点），美国被感染的人数已经是369.5302万（其中治愈人数167.9749万，死亡人数累计14.1118万）；全世界被感染的人数超过1387万，死亡人数超过了58万，严重问题是疫情还在继续蔓延，疫苗还在一次次艰难的试验中。这难道不是全人类所遭遇的一场残酷战争吗？法西斯也是一种细菌，在混乱中产生的绝望迷茫、恐怖暴力以及种种愚昧狂妄、散布仇恨的情绪，都是腐蚀人类健康的病毒。周励回首当年二战的恐怖与正义之较量，要用人道的理性与坚定的自信来激励黑暗中的人们，正如她引用尼米兹的名言所说：信心是黑暗中的灯塔。

周励是一个传奇式的人物。在这本内容很厚重的书中，她满怀深情地描写了二战期间一个个辉煌人物，以及千百万游荡在太平洋怒涛之上的冤魂亡灵。当然，书中第一部分写太平洋战争的文字仅仅占全书的四分之一，书中更多的篇幅是放在作家最近七八年在世界各地的揽胜与探险之上，但那也绝不是普通的旅游，我们只要读一下作家自述（我做过一点删节），便可理解这本书的分量：

2010 年最美的事是上海世博会，手术后第 10 天我在家人照顾下参加了上海市世博会最后的闭幕活动。……

2012 年 1 月 13 日星期五，术后一年两个月，我和妹妹在罗马梵蒂冈爬了 300 个顶层阶梯抵达圣彼得大教堂的穹顶，向米开朗基罗致敬，然后我们登上歌诗达协和号豪华邮轮。我和妹妹死里逃生……同年 11 月乘坐"银海号"和香港唐英年夫妇首次探险南极，从此一发不可收，萌发了对南、北极探险的巨大热情，我开始对欧美探险史英雄时代进行实地追踪。

2013 年，与好友们乘坐"银海号"探险北极斯瓦尔巴群岛，首次在北冰洋跳水冰泳，坐冲锋艇祭拜百年前因北极探险气球坠落而罹难的瑞典科学家安德烈，探访挪威探险家阿蒙森的特罗姆瑟北极探险博物馆。

2014 年，在古巴寻找海明威，在普罗旺斯寻找梵高，在波尔多寻找孟德斯鸠，在伦敦寻找丘吉尔，在加拉帕戈斯群岛寻找达尔文，游弋海底与海狮共舞，浮潜印度洋，太平洋，大西洋和加勒比海。乘滑翔伞巡游……

2015 年，去帕劳浮潜发现贝里琉战役遗址和尼米兹石碑，继而环绕太平洋八万里，跑遍燃烧的太平洋跳岛战役遗址，开始酝酿撰写《被遗忘的炼狱：跳岛战役探险录》……

2016 年，探险南极三岛，来到梦魂萦绕的沙克尔顿墓地，向先辈鞠躬致敬；乘坐俄罗斯核动力破冰船抵达北极点，在北纬 90 度冰海第二次跳水冰泳，第五次探索美国阿拉斯加冰川。同年重返西藏，探访绒布寺马洛里遗迹,攀登珠峰大本营。

2017 年,攀登瑞士阿尔卑斯山马特洪峰,艰难无比,特别是肺活量不足,但终于实现梦想。同年从纽约飞智利蓬塔雷纳斯,乘伊尔－76 远征南极联合冰川,换乘 BT－67 小飞机抵达人类最后的梦想之地——南极点,向挪威探险家阿蒙森和英国探险家斯科特鞠躬致敬。同年攀登秘鲁印加古城遗址马丘比丘,探访智利复活节岛。

2018 年,……从纽约再飞阿根廷,开始第四次南极探索,在南极期间与"雪龙号"南极第 34 次科考队总领队和首席科学家保持密切联系。酝酿电影文学剧本《南极大救援》。

同年参加波兰、捷克、匈牙利、菲律宾、印尼海外作家文学活动。参访巴尔干半岛九国。

2019 年,第三次来到瑞士阿尔卑斯山马特洪峰,乘滑翔伞在约4000 米高空横穿马特洪峰,惊心动魄又热血沸腾。同年参加法兰克福的欧华文学国际研讨会,与文友一起游历欧洲,活动结束后,独自去巴黎奥维尔小镇寻找梵高人生最后 70 天的足迹。深夏乘坐邮轮第三次探索北极圈,探访中国极地中心冰岛中冰联合北极考察站……

2010 年是周励的本命年。那一年她经历了一场大手术,幸无大碍。以后的十年里,她三次北极探险,四次南极探险,还多次登上阿尔卑斯山,攀登马特洪峰和西藏珠峰大本营,浮潜于印度洋、太平洋、大西洋和加勒比海……这期间还夹杂着极其繁忙的访问、寻找、读书、查阅资料、写作、开会活动……这样的生活方式,仅仅是出于对旅游的喜爱吗?当然不是,那是探险,是向自己的生命极限挑战,向自己的意志挑战,她要证明的是人之所以为人的高贵和百折不挠。据说我们现在被处在一个小时代,人们是以做"小"来证明自己的生存智慧,而周励则用她的探险毅然决然地打破了庸常之辈的所谓"理想"。我们虽然在严酷的疫情下蜗居斗室不敢、或不能越雷池一步,但我们内心的渴望不能不被周励热烈的文字以及强大的生命节奏所激发。

再进一步说，周励也不是在做纯粹的探险，她不是简单地为探险而探险，更不是仅仅为了证明自己的生命能量，她在这十年中穿梭般的探险实践，是被一股巨大的人文力量所推动，催促她去解读历史留存的谜点。她为自己能在帕劳贝里琉岛上发现尼米兹石碑而激动不已，为自己在美国国家档案馆里找到两张《硫磺岛插上星条旗》的照片、破解了插旗战士之谜而欣喜若狂，甚至她在巴黎奥维尔小镇寻找梵高人生最后70天的期间，用身体力行的跑步去体验梵高死亡的真相……这些片刻的描写给我留下深刻印象。这本书的文字描写中，对历史之谜的探讨，比探索自然的奥秘和生命的奥秘，似乎更加引人入胜。

读了这本书稿我才了解到，周励当年赴美留学，是我的导师贾植芳先生写的推荐，1985年先生以复旦大学图书馆馆长的身份鼓励周励出国深造。周励起初被美国纽约州立大学录取，攻读比较文学学位，后来改读商学院，由此走上"曼哈顿的中国女人"之路。一晃三十五年过去了，周励依然是一个富有人文情怀的作家，她在用生命来实践和追求自己一生的理想。

愿读者与我一样，从这本书里获得许多激励人生的启迪。是为序。

2020年7月17日于海上鱼焦了斋

Contents

目录

Part 02 亲吻世界：镌刻在心灵岩洞上的壁画

自序

请与我同行

当生活变得苦涩，友谊从身边溜走，孩童也不再相伴我们左右，我们还可以与莎士比亚和歌德一起坐在桌边，和拉伯雷一起嘲笑世界，和叶芝一起欣赏秋日的美丽，这是一些向我们奉献了最好事物的忠实朋友，他们从不要求回报，却永远等待我们的召唤。

——威尔·杜兰特，《历史上最伟大的思想》

亲爱的读者，如果你爱好文学艺术和历史，爱好户外运动和探险，请与我同行——到一个与人类辉煌历史进行对话的安静世界去。我相信，你会因为心灵的盛宴而狂喜，因被天堂之光照射而陶醉，因与久违了的伟人相逢而重新唤起巨涛般的激情。

歌德曾怀着敬意把历史称为"上帝的神秘作坊"。时光荏苒，从1985年携带40美元赴美自费留学，至今我已在纽约生活了35年，亲眼见证了中国的改革开放和经济崛起。曼哈顿有我的奋斗青春和燃情岁月。从曼哈顿出发，我追随自己的梦想游历了世界130多个国家，探险南极点、北极点，探索珠峰和攀登马特洪峰。在风雪行旅和日夜兼程的难忘时光中，那些历史上撼人心弦的时刻，譬如斯科特和阿蒙森的南极点竞赛，那些从希罗多德开始一代又一代历史学家与探险家伟大的发现与不懈追求，一直激励我前行。

本书是我在纽约疫情期间书写和整理的作品，记得早春二月时，白天我与北美文友一起为武汉各医院张罗募捐运送口罩防护服，晚上万籁俱寂，我打开电脑开始写作，时常心潮澎湃地写到晨曦微露。直到窗外渐现万道霞光，我依然沉浸在生命片段的回忆里。美国发生疫情纽约封城后，虽然每天忧心忡忡，但有了更充分的写作时间。

第一部分是二战历史散文系列《被遗忘的炼狱：跳岛战役探险录》，主要根据近年来我对跳岛战役进行的实地考察而写。说是探险，因为时而浮潜海底"战争坟墓"，时而须雇直升机或单人小飞机飞往小岛，浓雾大风与突降暴雨都带来心理挑战，是名副其实的历险记。我先后踏上了贝里琉岛、塞班岛、天宁岛、关岛、冲绳岛、科雷吉多岛、吕宋岛等太平洋战争遗址，怀着震惊与感伤，我像考古学家一样仔细发掘历史上或有或无记载的实物与事件，并去华盛顿海军陆战队硫磺岛战役博物馆和美国国家档案馆考证核查，为的是探讨战争原貌中的人性及狼性，有时甚至是人性至狼性的转换，解开鏖战杀戮背后不为人知的隐秘。六篇系列散文在微信公众号陆续发表后，引起史学界和文学界人士的较大反响，我的学者作家朋友李天纲、韩钢、沈志华、金光耀、金大陆、陆士清、汪澜、卢新华、苏炜、葛公兵、陈公仲、陈瑞琳、少君、北奥、陈屹等先后发表了激情洋溢的点评和感言，经济学家孙恒志和南大教授刘俊还动情地写了诗。他们惊讶我在贝里琉岛战役遗址发现的尼米兹石碑，同时因这块石碑所揭示的"在败者与炼狱面前，王者的谦虚、对失去生命的悲悯与对军事专业领域勇猛同行的敬佩，都放射着人格与教养的魅力光芒"而深感震撼。

第二部分收录了我在世界各地游历的散文。其中《梵高的眼泪》《惊魂"歌诗达协和号"》《冰雪烈焰肯尼亚》《古巴奥德赛》《追逐日光》等各篇均为新冠疫情期间所写。著名旅美作家卢新华在读完《梵高的眼泪》后写道："这是一个满怀激情的女作家在写另一个被激情燃烧着的男画家的美文——不是用笔，而是用心写的。她是梵高隔世、隔种族、隔性别的知音……"也有部分文章如《寻找腓特烈大帝》《寻找伏尔泰》《寻找路易十四》《牢狱遗痕》等虽曾在旧作《曼哈顿情商》发表，但这十几年我重新走了那些"寻找之地"，发掘了新的内容，增添了新的感受。耶鲁大学东亚研究所主任孙康宜感言："My goodness! What a fantastic article that brings history to life!"（天啊！多么美好的文章，将历史带入生活！）

第三部分主要讲述我的极地探险。我先后去过四次南极，三次北极，两次马特洪峰（一次攀登、一次飞越），两次珠峰（一次巅顶航拍、一次攀登珠峰大本营）。我还有幸在南极认识了至今保持15次珠峰登顶世界纪录的戴夫·哈恩，他是受BBC委托，1999年在珠峰8170米处找到失踪75年的马洛里遗体的美国探险队骨干之一。我们成为好友，在联合冰川大帐篷的熊熊炉火前促膝倾谈。

2017年底我实现多年梦想来到南极点，在最静谧纯净、宛若梦境的地球尽头与帝企鹅亲密接触；2016年在广袤无垠的北极点，北极熊带着两只可爱的小熊宝贝向我们的核动力破冰船走来。因为地球暖化，帝企鹅和北极熊都面临困境。所有这些极地时光与燃情时刻，都写入了我的最新作品《珠峰逐梦：寻找马洛里》。

我喜欢雨果评论莎士比亚的名言："谁要是提到'诗人'这两个字，他也就必然是在谈论历史学家与哲学家。荷马包含了希罗多德和达莱斯。莎士比亚就是三位一体的人。任何诗人身上都有一个反映镜，这就是观察，还有一个蓄存器，这便是热情；由此便从他们的脑海里产生那些巨大的发光身影，这些身影永恒地照彻黑暗的人类长城。"

"读万卷书，行万里路"，用脚步去丈量、书写非虚构文学，是时光岁月赐予我的礼物，也是冥冥之中我的文学使命。不久前我在大西洋航行，眺望蓝色大海中灰色岩石的幽暗孤岛——圣赫勒拿岛，那是拿破仑流放和死亡之地，我想起拿破仑临死前曾这样写信给儿子罗马王:"希望我儿子能学习历史,因为它是唯一真实的心理学和哲学。"

今天,在突如其来的新冠灾难面前,没有人能够独善其身。也许我们正面临着"百年之大变"的格局,面临着更不确定的世界。但可以确定的是,人类面对着共同命运,当下的我们,更需要以史为镜,以史为鉴,追逐梦想,亲吻世界。

在此,我要衷心感谢上海三联书店黄韬总编的热忱鼓励,以及责编匡志宏女士精心敬业、日以继夜的勤奋工作。还要感谢原上海文艺出版社文学部主任陈先法的竭诚帮助,他是我《曼哈顿的中国女人(新版)》和《曼哈顿情商》的责编,我们有着30多年的深厚友情。

最后,感谢每一位亲爱的读者,你们永远为我带来惊喜和力量。面对灾难和不幸,记住丘吉尔的话:"勇气,是人类最可贵的品格。"

周励

2020 年 6 月 6 日

写于纽约曼哈顿

PART 01

被遗忘的炼狱：跳岛战役探险录

燃烧的太平洋

贝里琉战役与尼米兹石碑

纽约曼哈顿

帕劳海底"战争坟墓"

尼米兹石碑

贝里琉战役遗址

美军墓地

日军墓地

夏威夷密苏里战列舰

广岛原子弹原爆纪念馆

曼哈顿复活节：一场没有硝烟的战争

2020 年复活节注定在当代史上独一无二：美国 4 艘"尼米兹级"核动力航母"罗斯福"号、"罗纳德·里根"号、"卡尔·文森"号和"尼米兹"号均出现新冠病毒确诊病例，其中"罗斯福"号官兵感染高达 600 人，一名水兵不幸在关岛医院罹难。特朗普批评该航母不该在疫情蔓延期间停留越南岘港与当地居民联欢。

一个 0.1 微米的诡异病毒，居然成为压垮海霸巨舰的一根稻草，"罗斯福"号停靠在我熟悉的关岛，几年前我实地探访了太平洋战争关岛战役遗址，对那里很有感情。新冠病毒 COVID – 19 大摇大摆、无孔不入、环球肆虐。纽约 12 万人感染，1 万余人罹难，医院的走廊摆满了包裹着橘色尸袋的罹难者遗体，形同炼狱。勇敢战斗在第一线的纽约市医护人员一个个病倒,即使大难不死的痊愈者也立即重返前线。截至复活节,全球公开报道因新冠去世的娱乐名人已经达到61位,他们临终前都像林正斌教授那样呼喊着"救救我",撕心裂肺的悲恸笼罩全球。

有太阳的早晨我会在家中阳台健身,眺望东59街公园大道悄然绽放的郁金香,玫红娇艳但无人欣赏,在这美丽的人间四月天,纽约最尊贵豪华的大街空无一人,仅偶尔有救护车鸣笛穿过。

我想起75年前的另一座人间炼狱——跳岛战役血腥惨烈的战场,开始书写《被遗忘的炼狱:跳岛战役探险录》的第一篇,谨以此文纪念反法西斯战争胜利75周年,也献给我的偶像——二战太平洋舰队司令切斯特·威廉·尼米兹(Chester William Nimitz),今年是他诞辰135周年,在疫情大蔓延的至暗时刻,让我们记住尼米兹的名言:"信心是黑暗中的灯塔。"

海水包围的"罗塞塔石碑"

大英博物馆的镇馆之宝罗塞塔石碑曾是我的最爱,夜不能寐地醉心于研究拿破仑、霍华德·卡特(发掘图腾卡门墓地宝藏)、约翰·贝克哈特(发现阿布辛贝神庙和约旦佩特拉城)和破译罗塞塔石碑古埃及象形文字的法国语言学家商博良。从1992年起我四次去埃及和约旦实地探访,并写了《情燃埃及》文化散文,之所以回忆这些,因为我发现凡是优秀的历史学家和考古学家都不会满足于纸上谈兵,他们推崇实地探索所带来的兴奋与美感,特别是挖掘那些埋没在岁月沙尘里的秘密,这种实地探究都带有浓郁的冒险色彩。

由于喜欢历史和二战人物传记的缘故,多年来我热衷于研究二战史,带着《罗斯福传》《丘吉尔传》《艾森豪威尔传》《尼米兹传》《朱可夫传》和《隆美尔传》,跑遍了欧洲战场和太平洋战场,近年来足迹遍布跳岛战役遗址——帕劳贝里琉岛战役、塞班岛战役、天宁岛战役、关岛战役、冲绳岛战役、吕宋岛战役、科雷吉多岛战役（菲律宾战争岛）、泰缅死亡铁路、桂河大桥和广岛原子弹原爆点。其中我对帕劳南端的贝里琉岛和太平洋舰队司令尼米兹情有独钟，为什么？因为他做了古今中外功勋卓著的将帅们都没有做的一件事，而这件事，在世界上似乎只有我这个来自纽约的中国女人注意到了——五年来我翻遍了谷歌搜索、华盛顿国会图书馆及美国国家档案馆，都无法找到有关这块石碑的任何记载：这是一个约21英寸宽14英寸高、被海风侵蚀的青灰色沧桑石碑，上面嵌刻着因年代久远变得模糊不清的文字——犹如拿破仑军官在埃及战场发现的罗塞塔石碑——它突然出现在我的面前，在贝里琉战役日军墓园的入口！

这块毫不引人瞩目的低矮石碑上模模糊糊的英文引起了我的注意（因为日军墓地的石雕皆是满眼帘的日文）。我蹲下身子，睁大眼睛仔细一行行辨认石碑上斑驳的英文，当我认出切斯特·尼米兹的石刻签名时立即热血沸腾了，这石头一定记载着非同寻常的历史事件！我一边大声念出，一边满怀惊愕，掏出苹果手机记载下这些早已被世界遗忘的珍贵文字：

> 从世界各地来这里重温如烟往事的人们应当被告知：
> 日本官兵在这场战役中是多么勇猛、爱国、顽拼死守贝里琉岛，直到流尽最后一滴血。
>
> ——太平洋舰队司令切斯特·尼米兹

我的大脑中顿时风暴呼啸，血液仿佛凝冻，继而重新沸腾，为什么？在不远处的美军墓地，除了迎风飘扬的美国国旗和牺牲者编队铜牌外，并看不到太平洋盟军司令的任何题词！

为什么？

那是因为美国是威震全球的胜利者。在败者面前，王者的谦虚、对失去生命的悲悯与对军事专业领域勇猛同行的敬佩，都放射着人格与教养的魅力光芒！难道不是吗？这正如丘吉尔对德国陆军元帅隆美尔的评价一样："如果我有他这样的将军，那该多好！"

2015 年的夏天，我从帕劳贝里琉岛激战遗址的石碑——被海水包围的"罗塞塔石碑"前站了起来，心中宛如太平洋浪潮翻滚，尼米兹的形象刻入了我的脑海，从此不忘。

寻找尼米兹

1941 年 12 月 7 日 7 时 30 分，渊田发送了著名的"虎，虎，虎"（奇袭成功）电报，"亚利桑那"号战舰爆炸，169 架飞机被摧毁，珍珠港美军防御系统崩溃，日军顷刻间将美国太平洋地区的全套海军战略付之一炬——切斯特·威廉·尼米兹上将随即被罗斯福总统任命为太平洋舰队司令："告诉尼米兹，到珍珠港去收拾残局；然后留在那里，直到战争胜利！"

金发碧眼、风度翩翩的日耳曼后裔切斯特·尼米兹（1885—1966），出生在德国移民的贫苦家庭，年轻时在社会底层干杂活，两手空空一无所有。据说尼米兹曾和同样贫苦出生的二战统帅艾森豪威尔比"哪一个更穷"。靠勤奋自学的尼米兹考取了美国海军学院，成绩优异，逐渐练就成一位杰出的军事家和美国海军五星上将。二战期间他指挥了珊瑚海海战、中途岛海战、跳岛战役等著名海战，被誉为"海上骑士"。

由于他战功彪炳，对海军有巨大贡献，尼米兹去世后美国建造的第一艘、也是当时最新锐的核动力航空母舰以他命名。目前美国有 10 艘"尼米兹级"核动力航空母舰和 1 艘最新"福特级"核动力航空母舰。尼米兹年轻时代的海军生涯竟受到日本海上战神东乡平八郎的深刻影响，他初期服役于驻扎于旧金山的俄亥俄号战列舰，并乘其去远东巡航。1905 年 5 月，当时的日本帝国海军在对马海战中大胜俄罗斯帝国波罗的海舰队，创下了亚洲黄种人打败西方白种人的奇迹，西奥多·罗斯福总统急忙进行调停。

在此期间,尼米兹见到了威名远扬的"军神"东乡平八郎将军(1848—1934),对东乡留下了深刻印象,特别对其在日俄对马海战中的舰队"U"形变向与"T"形阵式追击作战模式赞叹不已。担任过驱逐舰和潜艇指挥官的尼米兹也是一位潜艇动力专家,他和同僚们一起探索以航母为核心的圆形战斗编队,这种编队成为二战期间美国标准的航空母舰编队队形。

太平洋战争爆发后,临危受命的尼米兹飞赴夏威夷,面对记者他说了一句话:"我身负重任,我当尽力而为!"为鼓舞士气,1942年4月,尼米兹筹划了对东京的"杜立特空袭"行动,重挫了日军嚣张气焰。1942年5月,尼米兹将手中仅有的2艘航空母舰、8艘巡洋舰和11艘驱逐舰集中编成一支特遣舰队,在珊瑚海与日军进行了人类战争史上第一次航空母舰的"珊瑚海会战"。

1942年6月,尼米兹调集3艘航空母舰组成航空母舰作战编队群,在中途岛伏击日本海军主力。结果美军只损失1艘航空母舰、1艘驱逐舰和147架飞机;而日本却损失了4艘大型航空母舰、1艘巡洋舰、330架飞机,还有几百名经验丰富的飞行员。中途岛海战是美国海军以少胜多的一个著名战例,打掉了日军在太平洋的优势,扭转了美国在太平洋战场的不利局面,揭开了战略反攻的序幕。1943年到1945年初,尼米兹统率中路大军,会同麦克阿瑟的部队,开展跳岛攻击,先后攻占了塞班岛、天宁岛、贝里琉岛、菲律宾群岛、硫磺岛和冲绳岛,砸开了日本的"国门"。燃烧的太平洋海战规模比诺曼底登陆大10倍,面对垂死的日军神风特攻队"一机一舰"的疯狂袭击,美国太平洋舰队前赴后继,英勇奋战,所向披靡,功勋赫赫。

1945年9月2日,在美国太平洋舰队密苏里号战列舰上,举行了盟军接受日本无条件投降的签字仪式。尼米兹代表美国,麦克阿瑟代表盟军签字。为表彰尼米兹上将的卓著功绩,华盛顿决定1945年的10月5日为"尼米兹日"。

1966年2月20日,尼米兹在旧金山逝世。弥留之际,尼米兹上将要求死后葬礼从简,并把他埋葬在太平洋岸边的旧金山国家公墓里,他希望可以朝夕不停地眺望他深为眷恋的太平洋。

尼米兹上将名言:"如果没有强大的海上力量,我们在太平洋战争中绝不能前进一步。""对于在贝里琉、硫磺岛作战的人来说,不寻常的勇气是普遍的美德。"

帕劳——浮潜在海底"二战博物馆"

我的探索跳岛战役"寻找尼米兹"之旅是从帕劳开始的。那次探访结束回到广州后,与我共探北极的好友、香港作家联谊会名誉主席江扬问我:"国内每年许多人去帕劳度假胜地,还真没听说有个贝里琉岛二战遗迹,你又发掘了哪些扣人心弦的历史遗迹?"

我去帕劳的最初目的是浮潜,入住酒店查看当地历史人文,才知道大岛南端有贝里琉岛二战遗迹和大片的美日官兵墓地。我立即询问当地的华人导游,他回答说:"中国游客都不去那里,他们对墓地不感兴趣。你可以问一下美国人或日本游客。"

风光旖旎的帕劳,被《美国国家地理》杂志称为"上帝的水族馆",这里飘逸绚烂的红蓝软珊瑚,鲨鱼湾、牛奶湖和闻名遐迩的水母湖,皆形成于15000年之前。浮潜时我被成千上万晶莹剔透的无毒金色水母围绕,伸手轻触柔嫩光滑,感觉到不可思议的奇妙。

这里在1986年被《美国国家地理》杂志发现,是世界浮潜爱好者的向往之地。在海底大断层浮潜是一种特殊体验,从距离水平面三呎突然骤降到二千呎深的海底,色彩斑斓的鱼群在护目镜前穿梭游弋,海下宫殿美妙绚丽,令人叹为观止!

作为一名浮潜爱好者,来帕劳之前我就期盼见识一下闻名遐迩的海底二战遗迹"水族馆"。乘着快艇穿梭于洛克群岛间,我们像撒珍珠一样跳入大海,戴着呼吸面罩浮潜至群山围绕的山中湖日本海军沉舰处,浑身发凉,深感震撼!

作者浮潜帕劳海底"二战坟墓"

海底军舰残骸

帕劳海底躺着各式各样日军和美军被击沉的船舰飞机残骸,我用牙齿咬住潜水吸管大口呼吸,护目镜前阳光斜射的宝蓝色海水中,呈现出一部惊心动魄的海底世界惊悚片!首先看到一个体积庞大、长满铁锈与绿苔的日军沉舰,它在1944年被美军炸毁,曾有一位中国游客在沉舰上挂了五星红旗,这引起了帕劳政府的不满。

就在我来到这里的前三天,帕劳首相刚巧接待了来访的日本明仁天皇夫妇,我在贝里琉战役指挥官中川州男大佐的墓地看见天皇夫妇献的花圈,在大佐剖腹自杀的黑暗山洞口,我看见一些日本游客摆放的鲜花。

我是与十几名日本和欧美游客坐一条汽艇来到贝里琉岛的,满面笑容、肤色发亮的帕劳船长一边开着汽艇乘风破浪,一边对我讲:"这里有美军墓地和日本墓地,每年都会有人来扫墓。因为离大岛很远,中国游客基本不来。你是我见到的第一位中国女性。"

登岸后一眼望见小小的悼念仪式广场,中央飘扬着日、美、帕三国国旗,明仁天皇的白色讲台以及参拜者的三十多把椅子在阳光下原封不动,仿佛仪式刚刚结束。明仁天皇不同于他那个恶贯满盈的父亲裕仁天皇,他一般被认为是一位崇尚和平的日本天皇,即位以来一直坚持不参拜靖国神社,并对二战中日本侵略暴行表示悔恨。

明仁天皇夫妇住在海岸皇家游艇上,部分皇家随员住在我下榻的帕劳老爷大酒店(Palau Royal Resort)。负责接待日本贵宾的英国籍酒店经理对我讲:"明仁天皇非常和善,平易近人。"贝里琉岛一场鏖战日军死亡10695人,指挥官中川州男在美军逼近血腥鼻头峰指挥部的洞穴时剖腹自杀。

在海底"战争坟墓"浮潜是一段难忘的记忆,我曾在南美的戈拉伯格斯(达尔文岛)海底与野生海狮共舞,在巴哈马群岛亚特兰蒂斯与鲨鱼并肩游弋,一切都是冒险带来的好奇与美丽,但是在帕劳海底二战遗迹原生"博物馆"潜水让我脊背发凉,担心一个不小心触碰到日本"神风特攻队"飞行员的骸骨堆!心儿颤栗、胆大如虎的我穿梭

10

在一堆堆庞大锈蚀、鱼儿出没的战机、坦克、舰艇残骸之间,深感战争的惨烈与凄凉,随即对这场战争骇人听闻的来龙去脉产生了强烈的兴趣。

被遗忘的血色海滩: 贝里琉战役

帕劳与德、日、美战争史皆有关联。1898 年德国从西班牙手里买入帕劳,1900 年用炸药开通了一条宽阔的运输水道——著名的"德国水道";第一次世界大战德国战败,忍痛赔偿,日本拥有帕劳;二战太平洋战争后期尼米兹太平洋舰队驱赶日军,付出了惨重的代价,攻占帕劳。

在反法西斯战争胜利 70 周年的那个夏天,我走进了 13 平方公里的贝里琉岛战役遗址。时间在这里凝结,贝里琉岛(Peleliu)位于帕劳群岛最南端,靠近菲律宾。为了夺取岛上日军军用机场,1944 年 9 月 15 日至 11 月 27 日美国海军陆战队一师和 81 步兵师以伤亡六成的代价与日军展开二战中最惨烈血腥的攻守战,该战役和接下来的硫磺岛、冲绳岛战役使美军损失惨重,促使美国放弃攻打日本本土,以扔原子弹逼日投降结束战争。

徘徊在贝里琉岛战役博物馆,狼烟四起,炮声隆隆。战役之前 48 小时马歇尔发出电报,要求保存实力放弃贝里琉岛登岛战役,但电报迟到,炮声已响,万箭俱发。美军原认为只需 4 天即可完胜,然残酷激烈的夺岛战役整整延续了 72 天,橘色海滩似乎一脚可以踩出血来,美军陆战队与步兵师遭遇日军从血腥鼻头山 500 个隐蔽洞穴发射火炮的猛烈攻击,导致 15000 名美军伤亡!

我想起在美国国家档案馆手捧着二战美联社战地记者乔·罗森塔尔(Joe Rosenthal)拍摄的《硫磺岛上升起星条旗》(1945 年 2 月 23 日),硫磺岛战役结束时美军共牺牲 6821 人,其中约 4800 人是在插上星条旗之后阵亡。而贝里琉岛战役的伤亡比例远超硫磺岛战役!

1944年夏，美军在太平洋战场的西南和中部取得连续胜利，也让战争步步逼近日本本土，此时，美军参谋长联席会提出了两种不同的方案来打击日本：一是麦克阿瑟将军提出的先重占菲律宾，再占冲绳作为进攻日本本土的跳板；海军上将尼米兹认为应绕过菲律宾，直接攻占冲绳和台湾用作集合点，成为以后攻击日本南端岛屿的跳板。双方吵到联席会议主席马歇尔那里，麦克阿瑟强调美国在道义上有义务解放1700万亲美的菲律宾人民和关押的数万名美军战俘。

美国总统罗斯福亲自飞赴珍珠港与两位指挥官协调，最后同意采取麦克阿瑟攻打菲律宾的方案。虽然路线有所不同，但尼米兹和麦克阿瑟的两种方案里都不约而同地出现了贝里琉岛（日军机场）的名字。于是美国海军陆战队第一陆战师被任命为进攻部队，师长威廉·鲁佩图斯少将预计在4天内可以攻占该岛。

在1944年9月15日总攻的前三天，美军动用了11艘航空母舰上的400架舰载机和马里亚纳群岛上空的重型轰炸机，对整个帕劳群岛进行了狂轰滥炸，海面由美军的3艘战列舰和25艘巡洋舰、30艘驱逐舰对该群岛实施猛烈炮击。

在三天的火力准备以后，美军海军陆战师乘坐水陆两栖战车和登陆艇向群岛发起进攻，根据当时的美国战地记者报道，当时进攻的陆战师士兵每个人都是心情轻松有说有笑，当时的日军也非常配合他们，美军在登陆和建立滩头阵地期间日军都没有放一枪一炮。

直到美军进入日军防波堤30米距离的时候，一个个诡异的暗堡与堡垒的日军火力点同时开火，美军在毫无防范下立即被击倒了一大片，顿时就乱成一团，因为沙滩上没有任何防御的地点，走在前面的几百名士兵完全就成了日军的活靶子，全部被击杀在我脚下的这片橘色沙滩上。

日军的火炮也同时向正在登陆的美军登陆艇开火，因日军火炮点距离海岸线仅仅50米，基本弹无虚发，整个海滩上在短时间内就堆满了美军的尸体和被击毁的登陆艇两栖装甲车。就这样，美军首次登陆的两个陆战营一大半的士兵都断魂在血海包围的小岛。美军指挥部下令撤退，第一次登陆进攻以失败告终。

我又来到岛上机场，1944年9月18日美军终于打到了这里，但机场附近的日军冷枪手无处不在，美军飞机每次起飞或降落时都必须在跑道附近扔凝固汽油弹并使用机枪扫射日军，这种场面在太平洋战争中绝无仅有！

在战役进入僵持阶段后，美军再次将新增陆军投入战斗，尼米兹和麦克阿瑟决定不惜一切代价都要把贝里琉岛攻下来。依托强大的兵力优势和火力投送能力，攻坚的美军每次遇到日军冷枪手就呼叫空中打击和舰炮打击，遇到碉堡和坑道，就依靠火焰喷射器和炸药、炮弹一米一米推进，遇到的每一个洞都会灌入汽油并投入炸弹，全岛几乎被夷为平地，消灭1名日军要耗费子弹1331发，整整72天——比原计划的4天多出68天，每一天都尸骨遍野，血流成河，美军终于在11月22日完全占领了贝里琉岛。

"玉碎"时刻的天皇魅影

激战到11月24日下午，指挥所的日军守备部队伤亡严重，弹药耗尽，已无力阻止美军攻击。下午4点中川州男大佐最后发电给第14师团司令部，表示将成为凋谢的樱花。他烧掉军旗和机密文件，高呼"天皇万岁"切腹自杀（死后连升两级，冲绳守备司令牛岛满死后只晋升了一级）。当天晚上随同中川州男自杀的还有60名无法行动的伤兵。

日军从一开始就要求每一个士兵做到视死如归，小岛周围炮声隆隆，美军航母和飞机攻势强大，燃烧的太平洋愤怒之火逼近三年前偷袭珍珠港的卑鄙豺狼，日军指挥官中川州男知道自己必死无疑，但下令死守贝里琉岛三个月，诱敌深入，尽最大可能给美军造成重创，为日本本土抵御进攻赢得时间。

我仿佛看到被火焰喷射器击中的日军士兵如同火球般地一个个从黑洞里窜出来，疯狂地死死抱住美军士兵一起燃烧，还有粮绝弹尽、缺胳膊断腿的日军在跳崖之前组成残兵团，疯狂喊着"天皇万岁"用石头和木棍与美军肉搏。顽固抵抗的日军 10695 人阵亡、160 人被俘，几乎全军"玉碎"。

贝里琉岛战役唯一的功绩是让美军见识到了日军真正精锐部队的可怕，正是基于这样的考虑，加上以后的硫磺岛战役，美军决定跳过台湾直接攻击冲绳岛。

贝里琉战役至今仍是第二次世界大战中最有争议的战役之一，因为小岛的战略价值不大，与塞班的天宁岛运载原子弹的机场功用不同，以美军鲜血换来的机场再也没有发挥任何作用。海军陆战队国家博物馆称这场鏖战是"海军陆战队史所有战争中最为惨烈的战役"，美军以 15000 人的伤亡全歼一万日军。

其耗时之长，伤亡之大，物资消耗之严重都远超过硫磺岛战役，而在当时的国际媒体报道中，这场穿越炼狱的激战被盟军攻打德军本土和麦克阿瑟重回菲律宾群岛的报道所淹没，几乎无人提及。

人们把硫磺岛与贝里琉岛战役的惨烈叫做"炼狱里的双胞胎"，硫磺岛至今不对外开放，对外开放的贝里琉岛虽然距离帕劳大岛仅一个小时的快艇距离，却看不见一个中国游客。我多么希望国内更多的二战史学者和中国游客来贝里琉岛，看一看这块海水围绕的尼米兹"罗塞塔石碑"。

从世界各地来这里重温如烟往事的人们应当被告知：日本官兵在这场战役中是多么勇猛、爱国、顽拼死守贝里硫岛，直到流尽最后一滴血。

——太平洋舰队司令切斯特·尼米兹

尼米兹（右一）、麦克阿瑟（左一）和罗斯
福总统在一起

贝里琉战役双方伤亡惨重，一位美国大兵帮
助重伤战友喝水

广岛原子弹原爆纪念馆广场的日本学生

战争是人类文明的"恶之花",可以说是人类最残忍的集体行为。二战以6000万以上的死亡人数,在人类历史上留下了不可磨灭的印记!

疫情之下,珍珠港是一面镜子吗?

在噩耗不断的纽约复活节夜晚,回顾贝里琉战役和这块被海水围绕的尼米兹石碑,更感到人类每一条生命的珍贵。

有人说美国的今天正如珍珠港事件前后的美国:从隔岸观火到惨遭袭击。曾在哈佛大学研读的山本五十六是一个有眼光的战略家,但他在成功偷袭的第一时间就感叹:"我们唤醒了一个沉睡的巨人,日本悲伤的日子很快将会到来。"二战期间,美国总共生产了155艘航母、各类作战飞机30万架,9万辆坦克和54万门火炮等。

一旦有了举国的共识,美国的生产潜力和全国动员能力是巨大的,二战期间美国的工业产值一度达到世界的40%以上,钢铁产量占世界的64%,石油产量占世界的70%以上,显示出惊人的生产规模和战争潜力。这是对山本五十六突袭珍珠港的回应。

我想起法国著名历史学家、《旧制度与大革命》作者托克维尔的名言:"美国之伟大不在于她比其他国家更为聪明,而在于她有更多的能力修补自己犯下的错误。"

二战后,踏上日本国土的麦克阿瑟充满鄙视地问裕仁天皇:"你失败了,你为什么不自杀?"懦弱虚伪的天皇支支吾吾,词不达意。日本在一片屈辱和不情愿中,被迫接受了麦克阿瑟大刀阔斧的改革。麦克阿瑟借鉴整个西方世界的法律体系,制定了一部宪法,把这个充斥着野蛮和黑暗文化的日本,导向了正轨。

日本出台的宪法草案被称为《麦克阿瑟草案》,实际上是美国制度与英国制度的结合物。它把天皇彻底"去神化",降到只是国家象征的地位,确立了三权分立体制。1946年4月10日,即在麦克阿瑟的新宪法草案出笼后不久,日本根据新的选举法举行了战后第一次国会选举。在这次选举中,1300多万妇女首次获得了选举权,妇女破天荒地有39人当选为议员。

与此同时,麦克阿瑟向华盛顿要求调运太平洋地区美军的库存粮到日本,但美国众议院拨款委员会对把军粮用于援助前不久的敌国表示异议,作为回答,麦克阿瑟申诉了自己的理由,并警告说:给我面包,要不就给我子弹。

他得到了面包,实现了解救日本战后饥荒的诺言,从5月底起,粮食源源不断地运到日本!至9月份,这些粮食几乎占了日本居民全部配给量的70%以上,使日本度过了艰难的粮食危机期。从这时起,日本国民渐渐把麦克阿瑟当作他们心目中的神来崇敬。1951年4月麦克阿瑟被解职时,日本首相吉田茂在向全国发表的广播讲话中动情地说:"麦克阿瑟将军为我国利益所做的贡献是历史上的一个奇迹——是他把我国从投降后的混乱凋敝的境地中拯救了出来,并把它引上了恢复和重建的道路,是他使民主精神在我国社会牢牢扎根。"

4月16日晨,被杜鲁门总统解除职务的麦克阿瑟就要回国了,严格保密的麦克阿瑟坐上汽车时才发现,从他下榻的官邸直到厚木机场,上百万日本人自发地站在街道两旁为他送行。当车队经过时,传来日本人发自内心的高呼声:"大元帅!大元帅!"

叼着玉米芯棒雪茄的老麦克,这位西点军校曾经的校长热泪盈眶。此时此刻有多少人能想到麦克阿瑟曾与日本人结下的血海深仇。1942年3月11日,麦克阿瑟乘快艇离开科雷吉多岛时发誓:"我会回来!"随后3年多的时间里,他率领百万大军冲破了日本人一道又一道用肉体筑成的堤坝,一直打到了东京城下。甚至可以这样说,世界上没有任何一个人像麦克阿瑟一样双手沾满那么多日本人的鲜血。而现在,仅过了短短几年,他被日本人亲切地看作自己的"上天皇"和"大元帅"!

何况,美国还投了2个原子弹!

武士道"一亿玉碎"梦醒时分

2019年年底,我飞往日本广岛,探寻1945年原子弹原爆地。我曾在2015年从塞班坐直升飞机前往天宁岛考察原子弹"小男孩"和"胖子"装载起飞过程,并亲手推动同比例的原子弹模型。在广岛原爆点的废墟,原封不动地保留原样,犹如炼狱的背影。原子弹爆炸造成20万人伤亡,在原爆资料馆我第一次看到了对于历史学者非常重要的文档,其中包括爱因斯坦写给罗斯福总统关于制造原子弹的信函、罗斯福总统和丘吉尔首相在纽约州海德庄园的秘密协议,以及原子弹投放命令书(均来自美国国家档案馆)。

1945年夏,日本败局已定,但日本在塞班、贝里琉、硫磺岛和冲绳战役的疯狂抵抗导致了大量盟军官兵伤亡,当时美军已制订了在九州和关东地区登陆的"冠冕"行动和"奥林匹克"行动计划,预估牺牲100万官兵。出于对盟军官兵生命的爱护,并迫使日本投降尽快结束战争,美国总统杜鲁门决定在日本投掷原子弹。

此前,美国、英国和中华民国发表了《波茨坦公告》,敦促日本投降。但7月28日日本政府明确表示拒绝接受《波茨坦公告》,在裕仁天皇暗示下,日本政府铺天盖地为民众洗脑打鸡血,准备全民"一亿玉碎"展开城市巷战,殊死抵抗美军。

8月6日,美军对广岛投掷"小男孩"原子弹;

8月9日,美军对长崎投掷"胖子"原子弹;

8月15日,日本天皇裕仁发布诏书,宣布日本无条件投降!

在原子弹原爆地博物馆我看到来自世界各地的众多游客,不少来自欧美,但更多的是日本各地中小学的孩子们,老师向他们讲述国家的灾难和民族的耻辱,穿着整齐校服的孩子们瞪着发亮的眼睛听讲,他们的脸上看不见恐惧、悲伤和羞耻,反而流露着认真的思考。因为在他们心里,这是属于人类的一场灾难。

那天晚上突然下起大雨，我询问博物馆广场上的几位日本白领青年，该如何回到我那遥远的酒店，他们居然热情地像接力赛一样分别把我带上火车，再换乘出租车！我问他们为什么这么热情，他们说：因为你来自纽约！我们喜欢纽约！

两个曾经在血海里搏斗的国家，二战后居然成了最好的朋友。

人性的恶与凶残都是被充满野心与贪婪的政客调教出来的，在另一种情况下，同样的人也许能变成助人为乐的可爱绅士！

樱花湖畔

从阿灵顿公墓到华盛顿国家档案馆

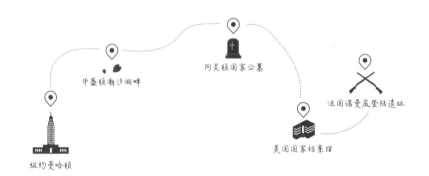

华盛顿潮汐湖畔

阿灵顿国家公墓

法国诺曼底登陆遗址

纽约曼哈顿

美国国家档案馆

樱花下的军国主义

在我继续写跳岛战役探险录之际,从电视新闻中看到华盛顿的樱花盛开了,又谢了,正如我家对面公园大道的郁金香花坛,仅有 10 天左右鲜艳期,然后就突然凋谢,不禁想起晚清诗人龚自珍的诗句"落红不是无情物,化作春泥更护花"。去年此时我正是在华盛顿的樱花树下,在春风摇曳中,一簇簇绯红、洁白的樱花多彩多姿、灿烂如云,辉映着华盛顿纪念碑和杰弗逊纪念堂,令人感到比在日本赏樱更美更震撼!记忆的河流就此融汇,有时仿佛遥远,忽而就在眼前。

去年此时,烂漫时节。上午我总是沿着杰弗逊纪念堂欣赏樱花,华盛顿国家樱花节——1912 年日本东京市长尾崎行雄访问美国时赠送 6000 株樱花,象征着两国和平友好;当时的美国第一夫人海伦·塔夫脱(Helen Herron Taft)和日本大使夫人在华盛顿的潮汐湖西边亲手栽下了最早的两棵樱花。七年后,山本五十六奉命到哈佛大学学习,主修经济学,而他的兴趣却在军事航空方面。另一位二战陆军大将,硫磺岛日军总指挥官栗林忠道也曾在哈佛大学进修,并曾担任日本驻美大使馆武官,他们俩都曾极力反对日本对美国开战,然而,樱花下的军国主义逐渐荡涤冲洗了他们原本清醒的头脑,最终导致了个人命运的悲惨结局:山本五十六发动突袭珍珠港之后仅一年半,即被尼米兹在所罗门群岛成功截击,其座机被两架美国 P－38 机炮命中,机毁人亡。栗林忠道则在 1945 年 3 月战死硫磺岛,尸骨碎片飘逝无踪,血腥硝烟弥散在一片血海中……

在樱花树下回想起 70 年代初我曾痴迷的日本电影《啊!海军》,那时部队排以上干部都规定要看。黑暗的"文革"岁月突然闯进一部日本彩色大片,人们奔走相告。影片中江田岛海军学校毕业生山本五十六一手策划偷袭珍珠港,他的不少同学最后丧命塞班岛和冲绳岛战役,那时我刚 20 岁,记得江田岛海军学校出生贫苦的英俊学员高唱毕业歌:"你我像樱花一样,灿烂怒放;期待像樱花一样,为国捐躯……"

二战末期日本正面临战败,一万多名来自东京大学、京都大学等受过高等教育的学生却自愿加入"神风特攻队"的行列,他们斗志昂扬,视死如归,为什么? 那是因为日本极权主义的舆情将樱花美学民族主义宣扬到了淋漓尽致的地步,军国主义操纵着历史悠久的樱花象征,说服军人为天皇"如美丽樱花飘零而逝"! 1944 年贝里琉岛战役中,日本指挥官中川州男最后发电报给第 14 师团司令部,表示"将成为凋谢的樱花",高呼"天皇万岁"切腹自杀。泰戈尔"生如夏花之绚烂,死如秋叶之静美"在此被诠释为"死如樱花之壮丽",因樱花是花团锦簇的集体,不是孤单之独秀;洗脑、打鸡血,抱团战死,至高无上,这些都让加了毒素的樱花美学在极端军国主义的氛围中熊熊燃烧,在跳岛战役中处处可见!

在硫磺岛与冲绳岛战役中,那些向美军航母驱逐舰疯狂俯冲轰炸的神风特攻队都有美丽的名字:"菊水一号"至"菊水十号"、樱花特攻队"朝阳""樱花山""彗星"战机组名、海上特攻队"大和"号战列舰、"矢矧"号巡洋舰以及"冬月""凉月""矶风""滨风""雪风""霞""初霜"等驱逐舰名,均取自日本古典文学诗词,日军大本营以睿智的民族主义美学绑架鼓舞必死无疑、打了鸡血的年轻军人。

从明治维新时期开始,很多日本思想家把樱花当做最能代表日本的花,把樱花视为"大和魂"的最佳诠释。江户时代的一首和歌"人问敷岛大和心,朝日烂漫山樱花"被用以命名特攻飞机。樱花,变成了日本带致命毒素的一把军刀!

自然之美装饰着战争之恶,樱花特攻队自杀飞机组只提供单程油料,特攻队员被绑缚于特攻战机上,不提供伞具,断绝其求生希望。此外,日军单人驾驶潜艇鱼雷攻击美军战舰后,人员弹出的设施被堵死,人与鱼雷捆绑爆炸,万一没射中美舰,日本军人会按下自动装置引爆鱼雷,在海中自行"樱花凋落"。这种不给自杀攻击者一丝生的希望的做法,造成太平洋战场美军的巨大伤亡,仅十次"菊水"(水中菊花)行动出动飞机 7851 架次,其中自杀机 2423 架次,虽被击落 4200 余架,但击沉美军舰 33 艘,击伤 360 余艘,美军更是死伤无数。

在写跳岛战役游记体历史散文之际,我深感日本军国主义"洗脑"的可怕! 即使最先发明神风特攻机的德国纳粹,也提供飞行员降落伞和鱼雷兵弹出通道,而日军绝对不给一丝求生机会。

我不禁想起美国海军中将布朗(C. R. Brown)在航母上凝视俯冲日机时的一句话:"这样一个与我们西方哲学如此背离的场景,它所带来的是一种催眠般的入迷。我们不像是攻击的受害者,倒像是怀着某种冷漠恐惧的目击者,以观看一幕令人惊叹的奇观的心情,目睹每一架神风飞机下冲。那一刻我们忘了自己,惟在思忖着天上的那一个人是怎样的心态?"

令人担忧的是,目前极端民族主义在多个国家都有抬头,那是危害世界和平带致命毒素的樱花! 历史不容重演。

日军神风自杀飞机樱花标记

日本少女挥舞樱花送别神风特攻机

神风自杀机飞行员许多是不满20岁的大学生

在我眼里，华盛顿潮汐湖畔一年一度的国家樱花节是一个露天"反战"博物馆，时时提醒我们山本五十六和栗林忠道从崇敬和平的哈佛学子到冷血军阀的人生演变，提醒世人不能让形形色色的樱花俯冲机重演！

致阿灵顿公墓的军魂

阿灵顿国家公墓，与林肯纪念堂隔波多马克河相望，除了肯尼迪总统、马歇尔国务卿等少数墓碑外，30万军人不分等级长眠于简洁白色大理石之下。庄严肃穆，幽美静谧，震撼人心。

每次去阿灵顿国家公墓，我都会去祭拜四位偶像：马歇尔五星上将、温莱特陆军上将、伯德海军上将和肯尼迪总统。

马歇尔因提出欧洲复兴计划获得1953年诺贝尔和平奖，作为陆军参谋长他任命了艾森豪威尔（艾克）为盟军最高司令，指挥"霸王行动"诺曼底登陆，但马歇尔对艾克"艳遇"的大发雷霆被视作"第二场诺曼底登陆"——因为他从"红颜祸水"里硬生生地捞起了一位未来的美国总统！

作为女性作家，我对二战英国女司机凯瑟琳·萨默斯比写的《我与艾森豪威尔的爱情》印象深刻：

> 那天对于我来说确实是个值得纪念的日子，我飞往华盛顿去办理加入美国籍的第一张证件。

> 如今28年过去了，我半躺在医院的病床上，一遍又一遍地读着这篇难以置信的报道。杜鲁门总统告诉他的传记作者默尔·米勒："战争刚刚结束，艾森豪威尔就写了一封信给马歇尔将军，说他想回美国与艾森豪威尔夫人办离婚手续，以便与那位英格兰女人结婚。

> 艾克的要求遭到粗暴的拒绝。甚至连坦率的杜鲁门总

统也像被这严厉的拒绝震惊了。

"马歇尔给艾克回了一封信,"总统说,"我从来没见过这样的信。他说……如果艾森豪威尔胆敢做这样的事,他不但会将艾克剔除出军队,而且一定让他的后半生身败名裂……如果艾克再提这种事,他一定会使他的后半生像活在地狱里一样。"

然后杜鲁门总统说:"作为一个总统,我最后干的事,就是从档案里找到这些信件并将它们销毁。"①

艾森豪威尔也是我的偶像,这位仅三年就从上校升到五星上将的西点军校学子,与尼米兹一样家境贫困,让我印象最深的是他在自传里的一句话:"我们小时候都很穷,但美利坚的光辉让我们不感到自己贫穷。"我认为他的爱情故事令这位日耳曼后裔更富有生动的人性。从他的传记中我读到,他心爱的长子三岁时因猩红热突然病故(艾克死后和长子埋在一起),他与妻子悲恸内疚,相互埋怨,尽管以后很快有了次子约翰,但夫妻裂痕已深。艾克在海外征战时期两人近三年未见一面。如果不是马歇尔怒火冲天,那个漂亮聪慧的英格兰姑娘凯瑟琳(曾为时装模特,战争岁月担任艾克的女司机兼秘书)一定会成为艾克夫人。但在收到马歇尔的怒斥回信后,艾克痛下决心斩断情缘。他在纽约哥伦比亚大学(时任哥大校长)与战地情人凯瑟琳见了最后一面,"凯瑟琳,一切都过去了,很抱歉我无能为力。"然后全力修补与妻子玛米的关系,1953 年他成为美国第 34 任总统。他们的儿子约翰成为作家和美国驻比利时大使,孙子大卫·艾森豪威尔后来与尼克松之女朱莉·尼克松结婚,1975 年 12 月 31 日他们夫妇在中南海获毛泽东接见。朱莉后来移居纽约并担任曼哈顿东 65 街华美协进社(胡适和杜威创办)理事,与董事长、美国企业家甘维珍女士(Virginia Kamsky)搭档。作为华美协进社周末活动经常的主持人

① 摘录自凯瑟琳自述。

和美华文学艺术之友联谊会会长，我和朱莉·尼克松多次在华美协进社年度宴会上愉悦畅谈。

谈到尼克松，他对我的北大荒岁月影响深刻，我在《曼哈顿的中国女人》中曾引用他就职典礼的名言："自由的精髓就在于我们每个人都参加决定自己的命运。"

1974年9月8日，下了台的尼克松曾发表这样一份意味深长的声明：

"我错在没有更果断、更坦率地处理水门事件，特别是当事情已经发展到司法诉讼阶段，并从政治丑闻升级成民族悲剧的时候。没有任何言语足以形容我对自己在水门事件中的错误给国家和总统职位所造成损失的遗憾和痛苦程度，我是如此深爱这个国家，如此敬重这个结构。"

这份声明完美地展现了尼克松的高尚人格，及他所敬重的国家"纠错"结构。

行笔至此，惊悉著名外交家、联合国原副秘书长、中国驻英国大使冀朝铸先生（甘维珍的"中国爸爸"）在北京去世。哈佛学子冀朝铸对中国外交事业做出了卓越贡献，他高风亮节平易近人，在纽约我曾多次聆听他感人至深的精彩演讲。2006年春节期间我和冀朝铸大使、中国驻纽约总领馆刘碧伟大使、华美协进社甘维珍董事长和何勇博士在曼哈顿共进晚餐，并拍下珍贵留影。

和塞林格的《麦田守望者》一样，在纽约的生活小路弯弯曲曲地连在了我痴迷的历史人物传记中。

艾森豪威尔葬在堪萨斯老家，所以每次去阿灵顿公墓，我都会在马歇尔的墓地向艾克深深鞠躬致敬。我非常喜欢艾克的传记，也两次去法国诺曼底寻找艾克的足迹。诺曼底登陆前夕，盟军统帅艾森豪威尔预先写好了两个声明稿。一个宣布诺曼底登陆成功，击溃了德军，这一刻的光荣属于全体参战将士。另一份演讲稿也是为诺曼底登陆准备的，内容截然相反：

"我悲伤地宣布,我们登陆失败。这次失败完全是我个人决策和指挥失误造成的,我愿意为此承担全部责任。"

这让我对艾克肃然起敬:胜利荣耀归于全体将士,失败耻辱将军一人全揽——这是何等高尚的人格、胸襟与情怀!

艾克在1952年美国总统大选中击败了他的强劲对手也是曾经的上司麦克阿瑟,并挑选年轻的尼克松作副总统。他俩都是才华横溢、勇于认错、敢于承担责任的伟人,难怪他们的后代喜结连理。

我不禁回想起诺曼底之行,在从巴黎去诺曼底海滩的路上,大片金色麦田掠过车窗,太喜欢了,这多么像我度过少女时代的北大荒呵!由于气候突然变恶,直到最后一刻艾克才下令登陆。令人动容的奥马哈海滩,也是一脚可以踩出血来,由于盟军导航系统出现误差,大部分登陆舰都在错误的地方上了岸,防守德军也比预想之中强势许多,奥马哈是诺曼底登陆战役中最惨烈的海滩,盟军当场阵亡2500人,且多为美国青年大兵,故称Bloody Omaha(血腥奥马哈海滩)。诺曼底战役盟军共伤亡12.2万人,其中除了中弹炮射击倒下牺牲之外,许多士兵因负重40公斤装备而被淹死。丘吉尔沉痛地说:"诺曼底战役是战争史上最困难、最复杂的战役,战争的结局使盟军得以重返欧洲大陆。"

美军历史上,艾森豪威尔是一个戏剧性的传奇人物。他曾获得很多个第一。美军10名五星上将中,他晋升得"第一快";他出身"第一穷";他是美军统率最大战役行动诺曼底登陆第一人;他是第一个担任北大西洋公约组织盟军的最高统帅;他是美军退役高级将领担任哥伦比亚大学校长的第一人;他是美国唯一当上总统的五星上将。

艾森豪威尔于1961年1月离任总统。1962年10月,古巴导弹危机期间,肯尼迪总统曾将机密告知艾森豪威尔,两人在艾森豪威尔长期居住的曼哈顿东49街华尔道夫酒店秘密会谈,商讨应对赫鲁晓夫方案。

阿灵顿公墓：马歇尔和伯德上将的墓碑

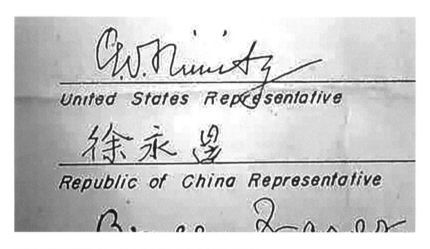

密苏里战列舰受降仪式上，徐永昌上将在尼米兹上将之后签字

2005 年和 2015 年我在华尔道夫酒店参加中国领导人接见活动，专门去看了艾森豪威尔套房、肯尼迪套房和丘吉尔套房，我对这些散发着历史气息的房间满怀感情，恋恋不舍地离开。遗憾的是这些珍贵历史遗迹已全部拆除。安邦保险集团突然收购了华尔道夫酒店，并计划改造为商业豪华公寓。

1969 年艾森豪威尔在华盛顿去世，享寿 78 岁。国葬时宣读了他的遗言，其中一句是："我始终爱我的夫人！我始终爱我的儿子！我始终爱我的孙子！我始终爱我的祖国！"

而这一切的命运逆转，多亏有马歇尔参谋长！

离马歇尔墓地不远是乔纳森·温莱特（Jonathan Mayhew Wainwright）陆军上将的长眠之地，这是二战名垂青史的"败将英雄"。2018 年夏天我探访了温莱特率军投降日本的菲律宾科雷吉多岛马林塔隧道，从这里开始了举世瞩目、骇人听闻的巴丹死亡行军。1942 年 3 月麦克阿瑟在科雷吉多岛被日军打得一败涂地，他甚至做好了顽拼到底最后自杀的准备，但罗斯福总统惜才，也为了美国的面子，用潜艇将麦克阿瑟与妻儿接去澳大利亚，临别前麦克阿瑟将菲律宾驻军指挥权移交给温莱特，并当场晋升温莱特为中将。

在日军的强大攻势下，温莱特顽拼数月，最后弹尽粮绝。曾被麦克阿瑟将军称为马尼拉湾固若金汤的科雷吉多岛防线全线崩溃，1942 年 5 月 5 日温莱特中将向华盛顿发出了最后一封电报："请告诉全国，我的部队和我本人已经完成了所有人类能做的一切，我们捍卫了美利坚合众国和他军队的优秀传统……我带着深深的遗憾和对我顽强军队的无限自豪去见日军指挥官了。再见了，总统先生！"

第二天，他带领 7.8 万人向日军缴械，并与战俘伙伴们一起含泪参加了满腔屈辱的星条旗撤下、换升日本太阳旗帜的仪式（1945 年 4 月又升起了星条旗。我 2018 年 8 月曾站在那个旗杆下），此时他多么想立即冲上去撕破太阳旗！

温莱特作为军衔最高的俘虏，在日军俘虏营受尽折磨，1945 年 8

月18日，美国丰田战俘营营救小组成员霍尔·雷斯来到吉林奉天战俘营北大营，告诉温莱特将军：你们自由了！温莱特愧疚地对霍尔·雷斯说："我对不起祖国，在战场上向敌人投降了。"霍尔·雷斯安慰将军说："你已经尽了自己最大的努力。总统十分关心你的安危，美国人民视你为英雄。"在苏联红军的帮助下，1945年8月28日温莱特安全抵达重庆，9月2日赶到东京湾参加密苏里号战列舰受降仪式，接受日军的投降。回到美国时温莱特受到了英雄凯旋的最隆重欢迎，温莱特身材瘦长，绰号"皮包骨""瘦猴"(Skinny)，他所到之处满街都是五颜六色的标语牌"瘦猴，欢迎回家"，华盛顿举行阅兵式接受温莱特检阅，礼炮齐鸣，这位被日军折磨得奄奄一息的败将感谢麦克阿瑟让他在日军面前扬眉吐气。美国有一条军规：被俘虏后哪怕你对着电视咒骂美国，只要活着回来，你依然会受到热烈欢迎，因为那是"敌人把枪抵在你后背，酷刑逼迫你说他们的指令"。温莱特回到华盛顿有些紧张地问："人们会怎样看我？"马歇尔讲："你是英雄，你为了部下的生命不惜牺牲自己的名誉。"温莱特非常惊讶。"瘦猴，感谢你拯救了美国数万大兵！"杜鲁门总统笑着对他说，并在白宫亲自为温莱特授勋晋级为四星上将。后来马歇尔又为他争取到一枚最高军事荣衔——"荣誉勋章"，彻底为温莱特洗清了投降耻辱。

温莱特将军1953年去世，人们为他写了一本传记《巴丹英雄》。

我在"皮包骨"温莱特将军墓前深深鞠躬，为他备受煎熬的岁月，向这个伟大国家的强大自信与人道情怀致敬！

阿灵顿公墓还有一位我的偶像——理查德·伯德海军上将。我曾于2017年11月带着他在南极写的传记《孤独一人》，抵达南极之南——南极点。二战中，伯德在太平洋地区对日作战，晋升上将。1946—1947年进行第四次南极考察，这次是由美国海军当局组织，美国海军部长杰姆斯·福雷斯特尔派遣了一支由40艘舰船组成的大型舰队和飞机前往南极，舰队中包括"奥林匹斯山""菲律宾海"号等航母、13艘海军支援舰、6架直升机、6艘飞船和2架水上飞机。舰队

1946 年 12 月 31 日抵达罗斯海,在空中探索南极并记录 10 个新山脉,伯德负责对南极洲西部沿海及内陆进行了空中摄影,这就是著名的五角大楼"绝密高空行动"。但"乔治一号"在南极上空神秘坠落,3 人死亡,所谓"雅利安地下城"和飞碟传说也发生在这次探险中。伯德 1955 年最后一次探测南极时,已年近七旬了。对南极洲,没有人比伯德测绘得更详尽。1957 年 3 月 11 日,伯德是在宣布 12 国对南极大陆进行联合科学考察的国际地球物理年前夕去世的,临终前拒绝国会通过的美国南极点科学考察以他的名字命名,他为科考站起了新名——阿蒙森-斯科特科考站,以纪念挪威和英国首先抵达南极点的伟大探险家。

疫情下的纽约长夜偶尔救护车鸣笛而过,我仿佛看见华盛顿天空中理查德·伯德那睿智刚毅的微笑,耳畔响起心爱的歌:"You Raise Me Up"(你鼓舞了我)!

1963 年被刺杀的美国总统肯尼迪也长眠在阿灵顿公墓,他的墓地篝火长明,一如莫斯科和巴黎凯旋门的无名英雄墓。

1962 年 10 月 16 日,当时世界处在核战争边缘,而肯尼迪以不拘礼节的方式请求赫鲁晓夫撤出部署在古巴的导弹。"亲爱的赫鲁晓夫,别当个坏人好吗,把你的导弹从古巴撤走。"肯尼迪的亲笔信写道,"所有人都将会称赞'哇! 赫鲁晓夫,你是最棒的!'否则,你将受到侮辱,苏联将被人们嘲笑。"赫鲁晓夫回信说:"亲爱的肯尼迪,那真是一个可怕的东西。"

全世界松了一口气。

肯尼迪被视为美国最伟大的五位总统之一,这桩被刺案至今依然扑朔迷离。其中一种说法是美国黑手党与古巴贵族难民对肯尼迪"猪湾入侵"败北卡斯特罗,"导弹危机"又妥协于赫鲁晓夫极为不满,他们在达拉斯大街贴出告示"通缉叛国者肯尼迪",并雇佣枪手谋杀了肯尼迪。

在眼下疫情大蔓延的艰难时刻,我想起了肯尼迪总统就职演讲的名句："不要问国家能为你做什么,要问你能为国家做什么。"

从密苏里战列舰到华盛顿国家档案馆

　　去年此时在华盛顿,每天早上我走出特朗普国际酒店,在樱花潮汐湖、阿灵顿国家公墓、美国国家档案馆和美国国会图书馆之间转悠,研究我关注的太平洋战争跳岛战役和人物。多年前我探访过夏威夷的珍珠港事件博物馆和密苏里战列舰纪念馆。在华盛顿,李斌经常打电话给我,他是一位颇有名气的旅美历史画家,是182米文献全景式巨幅油画《东京审判》的作者。李斌正在酝酿画密苏里战列舰受降仪式和尼米兹的肖像,在美国国家档案馆录像部,我注意到密苏里战列舰1945年9月2日悬挂的两面旗帜——象征海军的尼米兹蓝色军旗和象征陆军的麦克阿瑟红色军旗。内敛缜密的尼米兹和豪迈张扬的麦克阿瑟在战略战术上常有不同意见,但私下是好朋友。1945年8月15日,日本正式投降,美国总统杜鲁门发布命令,任命麦克阿瑟为远东盟军最高司令,并授权由他安排这次受降仪式,美国太平洋舰队司令尼米兹将军对此愤愤不平:"太平洋舰队在整个太平洋战争中扮演了十分突出的角色,如今凯歌高奏却让菲律宾败将麦克阿瑟唱头牌,岂不让海军将士心寒?!"

　　尼米兹当即向白宫表示,如果政府不能以一种适当的形式在受降仪式上体现海军的战略地位和作用,他将拒绝出席受降仪式。

　　后来海军部长杰姆斯·福雷斯特尔(James Forrestal)给杜鲁门出了一个主意:由麦克阿瑟主持签字仪式,并以盟军最高指挥官的身份代表同盟国签字,而尼米兹代表美国签字,受降仪式在美国海军第三舰队旗舰密苏里号战列舰上举行。"密苏里"号是以杜鲁门总统家乡命名的美国最大战舰之一,曾参与太平洋战争的诸多重大战役,立下赫赫战功。建议一提出,立即得到总统的赞许。

　　我看到麦克阿瑟走上密苏里战列舰和尼米兹热情握手相拥,毕竟是在尼米兹的帮助下，麦克阿瑟才完成了返回菲律宾的诺言。然后高大帅气的两人一起雄赳赳走向主会场，真爱死他们了！尼米兹相比麦克阿瑟绝对是一位更专业的军事家，但麦克阿瑟更具有政治魅力，举手投足、面庞轮廓与英武气质皆可与好莱坞大牌明星媲美。当我看到麦克阿瑟响亮地宣布贵宾名字"科雷吉多岛！——温莱特中将！"顿感亲切！估计很少有人知道科雷吉多岛的含义，这就是我在2018年夏天动员一批文友徘徊其间的菲律宾战争岛啊！那里处处是被炸毁的残垣断壁和生锈的坦克火炮，我们站在麦克阿瑟最后一夜逃离菲律宾的小码头前，与他发誓"我会回来"的高大铜像合影。作为菲律宾的"太上皇"，在日军强势进逼下丢下几万官兵独自撤往澳大利亚，实在是个没面子的事情，我对接过"死亡摊子"的温莱特将军充满敬意，也更理解了为何麦克阿瑟在太平洋战争的三年时间里昼思夜想，要打回菲律宾报仇雪耻，解救关押在吕宋岛的3700名美军官兵！

在密苏里战列舰上，麦克阿瑟从众多高级军官中挑选了温莱特将军和英国的帕西瓦尔将军陪同他签字，并且把签字笔当场赠送给他们，这是令所有将领羡慕不已的荣耀。温莱特曾是美军菲律宾总司令，1942年5月率部向日军投降，帕西瓦尔曾是英军新加坡司令，1942年2月抵挡不住日军凌厉攻势被迫投降；这样的安排固然出于麦克阿瑟强烈的复仇心理，也可看出东西方文化和价值观、道德观的巨大差异。

在美国国家档案馆录影部的屏幕上，我注意到盟军最高统帅麦克阿瑟代表盟军签字的有趣片段：从9点8分起，麦克阿瑟迅速用了五支派克金笔签名；他用第一支笔签了"道格"两字，送给站在身后的美军中将温莱特；第二支笔接着写了"拉斯"，然后送给英军司令帕西瓦尔，这两人是英美盟军在太平洋战争中被俘虏的最高衔军官；第三支写了"麦克阿瑟"，送给了我脚下这座极为重要的美国国家档案馆；第四支笔签了职务"盟军最高统帅"，送给他39岁时曾担任校长的母校西点军校；第五支笔签了年月日后，送给了在战争岁月陪伴他的妻子琼妮。

麦克阿瑟签名后，9点12分，美国太平洋舰队总司令尼米兹代表美国签字；9点13分，中国国民政府军令部部长、二级陆军上将徐永昌（时年58岁）代表中国签字。接下来是英国和苏联等国代表签字。

八年抗战，中国人民以巨大的牺牲，为全世界反法西斯战争的胜利做出了重要贡献。这样的排名是对中国战场重要地位的一种肯定，也是对中国人民和军队对世界反法西斯战争最终胜利所做贡献的肯定。

中华民国代表徐永昌上将引起了我的关注。

徐永昌和出生贫穷的尼米兹与艾森豪威尔一样，在悲怆绝望的年代通过勤奋好学改变了命运。他是山西人，家境贫困父母双亡，家"无一瓦之覆，一垄之植"，14岁时在老家附近曹家车马店干苦力活，恰逢1900年八国联军侵华之时，慈禧太后和光绪皇帝仓皇南逃，途经大同，武卫左军卢葵卿营驻于他打杂工的曹家车马店，营文书徐椿龄见徐永昌一身重孝，形容憔悴，但办事勤快，遂问询其故。当得悉徐永昌是父母双亡、无依无靠的孤儿时，顿生怜悯之心，乃令其入营服杂役。1911年5月，袁世凯在北京开设将校讲习所，1913年11月聪慧勤奋的徐永昌以第一名毕业，继而又以优异成绩毕业于陆军大学。1927年徐永昌加入了阎锡山的晋系，1931年徐永昌出任山西省主席！1935年徐永昌被国民政府授予上将军衔。抗战爆发后，徐永昌被蒋介石调去中央，担任军事委员会军令部部长，与军政部长何应钦、军训部长白崇禧、政治部长陈诚并称军委会"四大巨头"。一个穷愁潦倒的车马店苦役孤儿，就这样一步步走上了密苏里战列舰，代表中国郑重地在日本投降书上签下了自己的名字！

徐永昌上将在东京湾庄严仪式上一段掷地有声的受降感言，如今读来也振聋发聩："今天是要大家反省的一天！今天每一个在这里有代表的国家，也可同样回想过去，假如他的良心告诉他有过错误，他就应当勇敢地承认过错而忏悔。"

作者手持密苏里战列舰受降仪式黑白照片

这是我第一次清晰地看到在尼米兹的签名之后,徐永昌将军的签名赫然在列。

我情不自禁手持着1945年9月2日密苏里战列舰的原始照片,让工作人员替我拍下留影。在档案馆,这些珍贵照片都长年存放在冰库里,被工作人员放在小推车里小心地推到我的面前。美国国家档案馆的工作人员有不少是历史学者,他们博学多才,个个热情诚恳,回答提问如行云流水,我太喜欢这里了!在新冠肺炎阴霾下,目前国家档案馆也一定关门停摆了,期待明年樱花盛开时,我再来拥抱你!

现在,这张铺开在我面前的太平洋跳岛战术地图,是我2015年到2018年探索环行跳岛战役的随身地图,蓝色图标是尼米兹司令指挥的太平洋舰队跳岛战役,红色图标是陆军司令麦克阿瑟指挥的跳岛战役。整个地图蓝色占了大部分,毋庸置疑尼米兹在太平洋战争中贡献更大。我跑遍了带着尼米兹足迹的跳岛战役遗址:首先发现贝里琉岛战役遗址和尼米兹石碑,这激发了我深入了解全部跳岛战役的热望,不久我飞去塞班岛战役(1944.6.15—7.9)遗址和天宁岛战役(1944.7.24—8.10)遗址,又从塞班飞向关岛战争博物馆(战役1944.7.21—8.10),后来又飞经不对外开放的硫磺岛战役(1945.2.19—3.26)遗址,最后抵达冲绳岛战役(1945.4.1—6.22)遗址。

在陆军方面,我跑了麦克阿瑟红色图标中最重要的两站——麦克阿瑟被打下海、温莱特将军开始巴丹死亡行军的菲律宾战争岛(1941.12.8—1942.5.7),以及最后麦克阿瑟终于实现诺言重返菲律宾的登陆点莱特岛(1944.10.20),直到2019年10月底,我探访了广岛原子弹原爆点遗址——日本军国主义命运终结地。一路上,我想,一定要写下来,以史为镜,以史为鉴。

我面前出现了燃烧的太平洋战争四位关键人物:盟军太平洋舰队司令尼米兹与盟军陆军司令麦克阿瑟,日本帝国联合舰队司令山本五十六与日军陆军大将南云忠一——山本五十六被尼米兹空中射落丧命,南云忠一在塞班岛战役最后时刻剖腹自杀。现在,晨曦微露,我的思绪又来到史上惨烈的蛙跳(leapfrogging)战术——太平洋马里亚纳海塞班岛、天宁岛、关岛战役的滚滚硝烟中!

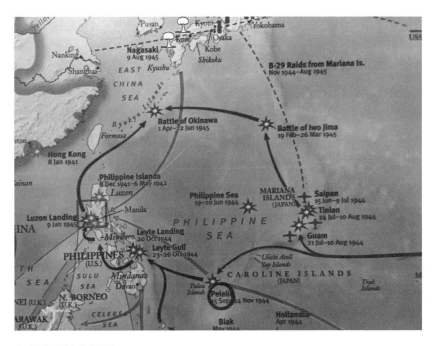

太平洋战争跳岛战役地图

太平洋的"诺曼底登陆"

塞班岛、天宁岛与关岛战役寻踪

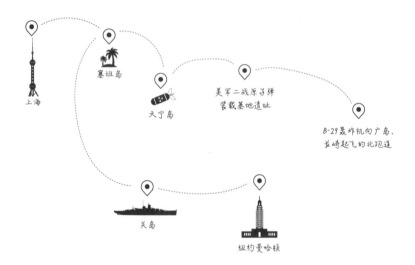

　　塞班岛——西太平洋上的璀璨珍珠,从凯悦酒店阳台望去,远处海平线美国海军第七舰队补给舰依稀可见,提醒人们这里是二战活教科书。夕阳西下温馨浪漫,晚霞如梦如幻,无法想象这里曾硝烟弥漫,被日军射杀倒下的 5000 名美军官兵的鲜血曾染红这片沙滩。

　　1944 年 6 月 6 日,盟军反攻欧洲的诺曼底战役正式打响。与此同时,太平洋舰队也拉开了马里亚纳海战的序幕。美国能同时兼顾两大战场,显示了其强大的实力。尼米兹的第 58 特混编队从马绍尔群岛出发,紧随其后的是 500 艘舰船搭载的近 13 万人的登陆部队,浩浩荡荡地驶向马里亚纳群岛。困兽犹斗的日本人也拿出了最后的家底,与美军进行了一场大规模的海空大战。仅 6 月 19 日双方就进行了 4 场空战,日军损失达 400 多架战机,创下了太平洋战争飞机损失的最高纪录,更让日本人绝望的是,曾参加过偷袭珍珠港的"大风"号和"翔鹤"号航母被击沉。

但日军陆军的负隅顽抗，还是让尼米兹心有余悸。

尼米兹的中途岛战役老对手南云忠一，此时任中太平洋方面舰队司令兼任第十四航空舰队司令，驻守塞班岛。1944年6月15日，美军以惨痛代价终于登陆塞班岛，南云看着以15艘航母为中心的美国舰队，内心低落至极，他知道自己死期已至。作为一名海军将领，最痛苦的就是看到敌方舰队兵临城下。

南云在突袭珍珠港行动中的表现可圈可点，面对身边激进的将官力主发动第三轮攻击时，他审时度势命令舰队撤退，保证了突袭舰队的平安归来。

在命运扭转之地中途岛，南云的指挥大为失策，但并非是他一个人的错误。从日本海军密码JN25被破解时，日本海军就已陷入劣势，而日本潜艇发现美军航母时，山本五十六却没有给南云忠一发一份至关重要的情报，这些最终都导致了中途岛的惨败。现在南云忠一再次遇到势不可挡的老对手尼米兹，虽心惊胆战，但军人的职业让他镇定指挥，殊死抵抗，直到最后一刻以自杀殉职。

马里亚纳群岛号称是日本的"海上国防圈"，距离东京约2000海里，极具战略意义，突破三个主岛即塞班、天宁和关岛，对最后轰炸日本和进攻日本本土极为重要。

1944年6月6日盟军诺曼底登陆是历史上最大规模的两栖登陆行动，而同年6月15日至7月9日的塞班岛战役则动用了历史上最大的舰队。守岛日军总司令南云忠一中将率所属第55海军警备队4万余军人，以及55艘舰艇和630架飞机；美军登陆部队为第2陆战师、第4陆战师和第27步兵师共7万人，由北部突击舰队司令特纳海军中将率470余艘舰艇和近2000架飞机负责运输掩护。在如此悬殊兵力下，日军伤亡4.1万余人；美军伤亡1.6万余人，其中战死5千余人，多死于日军自杀式袭击，对日军的精密防守工事与绝境顽抗，连美国五星上将、太平洋战区盟军总司令尼米兹也惊叹不已！

我从塞班战役遗址来到"万岁崖",眼前白浪滔天,耳畔炮火隆隆,凡是来到这里的,没有人会无动于衷。太平洋战争中最大的"万岁冲锋"发生在这附近:斋藤义次将军举着一面红色旗帜,7月7日凌晨四时许,率四千多名残余日军突然向美军营地发起袭击。斋藤挥舞武士军刀身先士卒冲锋陷阵,士兵们有枪的带枪,没枪的拿着刺刀和棍棒石头,甚至头裹绷带、手拄拐棍的伤员也一瘸一拐地冲上来,还在梦中酣睡的美军105师一个营在日军疯狂冲锋下溃散,该团另两个营则遭到了己方炮火误击损失惨重。15个小时的白刃战终将日军这次疯狂自杀冲锋粉碎。这如人间炼狱般的战役和疯狂的万岁冲锋,让美军受到极大震撼——第105步兵师第1营、第2营几乎被摧毁,损失了近650人,而日军在美军阵地前遗尸4300具!斋藤自己在7日傍晚被榴霰弹击伤后切腹,以副官开枪爆头的方式介错。

斋藤死后被美军指挥官、号称美国两栖作战之父的霍兰德·史密斯(Holland Smith)厚葬在塞班岛。我简直不敢相信眼前的照片:一大群美军围着一个覆盖着日本太阳旗的棺材,氛围肃穆。这让我想起在密苏里战列舰上发生的事,一名19岁的神风特攻队员驾着自杀飞机冲到舰艇甲板,当场死亡,幸亏机载炸弹在海里爆炸,否则密苏里战列舰命运不堪设想,更不可能成为接受日本投降之地。那天美军舰长提出要为这位神风飞行员举办海葬,立即遭到反对:他差一点让我们都去海里喂了鱼!舰长讲:"他才19岁,为他的国家献身,视死如归。他也是母亲的孩子啊。这都是被日本政府洗脑打鸡血的恶果。"最后在鸣炮致敬中进行了海葬仪式。

1944年7月7日晚斋藤指挥官剖腹自杀前,南云忠一海军中将在给天皇发出"樱花即将凋落,很抱歉我们不能做得更好"的电文后剖腹自杀。7月9日,当美军宣布夺岛胜利时,300名残余日军从司令部后面的峻峭山峰跳崖自杀,而在海岸峭壁则有500余名日本妇女儿童老弱病残者被要求跳海,他们自杀时都高喊"天皇万岁",故称"万岁崖"。

历时 25 天的塞班岛战役,尽管包括南云忠一、斋藤义次在内的 4 万多守军全部被歼灭,美军伤亡 1.6 万,只能算是惨胜。

朵朵樱花,在裕仁天皇野心驱动下,拉开让千万日本儿女灭顶的血腥帷幕!

"地狱火鸟"天宁岛

从塞班凯悦酒店驶向机场飞天宁岛,小飞机驾驶员都来自欧美,个个英俊热情,登上轰隆作响的小飞机,"一机一人"独自飞行,穿越二战风云,不禁心潮激荡!

不久前观看美国大片《决战中途岛》,比《珍珠港》《拯救大兵雷恩》更为感人。我连看两遍,泪水盈眶。主角飞行员贝斯特骁勇善战,不惧死亡轰炸日军航母。他戴的那枚美国海军学院戒指,让我想起儿子高中时代的军校,和西点军校一样,每位学员都戴年级戒指,一块深红的宝石周围精细地镶嵌着年份,2008 届的儿子安德鲁曾两次被评为全校最佳士官生获得金奖,他和男主角长得太像了!影片细节尤为感人,从太平洋舰队总司令尼米兹到飞行员、情报专家、日军军官等每个人在宏大历史事件中都彰显各自特点,其史诗感还来自对人性、军人责任和感情的细腻刻画。

天宁岛位于享有"西太平洋明珠"美誉的塞班岛西南面 6 公里处,可惜大部分来塞班旅游的中国游客都不去天宁岛,导游讲"他们来享受美景美食,对二战不感兴趣"。就像去帕劳浮潜的中国游客没有一个去贝里琉岛,与重要二战史遗迹失之交臂,太可惜了。

天宁岛以其见证了历史时刻——1945 年 8 月 6 日和 9 日 B-29 轰炸机在这里起飞,装载两枚原子弹投掷到日本广岛和长崎结束二战而闻名遐迩,这是我跳岛战役环球探索的重要一站。

从空中鸟瞰天宁岛(又称提尼安岛),翡翠般的宝蓝海洋包围着这 102 平方公里的美丽小岛,不愧为美国攻打日本的天然航母!飞行中有一次遇到强烈气流，因为天气突然转阴刮风，飞机开始上下左右地剧烈晃动，机身、机长和我这唯一的乘客完全被黛色乌云吞噬，既看不见海水也看不见天空，那时气氛开始紧张，在技术上称为"盲驾驶"。我想起在玛莎葡萄园上空迷航丧生的小肯尼迪，还有唱《乡村小路，带我回家》(Take me home, country roads)的约翰·丹佛，他也因小飞机迷航而坠机丧命。坐小飞机的安全指数是较低的，但在塞班你没有选择，这几乎是唯一的交通工具。像小时候在上海市少年宫走"勇敢者的道路"一样，你想抵达跳岛战役的每个小岛，就要博一下，冒险精神加上好运气，就能够如愿以偿。

苍天不负有心人，那些面目狰狞的黑云终于消散了，风雨初停，我跳下飞机，当地导游杰夫瑞开吉普车接我，双脚踏上天宁岛，在这里飞出了"地狱火鸟"！作为二战迷，我凝视着岛上接踵而至的黄色英文路标，好亲切啊！以前只在书籍里看到，现在历史在手指尖跳动，触手可及，如晨钟暮鼓撼人心弦："原子弹装载遗址"(Atomic Bomb Pits)"美军登陆海滩""B-29 轰炸机起飞跑道""B-29 库房"——俨然一座"魔鬼终结"博物馆！天宁岛茂密的植物地貌像极了"走进非洲"的画面，但丛林中不是狮子大象而是无数废弃的坦克大炮，站在 B-29 原子弹轰炸机的北跑道上，耳畔引擎轰隆隆作响，我仿佛看到保罗·提贝兹(Paul Tibbets)英姿飒爽地登上飞机……再往北走，就是"小男孩"和"胖子"的藏身密穴了！

见到你了！天宁岛原子弹装载基地的"小男孩"(The Little Boy)！这是美国在广岛投掷首枚原子弹的英文名称，1945 年 8 月 6 日由保罗·提贝兹驾驶 B-29 超级空中堡垒轰炸机 Enola Gay 号在广岛上空投下，逼迫拒绝接受《波茨坦公告》的日本政府投降！

B-29 轰炸机是二战各国空军中最大型、最先进的飞机，具有遥控机枪炮塔和中央火控系统等超级空中堡垒的崭新装置，是二战末期美军对日本城市进行燃烧弹空袭的主力，因此在日本有"地狱火鸟"之称。美国 B-29 总生产量为 3900 架，其设计和制造总共耗资 30 亿美元,大大超过曼哈顿计划的 19 亿美元,是战争期间最昂贵的项目。

我又来到距离"小男孩"约 50 米的"胖子"(The Fat Man)基地,玻璃罩图片展示了当年运载情景。据说该名称受喜好幽默的丘吉尔体形启示,他曾与罗斯福总统在纽约上州海德庄园签署了秘密协议,在广岛原子弹原爆博物馆我看到了这份文件。1945 年 8 月 9 日由查尔斯·斯文尼(Charles Sweeney)驾驶 B-29 轰炸机 Bockscar 在长崎上空 9000 米投下"胖子",6 天后裕仁天皇下终战诏书,日本无条件投降,9 月 2 日,日本在密苏里战列舰签署投降书,二战至此胜利结束。

正如丘吉尔所说,"历史由胜利者书写"(History is written by the victors)。2005 年 8 月 6 日,是广岛原子弹爆炸 60 周年,飞行员保罗·提贝兹准将在接受采访时透露,在美军 8 月 9 日投放第二颗原子弹后,日本居然仍然保持沉默。太平洋战略空军参谋长柯蒂斯·勒梅将军打电话问他:"你还有那些可怕的玩意儿吗?"保罗·提贝兹说,有,在犹他州。柯蒂斯·勒梅命令他和机组人员将第三颗原子弹从美国本土运到天宁岛,机组刚赶回美国,日本 8 月 15 日宣布投降,战争结束了!

保罗·提贝兹生前多次表示日本挨炸是历史的必然,他丝毫不后悔:"如果美国以打到日本本土的方式来结束战争,仅美军就会伤亡 100 万!"他认为反核武器和反对二战时在日本投核弹,是完全不同的两个概念,即使作为和平主义者也不该混淆这两个概念。"当然,我希望世界再无原子弹!"他说。

天宁岛导游杰夫瑞又带我到蓝色的"小男孩"与黄色的"胖子"同比例模型参观,我遵循他的建议手推原子弹,以显示其与人体比例,杰夫瑞替我拍照片留念。我突然想起了爱因斯坦和茨威格,编了一首小诗,乘坐回程小飞机时写入我随身的日记:

《天宁岛·地狱火鸟》
愤怒的爱因斯坦，
你的手穿越大洋，
在这太平洋海中小岛
放飞这"地狱火鸟"。

悲伤的茨威格，
你等不及光明刺破黑暗，
搂抱妻子将生命终了，
你的手写下遗书，
在里约热内卢郊外
放飞这"地狱火鸟"。

飞吧，正义的翅膀，
飞吧，燃烧的火鸟，
这可怕的蘑菇云，灰焰缭绕。
或许明天，
新的晨曦艳阳照耀。

辉映你这温柔蔚蓝的海涛，
"地狱火鸟"变为
千千万万洁白美丽的"天堂鸟"
在爱因斯坦和茨威格墓前鸣啼舞蹈：
"亲爱的小岛，天宁岛，
我躺在花丛，眺望落日
世界重归花季少女的美妙！"

　　和塞班岛、贝里琉岛一样，天宁岛也有美军墓地和日军墓地、神社，站在天宁岛战役日军"自杀崖"旁边，岁月倒流，触目惊心！

作者飞向天宁岛

从投放原子弹到爆炸只有 45 秒,机长保罗向右急转以 159 度俯冲,躲避核爆炸影响

塞班岛美军为斋藤将军举办葬礼

奇袭行动关岛重插星条旗

天宁岛北跑道——大名鼎鼎的"超级空中堡垒"B-29 轰炸机在此起飞完成核投弹任务,结束二战

我想起裕仁天皇 1975 年在纽约第五大道逛街的照片，不知他是否听见"自杀崖""万岁冲锋"的回声？在小小的天宁岛，我看到了熊熊燃烧的太平洋，寻到了天宁岛战役斑驳陆离的遗迹——1944 年 7 月 24 日至 8 月 1 日，美国以海军陆战队第二师、一师 5 万 4 千官兵攻打守岛 4500 名日军。8 月 2 日黎明，就在美军 8 月 1 日宣布攻岛胜利次日，驻岛陆军司令绪方敬志大佐率领最后 1000 名日军袭击美军，遭当场击毙，日本空军第一航空舰队司令长官角田觉治中将跑出司令部壕沟，朝攻至司令部的美军丢掷手榴弹炸毙数名美军后，留下最后一颗手榴弹喊着"日本万岁！""天皇万岁！"在爆炸声中自尽。紧接着日本空军第一航空舰队参谋长跪地切腹自杀。在日军无线电通讯部遗址，这里的一百余名日军女话务员、接线员全部朝自己开枪或跳崖自杀！

我站在最北边雄壮的自然景点——喷水海岸（Blow Hole），一览天宁岛的全貌，在天宁岛南边是一系列陡峭的海边山崖，其中最著名的是自杀崖。1944 年天宁岛战役末日，残余日军高喊"天皇万岁"跳下海边陡峭的自杀崖，最残忍的是日军强迫驻军家属和岛上居民全部"玉碎"跳崖自杀，她们有的是母亲和女儿手拉着手跳崖，也有的是姐妹直接从沙滩走入大海，身上栓着沉重的石头，边哭边走……

行笔至此，想起巴顿将军所讲："诅咒你，狗娘养的战争！"

"奇袭行动"夺关岛

关岛坐落在西太平洋马里亚纳群岛最南端，是美国第一缕阳光升起的地方，1521 年西班牙航海家麦哲伦在关岛登陆，这里曾先后被西班牙、日本和美国占领，现在是美国的海外属地和军港。疫情下的美国罗斯福号核动力航空母舰在越南岘港感染新冠病毒后，就停靠在关岛，2020 年 5 月 1 日美国太平洋舰队司令飞往关岛，看望罗斯福号航母 4800 名船员，他们中间有 1102 名船员被感染，53 名康复出院，1 名船员死亡，3 名在关岛美国海军医院接受治疗。罗斯福号航母与克罗泽舰长的命运一直受到全球媒体的关注，也让我想起在关岛度过的难忘时光。

2015年7月，我乘坐美联航从塞班飞往关岛。关岛经历过无数战火洗礼，如今已是名副其实的"海上伊甸园"。我首先跑到太平洋战争纪念馆和太平洋战争国家历史公园，那里有规模颇大的1944年攻克关岛沙丘图，我有幸聆听了纪念馆馆长、一位退役军官的详细介绍。

1944年6月，美国将太平洋战场上"逐岛进攻"的战略改为"蛙跳战术"，即越过日军防守的一些次要的岛屿，夺取太平洋上最关键最重要的据点，建立美国海空战略基地。其中最重要的一环为跳过太平洋加罗林群岛，直取马里亚纳群岛的塞班岛、天宁岛和关岛。在马里亚纳起飞的美军B-29轰炸机可以将日本本土纳入其轰炸半径，正因为马里亚纳群岛至关重要，被日军誉为"太平洋的防波堤"，而美军所实施的马里亚纳登陆战役也就被称作"破堤之战"！

1944年7月20日，几乎在攻占天宁岛的同时，美军的复仇之剑指向了马里亚纳群岛最大岛屿——关岛，又一场载入史册的战役打响！太平洋舰队司令尼米兹亲自为这次战役取名为"奇袭行动"。斯普鲁恩斯（Raymond Ames Spruance）乘坐"印第安纳波利斯"号巡洋舰赶到关岛督战，看过《中途岛战役》的读者都熟悉这位第5舰队司令。在中途岛战役中，"企业"号航母指挥官、绰号为"公牛"的哈尔西海军上将突然患上疱疹，痒痛难忍，上级命令他住院接受治疗，哈尔西临时建议由斯普鲁恩斯将军接任自己的重要位置。斯普鲁恩斯将军是中途岛和马里亚纳历次海战的胜利者，被称为沉默的提督，美国海军中最聪明的人，他总是把一切的功劳归于他的部下。这位卓越的战略家和无畏的战士，率领包括第5舰队和第58航母特混舰队的640余艘军舰、1000余架舰载机、620架陆基飞机和登陆兵力12.8万人，冲向关岛日军，直捣龙穴！

与夏威夷珍珠港及菲律宾战争岛一样，关岛曾是美国星条旗上一滴耻辱的泪珠。

1898 年美西战争结束之后,西班牙将关岛割让给了美国,把帕劳和马里亚纳群岛的塞班岛出售给了德国,第一次世界大战中德国战败,日本接管了帕劳和塞班岛。1941 年 12 月 7 日,在突袭珍珠港之后的几个小时,日本火速从台湾调集军队,风驰电掣地先占领美军在菲律宾的基地,然后从塞班岛出发,以迅雷不及掩耳的闪电之势入侵美属关岛!

日军派出 5000 名士兵,而美军驻守在关岛的仅 500 多人,且一半是文职人员,真正具有作战力的仅 150 人,关岛成了日本虎嘴里的肉。

12 月 7 日,睡梦中的美国驻关岛总督乔治·J. 麦克米收到了日本偷袭珍珠港的信息,以及关岛将遭受攻击的提醒。8 日早上日军大批飞机从塞班岛起飞对关岛军事区域狂轰滥炸,9 日下午日军派出 20 艘军舰助攻,10 日凌晨两点日军登陆,先攻占关岛政府,后占领美军军营。在 4 个小时激战之后,顽强抵抗的乔治·麦克米看大势已去,放弃抵抗并宣布投降。美军 17 名官兵英勇阵亡、35 名负伤,日本则以 1 死 6 伤损失 1 架飞机的轻微代价取得了关岛战役的胜利。

打了鸡血的日军公然在太平洋地区挑衅美国,并将关岛作为日本向菲律宾和印度尼西亚进攻的跳板。在东京,男女老少打着小旗手捧鲜花,浩浩荡荡涌向皇宫,向裕仁天皇欢呼祝贺日本一举夺取偷袭珍珠港和攻占关岛的两大胜利。

马里亚纳群岛正扼中太平洋航道的咽喉,也是“海上生命线”,占领关岛后日军随即在一个月内分别占领了香港、菲律宾、缅甸、威克岛等。随着美军节节败退,到 1942 年春天,日本彻底切断了美军和菲律宾海域的交通线,占领了整个中部太平洋。

在印度洋地区,日本出动航空母舰舰队与英国海军爆发了战争,击沉了英国引以为傲的“竞技神”号航空母舰。太平洋战争初期,日本越战越勇,占领了盟军在亚太地区大部分的军事基地,巅峰时期曾控制 5 亿人口和 700 多万平方公里土地,达到了其中期的战略计划,即“大东亚共荣圈”。

然而苍天在上，多行不义必自毙。

1943年4月18日，日本海军联合舰队司令长官山本五十六在乘专机视察布干维尔岛途中，被尼米兹预先埋伏好的美国战斗机击落毙命。在那之后，日本海军的命运开始急转直下。在反攻过程中，美军形成了灵活机动、互为补充的作战模式：麦克阿瑟指挥的西南太平洋司令部（SWPA）以陆军部队和岸基航空兵作为基干，得到海军第七舰队的支援。采用全新的"蛙跳"战略，自澳大利亚向印度尼西亚和菲律宾发动跳岛作战，摧毁南太平洋的日军航空基地。而美国太平洋舰队总司令尼米兹直辖的太平洋司令部（POA）则以哈尔西上将的第三舰队（后由斯普鲁恩斯指挥改称第五舰队）和海军陆战队作为基干，凭借航母特遣舰队的火力优势，向中太平洋的日占岛屿挺进。尼米兹和麦克阿瑟蓝红两大战区交替发起攻势，势不可挡，1944年上半年两条战线皆已迅速接近日本，日军顾此失彼、难于招架。

我徘徊在如今可与夏威夷媲美的关岛海滩，脑海浮现燃烧的太平洋炮声隆隆，复仇之剑刺破云霄。马里亚纳海战也被称为菲律宾海海战，是历史上最大的航空母舰决战。由于战斗中日军飞机被美军战斗机轻易击落，被美国人戏称为"马里亚纳火鸡射击大赛"（The Great Marianas Turkey Shoot）。虽然因塞班岛战役日本守军的顽固抵抗以及日军航空母舰的大举进攻，令攻占关岛的"奇袭行动"推迟了近一个月，但美军在登陆硝烟中骁勇善战，前赴后继。

日军在战役头几天不时乘着炎热月夜，突袭美军防线，丢炸弹，开冷枪，高呼"天皇万岁"，发动自杀式冲锋，然皆因伤敌200自损2000被迫不断后退，日本陆军高品彪中将身先士卒，在7月28日的进攻中阵亡，由小畑英良中将接过指挥权。

斯普鲁恩斯的狂飙龙卷风先向关岛日军据点发射了几万枚炮弹轰炸，继而美军38000名官兵英勇血战甚至肉搏，最后1700人不幸战亡，6000余人受伤，而岛上18500名日军几乎全部阵亡。8月11日，关岛日本守军最高指挥官小畑英良中将自杀殉职，"奇袭行动"取得全胜。终于将日本人赶出了美国在太平洋上的岛屿！

突破并占领了马里亚纳"绝对防御圈"，引发日本帝国大本营一片惊慌，内部矛盾加剧，东条英机被迫辞去首相职务，改由"高丽之虎"陆军大将小矶国昭担任首相。裕仁天皇与日本政府发动宣传攻势全民洗脑，发誓"一亿玉碎"殊死顽抗。

关岛太平洋战争纪念馆馆长给我讲了关于日军的一个小故事：1972年一位猎人偶然发现了躲在岛上山洞里靠吃老鼠野果维生、孤独生活了28年的日军下士横井庄一。他原是一名裁缝，被征兵送到关岛，只会裁剪不会打仗。战役后期他与两位战友开溜，逃到偏僻山洞挖地洞躲藏。接受严格日军教育训练的横井庄一深信"绝不能活着回国"，因此当日本派人接他回国，他看到迎接他的厚生劳动大臣斋藤邦吉时，他低头说"怀抱着耻辱回来了"。之后的记者会上，也向大众表示"羞耻地活着回国"，这句话成为日本已受欧美教育新一代嬉笑的"流行语"。横井庄一以"最后的皇军"在全日本进行反战巡回演讲，其实躲在山洞的他们早在1952年就知道天皇宣布投降，但畏惧活着回国会被杀头，且给家人带来耻辱，一直过着"野人生活"，后来两位同伴在洪水中溺亡，56岁的横井庄一也准备默默无闻地死在黑暗洞穴里。

太平洋战争70周年之际，日本NHK电视台向民众征集战争证言，当问及是否愿意献身时，日本年轻一代的回答是："要人家为他而死的国家，就让它灭亡好了。"这话可以解释为：裕仁天皇让每一个士兵为他送命，这样的王朝还不如早点灭亡好。

现在日本被洗脑打鸡血的老一代基本都去世了，由于战后"麦克阿瑟宪法"的执行，没有了樱花军国主义和民粹主义当道的日本，才算真正步入了现代文明。在2001—2019的19年间，日本有19位科学家获得诺贝尔科学奖；在《联合国人类发展报告》的世界最佳生活品质排名表中，日本长期排第一；日本在创新、科研、经济诸多领域领先世界，在国际上享有崇高的威望与声誉。

史诗般的血染战旗

硫磺岛未被讲述的隐秘

美国海军陆战队
国家博物馆

阿灵顿公墓硫磺岛战役
插旗纪念碑

美国国家档案馆

纽约曼哈顿

　　提起硫磺岛，人们立即会想起那张被美国人称为"国之魂"的升旗照。照片上六位英姿勃勃的年轻战士戴着头盔，犹如雕塑一般在阵地上奋力撑起一面迎风飘扬的星条旗，令人顿生无限敬意。但很少有人去关心这六名美国士兵插旗后的命运。我也是直到最近才关注起来，因为突然之间，美国媒体给其中两名战士戴上了"冒充者"的帽子，一些视频节目也跟着冷嘲热讽，瞬息之间偶像破碎，一地鸡毛。

　　2017 年我曾打电话给位于公园大道的日本驻纽约总领馆，询问作为美籍游客和二战史爱好者，该如何访问硫磺岛？一位热情的女士回答我硫磺岛不对外开放，除非得到"硫磺岛协会"的特批。我问她，什么是"硫磺岛协会"？在哪里？她的回答令我吃惊：该协会由葬身于硫磺岛战役的"1932 奥运赛马王子"西竹一爵士的儿子战后在东京创立，其主要任务是派会员去这座凝冻在 1945 年的"人间炼狱"捡取战亡日军骸骨，因为遗属老龄化及日本青年很少有人志愿加入，直至 2008 年才捡回了约 8300 具无法认领的日军骸骨，预估要到 2024

年才能将余下一万多骸骨捡回日本。由此可见硫磺岛战役的血腥与惨烈。

请记住：硫磺岛战役是太平洋战争中唯一日军伤亡总数小于美军的战役！

在华盛顿美国国家档案馆，作为业余二战历史学者，我手捧着美联社战地记者乔·罗森塔尔在1945年2月23日拍摄的《硫磺岛上升起星条旗》原始照片，眼睛湿润。硫磺岛战役结束时美军阵亡6821人，其中约4800名官兵在折钵山插上星条旗之后阵亡。

人们把惨烈的硫磺岛与贝里琉岛战役叫做"炼狱里的双胞胎"。现在我脑海中浮现出硫磺岛战役。自塞班岛战役胜利结束后，大批美军B-29超级空中堡垒每天从塞班机场起飞，轰炸日本本土，却遇到如鲠在喉的麻烦：位于东京与塞班岛之间、距东京仅1080公里的硫磺岛经常升空大量战机射击拦截美军轰炸机，最糟糕的是还不时对塞班美军基地进行突袭轰炸，因此夺取战略要地硫磺岛成了尼米兹战事日程的当务之急。1944年11月太平洋战区司令部决定投放两栖军约7万人，由霍兰·史密斯中将指挥；登陆舰艇500艘，军舰400艘，飞机约2000架，由第五舰队司令斯普鲁恩斯中将指挥。太平洋战区总司令尼米兹为就近指挥，特地将其指挥部从珍珠港移至关岛。1945年2月15日，美海军部长福雷斯特尔在尼米兹陪同下到达塞班岛，视察战役准备。

然而，同贝里琉岛战役相似，原先美军预计仅需5天即可拿下的20平方公里弹丸小岛，却从1945年2月19日苦战至3月26日，浴血拼搏了36天（13平方公里的贝里琉岛则用了72天）！硫磺岛战役如此惨烈的原因之一，是美军联合情报中心的低空侦查摄影和分析出了致命错误。那时富有经验的老分析师正好调去欧洲战场，经验不足的图像分析师在战前报告中断言，整个硫磺岛上只发现了39个碉堡，13个火炮隐蔽点和4个地下工事，而海军陆战队在1945年2月19日开战后，才发现硫磺岛日军共有332个绵密如麻的碉堡，35个火炮隐蔽点和4个地下工事！如此巨大的差别,导致年轻美军官兵登陆之后,遭到日军掩体大炮绞肉机似的猛烈杀戮,日军总指挥栗林忠道凭借18000米长的惊人地下工事和纵横交错的战壕诱敌深入,造成美军伤亡总数超过日军。尽管美军用鲜血换来的硫磺岛护航机场大幅提升了B-29超级堡垒轰炸机对东京进行战略轰炸的效率,但硫磺岛战役的巨大伤亡震慑了美国高层,促成了杜鲁门向日本投掷原子弹的决定。

硫磺岛为美国海军陆战队战士留下了一百年也流不完的眼泪！

正如丘吉尔赞扬北非战场"沙漠之狐"隆美尔有"狡诈之慧"一样,贝里琉岛与硫磺岛这两场战役被美国军事家赞誉为"防守经典"。贝里琉岛战役守军最高指挥中川州男中将与硫磺岛战役守军最高指挥栗林忠道大将,尤其是后者的综合素质,战后被美国历史学家高度评价。栗林忠道战亡尸骨无踪,因而在日本投降70周年之际,日本明仁天皇夫妇来到帕劳的贝里琉岛,在剖腹自杀的中川州男墓前"慰灵"并宣讲"和平"。

有些朋友对我讲,朱莉娅,你写的太平洋战争历史散文很棒,你去过那些跳岛战役遗址,笔下的思考有温度,人物栩栩如生。我们希望你多写些战争中的人与人性！无论美军还是日军,这才是我们最感兴趣的。

这正是本文的重心。我们记住了二战领袖罗斯福、丘吉尔、艾森豪威尔、尼米兹和麦克阿瑟,更应当记住那些走向屠场的战士。

硫磺岛六位升旗手,难道真是"四位死了,两位假的"?

硫磺岛插旗的三位战士牺牲了,活着的三位插旗手为何总是沉默无语? 第四名是怎么死的? 这是我头脑中的问号。

2019年樱花节,我来到阿灵顿公墓的马歇尔大道,瞻仰硫磺岛纪念碑,这组高逾9.8米的人物群雕远远望去,正与华盛顿"中轴线"上的国会大厦、林肯纪念堂和华盛顿纪念碑连成一体,隔着波多马克河相望。丽日蓝天下的宏伟雕像是根据战地摄影师乔·罗森塔尔拍摄的普利策奖照片《硫磺岛上升起星条旗》而制,六名年轻战士高举起旗帜,身边竖立着一个 60 英尺长的青铜旗杆,星条旗迎风飘扬。在瑞典花岗岩底部刻有六名队员的姓名,他们中间的五名是海军陆战队队员,一名是海军医院的医务兵约翰·布莱德利,他的儿子杰姆斯·布莱德利在 2000 年写了畅销书《父辈的旗帜》,被好莱坞硬汉导演伊斯特伍德搬上银幕,好评如潮。

但是在 2016 年 6 月,早已去世的老布莱德利却突然被美国媒体指责为"冒充者",震惊世人。雕像上老约翰·布莱德利的名字也被新的名字替代(近年更换了两位队员姓名)。这是怎么回事呢? 我望着纪念碑基座艾森豪威尔总统的题词"为纪念自 1775 年 11 月 10 日以来为国家献出生命的美国海军陆战队队员",不由满腹疑问。

我能够从硫磺岛纪念碑走到美国国家档案馆,再用双手捧起 1945 年 2 月 25 日《纽约时报》刊登的《硫磺岛上升起星条旗》原始新闻照片,这是多么幸运! 那张照片刊出时,硫磺岛鏖战正酣,推进缓慢,伤亡巨大,星条旗插上折钵山那天已有 2000 多名美军阵亡,远远超出了尼米兹的预期。这张照片震撼了悲哀笼罩的美国,人们激动不已,奔走相告,大家见面后第一句话就是:"嗨,你看那张照片了吗?"

苏联高级将领包括斯大林本人也注意到了 1945 年 2 月硫磺岛插旗的宣传效果,斯大林命令苏联摄影师叶夫根尼·哈尔迪从莫斯科飞往柏林,拍摄一张类似的战胜德国法西斯照片。哈尔迪带了一面巨大的苏联国旗,在 1945 年 5 月 2 日由苏联红军将红旗插上德国国会大厦,让世界见证战胜德国法西斯的辉煌历史时刻! 去年夏天,我告别易北河后来到柏林国会大厦,拍下了这座巴洛克建筑右上角的雕像,与苏联摄影师哈尔迪的《红旗插上国会大厦》的雕像一模一样,75 年过去,这些沉默的见证者,犹如米开朗基罗的《摩西》雕像一样,默默无语却令人热血沸腾。

作者在美国国家档案馆手捧乔・罗森塔尔《硫磺岛插上星条旗》原始照片

苏联哈尔迪的《红旗插上国会大厦》

2019年樱花节，我站在华盛顿的硫磺岛纪念碑前，望着这六位插旗美国士兵，端详每一个人的脸庞，他们年轻坚毅，不惧死亡，据说这是雕塑家根据六位英雄的生前照片细心塑造。可是突然地，在2016年6月海军陆战队发表声明称，海军医院医务兵约翰·布莱德利没有参加这次插旗行动。接着他的儿子，大名鼎鼎的二战作家，《父辈的旗帜》原著作者小布莱德利发表声明，称他1994年去世的父亲不在这张著名照片中。老布莱德利生前一直回避记者，对妻子儿女一概闭口不提当年插旗。70岁时他心力衰竭去世。现在他的雕塑和名字被换了下来。

而那位被约翰·布莱德利顶替的真正的"插旗英雄"哈洛德·舒尔茨（Harold Schultz）退休前是一位邮递员，他一辈子没对外人讲过硫磺岛插旗，仅有一次指着照片对妻子和女儿讲："我是六个人之一。"女儿高兴地叫起来："老爸！那您是英雄！"他说："不，我只是一名海军陆战队员。"直到他1973年去世，他始终没有告诉军方他参加了第二次升旗。2016年，他被雕刻家重新放在了六人群雕上。

更奇怪的是，2019年10月美国海军陆战队又发表声明，说以前一直被认为是升旗手的雷内·加侬（Rene Gagnon，1925—1979）也不在六人之中！取代他的是哈洛德·凯勒（Harold Paul Keller，1921—1979），凯勒生前是纽约布鲁克林区的一名消防队员，参加过多场太平洋跳岛战役并获得紫心勋章，1979年因心脏病发过世，享年58岁。哈洛德·凯勒的名字和雕像换下了在这座纪念碑上呆了几十年的雷内·加侬。哈洛德·凯勒的女儿对NBC电视台讲："天哪，父亲生前谈过硫磺岛战役，作战时肩膀还受了伤，但他一个字未提过他参加了硫磺岛插旗！"

第三位真正参加了这次著名插旗行动的艾拉·海耶斯（Ira Hayes，1923—1955），他也是唯一正确地在1954年被刻在群雕像上的活着的升旗手，但他的人生结局令人唏嘘；硫磺岛战役的惨烈和突然天降的巨大荣誉让艾拉·海耶斯承受了痛苦和压力，杜鲁门总统在白宫接见他们时称赞三人是美国英雄,这令艾拉深感愧疚。他说:"我所在的排45人只有5人生还,我所在的连125人中只有27人幸存,一闭上眼睛,就是我那些倒下的战友们,他们脸上满是鲜血,眼睛瞪着天空。他们死了,我却活着!我怎么会是英雄?"这位具有印第安土著血统的勇敢战士,因战后忧郁症和酗酒而多次被捕,新闻媒体常打出头条"硫磺岛插旗英雄因酗酒被监禁"。艾拉·海耶斯对媒体每年在2月23日追踪采访他非常恼火,他大喊:"那三位阵亡的插旗手才是英雄!我不是英雄!"他说:"世界上最恐怖的是你周围的人都阵亡了,你却站在领奖台上,让别人在你脖子上挂五颜六色的奖牌!也许那些当官的不在乎,但我在乎!请不要纠缠我了!"艾拉甚至没有等到推销军券(为筹措军费而发行的国债)结束就独自离开了全美巡回演讲。在硫磺岛战役后的第十年——1955年,他死于酗酒。喝得烂醉的艾拉跌倒在冰河里,心脏停止跳动,年仅32岁。

2019年10月当海军陆战队的"更正"消息发布后,一些媒体为博取眼球制作了通栏大标题:"硫磺岛升旗手:四个死了,两个假的!"

在雕像前徘徊深思,我想,美国海军陆战队于2016年和2019年发现了两位都叫Harold的低调升旗手,非常好。但为何约翰·布莱德利和雷内·加侬要"冒充"升旗手呢?而且被媒体在全世界宣传了70多年!他们不愧疚吗?他们为什么要冒充战友?美国精神象征《硫磺岛上升起星条旗》的诚信何在?为何英雄在顷刻间崩塌?带着这些沉重的问号,我决定去美国国家档案馆新馆寻找答案。

原画再现——感谢比尔的美丽幽灵

"历史学家一辈子都在找钥匙解决困惑。"

去年春天的此时,我穿过樱花大街去《独立宣言》博物馆搭乘国家档案馆的专车,途中不禁想起当年担任日本驻美国大使馆武官、有着哈佛学历的栗林忠道也曾经这样看着樱花,吟着诗句,步履匆匆。他曾热爱美国的一切,后来也坚决反对向英美开战。栗林少年时代的理想是当一名记者,老师认为聪慧干练的他将来可担大任,推荐他读陆军学校,但他始终热爱文学。硫磺岛战役结束后人们在战壕里发现他写给妻子和在早稻田大学读书的儿子太郎及两个女儿洋子和贵子的信,文采斐然,柔情似水,根本看不出他是下令让"每个日本军人死前必须先杀死10个美国人"的冷血将军。

在华盛顿国家档案馆,我先看了海军陆战队随军摄影师记者比尔·杰纳斯特(Bill Genaust)1945年录制的硫磺岛插旗彩色录像,出于好奇心我翻阅了比尔·杰纳斯特的资料,我看见比尔和乔·罗森塔尔并肩站在小山丘的石头上,一个拍照片一个拍录像,可惜他拍摄了硫磺岛插旗这部激动人心的彩色录像后,仅仅10天这位金发碧眼的专业摄影师就被日军炸死,年仅39岁。现在硫磺岛升旗的遗址处竖立着他的青铜纪念碑,上面写着:"比尔·杰纳斯特,感谢勇敢的你在此摄录了星条旗升起的宝贵时刻。"

我的心顿时坠入冰窟,这么潇洒精干的比尔,被太平洋绞肉机吞噬了宝贵生命!但比尔·杰纳斯特依然活在我面前他拍摄的录像里!短短几分钟的片子我来回看了七八次,仿佛在和比尔·杰纳斯特对话。屏幕上是他在硫磺岛升旗后与战友的开心合影,插旗第二天即1945年2月24日,他在战壕里点上一支烟,吐出烟雾,仿佛在回忆攀登日军大本营折钵山的千难万险。他拍摄的硫磺岛升旗影片,在1945年2月底的《痛击东京》(Carriers Hit Tokyo)美国新闻播出,立即传遍全球,而他还在枪林弹雨下出生入死。3月4日比尔跟随小分队去摧毁日军那300多个地堡,突然遭到掩体内日军的炮弹袭击,冲在最前面为战友探路的比尔顿时血肉横飞,遗体无踪!妻子收到的死亡通知书是"Missing"。活生生一个人,高大性感,遽然灰飞烟灭,令人扼腕!感谢比尔的美丽幽灵,在你的录像里,参加第一次和第二次升旗的战士们生机勃勃,我细心寻找对照,拼起一幅被浩淼岁月遗忘的原图。

参加第一、第二次升旗的许多人都死了,包括升旗小分队的长官钱德勒·约翰逊(Chandler Johnson)上校,插旗后他在视察战地时,竟然被友军的炮弹一炮轰死,真让人撕心裂肺!

看完比尔的硫磺岛录像后,我按照档案馆规定,戴着绿色橡胶手套,小心翼翼地打开硫磺岛插旗原始案卷。我仔细分辨着乔·罗森塔尔那张著名硫磺岛插旗照片,以及在这之前的 2 小时另一位战地记者路易斯·洛厄里(Lou Lowery)拍摄的第一次插旗照,后者经历过塞班岛、天宁岛、关岛和贝里琉岛战役,2015 年我探访了这四个岛的战争遗址,对路易斯拍摄的黑白照片很有感情。在硫磺岛他拍了一个美国大兵给奄奄一息濒死的日本兵抽最后一口烟,让我深受感动。路易斯还拍摄了 44 人小分队朝日本人霸占的山顶运送星条旗的紧张场面,当时许多人怀疑自己插旗后能否活着下山。虽然与乔·罗森塔尔第二次插旗照片不同,但两次插旗中不少战士在流动互助。在国家档案馆我看到了一些鲜为人知的照片。战士们谁都不知道是否会活到明天,更没想成为英雄,他们只是按长官指示把挚爱的星条旗插在火山岛上,标志对日本守军的初步胜利。打开厚厚的案卷百感交集,我抚摸着同在 1945 年 2 月 23 日相差 2 小时的两张珍贵原始照片,心跳加快,喜出望外。最欣慰的是我找到了那两位被媒体大肆鞭挞为"冒充者"的约翰·布莱德利和雷内·加侬的身影!

硫磺岛第一次插旗行动开始时,仅是为期 36 天硫磺岛战役的第5 天,在 20 平方公里的小岛上,炮声隆隆,子弹如雨,宛如炼狱。美军每前进一步都要踏着一排排倒下战友流淌的血迹。23 日早晨美国海军陆战队第 5 师第 28 团哈罗德·希勒中尉率领一支 44 人的小分队,一路血战,上午 10 时 30 分,终于冲上了硫磺岛南部的制高点——折钵山山顶。他们在日本岛屿升起了第一面美国国旗!随军记者路易斯·洛厄里率先跟随登岛抵达折钵山,拍摄下了具有历史意义的首次升旗画面。

乔·罗森塔尔最满意的插旗 20 人集体照（有姓名对照）

路易斯·洛厄里拍摄的
第一次升旗，布莱德利
和汉斯在其中

比尔·杰纳斯特和乔·罗森塔尔站在石
头上拍摄升旗

插旗小分队冒着日军炮火将星
条旗送上山顶

硫磺岛美国大兵给半埋着奄奄一息的
日本兵抽最后一口烟（路易斯·洛厄
里拍摄）

这面在山顶迎风飘扬的星条旗大大鼓舞了美军士气,远远近近的战士欢声雷动,海上几百艘航母、战列舰、驱逐舰汽笛齐鸣,可惜因技术问题,这张照片在1945年7月才面世。在第一次升旗照片里,我看到戴着钢盔的杰姆斯·米歇尔警觉地紧握卡宾枪,眉宇英俊。"冒充者"约翰·布莱德利手持旗杆。二战作家杰姆斯·布莱德利回忆升旗当天,他父亲给祖母写了一份激情洋溢的信:"亲爱的妈妈,今天我参加硫磺岛升旗了!这是我最幸福的时刻!"

我也找到了"冒充者"雷内·加侬,他出现在硫磺岛案卷中一张交换星条旗的独特照片里,在路易斯拍摄的镜头里他站在最前面,手舞国旗,神情激昂。这是他在硫磺岛升旗摄影集里的唯一身影。

可惜的是,第一次插旗照片上戴着软帽站在中央手持旗杆的亨利·汉森(Henry Hansen),在插旗后的第八天即3月1日牺牲了。亨利·汉森的名字从1945年3月26日战役结束后,就一直放在乔·罗森塔尔"国之魂"照片的六人名单里,而他根本没参加过第二次升旗。另一位首次升旗手厄尼斯·汤姆斯也在3月3日牺牲。2月23日10点30分第一次插旗的八人有三位官兵牺牲,同日12点30分第二次插旗的六人中有三位战士和一位摄影师阵亡。"国之魂"照片中亨利·汉森的位置实际上应该是前方撅屁股插旗的小伙子哈罗德·布洛克,尽管公布名单时汉森和布洛克这两位英俊少年都阵亡了。布洛克母亲指着照片泪水直流:"这不是汉森!他是我的儿子!我给他换过如此多的尿布!"但官方直到1947年才纠错,将第一次插旗的烈士亨利·汉森从名单撤下,放上了第二次插旗的烈士哈罗德·布洛克。

这样描述是不是很纠结?难怪海军司令部的官员深感头疼,一搁就是七十年!

在日军的隆隆炮火中,第一次升旗大大鼓舞了全岛士气,刚赶到硫磺岛视察的美国海军部长福雷斯特尔眺望着折钵山飘扬的星条旗激情难抑,大声说:"折钵山升起的国旗,意味着海军陆战队从此之后五百年的荣誉!"他提出要把这面国旗保留下来作为永久纪念。同时,第五海陆两栖军军长史密斯提出,位于硫磺岛最南部的折钵山星条旗似乎太小,而北部的战斗更加激烈,需要换上一幅更大的美国国旗,让全岛每一个官兵都能看到。他命令779号坦克登陆舰紧急将一面更大的国旗送上岸。上校钱德勒·约翰逊命令助理作战官泰德·托图(Ted Tuttle)找到一面比原来大一倍的96×56英寸国旗。此时,乔·罗森塔尔、卜·坎贝尔(Bob Campbell)和比尔·杰纳斯特三名摄影记者已匆匆上山,大约12点半左右,哈罗德·希勒中尉的通讯员——上文提到的第二位"冒充者"雷内·加侬出现了!长腿加侬从托图手里接过巨幅国旗,飞快爬上约200米高的折钵山顶,这时艾拉·海耶斯和富兰克林·苏斯利(3月21日阵亡)已经找来一根重达100多磅的日军排水管,通讯员雷内·加侬协助旗手们将原来的第一面国旗换下,套上了第二面巨幅星条旗,交换国旗时路易斯拍下了有雷内·加侬的唯一照片,而迈克尔·斯达克(3月1日阵亡)和哈罗德·布洛克(3月1日阵亡)负责清理插旗口的岩石堆。哈罗德·布洛克几乎费了九牛二虎之力,脑袋和身体前倾,并撅起他高高的臀部,使劲往乱石缝里插旗。当雷内·加侬完成任务后,就站在一边,看着艾拉·海耶斯等六人在强风吹动下合力支撑着沉重的旗杆,终于插上了一面更大更威风的美国国旗,在折钵山顶高高飘扬!

美联社记者乔·罗森塔尔以1/400秒的快门速度,四秒钟连续捕捉了6位战士第二次插旗的感人瞬间,以后曾不断有人指责乔·罗森塔尔是摆拍,因为六人的姿势简直太完美,面对诽谤责难,幸亏战友帅哥比尔·杰纳斯特同时拍摄了我面前这部由国家档案馆保存的第二次升旗的彩色录像,证明了乔·罗森塔尔完全是自然捕获的珍贵片刻!

真相澄清,犹太血统的罗森塔尔不仅荣获了普利策摄影奖,且因记录了"国家的灵魂"而一夜成名!

第二次插旗后,罗森塔尔又专门让战士们在飘扬的国旗下摆好了 POSE 拍照,20 名士兵围在国旗四周,挥舞着枪支头盔欢呼,细心的罗森塔尔希望留下每一位参与插旗战士的面庞和姓名。我看到艾拉·海耶斯微笑着,他是照片中唯一一坐在地上的人,富兰克林兴奋地高举着步枪,布莱德利露出灿烂的笑容,右手挥舞着头盔。罗森塔尔和比尔·杰纳斯特站在乱石堆上拍摄。据说此时日军要冲上来推倒旗帜。这张炮声隆隆星条旗下人气旺盛的集体照,才是罗森塔尔最为满意的,只是胶卷送到关岛冲洗后就发回了美国,而编辑选择发表的却是第一张六人照!

升旗后依然战斗激烈硝烟滚滚,这之后的 31 天里日军又给美军造成四千多人阵亡和两万人受伤。递送国旗的通讯兵雷内·加侬匆匆离开了插旗现场,向约翰逊上校交送第一面星条旗。约翰逊数日后牺牲。现在,这两面血染的国旗都在海军陆战队博物馆展出。

我在鸦雀无声的国家档案馆,满怀敬意凝视着手掌里乔·罗森塔尔这张在 24 小时之内传遍世界、成为美国精神象征的发黄的珍贵照片。被这张照片深深感动的美国总统罗斯福(此时离他 4 月 12 日去世仅剩下一个多月时间)立即提出战役结束后要亲自接见和感谢硫磺岛三位幸存的升旗手。罗斯福认为这张照片是销售第七轮军券极好的宣传品,于是他下令辨认寻找照片中的士兵并带他们回国!

从硫磺岛到华盛顿: 荣誉、诚实与困惑

然而当插旗照片登上美国各大报纸头条的时候,第二次插旗的三名士兵甚至还来不及知道自己成为英雄就英勇牺牲了,于是匆匆开始辨认剩下的三名战士。问题是他们在硫磺岛根本看不到《纽约时报》,也不知道是哪张照片引起了总统的关注? 参加了第一次升旗的约翰·布莱德利当时被炮火击中腿部负伤,他以为报纸刊登的是他参与第一次升旗的照片,当上级派人询问他时,他立正敬礼回答,"是的! 我参加了硫磺岛插旗!"雷内·加侬的情况也相似,他也没有

看到罗森塔尔那震撼全美的照片,当上级问他是否参加了升旗仪式,作为把第二面国旗带到山顶的参与者,他实事求是地回答:"是的,我参加了升旗!"

现在看来,这两位勇士回答的是"我参加了升旗"而不是"我就是那六个人之一",他们没错,因为他们对这张著名照片还没有任何概念。此时硝烟未散,美军尸体遍野,上级部门得知硫磺岛两次升旗至少有五位升旗手已阵亡,海军官员根据总统命令,十万火急地总算找到了包括真正参加六人"国魂插旗"的艾拉·海耶斯,以及参与了插旗行动的约翰·布莱德利和雷内·加侬,一块石头落地!他们立即安排三位战士飞往华盛顿参加总统接见,并执行总统命令——立即参与美国债券销售。这次美国总统发起的140亿军券促销叫做"强势第七届",是战时最大的一次国债销售。经过国家级的策划宣传,迎来经受过炮火洗礼的硫磺岛"插旗英雄",他们三人要带着硫磺岛第二次升起的这面大旗,在全美几十个城市运动场的礼炮声中再来一次插旗表演,在人群的呐喊声与礼花齐鸣声中,发表感人至深的演讲。三人的销售大获成功,共卖出了263亿美元,比原定目标翻了近一番!

然而,在轰轰烈烈的英雄推销后面,也还有战争带来的悲哀隐情。四月初刚抵达华盛顿的唯一真正升旗手艾拉·海耶斯,马上发现另外两人并没有参加第二次升旗,而参加了插旗的烈士哈罗德·布洛克不在六人名单上。他立即向海军公共关系官员报告,由于六人名单已经正式发布,这位海军官员要求艾拉·海耶斯对此事保持沉默。

可以想象,当艾拉·海耶斯下飞机看到约翰·布莱德利和雷内·加侬时,第一个反应是:"怎么是你们?你们没有参加第二次升旗啊?"

也许约翰·布莱德利会傻傻地问:"我参加第一次升旗了,第二次升旗集体照也有我啊!难道有什么错吗?"约翰·布莱德利这时既没有看到第一次插旗照片,也没有看到罗森塔尔的第二次插旗照片,因此理所当然地想:众人谈的正是他和战友们第一次升旗的抓拍照片。

雷内·加侬也同样一头雾水:"你们找我来,是因为我亲手换了两幅星条旗:把小的替换成大的。我是重要的亲历者。难道不是吗?"

在日军炮弹如雨的硫磺岛,谁会去多想那次升旗?更无《纽约时报》那幅照片可以查证!这时,对海军公共关系部的官员来讲,最重要的是执行总统命令,在遍野横尸中能够找到还活着并参与了升旗行动的三个战士,这已经谢天谢地!至于是不是照片里的六个人,并不重要;万一那两位不吭一声、从不露面的插旗手最后也牺牲了呢?让这两位朝气蓬勃的活人顶替不更好吗?再说了,真正意义重大的插旗是第一次,第二次只是根据长官指示换上更大的旗帜。况且,照片上六位旗手都是背影,连一张正面的都没有,否则不会如此难以鉴定。海军公共关系部官员在听了陆战队员艾拉·海耶斯的"纠错"报告之后,估计是这样对他们三人共同发出指令:"现在,一切以国家为重。执行总统命令高于一切。三位升旗手阵亡了,我们无法找到活着的那两位。也许他们牺牲了,也许他们故意隐藏起来不愿露面。现在,你们就是六人照片里还活着的那三个人,名单已经公布,你们是在为美国海军陆战队执行任务,为那些死去的战友执行总统命令!记住,这事今后须对外一律保持沉默,除非那两位升旗手主动向海军陆战队报告!"

来到华盛顿后,约翰·布莱德利和雷内·加侬看到了那张轰动世界的插旗照片,他们立即知道自己并不在照片中,但只好执行命令,去"顶替"毫无踪影的那两位插旗者。70 年时光飞逝,直至 2016 年 6 月照片上所有插旗的人都已去世,那去世 30 年的邮递员哈洛德·舒尔茨才"被动"地取代了《父辈的旗帜》作者的父亲约翰·布莱德利,而到了 2019 年 10 月,去世 40 年的布鲁克林消防员哈洛德·凯勒才取代了通讯兵雷内·加侬。而哈洛德·舒尔茨和哈洛德·凯勒至死也没向军方报告！

最终发现真相的是四名二战历史学家佛利（Stephen Foley）、克雷勒（Eric Krelle）、斯彭斯（Dustin Spence）和韦斯特迈耶（Brent Westemeyer）。从2014年起他们即像我现在一样，细心研究硫磺岛折钵山升旗录像与影集，发现两次插旗行动中，士兵的穿着不一致，他们的武器装备也印证了海军陆战队的身份鉴定出现了问题；布莱德利参加的是第一次插旗行动，他应当让位给邮递员哈洛德·舒尔茨，而雷内·加侬的实际位置是消防员哈洛德·凯勒。

巧的是，这两位令人肃然起敬的插旗手都叫哈洛德，两位哈洛德面对着巨大的荣誉，心静如水，至死不为所动。

海军陆战队司令罗伯特·奈勒（Robert Neeler）将军在声明中表示："我们的历史对我们有着举足轻重的意义，我们有责任确保历史的正确。"陆战队博物馆摩根说："不刻意追求的人，往往是最值得尊敬的人。哈洛德就是最好的证明。"

美国海军陆战队在一份声明中说："如果没有致力于保护我们历史的历史学家和FBI数字实验室的贡献，海军陆战队不会有机会更充分阐述还原折钵山第二次升旗的真实记录。——不管照片中的人是谁，每一个踏上硫磺岛的海军陆战队士兵永远都会是我们部队宝贵历史的一部分。"

可惜的是，无论是历史学家还是美国海军陆战队，他们更换名字之后，并没有说明其中的原因，这使得媒体开始大肆鞭挞嘲笑"冒充者"，也让美国大众对"冒充者"充满了震惊、疑惑和反感。

"老兵不死，只是悄然隐去"

在漫长的生涯中，老布莱德利从来不和妻子儿女谈硫磺岛插旗，儿子只听父亲聊起过一次，他如何追悔自己在硫磺岛上与战友失散，最后为对方收尸时几乎认不出那惨不忍睹的躯体。作家杰姆斯·布莱德利在父亲死后，整理遗物时才发现他参加了硫磺岛插旗。硫磺岛的父辈们不约而同地一概拒绝采访。阵亡战友一层层的尸体让他们终生满怀悲恸，他们不愿摘取英雄桂冠。

更糟糕的是，约翰·布莱德利明知道自己不是雕像上的六人之一，却偏要不情愿地参加刻着自己名字的硫磺岛纪念碑1954年揭幕仪式，他感到自己简直成了道具，还要装模作样地与牺牲的三位真正插旗手的母亲们握手，聆听艾森豪威尔总统和尼克松副总统的演讲，然后接受他们颁发的勋章。闪光灯下的荣誉变成对自尊心的巨大折磨。硫磺岛纪念碑揭幕的第二年，和约翰·布莱德利一起推销过263亿国债、三人中唯一真正的第二次升旗手艾拉·海耶斯，因战争忧郁症和酗酒过度而暴毙。

现在，感谢华盛顿美国国家档案馆，伏案查阅辨析，我的疑问全部找到了答案！

我对媒体轻易使用不恭之词把两位出生入死参与硫磺岛升旗行动的老兵诬称为"冒充者"，并以此制造轰动新闻而感到气愤不安：布莱德利和加侬不是冒充者也不是假的，他们仅是战时非恶意的记忆误差！

媒体人为了商业目的诋毁嘲讽升旗的前辈们，和平生活了70年的他们全然不了解战争的残酷。这就是我花了几个通宵写完本文的原因。作家，都为心灵写作。完笔之后有了如释重负的感觉。我肯定这是一篇独一无二的报告文学。我仿佛听到战后活着的他们——为美国总统推销军事债券的布莱德利、加侬和艾拉三人，以及从未暴露自己硫磺岛插旗身份的两位哈洛德，他们五人在晨曦微露的天空说：

朱莉娅，你说得对。

我们仅仅在战场竖立起我们挚爱的星条旗，英雄的桂冠太重，我们承担不起。每当梦里出现惨死的五位旗手，和硫磺岛阵亡的近七千名烈士,我们总忍不住在深夜悲泣。他们才是真正的英雄。我们珍惜余生,服务社区,静谧生活直到死去。我们是为了国家而战,为倒在身旁的战友而战,正是他们的鲜血换来了弥足珍贵的和平。

我耳畔响起尼米兹的声音:"对于在硫磺岛作战的人来说,不寻常的勇气是普遍的美德。"还有麦克阿瑟的名言:"老兵不死,只是悄然隐去(Old soldiers never die,they just fade away.)"。

栗林家书

写完了硫磺岛插旗幸存的五位勇士,再来看看造成他们战后噩梦的日军总指挥栗林忠道,他头脑是何物构成? 身体里流淌什么颜色的血? 这位喜欢观赏华盛顿樱花的哈佛学子,又有着何种传说?

驻硫磺岛日军战斗机不时升空拦截 B-29 机群,令尼米兹非常恼火。为清除心腹之患,美军决心夺占硫磺岛。为保卫东京,日军也势必死守硫磺岛。硫磺岛战役是栗林指挥的唯一战役,却成了战争史的"传奇"。

1945 年 2 月 16 日,美国军舰、轰炸机开始对硫磺岛狂轰滥炸,2 月 19 日海军陆战队执行第一波抢滩。当晚,美军指挥官霍兰德·史密斯上将听说日军没有进行万岁冲锋,感到不同寻常。霍兰德将军告诉记者,本以为日本人都是没脑袋的莽夫,结果"谁知道硫磺岛日军头头栗林居然是个聪明的混蛋(one smart bastard)"。

栗林忠道 1891 年 7 月 7 日生于日本长野,出身武士世家。他曾以全校第二名的成绩毕业于日本陆军大学,并获天皇御赐军刀。1927 年至 1931 年先后两次出使美洲,任驻美国及加拿大武官,曾在哈佛大学研习美国军事,是日本陆军中少有的"亲美派"和熟悉美军的高级将领。

1944 年底的日本国力亏空,栗林仅率一个临时拼凑的陆军师团,包括 15 岁的少年和 70 岁的老人一共两万余人,防守 20 平方公里的硫磺岛,唯一的精锐就是他在骑兵部队的朋友西竹一中佐的战车联队。

1944年抵达硫磺岛时,栗林忠道写给妻子的信说:"我或许不会活着回来,但你放心,我决不会给我们的家庭带来耻辱,我一定会对得起我们栗林家的武士门风。"

栗林忠道吸取塞班岛万岁冲锋白白送死的教训,和贝里琉岛诱敌深入坚守72天重创美军的经验,决定放弃滩头阵地,以纵深防御为主,诱敌深入至近距离500米再开火。他严禁自杀式冲锋。他把折钵山掏空建造为9层核心阵地进行防御,并每天在岛上巡回查看。战后被俘的日本兵竟然每个人都声称看到过他们的最高指挥官,让美军十分惊讶。

2月19日海军陆战队登陆后,岛上日军回应寥寥,让美国海军指挥官们以为他们的三天炮击已成功压制了日军,于是他们下令海军陆战队扩大海滩阵地。在一片可怕的沉默中,海军陆战队完全没有察觉他们正暴露在日军暗堡的火力之下。美军登陆一个小时后,栗林实施近距离歼灭战术,下令日军开火。

10点,日军的机关枪、迫击炮等重型火炮同时向人潮拥挤的海滩开火,顿时海滩成了一片血海,美军第24、25团死伤25%,第一波登陆的56辆坦克半数损失。

更糟的是,栗林挖的地堡密集相通,即使某处地堡被美军火焰喷射器清除干净,日军仍然可以快速重新占领,在300多个居高临下的碉堡发出轮回袭击,造成海军陆战队大量伤亡。

但"固若金汤"的折钵山遇到霉运:日本海军无视陆军中将栗林下达的炮击时机指示,贸然用岸炮反击美军,导致折钵山阵地位置暴露,结果在登岛第二天即被美军歼灭。

19日傍晚,美军将硫磺岛最南端的折钵山头包围,其余4万人也开始登陆。第一天美军阵亡548人,包括海军陆战师传奇人物、曾二人击退3000日军的第一海军陆战师机枪分队队长约翰·巴西隆

(John Basilone)。

20日，美军占领千岛机场，切断折钵山与岛中央栗林中将指挥部的联系。美军用火焰喷射器和手榴弹进攻地堡，折钵山独立守备队队长厚地兼彦大佐战死。

21日，美军后备队第三海军陆战师登陆，日军32架飞机从千叶县起飞对美军展开神风敢死攻击。击伤美军航母萨拉托加号，击沉护航航母俾斯麦号，美军当天阵亡644人，伤4108人，失踪560人。

22日，由于战斗减员严重，第三海军陆战师接替第四海军陆战师继续进攻硫磺岛元山。折钵山方面还在山脚处于胶着状态。美军用火焰喷射器逐次消灭坑道中的日军，无法烧到的灌入汽油点燃熏烤。

23日早上10点30分第五海军陆战师第28团第2营终于登上折钵山插上星条旗。12点30分又换了一面更大的旗帜，这就是随军记者乔·罗森塔尔拍下的著名的《硫磺岛升起星条旗》。

3月16日18时，美军宣布硫磺岛之战胜利（登陆后第25天）。

当败局已定，栗林中将命令联队长池田大佐烧毁军旗，并于3月16日晚向东京大本营发出诀别电："战局已临最后关头，卑职身在前线，祈祷皇国必胜安泰。目下弹尽兵寡，决作孤注一掷，粉身碎骨，以报皇恩，谨率领士卒，呼皇万岁，藉此永诀。"大本营误以为他已战死，17日裕仁天皇特旨晋升栗林为陆军大将，时年53岁，是当时日本最年轻的陆军大将。

此时美军陆军司令麦克阿瑟正指挥攻打菲律宾吕宋岛并夺回当年把他打下海的科雷吉多岛，日军节节败退焦头烂额，大本营再也无法支援栗林。

3月17日这天，美军到达硫磺岛最北端的北之鼻，栗林对残余部队下达总攻指令：

一、战局已无可挽回。

二、兵团于17日晚上发动总攻。

三、各单位于本夜午时向敌军进攻,战到最后一兵一卒。

　　四、我将一如往常在诸位前头。

　　3月21日,美军摧毁了日军的指挥所。同日,日军大本营发布硫磺岛日军玉碎的报告:"战局已经到了最后的关头,17日午夜最高指挥官栗林胸怀必胜的信念和对皇国安泰的祝福,率领全军向敌人发起冲锋,随后音讯皆无,硫磺岛守备部队的玉碎壮举,必将成为一亿国民的典范。"

　　3月24日,海军陆战队封闭了硫磺岛北部剩下的洞穴。

　　3月26日凌晨,栗林发动最后的攻击,他将身上的军衔扯下扔在地上,其他官兵也把军衔扯下,栗林手持军刀,向兵士们做了最后的战前演说:"我即将在诸君之前,在战阵中倒下。诸君战斗到今日的丰功伟绩不会被人们忘记,即使日本国在这场战争中失败,日本国民也会为诸君的忠君爱国精神所感动激昂,歌颂各位的功勋、对着各位的灵位流泪默默祷告的日子,一定会到来的。诸君安心地殉国吧。"

　　栗林之所以这样说,是因为之前他将部下殊死顽拼的战功上报,但大本营无暇顾及,一直没有下战功奖状,令栗林心中很是不安。

　　随即栗林大将率领剩余的350余名士兵向美军航空兵2号机场发动最后一次反攻,冒着隆隆炮火前进。进攻之前,栗林下了"不要把我的尸体交给美军"的命令,他带着一个小铲子冲锋,不久大腿中弹,受重伤的栗林仍然扶着一个军官的肩膀继续前行指挥。这次最后攻击造成美军53人死亡,120人受伤。这是栗林最后的行动,多数士兵在美军的强攻下坚守岗位直到战死。由于栗林大将冲锋前扯去了军衔章,因此无法确认尸体。据说栗林因大腿伤口流血不止,举刀剖腹自尽,由随从参谋长开枪介错,然后掩埋遗体。

　　日军在硫磺岛殊死抵抗中22703人战死,1083人被俘。美军在硫磺岛夺岛战役中伤亡 28686 人,其中阵亡 6821 人,27 人获得最高美军"荣誉勋章",超过了美国海军陆战队在二战获得荣誉勋章总数的 1/4。直到 3 月 26 日栗林死后,硫磺岛才完全由美军控制。

10 年后,数以百计的信笺在一片荒寂的硫磺岛沙滩里被发现,这些信笺真实呈现了驻守硫磺岛日军官兵参战的感受,他们视死如归,又有着柔情铁汉的一面。日军作为人的个体,其勇气与悲悯都彰显在一封封寄回家的诀别信笺中。

1944 年夏秋之际,这位美军公认的日本第一名将栗林忠道铺开信纸,给次女贵子提笔写信。在女儿小时候,他常在信中为女儿手绘插画。

> 我的宝贝女儿,最近爸爸经常做梦,梦里我回到了家乡,牵着妈妈和你的手漫步在街上。但我知道那是不可能的事情。贵子啊,爸爸无时无刻不在盼着你长大成人的那一天,成长为能够帮助妈妈的人。所以你要健康,要用功读书,要听妈妈的话,这样才好让爸爸放心啊。
>
> 想想乡下老家的夏天是很凉爽的啊,可是现在我这里是酷暑难耐,热得我都不想说话。藤田先生晚上呼噜打得震天响,睡得很香。可是爸爸睡得也很香,而且我不打呼噜哟。有些士兵晚上还会说梦话呢。

栗林疼爱妻子,非常顾家,时时思念东京的温馨家庭。在硫磺岛他给在早稻田大学读书的儿子太郎写道:

> 我要交代的是:一定要听妈妈的话。爸爸不在家的时候,一切要以妈妈为中心,多多帮助妈妈,用心并快乐地过好每一天。尤其是太郎,你要立志成长为坚强健壮的青年,以后好让妈妈和妹妹们能够信赖和依靠。

栗林忠道曾在硫磺岛战壕里听日本电台播放的女童合唱："英雄的硫磺岛,神奇的小岛",暗自为诀别儿女爱妻黯然神伤,他知道自己和两万军队毫无后援,必死无疑。但为国土顽拼到底的决心反而让他产生了一种英雄主义的骄傲。他要造成敌手最大伤亡。为此,他3月16日向东京发出诀别电报后,又整整打了美军10天,才身先士卒冲出地堡攻打美军占领的2号机场,最后战亡。

谁打死了他?是美军的炮弹?还是裕仁天皇膨胀的野心?

奥运冠军西男爵

栗林是日军骑兵团的创始人,他在硫磺岛唯一的精锐就是他骑兵部队的部下和朋友西竹一中佐的战车联队。西竹一男爵曾是1932年洛杉矶奥运会马术冠军,一位风靡加利福尼亚的贵族美少年,父亲西德二郎是驻清公使,因买卖中国茶叶获巨额利润,后来做过伊藤博文内阁的外务大臣。这位年轻时美国权贵圈女孩的"白马王子",1944年被任命为第9师团第26战车联队指挥官。

1944年7月西竹一被命令去硫磺岛,他预见到那将是保卫日本领土、与他的武士血统相称的一场血战。在前往硫磺岛前,他告诉他的儿子:"你的父亲将不会死得毫无价值。"7月17日,他的舰艇在靠近硫磺岛的父岛海域遭到美国潜水艇袭击,使得28辆战车和运输船一起都沉到了海底。

8月,为了补充损失的战车,西竹一又返回了东京。在东京逗留的短暂日子里,西竹一抽空到世田谷区的"马事公苑"看望正在那里度过余生的爱马"尤利纳斯"。"尤利纳斯"听到了西竹一的脚步非常兴奋,用脖子不停地在西竹一身上蹭来蹭去,一股喜悦之情。预感到此次前往硫磺岛是凶多吉少,西竹一剪了"尤利纳斯"的鬃毛,放在自己的军服内,随身携带留作纪念。在硫磺岛上,西竹一也是穿着马靴,整日马鞭不离手。

在硫磺岛，西竹一认为地理条件不适合传统的战车战，征求了守岛司令栗林忠道的同意，他把后来补充的 22 辆战车以及 95 式轻战车的炮塔拆下来当作要塞炮使用，并做了精心伪装。西竹一的战车部队在战斗中拖住了美军海军陆战队的一个师，在一个岩石峡谷中战斗了六天。他曾经命令把身边的珍贵药品用于救治一名美军伤兵俘虏（后来死去）。在硫磺岛战役后期，美军情报官巴特利特（Sy Bartlett）在得知西竹一就是对方指挥官时，曾以高音喇叭试图劝降已经陷入绝境的西竹一，称"世界将为失去奥运马术中的西男爵而惋惜"，但是西竹一从未回答。

和栗林一样，西竹一死后也是尸骨无踪。他率兵作最后冲锋时，一只眼睛被炮弹击中受伤，不想拖累大家而开枪自杀。据说他死后一只手仍握着在奥运会上赢得金牌的马鞭，遗体和马鞭一起匆匆被掩埋。西竹一战死时 42 岁，死后晋升为陆军大佐。长子西泰德继承了他的爵位，现为硫磺岛协会副会长，该协会主要负责挖掘日军战死者的遗骨遗物。但是 75 年过去，西竹一的遗体仍然没有找到。

从太平洋战争关于西男爵的资料里，我看到 1932 年美国已掀起反日浪潮，但在洛杉矶奥运会现场的 10 多万美国观众被西爵士的精彩表演打动，纷纷高喊"Baron Nishi（西男爵）"，替他加油。最后登场的是他与"尤利纳斯"完美搭档的表演，靠着高超的技术，力压群雄，获得了金牌。这是日本在奥运会上第一次获得马术项目的金牌，也是到 2010 年为止日本在奥运会马术项目上获得的唯一一块金牌。在跨越最后一道障碍时，爱马不经指示自行横曲后足越过障碍物，在接受采访时，西竹一兴奋地说"We won!"在这里之所以使用了"We"而不是"I"，是因为他把意大利爱马"尤利纳斯"看成了真正的搭档，人马合一，令美国观众大为感动。

西竹一在 1932 年奥运会夺冠

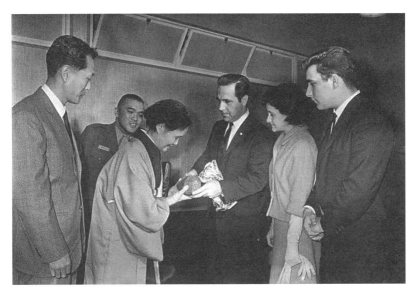

参与升旗的雷内·加侬送战地石头给栗林遗孀的一幕（左一为栗林之子，右二右一
分别为加侬的妻子和儿子）

由于西竹一性格开朗，能说一口流利的英语，使得他在美国拥有极高的人气。获得金牌后，连日有好莱坞女明星打电话邀请他参加宴会，洛杉矶市授予他荣誉市民称号。西竹一的思路开阔豪放，对天皇的至高无上神权表示怀疑，在军队朝着皇宫方向实施遥拜的时候，他甚至都不低头。再加上他是个美国通，拥有丰富的国际阅历，和陆军的保守风格显得格格不入，因此西竹一在军中一直遭受冷遇。

他战死的地点众说纷纭，在硫磺岛东海岸立有"西大佐战死碑"。

回顾硫磺岛战役，让我们倍感日本全民洗脑与樱花军国主义的可怕凶残——不仅杀戮敌人，更是摧残国家，毁灭本国优秀儿女的生命！

惨烈的太平洋绞肉机，年龄不满 20 岁的 7 万美军士兵浴血奋战，前赴后继，然求生的愿望从未消失，在炮火隆隆血肉横飞的疆场，一些美军士兵跪领随军牧师的圣餐，祈祷上帝让自己活着离开这人间地狱。战后，美军指挥官直言这是一场"没有胜者的战斗"。

在硫磺岛，栗林忠道的诸多家信被发掘，日本出版了一本《栗林忠道硫磺岛来信》。2006 年，美国导演伊斯特伍德将其拍成电影《硫磺岛家书》，一举斩获金球奖和奥斯卡奖等诸多奖项。

二战结束后，美国军事史专家和现役将领曾回答过一次提问："太平洋战争中，谁是最优秀的日本指挥官？"排在第一的名字是：General Kuribayashi（栗林将军）。

栗林也是太平洋战役中唯一收获了美国人一致敬畏的日本将领。

硫磺岛的通讯兵、生前被误认为是著名六个插旗手之一的雷内·加侬做了一件感天动地的事：拜访敌军总指挥栗林的遗孀和儿子！1965 年，在硫磺岛战役 20 周年之际，他带着夫人和儿子来到日本，先飞硫磺岛祭拜了大批牺牲的美军战友，他们如果没有死，正该享受四十岁的美好人生。然后雷内·加侬一家飞东京，去探望栗林在战地春梦中念念不忘的妻子和儿子太郎，他亲手送给栗林遗孀一块硫磺岛折钵山的石头。在这个布满硫磺的火山岛上,雷内·加侬与战友们升起了日本国土上第一面美国星条旗。而现在这一块战地石头,由美军战士亲手送给战死的敌军指挥官家人,这意味着美国人对栗林大将智慧、勇猛与视死如归的尊重,以及对人类永久和平的期望。

人啊,人! 何时才能停止相互杀戮?

再见了! 马歇尔大道的六勇士硫磺岛插旗纪念碑!

再见了! 华盛顿美国国家档案馆!

请记住这史诗般的血染战旗,请仰望硫磺岛的天空。

走开吧,"狗娘养的战争!"

穿越炼狱

冲绳岛启示录

血染的名字：医疗兵道斯、记者恩尼斯特和作家大江健三郎

2016 年我乘坐的飞机在日本冲绳岛那霸国际机场降落，在飞机上我又重看了一遍梅尔·吉布森执导的《血战钢锯岭》，与《拯救大兵雷恩》《中途岛之战》《桂河大桥》《硫磺岛家书》一样，都是我非常喜欢的、基于真实故事改编的二战电影。《血战钢锯岭》的背景是二战末期美军与日军争夺冲绳岛的冲绳战役，主角为 77 步兵师 307 团的医疗兵道斯，这个身材矮小、信奉"不杀生"的虔诚基督徒，曾遭受战友们的嘲笑，但他携带着袖珍本《圣经》，在险峻陡峭、血肉横飞的钢锯岭冒着枪林弹雨，凭借一己之力营救了 75 名受伤战友，他矮小灵活的身躯跳跃在硝烟弥漫的人间地狱，不断咬着牙说："让我再救一个！"多少血流满面、奄奄一息的战士在他的怀抱重拾生命的希望，他那双明亮的眼睛、有力的大手和炮火中刚毅的面容，令人泪水婆娑。

现实中的道斯在战场上多次负伤而大难不死，同时救下了上百名负伤士兵,战后获得杜鲁门总统的亲自嘉奖。

在我踏下飞机走出冲绳机场时,想到的第二个人是恩尼斯特·泰勒·派尔(Ernest Taylor Pyle,1900—1945),他被誉为"第二次世界大战最伟大的战地记者",1944年获普利策奖,有近200家报纸刊载他的报道。1945年4月18日,他在冲绳战役伊江岛采访时,被日军机枪手击杀,一颗子弹贯穿了太阳穴。

纵观冲绳岛战役,无法想象的是1945年6月冲绳战役后期,日军实行"玉碎"计划,冷酷屠杀了10万岛民与日本本国居民!当年一片废墟之地,如今宛如翡翠蓝宝石般美丽,海滨鲜花盛开,椰风轻拂,世界最大的水族馆迎接着五洲四海的游客。我来到海边摩文仁山丘和平祈念公园,该地是冲绳岛东南部最后的战场,在绿茵花丛中,豁然看见几十座纪念碑,既像林璎设计的越战纪念碑,又像众多和平鸽的翅膀,一排排舒展拥抱着面前的蔚蓝海洋;令人不敢相信这里发生过惨烈而血腥的战争。在太阳下熠熠闪光的黑色大理石上刻着在这场战役中死亡的美军、英军和日军及日本平民的名字,截至2008年6月为止,它共列出了240734人的名字!

在刻着无休无止名字、触目惊心的祭碑前,我不禁想起诺贝尔文学奖得主、著名作家大江健三郎写的《冲绳笔记》。他在书中指出岛上居民惨绝人寰的集体自杀是在岛上日军的命令下执行的,勇于直面事实的作家遭到右翼狂热分子的起诉和索赔,经过近三年缠讼,大阪地方法院在2008年3月作出判决——认定了大江健三郎关于许多平民是在军方强迫下自杀殉国的证词,驳回了两名原告的赔偿要求。法院裁定赞成大江的理由是士兵分发手榴弹自杀和强迫他人自杀,以及在没有驻扎日本军队的岛屿上没有发生集体自杀的记录!

感谢温斯顿·丘吉尔

我来冲绳是为了完成太平洋跳岛战役寻踪的私人计划。

近几年来,为了追寻太平洋战争遗址和尼米兹、麦克阿瑟的足迹,我跑遍了贝里琉岛、塞班岛、天宁岛、关岛、菲律宾吕宋岛和科雷吉多岛战役遗址,同时,在中国内地也沿着父亲1941年16岁参加新四军抗日战争和解放战争的足迹,探寻了皖南事变遗址及项英遇害的蜜蜂洞,爬上几百米高陡峭原始的蜜蜂洞,颇为艰难,气喘吁吁!我还探访了安徽岩寺新四军军部旧址、安徽泾县云岭新四军司令部、江苏盐城新四军司令部、淮海战役、孟良崮战役和碾庄战役遗址。最后我站在亲爱的故乡、上海外滩1949年之前的工务局大厦——原国民党市政府大楼面前。父亲在1949年5月是第一位奉命走进旧上海市政府的军管会干部,接着父亲目睹了陈毅市长与国民党赵祖康代市长的隆重交接仪式。①

父亲在16岁那年看到日本鬼子烧杀抢夺,三位邻居当场死去,怒火中烧的父亲立即离家投奔新四军,直到2019年10月在华东医院去世,95岁的父亲总把自己叫做"新四军老兵"。记得小时候在市委机关33号海格大楼的阳台上,放暑假时我们常围在父亲身边,听父亲深情地唱陈毅作词的《新四军军歌》:

> 光荣北伐武昌城下,
> 血染着我们的姓名。
> 孤军奋斗罗霄山上,
> 继承了先烈的殊勋。
> 千百次抗争,风雪饥寒;
> 千万里转战,穷山野营。
> ……
> 八省健儿汇成一道抗日的铁流!
> 八省健儿汇成一道抗日的铁流!

---

① 见我的历史散文《他只身一人走进国民党市政府大楼》,刊载于2019年9月29日《新民晚报》。

东进，东进！我们是铁的新四军！

太平洋战争起源于中日战争。日本虽然对珍珠港觊觎已久，偷袭计划也早已成型，但日本在美国对日强硬前并没确立要对美开战。最后日本之所以孤注一掷，起因还是中国。

无怪乎有些二战美国老兵说，我们浴血奋战打日本，一是为珍珠港罹难者复仇，二是为中国打抱不平！"因为日本不可能侵犯到美国本土，我们如果不卷入世界大战，歌舞升平没问题。"

日本对中国的蛮横入侵不仅导致中华大地生灵涂炭，哀鸿遍野，也造成美欧在华利益的巨大损失，美国与日本关系开始恶化，美国对日本实行了严厉的经济制裁，包括断绝其石油和战略物资的输入，并冻结日本在美金融财产。不幸的是，一向奉行孤立主义的美国民间舆论却一致反对罗斯福干预中日战争，两位众议员甚至提出要弹劾罗斯福总统。在绥靖政策的强大压力下，美国对日封锁的决心产生了动摇。

罗斯福苦思冥想：中国和日本这两张牌究竟该如何打？中国显然是受害方，由于母亲家族发迹的历史，使得他本人对中国很有感情。但明治维新后欧化强大的日本在日俄战争获胜后，与美国关系日益密切，尤其是日本向美国购买石油、钢铁、军火等大笔物资，对依然在大萧条苦海挣扎的美国颇为重要。经过各方的斡旋，白宫方面终于作出了改变：1941 年 11 月 22 日——此时距偷袭珍珠港仅两周时间，美国国务卿赫尔接见中、英、荷、澳四国大使，以延缓对日开战为由，宣布对日妥协，取消冻结日本在美财产，并可恢复对日贸易、互相给予对方最惠国待遇，但条件是要日本停止对中国与越南等地的侵略。蒋中正闻讯大惊失色，立即派专员去白宫游说，得到不少部长的支持。在这个最关键时刻，温斯顿·丘吉尔的一个紧急电话改变了美国和世界命运——凌晨，心事重重的罗斯福接到丘吉尔的电话，英国首相在电话那头语气坚定地讲："如果中国战场垮掉，欧洲战场也将面临危险!"

11月26日,两个日本代表满面笑容地进入白宫,以为美国人制定了妥协协议,然而走出来的时候脸色大变,懊丧而返。12月1日,日本召开御前会议,认为美国已经彻头彻尾成了"中国的代言人"!裕仁天皇正式批准海军命令,确定向美国开战。1941年12月7日,日本在未宣战的情况下偷袭珍珠港,同时向马来亚、印尼、缅甸和菲律宾、美属关岛进攻,美国同日对日本宣战,加入同盟国阵营,而纳粹德国与意大利亦向美国宣战,太平洋战争爆发!

试想,如果丘吉尔没有向罗斯福打床头热线电话呢?我们应当感谢温斯顿·丘吉尔。

1945 年的血腥愚人节

思绪如涛,史海钩沉,我来到位于断崖之上的著名景点"万座毛"。传说清朝康熙年间琉球国王尚敬王去北部巡视路经此地,随从万人坐地,颇为壮观,因而得名"万座毛"。琉球王国国王曾向朱元璋至康熙的宗主国皇帝每年进贡,在经历了450年独立历史之后,最终被萨摩藩及明治政府吞并,1879年国王交出首里城投降,从此琉球王国退出历史舞台,日本冲绳县诞生。

时间凝冻在1945年4月1日愚人节。

经过漫长的跳岛战役,盟军逐渐接近日本本土,并计划利用冲绳这个距离日本本土仅340英里的岛屿作为一个空中作战基地,以实行战略中进攻日本国土的"末日计划"——冲绳岛战役,代号为"冰山行动"(Operation Iceberg)。这是太平洋战争中规模最大的两栖登陆行动。二战欧洲战场伤亡人数最多的是列宁格勒保卫战,在1941年9月至1944年1月底长达900天的围困中,纳粹德国50万士兵伤亡或失踪,苏联350万士兵伤亡或失踪,100多万列宁格勒市民死亡;而太平洋战场伤亡人数最多的则是冲绳岛战役,在1945年4月1日至6

月 21 日的 82 天惨烈血战中,10 万日军几乎全部战亡,54 万美军伤亡9 万 4 千余人,其中阵亡 22513 人。另有逾 10 万琉球岛民、日本平民被迫引爆炸弹或跳下"万岁崖"集体自杀。

在冲绳岛战役发生之前,尼米兹已经攻下硫磺岛,麦克阿瑟则胜利登陆菲律宾莱特岛和科雷吉多岛,警觉的东京大本营担心冲绳岛一旦失守,将面临亡国命运。大本营任命牛岛满陆军中将为冲绳岛最高指挥官,派出了四个师团、五个旅团共约 12 万兵力守岛,又从台湾、琉球和九州派出八千多架军机,包括两千多架神风自杀机以及 16艘军舰和 900 多门火炮,另在冲绳岛周围海域派出上百艘自杀艇和自杀鱼雷,计划对美军实施水下攻击,背水一战。

美国方面更是气势磅礴,志在必得,陆上作战由巴克纳中将担任总指挥,派出两个军八个师的 54 万兵力,加上 15000 架军机、1300 艘军舰以及英美大批航母担任掩护支援。海上作战由富有经验的斯普鲁恩斯和米切尔将军指挥,尼米兹亲自督战。

但是,美军遇上了"冲绳狡狐"——八原博通。

1945 年 4 月 1 日,美军第 10 集团军 20 万人在如林战舰和如云战机的掩护下登上冲绳岛海岸,意外的是海滩上宁静如常,全无枪炮喧嚣,令美军误以为是愚人节的玩笑。几天后,美军在南部群山中突然遭遇猛烈炮火阻击,一排排士兵倒下,血流成河,他们立即意识到这将是贝里琉和硫磺岛的翻版,将是太平洋战争中最血腥最艰难的一场战役。而制定冲绳防御战略的人,就是牛岛满的高级参谋八原博通大佐,和山本五十六与栗林忠道一样,八原也是日本陆军中少有的"美国通"。

八原博通自幼便有才子之名,1929 年陆军大学毕业,成绩排名第5 位,获天皇恩赐军刀。1933 年至 1935 年,八原博通作为陆军大学优等生赴美留学,曾进入美国陆军指挥参谋学院深造,深入研究了美国陆军的战术和美国社会,成为一名"美国通"。归国后八原历任陆军大学教官、大本营作战参谋、驻外武官等。在冲绳岛战役中担任副参谋长的八原与在硫磺岛"玉碎"的栗林上将心有灵犀,他向牛岛满提出放弃滩头作战,把美军引入树林沟壑再予以痛击;利用崎岖复杂的地形和如同蚁巢的洞穴构建了一个杀戮迷宫。八原博通策划、组织、协调和决策的这场经典防守,殊死坚守了82天,被丘吉尔称为"战争史上最激烈最著名的战役之一"。

4月1日美国海军陆战队在冲绳岛西海滩登陆后,不久即近距离遭到藏身于坚固碉堡里的日军激烈反攻,至4月8日晚上美军损失了1500人,虽杀死及俘虏了日军4500人,但这只是搬掉了首里防线的前哨而已!

道高一尺,魔高一丈。在冲绳岛美军战壕减员严重、氛围凝重之时,最戏剧性并载入史册的海上作战开始了,一支日本海上扇形舰群在超级战舰"大和"号率领下进行攻击,以吸引盟军飞机并增加神风特攻队攻击盟军舰艇的机会,但此时日军已失去制空权,在无飞机保护下,战绩辉煌的"大和"号等于虎口喂羊,自寻死路,离开了濑户内海后,在盟军超过300架舰载机连续两天的攻势下,这艘全世界最大的战舰于1945年4月7日被击沉,极大鼓舞了盟军的士气,也让为二战纵横捭阖、运筹帷幄的罗斯福绽放出笑容。

1945年4月13日黑色星期五,美国总统罗斯福突然在乔治亚州温泉镇逝世的消息传出。4月12日他在被绘制肖像时因脑溢血骤然倒在了相恋30年的情人露西的怀里,撒手人寰。噩耗传到阵地,位于冲绳前线的美军官兵无不深感震惊和悲痛。尼米兹以太平洋战区全体官兵的名义向罗斯福夫人发去了唁电,裕仁天皇和希特勒惊喜万分,大肆散发"美国悲剧"的传单,大本营急不可耐催促牛岛满抓住时机发动反击。牛岛满先以敢死队员怀抱自杀炸药包炸毁大批美军坦克,再对海滩上的美军步兵发起冲锋,美军节节败退,数日死伤近5000人,全凭后续部队的重炮和海空优势火力将日军攻势遏制。就像3月26日结束的硫磺岛战役一样,日军利用坑道躲避美军轰击,每一个山头，每一个碉堡，每一个坑道，甚至每一块岩石，美军都必须经过多次血战才能夺取，有时激烈的战斗进行数日，美军的进展总共也不过数米！

美军海军陆战队第一师第一营指挥官理查德·罗斯中校在敌军狙击火力下，仍勇敢地在首里城墙上升起该师旗帜，这面旗曾经在贝里琉岛战役中升起。1945 年 5 月 8 日，美军第 77 步兵师的士兵们面无表情地在收音机前收听二战欧洲胜利日直播，因为他们不知道自己是否能够活着走出冲绳岛！

美方原本计划"冰山行动"在几天内结束，却耗了三个月之久！日本神风自杀机组"彗星"5 月 11 日连续袭击冲绳岛附近美军"碉堡山"号航空母舰，美军死亡失踪 389 人，受伤 264 人，阵亡的 352 名美军官兵尸体被裹上帆布，在海葬仪式后被悲恸的战友投入海中。其中一架自杀机的驾驶员是年仅 23 岁的早稻田大学高材生小川清，他大学毕业后参军并自愿成为一名自杀机飞行员，二战中约有一千名日本大学生成为自杀机的牺牲品，其中包括不少东京大学、早稻田大学、京都大学的学生。此时距神风特攻战机初次投放战场仅半年时间。

1944 年 10 月下旬，在菲律宾莱特湾战役中，日军只剩下 30 架零式战斗机，第一航空舰队司令官大西泷治郎中将组成了第一支神风特攻队，并对年轻飞行员发表了他带有极大煽动力的著名演讲：

> 勇士们，敌兵压境，帝国危在旦夕，如今决定日本命运的，不是那群酒囊饭袋的文官，也不是夸夸其谈的政客，而是你们，帝国的空中骄子！你们的血肉之躯定会使你们留名青史的。去吧，勇士们！
>
> 愿天神保佑你们实现你们的誓言，一机换一舰，英名传千秋！

面向大海的 24 万罹难者和平纪念碑

牛岛满（左一）、八原博
通（左二）和长勇在冲绳
岛部署战事

冲绳岛美军毫无表情地收听欧
洲战场胜利结束消息，但他们
担心自己能否活着回家

巴克纳（ Simon BoliVar Buckner,
1886—1945）中将，美国陆军第 10 集
团军司令。他是美军在太平洋战争中阵
亡的最高指挥官。

深夜,大西泷治郎给了 23 岁的关行男作为第一支特攻队队长的机会,关行男闭上了双眼,他刚新婚 4 个月,低头沉默了 10 秒钟,随即答应了。在临行前,关行男对海军报道员说:"我有即使不冲撞敌舰也能用炸弹命中的自信。如果让我们这些优秀的驾驶员去白白送死,日本的未来很灰暗。我不是为了天皇阁下也不是为了日本帝国,而是为了妻子和最爱的人去死。怎么样,是不是很潇洒?"

1944 年 10 月 25 日,在麦克阿瑟登陆莱特岛后,关行男率领 5 架零式战机各装上 250 公斤的航空炸弹,当天向盟军的四艘护航航母发起了猛烈的自杀袭击,导致美军三艘战舰受伤,圣鲁号则被击沉! 从此日军开始疯狂使用神风特攻机,尤其在硫磺岛和冲绳岛战役中,给美军带来了重创。

神风特攻队的攻击一直持续到了战争的最后一天。1945 年 8 月 16 日,大西泷治郎在东京寓所剖腹自杀,他的遗书表示"对参加神风特攻队以身殉国的 4000 多名海军航空特攻队员表示诚挚感谢,愿以一死以谢部下。"为表达歉意,大西没有请人介错,在切腹 15 小时后痛苦死亡。大西泷治郎从学者、诗人变为战争狂人,其狂热的军国主义情结和武士道精神把多少日本青少年引上了不归路!

1945 年参加冲绳战役的神风特攻队员,平均年龄不满 20 岁。

正由于蔑视人性与生命的"万岁冲锋"、集体"玉碎"和神风特攻队带来的巨大阵亡,美军和全世界再一次理解了"恶魔"这个词的含义,最终在举世的惊讶与震怒之下,美国选择通过投放原子弹来结束战争。

巴克纳中将——阵亡在黎明之前

我来到冲绳岛那霸南部首里城,这是 13 世纪古琉球王国皇宫所在地,联合国教科文组织世界遗产。冲绳岛战役日军防守司令部首里城面朝大海,居高临下,日军已将首里城玉陵挖空,建筑地下坑道。

战役早期，牛岛满中将下令一枪不发，诱敌深入，再予猛击，给美军带来巨大伤亡。在城堡下面100英尺隧道内的日军指挥部，我仿佛还能闻到血腥气味，牛岛满在这里与东京大本营联合指挥了骇人听闻的"一人、一机、一弹换一舰"自杀攻击，共发动了2258架神风特攻机，疯狂撞击美军战舰与航母。这场战役英文称为"Typhoon of Steel"，日语称为"铁雨"（鉄の雨）或"鉄の暴風"，反映出战斗之激烈、火力之密集。1945年5月31日，冲绳岛首里城堡的防线终于被美军突破。这座中世纪的城堡被数千吨的炸药几乎削平，环绕城堡的绵密地堡，不是被炮火摧毁，就是被喷火坦克或火焰喷射器烤焦。两个多月的激战中，日军阵亡士兵已达6万人，而日军在马蹄山、半月山和甜面包山的交叉火力又造成美军阵亡接近6千人，由于减员严重，前赴后继的一个步兵排居然连续换了八位排长。最高指挥官巴克纳中将来到首里城堡，面前的惨烈情景让这位身经百战的将军也不由得为之动容。巴克纳中将不愿让这些敌手统归于死地，他用明码电报向隧道深处的牛岛满中将作最后的劝降，他的电报写道："作为军人，本人对你们的勇敢顽强深表敬意；但是你们无谓的抵抗只会导致更多无谓的牺牲。最后我提醒你，彻底摧毁日军的抵抗，只是时间问题……投降吧！美国将按照《日内瓦公约》优待俘虏！"

然而回敬巴克纳中将的，却是日军更加猛烈的射击！

最不幸的是，6月18日战役即将全胜之际，巴克纳中将遽然阵亡。那天他到阵地视察日军残余火力点时，突然被日军炮弹击中，炸碎的珊瑚石击中他的头部，巴克纳中将立即倒在血泊中。这是冲绳岛战役阵亡的美军最高指挥官，也是二战中阵亡的美军高级将领之一。

我从那霸南部首里城又回到刻着逾24万个人名的和平祈念公园，这里也是牛岛满中将的覆灭之地。战役后期牛岛满从首里城退至此地，与其他跳岛战役发生的情景一样，被火焰喷射器击中的日军如一团团火球冲出洞穴，高喊着"天皇万岁"抱住美军一起燃烧，同归于尽。6月22日,不甘覆灭的日军联合舰队又出动257架飞机,对冲绳岛海面美国舰队发起攻击,22日晚,无力回天的日本第32集团军向裕仁天皇和大本营发出最后诀别电报:"我们的战略、战术、战法都已经用到头了……很抱歉我们不能做得更好。"

6月23日,牛岛满和长勇参谋长在最后一次万岁冲锋后,在距离美军50米的89高地司令部准备切腹自尽,八原博通大佐亦请求自尽,但遭到牛岛满拒绝,他说:"如果你死去,就没有人知道冲绳岛战役的真相,记着这个暂时但不能忍受的耻辱,这是你司令官的命令。"

八原博通是在冲绳岛战役中生存下来的日军最高级军官,后来出版了《冲绳决战——高级参谋之手记》一书。

对八原博通说罢这些话,牛岛满换上和服,坐在一张席上,双手握住刀柄,刀尖抵住腹部,用力一按,鲜血喷射而出,伺候在身后介错的助手立即挥动长柄战刀向他的后颈劈去,"嚓!"的一声,牛岛满的头颅滚落在地。(同日他被裕仁天皇追升为大将)

牛岛满的第一参谋长长勇少将也以同样方式切腹自杀,其他的参谋用手枪集体自杀,许多士兵用步枪抵住喉咙,扣动扳机自杀。一阵枪声之后,隧道深处完全沉寂下来。

6月23日,太平洋舰队司令尼米兹宣布"冰山行动"结束。

美军没举行任何庆祝仪式。

英国首相丘吉尔发来电报:"夺取冲绳岛的史诗式战斗,将列入军事史上最激烈最著名的战斗而流传后世。"

冲绳岛战役中,从1945年4月1日愚人节登陆至6月23日牛岛满自杀,54万美军逾2万人死亡,7万多人受伤,被2393架日军神风队自杀飞机击沉军舰34艘,击伤368艘,损失飞机763架。这是二战以来美军遭到的最大的一次伤亡。

冲绳岛的各种险峻岩石都成了自杀悬崖,10—15万岛民和日本居民被日军逼迫集体"玉碎",由于跳海者众多,1945年夏季悬崖之下形成几层经久不退的褐色浮尸海浪!

和硫磺岛战役一样，冲绳岛战役只能说是惨胜。日军的疯狂和顽强让美国民众和高层大为吃惊。而此时在日本国内还有几千名神风队飞行员准备为国尽忠；更有被洗脑打鸡血的士兵和民众准备为天皇"一亿玉碎"。按照贝里琉岛、硫磺岛和冲绳岛战役的死亡比例，如果进攻本土，至少还会夺取 100 万—300 万美军的生命！

　　杜鲁门总统说："我将不得不做出一个史无前例的决定，每当想到我不得不这样做，我就不寒而栗！"

　　1945 年 8 月 6 日和 9 日，距冲绳岛战役结束不到两个月，美国在日本广岛和长崎投下了"小男孩"和"胖子"两颗原子弹。8 月 15 日天皇宣布无条件投降，第二次世界大战就此画上句号。麦克阿瑟接管日本，建立了 75 年战后秩序。

　　燃烧的太平洋，杀戮的跳岛战役，从 1941 年 12 月 7 日至 1945 年 9 月 2 日。太平洋战争中盟军包括中国超过 400 万军人阵亡，2500 万平民死亡；而轴心国超过 250 万军人阵亡，500 万平民死亡。二战，给今天的人们带来太多的思考；以史为镜，以史为鉴！

　　沧海横流，白鸽飞翔，徜徉洲际酒店，饱览旖旎风光！

　　如今的冲绳是美轮美奂宛如仙境的东方夏威夷，海水变幻着七种颜色，就像这世界的本色。悠然游弋的座头鲸喷出雪白水柱，远远近近的度假别墅呈现出各国建筑的绚丽风采。暮色中，我在海水沙滩舞蹈，舞伴就是清澈的海浪！恬静唯美，海涛呢喃，再见，Okinawa！

　　在海滨白色的冲绳岛平和祈念堂入口，我抬起头，仰望着几行醒目的英日文双语大字："每当提及冲绳之战的真相时，都让人觉得世上战争最残忍、最令人感到侮辱。发动战争的确实是我们人类，但是，能阻止战争的不也正是我们人类吗？"

　　冲绳岛之战早已烟消云散，太平洋啊太平洋，你何时才能平静？

远逝的英魂

从科雷吉多岛到巴丹死亡行军

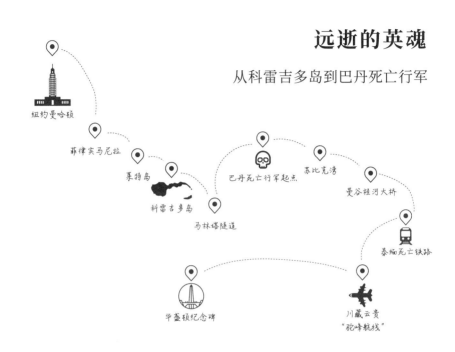

莱特岛登陆，麦克阿瑟： 我回来了！

2018 年秋天，我和三十几位海外华文作家飞抵千岛之国首都马尼拉，参加菲律宾华文文学国际研讨会。这是我第二次来到美丽的菲律宾。两年前我曾包租单人直升飞机，体验燃烧的太平洋航母海战——莱特湾战役，以及著名的莱特岛登陆。在几座岛的高空飞翔巡游，历史知识丰富的菲律宾导游厄尼斯告诉我，他父亲曾参加美菲联军，难忘他热情地在空中指着地图，为我讲述麦克阿瑟 1944 年 10 月的莱特岛登陆。当时麦克阿瑟在菲律宾总统奎松和大批的记者簇拥下跳下登陆艇，涉水登上菲律宾土地，他情不自禁地激动高喊："感谢上帝，我回来了！"

谈起五星上将道格拉斯·麦克阿瑟，他的整个军事生涯都和美丽的菲律宾结下了不解之缘,他在菲律宾迈上军旅之途,又在这里坠入奇耻大辱的败将深渊,最后奋力重登成功的辉煌巅峰!

五官英俊、身材高大的麦克阿瑟1903年在西点军校以总分第一毕业(平均分数98.14),毕业不久即被父亲、曾担任菲律宾总督的老麦克阿瑟将军提名当自己的副官,并随同前往菲律宾。1905年,麦克阿瑟随父第一次来到菲律宾,到任后不久父亲便接受总统西奥多·罗斯福的特别指令,担任日俄战争观摩团团长,麦克阿瑟副官也随同前往。日俄战争结束后,小麦克阿瑟又意外被总统看中,担任总统的军事副官,以后的几年他春风得意,被提升为少将,又担任了美国奥运代表团团长,在阿姆斯特丹大出风头,之后年纪轻轻被任命为驻菲律宾美军总指挥。这期间,又一位未来的二战名人来到菲律宾——西点军校学子艾森豪威尔(艾克)为麦克阿瑟担任军事顾问,军衔仅为少校的艾克因长期得不到提升,差一点想退役,正巧菲律宾的麦克阿瑟总指挥看到了这位西点校友的潜力,1936年在菲律宾将他晋升为中校,据说艾克当时感恩不尽。在二战三年中,艾克从上校飞速连续晋升为五星上将,战后在1952年总统大选中战胜了昔日导师麦克阿瑟,成为美国唯一当上总统的五星上将! 艾克依然不忘昔日恩人,恳请麦克阿瑟参加自己的总统就职典礼:"亲爱的,我的一切从菲律宾开始。"两人终生保持着友情。

麦克阿瑟在太平洋战争爆发前就被菲律宾总统奎松任命为"大元帅",对日本满怀戒心的奎松让麦克阿瑟成为"太上皇",统辖掌控菲律宾独立战区的陆海空军队。麦克阿瑟走遍了菲律宾大大小小的岛屿,苦心孤诣地构思如何在日本帝国的威胁下严密控扼多达6000个岛屿的千岛之国。后来沿用到冷战结束的马尼拉—巴丹—科雷吉多岛要塞(战争岛)布防,以及我们此次开会度假的苏比克湾—克拉克的海、空军基地的框架,正是从麦克阿瑟时代开始成型。

从2016年菲律宾环岛飞行开始,我一直对巴丹半岛和科雷吉多岛充满向往,军事要塞小岛战争惨烈,多次易手,当地人把它叫做"战争岛",以至于许多人都忘了它的原名"科雷吉多岛"。在研讨会开始之前,我动员文友们提前一天抵达马尼拉,一起探访战争岛遗址,寻找麦克阿瑟的二战足迹。我的倡议很快得到大家响应,并得到大会主办方菲律宾华文作家协会的热情支持。这是我在跳岛战役寻踪探险中唯一一次有众多文友结伴而行,整整一天的战争岛寻踪穿越历史,大开眼界,震撼心灵,令我和文友们终生难忘。

战争岛的英文名是 Corregidor Island,在密苏里战列舰受降仪式上,麦克阿瑟大声地喊出这个岛的名字,在日军面前为温莱特将军报了"一箭之仇"。科雷吉多要塞位于马尼拉湾的入口处,小岛外形像一只巨大的蝌蚪,它距离巴丹半岛南端仅 2 英里。如果把右手的食指与拇指合拢围个圆圈,马尼拉是在虎口的地方,食指是巴丹半岛,拇指是甲米地美军基地,科雷吉多要塞在食指与拇指相接的地方。控制了科雷吉多岛就可以控制舰艇进出马尼拉湾,岛上的大口径火炮可以摧毁任何进出马尼拉港的船只,麦克阿瑟在这里加上了"固若金汤"的马林塔隧道,这位"大元帅"曾放下豪言:"就是 50 亿美元加 50 万日军,也无法打入马林塔隧道!"

那天我们坐着小艇从马尼拉湾出发,欢声笑语划破了翡翠蓝的海浪,炙热的阳光照耀这座野草丛生的小岛,脚下的岩石发烫。上了岛大家一下子安静下来,猛然被眼前的战争场景所震慑,眼前一架架残破锈蚀的炮台,一堆堆坍塌的弹药库和一座座断垣残壁军营,似乎炮火硝烟依然燃烧,一排排倒下的美菲士兵,鲜血染红了海水。时光倒流,狼烟四起,触目惊心。美国和日本在菲律宾的土地上,将世界轰炸成地狱。

菲律宾有最美的海湾,也有最血腥的历史。

1521 年,麦哲伦的西班牙探险队于地理大发现首次环球航海时抵达此地,麦哲伦被菲律宾土著砍死。1542 年,西班牙人以王子菲力普之名,将群岛命名为"Las Filipinas",这是"菲律宾"名称的由来。西班牙统治了 300 多年,直到 1898 年美西战争后被美国占领。二战之前菲律宾和美国关系密切,许多菲律宾女孩从小的志向是去美国当护士,直到现在纽约许多医院的护士都是菲律宾人。1941年12月7日突袭珍珠港后,日军迅速把目光投向了马尼拉湾口的这只"蝌蚪"——仅3平方英里的科雷吉多岛(战争岛)要塞!

日本航空兵给轰炸机装上氧气瓶以使轰炸机飞得更高,以避开岛上驻守美军的高射炮射击。日本人更猛烈地轰炸吕宋岛。不久马林塔隧道神话破灭,成为星条旗受辱象征和巴丹死亡行军的起始地。

在偷袭珍珠港的同一天,日军空袭苏比克湾的克拉克空军基地,之后10小时,12月8日日军奏响"大东亚共荣圈"军号,袭击菲律宾吕宋岛,22日迅速登陆马尼拉,麦克阿瑟司令部被迫后撤到巴丹半岛的科雷吉多岛要塞,与奎松总统一起躲入马林塔隧道,同日宣布马尼拉不设防,日军凯歌高奏,大批涌入马尼拉。

1942年3月11日巴丹半岛守卫战已日渐残酷,装备落后的美菲联军在日军强大攻势下,伤亡惨重,毫无后援。好胜心强的麦克阿瑟决心殊死血战,不惜最后自杀殉国。但罗斯福总统担心科雷吉多岛将很快被日军占领、麦克阿瑟沦为战俘,命令麦克阿瑟前往澳大利亚,并为他提供了两艘潜艇。但麦克阿瑟有"深海幽闭恐惧症",他选择和夫人儿子及尉官、奎松总统一起搭乘4艘PT小艇,穿越日军的重重封锁,最终成功撤离。离开前,麦克阿瑟在罗沙码头(Lorcha Dock)留下"I Shall Return"(我会回来)的名言。

活着回家——巴丹死亡行军寻踪

1942年5月5日,历经数月抵抗,弹尽粮绝,死伤日重,在疾病和饥饿的重重打击下,留守中将温莱特决定率7.8万名美菲官兵走出马林塔隧道,向日军总指挥本间雅晴投降,随即开始了震惊世界的巴丹死亡行军,大批俘虏在途中和战俘营被杀戮和摧残,最后仅八分之一战俘活着回家!

作者乘直升飞机巡视跳岛战役遗址

麦克阿瑟在菲律宾提拔了西点军校同学艾森豪威尔

莱特岛登陆，麦克阿瑟："我回来了！"

在此次菲律宾战争岛旅行中，我随身携带了幸存战俘列斯特·坦尼博士的回忆录《活着回家——巴丹死亡行军亲历记》。坦尼博士是巴丹和科雷吉多保卫战老兵协会主席，他在书中描写罗斯福总统在1942年3月的一次炉边谈话——"在任何一场战斗中，都会有少部分战士为了整体的利益而做出牺牲。"坦尼认为"毫无疑问，总统是针对菲律宾战役才说这些话的"，而且这些"少部分"的战士就是指当时死守巴丹半岛和科雷吉多岛的美军官兵。列斯特·坦尼说："罗斯福总统的言下之意是，他无法向奋战在这些地区的将士们提供装备、粮食、医药以及增援部队，也无法提供用于官兵撤退的飞机，当时，战斗在菲律宾的美军官兵全身而退的希望已经渺茫。到1942年4月9日在巴丹半岛、5月5日在科雷吉多岛，我和兄弟们已浴血奋战四五个月！我们的任务是将日军牵制在菲律宾，让美国赢得更多备战时间，并有更多时间向海外调集部队"。舍己救国！这就是美菲大军必须"为了整体的利益而做出牺牲"。

在马林塔隧道的灯光表演里，我仿佛看见列斯特·坦尼那丝丝缕缕的记忆复活了：巴丹投降的近8万人被强行押解到120公里外的战俘营，整个行军途中除了初期给一次高尔夫球大小的饭团，一路上不再提供给战俘任何食物，战俘们常在找水和食物时被日军刺杀或枪决。更残忍的是日军每天拉出几名战俘挖活埋坑，命令战俘把因生病无法走路的同伴们扔到土坑活埋，只要战俘说"不，我不能这样做"，他立即就会被枪毙或刺死，然后日军再拉新的战俘去埋葬越来越多的同伴，活着还在喘气的战俘被活埋时发出阵阵哀嚎！有些战俘受不了种种骇人听闻的肆虐，跑到水池甚至粪坑把头埋进去窒息自杀，以示抗议。

在战俘营中还有被称为"零病房"的棚屋，称为"零病房"是因为一旦进入再想活着出来的概率为零，日军实际上是将病重的战俘放在其中等死。其中的战俘皆为重病，当1945年美军营救队抵达时，背出的俘房皆骨瘦如柴，有的救出数天后就撒手人寰。

在这场行军暴行中约 1.5 万人丧命,随后牢狱苦役又有 3 万战俘遭杀戮和残害,巴丹死亡行军、南京大屠杀和泰缅死亡铁路,是远东法庭审判日本战犯灭绝人性罪行的三大铁证。巴丹死亡行军的主谋本间雅晴中将曾下令"可处死无法行走的病残俘虏和反抗者",他于 1946 年 4 月 3 日被麦克阿瑟下令枪决。

投降将军温莱特与贵族行为

投降将军乔纳森·温莱特中将,毕业于西点军校,外号"皮包骨",巴丹保卫战后期带 7.8 万官兵向日本帝国投降,一辈子没有摆脱歉疚。1945 年春天吕宋岛战役中麦克阿瑟终于胜利收复马尼拉,立即营救关押在战俘营的美军战俘。在黑暗恐怖的卡巴那图俘虏营,麦克阿瑟与 520 名士兵紧紧相拥,痛哭流涕!刚从满洲里吉林奉天监狱获救的温莱特,瘦骨嶙峋,奄奄一息,他应麦克阿瑟之邀参加了东京湾密苏里战列舰上的日军投降仪式,杜鲁门总统认为温莱特的投降是"为士兵生命而牺牲个人名誉的贵族行为",为他举办盛大英雄阅兵典礼,并在白宫亲自晋升他为四星上将。但温莱特终因三年半牢狱折磨,身心受到极大摧残,出狱第七年即 1952 年就去世了,没享受多少和平的好日子。死后他长眠在阿灵顿国家公墓。

而"逃离"将军麦克阿瑟,更是对巴丹死亡行军满怀内疚,他说服罗斯福总统支持他打回菲律宾,其中有一场备受争议、伤亡巨大的贝里琉岛战役,就是麦克阿瑟为了争夺机场,以防备日军战机在他攻打菲律宾时从贝里琉岛机场升空,对美军骚扰破坏。这场从 1944 年 9 月 15 日到 11 月 27 日结束的惨烈血战,美军以伤亡一万余官兵的代价歼灭守岛日军一万名,耗时 72 天,血流成河,形同炼狱。但是美军士兵用鲜血换来的机场,在菲律宾登岛战役中没发挥任何作用。

作者探访马林塔隧道　　　503伞兵团空降战争岛

麦克阿瑟拥抱刚出狱的温莱特将军

科雷吉多岛战争遗址，此处在1945年曾为美国伞兵团临时指挥部

战争岛之殇——飞夺磐石伞兵魂

1944年10月20日,来不及等贝里琉岛战役结束,麦克阿瑟就设计了"A Day"行动,成功登陆了三年半来梦寐以求的莱特岛,激情洋溢地大呼一声:"我回来了!"

但此地距麦克阿瑟一心想重返的"逃离之地"科雷吉多岛还有些遥远,日军在此"固若金汤",让美军登陆远不及莱特岛那么顺利,更何况,麦克阿瑟那威武的黑色牛皮长靴,将踏着美军伞兵和步兵略显冤屈的鲜血前进,重归为他彻底驱除隐痛的战争岛;这一切皆因不幸再次发生——与硫磺岛战役一样,麦克阿瑟的司令部情报又发生重大错误:显示图认为在科雷吉多岛只有不超过900名日军,而美军却遭遇了来自岛上和地下马林塔隧道共6700名日军的猛烈袭击!美军伞兵和陆军伤亡惨重,一些伞兵被狂风吹到树上,或者刚落地即被周遭日军用机枪扫射而惨烈阵亡。

开战前夕,麦克阿瑟下令沃尔特·克鲁格(Walter Krueger)将军的第六军夺回科雷吉多要塞。麦克阿瑟非常熟悉小岛地形——蝌蚪头部三个方向都是难以攀登的绝壁,北部、西部和南部的悬崖直接向下延伸到大海,这里有23座海岸炮台,装备各种口径的56门岸炮瞄准马尼拉湾的入口。美军决定空降伞兵,飞夺磐石。

误以为仅有900名日军的克鲁格将军志在必得,决定对科雷吉多要塞发起一场经典的联合进攻——空降部队和两栖登陆同时进行。第503伞兵团将夺取高地,而第24步兵师加强营将从巴丹半岛发起两栖攻击,兵力总数超过4500人,以压倒性的优势消灭900名日本守军。

11月11日,第503伞兵团进驻莱特岛集训,此时麦克阿瑟已经登陆并开过庆贺大会。1945年2月5日,当乔治·M.琼斯上校告知第503团将空降科雷吉多要塞时,莱特岛的美军伞兵们士气高涨。

2月16日是洗刷耻辱、载入史册的日子。早上7点15分C-47运载飞机从莱特岛的民都洛岛机场起飞,51架飞机在共和国P-47雷电和P-38闪电战斗机的护航下前往战争岛,在这之前美军已将该岛狂轰滥炸了数遍,尼米兹的海军巡洋舰和驱逐舰也猛烈炮击了海滩上的登陆区域。C-47飞机排成两列,接着第一批伞兵一跃而下!直至上午9点40分,大多数C-47已经盘旋三到四次,空投了2000多名伞兵,场面壮观,我们在战争岛博物馆看得热血沸腾。最后伞兵总指挥琼斯上校也跳伞加入自己的部队,他腿部和脚踝受了轻伤。上午10点,琼斯上校在战争岛北侧我们参观的一座毁坏大楼内,建立了临时团指挥部。

最早在高尔夫球场降落的25名伞兵,发现八九个日本人正专心观看第3营的登陆艇,伞兵们立即向日军射击和投掷手榴弹,此次伞兵突袭让日本人惊慌失措手忙脚乱,科雷吉多要塞的日军最高指挥官板坦昂(Akira Itagaki)被击毙,第503伞兵团旗开得胜!

震惊的日军立即作出反应,伞兵们开始遭受日军火力袭击,伞降炮兵营陷入了麻烦,克莱恩(Arlis E. Kline)少校被弹片击中胳膊,无法控制降落地点,最后挂在一棵树上昏迷过去。60毫米迫击炮排的排长爱德华·古尔斯维克(Edward Gulsvick)在空中被日军击伤,落地后几名日军冲了过来,古尔斯维克用他的汤普森冲锋枪开始扫射,单枪匹马杀死了14名日本士兵,随后他被日军射杀,英勇阵亡后被授予杰出服务十字勋章。

登陆美军也遇到日军疯狂抵抗。战斗激烈进行到第10天即2月26日上午11点,马林塔隧道的日军在猴子角附近引爆隧道地下弹药库,集体"玉碎"自杀。这次巨大爆炸造成美军重大损失,共有196人伤亡,其中52人丧生,一辆谢尔曼坦克被炸飞到几百英尺高空。爆炸碎片击中离岸2000码的美军驱逐舰!

2月26日下午4点,最后一批伞兵安全降落科雷吉多岛东端,战斗结束。3月2日,麦克阿瑟将军返回了他曾发誓"我会回来"的科雷吉多岛,用一面全新的美国国旗取代了顽强的第503伞兵团升起的国旗。升旗仪式上,伞兵团乔治·琼斯上校走上来,向麦克阿瑟将军敬礼,说道:"阁下,我向您献上科雷吉多要塞。"

大家的心情并不轻松,多少朝气蓬勃的伞兵躺倒在血泊里,沾满血迹的乳白色降落伞犹如血莲花,轻拂着伞兵们苍白英俊的面庞,但再也唤不醒勇士——整整十天飞夺磐石的战斗中,第503伞兵团2962名伞兵、工兵和炮兵中,总伤亡人数844人,占比28.5%。第24步兵师加强营共1598人参与战斗,264人伤亡。雪耻的日子,变为战争岛之殇!

日军几乎全线阵亡,美军登陆时在岛上的6700名日军,其中仅50人生还,19人被俘。另有200名日军士兵试图游到巴丹半岛,被周围美国海军舰艇拦截。

从1942年麦克阿瑟离开罗沙码头,到1945年重新回到我面前的星条旗下——这是同一根旗杆;三年前日军曾经在温莱特面前降下星条旗,以羞辱美军的方式升起了日本太阳旗。

现在,麦克阿瑟终于回来了。但是,一将功成万骨枯。

在战争岛博物馆凝视伞兵飞夺磐石系列照片时,我不由泪水盈眶。

炮口飞出的蝴蝶,愿战争永不重演!

菲律宾华文文学国际研讨会在苏比克湾格陵兰岛举行,望着浩瀚的大海和姹紫嫣红的花朵,我们在内心默默祈祷:战争是恶之花,愿战争岛永无战争!

飘逝的英魂——从桂河大桥到"驼峰航线"

从曼谷市洲际酒店登车,我来到向往已久的桂河大桥,作为二战史爱好者,我看过多次奥斯卡最佳影片《桂河大桥》,这部二战影片写实又深刻地刻画了人性的矛盾挣扎及战争毁灭了一切,极具震撼力。我也收藏了不少关于巴丹死亡行军和泰缅死亡铁路的书籍。

马尼拉美军公墓

作者在泰国桂河大桥

盟军战犯被迫修建泰缅死亡铁路

华盛顿纪念碑内
部的徐继畬石碑

名闻遐迩的桂河大桥位于曼谷西北120公里北碧府,桥上的游客熙熙攘攘,欧美游客为主。我在大桥上从桥头到桥尾来回走了两遍,又特地向同车的欧美游客介绍桂河大桥旁的一座刻着"孤军永垂,中国远征军功高如天,中华英烈浩气长存"的白色纪念碑和远征军战士雕像,我告诉团友我的老父亲也参加了中国的抗日战争,我们还谈起陈纳德将军的飞虎队。去年11月我在昆明、丽江、腾冲探寻飞虎队遗迹,并飞越了一段驼峰航线。"驼峰空运"在三年中,共有逾1500架飞机坠毁,逾3000名飞行员牺牲。美国陆军航空队司令长官阿诺德将军说:"陈纳德将军的'驼峰航线'是二战最伟大的空运行动之一,飞机的损失率超过轰炸德国时的飞机损失率。"驼峰航线为中国战区运送了80多万吨战略物资,在长达800余公里的峡谷雪峰和冰川间,一路上散落着罹难者飞机的碎片,这些铝片在阳光照射下反射着银色的熠熠光芒,为下一批飞行员引航。许多飞虎队员是年未及冠的青年,没有恋爱的浪漫,没有青春的享受,没有成就的喜悦,便血洒长空,殒落驼峰,把生命献给了中国,他们的遗赅有的早已成为白骨,至今还散落在川藏云贵的山坳荒野!

美国游客睁大眼睛听着我动情的讲述,他们人手一书,对沿途历史遗迹非常认真地探究,不时和我讨论。桂河大桥下面是一望无际的盟军战俘墓地,这里埋葬着6982名战俘,大多数是英国、美国和荷兰人,澳大利亚战俘公墓则埋葬着1750人,和马尼拉的美军墓地一样,整整齐齐的雪白墓碑犹如士兵方阵,代表着死者的尊严。日本军人的墓地(慰灵碑)环绕着草木和石亭。令我难过的是,这里却看不到一个中国远征军或亚裔劳工的墓地!

从1942年起,日军用皮鞭逼迫6万盟军战俘建桥筑路,泰缅铁路长达415公里,沿途惨死了1.6万欧美战俘和10万亚裔劳工。火车载着我们沿"死亡铁路"风驰电掣一个半小时,途经当年战俘营遗址,原计划6年完工的铁路在战俘高强度高死亡率的代价下仅用了17个月即告完成,修路者的生活条件堪比牛圈,日军皮鞭下25％的战俘因过度疲劳、营养不良、虐待或染上霍乱、疟疾而丧生。在桂河大桥的整整一天，我和十几名欧美游客一起见证了日本在泰缅死亡铁路虐待战俘和亚裔劳工的残酷暴行。

现在，我仿佛又在空中俯瞰菲律宾大大小小的岛屿，伴随直升机隆隆作响，眼下是盟军复仇之地：

——莱特湾海战，人类战争史规模最大的立体海战，日军首开大规模神风自杀机的战争恶剧；

——马尼拉战役，人类历史上最血腥的城市战；

——吕宋岛战役，美日陆军间相互杀戮的最大战役，日本陆海空军近47万人被聚歼。

至此，作为一个抗日战争新四军的后代，我对太平洋战争盟军的跳岛战役进行了一次略带探险性质、亲力亲为、绝无仅有的田野调查，从纽约出发，先后探访了贝里琉岛战役、塞班岛战役、天宁岛战役、关岛战役、硫磺岛战役（美国国家档案馆、阿灵顿国家公墓）、冲绳岛战役、菲律宾莱特岛战役、科雷吉多岛和吕宋岛战役的遗址、夏威夷珍珠港密苏里号战列舰纪念馆、川藏云的"驼峰航线"、曼谷桂河大桥的泰缅死亡铁路、战争岛巴丹死亡行军起始地以及广岛原子弹原爆纪念馆——环绕太平洋八万里，一路洒泪，一路思索，一路血脉贲张，所受到的震撼堪称撕心裂肺！

我在深深缅怀美中抗日前辈和浴血战士的同时，也深感樱花军国主义、极端民粹主义对日本全民洗脑的可怕，由此孕育了灭绝人性的暴虐。尽管一些日本军人至死都相信他们是为冠冕堂皇的"大东亚共荣圈"献身，是为樱花下光荣的大日本帝国而战，将集体玉碎、剖腹自杀看作灵魂升天的宗教荣誉，但在太平洋战争中美军死于日军炮火12万人，伤亡43万人，何等悲伤！而希特勒"纳粹党"的全名竟是"民族社会主义德国工人党"，何等美妙动听！在这面大旗下德国纳粹残酷杀害了600万犹太人。请记住：充满扩张野心的贪婪政客，永远不缺戈培尔那样对谎言进行鲜艳包装的宣传部长！

最后东条英机被远东法庭判处绞刑,而希特勒则在炮声隆隆中自绝身亡,历史将这些曾接受万人欢呼的自恋狂人抛入坟墓,在地球上被世世代代的人类鄙视唾弃!

从尼米兹石碑到华盛顿徐继畲石碑

我从菲律宾战争岛和巴丹死亡行军起始地回到纽约后,又重读了张纯如的《南京暴行:被遗忘的大屠杀》。她曾经收到日本右翼狂热分子寄给她的两颗放在信封里的子弹,在为她的第四部著作即《巴丹死亡行军》去菲律宾调查期间,她突然发病,医生诊断为重度抑郁症。2004年11月9日,她留下三份遗书,然后在自己车中用左轮手枪射入口中,年仅36岁。无论我在实地考察巴丹死亡行军和泰缅死亡铁路,还是书写非虚构文学《被遗忘的炼狱:跳岛战役探险录》时,我都能够体会张纯如那种困惑与恐怖,战争带来惨绝人寰的黑暗会造成心灵巨大的压抑,特别是大量战争照片和死亡文字常常令人无法直视,就像焚尸炉的烟雾缭绕在眼前无法散去,这时我会与家人到中央公园走一圈,或者弹一段钢琴。我欣赏张纯如喜欢的座右铭,那是美国哲学家乔治·桑塔亚纳的名言:"忘记历史的人将重蹈历史覆辙,只有吸取历史教训,才有未来的永久和平。"

张纯如患上抑郁症与迫害幻想症,让我想起晚年海明威,而另一位曾遭受诽谤的清朝福建巡抚徐继畲则更让人敬佩,因为他笑到了最后。这则近二百年前的轶事鲜为人知。1848年徐继畲因在其著《瀛寰志略》中盛赞华盛顿总统,犯下"文字罪",被朝廷革职回乡,但苦心探索之志不改。此时,我的思绪回到了三千株樱花辉映着的华盛顿纪念碑前,我曾在这座高达169米纪念碑的中空第十层,久久徘徊在徐继畲石碑前,那是1853年由清朝浙江宁波美国传教士赠送的,上面清晰地刻着徐继畲1848年所著《瀛寰志略》第九卷《北亚墨利加米利坚合众国》的选段:

华盛顿，异人也。起事勇于胜广，割据雄于曹刘，既已提三尺剑，开疆万里，乃不僭位号，不传子孙，而创为推举之法，几于天下为公，骎骎乎三代之遗意。其治国崇让善俗，不尚武功，亦迥与诸国异。余尝见其画像，气貌雄毅绝伦，呜呼，可不谓人杰矣哉！米利坚合众国以为国，幅员万里，不设王侯之号，不循世及之规，公器付之公论，创古今未有之局，一何奇也！泰西古今人物，能不以华盛顿为称首哉！

这段激情四溢的碑文，被克林顿总统在 1998 年访问北大的演讲中赞颂：

从我居住的白宫窗口向外眺望，乔治·华盛顿总统的纪念碑俯视全城。那是一座高耸的方形尖塔。在这个庞大的纪念碑里，有一块很小的石碑，上面刻着的碑文是："美国决不设置贵族和皇室头衔，也不建立世袭制度。国家事务由舆论公决。"美国建立了一个从古至今史无前例的崭新政治体系。这是最奇妙的事物，但这些话并不是美国人写的，而是出自福建省巡抚徐继畬之手，并于 1853 年刻成碑文，作为礼物送给美国。

1868 年，《纽约时报》专门发表评论《美国在中国之影响》："著作家徐继畬在 20 年前，因称颂我们伟大的首任总统而遭到放逐。最近因美国驻华大使蒲安臣的斡旋，作家似乎得到比以往任何时候都更高的荣誉和报偿（同治四年授二品顶戴）。如此顽固不化的犯人重新得宠，获得殊荣，这是时局中惊人的征兆。一位正直的地理学家却敢于重蹈伽利略的覆辙。"

《瀛寰志略》1848 年初次出版，即遭时人非议。咸丰帝师史策先大肆抨击此书"张外夷之气焰，损中国之威灵"，曾国藩也在给左宗棠的信中批评此书"颇张大英夷"。因书中盛赞华盛顿总统,徐继畬被一众官员联名弹劾,在咸丰皇帝一怒之下将其罢职后回乡务农。

20年后的1867年,因感于《瀛寰志略》对美国的叙述,第七任美国总统安德鲁·杰克逊下令赠予徐继畬一幅华盛顿画像,美国公使蒲安臣在北京主持了赠送仪式。1868年明治天皇发表《五条御誓文》,开始了震惊世界的明治维新,结束长达六百多年的武士封建制度。据记载明治天皇也是受到徐继畬《瀛寰志略》日文版的影响,而明治维新又影响了1898年的戊戌变法,结果是变革皇帝光绪泣血瀛台——华盛顿纪念碑建造时,徐继畬《瀛寰志略》的汉字石碑被镶嵌在第十层,一百多年来吸引了世界各地游人回味这段美中往事。张纯如和徐继畬,皆因文字遭难,但他们给世人留下的历史宝藏,在我们都离开世界以后,将依然如晨钟暮鼓,叩击一代代后人的心扉!

跳岛战役探险录·尾声

太平洋是地球上五大洋中面积最大的洋,面积1.8亿平方公里,它从北冰洋延伸至南极州,覆盖着地球46%的水面及约32%的总面积。太平洋之名称起源自拉丁文"Mare Pacificum",意为"平静的海洋",由航海家麦哲伦命名。在1941年到1945年的太平洋战争中,盟军超过400万军人、2500万平民死亡,日军和轴心国超过250万军人、500万平民死亡。在东京审判中,发动罪恶战争的日军仅7人被送上绞刑架,却导致了太平洋地区3650万人在血腥杀戮中丧生!

我在纽约疫情下书写《被遗忘的炼狱:跳岛战役探险录》六篇系列历史散文,与著名旅美画家北大荒老友李斌绘画《东京审判》《陈纳德与驼峰航线》《联合国宪章的诞生》都是同一个心声:探索历史,缅怀先辈——无论国籍、党派,胜方或败方,重揭血与火的真相,以及在"大东亚共荣圈"和浪漫樱花掩饰下的军国主义、民粹主义和全民洗脑。以史为鉴,以史为镜!

如今,当年用火焰喷射器殊死搏杀的人成了好友,而并肩战斗恩重如山的人却剑拔弩张——又是冠冕堂皇的千条理由、又是樱花狼牙的血色浪漫、又是神风机冲撞的视死如归?——忘记历史将重蹈覆辙。

深深的太平洋,你何时才能平静?

战争是政治的继续,战争是死神的盛宴。

我不知道第三次世界大战会使用什么样的武器,但是我确信第四次世界大战会使用木棍和石块……人类必须结束战争,或者战争结束人类。

此时天上地下,丘陵海洋,太平洋三千六百万死者之魂在高喊:

"走开吧!我们不要另一场杀戮盛宴!"

"悲惨的人类要爱与被爱!滚开吧,战争!"

PART 02

亲吻世界：镌刻在心灵岩洞上的壁画

梵高的眼泪

这个世界不配拥有美丽的你

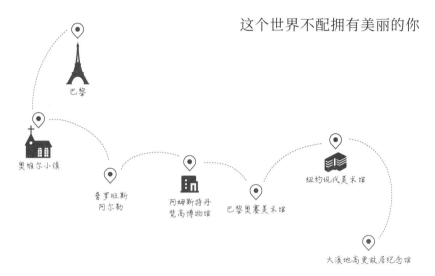

当生命结束时，我只想带着爱与惆怅去回顾，啊，我本想画的那些画！

——梵高致提奥的信

狂野、悲悯、苦难、抗争，在无情的世界里深情地活着——梵高！上苍究竟给了你一颗怎样的灵魂，让全世界数亿铁粉为你潸然泪下？

阳光明媚的初夏，我从下榻的巴黎歌剧院洲际酒店坐地铁到里昂车站，再换乘火车来到距离巴黎一小时车程的奥维尔小镇（Auvers-sur-Oise），探寻梵高短暂人生的最后足迹。

梵高在这里度过了生命中最后的 70 天，创作了包括《麦田群鸦》《奥维尔教堂》《加歇医生的肖像》等 80 多幅作品。跳下火车来到瓦兹河岸小镇，与水波辉映的是每家窗户上贴着的五颜六色的梵高油画印刷品，这里也叫"梵高小镇"，据说每年有超过 25 万人来梵高墓地朝圣,访客人数仅次于拉雪兹公墓。

我不禁在心里轻呼一声:梵高,我来了!

梵高,我来看你!

丽日蓝天,我随着人流来到闻名遐迩的梵高故居拉沃客栈,沿着狭隘楼梯登上梵高居住了两个月的 5 号客房,梵高每天支付 3.5 法郎租金。墙面估计有 130 年没粉刷了,斑驳陆离蒙着灰尘和污痕,7 平米小阁楼里仅有一把椅子和一扇小天窗,低矮灰暗的空间与旧楼梯犹如一间小监狱,我仿佛看到世界上最伟大的画家梵高每天上上下下的身影,听到他急匆匆的步履……他每天八点出门写生作画,傍晚五点回来休息,如同时钟一样自律。梵高在致弟弟提奥的信中写道:"湛蓝的天空,无边无际的悲伤和孤独。唯有艺术,慰藉着我苦闷的心灵……"1890 年 7 月 29 日,梵高在中弹两天之后,就是在这个房间痛苦离世。

梵高之死至今还是一个谜团,是自杀还是他杀?导致他灵魂最后一根稻草断裂的核心爆发点是什么?如果是他杀,证据何在?是谁向贫穷虚弱的画家开了致命一枪?

作为世界上千千万万的梵高迷之一,我一直在寻找答案。随身带着《渴望生活:梵高传》《亲爱的提奥》去阿姆斯特丹的梵高博物馆——2015 年那里展示了一把杀死梵高的、长满铁锈的左轮手枪——展现梵高生命尽头的悬疑曲折与蛛丝马迹。我也关注高更在自传《此前此后》里描写的梵高,并去太平洋小岛大溪地探访高更的茅屋和艺术博物馆,以便对高更的个性有更多认知。

最难忘,从普罗旺斯阿尔勒的精神病疗养院、梵高夜间咖啡馆、罗纳河畔到奥维尔小镇,纵横法国南部至北部一千多公里,直到站在竖立着《麦田群鸦》绘画的绿色麦田里,蹲在梵高与提奥兄弟那两个低矮的百年墓碑旁,在奥维尔公墓我发现了梵高死后的一个惊人秘密,不禁为艺术家愤懑鸣冤,唏嘘悲泣:梵高的生涯,无疑为人类的虚荣冷酷戴上了一顶耻辱之冠!

梵高的遗体哪里去了?

没错,梵高的遗体到哪里去了?

从拉沃客栈到奥维尔公墓约 800 米,我一路欣赏着梵高热爱的教堂、加歇医生的花园别墅、开满三角梅的古老墙垣、梵高每天背着画架奔向田野的青翠小道和激发画家灵感喷涌的大片麦田。最后,我来到具有三百年历史、面积相当于三个篮球场大小的奥维尔公墓,向亲爱的梵高和提奥兄弟鞠躬致意。

一个悲切的问号突然在脑海盘旋:梵高的遗体究竟到哪里去了?没错,人们来祭扫的常春藤下"兄弟墓"里其实只有一个遗体——提奥的遗体,而梵高墓里只有装着一件衣服和小物件的空棺材。那么梵高遗体到哪里去了?

1890 年 5 月 20 日,梵高离开圣雷米精神病院来到奥维尔小镇,两个月以后的 1890 年 7 月 27 日麦田枪响,梵高跟跄走回小镇拉沃客栈,爬上脚下这灰暗简陋的木楼梯。弟弟提奥从巴黎赶来,在哥哥床头哭泣不止,两天两夜的痛苦挣扎,梵高咽下了最后一口气……这位影响了马蒂斯等当代绘画艺术的伟大创新者,死后被奥维尔教堂拒绝举办葬礼(原因是"自杀即犯罪")。从出生到死去,梵高都在忍受无穷无尽的侮辱与折磨。六个月后,"亲爱的提奥"因精神崩溃和晚期梅毒撒手人寰,安葬荷兰老家。

24 年后的 1914 年,梵高已被世人逐渐认知,功臣人物是梵高的弟媳妇乔安娜,她将感人至深的昆仲书信汇集出版,立即引发轰动,继而梵高那些无人问津的画作也顿时洛阳纸贵。成名后的乔安娜安排将提奥的遗体从荷兰移葬到巴黎北郊奥维尔,这其中有极大的商业宣传目的:因为在梵高去世后的 24 年里,乔安娜和儿子、其第二任丈夫显然从没有过问或者探望过梵高墓地。当1914年乔安娜将提奥灵枢带到奥维尔公墓时，在这块小小的公墓里——我走了两圈认真丈量，最多1200平方米——竟然没有一个人包括墓地管理人知道梵高墓地在哪里！仅仅才相隔24年啊！

很显然在这24年中，没有一个人探访过梵高墓地。否则，为什么这么多的邻居包括当年参加葬礼时年13岁的拉沃客栈老板的女儿艾德琳（她在成年后多次接受采访，但从未提及梵高墓地）、加歇医生的儿子等统统都不记得梵高埋葬在墓地哪一个角落?! 仿佛梵高之墓压根就不存在一样！但提奥的灵枢已大张旗鼓地运到奥维尔，各家媒体都在报道"兄弟相会"的催情故事，怎么办？弟媳妇乔安娜早有准备，她把随身带来的梵高穿过的一件衣服和一个小物品，匆忙放在事先准备好的梵高的"新棺材"里，与提奥灵枢并列在靠墙的位置一起下葬。100多年来，全世界的游客络绎不绝来这里祭拜梵高兄弟墓，绝大多数人并不知道其中一个竟是假的——在常春藤覆盖下的梵高墓里只有一件衣服！

奥维尔小镇梵高协会会长约翰逊斯（Dominique-Charles Janssens）说："依墓园本来的设计，一年只能容纳5千到1万人，但现在一年平均有25万人次造访。这是在巴黎的拉雪兹神父公墓之外，最多人造访的法国公墓。"

但是，梵高的遗体究竟到哪里去了？在墓地徘徊几圈之后，我真想冲到奥维尔市政厅，找到这位约翰逊斯先生，请他们把奥维尔公墓从1890年7月30日梵高安葬以来的所有文字档案翻个遍。奥维尔市政府应当在这个小墓地进行地毯式搜索，梵高去世入棺时身上留着子弹头，用金属扫描器即可以隔空密集探查。也许，梵高就躺在他的假棺木100米之外？为什么我们不能千方百计让真正的文森特·梵高与亲爱的提奥长眠在一起？

在梵高的墓地出现这样尴尬又令人唏嘘的场景，我估计有几种可能：

作者在梵高的衣冠冢

梵高《自画像》

奥维尔小镇拉沃客栈梵高故居

梵高弟弟提奥对哥哥一往情深

荷兰梵高博物馆展出疑似梵高自
杀用的手枪

一是文森特·梵高去世后第二天，弟弟提奥主持了在客栈底楼举行的告别仪式，并与20位朋友邻居一起将梵高送往800米之外的墓地（距离《麦田群鸦》写生地点约200米），在没有神父祈祷的情况下匆匆埋葬了梵高，但他们忘记为梵高竖一个墓碑；

二是安葬后提奥关照墓地管理人为哥哥梵高做一个墓碑，然后他返回巴黎，但因身患晚期梅毒加上精神崩溃在6个月后去世，墓地管理人随即将刻墓碑的事抛到了脑后；

三是管理人接到"投诉"，有人不愿意让亲人与"荷兰疯子"同埋一地，在某个风高月黑的晚上，墓地管理员悄悄把梵高的遗骨挖出来扔到了瓦兹河里；

四是提奥及所有出席告别式的朋友都没有去墓地，他们只是将梵高的灵柩放到墓地管理人的马车上，这样既省力又省钱。而墓地管理人可能匆匆将梵高的棺材丢进了穷人合葬的平头"百人坑"，像莫扎特在维也纳穷人墓地的遭遇一样——改嫁出书成名的莫扎特妻子在20多年后才去寻找前夫的墓地，但岁月已久，踪影全无！

巧合的是，梵高的弟媳妇与莫扎特的妻子一样，都是在改嫁并沉默几十年之后，才在新丈夫协助下出书并掀起名人热潮，直到那时她们才想起来去寻找早已埋葬却从未被探望过的亲人墓地。后人在肯定这两位夫人所著书籍唤起世人对艺术家关注的同时，也不免责备她们在默默无闻的漫长岁月对逝去亲人的冷漠与疏离。

几十年不为丈夫、至亲扫墓、懒于过问，以致最后不知亲人魂归何处，这无论在东、西方国家皆不可思议！

也许会有读者问：不相信会有这种事，请告诉我们证据。

当然！但现在请随我探寻梵高人生最后两年的步履。

决绝的背影——"凶手"高更

"这个世界不配拥有美丽的你……"《至爱梵高·星空之谜》的主

题曲在我耳边萦绕,伴随着我在梵高小镇徘徊,思索探寻……

眼下的奥维尔麦田郁郁葱葱,我在梵高生前最后一幅著名的油画《麦田群鸦》所绘的田野徜徉,一直思忖他为什么在这里开枪打死自己?跳入我脑海的第一个"凶手"是他称为"最亲密、最敬佩的朋友"——法国印象派画家高更。只要高更给他一点鼓励,一点温情,或给他寄一小块油画习作,梵高一定不会自杀。可惜高更带给梵高的永远是趾高气昂的傲慢与轻蔑不屑的嘲笑。

为了提奥(巴黎画商)的钱,身无分文的高更有时会装出热情模样,画一幅《为向日葵作画的梵高》送给他,此时梵高就像得到了一大堆糖果的孩子一样欢天喜地。他一直梦想与高更相互扶持,携手攀登艺术巅峰。

从 1888 年充满喜悦的《向日葵》到 1890 年笼罩着死神翅膀的《麦田群鸦》,这短短不到两年的时间里发生了疯子梵高和画家梵高的决斗,决斗的结果是灿烂辉煌无与伦比艺术的诞生,代价是梵高倒在了奥维尔的麦田里。而梵高的死,无论自杀还是他杀,必与"疯"有关,与那个把他逼疯的人有关!

而这个人,恰巧是他最珍惜的挚友——保罗·高更!

回想那年在普罗旺斯阿尔勒疗养院和罗纳河畔寻找梵高最后的足迹,面对《病院花园》《割耳画像》泪水盈眶,我更加确信:那个令梵高割掉自己耳朵的人——高更,他的傲慢冷漠与暴力语言不仅直接导致了梵高的精神狂躁症,也间接地造成梵高悲剧性的死亡。这场悲惨绝伦的戏剧却是以充满极度欢乐的期待开始的,炽热的友谊宛若情人初恋一般。

在等待高更的日子里,孤独的梵高灵感喷涌,在极短的时间内画下了《向日葵》《黄房子》《阿尔勒的卧室》《罗纳河上的星夜》《拉马丁广场的夜间咖啡馆》等色彩鲜明、激情洋溢的杰作。我在离市政厅不远的阿尔勒广场边上找到梵高咖啡屋,坐在一片灿烂橙黄色的咖啡馆喝橙汁,犹如与梵高促膝相谈,周围的一切都能让人感受到 19 世纪栩栩如生的气息。

梵高一生只卖出去一张画《红色葡萄园》，那是弟弟说服了客户花 400 法郎买下的，比梵高预估的价格高出一倍！那可是欢欣鼓舞的一天！在被众人恶毒贬低为"肮脏""垃圾"的黑暗日子里射进了一道绚丽阳光，提奥真挚地鼓励哥哥："你有天赋，有人喜欢你的画！"

梵高在给弟弟提奥的信里写道："每个人心中都有一团火，路过的人只看到了烟。"他以为才华横溢的高更看得到他心中那团火，所以他拼尽全力燃烧自己。在阿尔勒这座罗马古城里，曾经蕴藏着梵高一生中最快乐的时光和最美的梦想：他要与印象派画家好友保罗·高更一起开创"南方画室"，像普契尼歌剧《艺术家的生涯》中那些穷困的作家、诗人和画家一样，砥砺互助，颠覆古典贵族艺术，以印象派的斑斓画笔，将底层社会烘托到艺术之巅！

梵高热情地向提奥谈到他正为高更到来而画的作品《卧室》："今天我的情况又很好……色彩的单纯使作品有了肃穆的性质，使人联想到休息或睡觉。墙壁是淡紫色。地面是由红砖铺成的。床与椅子的木头是奶油色。被单的里子与枕头是绿柠檬的颜色。被单是大红色。窗子是绿色。梳妆台是橘黄色，我要再画它一整天。高更写信来说，他已经把行李寄出，他在这几天就要来。我像你一样，现在——心想着高更。"

梵高热情地给保罗·高更写信："我要用向日葵和开花的果树把整个房子装饰起来。啊！保罗，保罗，多好啊！又能和你住在一起了。"

10 月份高更到来之前，梵高创作了一系列绚彩夺目的向日葵油画，用来"迎接这位新派诗人"：好的画家都是诗人，诸如米开朗基罗、达芬奇和梵高本人都是，他的信函充满大自然的诗情画意。四幅金光灿烂的《向日葵》中的一幅签名之后挂在高更的卧室里。梵高在给弟弟的信中写道：

要创造足够的温度来溶解那些金子——并不是每个人都能做到的,它需要付出整个生命的精力和投入。

金黄色是梵高快乐与希冀的象征,而嫩绿色生机勃勃的花茎叶瓣则迸发着梵高的生命激情。1987 年梵高的《向日葵》在伦敦拍卖,以 3.5 亿元人民币高价被日本人收藏。在《向日葵》拍卖后的第三年即 1990 年,梵高的奥维尔画作《加歇医生的肖像》(Portrait of Dr. Gachet)又拍卖出了 8250 万美金。时光倒退一百年,正是梵高最潦倒的时光,每天背着画架孤独往返于拉沃客栈和乡村麦田。

加歇医生是热爱绘画的精神科医生,也是画家莫奈、毕沙罗、塞尚和画商提奥的好友,他在 7 月 27 日处理了梵高致命的枪伤,并在 7 月 29 日绘制了梵高床榻的临终素描。据说加歇医生曾带儿子到离家不远的奥维尔公墓为梵高墓献上向日葵,这说明梵高遗骨没有被墓地管理人扔到瓦兹河去。可惜乔安娜 1914 年来奥维尔安排"兄弟合葬"时,加歇医生已去世多年,否则他一定不会允许镇民们轻易地以假棺材替代严肃地寻找梵高的真骸骨。加歇医生相信工作能够抚平梵高剧烈的情绪波动,他千方百计鼓励梵高绘画。

1890 年 6 月,即梵高去世前的一个月,《加歇医生的肖像》完成,他蓝色的忧愁眼睛和沉郁面部如梵高所称是"我们这个时代的肝肠寸断的表情"。梵高在给弟弟提奥的信中写道:"人们也许会长久地凝视这幅肖像,甚至在 100 年后,带着渴念追忆它。"这仿佛是一种回声:正好是一百年后——1990 年 5 月 15 日,纽约克里斯蒂拍卖行在 3 分钟内以 8250 万美元的价格拍出了《加歇医生的肖像》,创下了当时艺术品拍卖价格的最高世界纪录!

对梵高钟爱的向日葵我也有着特殊的感情,那年我特意挑选了向日葵怒放的七月去普罗旺斯。远远近近的山峦田野飘逸着紫色薰衣草迷人的馨香,无边无际的向日葵在蓝天下放射出金黄色的光芒。这就是梵高眼里的普罗旺斯向日葵地啊!我拍下了画家眼里的珍贵景象,忍不住弯下腰轻吻花瓣。薄情的世界刺痛他,而他回报以绝美的画!

那天梵高冲动地割掉了耳朵,蜷缩在床,瑟瑟发抖,与画家高更的激烈争吵只是导火索。孤独的梵高终身都在等待爱和认可,但每一次心碎都把他推向更绝望的深渊。不论是上学、当牧师、考神学还是做店员,梵高总是屡屡碰壁,他视高更为挚友知己与艺术导师,但高更却蔑视梵高热爱的一切,他批评梵高的画狂野奔放毫无章法,"播种者"形象过于死板,绚丽多彩的阿尔勒风光庸俗不堪……两人常吵到"精神崩溃"。

我记得在巴黎奥赛美术馆梵高《阿尔勒的卧室》《罗纳河上的星夜》与《自画像》前,人头攒动气氛肃穆,画旁是梵高给弟弟提奥的信:"这幅卧室画最重要的是色彩,想象力可以得到休息与宁静,我等待着高更的到来。"高更在此屋住了近两个月,他对梵高的回馈竟是逼疯他割去自己的左耳! 高更决绝的背影对梵高是五雷轰顶的致命打击,尽管他们以后还有少量通信,但至死相互没再见面。

巴黎奥赛美术馆把他俩的作品放在一个画室展出,虽然高更的大溪地女子画色彩艳丽,但观众极为冷清。恰似巧克力盒,梵高这半盒装满了二百颗巧克力,而高更这半盒里仅有一两颗。这与我在遥远的太平洋大溪地岛高更茅屋访问时当地人对他的冷淡一样,人们对高更晚年让 14 岁女孩怀孕、放浪形骸的生活与人品非常不屑。高更欺负梵高的暴力事件更将他绑在了美术史的耻辱柱上。奥赛美术馆里,人们在梵高自画像前热泪盈眶,在高更的画前则面带鄙视。有人讲这是奥赛美术馆故意让扬眉吐气的梵高在傲慢凶悍的高更面前示威:"老子也有今天!"

我寻找梵高的浓厚兴趣是从 1985 年留学美国,在纽约现代美术馆(MOMA)第一次看到《星夜》原作开始的,望着贫苦画家的杰作激情难抑。后来又在 2011 年春去荷兰参加外甥女凯特的婚礼并参观阿姆斯特丹梵高博物馆,那次博物馆展出了《亲爱的提奥》——梵高致弟弟的近 800 封书信；听着耳机讲解，我和妹妹感动得泪水盈眶。现在我终于来到梵高度过最后岁月的阿尔勒和奥维尔小镇，满脸忧伤的倔强梵高迎面走来，似乎在告诉我们：人类所有的痛苦和屈辱，都可转化为生命的火焰与动力！

被后人称为后印象派三巨头（梵高、高更、塞尚）之一的高更是在 1888 年 10 月 23 日抵达阿尔勒的，一下火车咖啡店老板就立刻认出了他。因为梵高早就拿着高更的画像到处宣传了，他已是镇上名人。但他不像梵高那样单纯，高更不仅疾病缠身，且穷困潦倒一文不名。当他收到了梵高寄的邀请信和附加的 50 法郎路费，心中暗喜，很快于 11 月搬进了他们的黄房子，12 月二人前往蒙彼利埃参观藏有库尔贝和德拉克洛瓦《自由引导人民》的法布尔博物馆，善良的梵高对清贫如洗的高更照顾有佳。

但好景不长，由于高更为人刻薄，轻视梵高，每当梵高跟高更讨论拉斐尔、英格尔或德加的作品时，高更总是火冒三丈，粗鲁厌烦。高更认为艺术应当从印象与意念出发，梵高则认为应当以情感实物和社会人物譬如农民为起点。圣诞夜前夕的 12 月 23 日，傲慢的高更再次向梵高发难，后者一心期待能与他过一个愉快的圣诞节，然后一起推进由提奥资助的"南方画室"计划，但高更一如既往盛气凌人，一言不合即粗暴推搡弱小的梵高，威胁"我马上要离开这个鬼地方！""不要再缠着我了！"直到一年半后梵高死去，高更在众目睽睽下才承认那天"充满了肢体暴力"，却在自传《此前此后》中甩锅梵高，栽赃他"拿着剃刀从背后走来"。

这位法国冷血证券商将厚道单纯的梵高硬生生地逼疯了！做过矿井牧师并把自己一切钱物都送给贫穷矿工的梵高，绝对不会伤害别人，即使万般绝望最后只会伤害自己，犹如弱女子面对变心男人就去跳楼一样。在这场完全不均衡、不对等的争吵中，高更摔门而去，丧失了理智的梵高望着他的决绝背影，颤抖地举起剃刀割下了自己的半个左耳！

这片流淌着猩红鲜血的耳朵,似乎预示了死神翅膀已向他迎面扑来。梵高祈求上帝:"请再给一点时间!让我再画些画吧!"

梵高用手帕包起左耳,穿过拉马丁广场送给一名他和高更都认识的妓女加布丽埃勒(Gabrielle)让她"好好保管",回到黄房子,望着人去楼空的卧室,血从受伤耳朵汩汩流下,被抛弃的梵高在黑暗中独自饮泣。

这幢黄色房子的节奏从贝多芬的《热情奏鸣曲》开始,至《悲怆奏鸣曲》结束。

那些冷酷无情者,没有资格来欣赏你的美!

害怕重陷孤独的梵高割耳之后在医院里要求见高更一面,恳求他不要离开,但高更拒绝了梵高的要求,他对巴黎赶来满面惊慌的提奥说:"如果你哥哥要见我,就讲我回巴黎了。"随后高更立即离开了阿尔勒,他沿路没有忘记告诉阿尔勒小镇所有的居民"梵高是一个疯子,他把耳朵割了",致使30多名小镇居民联合给镇长写信,要求阿尔勒镇政府驱赶这个"疯子"。

1889年1月7日梵高康复返回黄房子,但在30名镇民的联署压力下,警员强行将梵高再次安置于医院。又过了两个月梵高才离开伤心的阿尔勒入住圣雷米的精神病院。在这段时期,"疯子"梵高承受着难以置信的精神巨创,毅力顽强地画医院、星空、河畔与鸢尾花,直到1890年5月在提奥建议下去巴黎北部瓦兹河畔的奥维尔小镇接受保罗·加歇医生的医治。70天后梵高被一颗子弹击中,倒在他热爱的金色麦田里。

梵高的一生,比窦娥还冤还惨!

雷内的子弹——致命的恶作剧

1934年美国作者欧文·斯通撰写的《渴望生活——梵高传》几乎是世界上所有梵高迷的圣经,1953年梵高诞生100周年之际,被好莱坞改编为电影《梵高传》搬上银幕，轰动全球。但也许是斯通太年轻太匆忙，没在奥维尔作细心的田野调查，或许因为奥维尔小镇居民像马克·吐温小说《败坏了赫德莱堡的人》那样，其中许多人配得上马克·吐温的辛辣嘲讽："呃——快去悔过自新吧——你会因此入地狱或赫德莱堡——希望你努力争取，还是入地狱为妙。"总之梵高之死不像书中描写的死于《麦田群鸦》的麦田，归根结底，画家是突然死于属于地狱的奥维尔镇小混混居民之手，他们比驱赶梵高的阿尔勒居民又高出了一个邪恶等级。

最近阅读了由哈佛学者、普利策奖得主史蒂文·奈非与格雷戈里·怀特·史密斯花费 10 年合著的《梵高传》（2015 年出版），书中生动描述梵高死于富家少年萨克里顿兄弟的恶作剧误杀。其重要根据是梵高死后 66 年的 1956 年，也就是好莱坞电影《梵高传》上映之后，82 岁的法国人雷内·萨克里顿站了出来，不同于许多其他证人，雷内是在梵高死后并成名很久之后，才畏畏缩缩第一次作出陈述。

梵高死的那年，他 16 岁，是巴黎最著名的公德赛中学学生，身为有钱药剂师的儿子，他和哥哥加斯顿每年夏天都会到奥维尔镇的瓦兹河畔，在父亲的别墅旁垂钓打猎。雷内有一把老式 380 口径手枪，他一般都放在自己的帆布背包里。据雷内所说，这把枪是梵高居住的拉沃客栈老板古斯塔夫·拉沃卖给他的（拉沃老板的女儿称是爸爸借给梵高打麦田乌鸦的）。不论谁手里拿着这把手枪，下面的场景是我在奥维尔探访时获得的印象，这场悲剧呈现了曾是矿区牧师的梵高善良的特质与真挚的"悲伤和绝望"。

梵高深知隐忍与宽恕的定义，除了绘画他与世无争，见到不良少年总是躲避。根据小镇后人回忆，自从人们看到梵高残缺的左耳并知道他曾住过精神病院，常有不良少年跟踪其后扔小石头。他们瞧着梵高一大早就背着一大捆画布和颜料奔向田野，回来时眼里燃烧着晚霞。"他是个魔鬼，是个红头发蓝眼睛的疯子"，镇民们常在他身后交头接耳，满怀蔑视。

作者探访阿尔勒医院和庭园　　　　　　　　梵高《阿尔勒医院的庭园》

作者在《麦田群鸦》写生地点

124

1890 年 7 月 27 日下午,37 岁的梵高和往常一样背着画架上路,遇到公子哥儿雷内和哥哥加斯顿,有"西部牛仔"外号的雷内先是恶作剧地撞倒梵高的画架,然后假装表示愧疚,向孤独的梵高伸出热情手掌,雷内曾带领男孩们在梵高的咖啡里撒盐,在画具箱里放蛇,几次吓得梵高几乎昏倒。哥哥加斯顿不像弟弟那么捣蛋,他有时为穷困潦倒的梵高支付咖啡馆的小账单,还褒奖他的画,这让善良的梵高铭记在心。

此时小混混雷内一边哈哈大笑,一边一个巴掌将梵高打倒在地上,又弯腰去摸自己口袋里(或者梵高口袋,不重要)那支房东的左轮小手枪,当雷内得意洋洋摆弄时枪膛突然走火,子弹射入刚爬起来的梵高左下腹部,鲜血喷涌,梵高气得满脸通红,捂着伤口痛苦呻吟,雷内一看大事不好,连忙跪下恳求梵高不要把他送上谋杀案法庭。本已感到走投无路、生不如死的梵高鄙视地看了他一眼,没有吭声,然后痛苦踉跄挣扎着走回拉沃客栈——2019 年夏天,我在这条梵高最后的路上走了近十次,因为这里距梵高墓地仅 200 米之遥,但回到拉沃客栈却挺远,不仅要经过奥维尔公墓、奥维尔教堂和开满野花的麦田大道,还要上上下下走许多坡式石阶,我气喘吁吁,因为答应了拉沃客栈的梵高故居礼品店我一定在五点半赶回去取我购买寄放的书籍。

在墓地和乌鸦麦田漫步多时的我突然发现时间已晚,我一边小跑,路过加歇医生故居和大教堂,一边望着幻觉里那个枪杀梵高的绝恶少年的背影。七月炽烈阳光下我跑得满头大汗,15 分钟一闪而过,这正是梵高自杀的 7 月底,从麦田到拉沃客栈,也正是梵高中弹后捂着伤口踉跄挣扎回家的路,我正为自己重走了梵高的最后足迹感到激动时,脑海闪过一个念头:"不! 不可能,这条路太长了! 他不可能完成! 梵高受了重伤,奄奄一息,一定会倒下晕厥的! 这不是梵高最后的足迹!"

我在两本《梵高传》里看到两个不同版本的"枪杀或自杀现场"。

整整一个下午,我在最流行也是最浪漫的"麦田终极小道"走了几趟,最后准时赶到了拉沃客栈梵高礼品店,白里透红的法国女服务生对我笑着嚷嚷:"过2分钟我们就关门了!以为你不要东西了!总算按时回来了!"我一边气喘吁吁一边讲:"累死了!从麦田到这里的崎岖小路真是漫漫无际啊!我拼命跑还花了15分钟!我敢保证梵高不是在乌鸦麦田里自杀的,他怎么可能带着重伤一路跑回这里?"客栈女生讲她本人也相信梵高是在通往夏彭瓦尔村的僻静小道而不是在乌鸦麦田里被雷内枪杀的,大家好像都认定了是雷内枪杀导致梵高死亡!

我取了纪念礼品和书籍调头去找与麦田相反方向的通往夏彭瓦尔村的小路,据两位目击者说看到梵高在这里捂着肚子摇摇晃晃步履不稳。这里距拉沃客栈很近,两旁是带着围墙的农场,这就可以解释为什么梵高在挨了枪弹后还可蹒跚摇晃地走回拉沃客栈,即使是从布歇街农场到旅店这一段相对平坦的半英里路程,每走一步疼痛也会更为剧烈,但从那片乌鸦麦田走整整一英里崎岖小路回到客栈几乎不可能。警员按照梵高的自述搜查了麦田,既没有枪支也没有画架和散落的颜料,连一滴血迹都没有。警方询问梵高,你是不是想要自杀?他回答:"我认为是这样的。"接着梵高请警员"不要指控任何人,是我自己想要自杀的。"床榻上生命燃尽的梵高强调自己"在乌鸦麦田自杀",是为保护雷内兄弟免于麻烦。

瞬间,我全明白了!无论是梵高墓地的空棺材,还是82岁的雷内老头终于露面坦承当年如何欺负疯子画家,这一切就像赫德莱堡的居民在十字架上的耶稣基督胸膛又加钉了几根大铁钉!我突然冒出一个念头:梵高出生在牧师家庭,他本人曾经是不领薪水的矿山牧师,因太投入而被教会开除。荷兰教会应当封梵高为圣人才对,他是所有被侮辱与被损害的芸芸众生中永不屈服的万世楷模!

善良天使梵高用自己的死宽恕了欺负他的邻人,两天两夜的呻吟挣扎,他抽着烟忍受疼痛,却没有对弟弟提起任何关于枪手的话题。医生认为子弹是从距离身体较远的地方、且是以一个倾斜的角度射入，这不是一个自杀者能做到的。但梵高守口如瓶，哪怕是教堂拒绝为自杀者举行葬礼。直到梵高在亲爱的提奥弟弟悔恨交加的泪水里闭上了眼睛，他也没有透露凶手的名字。要不是82岁雷内本人的露面和客栈老板女儿的回忆，这段史实肯定早已烟消灰灭。这就是奥斯卡影片《至爱梵高·星空之谜》描述的梵高之死真相："上帝终于拭去所有的眼泪，他选择死亡。"

回顾悲剧起始的七月提奥致命信函，他在信中讲述失业的威胁及儿子的重病，言下之意今后无力帮助哥哥。7月下旬梵高赶到巴黎去探望生病的侄子，此时梵高不仅连拉沃客栈每月100法郎的房租都支付不出，且有"断炊"的危险。梵高希望提奥继续"像往日一样每月寄150法郎"，但提奥自顾不暇，无心理会。在提奥家探访的数日演变成为一场致命噩梦，首先是提奥的岳父单独出面训诫，命令他立即离开自己的女婿"自立谋生"；其次是乔安娜与丈夫大吵大闹，她威胁提奥："让他走开！有他就没有我！"（见电影《梵高传》）梵高痛恨自己的无能和累赘，他想起自己写给提奥的一句话："我不会特意寻死，不过一旦死亡降临，我也不会逃避。"7月27日，走投无路的梵高正巧遇到恶少雷内误射的一颗子弹，"嗖！"子弹入体，他想：完了！一切终结了！唯一舍不得的是绘画。他默认肇事兄弟俩的忏悔与祈求，看着他们收起"罪证"——沾着血迹的画架和调色板，把小手枪扔进田野，逃之夭夭。两天后的29日凌晨，梵高对守候床头无尽后悔的弟弟提奥说："痛苦即人生。"这是他留在人间的最后一句话，年仅37岁。

7月30日梵高的朋友、美术评论家埃米尔·贝尔纳赶到奥维尔参加梵高的葬礼，他以耸人听闻的口气写了一封信给朋友，戏剧化地讲述了事件——"周日黄昏梵高走进奥维尔的乡间，他把画架倚在干草堆上，然后走到别墅后面拿一把左轮手枪朝自己开了一枪。"他说消息来自镇上人的叙述。据此，美国作家欧文·斯通在1934年诗意地描述了梵高的死："他把脸仰向太阳。把左轮手枪抵住身侧。扳动枪机。他倒下,脸埋在肥沃的、热蓬蓬的麦田松土里。"

梵高!上帝拭去你所有的眼泪,上帝留下你慈仁的心!别哭了,梵高!我知道一个人需要有怎样的毅力与挚爱,才能在这无边无际的痛苦屈辱中,将绘画带入惊世骇俗至善至纯的无人之境,把这躁动不安虚假冷酷的世界裂变为燃烧的笔触,每一点物象,每一缕光影,每一笔涂抹,都是催人泪下的凤凰涅槃,都是人类艺术史上的绝美奇观!

走进梵高割耳的疗养院

法国南部小城阿尔勒(Arles),历经三代伟大皇帝的统治:奥古斯特、安敦宁、君士坦丁。阿尔勒的乡野风光,收割的麦田,灿烂的向日葵,璀璨的星空和静谧的罗纳河为梵高提供了无限的灵感。这座罗马古城的风貌与当年几乎完全一样,从梵高咖啡馆出发,几经打听,我终于找到了梵高割耳居住的疗养院。梵高与高更决裂后自残割耳在这里缝合伤口,他著名的画作《阿尔勒医院的庭园》中第三个拱门即梵高自画身影。出院后回到黄房子不久,居民们嫌弃他的疯癫,他不得不又回到这里。医院的方形庭院保存完好,我惊喜地发现花园的小道、喷泉与花卉树木竟然与梵高的原画一模一样!

这位伟大的后印象主义巨擘,在阿尔勒疗养院与圣雷米精神病院驻留的 108 天里,创作了 150 多幅油画,在纽约 MOMA 展出的《星夜》就是他在阿尔勒期间的代表作,画中的柏树宛如黑色火舌直上云端,充满不安之感。天空的纹理像涡状星系彰显出梵高天才的生命感悟与绘画表述力。

这是我向往已久的阿尔勒,心灵与梵高在此相会!现在,我怀着震撼之心徜徉在梵高病院的花园,这期间成就了他生命创作力的辉煌。医院的每个角落都留下了他的足迹,无论是郁郁葱葱的丝柏,还是繁花盛开的中央喷泉,抑或在疗养院二楼的走廊上俯瞰花园,都可找到梵高绘画的视角。惊讶这里的梧桐树、夹竹桃、金合欢和鸢尾花与梵高的画一模一样！医院的绘画一幅幅活了起来,仿佛在向我讲述梵高医院生活的点点滴滴。我悲哀地想起他写给提奥的一句话:"发病时我毫无意识,据说我捡地上的脏东西吃。"《阿尔勒医院的庭园》是在他清醒的空当一气画完,暮色中还能看到梵高拿着画板的背影。《医院走廊的患者们》与揪心裂肺的《割耳后自画像》都是殉道艺术家在此完成的。七月热风飘逸着梵高的话语——"我想画出触动人心的素描,我想透过人物或风景所表达的,不是伤感的忧郁,而是真挚的悲伤。"

是的,真挚的悲伤！

从向日葵地到罗纳河畔,我步行到《罗纳河上的星夜》绘画地点,夏日微风吹动河面,远处灯火依稀,静谧安宁,一切是一百多年前的景色,深蓝色夜幕星光璀璨,周围是无尽的寂寞空旷,我坐在堤坝上,凝望梵高眼里罗纳河那闪烁令人不安又充满迷幻色彩的光亮,仿佛看见梵高在简陋小屋烛光下给弟弟提奥写信:

> 总而言之,我就是最为低贱的下等人。可是,就算这已成为了无可争辩的事实,总有一天,我会用我的作品昭示世人,我这个无名小卒,这个区区贱民,心有瑰宝,绚丽璀璨。

是的,真挚的悲伤！

人们看达芬奇、拉斐尔、伦勃朗、鲁本斯油画时仰头赞叹,唯有在欣赏梵高绘画、阅读《亲爱的提奥》时低头哽咽,泪水流淌,且这悲伤的眼泪会一直留在心里,随后萌发出寻找梵高灵魂轨迹的新芽。我听到八年绘出 800 幅优秀作品的梵高独自悲叹:

> 我的人生变得越来越无足轻重,这个世界对我只有冷漠。

阿尔勒小镇居民讨厌这个举止怪异的荷兰人，在"疯子"梵高去世几十年之后，画家梵高才冉冉升起。像我这样慕名前来阿尔勒的朝圣者络绎不绝。阿尔勒居民审视前辈们曾集体请愿驱逐梵高的所作所为，意识到这是多么重大的错误。为此，他们向全世界致歉：

> 如果当年我们没有世俗和偏见，不蛮横地驱赶梵高先生，在这个小镇上，他无疑会创作出更多更好的作品……我们为自己曾经的无知和偏见真诚地向世界道歉，是为了尊重一颗对艺术执着而又崇高追求的灵魂……我们希望通过对您的热情招待，来弥补当年先辈们的愚昧和错误……

提奥的致命信函——走在梵高最后的麦田

离开阿尔勒以后，梵高在 1890 年 5 月来到人生的最后驿站——本文开头写到的巴黎北郊奥维尔拉沃客栈，他在这里迎来了创作的高产时期——在短短的 70 天里，完成了 80 幅优秀作品，他崇尚自然有如宗教信仰，从中得到极大的慰藉与旺盛的精力，梵高给提奥写道：

> 我看到了北方更多的优点，奥维尔很美——我顺便想请你寄给我 10 米画布，但如果不方便，就寄 20 张安格尔素描纸也行，无论如何，我急需这些东西，这里可以画的东西实在太多了。

在阿尔勒他也写过："我接连画 12 个小时——在这个时期我画了三幅房子对面的花园、两幅咖啡馆和一幅向日葵。你知道，我已经画了一些作品，但是我的画布，我的钱，在今天已全部用光了——以我的画作抵押，让托马斯借给我二三百法郎，根本不可能吗？""看在上帝的份上，马上寄给我那些颜料吧。果树开花的季节很短……"

在梵高去世前的 7 月 23 日，他给提奥写最后一封信："或许你会看到巴比松画家夏尔·多米尼花园的速写,这是我画得情绪最饱满的油画之一。"

因为没有画布,梵高把这幅作品画在了茶巾上。梵高一生的核心人物与知己是弟弟提奥,他无私地长期提供梵高经济资助,尽管梵高认为自己是以画作换取弟弟的资助,但堆积如山的画作无法卖出的事实让他深感内疚,他常以咖啡和面包果腹,瘦得皮包骨头,有一次他告诉弟弟:"我太虚弱了,我梦想若有一碗浓汁肉汤恢复健康有多好!"

在他给提奥的 820 封信里,最不忍卒读的就是梵高向弟弟恳求钱、颜料和画布。提奥的岳父对梵高寄来的几百幅油画不屑一顾(这些画日后使得提奥的妻子儿子成了荷兰首富),那场可怕的训诫让梵高羞愧难当,萌发自杀的念头,梵高提笔给弟弟写信:"亲爱的提奥,如果不是你的友谊,我对世界毫无留恋。"

文森特·梵高记得在自己与妓女西恩分手后最沮丧的日子,提奥伸出了热情之手邀请哥哥来艺术之都巴黎同住,带哥哥参加周末印象派沙龙,结识了莫奈、雷诺阿和德加等大师,让他眼界大开,精神重振。梵高在人间最后一个春天为了庆祝提奥儿子的诞生,画了如今誉满全球的名作《盛开的杏花》:蓝天衬托下的粉白色杏花开满枝头,喜气洋溢。据说兄弟两人望着摇篮里皮肤红润眼睛明亮的小宝贝喜不自禁。

提奥对哥哥说:"我们给他取了你的名字,我希望他能像你一样顽强和勇敢。"小文森特·梵高长大后向世界各地博物馆推介伯伯价值连城的画作,更在 72 岁时(1962 年)将梵高的大批绘画收藏托付给家族梵高基金会,基金会将这些艺术品永久出借给荷兰政府,1973 年阿姆斯特丹梵高博物馆向公众开放,1999 年和 2015 年两度扩建,如今是荷兰首都最富盛名的旅游地标,我曾两次前往参观。

梵高的弟媳妇乔安娜一手推动了梵高的成名,可惜整整 24 年她从未去奥维尔公墓看望梵高,直至 1914 年她把前夫的灵柩运到奥维尔成为重大新闻之前,她也没有去具有300年历史的奥维尔小公墓认真找一下梵高的墓地。她匆忙买了一口空棺材放入梵高的衣服埋在前夫提奥身边,便向全世界宣布文森特·梵高和提奥·梵高并排重逢在奥维尔墓地。一百多年来所有的朝圣者都以为提奥身边埋葬着梵高的遗体,却不知这是个假墓地。

写到这里,我不禁为可怜的梵高感到愤懑;他的灵魂一定在距离弟弟100米处的地下大喊:"提奥!亲爱的提奥!我在这里!我不在你身边,那是个空棺材!为什么130年过去,我的画挂在世界最尊贵的博物馆,却没有一个人来看过我、找过我!"

梵高的母亲,一位牧师的妻子也看到了她长子成名的那天。老妇人谈起往事泪水涟涟,她后悔不该多次把儿子赶出家门,并扔掉梵高寄给自己的油画。她比儿子多活了30多年,却从未想到来交通便利的巴黎北郊看望儿子的墓地,哪怕一次。

以成败论英雄的世界,这如冰碛般冷酷的世界!当冰碛融化,商业欲望托起冰下火焰熊熊燃烧时,却无人在意躺在奥维尔原始冰层底下为艺术殉难的那一堆圣骨!

漫步在奥维尔公墓,我想起梵高和提奥谈他的《麦田里的收割者》的那段名言:"我从这个收割者看到——一个模糊的身影,拼命地在烈日下干活——我从中看到了死亡的形象,在某种意义上,把麦子想象成人类在被收割。"

奇怪的是像我这样一位来自纽约的中国女人思考的简单问题,无论在梵高的故乡荷兰还是在他度过最后时光的奥维尔,既无人关切,更无人过问。尽管梵高的遗骸明明白白就在脚下,却没有任何人像寻找俄罗斯尼古拉二世一家的遗骸那样将"受尽苦难的圣骨"重新安葬!

梵高最后岁月的油画《麦田群鸦》飞扬着碎裂四散的死神黑翅,仿佛大难临头,乌云倾压着三条小道,恐惧与惊栗的鲜艳色彩震撼心灵。"混乱天空下的麦田代表着悲哀与极度的孤独"(梵高),这也许是他留给世人的遗书。梵高给弟弟提奥的最后一封信中写道："我以生命为赌注作画。为了它，我已经丧失了正常人的理智。"

梵高的眼泪： 我的棺材到哪里去了？

1890 年 7 月 30 日梵高安葬在瓦兹河畔的奥维尔公墓，棺木上铺着黄色的花卉。提奥和加歇医生等二十人出席告别仪式。提奥万分痛悔自己在妻子和岳父影响下疏离了亲爱的哥哥，仅半年后也与世长辞。

所有梵高的书籍和官方档案都把奥维尔梵高兄弟的墓叫做"兄弟墓地"，祭拜之后仔细观察，我产生了一个疑问：2016 年朝圣南乔治亚岛沙克尔顿的墓地，他身边是三十年之后去世的南极大象岛留守队长法兰克·怀尔德的墓地，法兰克的儿子根据遗嘱将父亲埋在了他一生追随敬仰的船长沙克尔顿身边，两个墓地的年代、石材、设计与墓碑完全不同，令人肃然起敬。

但奥维尔公墓里被深绿常春藤和丝绸向日葵覆盖的梵高两兄弟墓地整整齐齐，连墓碑也精雕细琢一模一样，我摸头思忖："在提奥灵柩从荷兰移到这里之前，梵高的墓究竟是怎样的呢？他们相隔 24 年，不会是完全一样吧？"当我在荷兰梵高博物馆官网终于找到几行解说文字时，我犹如被闪电击倒——与博物馆官方彩面手册《直面梵高》里"乔安娜将提奥安葬在亲爱的文森特墓旁"完全不一样："1914 年乔安娜安排将提奥的灵柩从荷兰迁址至奥维尔，她希望将前夫埋在梵高身边，但距离梵高去世已 24 年，当地没人记得梵高埋葬在哪个角落，于是乔安娜找来梵高的衣物放在一口空棺材里，埋在提奥灵柩边上，并制作了两人的新墓碑。"

我看到这段话里流出了梵高的眼泪——他在空中低声哭泣："仅仅 24 年过去，你们就弃我骸骨不顾，用假棺材来欺骗天下说提奥躺在我身边！24 年是多么短暂，你们可以查问安葬我的墓地管理人或他的继承者,追踪公墓殡葬记录、问询加歇医生的儿子和拉沃老板的女儿、追问全体奥维尔居民:在这小小的公墓里,我的棺材究竟到哪里去了?"

自从梵高安葬在奥维尔公墓,130 年过去了,比起瓦兹河畔每家窗户上花花绿绿的梵高绘画印刷品,你们中间居然没有一个人去关心这位伟大的艺术殉道者的骸骨! 奥维尔小镇——梵高小镇的人们,物犹如此,你们情何以堪?!

尾声: 曼哈顿《星夜》

思绪从普罗旺斯阿尔勒和巴黎北部奥维尔回到现实生活中,眼下的纽约正面临 911 以来最大的威胁和二战后的最大挑战。2020 年 3 月 7 日,在新冠肺炎阴影笼罩下的曼哈顿依然车水马龙,我从东 60 街的家步行去西 53 街的 MOMA,与梵高的《星夜》告别,因为 MOMA 很快就同大都会艺术博物馆、大都会歌剧院、百老汇剧院一样关闭,整个纽约市在无法预计的日子里将成为一座"停摆的死城",我多么怀念普罗旺斯迷人的紫色薰衣草与梵高的向日葵地! 行笔于此全球已 20 余万人感染,超过万人罹难,纽约证券交易所大厅关门,特朗普形容自己为"战时总统",并派遣有 1000 个床位的战时医疗军舰备援纽约。

美丽浪漫的艺术王国意大利也沦陷为新冠病毒肆虐的悲惨世界,感染四万余死亡近四千,超过了中国官方公布的新冠肺炎死亡数字。人类第一次面临不分国籍、种族和地域的第三次世界大战,全球战疫的共同敌人是来源未知的诡异病毒。我站在梵高著名油画《星夜》面前,周围人潮汹涌,仿佛全纽约有情怀的梵高迷都涌来这里向他说一声:"再见! 梵高! 纽约城将钻入地下。"我仿佛看见梵高在阿尔勒入夜后支起画架,把一圈小蜡烛固定在帽沿上,借着跳跃的光亮描绘星空,月亮在朵朵谜团般的蓝色旋云中泻出一道金黄色。2004

年 3 月 4 日,美国宇航局公布了一张哈勃太空望远镜拍摄的照片,称"这幅太空摄影作品与梵高的名作《星夜》有'异常相似'之处。"这"漩涡恒星"位于麒麟座方向,距离地球 2 万光年。

我想起奥维尔小镇上梵高的好友加歇医生的一句话:"他的爱,他的天才,他所创造的伟大的美,永远存在,丰富着我们的世界。"

我走出博物馆来到第五大道,深吸着黄昏中带着春花绽放的馨香空气,曼哈顿的熏风中传来梵高的声音:

> 当我画一个太阳,我希望人们感觉它在以惊人的速度旋转,正在发出骇人的光热巨浪。
> 当我画一片麦田,我希望人们感觉到麦子正朝着它们最后的成熟和绽放努力。
> 当我画一个男人,我就要画出他滔滔的一生。
> 如果生活中不再有某种无限的、深刻的、真实的东西,我不再眷恋人间。

在这一切皆不确定的黑夜里,让我们与顽强勇敢的梵高为友,他会让我们触碰到永恒的璀璨星夜!

（谨以此文纪念梵高去世 130 周年）

邮轮之旅

欧洲艺术博物馆巡礼

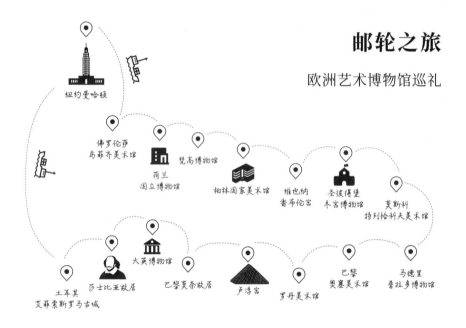

迷恋邮轮的人往往有以下的几点原因：

一是爱大海。每天早晨一起来，窗外便是一片蓝天大海在飘载着你，那壮丽大海上的日出与日落，点燃你生命中的激情，你突然想成为画家、诗人、文学家或吟游者，歌颂大自然和人类美好的一切……当然也爱与海有关的东西，如游泳、冲浪、潜水……海底宫殿在阳光穿射下魅力无穷，你悄悄地游着，欣赏着，惊讶上帝创造人类和鱼类的奇迹。

二是爱读书。带上写作的白纸和日记本，一个笔记本电脑，得啦，这海上庞然大物也就成了书房。

三是爱历史古迹。对岸上的各国博物馆，名胜古迹和地方风情都抱有极大的兴趣。

四是爱美食。邮轮上早、中、晚餐均是上等美味新鲜佳肴，比上海外滩3号的约翰·乔治斯法国高级餐厅更为精美考究。如果你愿意去自助餐厅,那里有上百种美食甜品供你选择。水果当然是最新鲜的。巴黎蜗牛、纽约牛排和澳洲龙虾应有尽有。

我喜欢乘坐玛丽王后二号邮轮旅游。特别是沿海岸线去欣赏欧洲人类艺术的宫殿——各国艺术博物馆。我希望读者们有一天会走遍我下面提到的地方:意大利佛罗伦萨、庞培城、维苏威火山、阿西西山峦、埃及卢克索、阿斯旺、墨西哥玛雅金字塔、希腊众岛屿、土耳其艾菲索斯古迹……船永远会带你去访问这些精彩的历史坐标! 在百慕大沙滩写作也是我的爱好。而阿拉斯加、巴拿马运河、墨西哥海湾和玛雅古迹则永远令人心动。现在,请你与我一起走下船,去看看一座座人类的艺术宫殿吧!

地中海邮轮的第一站是意大利的佛罗伦萨,船靠岸后,人们几乎只讲一句话:"去乌菲齐美术馆看看!"一下子船就空啦。这里永远排着长队。你一定要不怕腿站酸,等一两个小时后才能进入。我每次喜欢看达·芬奇1472年的《圣母领报》,波提切利1477年的《春》及1487年的《维纳斯的诞生》,米开朗基罗1504年的《神圣家族》,拉斐尔1506年的《金翅雀圣母》,提香1538年的《乌尔比诺的维纳斯》,还有鲁本斯为妻子画的《伊莎贝拉·布兰特肖像》,伦勃朗1634年的《青年画家肖像》《自画像》……画廊的每一个部分都让你回到伟大的文艺复兴年代,这是个让人产生激情和梦想,对先人顶礼膜拜的地方!船到了阿姆斯特丹,我们又全跑去荷兰国立博物馆,看伦勃朗为生病卧床的妻子画的看窗外风景的《石桥》(1638年),和他1642年的名作《夜巡》,这幅画前每次都聚满了屏声静气的人群,人们被伦勃朗的天才和夜巡队伍各个人物光芒四射、感人至深的情感所震撼。能静静地站在《夜巡》前,也是一生中的幸福时光之一。我还喜欢伦勃朗1661年的老年自画像,同他藏于意大利乌菲齐馆的年轻时的自画像判若两人。后者华丽潇洒充满阳光与自信,前者灾难深重看破红尘,一个富有的天才画家会迎来穷愁潦倒的晚年,实在令人扼腕叹息!

这里还有我钟爱的鲁本斯的珍贵收藏,如《画家和他的妻子》(1609)、《强切留斯伯的女儿》(1618),鲁本斯总是将刚烈、柔美、暴力与娇媚用色彩和谐地交织在一起。站在他的画前,你感到生命的青春美丽在胸前回荡。荷兰国立博物馆附近约200米是梵高博物馆,我们的船驶到时正好是梵高诞生150周年纪念日(画家诞生于1853年3月30日)。大厅里除了他价值上亿的作品外,还展示了许多他和兄弟提奥的通信,可以感受他"自杀"前心灵的痛苦挣扎。"自杀"前10个月,1889年7月他画了《阿尔勒的卧室》。梵高在给兄弟的信中说:"看到这幅画,令人的头脑得到安宁。""自杀"前3个月,他画了《盛开的杏花》(1890年2月),我买了复制品带到纽约。这是他竭力忍住在圣雷米精神病院治疗期间的痛苦,为弟弟提奥儿子出生画的生日礼物,这幅画令人想到"忽如一夜春风来,千树万树梨花开"的诗句。梵高虽然对新生命满怀喜悦,但还是结束了自己的痛苦生命。"自杀"前几个月他画的《向日葵》,在1989年以59亿日元被收藏家买下。站在这幅激情恣溢的油画前,可以感受在穷困绝望中他内心如火的激情,他曾经把手掌放在熊熊燃烧的火焰上向心爱的女人求爱,但被嘲笑拒绝。他死前每天大量作画,包括著名的《麦田群鸦》,后人称这幅画是"用短促笔触组成"的"向生命告别的宣言"。传说他最后跑到麦田向自己脑门开了一枪。这位天才画家活着的时候受尽屈辱,只卖出一幅画。如果你有机会到荷兰阿姆斯特丹,请一定到梵高博物馆看看!

船到柏林啦!我们当然喜欢这个城市的一切,每次我都想看看我先生麦克上大学时常来的地方。我非常喜欢德国现实主义画家门采尔的《腓特烈大帝》系列历史画中最著名的一幅油画——《腓特烈大帝在忘忧宫的长笛音乐会》。

在维也纳香布伦宫,我看到奥地利国王约瑟夫二世请6岁的莫扎特在宫廷演奏的巨幅油画。据说莫扎特那时曾经跳到约瑟夫二世的妹妹、娇媚的少女玛丽·安东奈特公主(后成为法国王后,1793年死于断头台)怀中说:"我长大了要娶你!"

所有关于腓特烈大帝和约瑟夫二世的油画，都表明了欧洲皇帝的深邃的艺术造诣与修养，及其对欧洲艺术音乐哲学文学史所产生的重大影响。

邮轮靠岸了。我们来到了圣彼得堡，大家拥向艾尔米塔什冬宫博物馆，这是叶卡捷琳娜二世亲手创办的。女王托狄德罗在欧洲购买了大批伦勃朗和拉斐尔的收藏，我最喜欢的有伦勃朗的《达娜尼》《从十字架上放下的耶稣》，大师的光线处理令人叫绝，仿佛油画昨天刚刚完成。达·芬奇的《圣母》(1490)、卡拉瓦乔的《弹琴者》(1595)、鲁本斯的《酒神巴库斯》也令人赞叹。"1812(卫国战争)画廊"及众将军肖像馆里，英俊的沙皇亚历山大一世和战无不胜、代表俄罗斯精神的库图佐夫肖像最为引人注目。从圣彼得堡坐一夜舒适列车即到了莫斯科。一下车即奔向特列恰科夫美术馆。这是莫斯科富商捐赠的1700件艺术品和展示厅。这里的油画影响了新中国美术史。我和于廉曾做梦来这里看这些原作。如普基廖夫的《不相称的婚姻》，列宾的《伏尔加河上的纤夫》《祭司长》《库尔斯克省的宗教行列》《意外归来》《伊凡雷帝杀子》《托尔斯泰肖像》等。站在列宾的《伏尔加河上的纤夫》前，我回想起和画家于廉在燃烧着火苗的北大荒简陋画室中向往着外面精彩的世界和绘画珍品，我的泪水不由在眼眶滚动。还有我从少女时代起就喜爱的专画历史题材的画家苏里科夫，他的《缅希科夫在别廖佐夫》(1883)催人泪下。缅希科夫原是彼得大帝的宠臣，他为协助彼得大帝改革做出杰出贡献。彼得大帝去世后，他把婴儿期的彼得二世带回家抚养成人，并把女儿许配给他。但成年后，彼得二世竟把恩人兼养父缅希科夫全家流放到西伯利亚。画厅中这个仍有往日显赫威风的元帅在两个女儿和一个幼子的陪伴下，在破旧漏风的西伯利亚小木屋中等死。政治和权力真是世界上最残酷的游戏！

船到西班牙，再乘上一小时飞机在马德里降落，我们直奔早已神往的普拉多博物馆。它的吸引力远胜那古色古香的西班牙皇宫。这座宫殿式建筑典雅庄重的正门前竖立着西班牙绘画史上的一代宗师——委拉斯开兹的青铜塑像。跑进普拉多博物馆，我立刻走到委拉斯开兹 1635 年画的《布列达的投降》面前，这幅画描绘 1625 年荷兰军队将领们优雅地将城门钥匙交给西班牙斯宾诺拉将军。这幅画是委拉斯开兹受菲力普四世之命，为纪念西班牙攻克荷兰胜利而画。战马左端一个骑士是画家本人自画像。可见他多么倾心这幅作品啊，如拉斐尔把自己画入《雅典学院》一样。作为宫廷画师的委拉斯开兹，在 1656 年画的美妙的小玛格丽特公主，和画布前的画家本人以及镜子中的国王夫妇也让人惊叹不已。我最喜欢的还有戈雅的《查理四世一家》，这幅画被评为"锦绣垃圾"和"皇家蠢货"。有趣的是戈雅如此光明正大地嘲讽丑化王室，他不仅没有被流放，反而受到了查理四世的表扬。戈雅的《1808 年 5 月 3 日夜枪杀起义者》(1814)表现了西班牙人民对拿破仑侵占的英勇抵抗，画面上的人物正被法军机枪射杀，有着《托斯卡》般悲壮的戏剧效果。戈雅的《裸体的玛哈》和《穿衣的玛哈》体现浪漫主义画家惊人的新意和过人的胆识。吸引我的还有丢勒的《自画像》(1498)、鲁本斯的《爱之园》(约 1633)和《法国王后玛丽·美第奇肖像》(1622)；格列柯具有特殊拉长比例的名画《基督复活》也让人如梦如幻，流连忘返。离开马德里飞向土耳其苏丹王宫，这里的建筑显然比法国凡尔赛宫更奢华，因为这里面对黑海海峡。穆斯林苏丹王比基督教徒更懂奢靡享受，他们雇用基督徒建筑师、凡尔赛的工匠建造欧洲第一流宫殿，后宫妃子成千，却不允许任何一个普通穆斯林女人打开她一辈子必须蒙盖的黑面纱。难怪连伏尔泰都发明了镰刀战车，呼吁让叶卡捷琳娜女皇"狠狠砍下苏丹王的脑袋"呢！

现在，邮船在巴黎附近的港口靠了岸，我和欧美游客们又忽啦啦地一起乘豪华巴士来到巴黎。我直奔收藏 19 世纪后期到 20 世纪现代艺术品的巴黎奥塞美术馆。我非常喜欢的作品有 19 世纪现实主义大师库尔贝的《画室》，马奈的《草地上的午餐》《奥林匹亚》《埃米尔·左拉肖像》和米勒的《牧羊女》。米勒是法国杰出的现实主义画家，他向往彻底的自然主义。他在巴比松居住了 27 年，对农村有深刻的理解。他是一位内向又勤奋的画家——比如眼前这位淳朴的披着旧毛毯的多情牧羊女独自站在辽阔的原野中，落日余晖洒在她身边的羊群和荒芜辽阔的草原上，你感到像一座宏伟的歌颂普通人的纪念碑。梵高就深受米勒影响。我和船友又在有限的时间里直奔罗丹美术馆。我多次来到这里，百看不厌。罗丹 1911 年租下比龙公馆后，决定把自己所有的作品和收藏的艺术品献给国家，并负担改建美术馆的费用。他当时唯一希望的是国家允许他在比龙公馆度过晚年，所以这里也是罗丹故居。我很喜欢这个宫殿式的宅子，尤其是窗台外一大片玫瑰花园。我最喜欢的作品有罗丹 1876 年完成的《青铜时代》，这个被人嘲笑是"从真人身上翻下来的模子"当时引起轩然大波。罗丹取名《青铜时代》象征人类从原始社会过渡到青铜时代后，从自然中醒悟过来，血脉流动着沸腾的血，充满生命的活力。这场风波使青年罗丹一举成名。罗丹深受米开朗基罗的影响，《思想者》被罗丹放置于他耗时 37 年的杰作《地狱之门》的顶部。这个原来以但丁《神曲》为素材的雕塑最具有他的个人特色。与罗丹丰富情史有关也是他最感人的作品是《吻》（1886），那是罗丹以他的情人女雕塑家卡米尔为模特儿创作的作品。卡米尔·克罗岱尔那时 29 岁，正炽热地爱着她的导师——46 岁的罗丹。《吻》也取材于但丁的《神曲》中保罗（Paolo）和弗朗西斯卡（Francesca）的爱情悲剧——这可能预言现实中这对情侣未来的悲剧。罗丹以大胆优美的形式展现全世界情人在幽会中狂热亲吻爱抚的瞬间，男女之间美好的裸体姿态犹如起伏的大海酝酿着激动人心的爱情浪潮，人类内在的青春热情和生命在光彩中燃烧闪烁。任何一个人，哪怕心若枯井，望着这生动炫目的杰作也不得不为之心动。罗丹将爱情这个世间万古不朽的永恒主题描绘得淋漓尽致。但可惜他让情人彻底绝望了，其中一个原因是罗丹眼看自己的情人日益显示出让人震撼的艺术天才，他不安地对这位曾是他灵感源泉的女雕塑家讲："你将成为我最强的敌人！"

被罗丹抛弃女友卡米尔的作品《悲》

大不列颠博物馆镇馆之宝——罗赛塔石碑

卢浮宫的鲁本斯《法国王后玛丽·美第奇的一生》组画之《玛丽·美第奇驾临马赛》

作者在冬宫博物馆欣赏镇馆之宝、伦勃朗的《浪子归来》

142

于是他们的爱情像这个雕塑一样，下半身被嵌入了大理石体中：炽热的爱情凝固胶着，继而转向疯狂。卡米尔和罗丹的热恋终于成为"水能载舟，亦能覆舟"的大悲剧。我曾在东京参观过《卡米尔雕塑作品全球巡展》，卡米尔和罗丹的风格简直如出一辙，但更充满悲剧情怀。有一个雕像是她本人跪在火苗跳跃的壁炉前哭泣；还有一个是她在浪花中紧紧拥抱情人，但情人冷酷的脸并不看她，与她的热情渴望形成强烈对比。男人的多变冷酷在她的刻刀下表现得淋漓尽致。人们说，她每做一件作品，都是在用刀宰割自己的心，最后她被送进疯人院，在那里度过整整三十年直到死亡。这就是雕像《吻》的凄惨故事。当爱情发生时，谁也不会料想到它结束时的惨烈。有人说，爱情把一半情人送进天堂，另一半送进地狱。站在这个《吻》前的人，但愿你不要得到这样一个不祥之吻。

"我希望我从来不认识你。"——这个不幸艺术家去世时的遗言仍然充满对罗丹的怨恨。

从罗丹美术馆出来再奔向卢浮宫，我在这里总是一转就是一整天，有一次险些赶不上船。我喜欢细细欣赏公元前的雕像《米洛斯的阿佛洛狄忒》（又称《断臂维纳斯》）。当我们的邮轮抵达希腊岛屿时，我们参观了米洛斯岛。这个举世闻名的《断臂维纳斯》就是我热爱的南极探险家迪蒙·迪尔维尔 1819 年在米洛斯岛发现并为法国获得的，当时全法国一片欢腾。

《胜利女神》和《断臂维纳斯》及达·芬奇的《蒙娜丽莎》被称为卢浮宫三大瑰宝。我也喜欢拉斐尔的老师佩鲁吉诺的《阿波罗与马尔塞丽斯》和拉斐尔的《花园中的圣母》《圣乔治屠龙》，米开朗基罗大理石雕像《垂死的奴隶》和鲁本斯的《玛丽·美第奇王后驾临马赛》，这半人半神的灿烂画面让人惊叹。你仿佛看到年轻美丽高贵的美第奇王后登上法国土地的盛大场景。这位美第奇王后嫁的丈夫是法国历史上著名的亨利四世。他的情妇即是伽布丽爱斯特蕾，她及姐姐的沐浴画像也在卢浮宫。伽布丽爱斯特蕾在为国王生下三个子女后突然去世,年仅 26 岁。这幅著名的油画中她手拿的是亨利四世的求婚戒指,姐姐德维拉公爵夫人的动作暗指妹妹已经怀上亨利四世的第一个儿子。可惜这位智谋双全英武果断的国王在年仅 46 岁时被疯子刺杀。美第奇王后于 1610—1614 年亲自摄政。鲁本斯的 24 幅关于美第奇王后的生平历史画是对法国 16—17 世纪历史的回顾,给我带来无尽的欣赏快乐。那真是一个宫廷催生艺术的辉煌年代。我喜欢的还有法国宫廷画家布歇的《狄安娜出浴》,那风情万种的胴体令人联想起他笔下蓬皮杜夫人的风采。布歇学生大卫的《荷拉斯兄弟之誓》《雷卡米埃尔夫人》《约瑟芬皇后》和《拿破仑皇帝给皇后加冕礼》都令人叹为观止!卢浮宫著名的画还有德拉克洛瓦的《自由引导人民》,他是我敬仰的 19 世纪浪漫主义最伟大的画家之一,他被左拉称为"浪漫主义的雄狮"。左拉还说,如果允许,德拉克洛瓦"可以一夜之间把整个巴黎所有的墙壁填满颜料"。他是彻头彻尾的色彩追求者。这幅《自由引导人民》描绘了"七月革命"中有名的街巷战。1830年巴黎起义者占领皇宫,国王查理十世被迫逃往英国。德拉克洛瓦本人站在自由女神旁边,这幅画是近代第一幅政治性绘画作品。他的另一幅画《萨达纳帕尔之死》,充满了东方异国情调。德拉克洛瓦曾经访问阿尔及利亚和非洲,那里东方式的狂欢和神秘的欢庆气氛都在这幅画中留下印记。末日国王安然地坐在宫殿的红色大床上,看着王宫太监和仆人杀死他的宠姬,这也是历史题材油画,在这里你可以感受到法兰西文化艺术的博大精深。我在卢浮宫礼品店购买的艺术复制品包括枫丹白露派画家的《德维拉公爵夫人和伽布丽爱斯特蕾》。据说美貌的伽布丽爱斯特蕾遇到国王时才 19 岁,她擅长绘画,为了引起亨利四世的倾慕,她有时全副武装成巾帼英雄骑马赴战场,在帐篷中画下国王出征时的英姿。她的睿智和卓越丰姿让国王仰慕不已,他让宫廷画师制作了这幅裸体画,亨利四世的这位金发情妇显然在视觉上远胜美第奇皇后。画家害怕被暗算,至今没有暴露姓名。卢浮宫中达·芬奇的《蒙娜丽莎》(1505)是安详宁静女性美的经典。相比之下，戈雅的名画《卡皮奥伯爵夫人》显得单调、沉闷、忧郁，这也象征贵族女性的精神生活——因太追求浮华而空虚渺茫。我在卢浮宫最迷恋的是"拿破仑战役与将领"画廊，描绘了拿破仑的每一次胜仗，这与圣彼得堡冬宫抵抗拿破仑的"1812 画廊"恰好形成鲜明对比。这两个画廊在气势上同样辉煌灿烂、震撼人心。只不过你在法国卢浮宫看到的胜利天神，在俄国冬宫却变成了不幸败将。法国艺术家描绘出拿破仑几十位爱将的肖像，俄国艺术家则描绘出沙皇亚历山大一世的绝代英姿和库图佐夫等几十幅国王爱将肖像，其中一个爱将的后代参加贵族"民意党"，用炸弹炸死了沙皇亚历山大二世。这个民族灵魂的色彩与理想主义让人眼花缭乱。每次徘徊在卢浮宫和冬宫这两个与拿破仑有关的画廊内，我总是感到内心的震撼！

在邮轮的最终码头——伦敦港，我与船友已商量好用两天时间参观大英博物馆和伦敦国立美术馆。我多次去过大英博物馆。在船上认识的普林斯顿大学教授罗伯特夫妇和我聊起英国人斯坦因，斯坦因在 1907 年和 1914 年从敦煌莫高窟通过王道士从藏经洞中搞走过物品。我 1998 年在敦煌住过一段时间，那时正值藏经洞发现 99 年，我在敦煌的每一天都热血沸腾，丝毫不亚于在凡尔赛、卢浮宫、冬宫和任何一座历史王宫所体验到的高度兴奋。我整天打着手电筒在莫高窟的一个一个洞中，一边对照书籍，一边睁大眼睛欣赏每一幅呈现神圣光辉和智慧的敦煌绘画和彩塑。现在，我把罗伯特夫妇径直带到大英博物馆东亚馆的《树下说经图》《普贤菩萨》《地藏菩萨图》等敦煌藏经洞发现的作品中年代早、保存好的几件作品前，画中 10 世纪的龟趺座与西安碑林中的石碑相似，另一幅是藏经洞中发现的《行脚僧图》，表现了一个脚着草鞋、衣衫褴褛的西方高僧向东远行传教，像美国《时代》集团鲁斯家族的先人到中国传教一样。罗伯特夫妇和我讨论斯坦因，他们认为这个匈牙利英国籍犹太人在印度旁遮普大学担任院长时就一心向往中国盛唐文化；他花了三年多的工夫在欧洲游说八方,宣讲敦煌艺术,搞到经费后不畏艰辛长途跋涉到敦煌,将他为此奋斗一生的敦煌文物在国际上炒红。死前他将所得到的9000多卷写本和500多幅佛画全部归藏或捐赠给大英博物馆,一分一文都不留给后人,他认为"敦煌艺术和古埃及艺术一样属于全人类"。罗伯特认为斯坦因是敦煌的西方知音。中国晋代顾恺之的《女史箴图》绢画也引起罗伯特夫妇的极大兴趣。女史,即宫中女官;箴言,即规劝格言。图中人物端庄,气质高贵。图旁边的注文据讲是晋代大书法家王羲之所作。

大英博物馆里我最熟悉的镇馆之宝当属罗塞塔石碑(Rosetta Stone),进入大厅第一眼看见的就是这块制作于公元前196年托勒密王朝、高1.14米宽0.73米的石碑。黑灰色的花岗岩上刻有古埃及国王托勒密五世登基的诏书,奇妙的是,石碑用三种文字即希腊文字、古埃及象形文字和当时通俗体(科普特语)镌刻了完全一模一样的内容,仿佛冥冥之中等待2000年后的天才去揭开这深邃隐秘。我每次来都要隔着玻璃亲吻一下这块石头,仿佛亲吻拿破仑和商博良一样。

我看到石碑左侧刻着"1801年由英军在埃及获得"(Captured in Egypt by the British Army in 1801),右侧则为"国王乔治三世捐赠"(Presented by King George III)。据说酷爱古埃及史的拿破仑为此懊悔了一生。被英军和奥斯曼帝国联手打败的法军,曾强烈要求保留罗塞塔石碑,且已偷偷运走,可惜被英军抓获,仅允许法军保留拓本进行研究。

让·弗朗索瓦·商博良(Jean François Champollion,1790—1832),卢浮宫埃及馆馆长,第一位破译古埃及象形文字结构并破译罗塞塔石碑的学者,被誉为"埃及学之父"。1799年拿破仑的法军上尉皮耶-夏赫在埃及港湾城市罗塞塔挖地基时发现了这块带希腊文的石碑,自从亚历山大大帝打败大流士后,希腊语成为埃及上流社会的流行语言。1802年罗塞塔石碑在大英博物馆展出时,商博良还是12岁的英俊少年!

尽管 19 世纪初期英国物理学家托马斯·杨第一个发现碑文中曾多次提及"托勒密",但他再也无法进一步破译,解密罗塞塔石碑的重大使命落在了商博良肩上。他是一位眼神坚定而睿智的天才语言学家,19 岁已成为历史学教授并专攻科普特语,20 岁时就已经掌握了除法语以外的拉丁语、希腊语、希伯来语、古印度梵文、阿拉伯语、古叙利亚语、波斯语甚至汉语! 他的梦想是找回法老王对子民说话的语言。时势造英雄,机会来了!

商博良为破译罗塞塔石碑付出了高昂的代价。年轻时,由于独特的兴趣与东方语言技能,他找不到工作,穷困潦倒,勉强度日。"我快要疯了,简直走投无路",他在绝望中写信给哥哥说,"我的鞋子穿帮了,衬衣破烂了。我羞于在公共场所露面,我的形象是如此衣衫褴褛。"但他的心比尼罗河还宽广,10 年扎实研究追梦,终于在 1822 年 32 岁时破译了罗塞塔石碑古埃及象形文字,在国际考古学领域独树一帜! 法国国王赠他一幢别墅,次年他带领考古队前往埃及,所到之处受到国王般的欢迎,在卢克索、卡纳克和阿布辛贝神庙,棕发飘逸的商博良手指着方尖碑或圆柱,口若悬河大声向人们朗读刻了 3000 年的古老象形文字:

> 我赞赏你,
> 我把你的力量和威严洒遍各地,
> 安宁地来到这里
> 并穿越天空的人,
> 就是太阳神……

和女儿女婿一起参观时,感慨 4 次埃及之行的燃情岁月,那时我们是多么迷恋商博良和图坦卡蒙陵墓的发现者霍华德·卡特! 他们的人生追求感人心扉;探险家、考古学家和历史学家们在挖掘人类精神宫殿时所放射的光芒,比拉美西斯二世、托勒密和埃及艳后更绚丽夺目,激动人心。只可惜商博良这位"法兰西的骄傲之子",返回巴黎不久即因积劳成疾不幸去世，年仅 41 岁。

大英博物馆镇馆之宝——一块让世人着迷的石头，一个让我们着迷的人！

我们又奔向伦敦国立美术馆。这里从 1824 年建立之际就向一切人开放，不收门票，为了使之"不成为一个为特权者服务的场所，巩固国家秩序中富人和穷人的联系"。我特别喜欢这里的肖像馆。这里有 14 世纪理查二世起所有英国君王的肖像，及历史名人如乔叟、莎士比亚、克伦威尔等人的肖像。我非常喜欢的还有莫奈的《睡莲池塘》，因为有一次乘邮轮去巴黎我们参观了巴黎郊外的莫奈故居，那一大片荷花池塘和诗情画意的环境是激发莫奈创作灵感的"源泉"。这幅带有木桥的睡莲画已挂在全世界成千上万家庭的客厅中，而在莫奈的故居，则年复一年，每年 5 月都会在湖面出现与画布上完全相同的景象。人们不可能奢望蒙娜丽莎从画上走出来，但莫奈的画则每年走下画布镜框，真实地呈现在人们眼中。年年春风绿，这就是大自然的不朽、艺术的不朽与人的短暂生命的对照！

看完了伦敦国立美术馆，我和罗伯特夫妇又一起去莎士比亚故居、温莎古堡、巴斯巨石阵、牛津、剑桥……在伦敦逗留了几天后，我们又一起乘坐公主号驶向下一个令人激动的航线：爱琴海克里特岛米诺斯迷宫之旅。

爱上邮轮吧，踏上驶往欧洲的邮轮吧，带上几本好书，去和那些对历史、文学、诗、哲学有着精湛理解的艺术大师们作灵魂上的交流。比如拉斐尔和米开朗基罗都是诗人，他们写的诗歌不亚于他们的绘画与雕塑。他们是人类精神追求的光辉楷模。

返回罗马，走下邮轮，望着湛蓝天空，我想起米开朗基罗的话："我在大理石中看见天使，于是我不停地雕刻，直至使他自由！"

惊魂歌诗达和协号

亲历当代"泰坦尼克"悲剧

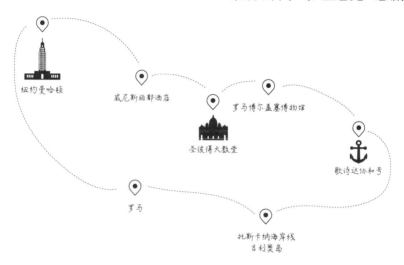

纽约曼哈顿　　威尼斯丽都酒店　　罗马博尔盖塞博物馆　　圣彼得大教堂　　歌诗达协和号　　罗马　　托斯卡纳海岸线吉利奥岛

> 世上的罪恶大致皆由愚昧无知造成。愚昧而良好的愿望与真正的罪恶带来同样深重的灾难。
>
> ——加缪《鼠疫》

这个春天,悲恸成河。

在日本横滨港隔离的豪华邮轮"钻石公主号"也成为媒体焦点。"海上潘多拉魔盒"源于一位香港老人,他的患病酿成 1 传 708 的重叠交叉感染,造成一场震惊世界的"恐怖邮轮"惨剧。

在密切跟踪电视新闻中"钻石公主号"的疫情时,我不由想起八年之前那场震惊世界的"歌诗达协和号"触礁侧翻事件,那是一场发人深思的"恐怖邮轮"惊魂之旅。

我的"歌诗达协和号"惊魂之旅是从威尼斯开始的,与瘟疫、灾难、谎言、隐瞒、死亡和命悬一线有着一连串的关系。2012年元旦过后，为追踪我喜爱的托马斯·曼小说和电影《魂断威尼斯》，我从纽约直飞威尼斯，先在拍摄地威尼斯丽都岛待了几天，再飞到罗马，与妹妹汇合一起登上了开往地中海的意大利"歌诗达协和号"豪华游轮，没料到我们遭遇了当代"泰坦尼克"悲剧，32人遇难；船长的出格举动和隐瞒欺骗直接导致了这场震惊世界的海难。

先从威尼斯谈起，这里有冥冥之中的关联。《魂断威尼斯》是一部唯美的悲伤影片，由意大利著名导演鲁奇诺·维斯康蒂执导，1971年上映，那时我还在北大荒兵团参加查哈阳水利大会战。该片讲述一位音乐家因沉醉于追求青春美少年而在瘟疫中丧命的故事，配上马勒的《第五交响曲》慢板乐章，令人沉思其中，如痴如醉，诗意盎然又回味无穷。

《魂断威尼斯》中的德国音乐家奥森巴赫怀着丧女之痛来到丽都岛五星酒店，休养疲惫的身心。不经意间他邂逅了名叫塔奇奥的美少年，并为之倾倒，这位身穿海军制服的波兰少年让奥森巴赫颓废的精神为之一振，古希腊雕塑般的俊美面孔犹如神灵附体，音乐家几乎丢下了作曲，在海边、在电梯里、在威尼斯圣马可广场，步步跟踪塔齐奥。少年"回眸一笑百媚生"，只要报以一双明亮的眼睛和纯净的笑容，他就欣喜若狂。每天早晨起床，无论在窗下、海边或是威尼斯街头，见到波兰美少年成了他生命唯一的意义。

然而一场瘟疫悄然而至，以旅游业为经济支柱的威尼斯当局为了赚钱，刻意隐瞒真相，报刊新闻皆歌舞升平，街头艺人一边弹唱一边喊："这里一切正常，欢迎尊贵的游客大驾光临！"奥森巴赫目睹车站一位病人倒地而死，到处弥漫着消毒水的味道，他东奔西走，大声喊叫："请告诉我！快告诉我！这里究竟发生了什么事情？"

他终于在死前不久找到了真相：霍乱正在威尼斯爆发！

痴情的音乐家跑去找塔齐奥的母亲："快！带上塔齐奥……和你的女儿，你们快走吧！这里流行着可怕的瘟疫！"

好奇的少年塔齐奥懵懂青涩地看着面前的陌生人,奥森巴赫一阵心跳,犹豫地伸出手抚摸少年额前的金发。这是他与比他年轻30岁的心上人唯一的一次接触,却令他神志迷乱,心旌激荡。他决定只要塔齐奥还在威尼斯,他就哪里也不去。最后的"断魂"时刻终于到来,奥森巴赫染上了瘟疫,颤抖发热,在空无一人的沙滩上寂寞地坐在躺椅上,他脸上搽过粉,染过发,胸口插着一朵化妆师送他的玫瑰,他一往情深地望着海边的塔齐奥。

日渐西沉,一切笼罩在若隐若现的暮色中,绝望落寞的音乐升腾而起,海水里出现塔齐奥的身影——他那宛若动态丘比特的剪影绝美纤瘦,生气勃勃,无与伦比。塔齐奥右手插腰,左手指向远方,海边是如梦似幻的一片粉红,老音乐家望着触不可及的心上人,若悲若喜,泪水盈眶。他挣扎着伸出右手,似乎还想最后一次触摸美少年的金发,但死神降临,奥森巴赫突然咳嗽窒息,垂下脑袋,气绝身亡。

在诺贝尔文学奖得主托马斯·曼的中篇小说《魂断威尼斯》里,孤独、情色和死亡似乎介于抽象精神的理想诗意与粗俗艳丽的表达之间,诠释了叔本华的"欲望是一切痛苦的根源"。这部我看了无数次的经典电影将原著中的作家转换成作曲家,与当时去世的古斯塔夫·马勒正好吻合。维斯康蒂运用马勒的《第五交响曲》展示了人类在追求幸福的同时,面对无法逃避的死亡、孤独和瘟疫的恐惧。

在朵朵云彩飘浮的淡蓝色雾霭中,海潮汩汩涌动,影片在马勒那哀婉唯美、直指人心的第五交响曲中拉开序幕。

2012年1月初,在踏上"恐怖邮轮"歌诗达协和号之前,我在威尼斯寻找我心中的"塔奇奥"——托马斯·曼和马勒。我只带了一件行李,里面有我的电脑和两本书。一本无疑是托马斯·曼的《魂断威尼斯》,另外还有麦尔维尔的《大白鲸》。那个要了老音乐家命的可怕瘟疫在我脑海里久久挥之不去,在欧洲的许多城市我都见过纪念瘟疫罹难者的大型雕像,但鲜有当局刻意隐瞒事件发生,《魂断威尼斯》是一个例外。

我乘坐着贡多拉(水上 TAXI),像音乐家奥森巴赫初到威尼斯一样,让船夫"直接拉到丽都酒店",远远的我看到了如此熟悉的一排排海边小木屋,仿佛看到少年塔奇奥和小伙伴在海边嬉戏。再也没有比瘟疫更丑陋的疾病了,托马斯·曼却让这样的腐朽袒露在那次夕阳的吟唱中。奥森巴赫始终没有向塔齐奥告白,只是像朝拜的信徒一样死在了神殿的脚下。

　　丽都岛上风景旖旎,虽是冬天但阳光绚烂,威尼斯人十分友好,有人还记得当年维斯康蒂在此拍摄《魂断威尼斯》的情景。令我好奇的是,当音乐家奥森巴赫最终倒毙在沙滩上,美少年塔齐奥从海边回来时看到此景,他会有何反应? 或许,他会对当局刻意隐瞒导致这位慈祥老者之死充满了愤慨和悲伤?

　　我在威尼斯丽都岛的酒店露台和海滩躺椅上悠闲阅读,眼前景物都与电影一模一样。三天的度假放松了我在纽约紧张工作绷紧的神经。下一站是罗马,我的妹妹正从上海直飞罗马,第一次来意大利的她期待和我一起登上 1 月 13 日星期五的歌诗达协和号豪华游轮,姐妹情深,共度心驰神往的七晚八天地中海假日。

　　但丁说过,"当你觉得一切都很美妙的时候,灾难往往悄然而至。"

　　始料未及的灾难将《魂断威尼斯》变成了"魂断歌诗达"! 我差一点被淹死。如果我妹妹不在我身边的话,我十有八九会像"泰坦尼克号"罹难者一样命丧大海。

　　后来我知道,"1 月 13 日星期五"——在西方人眼里是个不吉利的日子。

　　1 月 13 日早晨我催着妹妹起了个大早,这是我们罗马假日的最后一天,我们首先要去爬梵蒂冈圣彼得大教堂,我刚做过手术,妹妹担心我吃不消,但我一口气跟着她呼哧呼哧地爬了 300 阶的石头楼梯,最终胜利到达最顶层,姐妹俩第一次攀登世界最大教堂的穹顶,好开心啊!

那天上船之前，我们沉迷在米开朗基罗和拉斐尔的作品里，与友善的罗马保安人员在大教堂穹顶露台合影，观赏罗马远远近近的壮丽美景。

下午我们去了博尔盖塞博物馆，又一次被贝尔尼尼（Gianlorenzo Bernini）的巴洛克艺术雕塑激动得热血沸腾，三天来暴走罗马让我们既兴奋又疲倦，我们是最后一批登上"歌诗达协和号"的乘客。我替妹妹在高达12层的宏伟邮轮前拍了一张照片，她兴奋地叫着："华厦高楼啊，漂浮在海上一定酷极了！"

我在美国30多年，和德国老公都是公主号、挪威号、嘉年华号等邮轮的铂金卡会员；我妹妹留学日本多年，她和日本老公都是旅行达人、徒步健将，但不太喜欢坐邮轮。这次是我越洋动员来的。我们两人都把老公留在家里上班。后来我想也许是上帝派妹妹来救我的吧？因为她几乎每次出游都有老公陪伴。我们两人拎着行李登上在夕阳余辉中闪亮的白色邮轮，期待着未来八天的热那亚美好时光。

未料我们遭遇了当代"泰坦尼克号"悲剧，而这一年恰巧是"泰坦尼克号"冰海沉船一百周年。我们的"歌诗达协和号"造价3亿英镑，号称是世界上最豪华的邮轮之一，长290米，排水量11.2万吨，是"泰坦尼克"号的两倍多，事发当时搭载来自70个国家的4232名乘客。2015年2月11日，意大利法庭以海洋事故罪、过失杀人和弃船等罪名判处意大利船长斯凯蒂诺（Francesco Schettino）入狱16年，"逃跑船长"目前在狱中服刑。

上船后我对妹妹讲："好奇怪，怎么没有例行的防火演习？演习中每位游客会得到灾难发生时的紧急出口和所属救生艇的位置啊！意大利人这么宽松吗？"

欢迎晚宴非常热闹，船长发表简短的欢迎词，接着头戴小红丝绒帽子、着装整齐的服务生手持红色蜡烛，在烛光与水晶吊灯交相辉映下高唱英文迎宾曲和《魂断蓝桥》插曲《友谊地久天长》，给人感觉仿佛还沉浸在圣诞节和新年的庆贺祝福中，气氛温馨又愉悦。晚餐是菲力牛排龙虾汤等琳琅满目的美味佳肴,陌生人见面都礼貌致意,满面笑容。我和妹妹正巧与一对风度翩翩的美国教授夫妇在一张餐桌进餐,得知他们喜欢文学,我和他们聊起《魂断威尼斯》和我刚刚结束的威尼斯丽都岛之行。

"瘟疫是多么可怕,瘟疫中的爱情总是不朽的,就像马尔克斯《霍乱时期的爱情》",白发蓝眼的教授说。我真是遇到知音了!我们又起劲地谈起托马斯·曼和他《魔山》里的病态社会,又谈到马勒和茨威格。这是一次愉悦的晚餐,但一天奔波下来精疲力竭,在上甜点咖啡之前我们姐妹起身告辞。9点左右我们回到位于九楼船头方向的房间,客房大玻璃窗很明亮,推门出去是与甲板相连的宽敞长方形大露台,这里空气清新,赏心悦目,太满意了!

我和妹妹在露台欣赏了一会儿海岸的月夜美景,我回浴室冲淋洗澡,这时事情发生了:约9点30分,天崩地裂的一声巨响伴随着剧烈震动,如同七级地震一样,我差一点跌倒在浴室的白色地砖上,所有的灯忽然熄灭,全船笼罩在一片黑暗中。可以想象餐厅里正在用甜点的那对美国夫妇一定在恐怖喊叫!过了约八分钟,电灯亮了,同时广播里传来了意大利船长的声音,"女士们先生们,非常抱歉。我们遇到了电力故障,现在一切都在掌控之中,请大家安心休息。晚安!"我舒坦地叹了一口气对妹妹讲,"谢天谢地!总算太平无事啊!"

担任大学电脑软件教师、毕业自清华大学自动化系的妹妹思维缜密,她睁着疑惑的眼睛问我:"你觉得船长的话可信吗?"

我回答:"意大利船长应当训练有素。依据我多年的邮轮经验,我相信船长的话。"

和无数人包括死者一样,善良迷住了我们的眼睛,打残了我们的头脑。

重新洗完澡,穿上邮轮精致的浴袍,我拉着妹妹到大露台去观望月夜下的大海,奇怪的是周围依然小城灯火闪耀,邮轮似乎一直没离开海岸线。如果从纽约启航开往巴哈马或者百慕大,从7点到9点半两个半小时,船舶早该驶入浩瀚大海了。"挺奇怪,我们为何一直不开进海洋?"我对妹妹讲:"实在太疲惫,我先上床睡觉去了。"

我把妹妹留在露台上,回房间换上睡衣,特地吃了一片安眠药(只有在非常疲倦时我才服用),以便很快进入深睡眠。

我立即呼呼地香甜睡去⋯⋯

如果妹妹没有与我同行,将会是完全不同的故事⋯⋯

据《纽约时报》刊载,同船5岁的意大利女孩达娅娜·阿洛迪是"歌诗达协和号"船难中最年轻的遇难者,1月13日晚她和她的父亲威廉·阿洛迪正在睡觉,他们和我一样也相信了船长的广播讲话,安心歇息,惊醒时已大难临头!一个月后,他们的遗体才被找到。

我后来还从《华尔街日报》得知,同船的拉塞尔·雷贝罗,一位来自印度的餐厅服务生,在那个决定命运的夜晚,他因发烧在自己的房间内休息。灾难发生时,拉塞尔正在睡觉,当他醒来时,水已经淹到他船舱的床下。他是最后一位在"歌诗达协和号"发现的遇难者。他的遗体在邮轮沉没三年之后才被发现。

如果不是妹妹与我在一起,如果不是我妹妹硬拉起我呼喊逃命,疲倦至极深睡眠的我,或许与达娅娜父女、拉塞尔遭遇同样的悲惨厄运。

那晚在睡梦中,我突然被妹妹急促叫醒:"快起来! 我们的船要沉了!"

"你怎么知道?"我懵懵懂懂边穿衣服边问妹妹,哪想到由于船体严重倾斜,我竟然从床上滑到地上,双腿猛撞到化妆台,顿起一片淤青,这时我也彻底清醒了。妹妹拉我跑到大露台,在我入睡时,她这位清华理科女生一直在观测船体动态,"我们的船完全倾斜了! 刚才那个轰隆巨响一定是发生了撞裂,根本不是电器故障。周励,船长在骗我们! 你看,不少人穿着救生衣向下逃呢! 我们赶紧逃吧! 你知道救生艇在哪一层楼吗?"

"好,我们立即去三、四楼甲板,要带上电脑和相机!"

"不，除了手机和钱包什么都不要带！让行李沉入大海吧！逃命要紧！我们必须立即离开这里！"

"为什么这么安静？为什么电话没人接？为什么船长不广播？"我一边在九楼露台观测，一边问妹妹。此时船体像正在缓缓翻身的大白鲸，但一切非常安静，乘客们似乎都沉醉梦乡。

我和妹妹从衣柜取出橘色救生衣穿上，沿着楼梯往下跑。一路用力拉着扶手，因为船体不平衡，很容易摔倒。这时大约是晚上10点10分，奇怪的是从九楼一路往下竟然没遇到一个人。由于没进行防火演习我没有任何地点的概念。到了四楼我用力推开走廊大铁门，发现已经有人在安静排队等待登救生艇。人不多，秩序很好。没人讲话。

不久一位欧洲中年妇女推着她父亲的轮椅呼叫着冲进视野，在登救生艇时轮椅被卡在跨栏上，她请求帮忙，我和另一位游客将轮椅里的老人抬举起来，帮助他最后顺利进入救生艇。不久我妹妹和游客们包括邮轮服务员都先后跳进了救生艇。其惊险和《泰坦尼克》电影镜头一样，但没见争先恐后的惊慌，只有善良关爱的互助。

上了救生艇我立即问一位正拉缆绳的印度领班："请告诉我！快告诉我！船上究竟发生了什么事情?!"我激愤的语气与《魂断威尼斯》中满腹疑惑的音乐家一样。

印度领班的回答让我大吃一惊。

原来我们在9点开始的晚宴上大谈《魂断威尼斯》时，"魂断歌诗达"的悲剧已拉开帷幕。21时15分游轮开始偏离航线，根据以后的法庭审讯记录，26岁的东欧摩尔多瓦女子朵米妮卡·切莫坦出庭作证，她不但承认自己和船长斯凯蒂诺的情人关系，还透露事发当晚她受邀登船和船长共进晚餐。她曾是舞蹈演员，2011年底入职歌诗达邮轮歌舞团，并和已婚的斯凯蒂诺"坠入情网"。那天她与比他年长26岁的船长幽会，热烈缠绵之后，船长一边驾驶一边搂着她的细腰说："宝贝儿，我要带着你向家乡的父老乡亲鸣笛致敬！他们都在向我招手呢！每当此时,我感到自己像是一位海上霸王!"

一心一意想在小女友跟前显摆的船长,想向吉利奥岛进行匪夷所思的"致敬",此刻他酒醉般的利令智昏。他哈哈大笑加速马力,21时30分——当时我正在浴室洗澡,晚宴还没有结束,这位毫无职业尊严感的冒失情郎,居然硬生生地将游轮撞在了吉利奥岛的礁石上!

随着巨响,船体被撕扯出七十米长的巨大裂口,海水哗哗涌入,船体顷刻失衡,柴油发电机组爆炸导致船舶失去动力,造成引擎和操舵系统出现问题,电力时断时续。朵米妮卡在法庭坦承,触礁发生后,她跑到斯凯蒂诺的私人房间把身上的晚宴服装换成了便装,还带出他的一台笔记本电脑。斯凯蒂诺让她"照顾好自己",接着发表了那篇臭名昭著的广播讲话,他向4000多名游客和船员公开撒谎,信誓旦旦称"一切皆在掌控之中,情况良好,请安心睡觉"。

试想,如果此时船长立即组织救援,敲开每个客房、唤醒每位客人,有序登上救生艇,怎么可能发生后来的32人死亡惨剧呢?!

和《魂断威尼斯》瘟疫中当政者的无耻欺骗与遮遮掩掩一样——这是一个百年不变的定律:隐瞒＋谎言＝喷射火焰的机关枪!

船长斯凯蒂诺最后被判刑16年牢狱,许多死者家属在法院外示威,认为太轻,要求法官和陪审团判他死刑。

21时50分,船身开始严重倾斜,我妹妹那时叫醒了我,可船长依然没有发布逃生指令。

22时10分,船长仍然在隐瞒撒谎。他当然明白自己闯下了滔天大祸,但他愚昧地以拖延和掩盖来自欺欺人。他将原先开往大海的残破游轮调头,企图开到岸边下客,但倾斜的邮轮马达失去动力,他居然还在犹豫不决。我们侥幸地登上了最早自救的第二艘救生艇;媒体称之为"深感危机的船员与游客们因不满船长的欺骗懈怠,自行发起了第一拨自救"。

22时50分,第一艘救生艇抵达吉利奥岛。

22时58分,我们的第二艘救生艇抵达吉利奥岛。

坐在吉利奥岛小教堂地上的歌诗达邮轮摄影师

逆行者："歌诗达协和号"舍己救人的烈士们

下了救生艇,我第一个念头是要回去取我的手提电脑和照相机以及《大白鲸》《魂断威尼斯》两本书,特别是电脑里有许多重要资料。我看到倾斜的船顶我那九层楼客房的灯还亮着,"我要取回我的电脑!"我对保安员讲,打算跳进那艘清空待返的救生艇:"让我回去吧!我取了电脑就回来!"

写到这里我想起哈佛大学图书馆前厅的一座纪念碑,上面刻着:"哈里·威德纳,1907 年哈佛毕业。卒于 1912 年 4 月 15 日海难中,肇因于沉没之轮——泰坦尼克号。"据说时年 27 岁的哈里取了一本心爱藏书交给登上救生艇的母亲和女仆,嘱托母亲把他的 3000 多本藏书全部捐给母校哈佛大学,然后他和父亲——一位顶级费城银行家从容地面对死亡。

当母亲痛哭流涕地望着儿子和丈夫随着"泰坦尼克号"开裂沉入海底,肝肠寸断的她决心以儿子名义捐一座图书馆赠给哈佛。在"歌诗达号"翻船大难不死之后,热情的波士顿朋友扬邀约我去哈佛大学看望她正在读化学博士的儿子,聪慧幽默的小伙子立即把我们带到这个宏伟的图书馆前,他讲:"阿姨,这与你的'歌诗达'——'泰坦尼克号'历险有关!"

救生艇保安员制止了我重返大船取书取电脑,我们的珍贵物品包括护照、衣物、首饰全部沉入大海。在吉利奥岛的避难小教堂里,我看到不少邮轮服务员坐在冰冷的地上,有一位晚宴上为客人拍照的意大利女服务生,此时和她的同事沮丧地坐在教堂地板上,手捧着相机,我拍下了这个镜头。

22 时 30 分船长最终发布弃船指令,因船体一侧淹没,后来的录像显示船上的恐慌演变成大规模的混乱,惊慌失措的人们为了抢先登艇拥挤作一团,有不少乘客出于对游轮沉没的恐惧,自行跳船逃生,一名 70 多岁的男性乘客,因跳入冰冷的水中突发心脏病,不幸身亡。船长出自可耻的自身利益和愚蠢计划,一再隐瞒真相,结果耽误了宝贵的逃生时间!23 时 40 分船长斯凯蒂诺径自弃船逃到岸上。

14 日凌晨 1 时 30 分救援人员发现了 3 名遇难者遗体。

1 月 15 日,意大利当局以疏忽、误杀和在乘客完全疏散前就弃船等罪名,拘捕船长斯凯蒂诺和大副。事发时,斯凯蒂诺船长非但没有如"泰坦尼克号"船长一样与船共存,还第一个逃离现场,酿成邮轮史上最大的丑闻。懦夫船长不仅欺骗乘客,也欺骗意大利海岸警备队,他回复海岸警备队的询问称:"那仅是暂时停电",之后海岸警备队多次联络追查,52 岁的船长依然隐瞒事态,坚称情况受控,直到触礁后 74 分钟他才下令弃船。

14 日零时 42 分,当海岸警备队官员再次电话查问斯凯蒂诺船上情况时,斯凯蒂诺居然称:"我已不在船上,我们弃船了!"官员喝令道:"你必须立即回到船头!爬上紧急梯,立即协调疏散!你必须告诉我们船上究竟有多少个孩童、妇人和乘客!清楚了吗?!"但船长支支吾吾不置可否。约 1 小时后,海岸警备队官员发现他仍没回船,遂发出最后通牒:"你在干什么?你在放弃拯救?这是命令!你必须回到船上!那儿有尸体!"逃跑船长问:"有多少具尸体?"警备队官员回答:"那应该是由你告诉我的!你在做什么?!你要逃回家吗?"

他果然拦截了一部的士,并对司机说:"尽可能载我离开这里,愈远愈好!"

从 13 日晚 9 点 30 分撞礁,直到 14 日凌晨 3 点才完全撤离了船上 4000 多人,但船长斯凯蒂诺在 13 日晚 11 点半后就逃跑了。触礁翻船灾难造成 32 位游客和船员死亡,包括 12 名德国人。歌诗达邮轮公司蒙受超过 20 亿美元的损失,包括耗时多年的拆解费用、罹难家属的赔偿以及对吉利奥岛严重污染的赔偿。

有人提议,应当像对中国古代秦桧那样铸造一个跪像放在托斯卡纳海岸,让子孙万代的世界游客唾弃斯凯蒂诺这个当代"泰坦尼克"悲剧肇事者!

2012 年 1 月 13 日这一天的事件不仅是现代海事史上最大的邮轮灾难之一,也彰显了命悬一线之际船员们的英雄主义和人道主义

精神,他们和武汉抗疫洪流中千千万万奋不顾身的白衣天使一样,将会被历史永远铭记:

年仅30岁的朱塞佩·吉罗拉莫是一名邮轮音乐家,这次船难32名遇难者之一。当他奉命弃船时,因为邮轮船体向一边倾斜,导致部分救生艇无法使用。朱塞佩毫不犹豫地将本属于自己的逃生位置让给了一个孩子,紧接着他去救助其他客人,两个多月后,也就是2012年3月22日,他的遗体在船内被发现。

"歌诗达协和号"事务长曼里科·詹佩德罗尼,他帮助数百人登上救生艇逃生,并继续在甲板上搜寻更多幸存者,直到他跌倒,摔断一条腿。幸运的是,在经历了36个小时的噩梦后,曼里科在船的底舱部位获救。

来自秘鲁的清洁主管托马斯·门多萨,他在一群乘客掉进冰冷的水中后,帮助他们登上救生艇,自己却死于体温过低。

佩塔尔·彼得罗夫是来自保加利亚的邮轮技术员,他用救生艇进行了6次往返营救,将500多名幸存者转移到安全地带,他是最后三名在意大利海岸警卫队接管之前没有离开邮轮的船员之一。佩塔尔因其英雄主义行为被欧洲议会授予欧洲公民勋章。

桑德尔·费海尔是来自匈牙利的38岁小提琴手,他在船难当中帮助许多儿童穿上救生衣,然后回到船舱取小提琴,后来人们发现他死在下层甲板上。

1月13日至14日,我们在吉利奥岛避难的日夜饥寒交迫,善良的岛上居民送来饼干和毛毯,4000多人神情憔悴披着各种颜色的旧毛毯与线毯,黑压压一片恰如中东难民。后来我们坐渡轮转大巴去罗马,在渡轮上看到歌诗达巨轮已完全侧翻沉没,我拍了不少照片和视频纪录,14日晚随100多位美国游客入住罗马希尔顿酒店。我们姐妹俩接受了中央电视台驻罗马记者的采访,许多美国和中国的朋友们看了电视,大惊失色地来电话慰问我们。

飞回纽约后,一位自称为911罹难者家属打赢赔偿官司的老律师

召集我们去他位于帝国大厦的办公室开会,他保证可赢得每人50万至100万美元精神损害赔偿费,但需要我们签字承诺:

    1. 八年之内不搭乘任何邮轮;

    2. 必须去看心理医生,取得心理损害譬如抑郁症、幻觉幻听等证明;

    3. 一旦打赢官司,每位须支付50％所得金额给律师事务所;

    4. 拒绝接受邮轮公司的任何赔款。

次日,我和妹妹接到邮轮公司的赔偿邮件,表示只要不起诉并签署和解协议书,每人可得到1.2万美元外加退还机票和邮轮费用。我和妹妹商量,虽然受了惊吓和欺骗,还有一点皮肉轻伤,但除了宝贵的电脑、相机、书籍沉入大海之外,我们的生命没有受到致命威胁,而且我们很幸运地登上了第二艘救生艇。

我不会答应"追踪救护车"的律师把我们当摇钱树的条款,更不可能假装有幻听幻觉和抑郁症。我还要坐船去南极和北极。这纯属意大利船长个人罪行引发的悲剧,不能找其他机构当"替罪羊"。我和妹妹很快签署了和解协议书。大部分美国朋友也采取了和我们同样的做法。我和妹妹后来又多次徒步阿尔卑斯山脉,并于2017年夏天一起攀登上了马特洪峰赫恩利山脊!

八年来,每年的1月13日我都会想起与我同船的32位罹难者,特别是那个睡在爸爸怀里的5岁意大利小姑娘达娅娜,她正做着香甜的梦。一觉醒来她睁大漂亮的蓝色眼睛,发现门下的细缝里在哗哗进水,达娅娜连忙推醒父亲(就像妹妹推醒我一样):"爸!爸!看!水进来了!"

父亲一骨碌跳起来。父女两人是经济型的低层内舱,没窗户也没阳台,父亲除了听到船长保证大家平安无事的广播讲话外,根本不知道船上发生了什么事情。他跳起来想推开门,但门被水压挡住推不开;他大叫,拿起电话但根本无人接听。

他惊愕地发现是邮轮沉没了!船长骗了他!要救宝贝女儿!不能白白死去!他使尽全身力气用椅子猛敲房门,终于撬开了铁质房门,走廊里的海水像猛虎涌入立即吞没了他们,女儿惊吓嘶喊大哭,父女俩在海水里挣扎,父亲试图把达娅娜顶在头上,但大浪把他们冲开,洪水急遽上升淹没了他们,秀美如朝霞的 5 岁达娅娜和 40 岁出头的健硕父亲最终未能抵达救生艇,他们在灭顶之灾中溺亡。直到一个月后他们才被潜水蛙人发现。

亲爱的读者,此时请你闭上眼睛,想象一下如果我们是达娅娜和她的父亲,欢天喜地来罗马度假,居然突然溺死在邮轮里……谁是杀死达娅娜父女的凶手?

与"泰坦尼克号"的天灾不同,"歌诗达协和号"这场人祸的肇事者和凶手就是意大利船长!尽管杀人并不是他的初衷,但他昏庸无能、堕落愚蠢,他自私自利仅关注自己 26 岁的美女情妇,最终他得到了惩罚——16 年监禁和万人唾弃鄙视!他被绑到了历史的耻辱柱上!但是无法挽回达娅娜父女等 32 位罹难者的宝贵生命。

2020 年 1 月 13 日,"歌诗达协和"号邮轮海难八周年纪念日,意大利吉利奥岛社区在我们姐妹曾避难的圣洛伦佐教堂举行弥撒,纪念"歌诗达协和号"遇难的 32 名遇难者,随后举行向大海献花仪式,晚上 11 点 45 分全岛敲响了钟声,鸣响了汽笛。

纪念和追究的意义在于警示后人,防止此类人祸惨剧再次发生,也以严惩恶人的方式告慰无辜罹难的逝者英魂!

冰雪烈焰肯尼亚

寻找凯伦

乞力马扎罗

马赛马拉国家公园

肯尼亚内罗毕
费尔蒙诺福克酒店

东非大裂谷
纳瓦沙湖

纳库鲁湖

博格利亚湖

树顶酒店

肯尼亚山赤道
费尔蒙狩猎酒店

纽约曼哈顿

内罗毕凯伦故居

内罗毕：旷野奇缘

> 回首旅居非洲的日子,令人激动不已的是仿佛在天空
> 和梦幻中生活了一段时间。
>
> ——凯伦·布里克森《走出非洲》

飞抵肯尼亚首都内罗毕已是晚上九点。一下飞机就惊艳于满天
璀璨的繁星,银河系和大熊星座几乎触手可及。Africa 意即太阳守护
女神,肯尼亚位于赤道,位置犹如围绕地球的一根美丽腰带,距离神
秘宇宙太空最近,最静谧华丽而不动声色。

东非的星空立即让我联想起在南极、北极和珠峰大本营看到的
漫天星云,宛若哈勃天文望远镜里的宇宙圣观,没有人看到此景会不
动声色。仰望星空与讲中文的肯尼亚大学导游交流暗物质与量子纠

缠,宇宙在 138 亿年前诞生于大爆炸,银河系涵括 1000 亿至 4000 亿颗恒星,物质总质量约是太阳的 2100 亿倍,银河系直径为 10 万光年,而宇宙直径却是 930 亿光年!微小的人类追逐日光,却创造出最迷人的精神宫殿。我扬起头对内罗毕的美丽夜空说一声:肯尼亚!我回来了。

在开往酒店的路上,我看到金色月光下树丛里有几头矫健移动的长颈鹿,我忘记了飞行九千公里的疲劳,从车窗伸出头,让长发飘散在夜色中拼命呼吸,多么馨香的非洲空气,多么熟悉的金合欢树和长颈鹿群!耳畔响起《走出非洲》开头莫扎特 A 大调单簧管协奏曲,内罗毕星空下,脑海中浮现电影开头梅丽尔·斯特里普那低缓深情的声音:"他狩猎旅行时带着留声机,三把来复枪,一个月的补给,及莫扎特……他让我看到上帝眼里的世界。"

驱车一路,旷野奇缘,我心中不由背诵起凯伦《走出非洲》史诗般的词句:

> 如果我聆听一首属于非洲大地的歌,
> 它让人想起夜空下的长颈鹿,
> 和它背上那一弯非洲新月。
> 采咖啡人流着汗水的脸庞——
> 原野里颤动的空气,
> 是否还有着我熟悉的色彩?
> 明亮的全月是否在碎石路投下我的身影?
> 雄鹰是否在恩贡山上寻觅我的踪迹?

第一次去肯尼亚时我就发誓要再次回来,时隔九年如愿以偿。肯尼亚对任何远行者都是云中仙境——乞力马扎罗山冰雪下的象群缓缓向你走来,博格利亚湖宛如红云烈焰飘舞水面的火烈鸟带你心飞扬,赤道之夜的璀璨繁星,雄浑壮丽的动物王国,在热气球上俯瞰东非广袤的土地,聆听千万动物气势磅礴的野性的呼唤——一切是令人屏声息气的美,行走笔尖,梦萦魂牵。我喜欢把凯伦·布里克森的《走出非洲》、海明威的《乞力马扎罗的雪》、霍契勒的《爸爸海明威》和柏瑞尔·马卡姆的《夜航西飞》打包装箱,非洲情景与书中文字交相辉映,遥远记忆的人物穿越时空,在非洲大地上活生生站在你面前,展示他们曾经的足迹与空间。这就是肯尼亚为什么总令人心醉神迷,激情难抑。

美丽邂逅: 内罗毕费尔蒙诺福克酒店

正如西奥多·罗斯福总统所说:"肯尼亚是个神灵附体的地方,它会把你的心牵住,直到你从万里之外再次回来。"

这里珍贵的历史人文遗迹令人惊艳。

我们第一晚入住费尔蒙诺福克酒店(Fairmont The Norfolk)。黑洞洞的道路尽头突然呈现了一座白色欧式华厦,想起海明威对肯尼亚的形容:"荒凉而奢华"。下车后步入大厅,这里弥漫着拉夫劳伦香水味和古老典雅的英伦气氛。走廊上陈列着1904—2004百年追溯照片。我惊喜地发现,原来这里就是西奥多·罗斯福总统、丘吉尔、凯伦·布里克森和她的情人丹尼斯喜欢下榻的酒店,这里也是海明威生命中两次非洲之旅的下榻之地。海明威在书中多次感叹肯尼亚是一个"不可思议的奇妙天堂",原来此地就是他们打猎后豪饮欢聚,高谈阔论,爱情、激情与雄心燃烧之地。

满身重伤的海明威自杀前曾对密友霍契勒讲:"我一生最喜欢的三件事情:打猎、写作、做爱。现在都不能做了,活着还有什么意义?"酒店走廊墙上挂着风华正茂的海明威与"战利品"——一只倒地大公狮的合影;海明威笑容满面,神采奕奕。《走出非洲》主角、英国贵族冒险家、拜伦—雪莱式的英雄丹尼斯·芬奇·哈顿(Denys Finch Hatton)的照片也位于走廊显要位置。牛津毕业的他才华横溢,曾穿梭在年长2岁的凯伦和年轻17岁的柏瑞尔的生命中,前者是丹麦"仅次于安徒生的伟大作家",后者是驾机横飞大西洋抵达美国的世界飞行纪录创造者;三角恋的悲催结局催生了《走出非洲》的文学奇迹。

我驻足在凯伦情人丹尼斯和凯伦前夫布里克森两人陪同威尔士亲王——即后来的爱德华八世——在马赛马拉草原狩猎的留影前,丹尼斯高大英俊,布里克森五官端正,威尔士亲王目光炯炯气质非凡。旁边引人瞩目的另一张照片就是凯伦的情敌——金发美女飞行家、驯马师和畅销书《夜航西飞》作者柏瑞尔·马卡姆(Beryl Markham),这次是她和丹尼斯陪同痴迷肯尼亚的英国威尔士亲王在草原上狩猎。威尔士亲王的幼弟亨利王子爱上了她,几乎要和她私奔,但遭到白金汉宫严令制止。这位妙龄才女转身又爱上了正与凯伦热恋同居的丹尼斯,这让凯伦无比痛苦。如电影《走出非洲》提示的一样,与柏瑞尔的恋情暴露后不久,丹尼斯因飞机坠毁撒手人寰。凯伦在与丹尼斯共同生活多年的恩贡山安葬情人后,黯然回到丹麦老家,于是有了那本印成30国文字的不朽之作《走出非洲》。

美国著名作家、《蒂凡尼的早餐》的作者杜鲁门·卡波特称赞《走出非洲》是20世纪最唯美的一部散文。

在恩贡山下,我有一个农场。
除了爱,你什么都不拥有。

凯伦哀婉的名句脍炙人口,催人泪下。

Fairmont The Norfolk!请记住这个名字!意外地与"老友们"美丽邂逅,每个细胞流动的幸福感和肾上腺素兴奋地驱散了远行非洲的疲劳!

"现在,我们的主要客人是中国人。"大堂经理玛莎对我说:"如果一天来20位客人,通常比例是12位中国客人,5位美国客人,3位欧洲及其他国家游客。我们的雇员都会讲常用中文。"

我拥抱了她,心头为中国崛起而自豪,感谢改革开放四十年。

一个充满了奇妙与激励,繁星闪烁的非洲之夜!

轻叩凯伦套房: 飘泪在爱意和自尊之间

　　在费尔蒙酒店工作了 25 年的肯尼亚大堂黑人女经理玛莎,个性热情奔放。她听了我的询问,立即带着自豪的微笑带我去看 711 海明威套房和 713 凯伦套房,恰巧我也住在 7 楼。她打开门,这里就像闻名遐迩的"树顶酒店"伊丽莎白女王套房一样,大床、家具、书橱、写字台和油画都保持着原来的模样,真有时光倒流之感。1904 年英国殖民主义蓬勃发展,内罗毕诺福克酒店开张后迅速名扬四方,成为英国皇家、欧美政要和艺术家、冒险家蜂拥而至的度假胜地。距离海明威套房不远是"凯伦·布里克森套房"的金色门牌。"至少要提前三个月预订",大堂经理说,"比树顶酒店伊丽莎白女王套房还要受欢迎"。看来在世界各地人们心中,凯伦和她的《走出非洲》影响力超出了大英君王! 在 7 楼走廊的墙上,有丹尼斯和情人柏瑞尔·马卡姆(她比凯伦小 19 岁)的黑白照片。她们与海明威都有联系:1954 年海明威在获得诺贝尔文学奖之后曾说:"如果这项奖授予美丽的丹麦作家凯伦·布里克森,我会很高兴。"谈起柏瑞尔·马卡姆的《夜航西飞》,如日中天的海明威写道:"你读了柏瑞尔的那本书没有? 我在非洲认识她,她除了会开飞机还写得极好,一切皆实,我自愧不如!"

　　凯伦的爱情观纯洁无瑕,但她被三角恋爱折磨得痛苦不堪。自由不羁的丹尼斯飞机失事遇难前正与妙龄美女飞行家柏瑞尔·马卡姆小姐热恋,飞机出事当天丹尼斯本来要带她一起飞翔,电影《走出非洲》有两人关于柏瑞尔小姐的争论。

　　凯伦对丹尼斯讲:"为何这么多年不和我结婚? 我不会同意你带柏瑞尔小姐飞行。如果你坚持,请搬出我家。"

　　丹尼斯:"我习惯了孤独,不会被一纸婚约束缚。我爱你但不会改变自己。"

柏瑞尔的飞行教练、挚友汤姆也许出于嫉妒阻止了她登上丹尼斯的小飞机，否则他们一起魂归西天，我们就看不到柏瑞尔1942年的精彩自传《夜航西飞》了。当凯伦忙于咖啡农场种植时，柏瑞尔·马卡姆小姐和丹尼斯正一起在空中地上照应狩猎顾客，包括丘吉尔和温莎公爵（其父乔治五世曾资助过斯科特和沙克尔顿的南极探险）。丹尼斯遇难后，柏瑞尔·马卡姆竟成为凯伦前夫布里克森男爵的情人。费尔蒙客房窗外星空下一簇簇篝火烛照百年，窗内一段段情史哀婉揪心。46岁的凯伦在情人背叛、空难断魂、农场火烧之后，最后两手空空"走出非洲"；柏瑞尔·马卡姆则从伦敦冒险单驾小飞机抵达北美，成为第一位单人由东向西飞越大西洋的飞行员和媒体宠儿。1942年她受法国著名飞行员、作家圣埃克苏佩里（《小王子》作者）劝导开始写她的非洲生活《夜航西飞》，出版后立即轰动欧美。

　　《走出非洲》和《夜航西飞》，两本灿若星河的美妙书籍，两位非洲大地的奇女子！

　　"很多在非洲生活过的人，都记得丹尼斯·哈顿"，柏瑞尔说，"在丹尼斯1931年空难去世前，他教我如何开飞机寻找象群。我与布里克森男爵险些被非洲野象踩扁。"

　　这些话以及1928年她拍摄的丹尼斯、布里克森男爵与英国威尔士亲王猎杀狮子的照片都让我心中隐隐作痛。凯伦那时依然深爱着丹尼斯，她在给哥哥的信中写道："和他在一起的每一寸空间每一秒钟都让我欣喜若狂，他离我而去的日子如身陷地狱让我痛不欲生。"

　　直到1931年，丹尼斯才离弃凯伦，转而热恋柏瑞尔。《走出非洲》出版时凯伦52岁，身陷短暂婚姻中前夫布里克森传染给她的梅毒困扰中，手术多次，不屈不挠孤独奋力为文学而战。可以想见当她读到柏瑞尔的《夜航西飞》，看到昔日隔壁金发女孩穿梭在情人、前夫和亲王之间，该有多么痛苦！但终其一生，这两位传奇女性从来没有在著作里向对方发出一句怨言。我尤为敬佩凯伦对逝去爱情与离弃她的恋人如此宽宏大度，依然缠绵思念——毕竟她大对手19岁，自身又患有梅毒,而丹尼斯已爱她五年。即使他追求新欢也没有忘记看望她,并讲义气地带领威尔士亲王访问凯伦农场,最后和孤独破产的她一起晚餐起舞,在死以前答应去蒙巴萨送她最后一站——点点滴滴,往事微痕,幽怨如云,恩爱若梦,飘泪在爱意和自尊之间。

丹尼斯的两个女人对肯尼亚的深情如此相似。如海明威第三位妻子、美国著名战地女记者玛莎·盖尔赫恩在《夜航西飞》序言写道:"凯伦·布里克森的作品有上佳的水平,感情抒发训练有素,《走出非洲》像口井一般深邃。而《夜航西飞》就如同当年欧洲的地平线一样宽广,令人震撼的危机感和那片大地并不友善的美丽。这两本书都是写给非洲的情书。"

打开窗户,视野中是高山、平原、星辰、宇宙以及风。我带着这两本书和海明威传记来肯尼亚是为了欣赏非洲,却找到偶像的往日足迹、眼下世界的奇异恩典,何等欣喜!

"除了爱,你什么都不拥有。"凯伦·布里克森写道。

澄净美丽的非洲天空,你可以与野兽在同一片星空下"共眠"。凯伦,一个鹅黄色鸡蛋花般纯美的女子,这样的生命姿态,像沉重的叹息,更像英勇的火炬。

每一天,每一笔,都是诗情画意般瑰丽。就是在这里,在距离咖啡庄园 10 公里之外的这个房间里,凯伦含泪入眠,梦见丹尼斯。

轻叩海明威的套房:"他梦见了狮子"

离我客房和凯伦 713 套房不远的 711 海明威套房令我流连忘返,抚摸门楣,闭眼深吸气,真有时光倒流之感。海明威在曼哈顿东 62 街的故居离我 60 街的家不远;我还去过西班牙、美国佛罗里达基韦斯特岛(Key West)海明威故居和古巴哈瓦那瞭望山庄寻找他的足迹,在我的自传体小说《曼哈顿的中国女人》中我曾写过海明威对我走上文学道路的巨大影响。九年前来肯尼亚时我在一家酒店大厅看到海明威用过的皮箱,激动不已。现在《爸爸海明威》传记里诸多情节又在此复活！无论清晨还是夜里,我都要走到他门前看看,像探访一位可敬的亲人。

1920 年海明威在《太阳照常升起》中讲到,要到东非去打猎。1933 年,34 岁的他从内罗毕费尔蒙酒店出发开始了渴望已久的狩猎之旅。

"活了 34 年,尚不知道世界还有这样一个美好的国家,简直和天堂一样。"那天海明威发现一只威风凛凛的雄狮在合欢树下,长长的鬃毛在风中飘舞。狮子经常去村庄猎食土著人赖以活命的牛羊,猎杀狮子彼时被视为英雄行为。海明威一枪打中了它的脖子,浓密的鬃毛上淌着鲜红的血,雄狮肚皮下的肌肉像被电流触到那样抽搐,看着那美丽威武的狮子倒下,海明威在快感中也感到一丝羞愧。

1954 年,刚刚获得普利策奖的海明威带着玛丽再度来非洲狩猎,从内罗毕起飞的切塞纳 180 式小飞机意外遇到了一群大朱鹭,紧急迫降在丛林深处,夫人玛丽撞断了两根肋骨,海明威右肩扭伤。第二天,一架 E-89 德哈维兰轻型飞机来营救他们,但更大的灾难降临了！飞机滑行时蹦跳得像一辆摩托车,然后无缘无故慢慢飞了起来,几秒钟后猛烈下坠,右侧引擎起火,这次海明威受了重伤,他脑壳破了,脊椎的椎间盘断裂,肝、右肾和脾脏也破裂了,双臂、脸和头部被火焰严重灼伤。当美联社、《纽约时报》和其它大报向世界悲哀地宣布海明威死于空难的消息时,死里逃生的海明威居然乘坐第三架小飞机出现在内罗毕机场！在病床上他一边忍受着剧痛,一边大声朗读那些登载他死亡消息的悼辞……两天经历了两次飞机失事而活了下来,竟然还敢第三次登上飞机,这样的勇气,也是诺贝尔文学奖之外的另一份荣耀。然而这次重伤让海明威丧失了写作、打猎和享受爱情的能力。由于顽固的烦躁症,他被送进医院进行十多次电击治疗。

十指紧扣：凯伦和丹尼斯

海明威在肯尼亚与猎物狮子

罗斯福总统与猎物大象

作者在伊丽莎白女王喜爱的树顶酒店

作者在凯伦故居

172

"春天不会再来了"，他说，"秋天也不会来了。"

1961年7月2日，离他62岁生日还差几天，这位硬汉把双筒猎枪放在嘴里，扣动扳机，最后看了看曾经挚爱的世界——就像走廊上这只躺在他脚下断了气的雄狮一样，随着枪响他倒在了硝烟与血泊里。

在悲剧发生的七年前，瑞典皇家学院1954年诺贝尔文学奖的授奖词说道："他拥有一种英雄式的哀婉之情。这种感觉形成了他对生命觉醒的基本因素和一种男子汉对危险和挑战的热爱。"

此时，徘徊在711海明威套房，我耳畔回响着《老人与海》最后一句话："他梦见了狮子。"

花园篝火仍然像1933年和1954年他兴致勃勃来肯尼亚住在这里时一样熊熊燃烧，星光闪烁，人生跌宕，喜乐悲伤。"人可以被毁灭，但不能被打败！"海明威把百折不挠的探险精神留给了世世代代的后人，我在内罗毕为这位永远的"狮王"祈祷！

推开西奥多·罗斯福的酒吧："老狮子去世了"

西奥多·罗斯福总统的昵称是"泰迪（Teddy）"，在美国几乎每个孩子都有的泰迪熊绒毛玩具，即是以这位哈佛才俊总统命名的。他的远房侄子富兰克林·罗斯福（小罗斯福总统）扭转了美国大萧条并领导盟军战胜德国法西斯，他们都列名美国历史上最伟大的总统。

"这是喧嚣尘世之外的天堂"，他的题记签名在走廊一张巨幅照片上，镜头下的老罗斯福和朋友们坐越野狩猎车整装待发。我徜徉在走廊的"历史长河"中，激情难抑。他边上的照片是海明威按住大羚羊犄角和征服雄狮的签名照。灯火辉煌的酒吧似乎传来罗斯福爽朗的大笑。美国崛起的先锋推手西奥多·罗斯福1906年被授予诺贝尔和平奖，是第一位获得诺贝尔奖的美国人。100年后的2006年，他再次成为《时代》周刊封面人物。老罗斯福总统对肯尼亚的痴情与狩猎战果丝毫不亚于真正的战场，他像雄狮一样精力旺盛，在许多人眼里他作为探险家的名声超过了政治家、军事家和历史学家的彪悍业绩。我读过他的代表作《1812年战争中的海战》《征服西部》和《穿越巴西野林》，敬佩不已。1909年老罗斯福总统由美国国家地理协会赞助再次到肯尼亚探险，捕获了包括河马、大象在内一万多种昆虫和动物，制成标本运到美国，仅运输就花了一年时间。如今我常带国内朋友去美国自然历史博物馆。豪华的门庭中央竖立着非洲探险家西奥多·罗斯福总统的雕像，表彰他的馈赠和崇尚自然的精神。"Safari"这个斯瓦斯利语（狩猎远征）就是从西奥多·罗斯福开始传遍世界的。也许因为森林动物在猎枪下倒地的情形震撼着他的心灵，他在任期间建立起一系列资源及动物保护政策，譬如不允许猎杀长颈鹿。20世纪初肯尼亚被称为"狩猎天堂"，趋之若鹜的都是欧美各地的富商权贵。老罗斯福是丛林探险开拓先驱，他满怀激情的文字呼唤着浪潮般的后来者如丹尼斯和海明威，推动了荒蛮肯尼亚的文明与进步。非常可惜的是，老罗斯福与62岁因伤痛自杀的海明威一样，为热血沸腾的探险生涯付出了生命代价：他在亚马孙河流域探险中腿部受伤，被毒蚊叮咬成恶性疟疾，高热不退，体质受到极大摧残，回美国后日渐衰弱。加上飞行员幼子在一战中罹难，1919年1月6日，身心双重打击下的老罗斯福在居所内离世，享年61岁，他的长子给亲友们发电报说："老狮子去世了。"

写这篇文章时恰逢中国鼠年春节，纽约洋溢着浓郁的节日气氛，我带国内朋友到中央公园西面的美国自然历史博物馆看IMAX电影《宇宙大爆炸》，观赏老罗斯福从肯尼亚带来的大象标本。我在西奥多·罗斯福总统雕像前献上一支玫瑰，向这位荣获诺贝尔和平奖的历史学家和探险家总统致敬。

野性呼唤狮子王

　　天空的颜色几乎不是浅蓝，便是紫罗兰。云朵大团大团地簇拥着,如薄纱般轻盈,变幻莫测,不断地在空中氤氲、弥漫、缭绕。蔚蓝的天空生机勃勃,将近处的山脉与丛林都涂上了鲜亮沉郁的蓝色。正午的天空活跃万分,时而像喷薄而出的滚滚岩浆,时而像静静流动的潺潺碧水——如果你生活在非洲高原,那么,早晨一睁眼你就会感慨:呵,幸好我栖身于此,这个我最应驻足的地方。

——凯伦·布里克森《走出非洲》

告别内罗毕,我乘坐小型飞机前往马赛马拉草原,东非大裂谷就在螺旋桨下方不远处,凯伦、丹尼斯和柏瑞尔也曾这样在暮色中俯瞰大裂谷的暗影。和我熟悉的塞伦盖蒂草原一样,大象群、长颈鹿群和角马群在夕阳照射的草原上迁徙,宛若一张巨大的金色地毯上撒满了一串串黑色珍珠,在绯红色的晚霞中熠熠闪光。半小时后我们再换乘马赛马拉空中小飞机(其小巧快捷犹如威尼斯水上 Taxi),第二架螺旋桨小飞机仅飞了 15 分钟就降落在狩猎地。在地球赤道线的空中感叹,正如 2017 年我乘小飞机抵达南极点那样如痴如醉。成千上万只瞪羚在稀树草原通红落日的余晖笼罩下奔跑,如诗如画,恍若隔世。凯伦的《走出非洲》、迈克尔·翁达杰的《英国病人》和海明威的《乞力马扎罗的雪》中所有的影像与眼下马赛马拉草原景色交叠浮动,如梦如幻,热血沸腾。

在空中,我想到凯伦曾频繁与情人飞向蓝天。在《走出非洲》里她深情回忆道:"丹尼斯在庄园是愉快的。他只有在想来的时候才来。正是有了丹尼斯,我的庄园生活才享有了最激动心灵的愉悦。我曾与他一起飞越非洲上空,那令人惊喜的光线与色彩不断变化,那阳光普照的绿色原野一挂彩虹,那气势非凡的茫茫瀑布,你真的感觉来到了遥远月球的背面——只有在空中,你才进入了彻底自由的三维世界,忘情投入宇宙怀抱。"

可惜丹尼斯死在了他最挚爱的飞行中。海明威晚年也接连两次从小飞机坠落，重伤导致他后来的自杀。因此坐上非洲任何一架小飞机，都须具备相当的冒险精神。

马赛马拉国家公园面积达 1800 平方公里，动物繁多、数量庞大，约有 95 种哺乳动物和 450 种鸟类，是世界上最著名的野生动物保护区。小飞机着陆后好运连连，我们看到了狮王辛巴和娇妻的浪漫时光，千金难买激情瞬间，我第一次知道雄狮做爱之前还会用灿烂的笑容凝望母狮，和人类求爱姿态几乎一样！而小母狮则娇柔百态竖起尾巴，似乎在说"来啊！"在三部越野车游客的众目睽睽下，毫不知羞的雄狮伸出暴涨"命根子"走向卧在草地的小母狮，没想到草原之王雄狮的粉红小棒竟然像一支课堂小粉笔那样又细又短，插入时小母狮专心致志，陶醉喜悦，眼睛发亮。肯尼亚导游讲情窦初开的狮子需要交配 300 次才能受孕，发情期每天至少交配 30 次，来肯尼亚的游客约 1/5 可以目睹。我们各国游客屏声息气，看得脸红心跳。柔情交欢时威武雄狮不断轻咬小母狮颈部和头皮，像似人类亲吻。最后的高潮时分雄雌两狮同时高声吼叫，淋漓尽致，它们的激情震荡着美丽的马赛马拉大草原，这野性的呼唤真是美妙极致奇幻一幕！

次日我们目睹了公狮捕杀转角牛羚，心惊胆颤的残酷一幕：大约下午 1 点 50 分，马赛马拉草原烈日当空，从越野敞篷车顶望去，只见两只年轻雄狮一前一后貌似在草原悠闲散步，不远处是一群非洲著名的珍稀动物转角牛羚。一小时前我们看见一头猎豹，悠然在斑马群羚羊群中穿过，没发生恐慌和逃散。肯尼亚司机讲："只有 1% 或更少的动物被吃掉。斑马、羚羊和角马大多寿终正寝。现在这只猎豹已经饱了，懒得吃它们，只是想找个树荫休息。"果然猎豹最后躺在树荫下睡觉。现在两头狮子在草原散步，非洲司机也这么讲："太热了，这对公狮兄弟正在找阴凉处休息。什么都不会发生。"

但这次不一样。远远近近的十几只转角牛羚纹丝不动，距离狮子最近的两只美丽牛羚居然昂首挺立，眼看着大约 200 米外的两头狮子步步靠近，几分钟后公狮果然在草丛中躺下休息。但这次是杀戮前的阴险潜伏！几十秒的瞬间只见两狮跳跃而起扑向牛羚。可怜的牛羚依然站立不动。牛羚是羚羊族类的巨无霸，体态不比狮子小多少，如果单挑，其锐利羚角足以捅破对手腹部，但狮子惯于团队作战，牛羚也许惊呆了，在两狮围剿中既无反抗也无挣扎，草原食物链惨不忍睹！两头年轻雄狮在咬断牛羚颈动脉之前，一只紧拽牛羚犄角掌控头部，另一只紧压尾部防止踢踹。肯尼亚司机讲：在年轻公狮离开母亲后、交配繁殖前必须亲自猎食，这对狮子兄弟显然配合默契。几分钟之后牛羚的身体缓缓倒下，我手机录像时间显示2点零7分。太可怜了！而饭饱酒足的狮子兄弟仰头发出几声吼叫，和先前"温柔乡"的狮吼一模一样，那也是好莱坞派拉蒙电影公司狮吼的经典标志——"野性呼唤，舍我其谁！"令人惊讶的是，周围的十几只转角牛羚群竟然没有一只逃离，依然挺立在那里，桀骜不羁的大羚角丝毫不动，似乎对同类遭遇的血腥惨剧无动于衷。

我们不忍再看下去，几部越野敞篷车悄然离开。远远望去，血腥暴力后依然是风吹草低的安宁。

在凯伦的《走出非洲》里，狮子的形象贯穿了整部小说，从第一章的"恩贡农场"直至最后丹尼斯"墓地上的狮子"，狮子一直伴随着她十七年的非洲生涯。狮子是情欲与雄心的象征。凯伦通过狮子表述了她的爱情观和对高贵生活品质的理解。"我和丹尼斯还有过另一场与狮子戏剧性的遭遇，实际上它发生于我们友谊的初期。"

晚上我在月光下阅读，回忆白天在草原发生的一切。凯伦在整本书中没有提到爱情两字，写到丹尼斯时总是用"友谊"，我认为这是一种高贵的收敛，尽管她的字里行间透露着丰沛的浪漫情意：

> 那天，狮子吃了村里的两头牛，我们去寻找罪魁祸首。我发现一只雄狮站在长颈鹿尸体上。雄狮身后的天空正燃烧得通红，好威武的雄狮！狮鬃随风飘逸，我从车内站起来，这时丹尼斯说："你该开枪了。"我从来不喜欢用丹尼斯

的来复枪,因为它太长太重,然而这一枪却是爱的宣言。我开枪时,依稀感到狮子腾空而起,又伸腿扑地,我站在草丛中喘息着。为远距离命中狮子喜形于色——此刻,晨光如此美妙明亮,这水塘竟染成一片猩红。

酷!击毙雄狮的凯伦!50岁上她在丹麦的书房一边打字,一边缱绻回忆丹尼斯给她带来的美好与奇迹。如果把海明威的《老人与海》叠印在《走出非洲》上面,也许可以叫做《女人与海》。

我有幸在马赛马拉草原近距离接近了凯伦眼里的狮子!

马拉河"天国之渡"

晚霞笼罩下,我们访问了土著妇女的家,在肯尼亚做教育义工的朋友专门安排探访边远小村庄。泥土做成的平顶屋内简陋黑暗,室内烟雾缭绕。一间兼做厨房的小客厅空徒四壁,没有任何现代设备,一口大锅煮着四口之家的晚餐玉米羊肉汤。睡房是我们北大荒时代熟悉的土炕,一家四口都睡在一起。他们刻意保持着几万年前刀耕火种草原牧羊的生活方式,极其简陋——土屋昏暗,但穿戴整齐,衣食无忧,质朴热情。我们给村庄孩子们巧克力、画册和圆珠笔,祝福他们,这里有联合国资助设立的学校和医院。

次日清晨五点,我们驱车去坐热气球。熊熊烈火喷射着热气,色彩斑斓的几只热气球准备升空,这是马赛马拉大草原最著名的户外活动。旭日如球,朝霞漫天,我们15人勇敢爬上热气球,在火焰驱动器下缓缓升空,俯瞰金色草原上奔跑着的羚羊群和美丽斑马,如诗如梦。气球飞越马拉河,成千上万头角马准备迁徙过河,远远近近的天空都是五颜六色的热气球,天空像燃烧一样通红透亮,气球仿佛在和刚跳出地平线的太阳亲吻,眼下是《狮子王》的景观,宛如仙境。尽情尽致的45分钟飞行后热气球缓缓降落,我们在草地上开始丰盛的西式早餐,团友们高举香槟酒庆贺马赛马拉之旅,与大自然亲密交融难以忘怀!

眼下正是"马拉河之渡"——"天国之渡"的季节,动物大迁徙中最壮观的这一幕被誉为"人生必需见证的50个景观"之一。下午我们赶上了角马过河大戏,九年前来到马拉河曾是空空荡荡,仅在越野车上看到角马大迁徙。如今浪花飞溅,气势磅礴,黑压压一片角马争先恐后,威武雄壮又不失秩序。不过马拉河里没有出现传说中鳄鱼围剿角马的血腥场面,一切是暂时的岁月静好。过河后的角马像一连串黑色珍珠在马赛马拉的阳光下熠熠闪耀,与不远处的大象群构成一幅天国伊甸园的画面。

今天真幸运!马赛马拉,角马过河,亘古洪荒,生生不息,远方之诗,荡气回肠。

纳瓦沙湖长颈鹿: 芒刺下的生命循环

告别马赛马拉草原,来到满眼青翠的纳瓦沙湖畔,绿野仙踪,在树丛出没的长颈鹿家族浩浩荡荡,即使《走出非洲》的电影里也没有这样荡人心魄的镜头。九年前和家人在同样这片草地与长颈鹿群嬉戏,和巨大温和的长颈鹿合影。暮色原野,这里是世界上最原始的美丽所在——纳瓦沙湖奈瓦夏酒店(Navisha Sawela Lodge)!

非洲兄弟一向友好。纳瓦沙湖被誉为东非大裂谷的明珠,湖光山色幽静秀丽,湖内河马鹈鹕悠闲晒太阳,印象最深刻的是肯尼亚导游约翰讲述的《芒刺下的生命循环》。傍晚,我们四人在酒店导游约翰引领下,打开木制栅栏,进入赏心悦目的苍翠绿野。这是五十公顷的金合欢树丛与长颈鹿栖息繁殖地,可以近距离接触神奇悠闲的多个长颈鹿家族。非洲动物世界对我们这些在水泥森林长大的人皆是曙光乍现的梦境。在一片郁郁葱葱的草坪树丛中,伴随我的是五六十只野生长颈鹿和斑马,个性温顺的它们悠悠然然相依相伴,在清新的月光下吃草和树叶。我站在草地精灵当中,对着月亮举起双手,这就是在精神上和大自然做爱、最甜蜜的融为一体！

"新月下的长颈鹿，

你是否还记得我？"

虽然凯伦和布里克森男爵早在1925年因后者移情别恋离异，但凯伦在1962年去世之前却说："如果能够找回我过去的生活，我最希望能与男爵一起再次继续野生动物王国的旅行（If I could wish anything back of my life, it would be to go on safari once again with Bror）。"

这是刻骨铭心的非洲之爱。

导游马赛人约翰以一口流利英语与我侃侃而谈：长颈鹿"对决"金合欢树是草原生物进化中的智慧较量。金合欢树枝上长满长达5至6厘米的尖刺，并每10分钟分泌一次毒素以驱赶长颈鹿，否则大树就会被长颈鹿啃光。但长颈鹿灵巧的长舌可避开芒刺摘取多汁美味的小树叶，边吃边移行换树；虽辛苦但解决了温饱，而被长颈鹿啃舔过的金合欢树更加枝繁叶茂。大千世界无奇不有，"量子纠缠"略见一斑！

我情不自禁弯下腰，尝尝有灵性的金合欢树叶。

红云翻飞火烈鸟

穿越赤道，我们来到期盼已久的博格利亚湖。红云翻飞宛若仙境，这里有火烈鸟赖以生存的盐碱蓝藻，神奇肯尼亚，每天都是难以忘怀的美丽遇见！《走出非洲》电影开头即是丹尼斯和凯伦驾驶小飞机穿越红云翻飞的博格利亚湖上空，梦幻般的火烈鸟时远时近，相伴着热恋中的情侣，构成家喻户晓永不磨灭的世纪经典。

火烈鸟祖先早在两千万年前即分化出来，远早于其它鸟类，在安第斯山脉曾发现大约七百万年前的火烈鸟化石。我们九年前去的著名纳库鲁湖曾以火烈鸟故乡闻名遐迩，但因湖区降水量日渐丰沛，蓝藻产量大幅下降，近年来火烈鸟迁徙转战至博格利亚湖。肯尼亚司机在湖畔捡到两支猩红与乳白相间的羽毛,美丽极了,现在我一边写,一边不时轻吻依然新鲜亮丽的羽毛。博格利亚湖风光旖旎,面积约 30 平方公里,位于肯尼亚裂谷边缘。极目眺望湖畔是一条火烈鸟组成的粉红丝绒的弧线,与碧蓝的湖水交相辉映,弥漫着强烈的碱味,待你慢慢走近稍出动静,火烈鸟立即展翅高飞,如同粉红色云团在你头上飘逸绽放,可过不了十分钟,这团红羽云翼又重新飘扬回来,飞越头顶,继而再次驻足水面,形成那道粉红色的弧线。你好,纳库鲁湖! 你好,博格利亚湖! 火烈鸟与波光粼粼的蓝湖相守相依,你侬我侬,构成最惊艳迷人的动物世界奇观。

　　一天我和丹尼斯飞往纳库鲁湖,该湖在我们庄园东南90 英里处,湖中水波折射出浅蓝的光芒,有一种强烈的碱味。天蓝的色彩是那么鲜艳,你凝视一会儿,就会闭上自己的眼睛。浩瀚的湖水镶嵌在光秃秃的茶色大地上,犹如一大块耀眼的蓝色宝石,我们一直向上飞升,低飞时我们的投影在浅蓝的湖面上映出深蓝色的色块,在我们下面抖动。这里生活着成千上万只火烈鸟。我们靠近时,火烈鸟飞散开来,形成一个个大圆圈或扇面,犹如正在升起的太阳放射着光芒。就像丝绸或者中国瓷器上的艺术图案——你坐在驾驶员前头,你的前方是浩渺的宇宙,你觉得你在他伸出的手掌上飞行,托举你的正是他的翅膀——有一次我们与老鹰比翼双飞,丹尼斯在半空关闭了引擎,我听到了老鹰的尖叫声。

在这里,我的灵魂与凯伦的诗文交织如翅,直飞红云翻滚的天际!
这个碳酸钙湖除了蔚为壮观的火烈鸟之外,岸边还有许多"火烈泉"即原始火山温泉,大多都达沸点,蒸雾飘逸,被昵称为"迷你黄石公园",一片奇特嶙峋的地貌。导游在温泉放了 15 个鸡蛋,很短时间即煮熟,每人一只味道香极了。与亲爱的朋友一起观赏美国迪斯尼自然纪录片《红色羽翼——火烈鸟之谜》，可与法国的《帝企鹅日记》媲美，叙事与摄影皆震撼心灵。已存在两千万年的红鹤群为繁殖下一代历尽艰辛，翱翔万里寻找蓝藻，红色越鲜艳则体格越健壮亦越吸引异性，繁衍的后代也更优秀。纳库鲁湖、博格利亚湖海市蜃楼般一片粉红，魂萦梦绕的神秘境地！大自然仅存的伟大杰作。

问题是：再过一百年，面临濒危的火烈鸟是否还在世间？

伊丽莎白女王与"树顶酒店"

在肯尼亚流传着这样的说法，树顶酒店能为你带来好运，还会让你重返非洲。果然，阔别九年我又回到了树顶酒店。伊丽莎白公主曾来此下榻，命运忽变戴上皇冠。原汁原味公主套房价格仅比普通客房高出一倍，全世界各国的游客都有机会躺在女王床上回想当年的奇异情景。1952年2月伊丽莎白公主携夫君爱丁堡公爵来肯尼亚观赏野生动物，恩爱甜蜜的小夫妻下榻在这绿野仙踪的酒店。夜晚，突然接到了她父亲英王乔治六世驾崩的电报，随即英国王室宣布她继位为女王，第二天清晨她立即下山飞回英国继位。这段"上山公主，下山女王"的佳话一直流传至今，小酒店因而声名大噪。

写到这里，我非常怀念树顶酒店的美味羊肉汤和巨大仙人掌。阔别九年，可惜美丽的大孔雀不在了，工作人员惊喜我还记得它。树顶酒店的宣传口号"公主入梦：与犀牛做邻居，与大象同眠"，可是千真万确。野生动物悠逛散步窗下荒野，茶室与露台充满英伦贵族气息。酒店历史可追溯至20世纪初，英国退伍军官埃里克·沃克在高大的树顶搭建了一个狩猎的三间房"吊脚楼"，而后逐渐扩建为英国皇室贵族狩猎下榻的40个房间。1983年，时隔31年伊丽莎白女王再次来到"树顶酒店"那保存如新的套房住了一晚，故地重游，分外亲切。庆幸我隔壁就是英国公主原汁原味的客房，酒店经理带着我推开伊丽莎白女王的房门，宽大的睡房上方是她和爱丁堡公爵的合影，边上的镜框里是她签名的肯尼亚行程表,明亮的阳光斜射进写字台,豪华而不奢侈,整个房间就像她昨天刚来过一样。

有人说,唯有入住树顶酒店才算真正走进非洲。酒店面对广袤的东非原野,各种动物川流不息,最可爱的是窗下的小象宝贝们都钻在母象群的鼻下,惹人怜爱。整个晚上20多头公象母象和小象都在我窗下的野生水潭里饮水嬉戏。我打开木窗伸出头观望许久,五头小象分别依偎着它们的母亲,寸步不离,温馨感人。半夜里突然发生了较大动静,我又爬起来看是否有大象在发情做爱,果然如此! 一头大象吼叫着拼命想骑跨在一头小母象身上,但遭到了拒绝,小母象叫嚷着到处躲避,大象多次进攻自讨没趣,只好作罢。想必非洲大象的爱恋也是以感情和自愿为基础的:"看不上你,快走开!"

可惜了一场狂野奇缘!

长鼻目是地球上最古老的哺乳类群之一,5000万年前即有象群的足迹。1970年全球有250万头大象在逍遥漫游,但到了2017年只剩了30—40万头,其中非洲森林象仅剩下2万头,被联合国列为濒危动物。人类的贪婪与偷猎是主要原因,大象是情感丰富的动物,如母象被猎杀取牙,小象会守护遗体不肯离去。美丽象牙制品的背后是惨忍血腥暴力。酒店经理告诉我们,一位来自英国的"大象守护自愿者"因阻止了多起象牙猎杀与走私事件,在马赛马拉草原被人打黑枪从背后射杀,凶手逃之夭夭逍遥法外。中国驻肯尼亚大使馆的朋友告诉我们,肯尼亚政府最新规定,如发现有人屠杀大象立即逮捕,情节严重判处死刑。

珍惜大象! 再见了,树顶酒店!

冰雪烈焰肯尼亚

清晨起来寒气袭人,赶去拍摄肯尼亚山日出,大草坪的篝火通宵未灭,绯红朝霞环抱金球旭日,白雪皑皑的山巅在云霄中忽隐忽现,美极了！肯尼亚山是《走出非洲》故事的发生地，远眺这座仅次于乞力马扎罗山的非洲第二高峰，海拔5199米的雪峰若隐若现，这里是地球奇景之一赤道积雪的所在地，冰雪烈焰，名副其实！清晨六点的太阳照在零度赤道线，好一个费尔蒙狩猎度假村（Fairmont Kenya Safari Club）！肯尼亚山费尔蒙酒店由好莱坞明星威廉·霍顿1959年设计修建，酒店内所有的动物标本均为真品，包括酒店大堂内那对巨型的象牙、墙上怒目而视的狮头等。酒店门卫身着笔挺套装向你点头微笑。从游泳池到内庭通道正巧横跨赤道南北，当年丘吉尔和美国总统林登·约翰逊及伊丽莎白二世曾在此下榻。

清晨，孔雀在优雅散步，广袤原野的上空飘荡着类似狼的嗥吼，肯尼亚服务员讲那是斑鬣狗在嗥叫。一切充满着迷人的原始野性之美！丘吉尔在这里说过："勇气，是人类最宝贵的品格。"这是他二战开始时的名言，在非洲他赞叹狩猎者面对草原猛狮袭击的临危不惧。

> 站在高原上极目远眺，尽收眼底的景物都是为着伟大、自由和无比的高贵创造出来的。
>
> ——凯伦·布里克森

爱你，肯尼亚冰雪赤道！
再见，肯尼亚山费尔蒙度假村！

灵感飘逸凯伦故居

> 每当我因痛苦而辗转难眠，我就把事情想象得更糟糕、更痛苦。这样我会咬牙坚持下去，承受一切。
>
> ——凯伦·布里克森《走出非洲》

在肯尼亚迷人的日子里，我耳畔常响起《走出非洲》中梅丽尔·斯特里普舒缓苍老的女声和深情壮阔的音乐，此行最后一天终于来到《走出非洲》作者凯伦·布里克森的故居："我的非洲庄园坐落于恩贡山麓,海拔高达六千英尺。这片高地北部的土地方圆一百英里,赤道刚好在这上方横贯而过。白天,你与太阳的距离近在咫尺,你便会感到自己陡然高大了许多,清晨与黄昏都那么明朗静谧;而夜晚,你会觉得朔风凛冽、寒气逼人。"

走进内罗毕以西十公里的凯伦故居,屏声息气望着随风飘拂的白色帷幔,书房,打字机,留声机,豹皮,摆放鲜花、烛台和英国瓷器的餐桌……一切如此熟悉,血在沸腾,眼花缭乱。卧室灯光宛若昨日。墙上丹尼斯的英俊照片曾让凯伦心醉神迷。衣柜里挂着丹尼斯的户外衣帽皮靴,故居导游汉娜说,《走出非洲》剧组曾来此拍摄生活场景,一切和电影一样。她指着恩贡山高处丹尼斯的墓地说,那一公一母两个狮子,世世代代,在这里徘徊了八十年。这比伦敦广场的那对石头狮子更像童话。丹尼斯已经变成这里的传说。接着她背诵了一首凯伦写给丹尼斯的诗:

> 我曾经有一个农场,种咖啡豆,
> 给黑孩子治病。
> 我在非洲遇见了
> 为自由
> 奋不顾身的情人,
> 热爱动物胜于人,
> 折桂而来,
> 情迷而往。

我跟随那掀开窗纱的风进入到凯伦曾经住过 17 年的房子,寻找那一段曾激发了凯伦创作灵感的生活的痕迹。

凯伦故居约 200 多平方米,有 9 个房间。一进门的 3 个房间是办公室和纪念品商店。在走廊尽头的房间里陈列着凯伦和亲友的照片,"这是凯伦刚到肯尼亚时照的,当时她 29 岁,头发浓密,眼睛很美。"陪同我的黑人导游罗丝小姐说。中年的凯伦包着头巾,透着青春活力的嘴角微微翘起,一双深邃如夜的眼睛充满对生活的希望和幻想。客厅很大,凯伦与丹尼斯在一棵大树下的合影吸引了我,他高大英俊,白皙的面庞轮廓分明,富有英国贵族气质。客厅照片上的凯伦坐在舒适的沙发里,在给丹尼斯讲故事。热情的导游让我坐在同样的位置拍了一张留影。就是在这里,1931年的一个晚上,丹尼斯告诉她:他决定和柏瑞尔小姐一起飞蒙巴萨,肝肠寸断的凯伦挽留不成,为了尊严只好狠心要求丹尼斯搬出去。

多么可怕的夜晚!

她在地狱般的孤独与嫉妒中隐忍着情人的背叛,用汗水淋漓的农活和开办非洲孩子读书的学校来排遣无边无际、大海波涛般的痛苦,好在这片土地像一双大手抚慰她破碎的心。

> 咖啡园里也时常会呈现出一派令人赏心悦目的景致。刚刚步入雨季,咖啡花便盛开了。细雨绵绵,薄雾冥冥,乳白色的花朵,就像一大团层叠的云朵笼罩在六百英亩土地上空,光彩动人。咖啡花有一股淡淡的黑刺李般略带苦涩的香味。一旦咖啡豆成熟,园里就变得红彤彤的,男人女人和孩子们一边劳动,一边歌唱。

不久后,丹尼斯的小飞机突然坠落起火,英俊情人变得惨不忍睹。

大雨泥泞中凯伦不辞辛苦为丹尼斯在恩贡山挑选了一个墓地,竖起三根白色旗杆,以便她每天在客厅打开窗户可以看到他——就像现在故居导游汉娜指给我看的一样。

葬礼上她黯然泪下:"主啊,请收回丹尼斯的灵魂。他不属于我们,也不属于我。他属于美丽的非洲。"

最喜欢书房里的打字机,它陪伴凯伦度过了孤独岁月。谁想到:一个和肯尼亚黑人一起在咖啡园里弯腰劳动、大汗如雨的农场主,不久后竟然成为玛丽莲·梦露和米勒、海明威和卡波特敬仰的女作家!

正如电影里的仆人大喊救火那样:"上帝来了!"也许上帝有意烧毁了她的咖啡农场,否则她每年忙着播种收成,卖咖啡豆,世人将失去精彩斑斓的《走出非洲》! 今天,凯伦的农场变成了布里克森博物馆,原著改编的电影《走出非洲》,由梅丽尔·斯特里普和罗伯特·雷德福主演,获得包括最佳影片在内的七项奥斯卡奖。多年来我一直追随梅丽尔出演的电影。极喜欢《苏菲的抉择》《朱莉娅》《克莱默夫妇》《廊桥遗梦》《时时刻刻》和《华盛顿邮报》,而《走出非洲》是我的最爱。

好难忘,凯伦听着留声机播放的音乐,苦苦等候心上人再度光临。独奏单簧管静静的旋律加深她心中的孤寂和失望。飞行在一大片火烈鸟群上空的近景,音乐主题一泻千里,淋漓尽致地抒发凯伦心中饱胀的澎湃激情。

现在,鹅黄色的鸡蛋花满树开放,成群结队的长颈鹿迎面而来,繁星如梦,篝火燃烧。那时候丹尼斯躺在她的腿上听故事,草地唱机放着莫扎特,柔情以后是背叛。她宁可记住柔情,记住他的好。在书中她对丹尼斯没有丝毫指责,这对大多数遭遇背叛的女子是不可思议的,也许这正是凯伦的高贵之处。凯伦故居博物馆的面积虽然只是原有六百亩咖啡豆农场的三十分之一,但一切保存完好,家具摆设位置完全和当年的一样,凯伦和丹尼斯常坐在庄园中央的这棵鸡蛋花树下互诉衷肠,我也坐在她坐过的长椅上,眼前的一切让我回想起凯伦的诗歌:

> 我在非洲曾写过
> 一首歌,
> 那里有已逝的热土,
> 那里有纯洁的朝露。
> 我总是两手空空,
> 因为我触摸过所有。
> 我总是一再启程,
> 因为哪里都陋于非洲……

今天是星期六,碰巧有肯尼亚年轻军官在庄园举行婚礼,鸡蛋花树下挂着新人的照片。汉娜讲这里常举行盛大婚礼,"新人们期望像凯伦和丹尼斯那样与恋人十指相扣,终生恩爱"。我与穿红色盛装的黑人军人热烈交谈,合影留念欢声笑语,他们看上去都很有教养、高大帅气,让我想起一个人:奥巴马!遗憾要赶傍晚飞机无法参加婚礼全程。全世界每个角落的人都有自己既定的幸福,肯尼亚人太可爱了!

正如斯蒂芬·金《肖申克的救赎》中所写:"有的人的羽翼是如此光辉,即使世界上最黑暗的牢狱,也无法长久地将他围困!"凯伦10岁时父亲自杀,29岁嫁给一个喜好寻花问柳的瑞典男爵,她染上梅毒后离婚。41岁陷入热恋,46岁她的情人丹尼斯爱上比自己小19岁的闺蜜,继而坠机去世。失去了婚姻、情人、农场、金钱、精神依托和一切的一切,黯然回乡。

在无尽的寂寞与绝望中,文学是她终生亲密的忠实伴侣,最终她走出非洲,走出痛苦。52岁出版自传体小说《走出非洲》,缠绵悱恻,扣人心弦,轰动世界。

非洲广袤的草原赋予了她自由的灵魂,从一个爱慕虚荣的丹麦富家女成长为一个坚强勇敢、热爱非洲土著的女人。残酷的结局,却呼之欲出女性坚强勇敢的内敛,非洲的瑰丽衬托出了人性的至纯至美。《走出非洲》是一首与厄运搏斗浴火重生的女人史诗,凯伦已成为非洲的呼唤——世界各地的人们来到这里,寻找属于自己的心灵家园和精神宫殿。

飞行八万里,两次来非洲,寻找凯伦·布里克森、海明威、老罗斯福、丘吉尔的足迹,在这充满未知与不安的世界,汲取探险先驱对生命的激情与乐观,今日灾难压顶,明日凤凰涅槃!正如凯伦所说,"非洲就是如此,它是从六千英尺深处淬炼而出,浓烈而纯净的精华——我无非是经过遥远的旅程被派出的信者,来告诉人们世界上还存在着希望。"

古巴奥德赛

寻找格瓦拉和海明威

一个人可以被毁灭，但不能被打败。

（A man can be destroyed but not defeated.）

——海明威《老人与海》

《奥德赛》(Odyssey)，古希腊最重要的史诗之一，创作于公元前 8 世纪末，共分为 24 卷。盲诗人荷马刻画了古希腊神话英雄俄底修斯海上漂流的十年，同惊涛骇浪和妖魔鬼怪搏斗，巧用智谋勇敢无畏，任何荣华富贵及爱情的诱惑都动摇不了他，经历无数艰难险阻他终于得胜而归。

格瓦拉与海明威的人生传奇在古巴受到狂热推崇，堪称是一首当代的奥德赛史诗。

出发： 童年旧梦

冰天雪地的多伦多摄氏零下 37 度,处处是白茫茫的萧瑟冬景。1月 3 日清早我和朋友从多伦多飞往古巴度假胜地天堂岛(Varadero),几小时后竟出现截然不同的热带美景:这里的椰风海韵繁花绿茵与美国佛罗里达和中国三亚非常相似,望着宝石蓝的浩瀚大海和四周瀑布般盛开的三角梅,我不由伸出双臂向天空轻喊一声:

"古巴,哈瓦那! 我们来了!"

59 年前的 1961 年,小学三年级担任中队文体委员的我去报考上海市少年宫小伙伴艺术团合唱队。那是一段温馨回忆:班主任写了一张纸条让我带队,我带着 9 名同学走进延安西路的白色大理石宫殿,在二楼合唱队的钢琴旁我唱了一首《春雷一声响,快来种蓖麻》,被录取了! 为此我一直铭记班主任。在少年宫 1961—1966 五年的幸福时光里,我们以嘹亮歌声《美丽的哈瓦那》《金日成将军之歌》《红日快快照遍全越南》《东京—北京》接待来自古巴、朝鲜、越南和参加中日青年大联欢的外宾,见到了周恩来、宋庆龄、陈毅等国家领导人,那时的古巴贵宾笑容像古巴砂糖一样甜。

我不记得切·格瓦拉是否来过少年宫,我们为古巴客人最常演唱的是古巴歌曲《要古巴,不要美国佬》,那活泼的旋律至今记忆犹新:"我们大家一起来,保卫古巴的革命! 珍惜古巴的和平! 我们不是危地马拉! 古巴希,古巴希——洋基诺!"

那时还经常参加全市声援古巴大游行,十岁出头的我们高举着"好朋友"卡斯特罗肖像和肯尼迪 U2 飞机"啃泥地"的嘲讽漫画,高喊自己并不十分明白的口号从淮海中路走到外滩。在大人们的周围,我们听他们谈"猪湾事件""古巴导弹危机",六一儿童节篝火晚会我们在大草坪上昂首高唱"美丽的哈瓦那,那里有我的家"——直到有一天,肯尼迪被刺杀,我们十几位女孩奔走相告,还一起在大楼花园为意象中刺杀美国总统的"英雄"虔诚祈祷——那时一切都是脸谱化的,谈起美国我们会惊心颤栗:那是一个多么黑暗的国家啊。直到"文革"结束打开国门,我们才看到外面的大千世界。

1966 年夏天"文革"开始,敬爱的陈维博主任被批斗,少年宫也黯然关闭,我们和整个社会一样,突然坠入了一个黑色深渊。

往事微痕,历历在目,终于来到古巴了! 就像一杯混合薄荷、柠檬和朗姆酒的莫希托(Mojito),且让我们慢慢品尝。

切·格瓦拉——从天堂到地狱的《神曲》

入此门者,须弃所有希望。

——但丁《神曲》

第二天早晨我们直奔圣克拉拉市,瞻仰切·格瓦拉那点燃长明火炬的地下墓地,广场一块巨大的石碑上镌刻着格瓦拉写给卡斯特罗的告别信全文。切·格瓦拉早成为我们这代人的偶像,西方媒体称他是"红色罗宾汉""共产主义的堂吉诃德""游击队基督"和"一个神话般自我流放的赤色战士"。我在格瓦拉广场做的第一件事就是在纪念品店买了一件印有格瓦拉头像的浅绿色 T 恤衫,穿上后仰头望着高耸入云的格瓦拉铜像,感叹终于来此重踏偶像的足迹。

切·格瓦拉(1928—1967)出身于阿根廷富裕家族,医学院毕业,27 岁时,这位英俊潇洒、前途无量的年轻医生骑摩托车走遍了拉丁美洲,惊愕目睹疮痍贫穷与饿殍遍野,他决定放弃舒适生活投身革命。在墨西哥他结识了卡斯特罗兄弟并参加了古巴游击队。1959 年 1 月 1 日,31 岁的格瓦拉率游击队切断铁轨,一举攻下我们脚下的战略要地圣克拉拉市,继而攻占哈瓦那,为卡斯特罗掌握政权立下大功。新政府建立后他被任命为国家银行行长和商业部长,地位仅次于卡斯特罗。格瓦拉成为《时代》杂志封面人物,被誉为古巴起义军中"最强劲的游击司令和游击大师"。

最难忘,1960年11月17日,格瓦拉率领新生政权古巴经济代表团来到中国,在中共中央欢迎宴会上格瓦拉向周恩来提出了一个"最恳切的要求":一定要见到毛泽东主席。11月19日下午,毛泽东、周恩来在中南海勤政殿与格瓦拉会面。见到仰慕已久的毛泽东,格瓦拉紧张得竟连一句话也没说出来。倒是毛泽东先开口了:"切,你好年轻哟!"毛泽东宴请了格瓦拉,席间,格瓦拉把自己写的书《游击战》亲手送给毛泽东。宴会后,格瓦拉与李先念副总理共同签署了联合公报和商业协议,从此有了我们童年记忆中的古巴砂糖。

1959年古巴革命胜利时,哈瓦那首府整个领导团队的平均年龄不到30岁,法国哲学家让·保罗曾艳羡感叹:"古巴革命的领导人是那么年轻、充满朝气。"无论是卡斯特罗兄弟还是切·格瓦拉,都是亲自持枪上阵的猛将,都是贝雷帽、绿军装、大胡子、抽雪茄、背轻机枪手榴弹。这种刀枪不入、不惧死亡的革命形象,成了1960年代最著名的战神形象和青年偶像!我们随着世界各地的游客默默涌入圣克拉拉广场的地下灵堂,向"英勇的游击队员"格瓦拉英灵致敬。他的肖像下面有几枝玫瑰,周围是牺牲的六位战友的照片。黑黝黝的地下灵堂犹如殉道者的圣地,下面掩埋着格瓦拉被砍去双臂的遗体。深鞠躬后走出灵堂,望着蓝天下白鸽在格瓦拉铜像周周飞翔,我深深地吸了一口新鲜空气:他,格瓦拉,解放了这座城市的人,却像从十字架上卸下的基督,与鲜血泥土及地下室无尽的黑暗永远相伴。

无尽的思念与缅怀,时光隧道回到60年代——1960年至1965年期间,切·格瓦拉代表古巴政府访问了50多个国家并出席联合国第19次大会,他以宣扬古巴革命的外交家之名横越地球,魅力四射。最后也许是功高盖主,当1965年3月14日回古巴后,他与卡斯特罗兄弟在对苏关系等问题上出现了严重分歧和不愉快,不久他毅然辞去政府职务"裸退"。在给卡斯特罗的告别信中格瓦拉写道:"我对单一的苏联模式感到不解和失望——不少苏联革命家在豪华的汽车里、在漂亮女秘书的怀抱里丧失了往日的锐气。为保持革命者的形象与使命,我必须回到丛林去战斗,选择一个凤凰涅槃式的结局唤起革命。"

那时,随着中苏论战两国关系恶化,加勒比海古巴领导人被逼到了一个尴尬位置:中国虽尽其所能地援助古巴,但实力远不及苏联。古巴每年轧糖、发电以及汽车所需石油1500万吨以及军队武器装备全靠苏联供应,卡斯特罗不得已决定倒向苏联。这让热爱中国的格瓦拉深感痛苦。1965年2月4日(距上次访华近5年)格瓦拉率团第二次来到北京,澄清古巴、苏联的一些问题,但中古双方未能取得一致意见,估计格瓦拉有难言之隐。2月9日格瓦拉一行匆匆离京,赶去参加亚非经济发展大会,谁也没有想到此次离京不久,格瓦拉竟在4月1日放弃古巴的一切乘飞机出走,3月底他给卡斯特罗留下了最后一封信:"世界的另一些地方需要我去献出绵薄之力……我们分别的时候到了。"他再一次出现在大众视野里是在玻利维亚的丛林中,是两年后的1967年10月9日——惨遭美国中央情报局指使的玻利维亚政府军杀害。

执行死刑时格瓦拉对发抖的枪手厉声大喊:"开枪吧!不要发抖!你这个懦夫!你杀死的只是一个人!"枪声响起,残忍的枪手先是在他的胳膊、大腿和腹部连续开了5枪,为保证"半神半人格瓦拉"面部的完整,枪手故意不让格瓦拉立即死,看着他在血泊里痛苦挣扎,为了不喊出声,格瓦拉用牙齿紧咬鲜血喷涌的胳膊,仰头怒骂行刑者是"懦夫"。最后一发子弹击穿了他的胸膛和心脏,大鹏陨落,年仅39岁,格瓦拉死不瞑目,他睁大着那双深邃如海的大眼睛,长发飘零犹如耶稣。在场的一位玻利维亚妇女在胸前划起十字惊叫:"天啊,耶稣!耶稣再现!"

那时中国正值"文革"如火如荼,大多数中国人还不知道他的名字。

格瓦拉遇害后被草草掩埋,直至30年后的1997年人们才找到他的遗骨,并从玻利维亚荒野运到古巴圣克拉拉广场,卡斯特罗一定是满怀内疚地点燃了格瓦拉墓地的长明火炬。

镌刻着格瓦拉写给卡斯特罗告别信的纪念碑

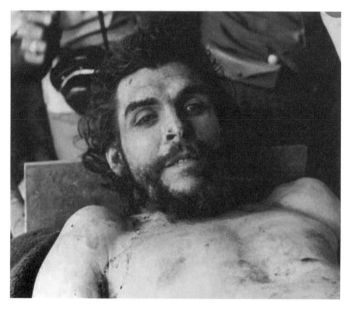

格瓦拉被害后死不瞑目的脸庞，被后人称作"基督再现"

照片上的美国中情局特工头目罗德瑞·古兹回忆说："丛林中的格瓦拉衣衫褴褛饥寒交迫,怎么也看不出他就是受米高扬、毛泽东及各国领袖热情接见的古巴外交家。即使是普通人,我也为他的悲惨遭遇感到难过,我敬佩他,曾试图把他带到巴哈马审讯,但玻利维亚政府军事委员会下令一定要立即看到他的尸体。"

格瓦拉,一个有诗人情怀的理想主义者,他被囚在破落校舍的最后一夜,凶狠的审讯者问:"你现在在想什么?"格瓦拉回答:"我在想,革命是不朽的。"格瓦拉的出走给世人留下了千古之谜,但他以实际行动实践着自己"以解放拉美乃至世界人民为己任"的理想,并为之献出了生命。

再见了,圣克拉拉! 这座英雄城市每天上演着格瓦拉《奥德赛》史诗宏大叙事,从天堂到地狱的《神曲》,往事再现,痛彻肺腑。人们流连忘返,泪水盈眶。这样的理想主义者,唯有耶稣基督可以媲美!

你好，猪湾！ ——倾听切·格瓦拉的足音

我们一路与热情的古巴人聊天,得知古巴特色社会主义和中国以前很相似,职工月薪 20 美元,大米一美分一磅凭券购买,房租 4 美元一个月。街头随处可见美国与古巴断交之前色彩鲜艳的福特老轿车,我们的司机感谢他祖父 1957 年用全部积蓄 2000 美元买下这部福特轿车,让他现在无忧无虑自由上班,不像街头建筑工人那样生活艰难。我们支付他 200 美元一天,相当于他 10 个月的工资,所以他一路笑容满面热情周到,这里没有无线网络,但全民享有免费医疗教育。

在秀丽的古城特立尼达(Trinidad)我们访问了雪茄制作坊,蜚声全球的古巴雪茄是纯天然烟丝制成,不含尼古丁,对人体几乎无害,1492 年哥伦布从古巴土著首领手中了解到雪茄这个宝物并记录下来。我们踊跃尝试,雪茄吸入后要口含烟雾,享受醇香后再优雅吐出森森薄雾。格瓦拉、海明威和卡斯特罗都有吞云吐雾、潇洒帅气的照

片,阿尔贝托·柯达镜头下切·格瓦拉吸雪茄更是魅力十足。

我身边带着《格瓦拉传——一个偶像的人生、毁灭与复活》和海明威的《老人与海》,古巴之行每一天都令人热血沸腾。

穿越历史长廊,我们三人哼着童年歌曲"要古巴,不要美国佬",要求司机开到猪湾吉隆滩战役博物馆。五十开外的古巴司机懂得英语,我拿地图指着"Bay of Pigs",他立即点头:"要去猪湾?好啊!但中国人都不去那里。"嗨,这就像我在贝加尔湖提出要看十二月党人博物馆一样——漂亮的俄罗斯导游双手一摊:"中国游客都不去那里,会占用购物时间啊!"最后我坚持给她 100 美元,她总算在购物的三小时里抽空带我去看了普希金在《波尔塔瓦》热情歌颂的沃尔康斯卡娅公爵夫人陪丈夫服苦役的遗址。

自由行是旅者的最好选择。

我们三人都喜爱历史,一眼望见被击毁的美国飞机残骸,想起小学时代支持古巴的大游行,感慨万分。

1961 年 4 月(正是我考进市少年宫合唱队那年),在美国策划下,古巴流亡雇佣军驾驶 B-26 轰炸机进行了两天轰炸,然后 1000 多名在危地马拉受训的雇佣军抵达古巴猪湾,在美国军舰掩护下迅速占领了吉隆滩,并计划向哈瓦那推进。34 岁的卡斯特罗和 31 岁的格瓦拉闻讯立即赶到猪湾,果断把我们眼前这座制糖厂临时改成反击战指挥部,经过 72 小时的激烈战斗,古巴军民以牺牲 210 人的代价全歼雇佣军,击毁五架美国飞机和两艘弹药船,90 名雇佣军被击毙,余下 1000 名全部被俘获,这就是震惊全球的吉隆滩之战,美国称为"猪湾事件"。不久,就发生了震撼世界的 1962 年古巴导弹危机。

如今猪湾吉隆滩已是风光旖旎的度假胜地。

古巴导弹危机与格瓦拉密不可分。在古巴遭到美国全面经济封锁后,格瓦拉代表古巴与苏联签订贸易协定,他因对美国的强硬态度而逐渐在西方闻名。猪湾事件后,他是 1962 年赴莫斯科谈判的主要领导之一。格瓦拉认为,在家门口安置苏联核导弹将捍卫古巴的独立,免遭美国的再次侵略。

古巴,和我的童年时代完全对接了起来!世事巨变给当今世界带来深刻反思。

1962 年古巴政府在莫斯科签订协议书,按卡斯特罗要求实施赫鲁晓夫计划(对应美国二战"曼哈顿计划"):当年 7 月把 60 枚导弹运往古巴,每一枚导弹都携带一个威力比广岛原子弹大 20 或 30 倍的核弹头,并在古巴建立多个弹道导弹发射基地。这项秘密计划直到 1962 年 10 月 15 日才被美军获悉并于 16 日报告约翰·肯尼迪总统。肯尼迪对"秘密、迅速和异乎寻常的导弹设施"及赫鲁晓夫欺骗他的行为非常恼怒,他万万没料到,转眼之间古巴戏剧性地拥有了在西半球仅次于美国的最大的、装备最好的军事力量!他下令对苏联导弹造成的严重威胁猛烈回击,美军立即以更强势的核导弹群与航母包围古巴,但让肯尼迪头疼的是,只要美军投下核导弹,距离古巴最近的佛罗里达首先要遭殃,而苏联的反扑将会让华盛顿和纽约都变成 1945 年的的广岛和长崎,美国乃至全球命运将不可思议。1962 年 10 月 15 日至 27 日,局势紧张到白宫椭圆屋几乎窒息,核战争的阴影笼罩着整个加勒比海上空,苏美双方在核按钮旁徘徊,使人类空前地接近毁灭的边缘!持续了 13 天的古巴导弹危机最后以赫鲁晓夫给肯尼迪写了充满激情的一封信("这的确是一种可怕的武器")得以缓解;莫斯科承诺立即撤返古巴全部核武器及设施,肯尼迪总统随即承诺今后再不侵犯古巴,同时宣布取消对古巴的海上封锁。一触即发的核大战突然云开雾散,堪称大国博弈双赢的光辉典范。迄今为止,肯尼迪与赫鲁晓夫在命悬一线关头所彰显的地球人情怀、冷静幽默和政治家风度,给世人留下深刻印象和丰富的精神遗产。而卡斯特罗和切·格瓦拉参与签订的在美国眼皮底下"偷运核弹头"的赫鲁晓夫秘密协议,则保住了古巴共和国新生政权,为冷战史留下了浓墨重彩的一页。

如果说二战末期美国为逼迫日本投降对广岛和长崎扔下原子弹

是正义之举,那么今天,任何一个首先按下核武器按钮的人必定是摧毁地球的千古罪人。

再见!猪湾,你是一部书、一座出色的历史博物馆!

海明威与《老人与海》老渔夫寻踪记

告别猪湾,热情爽朗的古巴司机带着我们继续前行,这位浅棕色皮肤蓝眼睛的西班牙裔老司机任你指挥,有时还主动担任向导,我们来到柯西玛(Cohima)渔村寻找海明威足迹。首先映入眼帘的是电影《老人与海》中出现过的一座白色海滨塔楼,这座文艺复兴与拜占庭混合风格的典雅建筑也曾出现在大文豪的小说里,那临海小庭院就是海明威心爱的"皮拉尔"号游艇停靠处,每次捕鱼上岸后,海明威总喜欢在这个塔楼饭店靠窗的座位与《老人与海》原型人物老渔夫船长格雷戈里奥·富恩特斯(Gregorio Fuentes)喝酒聊天,这儿就是这部不朽名著的灵感之源。

老渔夫格雷戈里奥显然是个天性乐观,喜欢讲故事的人,他描述的亲身经历让海明威听得目瞪口呆,于是出现了小说里的桑提亚哥老人。我凝视着墙上老船长格雷戈里奥·富恩特斯的肖像画,饱经风霜的脸庞与坚毅眼神恰如海明威在《老人与海》中描绘的一样:"布满皱纹的脸和一双蓝色深邃的眼睛","他是个独自在湾流中一条小船上钓鱼的老人,至今已去了八十四天,一条鱼也没逮住。"这是海明威一生最满意的作品。

欧内斯特·海明威(1899年7月21日—1961年7月2日),出生于芝加哥市郊区,母亲是一位女中音歌唱家,海明威20多岁时,父亲因经济与感情挫折开枪自杀令他格外悲伤。海明威之所以有如此巨大的个人魅力,是因为他近乎小说般的传奇人生。他亲历过两次世界大战和西班牙内战,赢得过意大利政府颁授的银十字军功勋章。他曾在一次爆炸中身中237枚弹片还坚持在晕倒之前把战友背到了救护站。他头上曾缝过57针。他在肯尼亚经历过两次飞机坠落事故居然奇迹生还。他叛逆,喜欢冒险,强壮又英俊,沉迷打猎、斗牛、拳击、酗酒,经历过四次婚姻。他的晚年饱受重伤、忧郁症和FBI盯梢的折磨,多次接受痛苦不堪的电击疗法,最后在家中吞枪自杀,震惊了全世界。

我们的古巴司机讲《老人与海》原型老渔夫的故居,就在柯西玛村塔楼附近,我们能否去看望老渔夫船长的后人呢?

"我试试吧,他们早就搬家了,也许能够找到",司机说。

热血沸腾了!

我们在柯西玛村沿街询问了约十分钟,终于找到了老船长的外孙一家人!外孙长得像极了他的外公,发亮的浅棕色皮肤和深蓝色的眼睛,还有那一双满是老茧粗壮有力的手掌,完全符合《老人与海》里的描述!

> 他的双手常用绳索拉大鱼,留下了刻得很深的伤疤。但是这些伤疤中没有一块是新的,它们像无鱼可打的沙漠中被侵蚀的地方一般古老。他身上的一切都显得古老,除了那双眼睛,它们像海水一般深邃湛蓝。

外孙拉法埃尔看到我们三位中国客人格外高兴、热情地翻出他那著名的外公和卡斯特罗的合影,我们紧紧握手拥抱,大家都激情澎湃。感谢老司机!古巴之旅恰如海明威最后一本书的书名——《流动的盛宴》!

我和朋友扬、伟建兴奋地走入老船长家,家居温馨简朴。外孙拉法埃尔靠修理汽车谋生。他告诉我们外公格雷戈里奥有4个女儿、没有儿子,他是长外孙,海明威写《老人与海》时,他们家住在另外一条街,海明威去世后每天各国游客蜂拥而至探望他外公,家里简直成了旅游景点。近年外公高寿去世,他们为了安静与朋友对调房子,搬到现在这座粉红色的小木屋,家居设施和冰箱、电视、电风扇很像中国六七十年代。老船长格雷戈里奥的外孙又热情地带我们来到外公逝世之前住的房子,海明威也来过这里。个性羞涩、坦诚淳朴的拉法埃尔与我们侃侃而谈:"我外公活到了104岁,最美好难忘的是他陪伴了海明威七年,他们是无话不谈的好朋友,外公除了担任皮拉尔号的船长,还给海明威做饭,是船上独一无二的大厨。可惜大作家离开古巴回美国一年就自杀了,如果他一直在古巴待下去,一定不会自杀的!"外孙信誓旦旦地边走边讲,我也深信不疑。老船长故居的新房主一家对我们也非常热情,四代同堂,美女媳妇抱着宝贝儿子让我们拍照。我走进屋子里深呼吸,希望嗅出海明威和老渔夫留下的气味。曾几何时世界各地的游客在这栋房子前排队要求和老船长合影,说会给他们带来好运气,这话不假。这座临街的咖啡色小木屋确实给两位海上挚友带来好运:海明威根据老人讲述的经历写了《老人与海》,荣获诺贝尔奖,成为美国文学的巅峰人物,而书里的原型人物老渔夫则活到了104岁,成为柯西玛村最高寿的老人!

说起《老人与海》的主题,有人说这是印象主义与受难基督的混合,海明威对此嗤之以鼻,他说:"没有什么象征主义,大海就是大海,老人就是老人,孩子就是孩子,鲨鱼就是鲨鱼——我决定把我所经历过的每件事都写进小说……"桑提亚哥是海明威描写的人物,尽管老人拖回一副空鱼骨,但他依然傲然面对;尽管海明威自杀了,但自杀也未尝不是对病魔采取的一种宁死不屈的手段。无论是海明威还是桑提亚哥老人,都完成了生命的超越,登上了苦难与光荣的山峰。

老船长富恩特斯的外孙拉法埃尔热情地告诉我们,他外公与海明威在托尔图加斯认识,海明威对他细心驾驶钓鱼艇留下深刻印象,他把"皮拉尔号"开到古巴后以每月工资250美元雇了外公。海明威去世后,老外公一直使用着海明威留给他的"皮拉尔号"捕鱼,直到自己去世前将游艇捐给古巴政府,现陈列在瞭望山庄海明威故居。

在老人的外孙拉法埃尔的家里,墙上各种《老人与海》版本的照

片,唤起我对书中语言的记忆,这样的描述在全世界独一无二:

> 老头儿擦了擦那把戳死了好些条鲨鱼的长刀片,把桨放下,然后系上帆脚绳,张开了帆,把船顺着原来的航线驶去。
>
> "天晓得,最后那一条鲨鱼撕去了我好多鱼肉。"他说,现在死鱼已经成为一切鲨鱼追踪的途径,宽阔得像海面上一条大路一样了。下一个来到的是一条犁头鲨,它来到的时候像一只奔向猪槽的猪。
>
> 他往海里啐了一口唾沫,说:"吃吧,做你们的梦去,梦见你们弄死了一个人吧。"他知道终于给打败了,而且连一点补救的办法也没有。
>
> 老人85次出海,85次空手而归,最后一次拖到岸上的是一副雪白鳞鳞的鱼骨。
>
> "它们把我打败啦,曼诺林。"老头儿走进岸边的茅屋,对等待他的小孩说,"它们真的打垮了我。"

老渔夫85次出海捕鱼,与厄运殊死搏斗,海明威躲过了战场上227颗子弹,经受了13次手术和2次空难,留给古巴渔夫温馨的友情与奥德赛传奇。

告别了老船长后人,我们继续驱车前往瞭望山庄(Finca Vigia),海明威1939—1960年居住于此,远远望去风格像佛罗里达的热带豪宅。我多次去过海明威位于佛罗里达基韦斯特的故居,那是他和第二任夫人波琳的杰作,后来海明威又移情别恋,爱上了第三任夫人美国著名战地女记者玛莎·盖尔赫恩。古巴豪宅即是玛莎和海明威共同设计。

瞭望山庄总占地8万平方米,绿色长廊繁花盛开,露台可眺望哈瓦那,郁郁葱葱赏心悦目。"那是一座建在山顶的房子,常有阵阵微风穿堂而过。"海明威曾向朋友这样描述他心爱的瞭望山庄。海明威在此度过了他生命最后的21年,和玛莎也是在这儿决裂分手。

作者和格雷戈里奥·富
恩特斯船长的外孙夫妇
相逢古巴

钓鱼比赛：海明威与卡
斯特罗唯一一次会见

海明威和《老人与海》原型格雷戈里
奥·富恩特斯船长在一起

作者在哈瓦那"小佛罗里达"酒馆
遇见海明威

海明威去世后,他的第四任夫人玛丽将这处庄园捐给了古巴政府。此刻,白色的百叶窗外,枝叶茂盛的槟榔树和芒果树摇曳作响,微风吹过,窗下的一台打字机格外耀眼,海明威不朽名著《老人与海》即在此写成。

在这个脍炙人口的故事里,主人公桑提亚哥老渔夫和小男孩曼诺林相依相守,老渔夫常给男孩讲他早年在非洲看狮子和大象的奇妙经历,实际上这段细节是海明威本人对重返肯尼亚的美好向往。1961 年 7 月 2 日,海明威用那把猎过狮子、公牛和灰熊的猎枪,轰飞了自己的整个脑袋,以死亡诠释了《老人与海》中桑提亚哥的名言:"人可以被毁灭,但不能被打败。"

海明威在瞭望山庄接待了美艳女星埃娃·加德纳和男影星加里·库珀等名人,这是他文学成就最丰硕的 20 年。2002 年 11 月 11 日,由美国洛克菲勒集团投资的海明威故居博物馆在瞭望山庄对外开放,卡斯特罗发表了热情洋溢的 30 分钟演讲。他满怀深情地谈到海明威名著《丧钟为谁而鸣》对他的特殊意义,曾引导他和队友走向震撼历史的胜利。卡斯特罗,这位世界闻名的"反美斗士",终其一生都是那位"美国硬汉"的崇拜者,他阅读过海明威几乎全部著作,并用"孤独""自白""沉思""反省""梦想""奋斗"来形容海明威著作带给他的震撼。此刻,空旷的大厅余音绕梁,飘荡着卡斯特罗的演讲结语:"艺术品的魅力会持续几千年,文学的生命将长过我们所有的人。"

在古巴,除了切·格瓦拉的画像,两个"大胡子"握手而笑的照片随处可见,那是 1960 年 60 岁的"老爸"欧内斯特·海明威举办了一次钓鱼比赛,33 岁的古巴总司令菲德尔·卡斯特罗捕获了一条 1500 磅重的巨型马林鱼,获得第一名。老渔夫的外孙拉法埃尔也给我们看了这张珍贵照片,并讲述了这段海明威在古巴最后的美妙时光。

1960 年 5 月,距海明威告别古巴还有几个月,距离海明威在美国家里吞枪自杀还有 14 个月,卡斯特罗首次被邀请参加海明威钓鱼比赛。这是海明威和卡斯特罗第一次也是唯一的一次见面。卡斯特罗捕获了当天最大的一条鱼后,海明威向他颁发了一个很大的全银奖杯,两人聊了几分钟。照片中的两个人站得很近,卡斯特罗比海明威高几英寸,他穿着普通的绿色军装,与海明威开心交谈。后者年过花甲依然风采迷人,左手上贴着一片创可贴。海明威在照片上题了字,写着"给菲德尔·卡斯特罗博士……为了友谊"。卡斯特罗把那张照片挂在自己办公室的墙上,也送给了老渔夫富恩特斯一份照片复印件。卡斯特罗告诉老人:他确定出现在他钓鱼小艇周围那发着金光的巨大马林鱼,就是在《老人与海》中出没的那个幽灵!卡斯特罗曾躲过美国中情局对他的 638 次暗杀,该项记录在 2011 年载入吉尼斯世界纪录(古巴司机讲卡斯特罗有独裁者的负面声誉,而切·格瓦拉则被普遍认为是追求自由的"基督")。两位大胡子的友谊被冷战帷幕下的"麦卡锡主义"笼罩,一言一行风声鹤唳,令晚年海明威的抑郁症与迫害幻想症雪上加霜。

两位巨人这唯一一次见面意味深长。当海明威抵达荣誉顶峰被授予 1954 年诺贝尔文学奖的时候,卡斯特罗正关在巴蒂斯塔王朝的监狱里处于人生低谷,而当卡斯特罗和格瓦拉 1961 年 4 月大胜猪湾美国雇佣军威扬全球时,61 岁的海明威却在 3 个月后的 7 月 2 日吞枪自杀了。海明威自杀普遍认为有两个原因:首先因为肯尼亚小飞机两次坠机造成了脊椎骨严重受伤,肝脏、脾脏和肾脏破裂,火灾令他脸部、手臂和腿严重烧伤,用海明威自己的话评价,他遍体鳞伤,脸部皮肤"像邮票一样往下掉",身上伤口"比他的胸毛还多"。由于丧失了写作、打猎、做爱的能力,生活变成了一种折磨。其次是美国中情局 FBI 怀疑他是古巴和苏联间谍,频繁的跟踪监听让海明威的精神逐渐走向崩溃。他终于得出一个悲壮的结论:"唯一能够重新掌握局面的方法,就是杀死自己。"

在美丽又哀婉的哈瓦那熏风里,如今海明威已成为一张文化名片,海明威在诺贝尔获奖感言中把古巴叫做"我亲爱的海水包围的祖国",并且把那座奖杯捐赠给了古巴大教堂。

我们随着人流来到热闹非凡的"深巷酒馆",我一眼望见墙上他那60多年前的亲笔题词:

> 我的"莫希托"(Mojito)在深巷酒馆,我的"达伊基里"(Daiquiri)在小佛罗里达。
>
> Love,海明威

我们三人兴奋品尝加冰块的 Mojito,那是大作家亲自用薄荷叶、柠檬和朗姆酒调制而成的鸡尾酒,绿色氤氲,冰爽醉人。许多游客在酒店外墙上签名留念。

我们又找到了海明威常来的"小佛罗里达"酒馆,同样的人声鼎沸,这里的威士忌是大文豪的最爱,年轻海明威曾对喜爱威士忌的好友菲茨杰拉德(《了不起的盖茨比》作者)说:"面对亲吻美女和打开一瓶威士忌的机会时,永远不要犹豫。"

在古巴这片热土上,海明威无处不在! 小酒馆吧台后面那尊豪迈睿智的作家雕像,让世界各地的游客欢天喜地,海明威仿佛在对大家说:"喝吧! 每个人从生活里获得的点滴新鲜事物都是非常可贵的!"(《乞力马扎罗的雪》)

爸爸海明威! 你明明还活在古巴啊! 我们有幸重踏你的足迹,感受你的灵气风采!

我们又来哈瓦那闻名遐迩的"两个世界"旅馆(Ambos Mundos)。这座近百年的西班牙殖民时期粉红色高大建筑被称为是这座美丽城市的中心地标。在导游带领下乘坐电梯到了5楼511海明威专用客房,大约20平方,虽不宽敞但很明亮,透过白色窗帘可望见热闹的街头景色,角落的书橱上放着一尊海明威铜像。最引人瞩目的是这张海明威睡了七年铺着橘色床单的小床,与医院病床差不多大小,想必在这狭窄小床上不会发生什么浪漫故事吧?

海明威在这里写了《过河入林》《流动的盛宴》,这间客房验证了海明威在获诺贝尔奖时的著名感言：

> 写作，在最成功的时候，是一种孤寂的生涯。（Writing, at its best，is a lonely life.）

据说直到晚年，海明威才意识到他最爱的是第一任妻子哈德莱，在遗著《流动的盛宴》里，他曾满怀内疚地写道，自己要是"在遇见那个使他与妻子离婚的女人之前死去就好了。"

在古巴的一周恍若在童年梦中度过。

从哈瓦那回到纽约，我立即重看奥斯卡获奖影片《老人与海》，马林鱼的矛状嘴"海神"长达 3 米，体重 1500—2000 磅，它跳跃出海面时光焰四射，中镖被擒，为 85 次出海空手而归的桑提亚哥老人带来希望与喜悦，但经过海上鲨鱼群的袭击掠夺，最后只带回一个被啃空的鱼骨架，而这正是老外公富恩特斯船长向海明威讲述的真实故事啊！多么庆幸我们在古巴居然与老船长外孙一家度过了一个难忘的下午！

我从 60 街的家散步到 62 街 1 号，这是一座白色大理石的 7 层楼公寓，可以望到中央公园的树林。我静静徜徉在曼哈顿的海明威故居门厅外面。海明威曾在七楼的一个套房里住过多年，这是他在纽约的落脚点。他有时离开古巴来到曼哈顿，和朋友相聚或参加《老人与海》的电影拍摄，为这部由斯宾塞担纲主演的电影，他修改了 30 多遍分镜头剧本。海明威讲他最满意的是英格丽·褒曼主演的《丧钟为谁而鸣》，这也是卡斯特罗最喜欢的小说和电影。此刻，我的思绪回到老渔民生活了 104 年的柯西玛渔村，在这里，海明威带着好莱坞明星拍摄了电影《老人与海》。

古巴，这个神奇倔强的小岛，有两条硬汉的"奥德赛传奇"：放弃高官显贵优越生活，主动去危险丛林带游击队推翻独裁，39 岁英勇就义的切·格瓦拉；热爱古巴热爱非洲，历险无数，著作等身，最后却用一颗子弹结束了自己生命的海明威。他们两人的神话传说犹如古巴大教堂的晨钟暮鼓,震撼着世世代代的人们。面对困境挫折,面对天灾人祸,惊涛骇浪中的人总是保持着不可磨灭的希冀与意志。

一个人可以被毁灭,但不能被打败。(A man can be destroyed but not defeated.)

勇气是压力之下的优雅。(Courage is grace under pressure.)

此刻,曼哈顿沉静的夜空传来古巴海滩的哗哗浪涛,哈瓦那,魂牵梦绕万千情!

海明威生命之谜

"流动的盛宴"

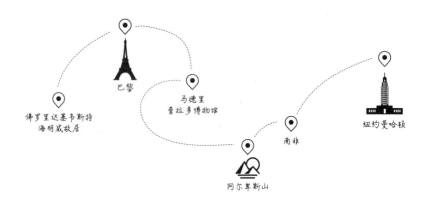

海明威曾对小他三十多岁的挚友、才华横溢的青年作家霍契勒（A. E. Hotchner，他将海明威多部作品改编为电影）说："假如你有幸年轻时在巴黎生活过，那么你此后一生中不论去到哪里她都与你同在，因为巴黎是一席流动的盛宴。"

我很喜欢巴黎，但就生活来讲，我更喜欢曼哈顿。无论我在上海或北京，在基韦斯特或在马德里、巴黎、威尼斯，曼哈顿都伴随着我。因为曼哈顿是个流动的宴会。

今天早晨我急于找出纸笔写这篇文章的原因，是我的灵魂与一位早已辞世的老友重新相聚。事实是，在我来到美国的近二十年里，我一直在寻找他的足迹，像女儿寻找一位久别的父亲。现在我看到海明威带着遍体鳞伤活生生地站在我面前。一周之前，无论在加州棕榈海滩，在墨西哥湾白色沙滩，还是在 10 万吨"皇家公主"号游船的香槟酒舞会上，我一直夹着霍契勒写的《爸爸海明威》这本书，还有海明威本人的一些作品:《太阳照样升起》《乞力马扎罗的雪》《永别了,武器》。我承认有时我会不知不觉地活在海明威的影子里。海明威在曼哈顿的住所离我家很近,他住在东 62 街 1 号近第五大道,我住在东 60 街近公园大道。每当我路经他那幢白色大理石的房子时,我脑海中就会浮现霍契勒在《爸爸海明威》一书开头中的一段话:

> 1961 年 7 月 2 日,一位被许多评论家称之为本世纪最伟大的作家,一位对生活和冒险的兴趣都像他的天才一样大的人,一位诺贝尔奖与普利策奖的获奖者,一位好运道的大兵;他在爱达荷州索图斯山区有一个家园,供他冬天打猎;他在纽约市有一个套房;他有一艘装备特殊的游艇,供他去墨西哥湾钓鱼;他在巴黎的里兹宾馆与威尼斯的戈丽蒂宾馆皆有备他使用的套房;他拥有牢固的婚姻,没有严重的疾病,好友遍天下——就是这个人人羡慕的人,在 7 月的那一天竟然举起猎枪,对准他的脑袋,开枪自杀。
>
> 这件事是怎么发生的?
>
> 为了什么?

为了找到这个为什么,我不仅重新阅读海明威著作与霍契勒回忆,也走遍了从佛州到明尼苏达疗养院,再到马德里、巴黎、威尼斯、南非、加拿大那些曾经留下海明威足迹、激发他创作灵感的地方。我仿佛听到霍契勒在海明威的最后岁月中与他的对话。

霍契勒说:"爸爸,春天来了!"那时海明威住在明尼苏达罗切斯特梅奥精神疗养院,他已经两次企图将枪对准自己脑袋。

海明威呆滞地望着他挚爱的友人,旧眼镜后面的眼睛是阴沉的:"不会再有春天了。霍契!"(读到这里我黯然神伤)"……也不会再有秋天了。"他整个身体松弛地坐在一道石墙的断垣上。

霍契温和地问:"爸爸,你为什么想自杀呢?"

海明威迟疑了一下，用深思熟虑的方式说："一个人快到62岁了，他想到他没法写作他许诺过的书和小说，你看他会怎么办？冠军和别人不一样，他不能退休。因为，我一天、一年、十年不写作并没有关系，只要我心里清楚地知道我能写作，然而在我不清楚这一点的那一天，或者没有把握的那一天，来世就到了。"

　　非洲冒险打猎之旅和两次坠机损害了他的健康。他说："一个人该关心什么？身体保持健康，好好工作和朋友们吃吃喝喝，在床上找点乐趣，我一个也做不到了，你明白吗？该死！全做不到了！我计划过美好日子，周游全世界……"

　　那次谈话后的一周，在爱达荷凯彻姆家中，一个夜晚，海明威吃了一顿饭，和妻子玛丽一起唱了他们喜欢的一支歌。第二天清早，家里传出猎枪的响声，玛丽跑下楼去，海明威已经将猎枪头塞进喉咙，按下扳扣……写下这些文字的时候，上海高楼大厦后面的云朵顿时变成了袅袅硝烟。我仿佛站在流血的海明威和哭泣的霍契勒之间。在硫磺味和硝烟之中，我看到海明威在《老人与海》中写的片段像云彩一样掉落在老人头上。金色和绯红的光辉代替了暗红色的小溪般流淌的鲜血，天使们用白色的翅膀将这个长着灰白胡子的美国男人托到云间。风笛中是他歌儿一般的诗句。

　　　　我很高兴，我们用不着想法去射落星星。想象一下吧！要是每天有人想法去射落月亮，月亮就会逃掉了。然而，想象一下，要是有人想法射落太阳，那会是什么情况呢？我们生来真幸运。

　　　　　　　　　　　　　　　　　　——海明威《老人与海》

　　就这样，这个曾经是妙趣横生、神采焕发的男子汉，以自己特殊的死，向"不能写作"的生命终极报到——把自己生命的太阳射落了。他的生与死影响了一代又一代有志从事文学创作的人。

　　我1992年在《曼哈顿的中国女人》末尾曾这样写道：

海明威遭受到一系列的创伤、枪伤和不幸,所以他说:"我简直遍体鳞伤。"他在战壕中写下《太阳照常升起》,他像一头勇敢的公牛。虽然被斗牛士刺得鲜血淋漓,被红绒旗激得气急败坏,但依然站在斗牛场上。

我要拿起我的笔。没有比报道一代人的史诗更为神圣的事了。

作家的伟杰在于他笔下的文字的震撼力,能让心灵歌唱或者哭泣。我极喜欢海明威那独特"燃烧"的语言,让人体验生活的坎坷与壮丽:

"我的脸像被闪电烧伤过一样伤疤不少。"

"不能刮胡子,一取下纱布,皮肤就像邮票一样往下掉。"

"你知道,你写了一本书,多年来你一直很喜欢它,后来你看到它变成了这个样(《永别了,武器》改编成的电影),就好像有人在你父亲的啤酒里撒了一泡尿。"这是他走出纽约东49街洛克菲勒电影院时和霍契勒讲的话。后来海明威从头到尾参加了《老人与海》的电影拍摄,和摄制组一起在秘鲁海滨为捕捉马林鱼而忙得焦头烂额。有一次他在赛车场终点站,一边吃着墨西哥大螃蟹一边把《老人与海》电影结尾重写了39遍。这使我联想到在巴黎罗丹美术馆所看见的萧伯纳头像及其轶事:有一次罗丹为戏剧家、诺贝尔文学奖得主、诗人萧伯纳雕头像,一开始萧伯纳很兴奋,将自己的姿态按大师要求摆好。但罗丹完成雕塑后不满意,推翻重来,这样反复到第22遍时,这位诗人吓得逃走了……

爸爸海明威对钱也有一种"灰色幽默"。当霍契勒20岁出头第一次受《世界主义者》杂志指派邀请海明威写一篇题为《文学的未来》的论文时,海明威双手一摊:"事实上我不知道任何事情的什么未来。"但当他被告知杂志社准备支付他15000美元的稿费时,他立即一拍大

211

腿:"得！这笔钱本身就够振兴文学的未来了！"

我非常庆幸自己能拥有与海明威类似的生活方式。海明威最令人羡慕的是能做大多数人梦想的事情——有勇气、精力、自由的时间和充足的财富去享受有冒险的旅游:可以在几天之内到达任何一个自己突然发生兴趣的地方,然后把领略到的一切都写出来。在海明威和我身上几乎共同有一种季节的变换:在陆地上度过一个季节,然后潜入水下,又有节奏地回到地面,精神焕发,充满了再生的活力。

有一次我因在无边无际的非洲旷野追踪狮子群太激动人心,所以从南非回纽约后就急忙去看动物,而海明威也曾在同样的地方——麦迪逊广场公园 Ringling Brothers 马戏团同笼子里的动物谈话,他竟然用特殊的语言使得北极熊和大猩猩呜咽起来,并最后亲吻他。"我真是见鬼了。"饲养员说。"我有点印度血统。"海明威讲,"熊类都喜欢我,一向如此。"他曾在非洲丛林一连射倒三只大棕熊,因为其中一只凶猛的大棕熊一口咬掉了他雇用的当地向导的屁股。

当我在茫茫雪原——德国与瑞士交界的阿尔卑斯山脉滑雪时,在缆车上眺望阳光下的银枝玉树和雪原,不禁想起海明威那年和妻子哈德莉(第二任)一起来德国滑雪,并担任滑雪教练以支付生活费。前一个季节滑雪场老板林特先生的 15 个客人中有 11 个在雪崩中丧生。第二年一个客人也没有,整个雪山只有海明威夫妇两个影子。夜里林特先生通宵打牌,对手是另一家滑雪客栈的老板,林特先生输掉了他的客栈、滑雪场和他在巴伐利亚的房产——海明威把这个夜晚写进了《乞力马扎罗的雪》里。像他这样以真实丰富的生活为基础的天才作家几乎是凤毛麟角,就是当今社会也一样。无论在中国还是美国,不少作品是毫无生活的作者苦思冥想编出来的。海明威有一次对朋友讲有一名"空洞"作家常常剽窃他的短篇小说:"我刚一写完,他就偷走了,他把小说里的人名、地名改动一下,卖的钱比我得到的还多,我想了个办法整他:我两年停止写作,这个婊子养的就饿死了!"

海明威虽然写的是小说,不是纪实文学,但他的天才就在于把他锐利目光所触及的每一个现实生活中的特殊的人变成他虚构文学中的主角。我一直寻找的就是他现实生活的每一个足迹。《太阳照常升起》出版后的第二天,海明威对纽约的霍契勒说:"我得到了消息,哈罗德·洛布(就是小说主角罗伯特·科恩的原型)扬言一看到我就要把我杀掉,但我主动邀请他出来喝酒把他摆平了!"《太阳照常升起》里的人物都是悲剧性的,真正的主人公是大地。

海明威虽然只是高中毕业,自嘲"不会数数",但他酷爱书报杂志,他在基韦斯特和爱达荷的藏书有 5000 册,每天还订购大量杂志报纸。他说:"我从来不喜欢在没有女人,或是没有好书,或是没有《电讯早报》陪伴的时候上床。"一切悲剧在他看来都可能成为伟大的诗篇。最令人感动的是霍契勒关于他初次阅读《老人与海》手稿的回忆:

那天深夜,欧内斯特(海明威)来到我的房间,带着一个夹板,金属夹里面夹着一摞手稿。欧内斯特有点踌躇,几乎是坐立不安。他说:"想叫你读点东西,玛丽一晚上就把它读完了,清早见面时,她说她原谅我做过的一切,还叫我看她脖子上的鸡皮疙瘩。作为作家,我总算获得了大赦。我希望我不会因为自己家里人喜欢它,就傻乎乎地认为自己写出了什么了不起的东西。所以我赞成请你读一下——明天早晨,咱们坦率地谈谈。"

他把夹板放在我的床头柜上,突然就走开了。我上了床,打开电灯,拿起稿件。标题是用墨水写的《老人与海》。夜里虫群扑打着窗帘,我似乎身处邻近的古巴科玛港,然后乘船出海,经受着我一生读书经历中最大的一次心灵震撼。

经常激起欧内斯特兴趣的是为生活而做的拼搏。一个勇敢、简朴的人与一种不可抗拒的力量进行着一场无法取胜的斗争，这种生命的拼搏就是一首宗教诗。

　　第二天早晨，我把我的感受告诉了欧内斯特，他说："你认为我可以先单独发表，我很高兴。这本书的核心是我所熟知的一句最古老的双重格言……这种格言顺着来说反过来说都是一样，这句格言是：人可以被毁灭，但不能被打败。"

"人可以被打败，但不能被毁灭。"

是的，反过来说便这样，但我总更乐意相信人是打不败的。

以下的话更让我兴奋。因为海明威和我一样遭遇过一帮"靠攻击他出名"的文字敌人。

　　我（霍契勒）回头望去，欧内斯特站在台阶上，像雄狮一样背靠着那座宽大的楼房，新作完成给他注入了力量……出了庄园大门，我开始思考《老人与海》，我意识到这是欧内斯特对攻击他《过河入林》的那些人的一次反击。这是一场完美无缺的反击战，我想象得出在德怀特·麦克唐纳、路易斯·克思和怀特那帮吹毛求疵的家伙一连串"完啦！毁啦！"的叫嚣声中，欧内斯特突然抓住了他们的腹股沟，一下子把他们统统摔倒在地上……

何等淋漓尽致扬眉吐气！我要与海明威一起让他们尝尝报复的痛快滋味：瞧，老爸，我也抓住了他们的腹股沟，把他们统统摔在地上爬不起来啦！

老爸海明威说得好："不过你一旦受到伤害，要妥善处理，把它们看作是你的好运——这正是我们要写作的东西。"

伏案写作的海明威

《丧钟为谁而鸣》电影海
报，这是海明威最满意的
改编，他与英格丽·褒曼
有着深厚友情

海明威在佛罗里达基韦斯特寓所逗弄宠物猫

海明威高兴地看着自己的
诺贝尔奖证书

海明威说:"我这一辈子喜欢做的事只有三件——打猎、写作和做爱。"对有过签名售书经验的作家来讲,体会应当是各有不同的。对我来讲2000年上海书城签名售书的4小时是我一生中相当美好的回忆。人多队长但秩序井然,男女老少的诚挚目光令人感动。而海明威的一段经历则每每让我捧腹大笑。在风景如画的瑞士阿尔卑斯小镇,海明威与霍契勒决定下车去买一瓶威士忌。酒店姑娘因为他的大胡子一下认出了这是刚拿到诺贝尔奖的作家,请他给一个亲笔签名。很快这个消息传遍了全镇,他们很快被镇民团团包围,拥挤的人群骚动起来,他们蜂拥进镇上小书店抢购所有书籍,让海明威在《砂锅烹调》一类的书上签名,人们把他团团围住,他努力挣扎以免被挤倒,最后是当地驻军派来了一分队把他"抢救"上车。

海明威非常震惊,他上车后喝了一大口威士忌才镇静下来。他说:"这种事真叫人害怕,想必是我这一脸大胡子惹的祸。挨挤的那会儿特别小心,别叫人扒了。我越挨挤,也越注意。唯一的补偿是我捞了他们一支圆珠笔。"

写到这里,我又一次笑出眼泪,这难道不是幸福吗?!

当我在基韦斯特他那墙上挂满了猎枪和鹿头的书房中徘徊时,我想起了他的话:

> 每天写,或者说差不多每天写……这就是为什么我喜欢一大早动笔,免得受人和事的干扰。我看到了每天所有的日出,天一亮我就起床……描述部分我用手写,因为那最难,我可以离纸近一点,但写对话的时候我用打字机,因为人们说话的方式像打字机的工作方式。
>
> 关于写作有一件事是绝对的,你若在啃长篇小说的时候谈情说爱,你就有把最好的部分写到床上去的危险。

我多次来到这里,拍摄了许多我这位精神导师家中的照片,其中的一张他和英格丽·褒曼在一起,她扮演了电影《丧钟为谁而鸣》中的女主角——女护士,是海明威唯一满意的角色。

很可惜海明威的父母与海明威晚年自杀似乎也有某种关系,而这也部分地体现在海明威的小说中。在《丧钟为谁而鸣》里有一段海明威讲他"花了20年时间去正视父亲的自杀","我曾给父亲写过一封信,在他自杀前的那一天放在他桌子上。我想他要是拆开我的信,也许就不会扣动扳机了。"那是1928年,海明威已经29岁了,父亲自杀成了他一生的梦魇和令人战栗的可怕回忆。几年后的一个圣诞节他母亲寄给他一个包裹,除了圣诞礼品外还有一把他父亲自杀用的手枪。她在一张卡片上写着:"我认为你愿意保存它"——我不知道这是预兆,还是预言。他母亲是个音乐迷,曾催促海明威学习大提琴,可他完全没有这种才能,无论如何也记不住曲子。对于学习音乐唯一的愉快回忆是有一次海明威母亲邀请美国女高音歌唱家玛丽·加登来参加她举办的小型音乐会。"那一次",他说,"玛丽·加登把我放在她膝上晃荡着玩,由于我的年龄大了,很难说究竟是哪一个晃了哪一个,可能是一半对一半,她穿着薄透又漂亮的衣裙,很合我心意嘿!"

父亲自杀后,海明威与母亲关系日益疏远。

寻遍海明威豪华的曼哈顿住所和佛罗里达基韦斯特的乡村豪宅,以及他常去的巴黎、威尼斯和马德里普拉多博物馆,我始终无法认同他临死前几天重复的喃喃呓语:"我不能再写作了,我屈服了,活下去还有什么意思?"他在1961年7月2日自杀之前,已经有两次打开猎枪弹膛上子弹,两次在飞行时用尽全力想打开舱门跳出飞机,在机场他有一次向飞机旋转的螺旋桨走去……想必这是他挚爱的父亲在天堂某处召唤他,可怜的儿子! 否则,按现在人们的长寿,他可能还是一个摸着大胡子微笑的105岁老人呢,他可能在曼哈顿的阳光下坐在轮椅中,由一位金发看护小姐推着散步。说不定我们能在东62街他家门口或东60街我家门口遇到,并亲切地打一声招呼哩。

肯尼迪总统邀请他和夫人玛丽到总统就职典礼上做贵宾,海明威很高兴很感动，但婉谢了。海明威的《老人与海》出版后，1953年就获普利策奖，接着，获诺贝尔文学奖。海明威委托瑞典大使代致的诺奖答谢辞说："一个人所写的事物也许不能即时被人理解；不过它们终归会为人所知……写作，在其最成功的时刻，也是一种孤寂的生涯，一个与公众频频接触的作家可能免于孤寂，但他的作品往往流于平庸。"海明威说，他只要一见到摄影记者和闪光灯，就像"遭棒子打的鱼一样，我的创作灵感立即消失了！"

"一个人在写作，而且写得很顺利，他受到了干扰，好像人正在床上做爱的时候受到干扰一样。"讲得太好了！

我三次去佛罗里达基韦斯特，都是乘"皇家公主"号游轮去的。在船上我拒绝一切舞会、船长鸡尾酒会，就是为了在我的临海阳台包房拼命啃一本本海明威的书。在我内心我比船上所有的美国佬欧洲佬加拿大佬幸福，这仅仅是因为我捧着一手的好书。每次在基韦斯特下船后直奔Whitehead街907号，买张门票，"得！寻到老爸海明威了！"写到这里，我闭上眼睛，幸福感涌泻而出，像回忆一个深情的女儿和久别的父亲见面的情景。"假如你有幸年轻时在巴黎生活过，那么你此后一生中不论去到哪里她都与你同在，因为巴黎是一席流动的盛宴。"这是老爸海明威说的，此刻在上海东方曼哈顿家中，一边躺在床上刷刷刷书写，一边享受着深秋的温暖阳光。这真好啊……只要闭上眼睛，又回到基韦斯特了！

基韦斯特远离海滩，但小镇的安静让人能听到一公里外的海涛喧响。走进海明威住宅前院，百花盛开，到处躺着各种可爱的小猫，那是几十只海明威宠物小猫的后代。这幢二层楼的住宅内部装潢豪华亮丽，富有想像力，从底楼粉红色的客厅（很像马克·吐温的客厅）到挂满海明威海上捕鱼的照片、写作照片和他先后四个妻子的照片的洁白典雅的走廊，拾阶而上到了二楼，迎面是他宽敞的书房。我仿佛看到大黑狗伏在海明威脚下，他在正屋当中的一张圆桌前面打字写作，书房四周除了装满书籍立到天花板的书架，就是各种猎枪和猎物挂件,包括几只带枝状犄角的鹿头和牛头。睡房也是典型的美国古董雕花"国王"大床,高高的樱桃木席梦思床上是雪白的床罩,好像海明威昨天还睡在这床上,正面落地玻璃窗外是宽大、迷人的地中海式露台,下面游泳池碧波荡漾。游泳池周围是葱绿的热带植物丛和参天古树,鸟儿啼鸣,像亚马孙雨林一样富有色彩和活力。泳池旁边还有一个独立二层小阁楼,海明威在这小阁楼中完成了《乞力马扎罗的雪》。当我们走到楼下,看到游泳池边的大理石地上有一个小玻璃罩,压着一分钱硬币,硬币已经发锈。这是有一回海明威从非洲打猎归来,看到妻子波琳自作主张在院子里盖了一个 60 英尺的标准规格游泳池,认为太奢侈。他掏出一个硬币向妻子头上抛去:"这是我能够给你的最后一个子儿了!"波琳把它嵌在了它跌落的那片瓷砖上。

海明威曾讲他的古巴男仆在受雇八年之后,学会了一句英语回答电话和门铃:"海明威先生不在家。"

海明威在这里写了多部著名的小说。那时他三四十岁,精力旺盛,当他年迈时重返这里,他说:"尽管我岁数大了,但是我对水仙花的突然开放和对小说的突然成功同样感到惊喜。"

现在,当我闭上眼睛,我又降落在马德里机场,这是海明威最爱来看斗牛的城市。他与西班牙一流斗牛士易斯·多明昆是好友。对多明昆,他的精彩评论是:"基督啊,他在巅峰时期是唐·璜与哈姆雷特的结合,可现在他失去活力了。也许在爱娃女士(他的女友)床上耗费的时间太多了……"

离开酷暑中的斗牛场,我又追寻到海明威钟爱的普拉多博物馆,海明威也常常把斗牛场的气味带到这座艺术宫殿来。"伟大的艺术"在他生活里始终是一种巨大的力量。有一次他看着塞尚的一幅画说:"能写得像这幅画一样好是我一生的抱负……这一天还没有达到,但一天天接近了。"在普拉多的提香画室,我仿佛听到老爸海明威在说:"'纯粹的情感',即是艺术家企图获得的真正目的……艺术家和作家的区别在于:艺术家拥有所有丰富的色彩,而我不得不在打字机上或者用铅笔在白纸黑字中表达出来。"

在普拉多博物馆令人激动的一幅幅戈雅作品中,我找到了戈雅那著名的西班牙王室宫廷画像,仿佛听到老爸海明威的评论:"……这难道不是表达强烈憎恶的杰作吗……你看他怎样把唾液抹到了每个人物的脸上啊!而国王居然看不出人人可见的明显烙印!"

海明威讲他能在非洲丛林中嗅出大象的公母之分,能在赛马场上嗅出哪匹马将获胜并为他带来好运。现在,在普拉多博物馆,我正是这样努力试图嗅出海明威在哪一幅油画前站立了更多的时间,而如果我站的时间和他一样长的话,我就能嗅出他仍然活在马德里普拉多博物馆的灵魂的一部分,并且和我的老爸海明威一起在心灵重新起舞了。

电话铃响了,是 Steven,他是我的纽约第五大道客户兼 15 年的好朋友,埃柯尔公司的总裁。他和设计师 Leslie 小姐昨天从纽约飞来上海,他的车在楼下喷泉花园中等我,我们约好上午去外贸公司,中午和副市长在外滩 3 号 Jean Georges 共进午餐,晚上去上海大剧院看德国芭蕾舞团的《天鹅湖》。瞧,上海和巴黎、纽约、威尼斯一样,也是流动的宴会了!

我匆匆拿起公文包。再见啦,我亲爱的纸和笔,再见啦,老爸海明威!我寻觅到了您的生命之谜,那就是您在《永别了,武器》中的名言:"生活总是让我们遍体鳞伤,但到后来,那些受伤的地方一定会变成我们最强壮的地方。"

这难道不是一个幸福的早晨?

寻找腓特烈大帝

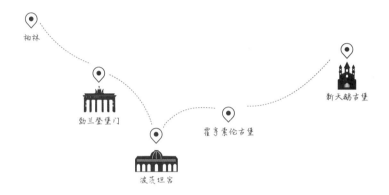

柏林

勃兰登堡门

波茨坦宫

霍亨索伦古堡

新天鹅古堡

作为德国人的媳妇,我常常伴随丈夫去德国探亲休假。从结婚一开始,我的兴趣就让麦克的父母和亲戚朋友们感到吃惊。我总是在老老实实地安静了几天,和大家一起吃够了德国香肠火腿啤酒后,告诉人们我必须离开。麦克会对他的亲戚们说:中国人和美国人差不多,而德国人则与日本人很相似。我知道他的意思是:我的妻子是美国人的个性,不像日本太太那么安分守己。

有一次在酒窖的家庭聚会中,麦克的父母和姑妈让我把我在德国休假期间的个人计划念给大家听:

寻找(尽可能找到,哪怕一点足迹)——

音乐家:

巴赫、亨德尔、海顿、贝多芬、莫扎特、舒曼、勃拉姆斯、舒伯特、门德尔松、约翰·施特劳斯、瓦格纳、马勒。

哲学家、文学家及其他:

斯宾诺莎、康德、黑格尔、费尔巴哈、尼采、弗洛伊德、莱布尼茨、海涅、歌德、马克思、托马斯·曼、马丁·路德、腓特烈大帝、路德维希二世、俾斯麦。

我轻声地一个个念了那些名字,并请他们尽可能提供帮助。麦克的父母亲友们停止了开心的大吃大喝,几乎一致地叫了起来:"朱莉娅!"

从他们的目光中,我看到他们对一个中国女人的疑惑。他们每天看到我陪着小儿子和几个德国亲戚的孩子欢乐玩耍打球,谁也不会想到我突然要离开,去寻找这么多几乎快被遗忘干净的人。他们当然不会理解。在北大荒时,我做梦也没想到会嫁给德国人,但在少女的初恋时期我已经深深感受到了马丁·路德与斯宾诺莎,我曾经怀着快乐之心阅读海涅那本了不起的《论德国宗教和哲学的历史》,怀着失恋之痛贪婪地阅读歌德的《少年维特之烦恼》。来到美国后,又在纽约大都会歌剧院欣赏歌德的《浮士德》(古诺作曲)以及无数瓦格纳的歌剧……20年婚姻一晃而过,现在,每次去德国,麦克和亲戚们都习惯了:我总会和他们一起愉快相处几天,然后像一颗子弹头一样射出,不见了踪影!

二十年来,我几乎完成了我所有的"寻找"的愿望。现在,当我在笔下写出《寻找腓特烈大帝》几个字时,心中仍然充满了汹涌激情。伏尔泰称腓特烈大帝是"哲学家国王"和"有史以来日耳曼民族最伟大的国王"。在1990年代初的一个夏天,麦克的父母亲戚没有让我一个人溜走,他们欢天喜地开着车——载满了啤酒香肠出发了:"好吧,"他们说,"我们带朱莉娅去寻找腓特烈大帝!"

在经过柏林勃兰登堡门附近的菩提树大道时,我们跳下车,细细瞻仰腓特烈大帝那著名的骑战马雕像,这位年轻的普鲁士国王在七年战争中,愈挫愈强,以惊人的毅力及军事天才,用一个小国之军力独抗法、俄、奥三大强国,让敌军闻风丧胆,其身先士卒的骁勇英姿可与瑞典国王查理十二世相比,而其优雅的风度气质,又像是硝烟疆场上的太阳神!

这座雕像曾经燃起一个维也纳流浪汉的野心。在二战期间，希特勒地下指挥部的挂像就是他流浪时视为偶像的腓特烈大帝，甚至在末日到来之际，希特勒还幻想"七年战争"的奇迹会在他身上发生。

在那个战争末期，腓特烈大帝的对手俄国伊丽莎白·彼得罗芙娜女皇突然病逝，她姐姐的儿子彼得三世1762年即位后，开启荷尔斯泰因-哥托普-罗曼诺夫王朝。由于彼得三世对腓特烈大帝崇拜得五体投地，刚即位便停止了于俄国有利的七年战争，与普鲁士王腓特烈订立攻守同盟。这个行为被称为勃兰登堡王室的奇迹，令普鲁士起死回生。这份大礼让被俄军猛烈攻击了七年的腓特烈不胜惊喜。

偏巧当希特勒四面楚歌之际，盟军首领罗斯福总统因心脏病发突然逝世，希特勒闻讯后在地下司令部狂欢叫喊："腓特烈大帝灵魂附体了！我的德国有救了！"但回答他的是来自朱可夫、艾森豪威尔和蒙哥马利更猛烈的狂轰。在攻克柏林的隆隆炮火声中，这个狂人只好黯然地看了墙上挂的腓特烈大帝最后一眼，在地下室服毒自杀了。

麦克从小生长在德国，取得硕士学位后在美国加州获得博士学位。他最喜欢的三个德国人是巴赫、瓦格纳和腓特烈大帝，奇怪的是这恰恰是希特勒在《我的奋斗》中表明的最喜欢的三个人。麦克说：希特勒以此迷惑了三四十年代的德国民众及高级知识分子，将他们拖入战争带来的奇耻大辱。"腓特烈大帝如果真见到希特勒这小子，一定会下令逮捕这个出身低贱、妖言惑众的奥地利疯子！"麦克在菩提树下大声对我说，亲戚们点着脑袋表示赞同。

希特勒给日耳曼带来的耻辱，让这个民族在二战以后变得更沉默低调，他们吸取教训，以一丝不苟的顽强毅力重建德国。他们在勃兰登堡门和国会之间建立二战种族大屠杀纪念雕像，用默默的努力来换取世人对日耳曼民族——腓特烈大帝子孙的重新尊重。即使是世界杯上德国足球队也继承了这一风格：无论场上比分打平还是落后，或是球员被罚下场，他们都会拼尽全力地打到最后一分钟。这是一辆"不发出任何声响"的德国战车,赢得了世界球迷的赞赏。

我们边开车边聊天,很快来到柏林西南部波茨坦宫——忘忧宫,腓特烈大帝的父亲腓特烈一世在波茨坦郊外一片广阔的湖泊森林中建起了这座宫殿。我们无论是走在忘忧宫132级阶梯上,或者是漫步在花园中400尊美轮美奂的雕像喷泉间,都可以想象小王子如何在阳光下披着满头金发奔跳玩耍。但是作为腓特烈一世的长子——腓特烈二世(大帝)却有一个悲惨的童年。腓特烈二世从小受家庭教师的影响,蔑视德语,酷爱法国文学及音乐艺术,他把大量的时间用来写法文诗歌和吹长笛,这让父王大为不满。16岁时王子与博学的凯梯上尉结为挚友,宣称自己是"自由思想家",对继承王位不感兴趣,遭到老国王用拐杖痛打训斥后决定出逃。1730年,18岁的王储与姐姐维廉明娜、凯梯上尉一起计划逃往"自由英国",结果遭国王逮捕,公主被释放,王子和凯梯则被判死刑。老国王强迫王子在自己的囚窗看着挚友被砍下头颅,在他心里留下永远无法弥补的创伤。老国王原本打算也砍下长子的头,让次子继位,但一年后改变了主意,到监狱与长子抱头哭泣,请求他继承王位。21岁时王储奉命与18岁的克里斯蒂娜公主结婚,但他对女人不感兴趣,很快扔开娇妻,在柏林北部的古堡做他的物理化学实验,并开始与他崇拜的伏尔泰、莫佩尔蒂通信,畅叙与专横的父王完全不同的抱负理想。在腓特烈大帝喜欢演奏长笛的忘忧宫,书房正展示《伏尔泰与腓特烈大帝书信集》,这是欧洲文明史上一颗璀璨的瑰宝。这两个人——西方最伟大君王和最伟大的哲学家——在整整42年跌宕岁月中的通信被威尔·杜兰特评为"几乎每一句话都值得一读"。

现在,我满怀敬意,重温这些让我无比感动的通信。1736年8月8日,老国王病重,即将加冕为王的24岁王储托人送信给42岁的伏尔泰,信文这样写道:

　　伏尔泰先生:

虽然我至今仍无缘与你见面,但是通过您的大作,我对您已有深刻认识,您的作品真是我内心的至宝,每次重读时都让我发现新的优美之处……希望您不要把我排除在您认为尚可造就的学生之外……

伏尔泰给王储的回答是:

您的思考方式和法文有如我国的最佳作家,希望在您未来富有吉祥之兆的领导下,让柏林成为德国的雅典,甚至成为全欧洲的雅典。

王储的回信中对英国政府机构极为赞赏:

英国议会是人民与国王的最高审判者。国王仅有行善的全权,但一点为恶的权力也没有。

我凝视着从忘忧宫买来的腓特烈大帝 28 岁登基时的肖像,他英俊、机智、金发飘逸、风度翩翩,仿佛童话中的白马王子,蓝色深邃的眼睛里射出哲学家的光辉。他的"每一个字"都值得今天的人们细细阅读。这是腓特烈二世(大帝)登基 6 天后写给伏尔泰的信:

请您把我当作一个热忱的国民,带有几分怀疑的哲学家和诚实的朋友。看在上帝份上,请您写信给我时,把我当作一个普通人,也跟我一样来指责官衔、虚名和外观的华丽奢侈。

腓特烈二世登基不久即装扮成穷人,由他任命的法国学者、柏林科学院院长莫佩尔蒂陪伴他微服私访,并在乡下的一所陋屋中与伏尔泰第一次会见。

伏尔泰对腓特烈的印象是:

全世界最可亲的人之一,社会的魅力所在。他没有丝毫严峻,和朋友见面时已忘记了他是国王。我也差一点忘了这个彬彬有礼的哲学家,竟是一个手下有10万大军的至尊。

腓特烈也高兴地写信给他的副官:

> 我总算见到一直渴望认识的伏尔泰……可惜我患了四天的疟疾……他有西塞罗的辩才,普利尼的敦厚,阿姬雷巴的智慧。他笔尖流出的每一滴墨水都是他机智的结晶。沙特莱夫人(伏尔泰的情人)能够拥有他真是幸运……

在波茨坦宫,德国亲戚们讲:"朱莉娅,看,在这里你算是找到名单上的两个人了吧!"

腓特烈二世登基后不久,邀请伏尔泰住进这里一间极为华丽的房间,正好在皇家御宫的上面,国王的马匹、车夫、厨师都供他使唤,皇后及上百名王子、公主、贵妇也常来看望他。伏尔泰正式担任国王的御前大臣,他开心地说:"世界上没有任何一个地方像忘忧宫一样,能让我获得更大的谈论怀疑人类的自由!"虽然他们后来发生过不少冲突,但友情和书信断断续续维持了四十多年。

威尔·杜兰特说:"我永远不会停止对法国启蒙运动的赞美,我认为它是全部人类历史的顶峰,甚至比伯里克利时代的希腊,奥古斯都时代的罗马,美第奇时代的意大利还要伟大;人们从未如此勇敢地思考、如此激情四溢地高谈阔论。"

腓特烈大帝,这位从小向往法国文化的"哲学国王",每天清晨起床后吹笛、抽烟,思考政治哲学问题,11点部队训练,御前会议。一到下午,他就成了作家和诗人,花一两个小时写作,处理政务后与朋友们共进晚餐。他要求客人忘记他是国王,把他当作一名老百姓。他谈论的话题包罗万象,《百科全书》、孟德斯鸠《法的精神》和所有法国启蒙家的论著都是他的话题。

晚餐后是宫廷音乐会,麦克的表弟向我指出忘忧宫内大厅腓特烈大帝吹奏长笛的位置,巴赫的长子腓力普是宫廷乐师,每晚弹奏古钢琴为国王伴奏。我在这宫殿行走,全身的每一个细胞都在舒展、欢唱。腓特烈大帝、伏尔泰、巴赫……久违了,这些美丽的名字!望着宫殿瑰丽的天庭,我闭上双眼,仿佛看到腓特烈大帝脱下战袍,正在烛光音乐会中演奏长笛。

有一次,腓特烈邀请闻名已久的老巴赫来参加音乐会,并请他即兴演奏,巴赫当即演奏了一首赋格曲,精妙的演奏技巧和高深的艺术修养让国王大为赞赏。接下来老巴赫请国王赐予他一个主题,由他来即兴发展为一个多声部的赋格。腓特烈当场用长笛给了一个音乐主题,巴赫稍作改动后在古钢琴上即席演奏,主题渐渐变成一个有六个声部的赋格旋律。巴赫那灵活的手指在钢琴上轻柔优雅地把复调艺术发展到美的极致,令国王和在场人士目瞪口呆。

这就是老巴赫离开忘忧宫之后写的著名作品《音乐的奉献》与《赋格的艺术》,他将这两部作品呈献给腓特烈大帝。门采尔的《腓特烈大帝》生平组画中的《腓特烈大帝在忘忧宫的长笛音乐会》即描绘了那个夜晚,这个让敌人闻风丧胆的国王,正全神贯注地在烛光下吹奏长笛,巴赫和儿子以及宫廷贵妇朝臣静静欣赏……现在,我耳边飘起了《音乐的奉献》……

腓特烈大帝时代,这是一个怎样的时代啊!巴赫、亨德尔、斯宾诺莎、牛顿、笛卡尔、伏尔泰、狄德罗、孟德斯鸠、卢梭……而腓特烈大帝本人就是最灿烂的星辰之一!我又联想到那个年代以后的中国,从乾隆执政晚期到鸦片战争这 50 年间,中国工业生产总值仅占世界的 3%,而欧洲占 62%,谁能说中国的落后与文化发展的迟滞没有关系呢?

腓特烈大帝在忘忧宫演奏长笛　　悲情国王路德维希二世设计
　　　　　　　　　　　　　　　的新天鹅古堡

作者多次探访波茨坦忘忧宫

有趣的是"七年战争"中敌对的两国,同时代的君王腓特烈大帝和叶卡捷琳娜女皇,都称自己是伏尔泰"最忠实的学生""真挚的友人"。尽管伏尔泰隔三差五抛出的文章都是竭力反对教会,反对专制王权的。当伏尔泰为死于车裂酷刑的新教徒卡拉斯一案辩护时,这两个欧洲最显赫的君主同时慷慨捐款,大力支持伏尔泰。叶卡捷琳娜女皇还请了与伏尔泰持有同样自由观点的瑞士人来当她王孙亚历山大(即打败拿破仑的亚历山大一世)的家庭教师。即使1793年路易十六上了断头台令女皇惊愕不已,她也没有因教师明确地表明雅各宾立场而辞退他,仍然让这位坚决赞成处死路易十六的教师来教她心爱的孙子学习民主自由理念,直到这位教师急于返回瑞士领导革命,告别了满脸泪水悲恸欲绝的学生。老师走后,王孙对祖母说:"我无比敬爱我的老师,长大后我宁可去瑞士当一个平民,也绝不当沙皇!"不过和腓特烈大帝一样,他还是登基当了沙皇——但他是一位领导了1812年卫国战争、与库图佐夫一起击退拿破仑的伟大沙皇。

寻找远去的足音,即使从200年后的今天来看,上面这些国王与王储的言谈仍然像天方夜谭般高尚美丽。这也是我每每重温这些历史足迹时激动无比的原因!

腓特烈大帝一生对女人不感兴趣,无任何绯闻,在亲情上只爱他的姐姐维廉明妮公主。在忘忧宫的花园中,我看到有许多他爱犬的墓碑。抬头远望,天边是一片绯红色的晚霞,在一座座珍珠喷泉间,我望着伏尔泰曾经住过三年的窗口,好像看到他正在为皇帝修改文章。而在下面那层属于腓特烈皇帝的窗口中,我仿佛看到皇帝正穿着普通人的长袍,在爱犬的陪伴下奋笔疾书……这位向奥地利哈布斯堡王朝开战、争夺神圣罗马帝国君主头衔的骁勇统帅,一生留给后人近30卷作品:其中7卷历史、5卷诗、3卷军事论文、2卷哲学和12卷信札,全用法语写成。他的文学巨著是《我的时代史》,历史著作是《勃兰登堡家族纪事》,军事著作是《七年战争史》《给将军们的训词》。他说:"我没有任何偏见,我把亲王、国王和亲族都看成平常人。"1782

年,他去世前的 4 年,身体已经衰弱,他制止医生为他开药,命令医生和他谈文学和历史!御医齐莫尔给他开的处方是吉本写的《罗马帝国兴亡史》。在《最后的遗言》里,国王写道:"国王的权力是绝对的,但是他必须把自己当作国家的第一仆人,由于普鲁士危险地以小国之身介于俄国、法国和奥匈帝国之间,国王本人必须抢到任何足以扩展和统一普鲁士的机会……"

他并且作了不祥预言:"如果我死后我的侄儿(王位继承人腓特烈威廉二世)变得软弱,两年内将不再有个普鲁士了。"

这个预言于 1806 年得到了验证。那时拿破仑攻占了普鲁士。他站在腓特烈大帝墓前,对他的将军们说:"如果他还活着,我们就来不了这里。"

1786 年腓特烈大帝去世时,普鲁士已成为欧洲最显赫的强国之一,他在遗言中下令,在身后把他埋葬在波茨坦忘忧宫他的爱犬们的墓边。这样,他又能够重新回到年轻时代心爱的一切中:伏尔泰、莫佩尔蒂、长笛音乐会、阅读写作……

波茨坦,即二战时丘吉尔、罗斯福、斯大林会晤的地方,我们看了盟军巨头会晤的客厅,桌上按当时的情景放着美、英、苏三国国旗。傍晚我们回到忘忧宫草坪的腓特烈大帝墓前。腓特烈大帝,是他,首次让世人看到了日耳曼精神宫殿的璀璨玫瑰。但是希特勒玷污了他高贵灵魂的栖息之地。二战的耻辱,德国要用几代人来洗清。

我望着这块立了二百多年的墓碑,上面写着:

霍亨索伦·腓特烈二世(1712—1786)

我想起他在《七年战争史》中的一句话:

历史是杰出的教师,只是学生太少。

每次和德国的朋友谈论历史,他们最多提到的除了腓特烈大帝外,还有一位国王:路德维希二世。对于后者,由于他对建筑与音乐的爱好,特别是他的悲情人生,让德国人常缅怀在心(当然也带有稍稍的责备)。我们的车队继续"寻找"之旅。

我们来到德国南部的霍亨索伦古堡。古堡建于11世纪,是腓特烈大帝历史著作《勃兰登堡家族纪事》中勃兰登堡家族的发源地。城堡内的一部分至今仍然住着普鲁士王朝末代皇帝威廉二世的子孙,他们过着普通德国人的生活,却私下保有"德国王子"的头衔,一部分古堡对外开放。我细细地观赏腓特烈大帝的遗物、普鲁士王的宝物和王冠。霍亨索伦王朝(1415—1918)历经504年,腓特烈大帝让普鲁士精神成为一个令欧洲敬畏的名词。是他,腓特烈大帝,让一个贫瘠平原上的霍亨索伦小王朝发展为欧洲最成功的王朝之一,其声誉影响与古埃及十八王朝和俄罗斯罗曼诺夫王朝齐名。腓特烈大帝的遗物中包括了他心爱的长笛和五线谱,以及巴赫给他的来信及呈献给他的作品《音乐的奉献》。麦克提醒我说,腓特烈不是对音乐痴迷的唯一的德国皇帝,新天鹅古堡的主人比他更甚!

我们来到位于阿尔卑斯山脉及湖泊之间的新天鹅古堡,这个兼有罗马式和拜占庭式风格的壮丽建筑,成了美国迪斯尼王国神话宫殿的模本。古堡的主人是茜茜公主的表弟——巴伐利亚国王路德维希二世(1845—1886),他命人在宫殿的正厅和回廊画满瓦格纳的歌剧壁画,这些壁画确实美得惊心动魄。但我纳闷:如此热爱瓦格纳凄婉爱情歌剧的国王,竟然对世上最美丽的东西——女人——不感兴趣?在震撼人心的一幅幅如城墙般的壁画后面,我仿佛听到20岁的忧郁国王,对比他大了32岁的作曲家瓦格纳发出的那个撕肝裂胆的倾吐之声:

"我不爱女人,不爱父母兄弟,不爱亲戚,没有任何人让我牵挂,唯有您!"

路德维希15岁时第一次看瓦格纳歌剧《罗恩格林》,从此深深爱上了瓦格纳,他幻想自己能成为歌剧中的天鹅骑士,这就是他设计新天鹅古堡的灵感来源。17岁登基后，他大权在握，所做的国事之一就是把瓦格纳请到宫殿，为贫困的作曲家偿还了所有债务，并用巨额御赐让瓦格纳专心创作——"在美妙纯净的天空尽情舒展天才的翅膀。"这位巴伐利亚国王专门为了瓦格纳创办了拜罗伊特歌剧院，鼓励作曲家将德国民间传说搬上歌剧舞台。直到今天，在纽约、伦敦、巴黎、米兰、柏林等世界著名的歌剧院，每年专门有一个季节上演瓦格纳的作品，我们总是瓦格纳歌剧的忠实听众。

当《罗恩格林》序曲在纽约大都会歌剧院伴随水晶灯的徐徐上升奏响时，大幕缓缓拉开，我常常想起新天鹅古堡的那些壁画，它们实际上比我看过的所有当代瓦格纳歌剧的舞美设计都要美，你自己去比较一下就知道了。路德维希41岁时在一个早晨突然落湖去世，与他一起死的是他的医生。有人讲他是被谋害的，因为他对艺术建筑的痴迷妨碍了政权，当局曾请人来下诊断讲他是个疯子。从此"疯子国王"之说不胫而走，让他更加忧郁痛苦。奥地利王后——当年的茜茜公主听闻他的死讯后伤心地说："他很正常。发疯的是他周围的人！"在这里广为流传的另一种传说是，潇洒英俊的国王一生只爱一个女人——表姐茜茜公主。他年轻时疯狂地爱过她，可惜她奉命远嫁给奥地利国王，路德维希二世心碎后拒绝和任何女人来往，生活在幻想世界和自己设计的天鹅宫殿里直到淹死，他真的变成了天鹅：酷爱歌剧的国王成了一出古典歌剧的真正主角！离开天鹅古堡，我们来到附近也是路德维希二世设计的绅士宫和林德霍宫，宛如仙境的人工湖碧波荡漾，划船穿过水中山洞，只听到潺潺泉水如国王的眼泪在流淌。

唉，还是那句话：真正的宫殿在你心中。我想，在德国，任何一个普通的快乐公民，都不愿意用自己的一生来和这位国王交换！

从新天鹅堡回柏林的途中，我们专门去了巴赫的诞生地曼森那赫市，这个小都会的古老城门上镶刻着这样的字句："音乐常在我们的市镇照耀。"

有了酷爱艺术的腓特烈大帝和路德维希二世这样的国王，德国成了世界上最伟大的作曲家们的诞生地就一点儿也不奇怪了。老天，很难想象，如果没有日耳曼民族，人类今天的音乐世界会是什么情景?!

腓特烈大帝、巴赫、瓦格纳——这三个麦克最喜欢的名字，我们就是这样寻找他们的足迹的。作为中国人的女婿，麦克对从汉武帝到唐太宗、从康熙到乾隆的历史很有兴趣。而我，作为德国人的儿媳，对德国历史同样抱有极大兴趣。完成这篇文章时，德国世界杯鏖战正酣。我们虽然不在德国，但和全世界的球迷一样，每天感受德国的魅力。对这个时候的德国来说，科隆火车站天花板上的足球壁画是最美的，其魅力已经胜过新天鹅古堡的一切壁画！足球运动员如克罗斯、巴拉克、拉曼在这里被绘成了天使，他们踢出的足球在穹顶画上仿佛成了月亮和太阳，放射着腓特烈所代表的普鲁士猛士之光。

现在，搁笔之前，在字里行间我仿佛又看到腓特烈大帝年轻时的身影：他在黑夜中偷偷离开皇宫，抱着一堆书籍朝英国方向拼命奔逃，一边轻声喊叫：

"我不要当国王！我不要当国王！"

也许，正是少年时代那一颗诗人的灵魂，造就了他——18世纪欧洲最伟大的皇帝——腓特烈大帝。

再见了，柏林！

再见了，腓特烈大帝！

寻找叶卡捷琳娜女皇

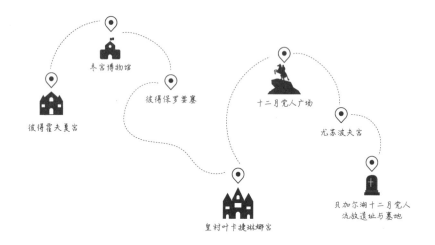

我的不幸在于，如果没有爱情，哪怕一天我也受不了。
爱情，它是我一切抱负与雄心的驱动器。

——叶卡捷琳娜二世

《一个十五岁哲学家的自画像》

我们这一代人受到太多俄罗斯文学艺术的熏陶，每次走在俄罗斯的大地上，总感到怀旧的煦风吹拂心灵，我八次去俄罗斯，反复寻找那些对我们这代人弥足珍贵的足迹：托尔斯泰、陀思妥耶夫斯基、屠格涅夫、列宾、普希金、柴可夫斯基、车尔尼雪夫斯基、别林斯基……直到后来出现了一个在我少女时代完全陌生的人，她的抱负、经历及情感生活对俄罗斯与欧洲历史产生过重大影响，如今在纽约大都会歌剧院《黑桃皇后》舞台上，依然有她君临天下的身影。她就是彼得大帝最卓越的继承者、大刀阔斧的改革者和雄心勃勃的扩张者——叶卡捷琳娜二世！

我对叶卡捷琳娜二世（1729—1796）感兴趣，首先是因为她酷爱读书，博闻强记。

女皇原名索菲娅·奥古斯特，是一位德国小公爵的女儿，出生于普鲁士，她母亲约翰娜·伊丽莎白王妃来自可继承俄罗斯、瑞典王室两国王位的荷尔斯泰因家族，母亲的哥哥曾是彼得大帝的女儿、俄国女皇伊丽莎白少女时代挚爱的英俊未婚夫（后暴病去世，伊丽莎白再未结婚）。1744年在威名远扬的腓特烈大帝推荐下，15岁的索菲娅被挑选为俄国皇位继承人彼得三世的未婚妻，并由"影子舅妈"伊丽莎白女皇赐名为叶卡捷琳娜二世。

那么叶卡捷琳娜一世又是何方神圣？伏尔泰曾说过，叶卡捷琳娜一世的一生几乎和彼得大帝一样非同凡响；她与同时代路易十四的秘密王后、出身卑微的曼特农夫人有异曲同工之处：皆为仆人出身，可见帝王们藐视血统的任性与执着。叶卡捷琳娜一世原名玛尔塔，是大北方战争中一位容颜美丽的战俘，立陶宛农民的女儿，她最初被献给彼得大帝的心腹、陆军元帅缅希科夫作仆人兼情妇，后来被彼得大帝一眼看中，接回王宫教她读书识字，改名为叶卡捷琳娜并娶她为第二任妻子。1725年彼得一世去世，农民的女儿加冕成为叶卡捷琳娜一世女皇，但实权掌握在原情夫、宠臣缅希科夫手中，她在位两年的唯一政绩是根据彼得大帝遗嘱建立了俄罗斯科学院，两年后她因心脏病去世，皇位传位给了彼得二世——彼得大帝与第一任妻子唯一的孙子，随后形势巨变，缅希科夫被害死。

少年沙皇彼得二世的父亲阿列克塞，是彼得大帝与前妻的儿子，母子均憎恨彼得一世及他推行的改革运动。在彼得大帝的彼得霍夫夏宫，我步入芬兰湾蒙普拉吉宫彼得大帝的客厅，这里是尼古拉·盖依著名历史画《彼得大帝审问王储阿列克塞》的发生地。这幅杰作表现了彼得大帝和皇太子阿列克塞的爱恨情仇及俄罗斯在深渊边缘徘徊的特殊时刻,极端的暴虐与残存的慈悲,纠结成了暴虐父王和阴鸷太子最后的格杀悲剧:1718年,当同时代的法国青年伏尔泰走出巴士底狱向旧制度宣战时,王储阿列克塞被彼得一世从奥地利召回,在彼得霍夫夏宫审讯并移送彼得保罗要塞监狱,最后被父亲以酷刑残忍杀害。彼得保罗要塞——这个曾绞死过列宁的哥哥、关押过车尔尼雪夫斯基和十二月党人的古老监狱,行走其间,时光倒流,惊心动魄。被控阴谋篡权的王子被绑在"车裂"木轮上,发出阵阵惨叫,给站在一边亲自监刑的彼得大帝身心带来了巨大打击,此刻,也许他想到了一百多年前的伊凡雷帝?

列宾著名历史画《伊凡雷帝杀子》,被亚历山大三世下令禁展。列宾所处的时代,是俄国历史上最恐怖和最黑暗的时代。

沉重的代价换取改革的成功,彼得大帝统治时期在政治、经济、军事和科技等领域进行全盘西化的改革,使俄罗斯成为欧洲大国之一,就其开创性与变革意义来说,其彪炳史册的光艳盖过了"太阳王"路易十四、英国伊丽莎白一世、日本明治天皇和德国威廉一世! 而与彼得大帝同时代的康熙皇帝在干什么? 中国皇上正大兴文字狱:"文网之密,案件之多,罗织罪名之阴毒,手段之残忍,皆是超越前代。"延续140年"万马齐暗究可哀"的世人耻辱,恰如清人龚自珍诗云:"避席畏闻文字狱,著书都为稻粱谋。"

以史为镜,以史为鉴。

1725年彼得一世因尿毒症和跳海救士兵痛苦驾崩,年仅52岁。皇后叶卡捷琳娜一世继位两年后也去世,逆子阿列克塞唯一的儿子、13岁的彼得二世继位登场了! 少年沙皇为父报仇——他将爷爷彼得大帝的终生密友、波尔塔瓦战役主将缅希科夫赶下摄政王宝座,流放到苦寒之地,并解除他本人与缅希科夫女儿的婚约。1729年,缅希科夫,这位曾为沙俄富国强兵立下汗马功劳的三朝权臣,在度过两年悲愤绝望的流放日子后,贫病交加地死于西伯利亚别留佐夫镇。《苏里科夫历史画三部曲》是我北大荒少女时代最喜爱的油画作品,如今站在历史的倒影里，感慨不已。

少年沙皇彼得二世暴病去世后，又经过动荡混乱的三十多年，上帝把一个德国贵族小女孩派到了俄国。她最强大的武器不是血统，而是书籍。

少女时代的索菲娅同热衷舞会的路易十六王后玛丽·安东奈特完全相反，在彼得霍夫夏宫，我看到她是如何从一个微不足道的德国女孩成长为威震欧洲、将俄罗斯版图扩大三分之一的沙俄大帝的。1744年6月当她用浓重的日耳曼口音，以俄语坚定流畅地背诵长达五十页的东正教教义时，彼得大帝的女儿伊丽莎白女皇流下了感动的泪水，在场的主教们也被她光彩照人的少女风姿、白皙的脸蛋、蔚蓝的眼睛和庄重的仪态所吸引，她皈依东正教的翌日即与彼得大帝的外孙彼得大公举办订婚典，接着和女皇大公一起去巡游广袤的俄罗斯大地，她才发现在金碧辉煌的教堂和宫廷背后，原来是一个人口众多、极度贫穷、实行奴化专制统治的黑暗国家。

那时的法国正掀起以伏尔泰、孟德斯鸠、卢梭为代表的启蒙运动（The Enlightenment）。"启蒙"本意即"光明"，当时伏尔泰和孟德斯鸠认为，迄今为止人们处于黑暗之中，应该用理性之光驱散黑暗，批判专制主义和宗教愚昧。深宫锁闭的索菲娅迷上了"自由、平等、博爱"的启蒙理念，她成为了伏尔泰的学生和狂热崇拜者。

乖张暴戾、情人不断的彼得三世是索菲娅的一场噩梦，漫长岁月里王妃守着彼得霍夫冷僻的书房，如饥似渴地阅读伏尔泰的《论各国习俗和精神》《路易十四时代》《查理十二世》、孟德斯鸠的《罗马盛衰原因论》《论法的精神》和塔西佗的《编年史》《西塞罗传》等著作，她写信给远方的母亲："无时没有书本，无时没有痛苦，但永远没有快乐。"

索菲娅写了一篇关于她自己的文学随笔，题为《一个十五岁哲学家的自画像》。她是为了政治理想而不是缠绵柔情，才长途跋涉到彼得大帝的外孙面前。作为彼得大帝的外孙媳，她憧憬有朝一日如彼得大帝那样成就丰功伟业。

从 1812 到俄罗斯理想主义

1762 年 6 月 28 日，叶卡捷琳娜二世发动政变，彼得三世被废黜，10 月底死亡（有说被勒死），俄罗斯举国欢腾。叶卡捷琳娜的丈夫、德国血统的彼得三世和儿子保罗一世都从内心憎恨、鄙视俄罗斯，因而他们先后被妻子（叶卡捷琳娜二世）和儿子（亚历山大一世）发动政变废黜，继而杀死，犹如中国 1976 年打倒"四人帮"，社会各界欢欣鼓舞，大快人心。彼得三世刚继位竟然要求俄国人改信路德教，将东正教定为"异教"，他叫停本来胜利在望的七年战争，与敌手腓特烈大帝结盟，命令已攻克柏林的切尔尼谢夫将军率领 2 万俄军掉头援助普鲁士，他本人则表示愿在腓特烈大帝麾下作战……就差没把俄罗斯纳入普鲁士版图了！彼得三世的倒行逆施令俄国各阶层反感，在情夫奥尔洛夫兄弟的帮助下，叶卡捷琳娜成功夺取皇位，18 年忍辱负重，终于在万众欢呼中有了施展雄心抱负的舞台！时任法国驻俄国使节麦尔西伯爵电报法王："这场宫廷革命将是俄国与盟国的幸福。"

叶卡捷琳娜二世执政 34 年，全欧洲的王室甚至学者包括伏尔泰都拜倒在她的红色皇袍下，欧洲各宫廷传遍她的《君臣共同准则》，至今依然如雷震耳。

> 本女皇除了追求国家的昌盛和幸福之外，别无所求。除了让臣民——不论是哪个阶级层的人——生活幸福外，朕别无向往。朕喜欢听真实情况，只要你一心忧国，你还可以大胆地同朕进行争论……朕厌恶阿谀奉承，朕真心的希望是：臣在同朕的接触中开诚布公，在处理政务中朝气蓬勃。

据说她经常驱逐那些以见风使舵和奉承拍马为职业的宫廷官宦。这就是女皇学富五车、才高八斗的自信！她在《回忆录》中写道：

"人应当快活，只有这样才能克服一切，承担一切。"

漫步冬宫，我仿佛听到长廊回荡着她爽朗的笑声，看到她牵着爱犬拉着皇孙亚历山大的小手，走进楼顶花园浇花，她拿着记事簿和笔，随时记下她繁多的事务和感想。34年执政，她不仅给俄国打下了一片大大的疆土——"克里米亚和波兰是我的嫁妆"，而且在她的努力下俄国终于跻身列强，成为一个真正的帝国。

让历史学家极为感佩的是比攻占土地更有意义的一幕：叶卡捷琳娜二世挑选了一位瑞士共和革命分子拉阿尔普当她心爱的六岁孙子亚历山大的私教！本来她邀请百科全书派首领狄德罗，但后者婉拒。相貌英俊万人迷的长孙亚历山大，儿时喜欢睁大蓝眼睛聆听拉阿尔普讲授自由的好处和君主对臣民的职责。在1789—1793年期间，尽管法国大革命接二连三的震惊事件令叶卡捷琳娜非常恼火，但她没有解雇赞同判路易十六死刑的拉阿尔普，也没有谴责他。她越是谴责巴黎市民掀起的暴力动荡，就越愿意听人议论明智的改革。她说："普加乔夫的头必须砍，拉阿尔普的话必须听。"她深信心爱的长孙亚历山大在接受了拉阿尔普的教导后，一定愿意当一个开明宽宏的伟大皇帝。

在冬宫书房，我仿佛看见16岁的皇孙亚历山大正满含着眼泪，与要返回瑞士领导沃洲革命的老师拉阿尔普告别，他哽咽着说："亲爱的老师，我的一切都来自于您。"他向老师发誓"我绝不做沙皇。"他讲自己的理想是："到瑞士原野的小木屋去做一个自由的平民。"这让祖母叶卡捷琳娜女皇大惊失色。她花了好大力气才让这个金发碧眼的美少年重树继承王位的责任感。

1812年，女皇的王孙已经成为沙皇亚历山大一世，并重用库图佐夫领导抗击拿破仑入侵。在卫国战争中，亚历山大其实没用什么军事才能，只是清空了俄国这个大冰箱，把不可一世的拿破仑和他的50万大军骗了进去，结果他们华丽地进去，哆嗦着出来，最后只有不到1万人活着回到法国。1814年3月31日，俄国历史上最辉煌的时刻到来了。俄国军队开进了巴黎,这个曾经把融入欧洲视为最大理想的民族今天走在了香榭丽舍大街上,而领头的就是骑着白马的亚历山大一世。这是俄国历代沙皇们包括彼得大帝想都不敢想的无上荣耀,但亚历山大一世做到了。之后拿破仑又一次复辟,但很快在滑铁卢被反法同盟彻底击败。1815 年 7 月,滑铁卢战役胜利后,俄军再一次进驻巴黎,并举行了盛大的阅兵式,

在冬宫(艾尔米塔什博物馆),最吸引我的是亚历山大一世作为欧洲"神圣同盟"教主战胜拿破仑的战争画廊,可与卢浮宫的拿破仑战争画廊媲美。肖像廊的不少军官参加了十二月党人起义,而真正的"点火者"正是亚历山大一世本人!我仿佛看到皇孙和库图佐夫乘胜追击拿破仑一直打到巴黎,在老凯旋门下,俄国贵族军官看到了法国的繁荣景象,受到了法国启蒙思想的熏陶,听人讲述 1789 法国大革命和 1810《拿破仑法典》——他们争相阅读叶卡捷琳娜女皇生前酷爱的伏尔泰、孟德斯鸠和卢梭的著作。亚历山大一世的恩师拉阿尔普也加入了这支队伍,1814 年反法同盟军队进入巴黎后,亚历山大授予拉阿尔普俄国将军头衔,拉阿尔普还代表沃州和提契诺州参加了著名的维也纳会议。深受法国启蒙思想影响的亚历山大回国后即推动改革,改善农奴恶劣的处境。那些骑着高头大马挺进凯旋门的年轻公爵们,被法国启蒙理想点燃,回国后成立了各种地下革命组织,出版刊物要求推翻专制,实现共和。亚历山大一世心知肚明,他劝告那些气急败坏的老贵族:"也许启蒙思想有幻想性,也许地下组织有危害,但那些都是我年轻时的追求,我不能下令禁止。"

在皇孙亚历山大一世统治下,俄国进入极盛时期。在击败拿破仑后,俄国拥有北至北冰洋、南至高加索山脉、东至阿拉斯加、西至巴黎的领地。亚历山大率领军队横跨大半个欧洲,使俄国一跃成为当时欧洲第一的陆权国家。在维也纳会议上,最有权势威望的亚历山大一世听从左右进言,将欧洲各国的土地归还给各国王室,此举为他赢得了欧洲舆论的普遍赞赏,同时他更将黑海舰队推进至位于博斯

普鲁斯海峡的奥斯曼帝国眼皮底下,由此,亚历山大一世不仅为《提尔西特和约》雪耻,还报了被拿破仑凌辱之仇。在他的统治下,俄罗斯成为当时欧洲的一大军事强权,号称第三罗马,老祖母如果看到这一切,定会欣喜若狂。

亚历山大引荐欧洲各国军事将领在冬宫观摩"俄罗斯1814胜利大阅兵",成为永载史册的辉煌一页:由皇帝亲自骑马检阅在战争中幸存的各军将士,36万将士共分为297个方阵,全军颂唱国歌《胜利的惊雷,响起来吧!》,从俄罗斯老兵开始,从近卫军团到大小步兵师、骑兵师、炮兵师、掷弹兵师……齐刷刷敬礼通过。检阅结束后,由200名将士作为代表,将代表法兰西第一帝国的200面军旗逐一丢在亚历山大面前,亚历山大下马走在这些军旗上方,践踏这些军旗,军旗铺成的道路两旁,士兵不断重复呼喊"亚历山大皇帝万岁!俄罗斯万岁!""陛下万岁!万万岁!"直到亚历山大走到道路尽头,挥起右手命令炮兵鸣放二十一响礼炮作为阅兵结束——在1945年6月24日苏联庆祝战胜纳粹德国阅兵式上,200多面纳粹德国的军旗同样被苏联士兵抛到列宁墓前,令人心旌激荡!每当我聆听柴可夫斯基《1812交响曲》中的隆隆炮声时,总是从心底由衷赞叹库图佐夫和亚历山大一世为人类留下的宏大叙事。联想到1945年5月2日苏联红军将红旗插上德国国会大厦,74年过去,雕像依旧,犹如沉默的历史证人,抬头仰望,浮想联翩……

以践踏敌手旗帜彰显荣誉与胜利,这是叶卡捷琳娜爱孙亚历山大一世的一大发明。然随他征战1812打败拿破仑、指挥1814大阅兵的高级将领们,不少却因策划旨在推翻独裁专制的十二月党人起义,而死在绞刑架或是西伯利亚苦寒岁月中。他们比拿破仑1812的败将还苦:因为他们必须戴着沉重的脚镣在黑暗无尽的矿井服无止境的苦役!他们本拥有宫殿、财富、特权和数万农奴,却甘愿成为囚徒而永不屈服,这是比柴可夫斯基交响曲更为隽永高贵的俄罗斯理想主义!在当下这个物欲横流、人们唾弃理想主义的时代,重温亚历山大对十二月党人的影响，是多么震撼心扉！然而亚历山大一世因个性优柔寡断导致各项改革最终失败，晚年沉溺于神秘主义和众多情妇中，长期不理朝政，黑暗专制抬头横行，人民怨声载道。那些1812年跟随他的贵族精英秘密策划起义，甚至刺杀他，他闻讯后没有去追究镇压，而是匆匆离开圣彼得堡去度假疗养。1825年12月1日突然暴毙(有传说称他没有死，只是归隐深山)，十二月党人起义应声而起，如火如荼熊熊燃烧……一代枭雄，亚历山大，他的一生从任何一个角度来说，都在为彼得大帝1725年去世以来这场百年未遇的大变革——十二月党人起义点燃火种！

向狄德罗、达朗贝尔和伏尔泰献上一瓣心香

凝视着冬宫长廊叶卡捷琳娜大帝收藏的伏尔泰大理石坐像，"历史，你究竟该如何书写？"我想起孟德斯鸠的名言："世界上的一切都不是黑白分明的。"

叶卡捷琳娜女皇生前酷爱"给了她生命的伏尔泰"，是文化艺术最热心的资助者。她与路易十六情妇蓬巴杜夫人的不同是，她比后者拥有更大的权力。她大力资助狄德罗编写《百科全书》，一次她从俄罗斯驻法国大使处获悉狄德罗由于生活拮据，想以15000银币的价格变卖他的私人藏书，叶卡捷琳娜立刻提出她愿出16000银币买下他的藏书，但附加一个条件："只要这位学者还健在，这批书就不可以离开他的屋子。"狄德罗每年另可领取10000银币的薪俸。狄德罗大为惊讶地给女皇回信：

> 尊贵的女皇，我匍匐在你面前，我有满腹的话要向你倾诉……叶卡捷琳娜，你的统治在巴黎真比在圣彼得堡更为有力！

德国国会大厦雕像：沉默的见证者

叶卡捷琳娜女皇

尤苏波夫宫地下室"癫僧末日：谋杀拉斯普丁"
实景蜡像馆（左为尤苏波夫亲王）

伏尔泰在致女皇的信中则说:"狄德罗、达朗贝尔和我,我们三个人向你谨献一瓣心香。"不久,叶卡捷琳娜在王宫盛情接待了穿着寒碜的狄德罗,鼓励他住在涅瓦河畔继续编写《百科全书》。

让我捧腹大笑的是这件事让老伏尔泰妒忌得病倒了,1774 年 8 月 9 日他忍无可忍地给女皇写了一封信:

> 夫人,在您的宫廷里,我肯定失宠了,女皇殿下把我抛到一边,转而喜欢狄德罗……您一点也不尊重我的高龄,一个胜利的女皇和立法者,怎么可以朝秦暮楚呢……如果我不是已到行将就木之年,一想起这件事来就会气死……

在伏尔泰去世五年后的 1783 年,女皇宣布将克里米亚并入俄国版图,并祝贺她情人波将金的赫赫战功:俄国不仅控制了里海,而且还将黑海沿岸扩大了 1/3!望着扩张了近 70 万平方公里的俄国版图,叶卡捷琳娜豪情万丈地说:"假如我能够活到 200 岁,全欧洲都将匍匐在我的脚下!"

因治国有方、功绩显赫,叶卡捷琳娜让俄罗斯成为名副其实的欧洲第一强国,彼时俄罗斯帝国向南、向西扩张,从奥斯曼帝国和波兰立陶宛联邦手中将新俄罗斯、北高加索、右岸乌克兰、白俄罗斯、立陶宛和库尔兰在内的大片领土纳入囊中,并参与俄普奥三次瓜分波兰,屡胜土耳其,俄罗斯的疆域达到鼎盛。叶卡捷琳娜以其纵横恣肆的思维,才华横溢的谋略闻名海内外,成为与彼得大帝齐名的一代英主,她也是欧洲史唯一被授予"大帝"之称的女皇。

这时她已年过半百,叶卡捷琳娜以幽默法语写下了自己的墓志铭:

> 叶卡捷琳娜二世长眠于此……十八年忧烦寂寞的生活使她博览群书。登上了俄罗斯帝座后,她希望为民谋幸福、自由和财富。她性情宽仁、无宿敌、待人以恕、淡泊自持、乐

天知命、维护共和、心地善良，故常常宾客满座，主持政事举重若轻。广交游，酷爱文学艺术。

而同时代的乾隆皇帝在干啥呢？——闭关锁国，兴文字狱，洋洋自得，坐井观天。后期重用大贪官和珅，朝政腐败，最终致清朝由盛至衰亡。

从彼得大帝到叶卡捷琳娜大帝，从普加乔夫到十二月党人，从拉季舍夫、车尔尼雪夫斯基、别林斯基、普希金、涅克拉索夫到陀思妥耶夫斯基、托尔斯泰，一部罗曼诺夫王朝三百年史正是由独裁者高压屠戮、理想主义者前赴后继交织而成的宏大史诗，而叶卡捷琳娜大帝和其孙亚历山大一世则是介于独裁与共和之间的一抹亮色！

在冬宫博物馆，我耳畔回响起女皇在伏尔泰死后哀恸谦逊的真情告白：

> 正是伏尔泰和他的著作，形成了我的思想和判断……我是他的学生。我年轻时喜欢让他高兴。凡是我对值得向伏尔泰报告的任何行为感到满意时，我总是立即告诉他……

回眸废黜彼得三世政变那晚，她表现得既坚强又优雅，用茎叶编成的花环象征着皇冠，褐色长发迎风飘逸，她集纤柔和刚毅于一身，身边是满头金发的儿子小保罗。"我们的叶卡捷琳娜小母亲！"民众的欢呼声盖住了短笛和阵阵战鼓有节奏的乐声，戎装策马的女沙皇检阅完最后一支向她效忠的部队后，已是晚上十时，她满怀柔情地扑向她那大胆果断策划政变的情人，用她的狂欢热吻感谢这位居功至伟的近卫军美男子奥尔洛夫！用作家马松的话说，她既沉溺于官能的多情善感又随时可止于优雅，她那强烈的情欲需要一个英武的体魄，而他又必须是一个睿智有趣的谈话对手。在奥尔洛夫公爵白色大理石宫殿前，美国团友斯图亚特教授给我看一本发黄的法国外交官约·卡斯德拉根据《俄宫史录》整理的叶卡捷琳娜登基34年情人名单和她慷慨赠款的一览表：

> 奥尔洛夫兄弟——1700 万卢布
>
> 波将金——5000 万卢布
>
> 朗斯科耶——7270 万卢布
>
> 马莫洛夫——8800 万卢布
>
> 朱波夫兄弟——3500 万卢布
>
> ……

我仿佛看到年轻时翩若惊鸿的叶卡捷琳娜正在和奥尔洛夫激情缠绵，这是一位被她形容得像阿波罗一般阳光灿烂、英武迷人的皇家近卫军官，在彼得三世即将废妻将她遣送回普鲁士或关入大牢之际，奥尔洛夫兄弟果断逮捕并杀死了倒行逆施的彼得三世，为情妇登基扫除了障碍。

难怪叶卡捷琳娜读后既不气恼也不否认。作为单身女王她一直向宫廷坦然公开自己的情人，登基 33 年来每个阶段都有。她列出自己 33 年的政绩表与法国作家的情人表作对照：

> 按改革形式成立的新地方政府　29
>
> 新建城市　144
>
> 签订的大合约与条约　30
>
> 军事胜利(扩大俄国领士的 1/3)　78
>
> 涉及立法的重要政令　88
>
> 各种安民和女皇手谕　123
>
> 总计　492

她认为上述政绩可以勾销她那份显得过长的情人名单带来的负面印象。她发出了一句来自内心世界的著名感叹：

"我的不幸在于，如果没有爱情，哪怕一天我也受不了。爱情，它是我一切抱负与雄心的驱动器！"

西伯利亚凄凉的荒园

　　我穿过十二月党人广场,仰望着叶卡捷琳娜献给彼得大帝的青铜骑士雕像,花岗岩底座是她的题词:"献给彼得大帝——叶卡捷琳娜二世"。

　　脑海中浮现出 2016 年在贝加尔湖拜谒特鲁别茨科卡娅公爵夫人墓地的情景,那里的一湖秋水诉说着感人哀婉的历史。在矿井小屋我捧起沉重的黑色镣铐,好像还能闻见十二月党人和车尔尼雪夫斯基那久远的体汗……亚历山大一世去世不久,1825 年 12 月 14 日青铜骑士雕像下十二月党人聚集起义。贵为皇家近卫团团长的特鲁别茨科伊公爵曾骑着高头大马跟随亚历山大皇帝穿过巴黎老凯旋门。这次他担任秘密起义总指挥,近卫军官们要抛舍祖传金银财宝,解放占全俄罗斯人口 93% 的农奴,推翻专制,实现共和。俄罗斯贵族军官集体背叛自身体制的感人模式堪称前无古人,后无来者!可惜年轻的特鲁别茨科伊公爵受到老上级、1812 卫国战争的著名将领、彼得堡总督米罗拉多维奇(最后被起义军官枪毙)的竭力劝说而放弃指挥,临阵脱逃,匆忙登基的尼古拉一世抢先以重炮攻击起义方阵、血流成河,当年逮捕彼得三世、保罗一世的奇迹没有重现。上千名起义官兵和民众被打死,雷列耶夫等五人被绞死,特鲁别茨科伊公爵和 121 名政治犯被流放到贝加尔湖矿井服苦役。风姿绰约的特鲁别茨科卡娅公爵夫人拒绝沙皇的改嫁劝说,五千里迢迢寻夫,胼手胝足,历经沧桑,直到 54 岁长眠西伯利亚。

　　叶卡捷琳娜宫舞厅和琥珀厅精美绝伦,这里是叶卡捷琳娜大帝香消玉殒之地。普希金曾在皇村贵族学校学习,他写下了歌颂十二月党人和妻子的不朽诗篇。1825 年十二月党人起义失败后,皇亲国戚的妻子就是在这里举办告别晚会,然后勇敢出发去西伯利亚寻找服苦役的丈夫。步入宫殿,静谧优雅,时光倒流,宛如梦境,我乘坐的荷兰美国号邮轮（Holland America Line）在此举办的专场小型私人香槟舞会，觥筹交错中，不由想起涅克拉索夫献给十二月党人妻子沃尔康斯卡娅公爵夫人的诗：

> 无论他遭到多大灾难
> 无论西伯利亚多么遥远可怕
> 我也要把心里所有的爱献给他
> 到那遥远的西伯利亚去……
> 我在他的面前双膝跪倒，
> 在拥抱我的丈夫前，
> 我先把冰凉的镣铐贴近我的嘴唇！

沃尔康斯卡娅公爵夫人是第一个到西伯利亚寻找丈夫的女人，她是 1812 年俄罗斯卫国战争英雄拉耶夫斯基将军的爱女、彼得堡著名的美人，普希金心中的偶像，有极高的音乐天赋。沃尔康斯卡娅公爵夫人去西伯利亚之前，数百人为她举行盛大送别晚会，气氛悲壮，普希金本人到场。普希金后来写的《波尔塔瓦》就是献给沃尔康斯卡娅公爵夫人的：

> 西伯利亚凄凉的荒原
> 你发出最后的声音
> 那是我唯一的珍宝
> 我心头
> 唯一的爱恋！

在多年的情人波将金死于沙场后，叶卡捷琳娜二世受到极大打击，1796 年突然中风倒在浴室，不久驾崩，享年 67 岁。她的启蒙思想、伏尔泰的自由理论和普希金的正义诗篇，皆为俄罗斯理想主义的延续。

可以说，没有沙皇亚历山大一世的宽容，普希金就无法发表在流放期间那些优美的诗篇。"我总想离开俄罗斯，我憎恨这黑暗无尽的农奴制度和金碧辉煌的无聊宫殿。我渴望见到法国大革命与共和胜利，这让我欢欣鼓舞。我无时不刻不在想念你。"亚历山大曾这样写信给他的雅各宾派老师拉阿尔普。如果没有镇压十二月党人的尼古拉一世假惺惺的"宽容"，我们也不会看到普希金的《叶甫盖尼·奥涅金》《上尉的女儿》《致西伯利亚的囚徒》《波尔塔瓦》等杰作。女皇爱孙亚历山大一世还富有眼光地资助了大名鼎鼎的航海家别林斯高晋探索南极，后者是人类历史上第一个发现南极大陆的探险家。可惜亚历山大一世晚年忘记了他曾深深怀念的老师拉阿尔普，忘记了他曾深恶痛绝独裁政体，他那空空荡荡的孤寡朝廷仅剩下"皇上万岁"的仪式感。专制横行，民怨鼎沸，十二月党人起义烽火点燃！

在法国大革命230周年之际，回望十二月党人对中国影响亦意味深长。民国时期无数高官显贵、世家公子千金抛弃一切，投奔革命，如陈布雷、陶希圣的女儿（尽管解放后被打成右派，十年浩劫含冤自杀），高尚灵魂唤醒大众，熊熊烈火来自民间！《在俄罗斯谁能快乐而自由》是涅克拉索夫的著名长诗，发表后引发强烈反响。这首叙事长诗写了偶然相遇的7个农民寻求"谁在俄罗斯能过好日子"这个问题的答案，表明当时俄国是一个"没有幸福的地方"，而只有奋起反抗的人最终才能得到幸福。涅克拉索夫和别林斯基、车尔尼雪夫斯基主办的杂志《现代人》和《祖国纪事》成了宣传民主自由的喉舌，10年发表1000多篇尖锐檄文（就在沙皇眼皮底下，堪称奇迹）。涅克拉索夫去世的葬礼极为感人，陀思妥耶夫斯基满含热泪的悼词称之为"自普希金和莱蒙托夫以来最伟大的俄罗斯诗人"，此时人群中车尔尼雪夫斯基的拥护者们阵阵高喊道："不，涅克拉索夫更伟大！"

1825年12月14日起义失败后，在严酷的刑讯中十二月党人坚毅凛然地宣称自己是1812的普罗米修斯，而最初这把火即来自叶卡捷琳娜大帝崇拜的伏尔泰和亚历山大一世崇尚的自由思想，以及18

世纪俄罗斯最伟大的文学家亚历山大·拉季舍夫! 1789 年贵族官员拉季舍夫发表《从彼得堡到莫斯科旅行记》,描述了俄罗斯农奴的悲惨命运,提出"以暴力推翻专制农奴制",出版后立即被叶卡捷琳娜二世当局焚毁,同时女皇下令将拉季舍夫逮捕,先被法庭处以死刑,后改判七年流放西伯利亚,妻子死于饥寒交迫的流放途中。1801 年亚历山大一世登基,囚犯作家获得赦免,并被任命为宪法委员会委员。然而拉季舍夫的社会理想化为乌有:1802 年他因主张推行英国式立宪,被担心惹怒贵族的亚历山大一世解聘而自尽身亡。拉季舍夫成了女皇和皇孙草木皆兵的牺牲品。拉季舍夫儿时曾做过叶卡捷琳娜女皇登基典礼的陪伴花童,成年后他担任政府高官,世袭贵族的生活本可安逸无忧。但理想主义就是"若为自由故,一切皆可抛。"为了俄罗斯农奴的解放,他自杀后留下的手抄本《从彼得堡到莫斯科旅行记》,成为跨越 18、19 世纪的火炬,照亮十二月党人起义的第一道曙光!

我多次去彼得保罗要塞探访曾关押车尔尼雪夫斯基的牢房,从那里出发,又去了贝加尔湖伊尔库茨克寻找他服苦役的足迹。1862年车尔尼雪夫斯基被沙皇"解放者亚历山大二世"下令逮捕,同年 6 月《现代人》被勒令停刊。7 月 7 日他被关入彼得保罗要塞。在囚禁与流放中他毫不沮丧,写下了充满激情的《怎么办?》,影响了列宁也影响了我们这一代人。1864 年车尔尼雪夫斯基被处以残酷的假死刑,然后流放到伊尔库茨克盐场服苦役,前后达 21 年之久。1889 年 6 月被准许返回故乡萨拉托夫,4 个月后因脑溢血离开了人世。而迫害车尔尼雪夫斯基的人,居然就是年轻时深深同情十二月党人,与老师茹科夫斯基一起到西伯利亚看望他们的亚历山大二世!(1881 年 3 月他遭民意党成员刺杀身亡)

1887 年 5 月 8 日,年仅 21 岁的亚历山大(列宁的哥哥)因预谋暗杀沙皇罪被亚历山大三世绞死,他在法庭慷慨陈词"憎恨皇权专制,这是我的选择"。列宁的母亲得知大儿子被处死的消息后,悲痛欲绝。有人猜测,十月革命后,列宁之所以要处死沙皇尼古拉二世,就是为了给自己的哥哥报仇。

孟德斯鸠曾说:"在专制政体中,人们越是心存恐惧,这个政体就越完善。"彼得大帝的继承者们如何催生了包括十二月党人在内的一代又一代的反叛者?以罗曼诺夫王朝顺序,我们可以看到崇拜伏尔泰的叶卡捷琳娜女皇杀了普加乔夫,迫害"比普加乔夫更危险"的作家拉季舍夫,令其家破人亡;崇拜瑞士共和革命家拉阿尔普的亚历山大一世则放逐普希金,解聘立法委员拉季舍夫,导致其绝望自杀;尼古拉一世残酷镇压十二月党人起义;"解放者沙皇"亚历山大二世以假死刑和苦役流放迫害车尔尼雪夫斯基、陀思妥耶夫斯基;亚历山大三世以制造流言蜚语人身攻击,借法国人丹特士之手杀害了普希金(见莱蒙托夫《诗人之死》);其子末代沙皇尼古拉二世被称为镇压和平请愿民众的"血腥尼古拉",因皇太子阿列克谢患有血友病,他多数时间与家人隐居皇村和黑海的利瓦吉亚宫,长期不理朝政,只崇尚万众欢呼万岁的仪式感,重用癫僧拉斯普廷,解散两届杜马,任命斯托雷平一面大刀阔斧改革,一面残酷镇压异己,绞刑架林立,人称"斯托雷平的领带"。

1911年斯托雷平在陪同皇帝和公主们看歌剧时被担任秘密警察的民主人士枪杀,倒在血泊中的他居然说:"皇上,我愿为你而死。"次日沙皇跪在奄奄一息的斯托雷平床头,不断掩泣说:"我对不起你。"

1916年沙皇夫妇视为上帝之赐的"妖僧"宠臣拉斯普廷被驸马费利克斯·尤苏波夫亲王(其妻是沙皇尼古拉二世的外甥女伊琳娜公主)等宫廷显贵合谋骗至尤苏波夫宫地下室暗杀,皇后闻讯号啕大哭。这两位"认真"理朝政的"大总理"先后一命呜呼,注定了"不理朝政"的尼古拉二世的悲催结局——执政末期率参一战,一败涂地,民不聊生,俄罗斯先后爆发的二月革命和十月革命,前者推翻了他的统治,后者最终结果了他的性命。

我们儿时耳熟能详的故事已渐行渐远,怀旧梦醒,世界已是赤裸裸的利益竞技场,然总还有理想随"星虫"跳跃。我好奇:未来火星的小小人类,将是"威权"亦或"共和?"

行文至此,纵观俄史,亚历山大一世晚年不理政引爆十二月党人起义、尼古拉二世晚年不理政引爆二月革命和十月革命。仪式感比批文上朝重要,今日人山人海庆典、明日万邦来朝盛宴。凡事不顺耳的不听、不看、不闻、不问。周围尽莺歌燕舞之声、阿谀奉承之人(如癫僧拉斯普廷)。有异见,就逮捕;有请愿,就开枪。刹那间呼啦啦大厦倾倒,血红雪白,还没回过神,罗曼诺夫王朝气数已尽,落得个白茫茫大地真干净!

解决专制独裁的唯一处方就是"把权力关进笼子里"。无论这个最高权力机构叫罗曼诺夫或是李曼诺夫。斯大林曾问:"丘吉尔,你打赢了仗,人民却罢免了你。看看我,谁敢罢免我!"丘吉尔答:"我打仗就是保卫人民罢免我的权力!"

此刻,从彼得堡的叶卡捷琳娜宫到贝加尔湖的辽阔天空,回荡着普希金的不朽诗篇《致西伯利亚的囚徒》:

> 在西伯利亚矿井的深处,
> 请保持你们高傲的耐心,
> 你们思想崇高的意图
> 不会被痛苦的劳役消泯。
> 不幸的忠贞姐妹——希望,
> 在昏暗潮湿的矿坑下面,
> 会唤醒你们的刚毅和欢颜。
> 一定会来到的,那渴盼的时光:
> 爱情和友谊一定会穿过
> 阴暗的闸门找到你们,
> 就像我这自由的声音
> 来到你们服苦役的黑窟。
> 沉重的枷锁定会被打断,

监狱将会崩塌在入口，

自由会欢快地和你们握手，

弟兄们将把利剑交到你们手中！

（谨以此文纪念法国大革命 230 周年、叶卡捷琳娜大帝、亚历山大一世及高贵的囚徒十二月党人）

寻找伏尔泰

窥探欧洲君主与启蒙先驱的关系

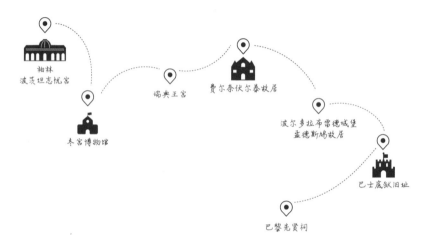

伏尔泰得到的最美的纪念碑是他自己树立起来的,他的著作将比圣彼得教堂、卢浮宫或人类曾献给永恒未来的一切雄伟建筑存留得更长久。

——腓特烈大帝

巴士底监狱诗人

6月乘坐荷兰美国号邮轮环游欧洲,在柏林波茨坦忘忧宫的腓特烈大帝书房里,我久久地注视着伏尔泰的白色大理石胸像,这是曾经为狄德罗、卢梭、达朗贝尔等人雕像的著名雕塑家乌东的作品,和我不久前在俄罗斯叶卡捷琳娜大帝的冬宫看到的雕像几乎一模一样:伏尔泰蓬松鬈曲的头发上绕着光滑缎带,象征着法兰西戏剧院给予他的荣誉。他睿智的眼睛深邃地望着大地,表情既温和又戏谑。这位被誉为"欧洲灵魂"的法兰西思想之王,他的自由启蒙理论成了欧洲最威严王朝——法国波旁王朝的掘墓武器,而他本人却是欧洲诸国多位显赫国王女皇的崇拜对象和亲密挚友!这位历经路易十四、路易十五和路易十六三朝并两次被法王投入巴士底监狱的诗人,这枚"投向君主独裁制度的一颗炸弹",究竟是如何演化为他一生猛烈抨击的皇家宫廷最美最尊贵的雕像的? 前世今生,耐人寻味。我想起 18 世纪一件欧洲轶事。在一次有达朗贝尔、爱尔维修、狄德罗等名人参加的巴黎晚宴上,大家提议为启蒙运动巨擘、76 岁的老伏尔泰捐款塑个雕像。这个建议不仅立即得到卢梭等欧洲知识界人士的热烈响应,俄罗斯女皇叶卡捷琳娜二世、普鲁士腓得烈大帝、波兰前国王斯坦尼斯瓦夫和丹麦、瑞典国王也纷纷加入捐款的行列。远在费尔奈流亡的伏尔泰闻讯后幽默说道:"我有了一手的王。我应当略胜一筹。这个荣辱交错黑白相映的时代,你不觉得滑稽吗?"

在我初到北大荒的忧伤岁月里,伏尔泰的《查理十二世》《路易十四时代》和孟德斯鸠的《法的精神》点亮了我的生命火焰。他们早已是我精神上的亲密朋友,而欧洲帝王和启蒙领袖的关系,则一直让我兴致盎然。伏尔泰的密友、《百科全书》主编狄德罗,曾被沙俄王室邀请担任王储的家庭教师,最专制的宫廷却一直力邀最具自由思想的学者来教导王位继承人——譬如瑞士民主革命家拉阿尔普是叶卡捷琳娜女皇皇孙、未来的亚历山大一世的家教,使皇孙深受启蒙精神影响。1812 年率军击败拿破仑后,正是亚历山大一世本人点燃了十二月党人起义的火种。而另一位被誉为成就仅次于彼得大帝和叶卡捷琳娜大帝的亚历山大二世,他的宫廷老师即是具有自由精神的著名诗人茹科夫斯基。少年时代的王储跟随老师去探望流放在西伯利亚的十二月党人,深感同情,下令改善他们恶劣的生活状况(2016 年我曾去探访贝加尔湖十二月党人流放遗址与墓地),继位一周年后亚历山大二世立即下诏解放农奴,推行君主立宪。不幸的是,他于 1881 年3 月 1 日被民意党人炸死在彼得堡大街上——如今的滴血大教堂。

忘忧宫这位伏尔泰的好友、被拿破仑和希特勒无限崇拜的腓特烈大帝,他少年时代的教师也是一位民主主义者,睥睨一世的大帝在少年时代做出的最惊人举动,就是夹着心爱的书籍长笛拼命逃往自由的君主立宪英国,小王储一边逃一边喊叫:"我不要当国王!我不要当国王!"……聘请反君主专制独裁的启蒙思想家来教育皇位继承人,这或许就是衰亡的欧洲王室为人类留下的最后精神遗产?回望十八九世纪的中国,有哪一位君王这样做过呢?人们耳熟能详的是康、雍、乾骇人听闻的"文字狱",以及晚清慈禧皇太后杀害谭嗣同等戊戌六君子,瀛台泣血毒死光绪帝,天地玄黄,羞愤凄凉!

巴黎是我钟爱的城市,与上海、纽约有着不同的魅力。伏尔泰1694年出生在巴黎一位律师之家,圣路易中学的神父曾夸奖聪慧过人的小伏尔泰:"他喜欢把欧洲重大的事件放在他的小手上称称。"他中学毕业时向父亲表明要做一个诗人,但父亲逼他学法律,并委托朋友古马尔侯爵照看教育他。幸好在这位曾担任路易十四王朝文秘史官的家里,伏尔泰接触了大量宫廷史料,在这个绿荫环绕的郊外别墅中,少年伏尔泰沉浸在老人讲述的亨利四世和路易十四朝廷的历史事件中,深受震撼。满怀文学梦想的伏尔泰开始酝酿史诗《亨利亚特》和历史著作《路易十四时代》,并着手写长诗《亨利四世》和悲剧《俄狄浦斯》,一个天才诞生了!1715年9月1日,显赫一世的"太阳王"路易十四去世,路易十五刚满5周岁登基,由路易十四的侄子奥尔良公爵当摄政王。青年伏尔泰写了一首题为《幼主》的讽刺诗,从7岁小国王写到卖官封爵、荒淫暗黑的摄政王,结尾是令人震惊的"法国将要灭亡"的呼喊。摄政王奥尔良公爵大为恼怒,把23岁的年轻诗人投入巴士底狱,囚禁了他整整11个月,在这11个月中,他在阴暗的牢房奋笔疾书,完成了悲剧《俄狄浦斯》。出狱后他第一次以"伏尔泰"的笔名出版了这部狱中作品。这个悲剧讲述了英雄人物逃脱不掉的磨难与悲情,当底比斯王俄狄浦斯终于看到残忍的神咒应验后,他愤怒地抓瞎了自己的双眼,他曾经解开过狮身人面像最艰深难测的谜语,却难以解开自己的命运之谜。伏尔泰借用剧中主人公高声呐喊：
"残酷的神啊,我的罪孽完全是你制造的啊!"

1718 年,他被关入巴士底狱一年后,《俄狄浦斯》在巴黎法兰西喜
剧院首演。观众们都想见识一下这个巴士底囚徒。戏剧大获成功,
老父亲阿鲁埃在剧院的后排泪水纵横。从此之后,法国历史舞台上
出现了一个响亮的名字:伏尔泰! ——高乃依和拉辛的继承人! 29
岁那年,他又写了气势恢宏的史诗《亨利亚特》,再获成功。但遭到妒
火中烧的贵族罗昂骑士的暗算,罗昂曾当众挖苦伏尔泰的姓氏:"请
解释,这算是来自哪个低矮角落的姓?"桀骜不驯的伏尔泰机智回击:
"我没有一个尊贵的姓氏,但是我知道如何让它变得尊贵起来。"罗昂
大怒,声称要决斗,又去向摄政王诬告,在 1726 年 3 月 28 日,由国王
签署命令,伏尔泰再次成为巴士底狱的囚徒!

在黑暗牢房度过漫漫长夜之后,出狱的伏尔泰决定去看看他早
已向往的英国。

英国早在 1640 年就爆发了资产阶级革命,并于 1649 年把专横的
英王查理一世送上了断头台,确立了共和君主立宪制。在伏尔泰年
代,有一次人们把《英国史》作者休谟介绍给路易十六,后者激动不
已,因为当他还是个腼腆害羞的少年王储时,就最爱读休谟的《英国
史》了。法国大革命前夕,路易十六试图推行改革,但遭到地方贵族
的抵制,宫廷的挥霍无度、国王的软弱无能更使得改革难续,最终经
济崩溃,1789 年 7 月 14 日,伏尔泰去世 11 年之后,法国大革命爆发
了! 路易十六没有像后来的沙皇尼古拉一世对待十二月党人起义那样
用绞刑和大炮,他不仅没有放一枪一炮,甚至还戴上了国民议会的三色
旗袖标,但革命风暴还是把他送上了断头台。纵观法国大革命和俄国
十二月党人起义,其精神动力皆源自伏尔泰为代表的启蒙运动。伏尔
泰则称休谟的《英国史》为"迄今所有的语言文学中写得最好的。"

《英国史》这本书的两个粉丝:路易十六和伏尔泰,一个活着站在
断头台上,另一个死了但从云端推下铡刀。

瑞法交界处的伏尔泰故居

作者在伏尔泰故居油画《伏尔泰胜利的寓言》前

伏尔泰长眠之地先贤祠

法国波尔多的孟德斯鸠故居

君王与启蒙先驱的"蜜月"时光

伏尔泰在英国流亡时期花了三个月完成我喜爱的历史著作——《查理十二世》,他以感佩生动的笔触描写了这位 35 岁战死疆场的瑞典国王,其雄心与睿智、勇猛与简朴,一生无爱情、唯恋拓疆土。由于醉心于俄法历史,我早就对查理十二世感兴趣。但奇怪的是每次来斯德哥尔摩王宫,瑞典导游都避而不谈这位彼得大帝的对手、波尔塔瓦战役的不幸败将(无论他从 18 岁起赢过多少战争、拥有多么广袤的国土)。我抬头在王宫入口上方发现他的镀金名字,又在宫殿找到了唯一一座他的头像,人们没有忘记他!冥冥之中似有天意,我又在波茨坦宫大理石厅发现了和瑞典王宫一模一样的查理十二雕像,显然除了伏尔泰,腓特烈大帝也是查理十二的粉丝!而且,由于《查理十二世》这部历史传记公正精辟地描述了彼得大帝,叶卡捷琳娜读后深受感动,继而女皇成了作家的终身好友。

一个伏尔泰,四个英武君王的灵气缭绕:他们是查理十二、彼得大帝、腓特烈大帝和叶卡捷琳娜大帝!行走欧洲,精神上拥有这些朋友,是多么愉快!

查理十二是伏尔泰笔下的一代枭雄,1700 年秋彼得大帝率 3 万官兵进攻北欧强国瑞典,被年方 18 岁英武果敢的查理十二世一举击败,俄军几乎全军覆灭,彼得狼狈逃回莫斯科。三年之后,彼得大帝趁瑞典与波兰战役的空隙卷土重来,查理十二世身先士卒,但经不住彼得大帝的三百门大炮猛烈攻击而战败,彼得大帝取得了波罗的海制海权,为建立新首都圣彼得堡拉开帷幕。但查理十二世哪肯甘休?1709 年查理十二世率大军与彼得大帝在波尔塔瓦再次空前激战,经过激烈漫长的交战,彼得大帝获胜,瑞典溃败。这个英勇统帅一生都在与彼得大帝作战,试图保卫瑞典的广阔疆土不让俄国分割。他永远跃马挥刀在最前线,嘶喊在瑞典皇冠大旗下。可惜他遇到了比他更具野心,雄心勃勃,也更富战略思想的彼得大帝。年仅 35 岁,浑身血迹的查理十二终于抱憾地死于疆场。死后三年,他的姐姐瑞典女王被迫与俄国签约,将芬兰湾和波罗的海沿岸的大片领土拱手交给了彼得大帝。瑞典这个北欧第一强国从此衰落为微不足道的二流小国。查理十二的死永远改变了瑞典和俄国!

"法兰西思想之父"的灾难依然迭出不穷。1734 年伏尔泰出版了《哲学通信》,推崇英国的政治自由和科学文艺成就,批评路易十五统治下的昏庸保守,法国当局下令焚烧此书,通缉作者,伏尔泰又一次逃往柏林避难! 在被法国宫廷驱逐时,普鲁士宫廷向伏尔泰敞开了大门! 我赞叹这里的主人——腓特烈大帝!

腓特烈二世少年时代的老师和俄国罗曼诺夫王朝王子们的教师一样,都是具有民主理念的优秀学者。腓特烈大帝登基之后,立即邀请哲学家伏尔泰、科学家莫伯都依和文学家阿尔芒来这座宫廷为他灌输"精神营养",其中他最向往神交已久的是伏尔泰。徜徉在忘忧宫,我仿佛回到了 1740 年夏天。腓特烈大帝打扮成穷人匿名私访,并邀请伏尔泰在某处与他见面。当伏尔泰风尘仆仆地赶到克利夫斯一座被遗弃的旧古堡时,国王的私人秘书穿着肮脏的衬衣,手托一顶破烂的帽子把伏尔泰带到国王下榻的房间。这里四壁徒空,伏尔泰在微弱跳跃的烛光下看见狭窄的行军床上躺着一个身穿粗糙破旧的睡衣,因患疟疾而虚汗淋漓浑身发抖的普鲁士国王,他简直不敢相信这就是声名远扬的腓特烈大帝! 伏尔泰在那个破古堡和国王及两位科学家相处了愉快的三天。国王一边打摆子一边与学者们讨论了从柏拉图的哲学、古代诗歌、现代戏剧音乐到启蒙理论的许多话题。腓特烈大帝在这次匿名私访中第一次提出了"国王应是国家的第一仆人"这个理念。1740 年 11 月国王大病初愈,在波茨坦宫举行了盛大晚会欢迎伏尔泰光临。年轻潇洒的国王将这位法国哲人介绍给普鲁士的大臣们和贵妇名流,并以高薪邀请伏尔泰在王宫住下,为国王本人所著关于君主立宪制的书籍润色改稿——欧洲宫廷天方夜谭,恰似远去的天歌!

环视四周,腓特烈宫殿不强调皇家的豪华气派,图书馆和音乐厅让人宛如穿越时光隧道。腓特烈大帝在此创作了4部交响曲和120首长笛奏鸣曲,以及几十部文学、历史、军事著作与诗集。门采尔著名油画所描绘的腓特烈大帝的长笛音乐会即在这里举行,玻璃柜展出这位半人半神的心爱长笛。腓特烈与伏尔泰的通信集影响了一个时代。花园简朴的墓地芳草依稀,里面躺着旷世奇才腓特烈大帝,虽然他们之间发生过争执,但腓特烈大帝很快释然了。此时他与先贤祠的伏尔泰遥相呼应,构成了欧洲天际最亮丽的风景线。

费尔奈小镇伏尔泰故居

离开波茨坦,我又来到瑞法边境的费尔奈小镇(Ferney-Voitaire),伏尔泰在这里度过了他人生最后的二十年。法国总统马克龙2018年在伏尔泰逝世240周年曾到访这里,并宣布启动一项法国历史文化国际交流项目。

1758年,时年65岁的伏尔泰被法王下令禁止返回巴黎,他买下了这座破旧庄园,耗费心血重建了这座犹如宫殿的私人豪宅,落成后欧洲名流趋之若鹜,整整20年这里成为欧洲启蒙运动的一座堡垒。故居中令人瞩目的是预备盛装伏尔泰心脏的黑白大理石嵌壁圣坛,后来心脏由法国国家图书馆保藏。圣坛外面刻着伏尔泰写下的一句话:"这里有我的心脏,但全世界有我的思想!"

从客厅到书房、卧房、音乐厅,各种油画艺术品琳琅满目,叶卡捷琳娜大帝和腓特烈大帝的肖像画与伏尔泰年轻时的肖像画并列生辉。这里还有哈布斯堡王朝玛利亚·特雷莎女皇的巨幅画像,她那鼎鼎大名的儿子约瑟夫二世是奥匈帝国和德意志神圣罗马帝国皇帝,莫扎特的赞助者、欧洲"开明专制"君主代表人物。约瑟夫二世青年时代深受伏尔泰和百科全书派的影响,竭力推崇启蒙学说,主张大刀阔斧地进行改革。他宣称:"要使启蒙政治学说成为帝国立法的基础"。可惜阻力如山,壮志未酬,他于法国大革命爆发次年1790年2月20日去世。临死前,他在自撰的墓志铭上写道:"这里安睡着一个国王,他心地纯洁,却不幸目睹他的全部努力归于失败。"约瑟夫二世预言了大革命的发生和小妹玛丽·安东奈特的不幸,在哥哥死后第三年,她被愤怒的法国民众送上了断头台。

伏尔泰客厅中一幅巨幅油画《伏尔泰胜利的寓言》是他生前的最爱。乌云密布的天空象征封建专制的黑暗时代,伏尔泰和情人、牛顿《自然哲学的数学原理》翻译者艾米丽·夏特莱侯爵夫人站在画作中央,聆听女神前来传递荣誉的喜讯,女神身后是腓特烈二世、叶卡捷琳娜二世等帝王好友,左下角是饱受宗教迫害的底层市民卡拉斯的家庭成员向恩人伏尔泰表达感激之情,彰显伏尔泰控诉司法黑暗的历史功绩。

费尔奈庄园,这里是充满自由精神与智慧之光的俱乐部。回想伏尔泰当年对中国文化情有独钟,痴迷与敬仰孔子。1753年他将元代悲剧《赵氏孤儿》改编为《中国孤儿》,1755年8月开始在巴黎各家剧院上演,盛况空前。15年的西雷庄园隐居生活,在情人夏特莱侯爵夫人支持下,伏尔泰写下了《形而上学论》《牛顿哲学原理》等著作,为他赢得巨大声誉,在路易十五情妇蓬巴杜夫人的鼎力支持下,伏尔泰居然全票当选为法兰西学院院士。不可思议啊,"一颗危险的炸弹"在国王眼皮底下当上至高无上的法兰西学院院士,看来最糟糕的法王也比康雍乾更懂"识时务者为俊杰"。

1749年,情妇夏特莱夫人因移情别恋难产去世,伏尔泰不仅原谅了她,还悲伤地昏厥过去。他写道:"艾米丽走了,我并没有失掉一个情妇,我失掉了半个自己,以及我所为之存在的灵魂……"遗憾的是哲学家终其一生仅有二三情人,却无骨肉子女!

在伏尔泰古色古香的书房里,我和普林斯顿的美国朋友讨论伏尔泰、孟德斯鸠以及托克维尔对中国截然不同的评价。法国历史学者托克维尔写道,"被一小撮欧洲人任意摆布的那个虚弱野蛮的清朝政府,在一些启蒙哲学家看来竟是可供世界各国仿效的最完美的典范,未免荒谬。"(《旧制度与大革命》)那时的欧洲,囿于马可·波罗的游记以及明末清初欧洲传教士的见闻,18世纪欧洲宫廷一度以热衷张扬中国王朝与古典文化为时尚,从凡尔赛到枫丹白露都有琳琅满目极尽奢华的中国屋,伏尔泰更是热情地给中国王朝封了多顶桂冠:"他们帝国的政体实际上是最好的……是世界上唯一的一个如果一个行省长官离任时不能赢得他百姓的称赞,就要受惩罚的国家。"看来伟人也有局限。我更赞同孟德斯鸠对中国的评论。

记得在北大荒知青大棚的油灯下,我曾如饥似渴地阅读上海带来的孟德斯鸠《论法的精神》,留学美国后也曾专程前往孟德斯鸠故居。让我惊叹的是同伏尔泰费尔奈故居一样,孟德斯鸠的拉布雷德城堡也是一处荡气回肠、美景迷人的所在。满屋都是他的著作、肖像画,凝滞的时空仿佛能看到孟德斯鸠奋笔疾书《论法的精神》的背影。幽静典雅客厅的三角钢琴上,放着《红字》作者霍桑和英国女王伊丽莎白年轻时来访的黑白照片……那是2015年夏天,我在法国西南部首府波尔多的五星酒店喝酒聊天,突然听说孟德斯鸠的城堡离这儿不远,立即让酒店包了一部全天候轿车,驱车前往约100英里外的孟德斯鸠出生地。那真是愉悦难忘的一天!一路上法国司机放着美国流行歌曲,我则一直在回忆《论法的精神》在黑暗的少女年代为我点燃的一线光亮,那时17岁的我因为斗胆写了一封信给《文汇报》批评"文革"动乱,信被转回学校后我受到严厉批判,然后装入档案袋跟随我去北大荒,从此开始了无边无际的苦难青春(详见本人自传体小说《曼哈顿的中国女人》)。孟德斯鸠在我几乎奄奄一息时给予我力量,伏尔泰、卢梭与孟德斯鸠被誉为启蒙运动三剑侠,孟德斯鸠在《论法的精神》中提出的"三权分立"学说早已化为美国政治制度。在这本名著中还有多处涉及中国。孟德斯鸠认为"共和政体的原则是品德,君主政体的原则是荣誉,而专制政体的原则是恐怖。"这里的恐怖是指"国家恐怖"。博闻强记的孟德斯鸠认为，18 世纪的"中国是一个专制国家，它的原则是恐怖。""在专制政体之下，君主用恐怖去压制人们的一切勇气，去窒息一切变革的雄心。""任何人对皇帝不敬就要处死刑。"(《论法的精神》)2019 年是孟德斯鸠诞生 330 周年，也恰巧是法国大革命爆发 230 周年，在费尔奈庄园重温伏尔泰、孟德斯鸠的研究评论，犹如醍醐灌顶，余音绕梁。

先贤祠的第一丝微亮

暮年的伏尔泰数次中风昏迷，他知道与这个世界告别的日子已经不远。当获知自己最新的剧本将在巴黎公演时，他毅然决定返回巴黎。1778 年 2 月 5 日，他告别费尔奈抵达巴黎，数以万计的巴黎人民为他的凯旋欢呼。在剧院演出成功后，狂热的人们把老人抬起来，以"英雄游行"的形式送他回住处。在巨大的成功喜悦与连续疲劳轰炸带来的心肺虚弱中，伏尔泰于 1778 年 5 月 30 日在巴黎逝世。临终前，他对两位絮絮叨叨在床头劝说他忏悔的主教说："让我安静地死吧！请永远不要和我谈耶稣！"伏尔泰死后法国当局和教堂拒绝为他举行葬礼，憎恨他的旧制度敌人提出要把老人的遗体"扔到塞纳河畔的荒野去！"幸亏伏尔泰的侄女德尼夫人偷偷将棺木运到他往日情人艾米丽安眠的外省修道院埋葬，直到法国大革命，棺木才被移至巴黎先贤祠。

巴黎！我又回到了如此熟悉的先贤祠(Panthéon)，法兰西民族的精神圣殿。门廊三角楣浮雕下是著名的铭文："伟人们，祖国感谢你们！"这里长眠着推动法国与人类进步的逾 70 位伟人，可以瞻仰伏尔泰、卢梭、雨果、左拉、居里夫妇和大仲马等墓室。伏尔泰的棺木前耸立着他的全身雕像，右手捏着鹅毛笔，棺木上镌刻着金字："诗人、历史学家、哲学家，他拓展了人类精神，他使人类懂得，精神应该是自由的。"

1791 年,伏尔泰去世 13 年后,十几万巴黎市民聚集在苏佛洛大街两旁,迎接伏尔泰"回家"。站在伏尔泰墓前,我脑海中是他跌宕人生中的无数磨难和他那九十多卷的浩繁著作,他引领卢梭、孟德斯鸠和狄德罗所掀起的启蒙浪潮改变了欧洲和世界史。正如雨果所讲:"伏尔泰,他的名字代表一个时代!"

望着熟悉的白色大理石雕像,默默回忆老人 84 岁临终前写的幽默遗诗《与生命诀别》:

> 在光荣的世界舞台上,
> 我们所起的作用都不大,
> 我们全部迂回曲折地走去,
> 我们都要受到世人的嘲骂。
> 主任祭司为受委屈而迷惑的灵魂,
> 做临终的祈祷——
> 这庄严的样子真滑稽可笑,
> 他们在任意诽谤中伤之后,
> 整天在说一些无聊的闲话,
> 到明天他们就会把你忘掉,
> 闹剧也在这儿演完了。

此时恰是正午,周围是如此寂静,在这尊贵的精神殿堂,我的心如此丰满,仿佛和他们一起飞向巴黎的天空。徘徊在先贤祠,那些与伏尔泰同时代的挚友和开明君主朋友圈,又一一浮现眼前:

> 伏尔泰(1694—1778)
> 普鲁士腓特烈大帝(1712—1786)
> 俄罗斯叶卡捷琳娜大帝(1729—1796)
> 奥匈帝国约瑟夫二世(1741—1790)
> 路易十五情妇蓬巴杜夫人(1721—1764)

伟大的 18 世纪！

这些伏尔泰的挚友和崇拜者，他们不是以君临天下的威严，而是以伏尔泰的学生、以兢兢业业不遗余力的启蒙理论践行者赢得了万世功名，为现代社会进步留下了宝贵遗产！即使是在伏尔泰晚年才登基的断头国王路易十六，大难临头时也同大革命民众做了感人的合作，赢得后人尊重。这些帝王将相们能引伏尔泰为知己，他们的本意是多么善良。正如腓特烈大帝的名言：国王应当是国家的第一仆人！

我还想起伏尔泰去世前在公共场合说的一句话。他在巴黎接待美国革命家和著名科学家本杰明·富兰克林，老富兰克林让孙子巴赫跪在伏尔泰的面前，请求老人为他赐福。老态龙钟的伏尔泰万分激动，他颤抖着用英文说道：

　　我的孩子，上帝和自由，记住这两个词。

然后他紧紧地拥抱了这个可爱孩子，令在场的 20 多位宾客感动得热泪盈眶。

伏尔泰临终前给友人写道：

　　我所看见的一切，都在传播着革命的种子。革命的发生将不可避免。

短短 11 年以后，法国大革命爆发，愤怒的民众攻克巴士底狱，将路易十六和玛丽·安东奈特王后送上协和广场断头台，血雨腥风中法兰西共和国诞生了！

离开先贤祠，我来到凯旋门下，拿破仑和雨果的遗体曾在这里停留，此刻仰头，一面巨大的三色旗在蓝天下呼啦啦飘扬，我想起雨果那句振聋发聩的名言：

伏尔泰人生的 84 年,是处于君主独裁的极点和大革命黎明时期……他的摇篮可视为伟大朝代的最后一缕宝光,他的灵柩则是那个地狱般世界的第一丝微亮。

他使人类懂得,精神应该是自由的!

再见,巴黎!
再见,伏尔泰!
你永远活在我们中间!

寻找路易十四

沃勒维康特城堡

巴黎卢浮宫

曼特农古堡

枫丹白露

凡尔赛宫

巴黎卢浮宫

谁能相信路易十四——这位法国最著名的君王曾经尝受贫穷的滋味？圣西门曾说:"几乎没有人教小路易读和写。"这个在保姆的陪伴中尝受饥饿和严寒滋味,生性善良的小王子,长大后将以阿波罗"太阳王"的雄姿重写历史!

他从哪里来?

每次来到巴黎卢浮宫博物馆,我总喜欢一个人来到一个特殊角落,静静地欣赏鲁本斯的二十四幅巨画《玛丽·德·美第奇平生》。这是 1621 年路易十三为了纪念他的父母——统一法国的亨利四世与美第奇王后的辉煌生涯,邀请宫廷画师鲁本斯创作的。那半人半神的历史场景在鲁本斯的绘画艺术语言里如同圣经故事般美轮美奂,激情四射。

玛丽·美第奇从佛罗伦萨来,她无疑给波旁王朝注入了文艺复兴的血液,尤其是《玛丽·美第奇和亨利四世在里昂相会》《玛丽·美第奇王后驾临马赛》这两幅画,将鲁本斯天才的想象力发挥到了美的极致,而《玛丽与儿子和解》中鲜艳明亮、充满幻想的场面让人联想起天堂诸神。哦,鲁本斯! 每次到这里,我都会想,我多么热爱这位大师! 在这里,画家本人的魅力已经远远超过了宫廷史诗! 如果鲁本斯长寿,再为路易十四画上二十四幅系列历史组画《路易十四平生》,那有多么好啊——即使不用这么多天国众神的驰骋想象,也一定会更加辉煌壮丽!

路易十四 1638 年出生时被称为"天意",路易十三与安娜王后结婚后,因二十年无子嗣而深陷绝望,突然王后怀孕生下了小路易,举国欢腾,国王抱着儿子快乐得发疯。可惜不久后路易十三即英年早逝,母亲与宠臣、摄政王整天陷于宫廷内外权力的激烈斗争中,无暇管教年仅 6 岁的名义上的小国王。他在保姆的照顾下,在奔波和饥寒中长大,直到 13 岁正式登基。路易十四曾经遗憾自己没有好好研读历史,他奋起直追,把当时法国精晓历史、才华横溢的文学家、戏剧家、诗人、哲学家如高乃依、莫里哀、布凡洛、拉辛等统统请进宫廷,与他们交往并精心阅读他们的作品。他对诗人布凡洛说:"记住,我永远有半个小时是给你的。"

对平民作家的诚挚友情,对文学艺术、绘画雕塑、建筑科学的大力鼓励和扶植,让法国文学与哲学蓬勃发展,年轻的国王在子民中也大获威望。圣西门说:"从没有人像路易十四那样处处展现自然的优雅风度。"他的至理名言今天还大放光芒:"我赐与臣民,不分贵贱,均有自由在任何时候亲自或书面向我进言的权利。"法国奥弗涅地区一个为非作歹的地主谋害了一个农民,路易十四在皇家委员会调查取证后,当众砍了地主的头,这让大批穷苦农民欢呼雀跃!

沃勒维康特城堡

今天,路易十四的足迹和余音在哪里?

在巴黎的丽日蓝天下,我驱车来到距离市区一小时的沃勒维康特城堡,人称子爵城堡,在这个彰显路易十四个性的所在,我看到了"太阳王"剿杀贪腐重臣的果断无情!

子爵城堡是路易十四的宫廷大总管兼财政大臣富凯的私人豪宅,1657年富凯邀请了国王最喜爱的"三剑客"——画家勒布朗、建筑设计师路易沃勒和园艺设计师勒诺特尔,花费1800万里佛尔精心打造了这个宫殿,富凯一心想早日完成并向国王炫耀自己的"艺术灵感"。在这里,我看到绝美建筑、室内装潢与自然花园如同一件巴洛克艺术品那样浑然一体,完美和谐,赋予了原来路易十三的狩猎屋以恢宏壮观的皇家气派。44 000株郁金香和11 000株紫罗兰点缀着宽广的绿茵花坛,喷泉瀑布与带有哥特式尖顶的古堡交相辉映,雕塑家和画家普桑为花园雕刻了错落有致的古罗马式人体装饰柱像。难怪拉·封丹以"子爵谷的仙女们"来赞颂这个人间天堂!入夜时分,2000支蜡烛为游人点燃,照亮着整个城堡和花园里的舞台,仿佛有意想把我们带回到1661年那个写入法国编年史的夜晚——路易十四出场了!

1661年8月17日,春风得意的46岁的财政大臣富凯盛情邀请24岁的年轻国王前往他新落成不久的子爵城堡欢宴。他向路易十四展示了他收藏的绘画、雕刻艺术品以及2.7万册藏书,席间6000名宾客均使用全银餐具,莫里哀本人在花园舞台呈献他的精彩喜剧。路易不由大发嫉妒之心:"他,一个大臣,竟然比我住得阔气?"在宫殿内部勒布朗的绘画中,包括了美丽的路易丝·拉瓦利埃夫人的肖像,那时候,这位18岁的美人已经是路易十四的情妇。

"他偷得太多了!"路易十四对母亲说:"母后,我要立即逮捕他!"

“孩子，不要破坏了这个美好的夜晚。”安娜王太后劝他冷静。

几周后，皇家委员会手持富凯的贪污调查罪证，于9月5日依照路易十四之命令逮捕了富凯。从此以后的20年，富凯戴上铁面具在监狱中终身监禁。他成了法国文学中的人物——铁面人，直至65岁去世。

三百四十多年过去了，此刻，在夏日焰火四射、歌舞与鲜花环绕的花园，我看到一个献媚者在顷刻间变成了囚徒！花园广场的音乐喷泉好像在重复着那个夜晚的急切旋律："母后，我要逮捕他！我要逮捕他！"

"太阳王"用这一行动告诉众朝臣："你想掠取国库吗？这就是下场！"

他身上的每一英寸都不愧是王者！事后，路易十四灵感大爆发，将子爵城堡的设计图纸展开在他的书房，让"三剑客"开始为他设计一座宫殿，这就是直到今天仍然是全世界最辉煌典雅的宫殿——凡尔赛宫！

在子爵城堡，我一边不时翻看伏尔泰的《路易十四时代》，把我的汹涌心潮化为一行行文字，以便永远记住生命中的激情时分。路易给凡尔赛宫建筑师芒萨尔每年御赐8万里弗，当有人对路易十四赐爵位给勒布朗及芒萨尔表示不满时，路易十四不高兴地说："我在15分钟内可以册封20个公爵或贵族，但要数百年才能造就一个芒萨尔！"

那是一个多么令人振奋的年代啊！拉辛、高乃依、莫里哀——这三位17世纪最伟大的法国剧作家经常受到路易十四的召见，平民孤儿拉辛还当了十年的皇宫史官。路易十四一手造就了法国古典文学的全盛时期，凡尔赛几乎可以同梵蒂冈媲美。西方各国从帝王公侯到知识分子都以学习法语和法国文学为荣，普鲁士腓特烈大帝、俄国女沙皇叶卡捷琳娜大帝与伏尔泰的通信及自传全是以法语写成！路易十四发展经济，增强军事，多次带兵出征西班牙、荷兰、英国，作为战功赫赫的太阳王，他不仅确立了法国在欧洲大陆的强国地位，同时让法国的文学艺术、哲学建筑如同古希腊神话雅典娜与阿波罗的巨大双翅,将整个欧洲文明带到了前所未有的壮丽天空!

伏尔泰在查阅了 200 本书籍和无数宫廷资料、花费十几年写的《路易十四时代》一书中热情欢呼:"路易十四对艺术的奖掖,要比所有其他的君王们来得大。"

伏尔泰还有一段更令人心动的精彩论述:

> 我讲述路易十四年代:100 次辉煌的战争胜利对我说来并没有什么意义,然而我上面提到的路易十四时代的作家和伟人,如布瓦洛、莫里哀、勒布朗、笛卡尔……他们则为未降生的各世各代的后人准备好了既纯洁又耐久的愉快。

我就是享受这种"纯洁又耐久的愉快"的后人啊!

拿破仑说:"路易十四是自查理曼大帝以来最伟大的国王,他使法国获得国际第一流的地位。"路易十四亲自创建的法国科学院、音乐学院、舞蹈学院、建筑学院,使得巴黎成为欧洲科学文化的中心!

此时,我不禁联想到同时代的康熙皇帝,也因雄才大略而使中国称雄亚洲。路易十四给康熙皇帝的珍贵信件至今仍保存在法国外交部档案处。17 世纪大航海打通了欧洲通往亚洲的航线,效仿明末意大利传教士利玛窦,一波又一波的法国耶稣会科学传教团从海路来到中国,仅康熙一朝,来自法国的耶稣会士就达五十多位。康熙二十六年(1687 年)从宁波登岸的"国王数学家"洪若翰、白晋、张诚等五人即是受太阳王路易十四专门派遣,并深受康熙的倚重,甚至成了康熙的私人外教。

法国皇家科学院院士白晋还向路易十四写了近十万字的"报告文学"《康熙帝传》! 伏尔泰热情地评论道:"北京的耶稣会教士,由于精通历算而博得康熙皇帝的欢心,以致行高德美驰名遐迩的君主,准许他们公开讲授基督教义。"

路易十四

曼特农夫人

子爵城堡室内

我脑海中浮现出太阳王写给康熙皇帝的亲笔信(同时还写给了彼得大帝):

1687 年 8 月 7 日

　　至高无上、伟大的国王,最亲爱的朋友……获知陛下身边与国度中有众多饱学之士倾力投入欧洲科学,我们早先决定派送六位数学家为陛下带来巴黎皇家科学院最新奇的科学和天文观察新知;但海路之遥充满意外与危险;我们计划再派送同是耶稣会士的数学家们,以及叙利伯爵,以最短与较不危险的陆路途径率先抵达您身边……愿神以美好成果使您更显尊荣。

您最亲爱的好友
路易

这不是一个令人心驰神往的年代吗?

曼特农古堡

再来看看太阳王最钟爱的女人,史诗级别的感人肺腑!

每一个伟大君主的背后,都有一个终生牵记的心爱女人。那么,路易十四的女人是谁呢?

翻开法国编年史,你会看到一个与太阳王名字密切相关的女人的名字:曼特农夫人,一位出身贫寒的寡妇和全职保姆!

对,寻觅曼特农夫人去!

我来到了巴黎东部距市区 100 公里的曼特农城堡。我要重新踏上这位神秘女人的足迹。在爱情上,这位相貌英俊、长发披肩的国王与后来俄国的彼得大帝相似,彼得大帝爱上了目不识丁的农奴女儿,让她成为皇后和女皇。而太阳王在历经无数浪漫恋情后,最终主动倒向保守的一夫一妻制,而被他这个半神半人、世上最煊赫的君王所看中的,竟是他儿子的保姆兼教师——比他大3岁且年华已去的曼特农夫人!在太阳王的妻子玛丽王后病故后,路易十四怀着诚挚的爱向曼特农夫人求婚。曼特农夫人出生在监狱中,父亲是囚犯,她在贫困混乱的家庭与修道院的苦役中度过童年,花季妙龄时嫁给了全身瘫痪的老诗人斯卡龙。没有人在意她究竟是妻子还是保姆,但是她逐日浸染了诗人的灵魂,成了一位知书达礼、美丽睿智的寡妇。她32岁时被国王的情妇蒙特斯班夫人(此时路易的前任情妇因为深陷爱情困境,主动去了修道院当修女)请来为婴儿作保姆,曼特农夫人对婴儿表现出的极大爱心与温柔深深感动了国王,让他回想起自己被保姆带大的坎坷童年。善良的路易常去她那里看望孩子。当蒙特斯班夫人发现路易十四对曼特农夫人有好感后,就想将她一脚踢出去,其实那时曼特农夫人不仅坚决拒绝了国王的示爱,还教训国王收敛,让他不要对不起王后。路易十四感叹到:在他那趋炎附势的宫廷与后宫中,有"100个人对我的选择失望,而另一个人并不感恩。"曼特农夫人将自己与宫廷隔开,相比蒙特斯班夫人的艳丽与嚣张,曼特农夫人的温柔质朴、大智若愚、守身似玉让路易十四爱念日增。她蔑视一切诽谤与宫廷阴谋,唯一的欢乐就是抚养国王两个非婚生但被封为公爵的小婴儿。国王为了让她不至于被蒙特斯班夫人撵走,特地送给她20万金路易,让她买了位于曼特农的这个城堡,以后人们就称她为曼特农夫人。

现在,我来到曼特农,和来自美国的一对中年游客一起乘坐着彩绘热气球,在空中欣赏这个带有浪漫色彩的古堡。风景秀丽如画的小镇和绿色原野,让这个庞大的古堡更显得突出华丽。据说曼特农夫人用国王赏赐的钱买了这个古堡后从来没有住下过,她孤身一人,只需要七尺床即可,但这个古堡毕竟为她带来了安全感和更重要的东西,那是远远超过了她梦想的东西:爱与被爱。300年前,爱正是从这里——我现在和这对热情的加州医生夫妇翱翔的天空里渐渐飘下,一直到飘落到她温柔的裙裾之下……

1684年1月,在王后病故后,路易王赶走了手腕多端、性情暴躁的蒙特斯班夫人,向来自下层平民阶级的曼特农夫人正式求婚,她这次答应了。他们秘密结婚时,太阳王47岁,曼特农夫人50岁,他们一有机会就手挽着手在枫丹白露宫的花园散步,一边背诗,一边欣赏这里的森林和湖泊。按今天的风气,47岁正当壮年的路易十四,非娶一位妙龄的高贵公主续弦不可,但是太阳王就是我行我素。尽管婚后大臣们拒绝向"这位保姆"行王后大礼,他们还是快乐相爱了30年。她的怀中,既是统帅休憩的乐园,又是心灵交流的殿堂。曼特农夫人在房间做针线活儿的时候,路易常常站在她的身边接待大臣,还不时征求她的意见,对大家讲曼特农夫人是他的"公正殿下"。

枫丹白露

　　现在,离开了曼特农古堡,我来到熟悉已久的枫丹白露宫殿和花园。每次到巴黎总喜欢来这里停留,这个淡雅温馨、赏心悦目的所在,因为枫丹白露画派而闻名,也因为拿破仑曾在这里宣布退位而名垂史册。十几年前我第一次来到这里时,就被宫殿中一块丝织壁毯《国王的婚礼》(原画出自查理·勒布朗)所吸引。这块17世纪壁毯是系列作品《路易十四的生涯》中的一块,画面上的路易十四高大俊美,一头浓密的棕色长发飘逸,坎肩闪着光芒,年轻的他与新娘一起将手放在教皇的左右手宣誓。路易的神情更像是一位带有浪漫色彩的哲学家,而不像是国王,他的眼里闪烁着智慧与理性的光芒,他并不喜欢这个出于政治利益考虑的婚姻,但他对贵为西班牙公主的王后一直礼貌有加,特别是在王后的晚年,路易听取了曼特农夫人的劝告,抛弃所有的美女情人,完全回到了王后的怀抱。玛丽王后临死前说:"我度过了一生中最快乐的两年。"

　　我走出宫殿来到湖畔散步。枫丹白露,这是约瑟芬与拿破仑离婚后她最喜欢的住所,我仿佛看到了仍然保有皇后头衔、热烈地爱着拿破仑的她,抹去思念的泪水,振作精神,与前来拜访她的俄国沙皇亚力山大一世一起在湖边悠然散步,侃侃而谈。拿破仑在圣·拿赫勒荒岛死去的最后一句话是:约瑟芬,约瑟芬……我想起巴黎圣母院拿破仑的加冕典礼,叱咤风云、威武称雄的拿破仑从教皇手里夺过皇冠,戴在心爱的约瑟芬头上。巴黎圣母院! 我仿佛又看见烈焰中毁塌的哥特式尖塔,欲哭无泪,撕心裂肺。为什么? 什么人? 竟敢把雨果笔下自由、自豪和爱情的象征付之一炬?!

　　我开始思索为什么上帝偏偏把人类的脚步和足迹设计成无色无光、无形无影? 在湖光水色中,我仿佛听到上帝传来的一个声音:"人啊,你只能用心灵去寻找脚步与足迹!"

　　是的,心灵! 在没有心灵之处你是看不到脚步的。

　　我的思绪又回到了路易十四身上,开始思忖这位伟人一生中的憾事。1685年,即他和曼特农夫人结婚的第二年,在她的陪伴下,路易在这儿——枫丹白露宫的正厅宣布撤销他祖父亨利四世1598年对新教宽容的《南特敕令》。路易本想以基督教教义统一人心,稳定王朝,但出乎他的意料,胡格诺教徒宣布宁可家破人亡也要坚持他们的宗教信仰,面对金钱和财富诱惑他们无动于衷,更让宫廷震惊的是甚至在火刑中,这些人仍以自己的方式信奉上帝。霍梅尔牧师首先被用火红的烙铁烙了40下,当他全身的骨头因车轮转动而片片裂碎时,他对妻子说:"再见了,我亲爱的,尽管你看到我的骨头被裂成碎片,但我的灵魂却充满了难以描述的欢乐。"

　　联想到康熙皇帝骇人听闻的文字狱延续到雍正、乾隆王朝,对法国新教徒的这种酷刑,也从路易十四一直延续到路易的曾孙子——路易十五时代。伏尔泰曾花费十几年工夫为惨遭车裂的胡格诺新教徒卡拉斯辩护。哲学家得到了俄国女皇叶卡捷琳娜二世及死对头普鲁士腓特烈大帝的慷慨解囊与大力支持,终于迫使巴黎大法官低头,宣布卡拉斯无罪。路易十五赐重金补偿受害者家人。

　　唉,在枫丹白露,我记下了一行字:

即使是太阳王,也不是永远光芒四射! 撤销祖父的《南特敕令》是路易十四在历史上留下的一个巨大阴影。

凡尔赛宫

路易十四于 1715 年 9 月 1 日在凡尔赛宫去世,现在,我来到了如此熟悉如此亲切(对法国历史感兴趣的人和我都一样)的凡尔赛宫。穿过镜宫,我来到国王的大睡房,在红色的帷幔与金色流苏下,我仿佛看到临终前 77 岁的路易在床上对曼特农夫人说:"亲爱的,我以前想的结果更为艰苦,我向你保证,死亡并非十分可怕。"

在这以前,路易曾对她说:"夫人,你现在一无所有,等我死了,你将陷于贫困,告诉我,我能帮助你什么?"

他要求曼特农夫人在他死后立刻离开宫廷,因为她卑微的阶级,虽然结婚也从未被宣布为王后,留在宫廷中等待她的一定是灾难。80 岁的老妻含着泪水应允了心爱的人,在国王闭眼离世后,她把财物分给大家,离开宫廷,隐居故乡。在隐居期间,俄国沙皇等王侯还去拜见过这位路易十四的女人,谦卑地称她为"王太后"。

曼特农夫人于 83 岁——太阳王去世三年后——怀着骄傲与满足离开了人间。这位曾经衣衫破陋,在教堂靠做清扫苦役谋生的少女,成就了人世间最伟大的太阳王与灰姑娘的爱情传奇! 这个几乎不可能想象的神话也造就了法国大批中产阶级的少女对于国王与宫廷的幻想,她们中的一位实现了梦想:她就是路易十五的情妇——蓬巴杜夫人。

现在,在凡尔赛宫,我仿佛看到临死的老路易颤颤巍巍地拉着曼特农夫人的手说:"请把我的曾孙子叫来。"

临终前的路易拉着满头金发的曾孙——5 岁的路易十五稚嫩的小手,说了这段著名的遗言:"孩子,你将成为伟大的国王,不要模仿我对于建筑和战争曾有的嗜好。相反地你要尝试与邻邦和睦相处……努力去给百姓舒适,这是我很遗憾地没有做到的……"

长达十二年的西班牙王位继承战争造成了遍地饥荒和经济匮乏,太阳王的鼎盛时期开始走向衰落。我仿佛看到路易十四一边喘息,一边用微弱的声音对站在床边的朝臣们讲:"各位,我要求你们的宽恕,我给你们立下了一个坏例子……但是请你们用同样的忠诚和虔敬来辅助我的曾孙子,他还太小,他可能要经受更大的痛苦……我相信你们仍然会记住我……"

可惜路易十五忘记了太阳王的话,他成年后让法国不断地陷于战争、饥荒与腐败中。大革命的导火线在这位王孙手中已经点燃,而法国人民为路易十五的孙子——路易十六准备好的,则是攻占巴士底狱和断头台。

再见了,太阳王!

再见了,凡尔赛宫!

路易十五时代

寻找蓬巴杜夫人

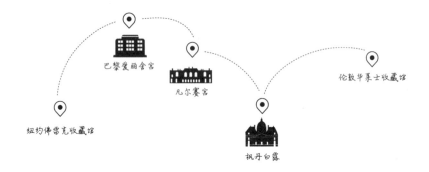

她有一个缜密细腻的大脑和一颗充满正义的心灵。

——伏尔泰

在书写"寻踪"的日子里,我常感到热血沸腾,恍恍惚惚又回到了17、18世纪那些伟大变革的年代:好像在与路易十四和曼特农夫人一起朗读诗歌,在凡尔赛宫欣赏蓬巴杜夫人主演莫里哀戏剧。在我去了大约七次的圣彼得堡冬宫博物馆,我静静地呆在一边看着叶卡捷琳娜女皇在书房用鹅毛笔刷刷刷地给伏尔泰、狄德罗写信,在她那些浩瀚的层层书信书籍下面,是她写的《我的回忆录》《罗马帝王史》……

现在,写下这个题目时,我脑子里首先浮现出的不是凡尔赛宫,而是纽约西116街的哥伦比亚大学校园。我在哥大图书馆智慧女神雕像前散步,望着缀满繁星的夏日夜空,我想起一位尊敬的普利策奖获得者、哥大教授威尔·杜兰特也在某一个美妙夜晚站在和我同样的位置望着星空。这位96岁的老人曾写下这样的话:

为什么我们会充满敬意地面对高山之巅的飞瀑,面对夏夜海面的圆月,却不愿意以同样的敬意来面对一个杰出优秀的历史人物呢?

我仿佛听到这位用 40 年心血周游世界,访遍西方博物馆和图书馆的学者越过时空亲切地对我说:法国的历史是属于她的优秀儿女的,属于那些政治家、诗人、画家、音乐家和哲学家。在人类所有的伟人中,我最愿意结识的不是恺撒大帝、亚历山大大帝,或是苏格拉底、柏拉图甚至耶稣基督……

"那您最希望见到谁呢?"

"蓬巴杜夫人!"他回答。

"为什么呢?"我知道他的这句话曾震惊了纽约新闻界。

杜兰特那深蓝的眼睛快乐地闪烁着光芒:"她非常漂亮,她非常迷人,她很有智慧和魅力,这还不够吗?"

现在,当我拿起笔,仿佛在春意盎然的哥大校园突然惊喜遇见一位分别多年的挚友!

蓬巴杜夫人,使她成为不朽的不是她的情人路易十五,也不是她的文学挚友伏尔泰,而是书籍! 她 43 岁去世时遗留下的 3500 多本书中,有 738 本属于历史,215 本有关哲学,还有关于文学、艺术、军事、科学、政治的大量书籍。博览群书的爱好让她那玫瑰百合的脸庞更娇媚动人。其实,书才是她真正的情人,随便走到哪里,无论在喷泉花园散步,还是出席宫廷舞会,她手里总喜欢拿一本书,以便稍有闲暇就阅读!

我一边写,一边注视着布歇油画《蓬巴杜夫人与书》,我感到有一些同样热灼和仰慕的目光正穿越世纪隧道与我一起射向这位夫人:那就是伏尔泰、狄德罗、孟德斯鸠和卢梭这四位法国启蒙运动先驱者的目光。在欧洲宫廷史上,蓬巴杜夫人是唯一被自由民主派大师们视为"我们自己人"的女人！

在纽约东 70 街佛雷克收藏博物馆,我常常在"蓬巴杜之屋"踱步,环视她的珍贵遗物:布歇的四幅充满浪漫温馨色彩的爱情壁画,代表着作家、画家、科学家和音乐家的小天使飞绕其间……房间完全摆成她在世时的样子,我好像看到她在书房中一会儿匆匆给伏尔泰回信,一会儿又在阅读狄德罗的《百科全书》手稿,考虑如何劝说国王为作家们解除所面临的困境……

在这个固定的房间里,蓬巴杜夫人似乎成了今天的纽约市民:她在法国死去,却又在美国复活,并且在纽约 70 街第五大道一住就是100 多年。作为佛雷克收藏俱乐部的会员,我喜欢在晴朗的闲暇时光从 60 街的家出发,散步到 70 街收藏馆,在"蓬巴杜之屋"中跨越时空,与这位"法国最优雅的缪斯女神"谈谈心。

那么,这位被称为 18 世纪法国艺术保护之神的女人,究竟是谁呢?

1721 年,她出生在巴黎,和曼特农夫人一样,没有任何王族或贵族血统,父亲是位粮商,但是她受到了良好的教育。当她还是一个名叫詹妮的小姑娘时就在歌唱、演说、戏剧、舞蹈、绘画、雕刻等方面显示了广泛的兴趣和出色的才能。15 岁时,有人预言这个天生丽质的少女将成为"路易的情妇",那时她已经听说了贫困女子曼特农夫人与太阳王路易十四的爱情传奇。当她阅读书籍累了的时候,她喜欢来到阳台上遥望着巴黎的灿烂星空,梦想自己能亲自为英俊的路易十五(路易十四的曾孙)演出莫里哀的喜剧。

十年以后,她比梦走得还远。

24 岁那年,已经和钱币铸造部长的公子结婚的詹妮,成了巴黎文学沙龙的女主人,进出她沙龙的有孟德斯鸠等学者。那年春天,好友邀请她出席宫廷庆祝王太子的结婚典礼。在化装舞会上,35 岁的路易十五注意到了她风姿绰约的身影,风流倜傥的国王走近她轻声地说:"夫人,请除去您的面具。"她取下面具礼貌致意。惊艳于她倾国倾城的美貌和气质,国王很快致函邀请她共进晚餐,两人迅速坠入爱河。

话说那时法国人民还是挚爱他的(他死时身败名裂)。34 岁时路易十五生了一场大病,整个法国为他祈祷,他病愈时,法国人民喜极而泣。为感恩上帝他在 1744 年修建了圣日娜维亚大教堂,后来改为先贤祠,至今那里躺着七十多名法国伟人。也许是巧合,国王大病初愈后的第二年,24 岁的"维纳斯"蓬巴杜夫人走进了他的生活。

路易十五在理想、抱负与才智上同他伟大的曾祖父"太阳王"相去甚远,他厌恶读书,对一切都表现出慵懒和厌烦,只有蓬巴杜夫人才能点燃他的生命热情:舞会、喜剧、音乐剧、歌剧、晚宴、骑马、狩猎……

我来到凡尔赛宫皇家剧场,蓬巴杜夫人在这里实现了少女时代的梦,她亲自在莫里哀、伏尔泰的剧中扮演主角,她以国库金钱大力支持画家、塑雕家、建筑师。她身上的使命感来自她的艺术天赋,因为她的本质是作家、诗人和那个占据国王心灵的女人。最让后人喜爱之处在于她利用国王对她的爱情与信任,撑开了她天使般的巨大翅膀保护起那些持有让国王心惊胆战观点的法国启蒙运动领袖!

我来到香榭丽舍大街东端的爱舍丽宫——现在的法国总统府,这里每年有一个月对外开放。当年蓬巴杜夫人花了七百万法郎装修路易十五馈赠给她的这座古老宫殿。她把这个面对巴黎繁华大街、背倚两万平方米幽静大花园的宫殿重新以巴洛克风格整修后,变成了和她和深爱的国王的"爱巢"。

在这座有 369 间厅室的宫殿中,我仿佛看到蓬巴杜夫人从她的书房站起身,拿着先王路易十四下令资助文学家的御旨,跑到情人的房间,请求国王在赞助艺术与文学上与他的曾祖父路易十四匹敌:"陛下,我喜欢才华横溢的人和作家,他们大部分处境不佳,请你用金路易来支持他们吧!"

路易十五

法国启蒙思想家的保
护者蓬巴杜夫人

路易十五得意地屈指而算："莫佩尔蒂（法兰西学院院长），丰特内勒，伏尔泰，孟德斯鸠，达朗贝尔……在过去 25 年里，他们可能都和我吃过午餐或晚餐……"

"可是克雷毕庸太穷了，停止写诗已经很久，我为他搞到一笔补助金，请陛下准许我让他住进卢浮宫。"

"可以，我同意，亲爱的……"国王无法提出反对。否则这位爱妾又要讲他不如太阳王慷慨！

"但是，陛下，为什么把狄德罗逮捕呢？连俄国女皇都喜欢他的呢！"蓬巴杜夫人的书房里放着狄德罗的所有最新著作，还放着卢梭在狄德罗逮捕后写给她的求救信，以及伏尔泰动员三千名《百科全书》赞助者给政府写的请愿书，呼吁立即释放狄德罗。伏尔泰为了营救狄德罗已经给她写了好几封信了……狄德罗主编的《百科全书》深入欧陆思想的核心，成为传播激进思想的最重要媒介。它就像一部理性的福音书，以思想的火花引燃了法国大革命的熊熊烈火。狄德罗则是大革命之前启蒙阵营中的一位中坚。蓬巴杜夫人早在认识国王之前就认识了狄德罗，她喜欢这个富有才华、毫无畏惧的哲学家，她曾经在狄德罗面前公开表示对大主教狭隘虚伪行径的蔑视。

"唉，狄德罗把教会气疯啦……"国王嘟囔了一句，他虽然比大主教更憎恨狄德罗的《百科全书》，但由于他慵懒的性格，他不愿和情妇多谈这个让他不愉快的名字。

"陛下，我喜欢狄德罗，他是我的老友。还有，爱尔维修的著作《论精神》最近遭到焚毁，他曾经是我的沙龙的客人，请您让政府收回焚毁之令吧……"

犹如李隆基和杨贵妃，每当国王为宠妃的演出感动得如醉如痴，叫她"我的天使"，回到宫邸柔情满怀地向她示爱时，这位"哲学情妇"就会提出上述种种请求，国王为了避免难堪，索性让她代替自己掌管大权发号施令，主管从文艺、建筑到军事上调兵遣将的一切日常事务。她力排众议释放了狄德罗，下令禁止焚毁爱尔维修的著作和迫害激进作家。尤其是历经曲折,她推动几次进出巴士底监狱的"思想炸弹"伏尔泰成了皇家法兰西学院院士!

在爱丽舍宫,在凡尔赛宫和她的私人别墅里,她接待伏尔泰、狄德罗、达朗贝尔、杜克洛、爱尔维修等这些国王非常不喜欢的人。在整个宫廷,蓬巴杜夫人成了艺术家、哲学家、作家的保护女神。在宠爱她的情人面前,她是正义的代言人,而在伏尔泰、狄德罗、卢梭心中,她是一位可以随时召唤的挚友和救火队员。卢梭讨厌宫廷,拒绝了路易十五给他的宫廷差使,但他欣然接受蓬巴杜夫人赏赐的 50 个金路易,因为在卢梭眼里,她是心地真挚的友人,她的客厅与势利无关!

法国 18 世纪的优秀女人不仅以美貌,更以美的心智造就了法国的辉煌。蓬巴杜夫人一直崇敬路易十四时代的文艺沙龙主人尼侬夫人,这位年轻时曾是孔代亲王情妇的贵妇,晚年陷于经济困境,她 83 岁去世时仅给自己留了 3 个法郎"办简单葬礼",却留下遗嘱将 1000 法郎给她的法律代理人阿鲁埃先生。"请允许我把 1000 法郎留给阿鲁埃先生,用于给他的幼儿买书,教他阅读。"他买了许多书让聪明伶俐的儿子阅读,这个儿子就是伏尔泰!我很高兴能在巴黎向这些几百年前的美丽心智致意,这样的心智在今天凤毛麟角。我来到凡尔赛宫音乐厅,抬头看着天顶和装饰壁画,蓬巴杜夫人下令不准许重绘中古传统的宫廷往事,而必须表现法国现代生活景象,她的蓬勃朝气与大胆想象至今还描绘在穹顶壁画中。她极力平衡王后与国王的关系,尽管"七年战争"使她饱受争议,但 31 岁时她与国王已是柏拉图式的精神恋爱关系。晚年的路易十五将法国拖入屡战屡败的战争泥潭,渐渐堕落腐败,声色犬马,专爱在凡尔赛"鹿园"泡各式少女,性病缠身。临死前全身水肿,臭气熏天,众叛亲离,还为孙子路易十六留下一个烂摊子!但是,在蓬巴杜夫人与年轻国王的热恋年间,正是法国启蒙运动的最辉煌时期,其精神领袖从狄德罗到卢梭,从孟德斯鸠到伏尔泰,无一不是蓬巴杜夫人的朋友,这是文学、绘画、建筑、戏剧、哲学最辉煌的时期。在法国 18 世纪编年史上,她是古希腊智慧女神雅典娜似的传奇人物!

走出爱丽舍宫,我漫步在香榭丽舍大街和协和广场思索一个令人深思的现象:与蓬巴杜夫人去世之后的杜巴丽夫人相比,两个女人同样是路易十五的情妇,同样是美若天仙,年轻活泼,但是蓬巴杜夫人让全法国赞美,而杜巴丽夫人却让全法国咒骂。看来,即使作为"情妇"这个不太荣誉的角色,史学家和后人仍然持有公正的客观判断。

巴黎夏日的微风中我浮想联翩。从 1643 年路易十四即位到 1793 年路易十六走向断头台,这 150 年间,正是中国历经康熙、雍正和乾隆三朝,长达 134 年的"康乾盛世",但很难找到一位哲学家、思想家的名字,更不要讲找出与康熙、雍正和乾隆同进过晚餐的作家了!彼时清朝的"文字狱"残酷无情世界罕见,而 17、18 世纪法国文明和启蒙运动之所以迅速发展,其原因之一,是太阳王路易十四开创将平民作家请进宫廷的先列;而在路易十五年代,则因为有了在国王与平民之间的"中间地带"——蓬巴杜夫人!

蓬巴杜夫人在 31 岁失宠后仍是国王各项事务的总管,1764 年她积劳成疾去世。43 岁的她躺在病榻上闭上双眼,仍然和 30 岁的少妇一样风韵犹在。伏尔泰在致达朗贝尔的信中写道:"你痛惜蓬巴杜夫人的逝世吗?这是毫无疑问的……她灵魂正直,心地公平,这样的名妃旷世罕见……她是我们的人啊!"

伏尔泰大声哀叹:"现在,一个美梦结束了!"

仅仅 25 年之后的 1789 年 7 月 14 日,随着巴士底狱的攻占爆发了法国大革命。三年之后,路易十五的孙子——路易十六赴断头台之前,第一次在牢房里阅读了伏尔泰和卢梭的著作,他仰天长叹:"就是这两个人毁了法国!"

此时的路易十六当然不愿意去回顾:他祖父的情妇蓬巴杜夫人,正是伏尔泰、卢梭和狄德罗最真挚的友人!

我特地在伦敦华莱士收藏馆购买了布歇为她画的肖像复制品作

为收藏。我把那幅《蓬巴杜夫人与书》的画像放在了客厅伏尔泰的白色雕像旁边，这样，这两位代表了法国自由与自豪精神的挚友，又可以每天见面了！

（谨以此文悼念在烈焰中毁塌的巴黎圣母院尖塔）

牢狱遗痕

寻找路易十六玛丽·安东奈特王后

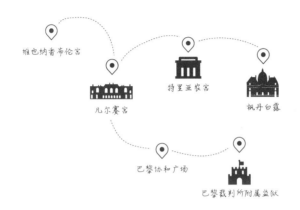

　　每逢读阅历史或是作读书笔记，那逝去岁月的壮阔波澜总是冲击着我的心胸。奥地利王后玛丽·泰雷莎曾对女儿玛丽·安东奈特说："你每天若能阅读两小时的书，一天之中的其他时间就会变得充实起来。"可惜她厌恶读书，狭窄的视野是她——一个王后的悲剧源头之一。

　　我之所以对玛丽·安东奈特产生极大的兴趣，是因为我在纽约接触到的关于她的书籍和电影，诸如：马迪所著《法国大革命史》，斯蒂芬·茨威格所著《玛丽·安东奈特》，特别是好莱坞于1938年摄制的关于她的传记片，即由希拉（Norma Shearer）饰演玛丽·安东奈特王后，鲍尔（Tyrone Power）饰演她的情人费森伯爵，由莫利（Robert Morley）饰演法国国王路易十六的黑白影片《玛丽·安东奈特》，这是好莱坞30年代制作的最完善、最震撼人心的传记片之一。耶鲁的英美文学教授斯图特·波狄与我持同样的看法。回看这部出色的电影，我们的心灵将挣脱物欲诱惑的浮躁世界而与历史共同沉淀。

那天,我带着相机踟蹰在维也纳香布伦宫,我已经多次来到这里。在拿破仑儿子罗马王卧室的边上,就是比他早了一个时代的玛丽·安东奈特少女时的卧房,我抚摸着这里的家具和她的雕像。这位奥地利宫廷和哈布斯堡家族最美丽的小公主因被处死于法国大革命断头台而让王宫视为耻辱。这里很少有人谈及她,她的雕像或油画更是寥寥无几。但是我仍然能在玛丽·泰雷莎王后的书房里感受到这位 15 岁的小公主,穿着如云霓般的白色纱裙,踮着玫瑰色的小脚步兴奋地奔到母亲面前:"妈妈! 妈妈! ⋯⋯这是真的吗? 我要嫁给法国王储? 我⋯⋯我将成为路易十六法国王后?!"她钻石般的蓝眼睛闪烁着兴奋的光芒,幸福和幻想的冲击让她几乎喘不过气来。多年后,同样的玫瑰色脚步迈向断头台。木轮马车载着双肩反绑的她,吱吱呀呀地经过协和广场。当她在阵阵鼓点和人们的蔑视狂喊中踏上断头台的台阶时,看到木架边上有一只空篮子,那将会盛放她的头颅。36 岁的受尽折磨的安东奈特仰起她依然美丽高贵的面孔,在铡刀落下的最后时刻仰望巴黎的蓝色天空⋯⋯她或许怀念那无忧无虑的童年时代?

离开维也纳香布伦宫,我来到早已熟悉的凡尔赛宫。凡尔赛,这是以恺撒大帝自居的"太阳王"路易十四为自己树起的一座璀璨丰碑,正如彼得大帝所建的彼得霍夫夏季宫殿一样,熟悉的美景让人心旷神怡,无数喷泉和人工湖倒映着爱神和古希腊诸神雕像。这里原是一片布满沼泽的沙质荒地,路易十四把这里变成了一座充满王者气概的雄伟宫殿和壮丽花园。到了他的曾孙路易十五时代,虽然凡尔赛仍是欧洲名扬四方最为高雅讲究的宫廷,但已渐渐虚有其表了。路易十四经常召见的诸如博胥埃、图伦、黎舍留、拉辛和高乃依那样的作家和能人志士,在路易十五的宫廷已不见踪影。当他晚年把有妓女背景的杜巴丽夫人召进宫廷,并由这个宠妃操纵国事时,波旁王朝逐渐走向末路。

这时,即大革命之前二十年,一个年仅 15 岁、一头金发的奥地利公主出现在凡尔赛宫的舞台上。她深深喜爱对她十分宠爱娇惯的祖父路易十五。在凡尔赛金碧辉煌的镜厅,我仿佛看到路易十六年轻的王妃走过,我与她正穿越同一个空间。我仿佛看到那个袅袅多姿的少女,正从镜厅走向她与王储举行婚礼的宫廷教堂,在千万盏烛光映照和红衣大主教的祝福下,她嫁给了外表木讷、思维迟钝的法国王子。她对路易十六深深失望,在宫廷晚会上爱上了她心中的白马王子——瑞典国王助理、年轻英俊的费森伯爵。但王后的责任和伯爵的理智让他们把这眷眷深情藏于各自心中,直到她众叛亲离、丈夫遭生命威胁的悬危时刻,费森伯爵才又一次出现在营救她的舞台上。我随着玛丽·安东奈特的脚步走到了路易十六登基大厅,那里有一幅路易十六在 1789 年被国民卫队软禁时的油画,画面上他无奈地望着铁窗外的天空。

他是那么的年轻、魁梧,才 37 岁,眉宇五官虽然不算英俊但仍不乏帝王风采。生性善良的他从祖父路易十五手中接下了一个几乎挥霍殆尽的国库,他娶了世界上最美丽高贵的公主安东奈特,但她比祖父更挥霍无度,这就注定了路易十六王者之途的悲惨命运。他知道玛丽·安东奈特王后以某种方式爱着他,为他生儿育女,他有意待在这个才情显然远胜于他的妻子旁边,以免遮掩她的阳光。路易十六不像先祖路易十四和祖父路易十五那样在感情上依赖情妇,他是唯一没有情人的法国国王——他没有这方面的激情。不幸的是,这位国王对创新和改革也是一点激情都没有。这位法国历史上私人道德完美无瑕的国王,却成了欧洲最威严王朝的掘墓者。

这对夫妇走上断头台的原因究竟是什么?法国王朝为何在他俩手中覆灭?个人性格因素占了多大成分?这些是我寻找这位断头艳后足迹的动机。在巴黎,我雇了一位法国大学历史系助教伊莎贝拉作导游,我们整整两天在凡尔赛、特里亚农和枫丹白露闲逛。玛丽·安东奈特,这位法兰西王后在法国 25 年的岁月中,一直在这几个近在咫尺的宫苑之间转悠,她从来没想到应当到外省去转一圈,或者像他的哥哥、奥地利国王纽瑟夫二世那样和贫穷的农夫谈一谈话,脱下皇服去访问一些最容易燃烧不满和怨恨的地方。对玛丽·安东奈特来讲,巴黎歌剧院四周住着的大批怨声载道的贫苦民众是不存在的,她每天只关心宫廷舞会、生日庆典一类的东西。她以轻佻的自信对待时代所面临的严峻冲突。当她听说有的巴黎贫民因为没有面包吃而造反时,她格格一笑:"没有面包,他们可以吃蛋糕啊!"

每天早晨一起来,她第一要紧事就是选择当天必须的服装,领班宫女递上一本她要穿的名牌衣服的布料样本,在几百套样本中一天一次挑选要花很长时间;第二件事是由发型师为她梳理比普鲁士投弹手的高帽还高出一倍的发式。一直提心吊胆地关注女儿的奥地利泰雷莎王后写信指责她:"报刊上经常提到这一点,我不能不同你谈一谈,我指的是你的头饰,据说这种头饰竟有 36 英寸高,而且用了那么多羽饰和丝带!"

玛丽·安东奈特关心的第三件事是首饰,王后要佩戴的钻石珠宝必须与每日衣裙相配。对此,来自维也纳的忠告更为严厉,母亲给她的信写道:"巴黎传来的消息说,你花了 25 万里佛尔买一副手镯……你什么时候才知道做人?! 一个王后佩戴这些东西只会有损自己的声望,况且这些珠宝多么昂贵,国家又处在这样的时刻! 你这样做实在太奢侈! 望你能悬崖勒马!"

当奥地利驻法国大使向她转达泰雷莎王后的焦虑时,她说:"母亲究竟要我怎样,我为这无聊、乏味的生活感到苦恼!"

"无聊、乏味"的上层社会终于被宫廷阴谋家利用,制造了陷害她的著名钻石项链事件骗局。在种种不良之兆出现时,她的哥哥奥地利约瑟夫二世皇帝对他的小妹法国王后的训斥,即使今天读来也让人深感震撼:"你有什么资格过问法兰西王国的事务? 你学历如何? 有何专长? 竟敢对某些事情,特别是需要广博知识的事务指手画脚? 你整天想的是打扮、玩乐等琐事,既不喜欢看书,更不善于思考……你在歌剧院参加的那些化装舞会及'趣事'玩乐更为糟糕,陪你前往的阿图瓦伯爵(国王的小弟弟)根本不值得一提。我现在对你真是忧心如焚……你长此下去是不行的,你如果不早作装备,革命将非常残酷。"他以明确的语言告诉他深爱的小妹,"你将成为一个非常不幸的女人,一个非常不幸的王后。"

我又来到孩子们的卧房和游戏室。当小王子诞生,玛丽·安东奈特的权力达到顶峰时,处于经济萧条贫困中的法国平民和知识分子正从伏尔泰、卢梭、狄德罗和孟德斯鸠的启蒙下得知自由、权利和法的精神。他们从近在咫尺的英国看到了君主立宪制的建立,从美国独立战争归来的人口中得知那个地方根本没有任何帝王的存在,只有自由、平等与宪法。当每天要苦干十四个小时才挣到几个苏的穷人们得知王后只关心钻石珠宝,而国库却欠了12.5亿的债务时,人们对王后的仇恨渐渐燃烧成火锅,大革命爆发了!

我站在凡尔赛宫右翼的国王卧室。这个被华盖装饰的大床后来躺过拿破仑(大革命爆发时他还是个下士)。1789年7月14日,利昂库尔公爵骑着快马连夜赶到凡尔赛,当卫兵告诉他国王已经在10点准时入睡,任何人不许打扰时,他大叫着:"不,我必须叫醒国王!我有要事报告!"当他终于来到路易十六这间神圣的卧房时,睡眼蒙眬的国王听到这句话:"陛下,巴士底狱被攻陷!典狱长被杀,他的头颅被割下挂在长矛上!"

"这么说,那边发生了暴乱!"国王结结巴巴地说。

"不,陛下,是革命。"利昂库尔公爵纠正道。

导游伊莎贝拉为我画出了路易十六和玛丽·安东奈特从被国民军占领的凡尔赛宫出逃的路线。伊莎贝拉对我这个来自纽约、对法国历史抱极大兴趣的中国女人非常热情,她带着我穿越安东奈特的书房、卧室、音乐室,从卧室中一个隐藏的边门通到仆人的房间,直到后门。王后早年的情人费森伯爵正装扮成马夫,冒着生命危险来引领国王王后和小王子公主出逃,但是,在出逃途中经过检查站时,国王不幸被认出,在贫民的鄙视和叫骂声中他们被押送回巴黎,等候他们的是断头台。

巴黎古监狱，安东奈特
从这里走向断头台

玛丽·安东奈特的最后时光

路易十六

作者在玛丽·安东奈特的监狱窗外

离开凡尔赛宫来到协和广场,我找到了原来断头台的位置,现在早已被花团锦簇的喷泉广场和古埃及方尖碑代替。我在这里漫步,仿佛看到了双轮马车在冬日的晨曦中把路易十六带到断头台广场,他神情平静。前一晚上,他照常十点睡觉,他在最后与家人聚会中告诉王后玛丽:"亲爱的,别哭了,据讲铡刀落下只有一秒钟,一点也不痛。"他在生死离别之际答应8岁的儿子(路易十七)修好松了线的木偶玩具。

第二天,路易十六走上断头台,在闪着寒光的铡刀砍下来的最后时刻,他哀喊了一声:"上帝啊,请原谅我的人民吧!"

那一天是1793年1月21日。

离开协和广场,我来到玛丽·安东纳特在丈夫死后度过了最后岁月的巴黎裁判所附属监狱。我所认识的美国朋友中来过这个塞纳河畔庞大建筑的人不多,只有对历史深怀兴趣的人才会走进这座阴森森的门洞中。这里贮藏着书库般的记忆。从16世纪起,这里一直就是国家的监狱,在法国大革命中成千上万的人被关押在这里,并从这里走向断头台。

在这个监狱的底层,粗大的圆柱支撑着哥特式建筑的圆顶,被叫作"宪兵队大厅"的牢房分为四个区,贫苦的囚徒花钱买一张可睡觉的草席,躺着观看第二天要上断头台的贵族们正举办的"末日之夜"舞会,他们神情自若,好像是受了视死如归的路易十六的影响。我来到关押罗伯斯庇尔的单人牢狱,这位法国大革命的领袖,雅各宾派首脑,他于1794年6月4日被推举为国民公会主席,同年7月27日政变,28日被推向断头台。墙上陈旧的镜框中是罗伯斯庇尔临死前写的《我无罪》声明。正是他,在自己入狱的前一年,将王后玛丽·安东奈特投入到离他仅几步远的一处死牢。这个牢房在1816年被她和路易十六唯一幸存下来的女儿昂古列姆公爵夫人建成一座小礼拜堂。从墙上的绘画中可以看出王后和女儿最后的生死离别。刽子手将她从痛苦昏厥的女儿身边拉开,牢门打开,通向断头台的几辆马车在外面等待。这栩栩如生的画面把我带到1793年秋天的一个中午。历史学家说,直到死亡将至,法国王后才成熟起来,在监狱中,她从来没有向那些她不承认有资格审判她的人提出过任何要求。她宁折不弯,至死不妥协,她的绝命书是她对多年来母亲与哥哥教诲的最好回答,可惜已为时过晚:

> 妹妹(路易十六的妹妹,几天后被处死),这是我给你的最后一封信,我刚刚被判决死刑,但不是可耻的死,因为可耻的死只适用于罪犯,而我是去同你哥哥相会……我希望能表现出他在最后一刻所表现的那种坚强不屈,我问心无愧,因此十分安然。我所深感内疚的是丢下两个可怜的孩子!
>
> 请让我儿子永远不要忘记他父亲的临终遗言,这遗言我不知道特意给他说了多少遍:他绝不能为我们的死而去复仇!
>
> ……我一生为罗马天主教徒……因此我衷心祈求天主原谅我自降生以来所犯的一切错误……我请求所有我认识的人,特别是你,我的妹妹,原谅我并非出于本意而给他们和你所造成的痛苦。至于我的敌人给我造成的不幸,我对他们一概予以原谅。
>
> 我将不会对他们派来的教士说话。

她取下了费森为她戴上的"无时不在思念你"的戒指,为了营救她,他几次冒着生命危险而无果。她在遗书中写道:"我有不少朋友,但愿他们能知道,直到最后一刻,我仍在想念他们。"

断头王后玛丽·安东奈特才36岁,青春尚未凋谢,死神已经来临。

和她几乎同龄的费森伯爵在日记中写道:

在她经受的全部痛苦中,其最大的痛苦是到了最后一刻仍形单影只,孤苦伶仃……她这一走我的痛苦达到极点。我不知道,在这之后我的生命还能延续多久……我已经让人去巴黎把所有可能找到的她的遗物全部买下来……

在这个如今空荡荡的大监狱里,一个个探望那些与玛丽·安东奈特曾经做过邻居的死囚,也令人无限感叹。

德·孔多塞侯爵,法国数学家、哲学家和政治领袖,对概率论发展做出了杰出贡献,法兰西科学院和法兰西学院双料院士。他在法国大革命中扮演了重要角色,因反对雅各宾党而死于大狱中。主要著作有《人类理性的进步历史》。

马尔歇贝,法国国务大臣,曾任首席文化检察官,持自由主义,宽容百科全书学派出版论著。1771 年因反对解散最高法院而得罪王室。1792 年主动要求出任路易十六的辩护律师,国王被处死后,他和儿女子孙一起从这里被推向断头台。

夏洛蒂·柯黛,贵族小姐,刺杀法国大革命激进领袖马拉的女刺客。她支持吉伦特派的温和共和立场,反对马拉镇压吉伦特派。她假装背叛吉伦特派而获得马拉的接见,在马拉治疗皮肤病的药物浴盆中刺杀了他。随后她从这里被推上断头台,年仅 25 岁。法国画家大卫后来画了著名的油画《马拉之死》。

罗兰夫人,法国革命家兼共和国内阁大臣,吉伦特派内务部长罗兰的夫人,真正代表法国大革命精神的女性英雄。她自幼酷爱读书,是伏尔泰、卢梭、孟德斯鸠等法国哲学家和英国古典历史学家不懈的精神追随者。伊莎贝拉对我说,罗兰夫人在等待死亡的日子里,一架钢琴,几朵小花,一本日记照亮了阴暗的牢房。她身穿一袭白纱裙,勇敢无畏地走向断头台,在铡刀即将落下的时刻发出那句著名的哀叹:

自由啊，多少罪恶都假借你的名义而诞生！

我站在大狱门口，仿佛看见当年押载着玛丽·安东奈特的木轮车咿呀咿呀地在石板路上驶出牢狱大门。一年之后，丹东、罗伯斯庇尔和艾贝尔，所有在投票中把玛丽·安东奈特送上断头台的人，也从这里出发，坐着同样的木轮囚车，走向断头台。

我仿佛看到玛丽·安东奈特两手反绑坐在车上，戴着只有穷人或小贩才戴的折叠边白纱圆布帽，身体挺直傲然。她只有在死的时候，才像一位真正的王后。众人被她的宁静震撼。她所表现出的不是凄哀，而是自豪与威严。她那白色的长裙和被剪的短发中散发出的情操和风采，压倒了囚车和捆绑她的绳子所造成的屈辱。铡刀落下，众人欢呼，作为法国最后的王后，她留给世上今天和未来的当权者太多的思考！

我的黑色长发和伊莎贝拉的亚麻色长发在巴黎的晚风中飘逸。我们此刻听到她，玛丽·安东纳特最后的声音在耳畔回荡："至于我的敌人给我造成的不幸，我对他们一概予以原谅。"

1989 年 7 月 14 日，法国庆祝革命 200 周年的庆典上，法国总统密特朗表示，"路易十六是个好人，把他处死是个悲剧，但也是不可避免的。"路易十六被处死时，他在外省仍有颇高的支持度，但是巴黎市民却严重敌视并仇恨他，在观赏处决时报以欢声雷动，庆祝共和国的确立。如同罗伯斯庇尔所说的："路易必须死，因为共和必须生。"

以史为鉴。二百多年过去了，今天，法国大革命断头台已经还给玛丽·安东奈特一个王后的风采与尊严。

再见了，巴黎！

再见了，玛丽·安东奈特！

罗马的阳光

寻找罗曼·罗兰和梅森堡夫人

巴黎高等师范学校　罗马博尔盖塞博物馆　万神殿　圣彼得大教堂　梵蒂冈博物馆　西斯廷教堂　拉斐尔画室　圣彼得镣铐教堂

拉斐尔（Raffaello，意大利语：天使），躺在万神殿中。
我常想他或许真的是上帝对人间的馈赠？

我有一本翻旧了的书，从中国带到了美国，又从美国带到了意大利，这就是《罗曼·罗兰与梅森葆书信录》。

罗曼·罗兰是《贝多芬传》《米开朗基罗传》《托尔斯泰传》和《约翰·克利斯朵夫》的作者，诺贝尔文学奖得主。他遇到梅森葆夫人时刚从巴黎高等师范学校毕业，23 岁。梅森葆夫人曾是瓦格纳、尼采与赫尔岑的挚友，她是德国诗人歌德的后裔。她遇到罗曼·罗兰时已经 73 岁了。虽然相差 50 岁，但他们之间热烈的柏拉图式的爱情，那些能与拜伦的《恰尔德·哈洛德漫游记》相媲美的散文诗般的书信，一直让我着迷神往！

我最喜欢的城市有纽约、巴黎、罗马和圣彼得堡，我每次去罗马都喜欢携带《罗曼·罗兰与梅森葆书信录》，一边漫游，一遍沉浸在他们的世界中。当我独自在蓝天碧空和壮丽的伞形翠松下穿过古代遗迹奥雷丽亚诺城墙，向矗立在茂盛的榉树林中的拜伦雕像致意时，当我走进博尔盖塞大主教的私人艺术珍藏品博物馆,在一扇扇大门向我打开的美妙瞬间,我想起罗曼·罗兰给梅森葆信中如音乐一般的语言:

> 天气好极了,好极了!天是那么蓝,那么蓝!我花了很多思念给你写信,好让你更思念罗马……我离开了那奴役心智的地方(巴黎高等师范)来到罗马,滋润在艺术、诗和自由的气氛中,我是那么深深地喜悦,一切都仿佛是梦,当我遇到你亲爱的性灵时,我的幸福达到了顶巅。每次我跟你在一起时,只要想到我的灵魂通过神而与你交融我就无比欣喜……我内心真正的生命,精神的生命在罗马的艺术、大自然和至纯的热情吹拂下苏醒了……

苏醒了!对于每天奔忙于纽约商圈的我,唯有回到纯粹的文学艺术中才能体验到生命的意义和幸福的含义,当然要加上爱情,哪怕是幻想中的爱情。我常常想自己是一个幸福的女人,尤其独自一人和书籍做伴,在内心和伟人们交谈,在罗马自由自在像幽灵似地游荡,这太合我心意了!我深信,对于一些人,尤其是作家和诗人来讲,单独一人在欧洲、非洲和印度游荡远远胜过结伴旅行,因为他需要细细体验一切能掀起内心波澜的独特感受。

那天,罗马灿烂的阳光透过伞形翠松照射在我仰起的脸庞上,我挟着书,仿佛跟随 1890 年的罗曼·罗兰和梅森葆夫人一起走进博尔盖塞博物馆。我一眼看到了吸引他们目光的,那左手捏着苹果,斜躺在皇帝的睡椅上的拿破仑的妹妹帕奥莉娜·波拿巴的雕像。在纽约我的家中,现在也放着这件艺术品的复制品。这个法国皇帝的小妹妹嫁给了这座豪宅的年轻主人——卡米洛·博尔盖塞王子,夫妇俩邀请 19 世纪新古典派领袖安东尼奥·卡诺瓦雕刻了这件世界闻名的杰作。帕奥莉娜·波拿巴赤身裸体的娇姿引起了博尔盖塞家族——

教皇保罗五世的亲戚的不满。但她并不介意,她的主要美德并不在于端庄。这个风情万种的少妇雕像,告诉了我拿破仑时代和意大利近代艺术的关系。当拿破仑还是一个下士时,就酷爱文学历史并具有精湛的艺术鉴赏力。

我每次来到这里,更注意那些吸引过罗曼·罗兰和梅森葆夫人的贝尔尼尼的作品。在 82 年(1598—1680)的漫长人生中,这位文艺复兴时代的巨匠曾为八位教皇服务,是他把罗马点缀成一座让罗曼·罗兰如痴如狂的巴洛克艺术都市。贝尔尼尼在 22 岁时雕刻的大卫雕像与米开朗基罗的大卫不同,向巨人戈利亚扔石块的大卫充满动感和英雄主义,脸形则是贝尔尼尼的自我肖像。这个大卫雕像宣布了巴洛克风格的诞生。在帝王厅,贝尔尼尼用整块大理石雕出的《地狱女王被劫》充满了女性体态的柔软、朝气和狂想欲望,与大厅中他的另一件作品《阿波罗和少女神》相互对映,让我感动得几乎窒息。我真想像罗曼·罗兰那样大呼:"让我回到 16 世纪吧!生活在文艺复兴时代吧!那是一个怎样的生命与热情最强有力的源泉啊!"

满怀激情拾阶而上,立即被提香的作品《圣爱与俗爱》吸引。这是活到了 99 岁的提香年轻时代的作品。画中闪亮的丝饰胜过当今纽约圣诞舞会任何晚礼服的光泽,那容光焕发的肉色以及暖和清晰的光彩如此完美华丽,背景则是我在阿西西看到的壮美山峦河流与暮色笼罩下的树林。这是关于天堂之爱和人间之爱,及人和神与生俱来的爱欲故事。我在这幅画前与遭遇过坎坷经历的罗曼·罗兰在心中对话:"我太爱生命了!绝不会退避到生命的阴影中,哪怕是上帝的阴影。"

在罗马万神殿(Pantheon),这句话又在我耳边回响,我太爱万神殿了!万神殿在公元 120 年由阿德里亚诺皇帝亲自设计,被称为从罗马帝国直至今天世界上最伟大的建筑之一。她的魅力全在那无与伦比的圆形露天穹顶。从那里开始,完美的曲线如百合花瓣般向下延伸,形成一个完整的球形体与大地相接。每次踏进这座殿堂,我总怀着虔诚之心祈望露天圆顶的湛蓝色苍穹,仿佛上帝之手透过蓝天在抚摩着人类渴望的心灵。有一年秋天我去时正逢下雨,万神殿中央的大理石地成了一片水塘。仰望那露天圆顶,烟雾伴着水汽竟像一条白龙飞腾升空,而殿堂的四周依然温暖如春。我抚摸了一下脸庞,滴到了几滴雨,像眼泪一样,仿佛是上帝在为拉斐尔的英年早逝抛洒眼泪——拉斐尔被教皇莱奥内十世任命为圣彼得大教堂的首席建筑师。他除了致力于油画和诗歌之外,以毕生经历研究古代建筑和遗迹。在罗马星罗棋布无比壮观的辉煌古代遗迹中,万神殿是拉斐尔的最爱。1520年4月6日,因负担过重,积劳成疾,年仅37岁的拉斐尔意识到死神即将来临,他留下的唯一遗言是:"亲爱的人们,我希望死后能够长眠在万神殿……"

这里原是意大利历代国王与教皇的陵墓。但是人们根本不会记住艾理努埃尔二世、翁贝托一世、马尔代皇后等显赫一时的帝王们的名字。来到万神殿的每一个人都知道他们要寻找的人:画家拉斐尔。

每逢到罗马,我总会在拉斐尔墓前献上一束玫瑰。英俊飘逸,才华盖世的拉斐尔是全世界艺术女性梦中的不朽情人。离开万神殿,我沿着罗曼·罗兰和梅森葆夫人的足迹,来到拉斐尔倾注毕生心血的梵蒂冈拉斐尔画室。

拉斐尔画室最珍贵的一些绘画是曾用来装饰15世纪中叶教宗尼科洛五世的官邸的。这位教宗是一个真正的人文主义者,他在文艺复兴时代致力于重新发掘古代哲学和经典文学,朱利奥二世决定重新装饰那套房间。他将这项任务委托给包括米开朗基罗在内的几位杰出画家。拉斐尔当时只有25岁。他在签署室中画了两年(1509—1511),根据教宗的建议,把构成人类灵魂的两大要素——智慧和美德加以象征化。这就是我现在看到的大型壁画《圣体辩论》,著名的神学家们位于圣坛四周,顶上是上帝,耶稣基督坐在玛利亚与先知的中间。依据天主教义,油画将天堂和人间结合在一起,德高望重的教皇和著名人物中间,有一位是长期受宗教界迫害的诗人但丁。在《圣体辩论》对面是拉斐尔那幅同样不朽的巨作《雅典学院》,这是我最心爱的作品。我仿佛看到罗曼·罗兰正同我一样,一边仰着头看,一边思忖着朱利奥二世对拉斐尔的交待:"你知道,人类精神的创造有四个基础:神学、哲学、诗歌和法学。这就是我希望在这个厅堂的四壁看到的。这要由真正的大师来完成,但米开朗基罗宁可让自己的心去受雕刻刀的宰割。所以我们找来了你……"

拉斐尔不久就让这位挑剔的教皇惊喜不已。《雅典学院》把均衡与对称的艺术特征发挥到美的极致。他的画笔下是影响过历史的一群最著名的哲学家。背景是一座庄严的拱形大厅,两位中心人物——身穿红披风,指着天堂的是柏拉图,他代表理想主义;另一位是亚里斯多德,他身穿蓝色长袍,手指大地,代表现实主义。这就是哲学的两个基本原理。在他们周围的人群中,我能认出穿橄榄绿长袍的苏格拉底、面色忧郁的米开朗基罗和豁然开朗的达·芬奇,还有正在一块黑板上作弧线图的数学家阿基米德,以及拉斐尔的老师佩鲁吉诺。年轻的拉斐尔的自画像出现在佩鲁吉诺身旁,25岁的他宁静睿智、面容俊美。拉斐尔完全有资格加入这个队伍,难怪每一次罗曼·罗兰来罗马,都要奔到拉斐尔画室来"呼吸一下文艺复兴的迷人熏风"。现在我抬起头,在一扇窗户上方的弦月壁中,看见拉斐尔的作品《帕尔那斯山》。阿波罗居中坐在一块岩石上弹奏七弦琴,著名诗人荷马和但丁围在阿波罗身边,讨论诗歌与现实的距离。在拉斐尔画室中我被他的艺术灵感、想象力、多才多艺的天性和对古典学知识运用的精湛、娴熟感到阵阵晕眩。无论我站在这幅画或是那幅画前,我总是联想到1890年11月25日罗曼·罗兰致梅森葆夫人的信:

我到梵蒂冈去了……现在拉斐尔毫无匹敌地统治着我

的心灵。我甚至不再想把他与任何人相比了。我在吸取他的作品中不朽的生命时,感受到行动与沉思的大欢乐。我很难相信《雅典学院》这样的巨作,出自这个欧比诺的温和青年手中。那小小的脸庞相当奇秀,他怎么会创造出那么强有力的意境?

而在梵蒂冈西斯廷教堂欣赏那令人目瞪口呆的米开朗基罗的《创世纪》时,我又会想起有着磁石般的求知欲的罗曼·罗兰给梅森葆夫人的信:

> 亲爱的朋友,我思念你。这一星期来我完全对米开朗基罗倾心了,为什么我以前不更狂热地爱他呢? 那种轻蔑,那种孤独,那种雄伟……倘若我们为了崇拜神的各种气质而兴建庙宇,我希望造一所能凌驾万物的"冷漠",里面密布着米开朗基罗的作品。

罗曼·罗兰,这就是每日陪伴我神游的精神情人! 我有一次兴冲冲地赶到圣彼得镣铐教堂,这座建于公元 440 年的教堂,珍藏着埃乌多娅皇后(Empress Eudoxia)从马尼奥教堂那里接受到的圣物:耶路撒冷的监狱中找到的用来囚禁圣彼得的两节黑色铁镣。但人们来这里仅仅对那个圣物瞄上一秒钟,便久久地站在米开朗基罗的《摩西》雕像前不愿离去。据说米开朗基罗曾在雕像完成后对着雕像喊:"你为什么不说话?"有一位在梵蒂冈向我问路的美国人,也跟着我来到圣彼得镣铐教堂。他四十多岁,戴眼镜,棕色鬈发,看上去像大学老师。他问我:"我一个上午都看到您在翻这本书,是什么书啊?"我让他看我手中的这本《罗曼·罗兰与梅森葆书信录》。他马上讲看过这本书,但不记得内容了。我翻开正在看的一页念给他听:"我恳求你下次外出时,替我问候你的邻居'摩西'……"这是梅森葆夫人写的。而罗曼·罗兰这样回答她：

> 亲爱的朋友，我在摩西雕像前徘徊了一下午不愿离去，
> 你还记得拉辛的《见莫尼斯》中的一行诗吗？
> 亲爱的朋友，你为什么对我说，
> 那过去的时刻永远不会再来？
> 在明媚的阳光下
> 文艺复兴的光辉照耀，
> 年轻的罗马，你能让甜蜜重来……

我和他成了朋友，一起旅游了一个下午。他是"断臂山"（同性恋），斯坦福大学教授。他写信告诉我他回到加州后买到了这本书，还给我寄来了两瓶加州葡萄酒及他拍摄的梵蒂冈照片。独自旅行常能碰到这样有趣的人。

无论我站在阿西西山顶，还是站在那波里斯宫殿，眺望庞培城古迹和地中海上方维苏威火山壮丽风光，我总喜欢面对大海朗读 73 岁的梅森葆夫人写给 23 岁的罗曼·罗兰的诗歌：

> 在丰饶的自然中再度欢欣，
> 感到生命如此优美而神奇，
> 四周和谐吹拂着心灵，
> 滋长人间至纯的爱情。
> 请怀念那些把蓬勃的生命，
> 注入雕塑顽石的人们。
> 亲爱的朋友，
> 你就能领悟：艺术和大自然有心
> 携手抚爱我们，直到最后一息。

罗曼·罗兰

梅森堡夫人是歌德的后裔，也是尼采、瓦格纳和罗曼·罗兰的亲密朋友

作者访问罗曼·罗兰母校——巴黎高等师范学校，在此就读期间他认识了梅森堡夫人。这里也是保罗·萨特和蓬皮杜总统的母校

情燃埃及

寻找亚历山大和拿破仑的足迹

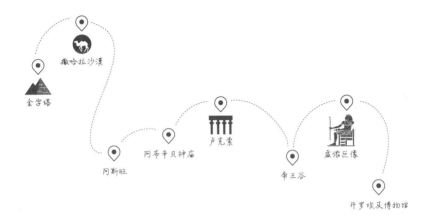

撒哈拉沙漠

金字塔

阿斯旺

阿布辛贝神庙

卢克索

帝王谷

孟侬巨像

开罗埃及博物馆

你愿意和我一起去一趟埃及吗？如果你的头脑中,除了金字塔和狮身人面像外,是一片空白,没有关系,待你从尼罗河古埃及巡礼回来后,你的脑袋就丰富得像一个财主了。

再吻金字塔

九年前,我第一次见到金字塔时,那一半激动一半失望的心情仍记忆犹新。这如雷贯耳的金字塔,只不过是个人工垒筑的大石头山峰,既没有金,也不闪光。1904 年康有为游历埃及后,在其《海程道经记》中,第一次明确称之为金字塔。然而,正如有的女子,不是以她的面貌,而是以她的气质、心灵取胜一样,你越走近金字塔,越被一种无可言状的魅力吸引。

气势磅礴的胡夫金字塔,在截至 1889 年巴黎埃菲尔铁塔落成前的四千五百多年的漫长岁月中,一直是世界最高建筑物。底边各 220 米,四面正向东南西北,高 146 米,用每块 2—16 吨重的方形巨石砌成,石与石之间没有水泥浇灌,紧密连接得插不进针。在没有起重机械的古埃及时代,这 230 万块巨石是如何搬运上去的? 至今没有发现任何文字、壁画记载。据说大金字塔下面的某个角落埋着金字塔建筑图,经 2000 年努力也未见踪迹。1968 年瑞士学者在《众神之车》中力图证明只有上帝或外星人才是唯一的建造者。但事实证明,是古埃及人的智慧建造了金字塔。在大金字塔内部一间小屋的墙上,有一块石头上刻着"胡夫执政第 17 年"的字样,为当年采石场开采年代标记,是金字塔归属的唯一重要物证。根据希罗多德在《历史》中的记载,公元前 2620 年,古王国第四王朝,古埃及极盛时代,胡夫法老(国王)令 10 万民工耗 20 年时间,建造了大金字塔。之后他的儿子哈夫拉建造了中金字塔,比其父低 2 米,其孙子孟考拉建立了高 66.5 米的小金字塔。吉萨三大金字塔是埃及金字塔建筑艺术的顶峰。三大金字塔选择的方位、角度的精确及内部复杂精密的结构,令当代最伟大的建筑学家咋舌,胡夫殡室居然有一股清新空气吹入。殡室建造在塔尖距地面三分之一处,即金字塔内部近中心处,其上有一个上下五层小屋,用每块重 70 吨的巨石隔开,巧妙地分散了金字塔内部对法老王殡室的压力。九年前,我钻入了胡夫金字塔内部,九年后,又钻入了胡夫孙子孟考拉金字塔。孙子的塔比起爷爷的塔既小又粗糙许多。奇怪的是这三座金字塔内部无一处雕刻字画和象形文字。

九年前,面对着胡夫金字塔,脑海中出现了一位爬到金字塔顶端的人:公元前 330 年的亚历山大一世。2300 年前的希腊马其顿国王亚历山大是以解放者的身份被底比斯神庙的祭司们迎入埃及的,如中国古代"开了大门迎闯王"一样,古埃及人将年仅 23 岁的超群绝伦的亚历山大国王奉为将埃及人从波斯人手中解放出来的阿蒙神的儿子。在大流士逃窜之后,全城欢腾地封这位金发王子为埃及法老王,他见到金字塔时,赞叹之余的第一个愿望,就是要登上金字塔塔尖,向古埃及法老王的地下威严挑战！亚历山大向上攀爬时，每个台阶都与他齐胸高，当爬上一半时，他解开金制胸甲，那胸甲飘飘悠悠地向下坠去，瞬间掉入万丈深渊，触目惊心。他终于爬完几百个台阶，两位将军和士兵们也陆续上来了。亚历山大心情激动地说："我只要一伸手就能碰到太阳！"23 岁的他要向全世界证明：昨天，他是希腊与马其顿联军统帅；现在，他是脚下这个叫埃及的国土的法老王；明天，他将是波斯皇帝和亚细亚的统治者，是世界的主宰！可惜他在大军纵横两万公里时染上急症，33 岁英年早逝。否则，人类的历史将会重写。

那天，我伸出手，紧扒着金字塔的第一块岩石，纵身一跃，跳上去了，再攀上第二个巨石……我在幻觉中成了一位年轻的马其顿女兵，追随着国王那在晓风中飘逸的金发，一步一跳地向上攀岩……可惜，才爬了七八层石阶就被当地管理人员吆喝下来。我依依不舍地站在亚历山大站过的巨石上，闭着眼睛，向远方的尼罗河作感恩祈祷，再迅速一级级跳下，在距地面最后一个石阶，我突然撑开双臂，像拥抱一个情人一样拥抱这 4500 年的巨石，用干燥的红唇吻了一下被阳光晒得滚烫的、金黄色的岩石。

九年后，面对气势磅礴的金字塔，在脑海中出现的是 1798 年攻打埃及的拿破仑。他被眼前的世界奇观震惊，对古埃及人的智慧佩服得五体投地。像当年亚历山大一样，他亲自登上胡夫金字塔顶。下来后，他推算：如果把三大金字塔所有的石块加在一起，可以砌一条三米高、一米厚的石墙，把整个法国用中国式的"长城"包围起来！最令人感兴趣的是随他登上金字塔顶的不仅有他的将士，还有几位学者——在他那包含 328 艘战船、38000 名军人的征服埃及的队伍中，还有 175 名学者，其中有天文学家、几何学家、矿物学家、东方学者和画家、诗人。所以，当拿破仑登上了金字塔顶峰时，他的军事战果产生了一个意想不到的结果：重现古代埃及文明。在这里，在胡夫金字塔尖，他和 2000 年前的亚历山大会师了！如果说，亚历山大开创了以希腊语言文字撰写埃及史——他的爱将托勒密写了埃及远征史,他的老师亚里士多德的侄子卡利斯瑟尼写了埃及亚历山大城建记。亚历山大死后,托勒密一世(公元前306—前282)的一位祭司,以高层次的希腊语与希腊科学积累起来的知识编写了一部《埃及史》,其中有三十个王朝的法老名单以及王朝和国王年表——那么,拿破仑的一位懂得希腊语的上尉在1799年距亚历山大城48公里的罗塞塔镇发现了一块被誉为"通往古埃及文明的钥匙"的罗塞塔碑,该碑文被法国天才的历史学家、语言学家商博良(1790—1832)破译,并发表了《关于象形文字字母发音问题致达西尔先生的一封信》(1822)。信中论述了象形文字成功破译的方法及要点,使古埃及语与希腊文互通互释。1809—1813年间,随拿破仑远征埃及的这群学者,汇集所有的成果,陆续出版了24卷本的《埃及记述》,这是世上第一套关于埃及考古的系统化科学论著。从亚历山大到拿破仑,横跨2000年就这样有机地联结起来!我一时觉得眼前的三座金字塔回肠荡气,赏心悦目,抬头望去,胡夫塔顶上的那个阳光照射下的阴影,仿佛是拿破仑在百日王朝期间召见潜心钻研象形文字的语言学家商博良。拿破仑当场宣布:从此将科普特语(与古埃及语较近的东方语言)定为埃及的正式语言。后人称,这"是埃及两位征服者的会见"。两位巨人,一个以古希腊语记载埃及史,另一个以天才学者破译古埃及象形文字。从此之后,"死的"文物,"死的"金字塔一变而成"活的"向导,引领现代人的视线进入数千年前的"文明世界"。从此,后埃及考古呈现一片蓬勃生机。尼罗河那碧蓝晶莹的水波在欢唱:金字塔复活了!法老王复活了!中断千年的色彩绚烂的古埃及文明复活了!——功归众神!

我跳上头裹白巾的当地人牵来的骆驼,躬下腰,将脸贴在金字塔的巨石上,仿佛在等候神祇召唤,心中充满了甘甜与纯净。又侧过脸,深深地吻了一下巨石那凹凸不平的表面,仿佛吻了两位巨人的面颊,然后骑着骆驼向那一望无际的撒哈拉沙漠飞奔而去……

亚历山大大帝头像

法国语言学家商博良破译罗赛塔石碑象
形文字，揭开古埃及之谜

拿破仑激动地向法军官兵指着金字塔

狮身人面像与撒哈拉沙漠历险记

第二天,我到所下榻的开罗饭店(Conrad Inter Cairo)前台,要求派一辆专车再次送我去吉萨金字塔。因为这天中午前是自由活动,我和女友商量好,她去曼菲斯和萨卡拉欣赏拉美西斯二世巨像与寻找第三王朝约瑟王的阶梯状金字塔,我则再去拜谒狮身人面像和三座金字塔,及遨游撒哈拉沙漠。然后互相交换体会及摄影摄像。五星级宾馆包三小时车只要80镑,相当于20美元,开到吉萨骆驼队老板处,包一个半小时骆驼50镑,门票20镑,由一个当地青年人牵着我的骆驼做导游。在早晨10点的太阳照射下,我停步在哈夫拉金字塔前的狮身人面像处,与这全长72米、高20米的斯芬克司对话。

问:你是谁? 从何处来? 你的鼻子哪儿去了?

答:我是太阳神祭司们奉为冥府大门的守护神,4600年前,伴着金字塔来到这里,守护胡夫的儿子——法老王哈夫拉。在奥图曼占领时期,土耳其人拿我的鼻子当靶子打了下来,现在藏在大英博物馆。

问:斯芬克司,请告诉我,谁是杰出的古埃及人? 如果公元前2000年30代王朝中出现过18位埃塞俄比亚(努比亚)国王,是不是说黑人也能创造灿烂文明?

答:让我来告诉你,这4600年我注视那些辛劳的金字塔建造者、搬运工,绝大多数是黑人,他们绘制灿烂的壁画、凿出精美的巨石雕像,埃及人也有高加索人、地中海人、阿拉伯人与亚细亚人,这亚非欧的交聚之地——有白色法老王,也有黑色法老王,肤色在古埃及,并不像今天这么重要。

问:斯芬克司,你目睹4600年埃及沧桑沉浮,请告诉我,你最喜欢的是哪些黄金时代?

答:哦,那是我诞生时,第4、5、6王朝胡夫的金字塔时期,和一千多年之后的第18、19新王国二世,出现了哈特舍普苏特女法老、图腾卡门少年国王、安鲁巴斯三世、拉美西斯二世这些千古流芳的法老王,你只要看一看他们留下的巨作,就知道他们和我一样,在太阳神的守护下已获得永生。

......

和狮身人面像对话后,我急切地赶着骆驼走向金字塔背后的撒哈拉沙漠。骆驼几乎飞奔着,向导也飞跃上了骆驼背催赶着。我要在有限的时间里,在沙漠中找到三个金字塔并排在地平线的最佳角度拍摄照片,最重要的是,我要从远处感受它的美。说起金字塔的建筑美,人们均同意"近看不如远望",在沙漠中远眺,确实为精美绝伦的群体宫殿式结构惊叹。向导是位 27 岁的黝黑的当地青年,他一再催促鞭赶骆驼走到更远的地方。这里毫无人烟,一派大漠孤烟,要不是饭店安排了这行程,我真会惊吓担忧,不禁想到亚历山大率军穿越撒哈拉沙漠去卢克索拜谒阿蒙神殿时,一队人差点被沙暴埋葬。国王本人从沙堆钻出时,发现几队骆驼因干渴劳累全部昏倒,不再行走。十几个士兵已昏厥在毒日之下,眼看人在自然面前渺小无力、束手待毙时,突然乌云聚空,下起了千年不遇的大雨,救活了所有的人与骆驼。从此后,亚历山大更崇拜阿蒙神和荷拉斯神,并令人将他本人凿刻在这两神中间,戴着白色火腿状王冠及象征上埃及的荷鲁斯神鹰头和下埃及的眼镜蛇头饰,虔诚地祈求神明保佑他为法老王的这块土地……眼下,我的当地向导已将骆驼催赶得精疲力竭,这是匹 7 岁的年轻骆驼(平均 25 岁寿终),一般一匹骆驼骑乘一人,他却跳上来坐在我前面,重压与奔驰使骆驼发急不耐,趁我跳下拍金字塔远景照片时,它疯一般地突然抛下我们向远处奔逃。天哪,没有骆驼,我们在这一望无际的沙漠里,不等于陷入绝境了吗?牵驼人光着脚,拼命追赶,好不容易抓住了这个叛逆者,疲惫地高一脚低一脚牵到我面前,令骆驼蹲下,他纵身往驼背上一跳,再叫我上去,可不等我上去,只见那家伙浑身一抖,又将牵驼人结结实实地甩在沙漠上。这可把我吓坏了,真后悔不该一人冒险出来,看来骆驼恨死了它的主人。小伙子和我眼巴巴地望着它跪在那里喘气。我真想找点水给它喝，可身边的可乐罐头早已空了。我要在 11 点前赶回宾馆，全团去机场赴阿斯旺。手表的指针已是 10 点，我急得心中冒火。休息了一阵子的骆驼气消了些，小伙子让我坐在前面，他坐在我后面。他担心骆驼不听他的，让我指挥骆驼。天哪，一会儿爬左边沙包，一会儿跳跃右边沙沟沟，用鞭绳控制方向，脚踢催赶速度，有两次我差点从驼背上翻滚下来。我总算知道了撒哈拉沙漠的厉害，也体会到那次差点要了亚历山大命的沙漠骆驼干渴症。在骆驼背上我突然想起前一天晚上在 HBO 电影频道看的《英国病人》这部奥斯卡最佳影片中的对话：

"渴望，它潜藏在被制约、被规范的人性沙漠底层。"

"讨论沙丘的形成、绿洲的消失以及沙漠失传的文化……我们似乎只对那些不可以买卖的东西感兴趣，为 700 年前发生的事情，为纬度争吵，丝毫不关心外面的世界……"

真是太妙了！

我为自己当了两小时的沙漠骆驼骑兵和拍摄了几卷出色的沙漠相片而快乐。这里除了牵骆驼的当地青年向导，浩浩瀚瀚的沙漠只有我一人，而且那匹骆驼还动辄狂奔。我总算满面风尘地按时赶回宾馆，当我来到水晶吊灯高悬、钢琴声悠悠的大厅时，队友们已在等我上机场。我惊异这沙漠与宫殿的两重世界，竟相隔在几十分钟之间。这就是开罗与金字塔及撒哈拉沙漠的距离：15 公里，车程 40 分钟。

再见了，狮身人面像！再见了，金字塔和撒哈拉沙漠，我一定会再回来！我还要沿着撒哈拉沙漠，去看看 1850 年德国探险家海因里希·巴思在塔西亚高原发现的洞穴岩画。那些关于绝迹动物的优雅壁画已经在砂岩上躺了 6000 年。

那晚，我做了一个沙漠的梦，我一个人在沙漠的月下唱歌，和飞绕在我周围的小天使一起给金字塔称重量……

梦魂牵绕阿斯旺

　　真没想到埃及还有这么一个长空蔚蓝、鲜花遍野的幽雅所在。一进入下榻的宾馆,打开阳台的门,放眼望去,不禁惊喜地叫起来:好一派绮丽风光! 晴空下映衬着蜿蜒起伏的沙漠山脉,尼罗河曲曲弯弯犹如一条蓝色玉带,数不尽的白帆竟比佛州西棕榈海滩还多,两岸被郁郁葱葱的棕榈树环绕着,宾馆紧挨尼罗河,当一些大白帆驶过时,仿佛一伸手就能抓到桅杆。鲜花绿茵丛中是一个大游泳池及几排伞状凉亭,酒吧设在这个英国殖民式洋房的大露台上,被一块巨大的印度宫殿式帷墙半遮盖,挡住阳光。服务生戴着仿埃及法老王的火腿状高帽穿梭,不停地为客人送上红酒、啤酒、咖啡,游客多是美国人和欧洲人,极个别亚洲人。抬头望去,这幢淡红色、带有沙漠光辉的古典建筑上是一行醒目、熟悉的白色大字:Old Cataract。

　　几十年前,正是在这个宾馆及停泊在阿斯旺的尼罗河游轮上拍摄了风靡一时的著名影片《尼罗河上的惨案》。记得第一次看这部电影时,我作为北大荒知青刚返城,在复兴中路的上海电影院门口,为一张票子挤得浑身大汗。看完后又与几位朋友激动地讨论到深夜。那时做梦也不会想到,我居然有一天会住在这个叫 Old Cataract(老瀑布)的宾馆。这里的一切富有情调,是那样的优雅与安逸。我发现许多人和我一样,手中捧一本有关埃及考古的书籍,伴一杯咖啡静静地阅读。

　　当晚,全团搭乘小船,在星空下参加费丽岛神殿的声光表演。费丽岛素有尼罗河的珍珠及海市蜃楼之称。在夜幕中仰望岛上的塔门和圆柱神殿,正如在夕阳下面对希腊奥林匹亚山的帕特农神殿一样,顿生万千气派,有种被神祇召唤的感觉。从小船登上小岛来到宫殿内部,立即被塔门和圆柱上精美的浮雕和神圣象形文字所震慑。这个伊西丝(Isis)神殿是第 30 王朝法老(公元前 378—前 360)献给伊西丝、海特(Hathor)以及荷拉斯(Horus)三位神祇的。经过托勒密王朝诸王及罗马皇帝等的逐代增建,形成典型的古罗马风格。由第一塔门开始,依序为诞生殿、第二塔门、列柱大厅及圣堂。在星空下,激光一会儿将神殿照得通明透亮,万马奔腾,洪水爆发,一会儿又是在幽幽蓝色之中,神灵出现在柱廊中,安抚骚乱的庶民,许诺丰收与平安。这里供奉的伊西丝女神是埃及众神中最受崇拜的女神。她怀抱儿子荷拉斯神的浮雕,据称后来演变为基督教中圣母玛丽亚怀抱基督的形象。在埃及的任何一座古庙神殿中几乎都能见到伊西丝的儿子荷拉斯神。他头部呈鹰形,身材颀长穿短裙,右手握生命之钥匙,左手持长权杖,双眼分别代表太阳与月亮。古埃及人认为日月星辰、风雨雷电、动物植物都代表了神祇的不可抗拒之力。图腾崇拜成为古文明产生与发展的重要根源,在这万神殿的千古神秘之中,记住六个神祇就能帮你找到与神沟通之路了。他们是:阿蒙神,外观与法老王一样,但头戴羽毛王冠,4000年来,在诸神中居显赫地位,信奉中心在底比斯,即今天的卢克索;奥西里斯神(Osiris),永恒生命的象征,来世审判的最高统治者,双手交叉胸前,头戴法老王冠;伊西丝女神;荷拉斯神——鹰头人身神;太阳神拉神(Haraihte),它后来在新王国时期与阿蒙结合为阿蒙—拉神,鹰头人身,头顶太阳圆盘;及海特太阳女神。除以上六位主宰自然与命运的天神外,还有一位常出现在古墓壁画中的阿努比斯神,豺狼头,颀长人身,负责制作木乃伊,手中握有进入冥世的生命之钥。从阿斯旺的费丽神殿的壁雕上,你认识了以上诸神,这些扑朔迷离的神像与浮雕、象形文字就变得清晰起来。

由于未遭战争破坏,这是一个保存完好的壮丽典雅的"帕特农神殿"。令人深为感动的是1960年代,纳赛尔总统与苏联携手兴建阿斯旺新水坝,致使费丽岛上的伊西丝神殿除塔门之外,全部没入水中。联合国教科文组织发动"努比亚古迹抢救运动",花了7年时间,将浸没在尼罗河水中的神殿移到靠近费丽岛的阿吉尔基岛——即我们现在站着的岛上,那些历经2000年的紫红色的花岗岩和大理石柱廊、浮雕、神像一切依旧地从水面上浮到我们眼前。令人在万般感动中思索：那不可估量的神奇之力，究竟是神祇之力，还是人的力量？

第二天清晨，我们从阿斯旺飞往向南 280 公里、举世闻名的阿布辛贝神庙。一上飞机，机长就告诉我们可以随便坐在左侧靠窗位。飞越一望无际的沙漠和金字塔般发暗的一座座山岳后，机长喊话：请各位往正前左下方看。只见一座巨岩山朝阳面，四尊神像一字坐开，其巍峨壮观，震撼人心。这里有整座山岩凿刻而成的两个神殿。大神殿是新王朝拉美西斯二世在公元前 1298—前 1223 年所建，以供奉太阳神、荷拉斯神、艺术之神和拉美西斯二世本人。这位 19 王朝法老执政 67 年，有 30 位妻子、100 多个儿女。他俊美威武，骁勇善战，富有想象力。《圣经》中的"摩西"即在他的时代长大成人。在他统治的全盛时期大修神殿——举世闻名的卢克索神庙、卡纳索神殿和这里的拉美西斯二世古庙、爱神殿，无一不是经他亲督完成。世界上再没有比拉美西斯二世更雄伟的巨像群了！他奇迹般地活到 90 岁，这在古代极为罕见。古埃及人将他视为神的化身，他的木乃伊今天还静静地躺在埃及博物馆。

我们抬头仰望这座 3300 年的神庙正门，四座庞大的拉美西斯圣像高 65 米，头戴上下埃及王冠。石像的两脚之间及两旁，是他可爱的儿女们。入口之上，有个太阳神立像——有人称其外形极像外星人，为这古庙更带来神秘感。这是我见到的最有美学魅力的群雕！步入大厅，两侧各四个奥西里斯神巨像，庙内的墙壁浮雕美轮美奂，色彩鲜艳，刻画着拉美西斯二世及王后姜妃与众神在一起，及他与西部敌寇交战的情景。岩窟最内部的圣堂，并列四尊坐像，为太阳神、阿蒙神、首都之神和他本人。神奇的是每年冬至和夏至的两天，太阳光会从遥远的洞窟入口直射进来，正好射在拉美西斯二世的神像上，可见 3300 年前设计之绝妙！

作者和埃及导游、美国团友在阿布辛贝神庙

尼罗河邮轮的化装晚会

大神殿右侧 100 米是拉美西斯二世为其妻子纳菲尔塔莉 (Nefatari) 建造的神殿。这整座岩窟殿堂的正面并列着国王本人的四尊立像及王后的二尊立像。这是献给太阳女神海特的神殿,壁画上是伊西丝和海特两位女神为纳菲尔塔莉王后加冕的美丽浮雕。传说这位王后死时还很年轻,拉美西斯二世对她念念不忘,建立该殿以寄托他的初恋。后人称为爱神殿。

　　千百年来,埃及人没有白白供奉众神,因为在这块土地上奇迹辈出。和费丽伊西丝神殿一样,由于兴建新水坝,上升的水位淹没了这两座大小神殿。埃及政府与联合国科教文组织展开抢救活动,由美国、德国、意大利、法国、埃及共集资 4000 万美元,将古庙切剖成七千多块重达十吨至四十吨的石块。在纪录片中可见到一个起重机正吊着拉美西斯的半个面孔,而一部重推车正运走他的一只左脚。整整 5 年中,考古学家和工程师们小心地将这人类艺术瑰宝搬运至 210 米以外、65 米高的平地上,重新垒砌装嵌。重建的古庙,方位及四周环境均与原样一致,连每年两天照入洞内圣堂拉美西斯二世雕像身上的阳光射入角度也毫无偏差。尼罗河两岸的人们欢呼着,将彩纸屑和甜果浆洒入河中。在他们看来,联合国只是伊西丝女神和拉美西斯二世的助手,神祇使尼罗河两岸更富庶,使神殿再屹立一万年!

　　飞机起飞了,望着这神奇的巍峨的岩窟神殿,我忽然热泪盈眶。阿布辛贝,再见! 联想到中国的不少珍贵古迹正在遭到破坏,中国能否也发动一个抢救运动呢?

　　从阿斯旺到卢克索的船上三个夜晚,也许是枕着有神灵之气的尼罗河,睡得那么香甜。我梦见满天星月,巨大的起重机将小心切剖下的拉美西斯二世头像抬高,抬到那和月亮一样高的另一个人造山岩上去……

　　美哉,阿布辛贝神庙! 美哉,拉美西斯二世! 这里是全世界任何一个梦想者可以想象的完美极致之地!

气派万千卢克索

在拉斯维加斯,曾慕名入住卢克索饭店,现在才知道,那豪华的模仿和刻意的装饰,纵然富丽堂皇,却远不及沙漠中屹立3300年的卢克索神庙(Luxor Temple)摄人心魄的魅力和如天雷滚动的文化冲击。

卢克索神庙由18王朝安鲁巴斯三世及拉美西斯二世兴建,用以供奉阿蒙天神。入口第一道大门高24米,原本立着两座花岗岩的方尖碑和拉美西斯二世六个巨型石像。现在只剩下两个古铜色的巍峨坐像和一个立像,方尖碑中的一座被穆罕默德在19世纪送给法国,现只剩下一座。在广场左侧,有一个拉美西斯二世头像,是地震时从一座巨像上掉下来的,外形如欧亚混血般精细,五官俊美。这个杰出的艺术品比米开朗基罗的大卫早了两千多年,为人类文明与艺术起源的物证。从塔门进入神殿,为拉美西斯二世大厅,四周列柱环绕。柱头有古埃及典型的纸草花和莲花为饰,柱间为两位皇帝的巨大石像。柱壁上刻有诸神浮雕和象形文字。进入安鲁巴斯三世柱庙,七对巨大的列柱无不令观者为之震慑。壁面上描绘从阿蒙神殿到卢克索神殿的游行行列,穿长袍裹白巾的当地阿拉伯人在柱廊中神出鬼没,从拉美西斯二世(公元前1314—前1224)到亚历山大(公元前330)历经千年,后者将自己凿刻在柱壁上至今,又两千年飞逝。在这神殿中,你已在时光之船中晕眩,闭上双目,让巨擘众神安抚你的震撼,纯净你的心灵。我一人又来到神殿入口的两尊巨像间,好莱坞电影《克娄巴特拉》中见过的场面已算不上雄伟,我感到自己突然变得这么渺小,如站在两座天都峰间。此时,繁星满天,柔和的灯光使整个古庙更动人心魄,我独自在狮身人面像的甬道,静心与神祇交流。

第二天早晨,像被磁石吸引一样,我又一次来到卢克索神庙,一种摄人心魄的力量充满胸中，在对人生与命运的感恩中，一种要干点什么，并且一定要干成功的愿望在心头骤然升起。那一霎间，你突然想把渺小的"我"与这巨人、这浩瀚的历史长河和璀璨文明连接起来，你才感到这一切跋涉、奔波、寻古并不是让你享受，而是引领你去实现更好的人生价值。

那天傍晚，开罗大学毕业的导游将我们带到太阳神殿的一处壁画前，大家顿时涨红了脸。原来应是阿蒙神的位置上，出现了一位"爱神"，他的阳具醒目地出现在水平位，面对着诸神泰然自若。导游讲古埃及文化不回避性，且美化性，认为是人类繁衍及生命欢舞的精髓。整个卢克索神庙有三个这样赤裸煽情的爱神，他用夸张的举动为人类祈祷生命中最宝贵的幸福——爱情的幸福与甘美。

据称可以容纳10个圣彼得大教堂的卡纳克阿蒙大神殿是世界上最大的神庙。前后扩建装修了2000年。最令人震惊的是圆柱殿，位于刻有图腾卡门王、拉美西斯二世、亚历山大大帝、埃及艳后克娄巴特拉等法老王名字的第二塔门之后，目不暇接的巨大圆柱令人眼花缭乱。这147根石柱使神殿显得阴森神秘，这就是拍摄《尼罗河上的惨案》的"石柱森林"现场，你仿佛能听到影片中那急促不祥的脚步声在柱林中出没。导游让我们手挽着手，共10个人才将石柱包围一圈，而石柱顶上可站立100人！柱臂上刻满象形文字和壁画，这些柱子气势恢弘却因相距太近而让人感到诸神压力。令人赏心悦目的倒是拉美西斯二世所捐的狮身人面参道。40尊人兽一体人神辉映的雄羊狮身人面像，象征着拉美西斯二世众多的儿子们在伺奉阿蒙神。另一处圣池边的来生甲壳虫吉祥雕像边，一大群游人绕着圈跑。据说绕8圈能带来好运。从卢克索神庙到卡纳克神庙，你突然想顺着狮身人面像参道走回到那遥远的金字塔，再走向阿布辛贝神庙，这4700年一气呵成的建筑群体是人类想象智能的奇迹。

回肠荡气帝王谷

考古学家的激情,在这里比太阳更灼热。

一步入底比斯尼罗河西岸的山谷中,就看到一座气势庞大的天然金字塔山峰,第一个把陵墓安在这金字塔之下的是聪明的图特摩斯一世(公元前1525—前1512年在位)、古埃及唯一女法老哈特舍普苏特的父亲。他看见一千多年来尼罗河东西岸80座金字塔中的法老木乃伊被盗墓者抢劫一空,修筑金字塔的大量耗费更易引发奴隶起义,便令人在这更易升天的天然塔峰下开凿一条秘密隧道作为墓穴。至今,在帝王谷发现的法老王之墓达64座,第18至20王朝法老均安眠于此。对外开放6座。除了图腾卡门王墓外,全被盗窃一空,仅存空空石棺。令人兴味盎然和惊叹的是这些如长笛般伸入山岩深处的墓穴,竟如一座座富丽堂皇的博物馆,隧道两侧墙面、天花板、侧室、殡室大厅满是色彩艳丽的浮雕与象形文字。令人联想起比这迟了近2000年的莫高窟敦煌壁画。亘古千年,人类有这么多相通的东西!如果说图特摩斯一世为自己在此凿出第一个博物馆,那么他的女儿哈特舍普苏特女法老则别出心裁地在代尔埃巴里的岩壁中设计出一座如现代大学殿堂般壮观的地上祭堂,享殿曾金碧辉煌,有诸神数百尊,她父亲及女王本人的雕像放置其中,可惜在她执政22年时,她的继子发动政变,女王从此失踪,连木乃伊也无一见,新王并令人将所有与女王有关的浮雕、雕像全部砸毁。现在,唯一两座完整的雕像是这个空陵墓左侧廊柱中秀发长垂的二尊爱神,这与300年后拉美西斯二世在阿布辛贝所建爱神殿中的爱神完全一致——媚眼樱唇,宽额秀发,头顶沉重的爱神皇冠,面容如初恋的少女羞涩地微笑。想必,女法老生前也有过悱恻难忘的爱情,并期冀带到来生。

在这18王朝女法老享殿的后山上,1818年,有一次空前绝后的大发现,开罗埃及博物馆的加斯顿·马斯皮罗教授通过跟踪古玩黑市,将一名出身于盗墓世家名叫拉苏尔的当地人逮捕。他交代在1815年无意中在帝王谷和女法老享殿之间陡峭的断层上发现一个洞穴。从此后拉苏尔成了埃及考古学上的一个重要名字,因为跟随他下了这个被石头掩盖的洞口,埃及博物馆一下子获得了包括新王国开国元勋阿摩西斯和赫赫有名的拉美西斯二世在内的40具法老王石棺、木乃伊及3000年前无数珍贵陪葬物!

这40位法老同住"集体宿舍",要归功于效忠王朝的祭司们,他们一到夜间,就在帝王谷与盗墓者展开无声无息、神出鬼没的"争夺战"。一具石棺上的铭文记载了3000年前法老们如何"旅行"到此的历史。这次发现避免了埃及古文物的一次大劫难。

在帝王谷最震撼人心、回肠荡气的发现是举世闻名的图腾卡门王之墓。这是帝王谷唯一未遭盗窃的陵墓。图腾卡门是18王朝一位18岁的少年国王。他是大名鼎鼎的阿赫那顿法老与纳芙蒂蒂王后的女婿,纳芙蒂蒂王后是古埃及史上公认的最美丽高雅的王后。她的女儿——一位美丽的公主向不幸早逝的夫君棺上献的一束鲜花,当墓穴在3300年后打开时,石棺上仍放着这束枯萎的花朵。这令考古学家卡特惊讶不已!我激动地屏住呼吸,走进墓室。这个规模不大但金碧辉煌的墓室,完全没经历了3300年漫长岁月的感觉,壁面用金、黑、棕、白、蓝、红色绘制的浮雕色彩鲜艳,恰如刚漆上去不久,描绘着神祇引导国王宣读"亡灵书"进入再生世界。最醒目的是镀金的第一层人形棺木和雕刻着伸手展翅的守护女神的石棺浮雕,图腾卡门的木乃伊在里面默默安睡。流连在这小小的墓室,脑海中尽是在开罗博物馆看到的出自于此的3500多件文物珠宝,包括那储放年轻国王内脏的四个金罐,其上有四个埃及美女大理石彩漆雕像,玉颜樱唇,典雅妖媚,可与当今最摩登的模特儿媲美。那举世闻名的黄金面具和重达134公斤、雕刻精美绝伦的黄金内棺更吸引了全世界的游客。我想起1922年伦敦《金融时报》刊载的一句话:"没有考古学家卡特,我们今天就不会站在这个地方欣赏这比古希腊、古罗马和意大利文艺复兴时期更遥远更灿烂辉煌的艺术品。"

从帝王陵回到尼罗河游船的途中，又一次被孟侬巨像所震撼，背山面河的这两尊著名巨像是公元前14世纪、缔造了卢克索神庙的安鲁巴斯三世座像，可以想见在这巨像身后，应是一座可与卢克索神庙媲美的法老王宫殿。沧海桑田，如今只剩下这每尊1300吨重、岩石龟裂的巨像，两尊巨像会哭泣流泪，哭泣的鸣声是晚风吹过裂缝的回音，泪水则是雨水聚积于石雕的眼眶中流下。在绯红色夕阳照射下，具有神秘的震慑力。

再见了，埃及！

我们这个3月9日从纽约出发的"GATE1"（第一门）旅行团，共有20人组成——有美国大学教授、医生、律师、退休牧师、房地产经纪商，还有两位不讳言是同性恋的风趣幽默的美国男子。8天时间大家相处得如一家人，餐桌上不时发出哄堂大笑。一个有趣的现象是，哪怕一开始最疏懒悠闲的人，在最后几天也加入拼命买书、啃书的队伍中。不知是哪座神殿的威力，突然之间这尼罗河畔的消闲观光变成了一种执著的"寻根"，激情的火焰会伴随着一座座神殿在哪怕最老于世故的人心中燃起。船舱中、餐厅里、甲板上的游泳池边和吧台上，人们每到一处都带着书，细细地翻阅，热烈地讨论交流，真是言必称"EGYPT（埃及）"。

船长在最后一天宣布，要举行一次尼罗河上的化装晚会，参加晚会者只能穿古埃及或阿拉伯服装，于是这些美国人德国人意大利人便蜂拥着冲向卢克索的大集市，抢购那些只有在电影《阿拉伯的劳伦斯》中才能看到的服装。我和女友也用围巾裹头打扮得如阿拉伯姑娘。这真是别开生面的欢乐之夜。几十位身材魁梧、金发碧眼的"阿拉法特"和着装鲜艳、纱巾蒙面、气派高雅的"阿依达"们随音乐舞蹈狂欢。

入夜，一切平静下来，只有尼罗河水在呢喃低语。她在召唤更多的人来看一看这块神奇的土地，然后让每个人胸中燃着一团火焰离去。3 月 18 日清晨,回到美国,儿子和先生扑上来拥抱,大堆的传真文件等着处理。这是曼哈顿,是另一个世界,很少有人会想到埃及。我不要埃及离我远去。我祈求这团火焰不要在纽约的车水马龙中熄灭。在公园大道的郁金香花坛中,我重新看到了金字塔、撒哈拉沙漠、尼罗河和卢克索的神殿。于是,在晨曦中,我写下这篇《情燃埃及》。我想起一位美国诗人的一段诗:

> 让火焰在你心中燃烧吧,
> 你的思想是一座宫殿
> ······

情燃埃及,心潮澎湃,因为我们探秘的是比金字塔更深奥美妙的思想宫殿!

追逐日光

寻找丘吉尔

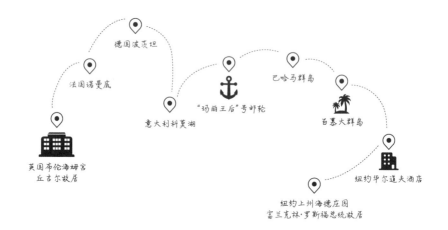

德国波茨坦

法国诺曼底

意大利科莫湖

"玛丽王后"号邮轮

巴哈马群岛

百慕大群岛

英国布伦海姆宫
丘吉尔故居

纽约华尔道夫酒店

纽约上州海德庄园
富兰克林·罗斯福总统故居

布伦海姆宫雄狮的回声

我一直喜欢英式庄园,英国的历史、文化和建筑。世界大都市除了纽约我最喜欢伦敦,因为英国人充满冒险精神和幽默感。位于牛津大学附近的布伦海姆宫(Blenheim Palace)是我的最爱,它堪称可与凡尔赛宫媲美的英国最大最豪华最独特的私人宫殿,因为它向人类贡献了丘吉尔。徘徊在丘吉尔出生的 20 平方米的房间,典雅的屋子中间是丘吉尔母亲珍妮生产丘吉尔的那张床,床头灯依然散发着奶黄色的温馨灯光,橱柜里是小丘吉尔穿过的婴儿服,以及英俊少年丘吉尔与父母的照片。一生傲视群雄的斯大林,曾由衷地评价他的盟友兼对手丘吉尔:"他是人类一百年才会诞生一位的大人物!"而丘吉尔则在书中不无幽默地写道:"在布伦海姆宫我一生做了两件非常正确的事情:出生和结婚。我很满意我所做的这两个决定。"

我崇拜丘吉尔的原因之一,是因为他不仅是英国两届首相和二战的一头雄狮——盟军三巨头之一,而且他还是一位擅长撰写非虚构文学的一代文豪,他的写作善于将文学与史学相结合,以自己的亲身经历及家族历史为素材,用斐然的文采将历史事件演绎得栩栩如生。丘吉尔曾根据亲身经历撰写了《我的早年生活》,还为自己曾担任英国财务大臣的父亲撰写过《伦道夫·丘吉尔勋爵传》,为自己先祖撰写了《马尔博罗公爵时代》的百万字鸿篇巨作,出版后好评如潮,为丘吉尔赢得了传记作家的美誉。1953 年他凭借 16 卷本《第二次世界大战回忆录》荣获诺贝尔文学奖。

我崇拜他的另一个主要原因是虽然丘吉尔去世多年,但他那"永不屈服"的精神一直鼓舞着全世界处于困境中的人们!

我与上海电视台纪实频道主持人夏磊做"亲历 911——周励在纽约"访谈时,专门谈到 911 灾难中最感动我的一幕:纽约市长朱利安尼手里拿着一本《丘吉尔传》,跑了上百次世贸废墟指挥救灾救援,他在电视里向被恐怖袭击惊呆了的纽约市民反复重述丘吉尔在二战初期的誓言:"我们决不投降,决不屈服,我们将战斗到底,不惜任何代价!"

朱利安尼市长还紧攥拳头重复丘吉尔的名言:"人最可贵的精神就是无畏!"

2010 年 10 月,我的人生突然遇到了至暗时刻,陪伴我度过艰难日子的就是丘吉尔。

"再次分析病理报告,你肺部的结节在我看来是良性病灶,其实不需要开刀。"在切除左肺半个肺叶之后的第二年、也就是 2012 年春节之际,我的美国犹太医生这样告诉我。

虚惊一场,百感交集。

我翻阅了 2010 年至暗时刻的阅读笔记,以及近 10 年里与丘吉尔有关的日记,在纪念反法西斯战争胜利的 75 周年,我要抒写一下对这位气宇轩昂的雄狮的缅怀之情。事实上,最近十年我多次在这条"丘吉尔小道"与他相遇，我指的是心灵朋友圈的时空相聚，这就是为什么我极喜爱布伦海姆宫、诺曼底、波茨坦、科莫湖、"玛丽王后"号邮轮、巴哈马群岛、百慕大群岛、纽约华尔道夫酒店以及纽约上州的罗斯福故居海德庄园。几圈跑下来，我不仅完全康复了，而且比2010年之前更充满探险精神与旺盛精力。我想，即使是像丘吉尔这样极其幸运的人，也不可能一直顺顺当当，多结识像丘吉尔这样永远向你张开手臂的沉默朋友，人生会变得更加充实美丽。

决不投降，决不屈服

与罗斯福不同，丘吉尔的政治生涯坎坷不平，荆棘遍地。每次在竞选失败后，他总喜欢带着妻子离开雾都伦敦去追逐日光——寻找阳光之地，在那里忘记烦恼，专注写作和绘画。譬如百慕大、巴哈马或是意大利的科莫湖，那也是我喜欢逗留的地方。二战期间他时常乘坐"玛丽王后"号横跨大西洋，奔赴纽约海德庄园或白宫与罗斯福共商盟军大计，包括最后轰炸广岛长崎逼迫日本投降的"曼哈顿计划"。为此他让助手们在邮轮上专门架设一挺供他本人用的机关枪，以便万一邮轮遭到德军袭击时，供他"先扫射敌人再自杀，英国首相绝不会当德国人的俘虏！"

多年以后，我也成了"玛丽王后号"的游客，从纽约直接驶往伦敦，站在当年丘吉尔曾经架设机关枪的露台上，浮想联翩！

丘吉尔曾和罗斯福、艾森豪威尔一起，助我战胜灾难并度过2010年10月切除整个左肺半叶之后的艰难时光。

写这些文字时我仿佛又回到了丘吉尔喜欢的百慕大、巴哈马群岛和天蓝色的意大利科莫湖，那时我像一只轻盈的白鸽，工作之余，转动一下地球仪制定路线，随时飞向自己喜欢的地方。譬如有历史遗迹的五星酒店，像肯尼亚内罗毕海明威居住过的费尔蒙酒店、英国女皇住过的树上酒店，又如瑞士阿尔卑斯马特洪峰，在山腰上体验马克·吐温逗留著书的房间,在美轮美奂的琉森湖畔,感受托尔斯泰写了《琉森》的酒店,并探访瓦格纳与李斯特女儿科西玛私奔结婚的白色别墅,还有在欧洲寻找莫奈、梵高、列宾、雨果、但丁、伏尔泰、莫扎特、歌德、贝多芬的故居……2010 年当我被推入手术室时,我闻着麻醉药的浓浓气味想,那些美好岁月永远离开我了吗?醉心于滑雪、浮潜、游艇飞伞和高山滑翔的日子,就这样离我远去?与家人在大都会歌剧院看戏,与外贸朋友美国客户二十多年如梦如幻的创意时光……难道一去不返?亦或,死神之翅已经向我召唤?有一天我是否需要像丘吉尔那样架设起一挺机关枪来维护生命的尊严?

开刀后我很快跑到了海边疗养,陪伴我的是《丘吉尔传》《罗斯福传》和《艾森豪威尔传》,每天早晨和傍晚在海边踏浪,沙滩和海水是温暖的,那时还没有微信,傍晚躺在沙滩椅上看着壮丽落日与大海亲吻,读着手机里收到的五湖四海朋友们的短信:

> 绯红晚霞,碧海蓝天,
> 白浪卷起千堆雪。
> 快乐是风起时与风共舞,
> 快乐是雨飘时雨中散步,
> 快乐是花开时有你相伴,
> 快乐是寂寞时收到我的问候。

在海边喧响的浪涛里踏着柔软的沙子跳舞,戴着浮潜面具跳下海洋,在阳光斜射、色彩缤纷的百慕大鱼群中穿梭,只要别呛水,咬住呼吸管在水下"追鱼"的感觉和没开刀时一样舒服!我有时想:我也许是唯一一个带着半个左肺在海底浮潜,带着半个左肺攀登马特洪峰,带着半个左肺远征南极点和北极点且跳水冰泳的人,当然我意识流的思维中早已忘记了那个"不该有的手术",就像那场《不需要的战争》。何况,人体器官有着微妙的代偿功能,我余下的一叶左肺很快就担当了完美左肺的功能,只是爬山和攀峰时肺活量稍稍欠缺,需要大口喘气,写到这里我非常怀念与我一同探索南、北极的朋友,感谢他们永远热情的大手!是的,没有比浮潜更好的自然疗愈法了,每天在沙滩漫步,在海底潜水,家人朋友时常陪伴身边。谈起这场突降灾难,我仿佛回到了曼哈顿那个"被命运开玩笑"的日子……

2010年,我的本命年,8月的一个艳阳天。曼哈顿万里晴空到处星条旗飘扬,早晨在公寓34楼大阳台上跑步锻炼,眺望郁郁葱葱的中央公园,心旷神怡!我喜欢早晨在这里跑步20圈,晚上在62街健身俱乐部游泳20圈,这是我繁忙工作后的健身规律。感谢我父母的长寿基因,我来美国后没有一天生病住院,除了偶尔感冒咳嗽外,精力充沛健壮如牛。

那天跑步晨练后,我去位于40街和第五大道交口的美国客户公司洽谈,和以往一样很顺利,我即将带几位美国设计师飞中国,去谈明年的POLO RL订单,可谓任重道远。会议结束后我愉快地步行到东32街的犹太医生综合诊所,做一年一次的胆固醇血糖例行化验检查,一般我的指标都正常,每次化验后医生连电话都懒得打给我。

问题来了,我自找的——抽完血后我看到一台X光机,机房里空空荡荡,我向毕业于哈佛医学院的家庭医生雪莉提出:"请帮我拍一张胸片好吗?"她疑惑地望着我:一个好好的人,为什么要拍胸片?

我告诉雪莉医生,来美国25年还没有拍过胸片呢,拍一张为了放心呵!我的女友俞自由教授2010年4月突然因肺癌去世了,从发现到去世仅9个月,她丈夫赵国屏院士的父亲是上海解放交接时期的代理上海市长,我父亲的老朋友。赵国屏想尽了一切办法,俞自由也非常坚强乐观,我们都以为她会挺过来,但病魔凶险,我们失去了一位优秀的老朋友。雪莉医生经不起我磨,总算同意给我开了拍胸片单。那是8月22日,距离我1985年来美国自费留学正好25周年!

万万没想到,第二天雪莉医生来电话,讲我左肺下部有一块1厘米左右的小阴影,需要做CT扫描。我没当回事,拖到9月8日回中国之前,才跑去西32街纽约放射中心做了肺部CT。这是我一辈子第一次做CT扫描,平躺进入一个白色宇航舱,呼气吸气,3分钟就完了,我匆匆离去,根本没放在心上!

9月9日是一个难忘的日子,那天早晨我要带美国客户去中国谈判,林肯轿车在我东60街公寓的楼下等着接我去肯尼迪机场,这时电话铃声急促响起,"朱莉娅,很抱歉,CT中心给我电话留言,怀疑你肺部的小阴影可能是恶性的,回中国后你马上去再次复查啊!"雪莉医生认真地叮嘱我。

"这怎么可能呢?"我说,"雪莉医生,拍胸片还是我向您讨来的呢! 一定是32街CT中心过于忧虑了!"

在纽约到上海的飞行中,我在舒适的商务舱中看电影休息,心情平静。抵达上海后,我陪同美国客户和中国外贸小组在南京东路皇家艾美大酒店连日洽谈,相互宴请,席间我请假去上海A医院做CT复查。我的美国客户听了后吓了一跳,因为他们知道我从不会中途离开贸易洽谈会的。

上海A医院CT诊断是:肺部炎症可能性大,建议治疗观察。太好了! 我顿感浑身轻松,阳光普照! 每天工作后就跑去医院点滴头孢消炎。2010年10月1日国庆期间,我带着29岁的外甥一起去尼泊尔漂流,飞越珠峰,我第一次近距离看到马洛里"因为山在那里!"的珠峰之巅,激动得热泪盈眶,团友们称我是"最活跃最有激情的二姨妈"。

从尼泊尔回来又去上海B医院检查。B医院一位90岁的特约老教授为我做了整整30分钟的胸部放射线检查,我一边随着他的指示转来转去做各种姿势,一边紧张地观察他的表情。最后老教授笑着对我说,仅有一些炎症的陈旧病灶,放心吧! 没有坏毛病! 太好了! 这30分钟真像是米开朗基罗《最后的审判》,感谢上帝! 一场虚惊! 我正要离开,B医院CT科的一位副主任让我去一趟,他坚持认为恶性可能性大,并劝我立即住院开刀。天哪! 究竟听谁的啊? A医院和B医院有三位主任都讲不是恶性肿瘤,一个副主任偏偏要把我推向手术台！而且刻不容缓！几年之后，一位胸外科权威医生对我讲："朱莉娅，良性结节与早期恶性结节有时很相似，难以绝对区分，但即使是良性的，也不能保证将来不会恶变。在我看来，开掉最爽气，免除后顾之忧！"

他真是大大安慰了我。

我只记得10年前推出手术室刚苏醒时，两位主刀医生笑嘻嘻地对我说："朱莉娅，你放心，你的淋巴结非常干净，小结节拿掉了，后患铲除，你活到八九十岁没问题！"我一听就知道肯定不是恶性的，哪有手术一结束就告诉病人可活到八九十岁？出院后我要了病理样本寄到美国诊所，请他们重新化验分析，他们的结论证实了我的观点，其实就是那位90高龄权威放射科专家的诊断——良性炎症结节。虽说为保险起见开了微创，但毕竟左肺上下两叶少了一叶啊！麻醉药过后万箭穿心的痛，宛如千万把刀往胸膛上扎。

遇到这样的事情，最好的办法是像丘吉尔一样，寻找阳光，带着书籍和音乐到阳光海边去！

在海边，我想起了莉莲·赫尔曼写《朱莉亚》的情景。她在海边的简陋木屋抽烟写作，将朱莉亚的二战悲剧告诉了全世界，这个故事搬上银幕后，引发了广泛的同情与反战情绪。莉莲·赫尔曼的作品鼓舞了我，譬如像现在这样，早晨带着术后刀锯般的刺痛来到海边，气喘吁吁走到沙滩椅坐下，拿起钢笔在笔记本上构划出一天的写作计划，望着大海在绯红晚霞中呻吟，珍珠雪般的层层波浪拍打岸边，那温暖的海水泡沫浸透着我没有受伤的十个脚趾，皎洁的月亮倒影像一股引力将我送到大海中央，我仿佛漂浮在月亮船上。突然间我感到自己像一个婴儿躺在母亲怀中，舒适安逸，充满感恩。

如果说人生像一颗流星，我已经在宇宙苍穹飞了60年，即使我的生命只剩10年，享年70岁，那我已经够幸运了，因为以下这些影响过我的伟人们，他们的享年更加短暂。但是他们的生命价值胜过一亿年——只要地球还转动，他们将永远点亮世人柔弱的心灵：亚历山大大帝 33 岁,拿破仑 52 岁,门德尔松 38 岁,莫扎特 35 岁,肖邦 39 岁,贝多芬 57 岁,柴可夫斯基 53 岁,马勒 51 岁,舒伯特 31 岁,海明威 62 岁,车尔尼雪夫斯基 61 岁,普希金 38 岁,狄更斯 58 岁,莎士比亚 52 岁,茨威格 61 岁,拜伦 36 岁,雪莱 30 岁,拉斐尔 37 岁,鲁本斯 63 岁,伦勃朗 63 岁,但丁 56 岁……

这些美丽的灵魂在大海中央跳跃,像清晨的阳光,朦胧间飘来一只玫瑰船,迎接着勇敢无畏的新人到来。人的生命价值不在于寿命长短。每一个人如同一个海浪,撞到岸边发出喧响随即骤然消逝。但是一些海浪的声音却永远留了下来——它们是为了引领世世代代更美丽的海浪而生的。捧着《丘吉尔传》,面对大海,我逐渐忘却了术后的剧烈疼痛。

那天,我仿佛漂浮在大海中央,在这红玫瑰白玫瑰黄玫瑰环绕的月亮船上,我一个人突然被这些伟人的胳膊热情地拥簇着,他们安抚我:"朱莉娅,别担心,你看,我们都这样过来了。"我闭上眼睛在这大海中漂浮,在月亮船上,我带着贝多芬的《月光奏鸣曲》《热情奏鸣曲》、拉赫玛尼诺夫的《第二钢琴协奏曲》、柴可夫斯基的《1812 序曲》、马勒的《第五交响曲第四乐章》、莫扎特的歌剧《魔笛》和刘欢的《弯弯的月亮》——奇妙无比的自然疗法,大海,沙滩,音乐,浪花,每一个晴朗的早晨,我踩着沙滩独自起舞,一切变得美好,残破的生命又充满希望。

在德国波茨坦忘忧宫访问时,历史学者向我们介绍腓特烈大帝晚年在病榻上,医生给皇帝开的最好药方是历史书籍。我一向对二战历史与人物感兴趣,希特勒给人类带来的灾难不亚于一亿个恶性肿瘤。我老公麦克博士的父亲 20 岁时被德国政府征去当兵,在传奇人物"沙漠之狐"隆美尔的部队当伞兵,麦克母亲给我看麦克父亲在北非沙漠跳伞的黑白照片,飞在空中的他被盟军的子弹打穿肚肠,奄奄一息,提前退伍。而他的元帅,蓝眼睛的隆美尔,被丘吉尔称作"狡猾的敌人,伟大的将军",这位才华横溢的德国元帅总是身先士卒,声东击西，加上德国军队训练有素，他的猛烈进攻战术曾经给丘吉尔、罗斯福、艾森豪威尔和蒙哥马利带来惨重损失和无限烦恼。战争后期由于盟军势力日益强大越战越勇，而在北非像麦克父亲那样的伤残官兵比比皆是，加上德军后补线被盟军切断，隆美尔违背希特勒"死守北非"的指令，硬是将部队全部撤离北非，他当面顶撞希特勒，要求"全面开放西线，与盟军讲和"，认为"德国绝对不可能打赢这场战争"。不久，隆美尔被怀疑参与了暗杀希特勒事件，不容任何分辩，这位为第三帝国曾立下"赫赫战功"的元帅被迫服下剧毒氰化钾，遭"元首"希特勒亲手杀害。

从二十多岁就来美国攻读数学博士的老公麦克，曾在波茨坦忘忧宫对我讲：隆美尔是一位伟大的军事首领，不幸的是他出生在德国。站在他对面的才是真正的伟人，那些以精彩人生铭刻历史，大难当头临危不惧的盟军领袖，他们高尚的人格魅力和对人类正义的担当，永远抚慰遭遇不幸的、寻求支柱的、在困境与死亡之境寻求生命价值的人们。

是的，他们就是我此时此刻的心灵伴侣：丘吉尔、罗斯福、艾森豪威尔三人的传记抚慰鼓舞着我。在纽约我有两位好"邻居"——罗斯福总统，他的故居在曼哈顿东65街连体别墅，在我每次去大都会歌剧院的必经之路上；而艾森豪威尔（艾克）总统曾长期租住49街的华尔道夫酒店，丘吉尔常来华尔道夫酒店探望二战好友艾克。我每次路过两位伟人的故居都不禁驻足，重温他们那叱咤风云浪漫哀婉的人生。

丘吉尔以豪爽和幽默著称。二战访问白宫期间，他喜好清晨淋浴后一丝不挂地在走廊上走来走去思考问题，一天早晨，他遇到了满脸惊讶的罗斯福总统，全身赤裸的英国首相摊开双手，对美国总统哈哈笑道："在盟军面前没有什么可遮遮掩掩的。"这个细节让我笑死了，惊跑了我脚下觅食的小海鸥！

丘吉尔的祖父马尔博罗公爵曾担任爱尔兰总督。1874年11月

30 日这天,宏伟静谧的布伦海姆宫荡漾着一个仅 7 个月的早产儿的微弱哭声,和我一样是射手座,据说射手座的人在任何情况下都会看到最积极的一面! 父母担心这婴儿是否能活得下去? 他长大了,但第一份学校成绩单在十一名学生中排倒数第一。校长讲他是"各方面都糟糕,懒散,顽皮,唯独热爱历史,因英国史成绩优异获得年级嘉奖。"历史对孩子的成长多么重要呵!

从 9 岁到 18 岁,他上了 9 年伊顿式的贵族寄宿学校,因身体不好惧怕体罚而表现平平,丘吉尔回忆道:"在哈罗私立寄宿学校的 9 年,我基本不快乐,这是我人生历程画面中一块醒目的灰色补丁。"

他决定不考传统大学,而是参加皇家军事学院受训。他曾经两次昏倒在操练场上,被人抬出去。1895 年 20 岁的丘吉尔加入骑兵团成为一名少尉。从身体羸弱的贵族少爷到基层军官,他刻苦努力,希望出类拔萃。丘吉尔酷爱读书,他刻意训练自己的演讲艺术,以便"用明晰透彻的语言一下子打败所有插话的人。"他那美丽的寡妇母亲珍妮·丘吉尔对英国陆军大臣有相当的影响,母亲总是不断给儿子寄去书籍,陆军大臣也关心他的细小愿望,他最爱读的书是吉本的《罗马帝国衰亡史》。一战前夕,丘吉尔一边阅读《世界大事年鉴》,一边奋勇作战,同时担任战地记者。由于报道优异,他受邀请在伦敦新闻工作者年度晚宴发表精彩演讲。这时丘吉尔已经和高中时代判若两人,他胸怀大志,积极为打入政界和议会做准备。26 岁他进入议会当上议员,以后逐渐晋级,担任过空军大臣、陆军大臣和内政大臣,直到 50 岁担任了财政大臣,66 岁他临危受命,在满目疮痍的 1940 年成为英国首相! 可见,伟人的成长靠的是博览群书和不懈奋斗,并不一定需要牛津、哈佛的学历。

丘吉尔的母亲珍妮·丘吉尔是美国百万富翁、《纽约时报》股东之一的伦纳德·杰罗姆的女儿,她既有倾城倾国美貌和聪慧头脑,又有燃烧的激情和不灭的情欲,曾是维多利亚女王的长子、英国国王爱德华七世的情妇。丘吉尔曾担任英国财政大臣的父亲去世后,60 岁出头的母亲先与一位比她年轻 20 岁,仅仅比与丘吉尔大 16 天的上尉结婚。几年后上尉和年轻女演员私奔,她又与一位比丘吉尔小 3 岁,比她本人小 23 岁的外交部公务员结婚。已经担任过陆军大臣、空军大臣和内政大臣的丘吉尔始终支持母亲,他称母亲"像晚星一样从远处照亮我""美貌睿智的母亲在我眼中永远像一位神仙公主,一位容光焕发具有无限才能的女性。"在两次充满争议的老妇少夫婚礼上,丘吉尔都站在身披白色婚纱的母亲身旁。不幸的是,母亲在 67 岁时不小心从楼梯上摔下来,摔坏了脚踝生出坏疽,不得不手术切掉左腿,这对一个热衷舞会的贵族女人来说简直生不如死。截肢手术 16 天以后,她突然大出血去世,解脱了痛苦。对于母亲的死,丘吉尔讲:"她的生命是完整的,生命之酒曾经在她血管里流淌,她的天性征服了哀伤和愤怒。整体而言,她的一生是快乐的。"丘吉尔母亲临终前自豪地宣称:"我这一生没有什么遗憾,我为英国生下了丘吉尔!"

丘吉尔的父亲伦道夫·丘吉尔勋爵毕业于牛津大学,曾是一位优秀的政治家,可惜拈花惹草,风流倜傥,晚年得梅毒病死去,坏了一世功名;而她母亲则像穿了红舞鞋,不断被爱情风暴席卷,独子丘吉尔虽然继承了父亲的精明幽默和母亲的聪慧激情,但他的感情世界绝对传统保守:他像蚂蟥一样紧紧吸附着妻子克莱门蒂娜,爱她,一生忠实于她。丘吉尔活到高龄 91 岁,两次担任首相,一次荣获诺贝尔文学奖,但终其一生没有出轨,是欧洲找不到任何绯闻的首相。近年被英国公众评为 100 年来英国最伟大的 100 位人物榜首。

每当我走在曼哈顿第五大道熙熙攘攘的街上去和客户洽谈业务,总会想到丘吉尔最倒霉的日子竟然都发生在纽约。1931 年 57 岁的丘吉尔在纽约第五大道被汽车撞倒,警察来时他躺倒在马路上,他坚持讲这次事故是由于他横穿马路,请求警察不要难为司机。

绘画是丘吉尔生活的一部分　　　　　　　　　丘吉尔与母亲

丘吉尔与妻子

作者在法国诺曼底登陆遗址

337

他伤得很重,额头、双腿、胳膊和肩膀都有巨痛,在医院治疗期间又感染了腹膜炎。康复过程非常缓慢,他住院一周后,又到东49街华尔道夫大酒店住了两周,再从纽约出发到巴哈马群岛疗养。巴哈马群岛,多么熟悉啊,那海水蓝得如同翡翠,白沙细软宛如海豚的肚皮,我和麦克每年都会从纽约乘坐邮轮去巴哈马,带上一大堆书,各看各的,下邮轮则浮潜、沙滩散步,难怪丘吉尔也喜欢巴哈马群岛!

"缓慢的恢复令人沮丧,在过去两年里受到了三次重大打击:金融危机中损失了所有的钱,保守党内丢掉了自己的政治地位,在纽约曼哈顿身受重伤。"他感到自己永远不会从这三件事中恢复了。写到这里我想起丘吉尔在股票市场的轶事:有一次他到纽约证券交易所参观,一冲动就决定买卖股票,期待发财,可是到下午休市时他已输掉了所有的房屋和财产,伤心绝望甚至担心妻子和他离婚。幸亏聪明的美国东道主了解这位英国贵宾的冲动个性,早有安排:凡是丘吉尔买进的股票东道主悄悄卖出,凡是他卖出的东道主背后买进。丘吉尔得知后感激涕零,他总算躲过一场大难!可惜在30年代金融危机中,他还是失去了所有的钱!

丘吉尔借助巴哈马的美丽大海调整心态,和我每天清晨来到海边踏浪一样。他伤势减轻后,立即从纽约乘船回到伦敦,他的8个朋友买了一辆戴姆勒豪华轿车送给他,作为庆祝他死里逃生的礼物。两天之后,1932年3月13日德国大选,希特勒得到1100万票,陆军元帅兴登堡得到1800万票,共产党候选人台尔曼得到500万选票,希特勒应兴登堡总统邀请成为德国总理,随后,数千名反对纳粹的人士被捕,德国国内普遍要求修改凡尔赛条约,让德国重整军备!

丘吉尔注意到这一切,他发表了掷地有声的演讲,警告下院议员警惕德国将撼动或者击垮欧洲:"一批批精力充沛的日耳曼青年走在德国的大街小巷,眼睛里闪烁着为国献身和收复失地的光芒!"

不久,这位文学天才描写身为爱尔兰总督祖父的《马尔博罗公爵时代》出版,他把这本书题词送给美国总统罗斯福,他非常钦佩罗斯福的新政。但直到二战中期，他们才成为真正的朋友。

英国政治游戏有时令人匪夷所思：1934 年获得选举高票的丘吉尔在内阁中却没有得到任何职位，这对于丘吉尔来讲简直是一个侮辱。然而首相鲍德温却说："我认为我们不应该在这时给他任何职务，他做任何事都会全身心地投入。我们必须让他保持旺盛的精力，这样一旦战争爆发，我们没有法子时，再让他成为战时首相。"丘吉尔对天仰叹，接受挫败，但他不会浪费一天时间。他马上铺开稿纸，开始写作。

1940 年 5 月，德国闪击法国，战局急转直下。丘吉尔被紧急任命为英国首相并自兼国防大臣，到任仅仅 5 天就赶往巴黎为法国政府打气。

1941 年 6 月 22 日早上，丘吉尔首相得知德军又入侵苏联，当晚他准备在 BBC 发表讲话，当时的美国大使认为苏军支撑不过 6 周，英国政府高层也持同样看法，但是丘吉尔讲："我用 500 比 1 的赔率打赌，从现在起，两年后苏联还会在战斗，而且是胜利的战斗！"

他还发表了振聋发聩的著名演讲："为什么希特勒无法领导世界？因为，我不相信一个限制人头脑的国家，一个禁锢人思想的国家，会成为世界的老大。不仅我不信，地球人都不信，这是希特勒永远无法理解的。"

然而，胜利遥不可及，日本偷袭珍珠港后，英美对英国的"威尔士亲王号"与"反击号"寄予厚望，不幸这两艘战列舰却被日本鱼雷轰炸击沉，600 名官兵阵亡！不久后丘吉尔下令让奥金来克将军死守德国陆军元帅隆美尔正逼近的西部沙漠托布鲁克，这时丘吉尔正访问白宫，他表示对守住兵力强大的托布鲁克很有信心。但是罗斯福递给他一张字条："托布鲁克失守，25000 人被俘虏。"他不相信，立即让副官从白宫给伦敦打电话，但是第二份电报来了："托布鲁克陷落，33000 官兵被俘。"

"战败是一回事，"丘吉尔后来写道，"丢脸是另一回事。"

兵败如山倒。不久,德军抵达阿拉曼,深入埃及腹地,距开罗不到 200 英里。丘吉尔一回到伦敦就听到议会对他一片指责:"首相赢得一场场辩论,却输掉一场场战争。"这时英国城市居民被德军狂轰滥炸每天死亡数以千计。1942 年 7 月 14 日,仅仅一周之内盟军有 40 万吨位的船舶在北极和大西洋海域被德军与日军的鱼雷击沉,丘吉尔毅然撤了败给隆美尔的奥金来克,换上戈特将军,但戈特却因飞机失事丧生,又用蒙哥马利将军取而代之!

厄运不断之中,射手座雄狮丘吉尔又冒险去埃及开罗鼓舞士气,对年轻的士兵像对自己的儿子百般安抚鼓励,他还去莫斯科与斯大林套近乎。当他告诉斯大林,他一向反对轰炸敌方民宅,但现在希特勒手段太残忍,"英国打算粉碎 20 座德国城市,如有必要,我们希望粉碎每座德国城市的每座房屋!"斯大林顿时被他的魅力镇服。

谁是盟军的灵魂人物?当属游走于罗斯福和斯大林之间比狐狸还机灵的丘吉尔!在日本偷袭珍珠港之前的两个星期,罗斯福鉴于国内强大的孤立主义势力,差一点向日本全面妥协、言归于好,是丘吉尔的一个电话让罗斯福改变了主意。他把电话打到罗斯福床头,语气坚定地讲:"如果中国战场垮掉,欧洲战场也将面临危险。"这次讨论决定了罗斯福坚持对日本采取强硬制裁,12 月 7 日本偷袭珍珠港,丘吉尔在震惊中大喜:美国对日本宣战了!

有一次斯大林约丘吉尔到克里姆林宫他的住处饮酒闲谈,原来打算谈一个钟头却延续到凌晨 3 点 15 分。两人都喝得酩酊大醉。丘吉尔酒醒后生怕出事,急忙给斯大林致函:"亲爱的斯大林,就我所知我们昨晚谈的内容如下(依次列出)。"斯大林很快回函:"亲爱的丘吉尔,翻译官已经送去西伯利亚,我们昨晚所谈的无人知晓。"斯大林的红军虽然正被迫撤出高加索石油重镇,但这位苏联领袖在立体地形图上向丘吉尔展示的防线最后还是守住了!

美国麦克阿瑟将军感叹道:"如果今天盟军勋章的处置权在我手里,我第一个要把维多利亚十字勋章发给丘吉尔;在敌国领空飞行 1

万英里是年轻飞行员的职责,而对一个全世界瞩目的政治领袖来讲,这是振奋人心的英勇之举。"

1942 年 8 月德军和意大利军的密电被盟军解码,3 艘向"沙漠之狐"隆美尔运送燃油的油船被盟军击沉,隆美尔越向前推进就越缺油,最终开罗和亚历山大总算保在盟军手中。风向开始转变的 10 月,蒙哥马利在沙漠向德意联军发动进攻,战斗第一天德国斯图姆将军被杀,隆美尔从德国赶来但为时已晚,英军轰炸机在两个半小时扔下 80 吨炸弹,所向披靡,到了 11 月初俘虏德军 2 万,坦克 350 辆,大炮 400 门,隆美尔决定带部队撤退。英军北非登陆成功! 11 月 15 日,丘吉尔下令全国教堂鸣钟,庆祝北非沙漠反攻的成功!

1942 年 11 月 19 日,红军开始包围斯大林格勒的德军,德军指挥官冯·保卢斯建议放弃并且突围,但希特勒下令让他死守,最后保卢斯的军队被全部歼灭。1943 年 5 月,为了防止西西里计划搁浅,丘吉尔第三次登上"玛丽王后"号赴美和罗斯福对话。出发第二天,在波涛汹涌的海上,他得知德军一艘鱼雷潜艇可能在前方 15 英里与"玛丽王后号"相遇,丘吉尔立即命令将一挺机关枪放在救生艇上供他备用。他讲:"我不会被俘虏的。死亡的最好方式是在与敌人作战的兴奋中死去。"最后幸好鱼雷没有出现!

1944 年 6 月 6 日开始诺曼底登陆,同时苏联红军在东线全线推进中消灭了 30 万德军。丘吉尔发电报给斯大林说:"苏军了不起的进军让我印象深刻,接着是摧毁你们和柏林之间的德军了!"

我两次去过法国诺曼底,实地考察那一次伟大悲壮的登陆,登陆以来已经有 71000 名美国官兵和 33000 名英国、加拿大官兵阵亡。但是盟军毕竟跨过德国边境了! 丘吉尔、艾森豪威尔和蒙哥马利一起驱车前往莱茵河西岸的布德里西,到东岸后遭到德军零星子弹的射击。当辛普森将军劝说英国首相离开这个危险之地时,丘吉尔双手抱着墙桥上的倒塌大梁,他的表情"就像一个小孩被保姆从他的海滩沙堆城堡叫走时的表情一样"。

4月,欧洲战争进入尾声,跨过莱茵河后,蒙哥马利的部队每天俘获15000—20000名俘虏,艾森豪威尔的部队抵达易北河与苏军会师,距离柏林不足70英里。4月12日,丘吉尔惊悉密友罗斯福去世,连任4届的美国总统积劳成疾,因脑出血突然倒在情人露西的怀里。4月17日,美军进入纽伦堡,第二天,悲痛无比的英国首相在下院发表罗斯福追悼词。杜鲁门接替罗斯福参加波茨坦三巨头会议。会议期间美国在新墨西哥州沙漠正进行原子弹试验,丘吉尔和罗斯福在纽约上州海德庄园签订了关于原子弹投放日本的秘密协议,因为那时每天都有成千上万美军在太平洋跳岛战役中阵亡,而日本军人迷恋"神风自杀攻击"和"集体玉碎",武士道成了战场上的疯狂宗教祭拜礼仪!

纽约上州景色优美,我喜欢带大陆的贸易小组到罗斯福总统故居和西点军校参访怀旧,寻找美国总统五星上将的足迹。德国都战败两个月了,日本却发明了神风自杀机、自杀鱼雷潜艇对美军疯狂反击!丘吉尔观察斯大林对原子弹的反应,这位苏军统帅说:"一种不可思议的新型武器!我们太幸运了!"7月25日午夜,波茨坦会议结束(我多次去过附近的腓特烈大帝忘忧宫),许多战后问题没有达成协议,斯大林和杜鲁门都认为丘吉尔理所当然在48小时后仍然会以首相的身份回来领导英国谈判团队。1点23分,丘吉尔飞往英国,次日,他获悉英国历史上工党首次超过保守党,而作为保守党领袖的丘吉尔、这位拯救了英伦三岛的首相,竟然在胜利前夕被英国人民赶下了台!

丘吉尔当晚前往白金汉宫向国王递交辞呈。8月6日,美国在广岛投下一枚原子弹,近14万日本人遇难;8月8日,美国向长崎再投下一枚原子弹,遇难人数近5万人;8月15日,一向顽固反对《波茨坦公告》的日本裕仁天皇,宣布无条件投降!

第二次世界大战结束了。丘吉尔非常期盼参加和谈,但是他突然失去影响事件发展的权力。被排斥在外的侮辱使他伤心难过,度日如年,但他力争坚强冷静,荣辱不惊。有人对他讲:"英国人没有良心。"丘吉尔讲:"我不会这么讲,他们刚刚度过非常艰苦的时期。"他独自咽下了被抛弃的苦水,表现出君子风度和贵族胸怀。

英美两位杰出领袖:丘吉尔和罗斯福,同样贵族出生,但极具吃苦精神。几年来两人运筹帷幄推心置腹冒生命危险飞越大西洋指挥盟军作战。但二战胜利前夕,一个积劳成疾突然病故,另一位在羞辱与惊诧中突然下台。看来,委屈不是平民的专利!

丘吉尔很快调整了自己,他去美国迈阿密海边画画,写二战回忆录,并获得诺贝尔文学奖。丘吉尔讲,"我感到正渐渐解脱,这一切真是因祸得福!"

太妙了!

我 2010 和 2011 年常在百慕大浮潜疗伤,胸部疼痛渐渐缓解,每天早晨,我喜欢在徐徐海风和绯红朝霞中随 MP3 舞蹈、踏浪,眼前的蔚蓝色像小时候朗诵的《渔夫和金鱼的故事》,童话般的美丽。我喜欢浮潜后坐在马克·吐温喜欢的长靠背椅上,想着这位文豪的话:"我在走向天堂的路上,看到了百慕大,于是就留了下来。"我懂得了为什么丘吉尔这么痴迷百慕大,他一定也在这张刻着这段马克·吐温名言的长椅上坐过。这里的渔民都很快乐长寿,因为他们拥有大海和阳光。我相信丘吉尔突然被赶下台的不幸,远远大于许多人平凡的不幸,譬如我的小小不幸,不过你要说万幸也可以。1949 年 11 月 2 日,精神饱满、情绪愉快的丘吉尔终于接近完成浩繁的二战回忆录,他在伦敦国际书展上作了令人捧腹的发言。"写一本书是一次历险,"他说,"一开始它是玩具和娱乐,然后它变成情人,接着成了主人,再后变成暴君。最后阶段,就在你要心甘情愿地接受奴隶地位的时侯,你杀死了这个怪物,把它扔到了公众面前。"

哈!太对了!真是字字珠玑啊!

诺贝尔文学奖的一位评委对 79 岁的丘吉尔发出了真挚的感叹:"他在政治上和文学上的成就如此之大,此前从未有过一位领袖人物能两样兼备而且如此杰出。"

1951年丘吉尔以"每一块土地的和平：避免第三次世界大战"的演讲口号赢得大选，10月25日晚他前往白金汉宫，和1940年一样，应国王要求组阁。1952年11月艾森豪威尔当选美国总统，丘吉尔立即邀请这位二战老友一起去莫斯科见斯大林，他希望让美国和苏联直接达成和解。遭到婉拒后他决定一个人去见斯大林，但1953年3月斯大林逝世。他仍然竭力推动西方与苏联的高峰会议，繁重的工作让这位老人中风了，左侧身体部分瘫痪，许多人认为他活不过一个星期。但是当英国政要哈罗德到庄园见到丘吉尔时，他"十分惊讶，一个经历了如此不幸的人，竟能表现出如此的快乐和勇气"。晚年的丘吉尔多次中风，多次离开英国去百慕大和巴哈马追逐日光，他对妻子说："人生最后的岁月灰暗沉闷，不过有你在身边，我很幸运。"

85岁的丘吉尔最后一次去白宫访问美国总统和杜勒斯，当他与杜勒斯见面会谈时，他憔悴的面容让丘吉尔大为吃惊。两周以后，杜勒斯因为癌症去世。距离死亡仅仅两周！死神与生命的关系如此突兀惨然：这位美国国务卿最后一刻还在工作！

丘吉尔90岁生日时，他在海德公园住所的窗户旁，由妻子陪着接受人群的欢呼，他作出V字手势表示感谢。总结这位伟人的一生，正如他自己的名言："战胜诽谤很难，不过真理也非常有力！"

射手座铭文： 人最可贵的精神是无畏

丘吉尔的一生遭遇争议、排挤和毁谤，但是他的天赋、勇气、勤奋和献身精神如今已经成为英国的骄傲丰碑，那些嫉妒毁谤他的人早已被世人忘却被历史埋葬，而丘吉尔仍然像海上的太阳，那永久的光芒将照亮着世世代代的人们！他做梦也不会想到，一个突然遭受厄运袭击的中国女人，会在海边每天与他对话，时而欢笑，时而沉思。由于他，我忘记了自己只有半个左肺，却还像一只蝴蝶那样，在蔚蓝的海边轻盈起舞。

2010年最美的事是上海世博会,手术后第10天我在家人照顾下参加了上海市世博会最后的闭幕活动。

2011年手术后六个月,我回到喜爱的阿姆斯特丹和巴黎,参加妹妹女儿凯蒂的婚礼。应邀出席中国作协举办的首届天津滨海新区国际写作营,以及在北京举行的中国作家第八届代表大会,与严歌苓、戴小华、袁霓、陈河、陈浩泉等海外特邀嘉宾欢聚一堂。

2012年1月13日星期五,术后一年两个月,我和妹妹在罗马梵蒂冈爬了300级顶层阶梯抵达圣彼得大教堂的穹顶,向米开朗基罗致敬,然后我们登上歌诗达协和号豪华邮轮。我和妹妹死里逃生①。我们拒绝参加耗时耗力且"八年不得坐邮轮"的美国律师团策划的集体诉讼,一个月后我和老公、儿子坐邮轮去百慕大和巴哈马群岛过冬,同年11月乘坐"银海号"和香港唐英年夫妇首次探险南极,从此一发不可收,萌发了对南、北极探险的巨大热情,我开始对欧美探险史英雄时代进行实地追踪。

2013年,与好友们乘坐"银海号"探险北极斯瓦尔巴群岛,首次在北冰洋跳水冰泳,坐冲锋艇祭拜百年前因北极探险气球坠落而罹难的瑞典科学家安德烈,探访挪威探险家阿蒙森的特罗姆瑟北极探险博物馆。②

2014年,在古巴寻找海明威,在普罗旺斯寻找梵高,在波尔多寻找孟德斯鸠,在伦敦寻找丘吉尔,在加拉帕戈斯群岛寻找达尔文,游弋海底与海狮共舞,浮潜印度洋、太平洋、大西洋和加勒比海,乘滑翔伞巡游。应邀出席在南昌举办的首届新移民文学代表大会,获世界华文文学荣誉奖。

2015年,去帕劳浮潜发现贝里琉岛战役遗址和尼米兹石碑,继而环绕太平洋八万里,跑遍燃烧的太平洋跳岛战役遗址,开始酝酿撰写

---

① 参见本书《惊魂"歌诗达协和号"》,曾连载于《解放日报》。
② 参见本书《远征北极点》,首发于《新民晚报》副刊。

《被遗忘的炼狱：跳岛战役探险录》①。2015 年中秋节，应邀出席纽约华尔道夫酒店习主席首次访问美国的接见活动。

2016 年，探险南极三岛，来到梦魂萦绕的沙克尔顿墓地，向先辈鞠躬致敬。乘坐俄罗斯核动力破冰船抵达北极点，在北纬 90 度冰海第二次跳水冰泳，第五次探索美国阿拉斯加冰川。同年重返西藏，探访绒布寺马洛里遗迹，攀登珠峰大本营。

2017 年，攀登瑞士阿尔卑斯山马特洪峰，艰难无比，特别是肺活量不足，但终于实现梦想②。同年从纽约飞智利蓬塔雷纳斯，乘巨无霸伊尔-76 远征南极联合冰川，换乘 BT-67 小飞机抵达人类最后的梦想之地——南极点，向挪威探险家阿蒙森和英国探险家斯科特鞠躬致敬。同年攀登秘鲁印加古城遗址马丘比丘，探访智利复活节岛。

2018 年，纽约总领馆春节招待会，与前美国副国务卿罗伯特·赫迈兹夫妇和美中关系委员会主席斯蒂芬·欧伦斯畅谈。欧伦斯从哈佛法学院毕业后立即参加了邓小平首次访美接待团队："当时才 29 岁，非常难忘。邓小平一手开拓了中美关系的蓬勃局面。40 多年过去，我对北京比纽约还熟悉！"他笑着对我说。从纽约再飞阿根廷，开始第四次南极探索，在南极期间跟踪"雪龙号"，与南极第 34 次科考队总领队和首席科学家保持密切联系。酝酿电影文学剧本《南极大救援》。同年参加波兰、捷克、匈牙利、菲律宾、印尼海外作家文学活动。参访巴尔干半岛九国。

2019 年，第三次来到瑞士阿尔卑斯山马特洪峰，乘滑翔伞在约 4000 米高空横穿马特洪峰，惊心动魄又热血沸腾。同年参加法兰克福的欧华文学国际研讨会，与文友一起游历欧洲，活动结束后，独自去巴黎奥维尔小镇寻找梵高人生最后 70 天的足迹。③ 深夏乘坐邮轮第三次探索北极圈，探访中国极地中心冰岛中冰联合北极考察站，为

---

① 参见本书第一部分。
② 参见本书《攀登马特洪峰》。
③ 参见本书《梵高的眼泪》，首发于《解放日报》上观新闻。

《文汇报》文汇讲堂撰写上、下集冰岛北极科考站报告文学。

2019—2020 年，与上海市作家协会党组书记王伟、前任书记汪澜、上海电影集团董事长、电影《攀登者》出品人任仲伦一起，应中国极地研究中心主任、北极国际科考委员会副主席、中国首席代表、"雪龙号""雪龙 2 号"法人杨惠根博士邀请，第四次登上"雪龙号"。2020 年 3 月，在《中国作家》第三期开篇发表电影文学剧本《南极大救援》并提名参选阳翰笙戏剧奖（该剧本已于 2019 年 11 月获得上海市文化发展基金会电影孵化基金）。

中美贸易 30 年，业务欣欣向荣，见证改革开放四十年的辉煌，被美国纽约第五大道客户和中国多家外贸集团、公司誉为最勤奋、最具诚信力与凝聚力领导力的合作伙伴。

亲爱的丘吉尔，你看，我几乎把 10 年前的那场手术忘得干干净净了，我几乎不去医院，除了西洋参蜂蜜茶，平时不服用任何药物。今年 2 月春节期间，我去看望那位赫赫有名鹤发童颜的犹太老医生理查德，他是雪莉医生的老板，雪莉已在 2012 年搬去加州工作，她临走时留给理查德我的医疗记录。"朱莉娅，"理查德说，"2012 年我给你摘了帽子，看了雪莉留下的记录后，我更加确信了你左肺只是一个普通结节。"理查德从文件柜里拿出我的案卷，认真翻给我看 2010 年 6 月我向诊所值班医生开过咳嗽药和消炎药的记录："感冒引发的肺炎给你留下了一个良性病灶，你正好又要求拍片。很抱歉，我们让你上了手术台，给你带来了痛苦。现代社会的医生都过于敏感，但都是为了病人好。"他还说有一位 80 岁搞建筑的老教授和我一样，"开刀化验后发现是良性的，现在 90 岁了，每天在东河跑步，健硕愉快，经常对我讲他是多么幸运。"我给他从中国带来的红枣，鞠躬向他告别。

桃之夭夭，灼灼其华。

投我以木瓜，报之以琼瑶。

射手座的人在任何情况下都会看到最积极的一面。

我的思绪又回到多瑙河北岸的布伦海姆宫，这是英国安妮女王为奖励约翰·丘吉尔——威名显赫的马尔博罗公爵一世战胜了路易十四军队而建造的。在 1704 年 8 月的布伦海姆战役中,英国元帅约翰·丘吉尔俘虏了法国元帅。温斯顿·丘吉尔在关于先祖的著作里这样描述:"路易十四不能理解,他的优良军队不但战败,而且灭亡了,从此,他考虑的已经不是怎样统一欧洲,而是如何体面地结束这场由他挑起的战争。"丘吉尔庄园因而也是一座活着的英国历史博物馆! 丘吉尔的母亲 1874 年离开纽约来这里新婚时,满怀激情地说:"这是英格兰最美的景致,当我们抵达气势磅礴的宫殿时,我心中充满了敬畏。"八个月后她在宫殿舞会上发生阵痛,在这里生下七个月的早产儿——未来的英国首相、二战风云人物、千千万万英国人和世界公民的精神导师。

"决不屈服! 永不投降!"

"人最可贵的精神是无畏!"

亲爱的丘吉尔! 你是至暗时刻燃烧的火焰,你是困境中人们永恒的朋友! 感谢你教会我追逐日光,感谢你告诉我:真正的宫殿藏在你心中!

PART 03

燃情三极：南极点、北极点、珠峰逐梦

南极旅纪

寻找探险先驱斯科特、阿蒙森和沙克尔顿的足迹

纽约曼哈顿

布宜诺斯艾利斯

乌斯怀亚

德雷克海峡

南极半岛

拉美尔水道

乔治王岛
中国长城站

特拉维肯
沙克尔顿墓地

南乔治亚岛
王企鹅繁殖地

大象岛

　　探索未知之地是人类的天性。唯一真正的失败，是我们不再去探索。

——沙克尔顿

心静若水，情静如山

　　在浩瀚的宇宙太空，地球是一颗蓝色的美丽星球，南北两极被冰雪覆盖，百年来，欧美探险家为揭开两极未知的面纱付出了惨重代价，探寻先驱的足迹是许多极地探险爱好者的梦想。2012年12月是我第一次南极行，那年恰逢英国罗伯特·斯科特船长探险队抵达南极点遇难100周年；2016年2月春节是我第二次南极行，那年恰逢沙克尔顿探险队冰海求生史诗救援100周年。2013年我和朋友们初探北极圈斯瓦尔巴岛，正是挪威探险家、首次抵达南极点的罗尔德·阿

蒙森(Roald Amundsen)发现北极西北航道 110 周年;2016 年初夏,我乘坐俄罗斯 50 周年胜利号核动力破冰船驶往北极点,正逢著名探险家南森乘"弗雷姆号"首次横跨北冰洋航行 120 周年! 探险游轮基本没有网络和手机,沉迷历史,心静若水,情静如山,弥足珍贵。回眸 2012 至 2016 四次穿越百年,行走南北极,写下这些在人类极地探险史上赫赫有名功绩卓著的名字,心中充满崇敬仰慕,他们中除了挪威人弗里特约夫·南森(Fridtjof Nansen)活到 80 多岁并荣获诺贝尔和平奖外,其他几位如斯科特、沙克尔顿、阿蒙森均在极地探险路途中悲惨遇难或患病离世,给近代探险史留下一曲曲悲壮赞歌。

2012 年 12 月初,我与几位老友从美国飞抵阿根廷首都布宜诺斯艾利斯,再换乘专机飞抵火地岛首府乌斯怀亚。火地岛是葡萄牙航海家麦哲伦在 1520 年发现的,他命名了这座烟火缭绕的岛及著名的麦哲伦海峡,可惜不久麦哲伦即在环航地球(1519—1521)途中在菲律宾被当地居民砍死。英国船长库克 1773 年率领船队首次穿越南极圈航行,也在夏威夷被土著居民杀害。面对大海,缅怀这两位伟大的航海探险家,他们曾代表了葡萄牙和大英帝国的崛起!

从风景如画的乌斯怀亚登上美国小邮轮"银海探索号",新老朋友在船长欢迎酒会喜欢互相询问:"你为什么会来南极?"有人是因为看了法国《帝企鹅日记》,有人是因为阅读了茨威格《伟大的悲剧》或看了影片《沙克尔顿冰海求生记》。一位澳大利亚记者和我讲起珠峰攀登的伟大先驱乔治·马洛里。1924 年 6 月马洛里在距离珠峰顶端仅 274 米处坠崖失踪,直到 75 年后 BBC 探险队才在珠峰北坡发现马洛里的遗体。这位牛津英国人 1924 年在回答《纽约时报》记者追问"为什么要攀登珠峰"时的那句回答流芳百世:"Because it is there(因为山在那里)"。

因为山在那里! 因为南极在那里! 探索未知世界的火焰在心灵燃烧,拥簇在甲板上,我和好友们激动呼唤:"Antarctica, We are coming!(南极,我们来了!)"

吟咏之间，吐纳珠玉之声

2000 多年前古希腊哲学家亚里斯多德预言地球南端有一片神秘大陆,但直到 100 年前人类才首次抵达南极点。进入南极洲水域就进入了另一个世界,这遗世独立的仙境诠释着地球的一切美妙与脆弱。静卧在此的世界第七大洲,面积大于中国和印度的总和。这里聚集地球 90％的冰,冰层达 2000 至 4000 米厚,如果南极冰融,海平面将升高 60 米,后果不堪设想。1961 年实施的《南极条约》规定无国界无条件共享科考成果,其重要目的就是保护地球免遭毁灭。

虽然携带了许多御寒衣物,但这里 11 月到 2 月是夏季天堂,在阳光下感觉是纽约的春天。抵达德雷克海峡我们惊艳于桌状冰川,长度 200 米如同一张冰雪巨桌,漂浮在落日映照的绯红色海面上,晚霞漫天,比 BBC《冰冻星球》画面更加绚丽震撼。忽而又见漂浮在海面上宛如冰激凌形状的巨大冰川,夕阳将冰川染成耀眼的金黄色,冰川脚下几十只阿德利企鹅如同步兵连一个个往碧蓝的大海里跳,正如居里夫人的名言:"自然现象就如童话故事一般使人铭记难忘。"一百年前英国斯科特探险队在迈向南极点途中,几十匹矮种马全部冻死,每爬一步都要靠四人拉载重雪橇,尽管极度困难,他们依然收集陨石化石,并在威德尔冰川获得第一枚帝企鹅蛋胚胎。他们出发前向英国国王表示:"科研——是我们一切探险的基石"。

我们的探险队长苏珊毕业于哈佛大学,她说:"在南极企鹅面前,铁石心肠的人都会变得柔情似水。"《南极条约》规定游客必须与企鹅保持 5 米距离,但南极的五大企鹅——帝企鹅、王企鹅、金图企鹅、帽带企鹅和阿德利企鹅——根本不怕人类,常煽动翅膀憨态可掬地靠近游客,美妙时分我抓拍了不少好照片。眼前的阿德利企鹅,由法国航海探险家迪蒙·迪尔维尔在 1840 年首次记录。迪尔维尔出生贵族富豪之家,却偏好危机四伏的探险,当他第一次在南极大陆看到黑色玛瑙头部镶嵌白眼圈的美丽企鹅,立即以自己的妻子"阿德利"命名。这是我特别喜爱阿德利企鹅的原因。可惜在一次参加法王凡尔赛宫晚宴途中,他不幸遭遇火车翻车丧命,爱妻也同时遇难。如今,著名的法国科考站——迪蒙·迪尔维尔站以他的名字命名。令人欣慰的是我们跳下橡皮艇登陆的南设德兰群岛,即 1840 年迪蒙·迪尔维尔登陆之地!

此行最意外的收获当属遇见帝企鹅。在威德尔海域巡航的一天清晨,探险队长苏珊在广播中叫:"船弦右方,Emperor!(帝企鹅)"我急忙跳下床冲到甲板,只见眼前一片洁白的神奇冰盖,一只巨大的帝企鹅似乎正向另一只小巧金图企鹅"问路",场面温馨悦目!帝企鹅高达 120 厘米,体重约 50 公斤,是地球上唯一在南极零下 80 度的冰上繁殖孵蛋的精灵,这只徜徉于威德尔海浮冰上的帝企鹅,犹如奥斯卡获奖纪录片《帝企鹅日记》的梦境重现,让我惊喜万分,心花怒放!眼前的一切似梦非梦,诗情画意。我们乘坐着橡皮冲锋艇,穿行在浮冰丛中,观赏一座座深邃透亮的幽蓝和纯自然的美态。蓝色冰川宛若海市蜃楼中的凯旋门,巨大的冰川底部卧着几只海狮在悠闲地晒太阳。在静谧幽美的天堂湾,万道霞光下几只虎鲸突然出现在船头开阔地带,让我联想 1912 年在那场南极点竞赛悲剧途中,英国斯科特上校首次记录了五头虎鲸联手制造冲击浪、猎杀浮冰威德尔海豹的场景。一百年时光飞逝,景色依旧!此时成年虎鲸正带着幼鲸自由驰骋嬉戏,尾翼带出美丽的水帘,不时喷出数米高的水雾。远处的冰盖上,小企鹅们无所畏惧地快乐嬉戏和觅食,南极海域的 10 亿吨磷虾慷慨滋养着几千万只美丽企鹅。企鹅已生存了数百万年,但自从地球近年急剧暖化后,每年有几十万对企鹅因冰山断裂形成冰墙、无法跳海觅食而活活饿死,这里的每时每刻都提醒人类:环保是地球生死攸关的严峻课题!

眉睫之前，卷舒风云之色

"银海探险"号上有 132 位主要来自欧美的南极追梦者，其中 10 位华裔同胞，香港原政务司长唐英年夫妇和我正好乘坐同一条橡皮冲锋艇登陆，沉浸在接踵而至的惊艳中。唐英年竞选香港特首失利，带着妻子来南极散心，在香港曾是头版新闻，但在游轮上，他就是一位普普通通的游客。"权力、财富和荣耀，都是过眼云烟"，唐英年在餐桌上讲："这是世界上最美丽纯净的地方，面对大自然充满敬畏之心，这是我和妻子的朝圣之旅。"英俊高大的唐英年为人爽朗热情，他侃侃而谈当年"纺织大王"的父亲如何在新疆创建中国第一家海外投资毛纺厂，赞扬无微不至忍辱负重的贤妻。她夫人优雅聪慧，对政治、经济、自然、历史话题颇感兴趣。游轮行程最后一天，老唐以最高价将本次航海地图竞拍到手，我们在一百多位老外面前为他鼓掌叫好。每天早餐后我们乘坐黑色橡皮冲锋艇出发，从南设德兰群岛到蒂赛普申岛，从静谧神奇的天堂湾到大气磅礴的拉美尔水道，静静体验大自然的奇景与纯净，有时在甲板上望黄昏落日，各自持一杯红酒，回眸历史，发幽古之情。这次南极之旅，以巨浪闻名的德雷克海峡出乎意料的平静，如同湖中行舟，丽日高照。处处是闪光的蓝色，深蓝的黑色，海冰璀璨宛如宝石与翡翠，伸手抓起一块冰放在嘴里，甜甜的，淡淡的。贴近海面可以听见小海冰崩裂的嘶嘶声。清澈的水面上是一座座缤纷宝蓝冰川，有些像带有廊柱的罗马宫殿，另一些像威尼斯廊桥和比萨斜塔。每座由雪花积压而成的冰川形成需要几万年时间，但崩塌只需要几秒钟。我们不时看到冰川随着巨响融化崩塌，飞雪冲天千万只海鸥群舞，伴着水气顿时化作一道彩虹，演绎地球暖化冰融，让我们在观赏中倒抽一口冷气！在三角浮冰上躺着挠痒痒的豹纹海豹，看到人类的红色冲锋衣和黑色冲锋艇，滑动着身子昂头向我们微笑。海岸边冰川上的各种企鹅物以类聚，在夏日阳光下或唱歌求爱,或公然做爱,或温馨孵蛋,这一切正如百年前第一个到达南极点的阿蒙森所言:"这里就是仙境……"也验证了安德鲁·丹顿的感怀:"如果南极是音乐,那它一定是莫扎特;是艺术,那一定是米开朗基罗;是戏剧,那一定是莎士比亚,而且,它一定是比这些都更伟大的存在。"

欧美游客书籍地图不离手,英国海盗船长德雷克自然是餐桌和甲板上津津乐道的话题。我结识了一位德国教授杰罗姆,他带了《世界上最糟糕的旅行》和《伊丽莎白一世传》。他说:"英国历史上最重要的南极探险英雄当属女皇的情夫德雷克海盗。"在穿越德雷克海峡途中,这位历史学家眉飞色舞地讲述的冰雪奇缘和500年前的爱情传说,似乎也融入了南极美学的范畴中——1578年英国船长兼海盗德雷克首先发现麦哲伦海峡之外另一个从大西洋进入太平洋的通道,由于洋流交汇,这里风浪最险恶,在历史上它埋葬了2万余人和无数船只。16世纪的西班牙是如日中天的海霸王,德雷克船长在一次被西班牙舰队追杀、仓惶逃命途中,偶然发现了德雷克海峡。这次逃亡造就了麦哲伦之后的地理大发现,也让德雷克本人在未来世界的版图格局中流光溢彩:1587年德雷克率领他的"海盗船队"在加的斯港外击沉了69艘西班牙补给舰,而后又突袭里斯本,击沉数百艘西班牙舰船,接着他又攻占"圣维森特角"要塞,扼住了地中海的咽喉。此后,德雷克打劫了西班牙国王菲利普二世的私人运宝船,掠夺巨大财富。这一系列战果为1588年英吉利大海战击败西班牙无敌舰队奠定了基础,最终英国取代西班牙成为海上霸主!英雄时代不乏浪漫传奇,在英国黄金时代"伊丽莎白时代",终身不嫁、才华横溢的伊丽莎白一世(1533—1603)亲自授予了战无不胜的德雷克爵士头衔,还爱上了这位战绩显赫的中年猛将。德雷克船长改写了世界版图也改变了个人命运:他成为莎士比亚和培根时代英国女王的秘密情夫,他发现了通往南极的德雷克海峡,也走进了女王柔情蜜意的浪漫卧房。荡气回肠的史诗与瑰丽绚烂的美景相映交织,可谓:登山则情满于山,观海则意溢于海。(刘勰《文心雕龙》)步步是景,处处是史,美哉南极!

风云际会冰川行

在南极半岛或南极大陆行走,最大的挑战是攀爬冰川和冰原徒步。这里风云莫测,晴天丽日瞬间变为狂风暴雪,在漫天风雪中徒步爬越冰川,陡峭危滑,摔跤骨折时有发生,同行的一位中国游客就因骨折被送往乔治王岛的智利科考站小医院救治。

临行前怀着极大的兴趣回顾人类 100 年南极探险史,我被茨威格描述英国探险家斯科特南极遇难的纪实文学《伟大的悲剧》所深深震撼。1912 年 1 月 17 日,斯科特一行历经千辛万苦抵达白雪覆盖的南极点,他说了句:"天哪!这是一个多么可怕的地方!"一个多月前第一个成功抵达南极点的阿蒙森在帐篷里留了一封信,让斯科特转寄给挪威国王,这在当时既是失败也是耻辱。我面前这张斯科特五人在南极点的合影没有一丝笑容,他们没有拿到第一,死神却在头顶盘旋。心力交瘁的五人在返回途中饥寒交迫全部葬身冰原。如今,在南极点,美国科考站以阿蒙森—斯科特命名。写到这里,我伏案远眺,思绪回到 1912 年 3 月,在凶猛暴风雪摧残下的距大本营只有 17 公里的小帐篷里,几天未进食、虚弱不堪的斯科特上校燃尽最后一滴煤油写死亡日记,他身边是垂死的战友威尔逊,这位剑桥博士在狂风暴雪中拖了两个多月 16 公斤重的舌羊齿化石,这是人类在南极首次发现来自 2.5 亿年前的植物化石,为 20 世纪极地科考时代拉开了序幕。他用冻僵的手指写道:"我们民族还没有丧失勇敢精神和忍耐力量……我们是在冒险,可惜天不遂人意……"他在心脏停止跳动前表示了最后愿望:"请把这本日记送到我妻子手中。"随后他又坚决划去了"我妻子",改为"我的遗孀"。他们的三具遗体和日记在 6 个月后被发现。我们登陆英国科考站拉克罗港(Lockroy)时,站里正发行英国皇家纪念斯科特殉难100周年纪念册,内有英国国王在圣保罗大教堂跪下为5位遇难勇士祈祷的照片。让人感动的是斯科特死亡日记中对于奥茨的描述:"他的脚趾和小腿已经冻烂坏死,为了不拖累队友,他多次提出躺在雪地等待死亡,但我坚持拖着他一起前行。"1912年3月,奥茨32岁生日那天清早,他告诉斯科特:"我要到外面去走走,可能要多待一些时间。"拉克罗港油画上的奥茨在怒号的狂风暴雪中像一头受伤的公豹勇敢走向死亡,背后是暴雪下的小帐篷和一星点烛光。他要把生的希望留给队友。但12天以后饥寒交迫的斯科特和两位同伴全部死去。感慨南极的山山水水,记录了人类文明从帆船时代到探险时代,从英雄时代到科考时代的步履与足迹!

在天堂湾南纬65度布朗海军站后面,有一座高达200多米的陡峭冰峰,近两亿年前由火山爆发移位形成,高度相当于2/3个巴黎埃菲尔铁塔,探险队长苏珊讲这是"沙克尔顿体验站"。步履维艰,每一步都要把深陷的雪地靴使劲拔出,我不时大口喘气,身旁面临悬崖,一个不小心就会翻滚下去葬身冰海。我和同伴好不容易接近山顶,邮轮英国籍探险助理杜克拼命对我们喊话,因为游轮快启程了!试想你站在埃菲尔铁塔的三分之二高处,怎么下来?这正是沙克尔顿1916年站在南乔治亚岛冰山上的感觉和日记。"怎么下山?……天哪,这个感觉糟糕透了!"他为了营救"坚忍号"沉船后困守在大象岛的22位探险队员,必须翻过多座冰山,到岛另一端捕鲸站去求救。"我决定滑下山……对!就坐在屁股上滑下雪山!"(沙克尔顿日记)

"你们快滑下来呵!坐在屁股上往下滑!"蓝眼睛高个儿的杜克对我们叫喊。冰山太高太陡峭,如果滑得不顺就会翻滚失控,拧断脖颈或落入冰海。但没有退路,紧张的心扑扑跳,我在冰山上坐下,将十指深深插入雪中增加阻力,大腿先分开再逐渐合拢向下滑。速度愈来愈快,风在耳畔呼啸,掌控越加自信。滑到冰山脚下,我体验到沙克尔顿日记里的那句话:"坐着滑下山!太棒了!……没那么可怕!我很喜欢!"

南极探险先驱阿蒙森（右）和斯科特

1912 年英国探险家
斯科特在南极

首先抵达南极点的阿蒙森探险队升起挪威国旗

斯科特五人探险队在
南极点，回程途中全
部罹难

359

1916 年 5 月 20 日,两位队员随沙克尔顿在 30 小时内,奇迹般地横越了 42 公里被认为飞鸟难越的高山冰川,走过了从来无人涉足的南乔治亚内陆,准确抵达北岸的丹尼斯捕鲸站。捕鲸站站长目瞪口呆地望着 3 个像是从天而降、似人似鬼的物体发问:"你们是谁?"

走在最前面的人开口说话:"我是沙克尔顿。"

相信"坚忍号"已无任何生还希望的捕鲸站站长,这个挪威铮铮汉子闻言转身掩面而泣!

历经 700 多天的冰海沉船狂风暴雪后,他终于带着困在大象岛的船员全体奇迹般地生还! 创造了 20 世纪最伟大救援的壮丽史诗! 他被评为英国历史上最有影响力的 100 位伟人之一,排名第 11,斯科特排名第 54。

在山顶我拍了一张照片:这是地球上最后一片净土。我们的"银海探索"号像戒指上的小钻石镶嵌在冰海中心,斯科特和沙克尔顿熟悉的冰雪山峰在阳光下闪烁,默默叙述百年前南极探险先驱的事迹。冰滑下山成为南极追梦最难忘的瞬间:我与心目中崇拜的斯科特、阿蒙森、沙克尔顿和奥茨相遇在地球尽头!

元宵节登长城站

2012 年,"银海探索"号船上 95% 是欧美游客,船方未安排登长城站,这给我留下深深遗憾。此外,我一直向往沙克尔顿的长眠之地南乔治亚岛,这两个原因促使我报名参加了 2016 年春节 200 名中国人包下法国庞诺邮轮的"南极三岛巡游",长城站是重要登陆点。出发前我与上海老科协会长陈积芳老友在外滩 5 号与中国极地研究中心主任杨惠根博士会面,他不久前在澳大利亚陪同习近平主席登上"雪龙号"考察。听说我要去长城站,惠根立即用手机拨打长城站的直通电话安排接待,让我深受感动。2009 年杨惠根博士任中国第 25 次南极科考队长兼首席科学家,率队在"冰盖之巅"冰穹 A 建立昆仑站,为人类南极考察史留下宝贵的物质遗产。

2016年2月22日，充满喜气的元宵节，一早我们坐上冲锋艇，远远眺望长城站已心潮澎湃，中国第32次南极科考队长城站张林站长、邵晖副站长、科考组长兼翻译冒着寒风在长城湾登陆口亲自迎接我和朋友们，予以国宾规格的接待。在会议室，张林站长赠送给我们珍贵礼物：今年第32次科考队全体越冬队员签名的队旗和登长城站证书。

长城站位于南设得兰群岛的乔治王岛，南纬62度13分59秒，为高纬地区，最低气温零下35度。1821年10名遇险欧洲船员首次在此过冬，目前乔治王岛已成为世界13个国家与16个科考站的密集之地，1984年中国政府派出591名海军官兵与科考队员一起，在乔治王岛升起南极第一面五星红旗建成长城站，为中国在1985年10月获得《南极条约》协商国席位。接待我们的第32次科考队越冬队员高大帅气，百里挑一，壮志豪情，英姿勃发。打开南极地图，罗斯海、罗斯冰盖、威德尔海、别林斯高晋海、阿蒙森海……地名几乎被近代欧洲探险家的名字涵盖，而中国在郑和下西洋被明朝政府召回后，闭关锁国数百年，衰落受辱，与一切探险无关。但1985年起南极地图上新增的长城、中山、昆仑和泰山站令全球瞩目，让美、法、英、俄等极地科考大国对中国极地实力刮目相看。南极探险科考与宇航、航母，标志着中国大鹏展翅、大国崛起！邵晖副站长热情向我们介绍科研楼无人机项目、发电站、无线卫星通信等先进设施，处处彰显大国实力，不愧为乔治王岛各国科考站中的佼佼者。现有包括蔬菜温室在内的永久建筑20多座，每年冬季可供20人越冬考察，夏季可容纳60人，全部能源燃油由"雪龙号"提供。

邵晖副站长驾越野车安排我们访问邻居智利站，不久前他邀请智利站和俄罗斯站共庆长城站建站31周年晚会，漫长冬天抱团取暖。虽然智利站旗标显示南纬53度至90度均为智利领土，但《南极条约》发起的八个国家主动冻结一切主权要求，这里如同乌托邦理想国，为充满战乱的人类树立了和平楷模。邵晖副站长是 70 后浙江籍资深专家，曾任中山站站长，是一位多次在南极过冬的极地英雄，原来还安排拜访大名鼎鼎的俄罗斯别林斯高晋站，但智利站长盛情难却，接待时间太长，我们只好忍痛取消。在与国外科考站负责人接触过程中，感觉到中国的财力、人品、人气与科技是老大，处处受尊重爱戴，让我们深感自豪！从早上 9 点起，整整 3 个小时后，我们依依不舍登上橡皮艇挥手告别长城站，直到看不见岸边张林站长、邵晖副站长和科研组组长小吴等送行朋友。

再见！长城站！再见！极境极美的中国南极人！

魂萦梦牵大象岛

从长城站返回邮轮，下午大家在船上包饺子、才艺表演喜气洋洋，我则多次跑到 5 楼船长室，在航海屏幕上观察游轮与大象岛的距离。行程原本没有安排大象岛，从一上船我就开始请求探险队长和船长从长城站驶往大象岛，提议从大象岛沿沙克尔顿 1916 年 17 天的 J. Caird 号生死航线驶往南乔治亚岛！他们商量后欣然同意，这是欧美人喜欢的航线，他们没有想到一位中国女游客会如此执着痴迷于沙克尔顿，这倒让他们喜出望外，反正仅比原计划抵达南乔治亚岛晚几个小时而已！由于对历史的浓厚兴趣，我和"庞诺·南冠号"探险队长杰拉德成了好朋友。这位身先士卒、每天承负极重体力劳动的法国探险家，从不抱怨，白天带队浸泡在水里，拖拽 15 艘橡皮艇，晚上登台讲解行程与历史，一天工作 12 小时，领取低廉的工资却乐此不疲！他曾经从北纬 89 度开始，靠雪橇步行 7 天 7 夜抵达北极点，团友们赞誉他是"活着的沙克尔顿"。他几次劝我："Julia，你如此热爱历史，应当去北极点和南极点，一定会给你带来终生难忘的震撼与感动！"

离开长城站，经 10 小时航行终于看到夜幕下的大象岛，20 世纪最伟大绝地史诗救援的见证！我与几位好友站在阳台上整整两小时，百感交集望着这如同古希腊神话传说的大象岛，我们正经历和沙克尔顿小木舟一样的狂风巨浪，但大船很稳。夜幕下远远漂来一座通体雪白、长约1000米宽约100米的巨型桌状冰川，宛如海上一座漂浮长城，令人目瞪口呆。就是这样的浮冰，100年前击毁了"坚忍号"，也可随时将我们的豪华游轮击沉撞毁！震撼心际的巨大桌状浮冰映衬着黝黑大象岛的轮廓，天地玄黄，宇宙洪荒，月黑风高，万籁俱寂，唯有南极能把你带入亿万年前的远古冰河世纪，我们只是世间过客，宇宙尘埃。大象岛在象鼻伸向海水处，是一座智利船长纪念碑，当年就是他不惧个人安危，冒险带着沙克尔顿前来救出了22名探险队员！这天晚上我和几位好友心潮澎湃，感恩上帝给了我们在长城站和大象岛圆梦的元宵节！我向朋友们讲述一位英国探险家的著名论断："你若想要科学探险的领导，请斯科特来；若想要组织一次极地冬季旅行，请威尔逊来（他与斯科特一起遇难）；若想组织一次快速而有效率的探险，请阿蒙森来；若是你处在毫无希望的情景下，似乎没有任何办法得救，那就跪下来祈求沙克尔顿吧！"

1915年10月英国皇家"坚忍号"冰海沉船，28名队员漂流到大象岛以猎食海豹为生，最后由沙克尔顿成功营救。每次探险队出发，国王都亲自接见并赠予国旗与圣经，返回的英雄授予爵士封号（如沙克尔顿爵士），因此大力推动了19—20世纪"英雄时代"探险，迅速扩大了英国的影响力与版图。

百年前沙克尔顿和助手法兰克·沃斯利用了17天时间，从大象岛划小木舟杰·凯亚德号冒死向南乔治亚岛求救，我们的现代邮轮用了整整2天时间，历经惊涛骇浪，终于抵达向往已久的南乔治亚岛！这里享有"极地的戈拉帕戈斯""南大洋上的马赛马拉平原"和"王企鹅天堂"的美誉！圣安德斯湾（St. Andrews）是南乔治亚岛最大的王企鹅栖息地，从3公里长的海滩到格雷斯巍峨冰川，聚集着30万只王企鹅，海豹、海狮和鲸鱼出没，美艳震撼，让人叹为观止！南极的美学价值、科考价值和现当代探险史，与大象岛和沙克尔顿传奇一样，铭刻在人类文明史的精神宫殿，放射永恒的璀璨光芒。

在南乔治亚岛特拉维肯，我们徒步翻山，追寻沙克尔顿的足迹。下山后去小教堂祈祷，参观沙克尔顿历史遗迹博物馆和杰·凯亚德号博物馆，瞻仰日记、手套、指南针等遗物，一切像发生在昨天！1914年，沙克尔顿就是从这里出发！早在1909年初，他就曾率领着探险队挺进到南纬88°23′，插上国王交予的英国国旗，由于队员健康状况恶化，在离南极点只有156公里时，沙克尔顿选择了折返，与人类首次踏上南极点这一历史荣耀擦肩而过。这一桂冠在1911年底和1912年初，先后由挪威探险家阿蒙森和英国探险家斯科特摘得。1914年"坚忍号"横跨南极探险写计划书时，阿蒙森曾写信给沙克尔顿："如果你出色的计划取得成功，将会在勇敢而富有进取心的英国探险家们赢得的华丽王冠上添上一颗最漂亮的宝石。"

在南乔治亚岛，最感动的是探险队长杰拉德一直守候在沙克尔顿墓地，他远远看到我从博物馆方向走来，立即冲下山坡迎接，用温暖的大手拉着我的手，把我带到墓地，接着又把我的几位好友一一带到这里，用带着法国口音的英语讲解："沙克尔顿1914年航行虽然失败，却成为人类历史上英勇和顽强的典范！"他在1922年最后一次南极探险时突发心肌梗塞去世，享年仅48岁，他身边安眠着大名鼎鼎的探险密友法兰克·怀尔德（他是困守大象岛22名队员的总管）。杰拉德提议我们"向头儿干杯"（Toast to the Boss），因为大象岛22名队员在波光粼粼的海面望见沙克尔顿前来救援的船只时，激动高呼"向头儿干杯！"

探险队长和我们一起深情抚摸沙克尔顿墓碑，缅怀这位名垂青史的南极探险家。

这是在南极最神圣的时刻，我们终于来到"头儿"的长眠之地，向英国国魂、南极探险救援史第一伟人、哈佛MBA教材《沙克尔顿的领导艺术》的主人公致以崇高敬意，在他墓前三鞠躬，内心激情澎湃，久久不愿离去。如今,在月球上有一座环形山,以他的名字命名。

南极就是这样具有磁力,生命从这里绽放,心还会飞向更远,下一个梦想之地:是百年前伟大探险家阿蒙森和斯科特抵达的南极点!

最后,引用我一位挚友的南极感言作为本篇结束语:

南极是那么美丽,美丽得几乎让人窒息;南极是那么纯净,纯净得令人敬畏!南极行是我人生中最值得留念的一段经历,因为它不仅仅是一次旅游,不仅仅是一次观景,它更是一次朝圣膜拜,是一次心灵洗礼……

远征北极点

探险，生命绽放的花朵

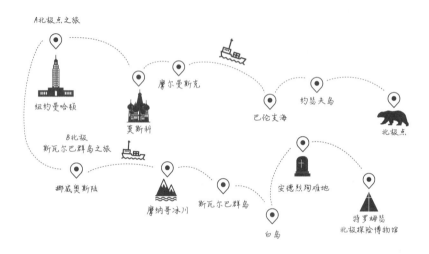

2016 年 7 月 1 日北极圈东区时间 23：45，我们乘坐的俄罗斯 50 年胜利号拉响了抵达北纬 90 度的汽笛，我和全体游客涌到甲板，开香槟酒，激动欢呼这一刻终于到来！

从人类文明踏上北极白色冰原之初，北极的静谧、神秘和隐秘就牵动着全球探险家的心，一代又一代的勇士用激情、智慧乃至生命谱写了一部北极探险史诗，这是四个世纪的人类追求。

6 月 28 日，北纬 77 度，穿越巴伦支海，大家站在船头，深深缅怀 16 世纪荷兰探险家威廉·巴伦支（1550—1597），他一生致力于开拓北冰洋东北航道，1596 年发现熊岛，他是人类第一个抵达北纬 77 度约瑟夫岛的欧洲勇士！返回荷兰途中，他因饥寒交迫不幸殉难，三百年后人们发现巴伦支过冬的洞穴及他的北极航海手绘图及死亡日记。人类跨越千年北极探险史可歌可泣！从巴伦支（荷兰）、富兰克林(英国)、安德烈(瑞典)、南森(挪威)直至阿蒙森(挪威),几代探险家前赴后继,付出了宝贵的生命。

1895年挪威科学家南森历经两年,命悬一线抵达北纬86度,得出结论:北极是被陆地包围的北冰洋!1909年美国探险家皮尔将国旗插上北纬90度北极点;20世纪抵达北极点的还有挪威阿蒙森、美国飞行员伯德,特别令人钦佩的是我们破冰船上休·约翰博士的岳父——W.巴伯特,率领四人步行16个月,于1969年穿越北冰洋抵达北极点,成为英国家喻户晓的探险英雄。在航海科技高度发达的今天,我们能到北极追寻先驱们的足迹,真是很幸运!

在北纬82度,遇见第一只北极熊,全船沸腾。破冰船悄悄移近这头可爱肥硕的公熊,它似乎毫不在意。北纬83度又见刚猎食海豹的北极熊带着一对小宝贝嬉戏玩耍,其中一头小公熊突然跑到我们船头,站起身好奇地望着我们。纯美可爱,如梦如幻。那一瞬间,心醉了,北极,一个冰雪奇缘的童话世界!此次北极点之旅共遇见十一头北极熊,包括四只可爱的熊宝宝。不由联想起中国极地科考领军人物秦大河、杨惠根博士担任顾问的央视纪录片《北极,北极!》讲述北极冰盖正大面积缩小,北极熊数量也逐年减少,地球暖化不仅威胁北极熊生存,更威胁人类的未来。

北极虽然不像南极那样梦幻唯美,却更显大气磅礴。站在50年胜利号核动力破冰船头,凝望北冰洋厚层冰盖被船头轰隆切割,冰崩地裂,惊心动魄,犹如白色荒漠盘古开天,万年巨鲸突然被利刃挑出海面,翡翠翻滚层层叠叠……

抵达北极点后,我和团友们在白雪冰原自豪地展示五星红旗,然后参加船方组织的北纬90度跳海冰泳活动,十几位各国游客报名,我是其中一个。2013年我在北纬81度斯瓦尔巴群岛零度北冰洋冰泳过,海水苦咸,冰寒刺骨,那次我是唯一跳海的中国人,体会到"泰坦尼克号"遇难者生命的最后瞬间。这次北极点冰泳更让我激动,因为我想到了俄罗斯在北极点以下4261米,即我将跳下的海底,插上了一面能保存100年的1米高钛合金国旗。2007年俄罗斯的这一举动引爆北极争夺战,全世界四分之一的石油和天然气蕴藏在北极地区的海底,中国北极科考从那时起即异军突起,目前已在国际北极事务中担任重要角色!

"见证竞争,亲历历史!"这是我当时的念头,跳入冰海,瞬即灭顶,浑身感到被冰碴包围箍压,刺骨疼痛,但我还是向前方冰海游了一些。在北冰洋零下 1.5 摄氏度浸泡 10 分钟即足以丧命。游泳时,我的泳帽被浪花卷走,为了环保,我几次试图游去抓回,竟成了全船十几位跳水者中冰泳时间最长的一个! 这是一个超越极限的体验,冰寒彻骨,死神扼喉,在白色浮冰环绕中游泳,真正感受到人类探险先驱巴伦支、白令、安德烈、阿蒙森和斯科特在极地冰寒中活活冻死的瞬间。我为先驱者前赴后继的精神所震撼!

冰泳之后,是北极点冰盖长途徒步。行走在坚冰覆盖的深邃海洋,步履维艰,有时连雪靴都拔不出来。探险家们为抵达北极点常要走上几个月甚至一两年,重踏他们的步履,感受他们的勇气,这才是名副其实的探险之旅!

在人类探险史上,罗尔德·阿蒙森是一个令人肃然起敬的名字。早在 1906 年,他就驾单帆桅船首次穿越西北航线。他于 1912 年 12 月 14 日靠狗拉雪橇第一个抵达南极点并插上挪威国旗,而晚一个多月到达的英国斯科特探险队 5 人却在返程途中不幸全部魂断冰原。痛悼对手后,阿蒙森马不停蹄投入北极探险。1926 年 5 月 11 日,他乘坐意大利人诺彼勒设计的"挪威号"飞艇飞越北极点——我在特罗姆瑟北极探险博物馆看到了"Norge"飞艇模型和阿蒙森在南极点升旗的旗杆,阿蒙森成了真正意义的两极英雄。意大利飞艇设计师诺彼勒不服气,决定甩开阿蒙森,为意大利的荣誉大干一番。1928 年 5 月初,诺彼勒建造并亲自驾驶"意大利号"半金属飞艇前往北极点。5 月 24 日飞艇突然漏气坠落在冰面,诺彼勒危在旦夕。6 月 18 日,56 岁的阿蒙森奋不顾身,从特罗姆瑟乘"拉姆号"小飞机出发营救对手诺彼勒,次日遭遇狂风小飞机坠海,阿蒙森——这位伟大的探险家不幸遇难,而诺彼勒却被苏联破冰船救起,安然无恙。

作者探访特罗姆瑟北极探险博物馆：有阿蒙森南极点升国旗的旗杆，和瑞典探险家安德烈的死亡日记及遗物

作者在北极点跳水冰泳

人们至今没有找到他的遗体，估计他躺在无人知晓的北冰洋深处。他的精神像北极光一样璀璨。如今，在月球的南极点，有一座环形山以阿蒙森命名。

我们也找到了茨威格在《人类群星闪耀时》中提到的瑞典探险家安德烈在生命最后时刻的藏身"洞穴"，在冲锋艇上拍摄苍凉的冰盖白岛（Kvitoya），导游带我们看两头躺着的北极熊，而这里恰巧是安德烈气球探险队三位探险者的悲壮死亡之地！

瑞典人安德烈于1895年向瑞典科学院提出人类历史上第一次乘气球到北极探险的申请。1897年夏，安德烈和两名志愿者摄影师斯特林普和登山爱好者弗兰克尔动手制作一个氢气球，起名"飞鹰"。7月11日从斯瓦尔巴群岛最北面起飞，经过66小时迫降在一块浮冰上，他们知道大事不妙，用雪橇走了两个月，打死冲向他们的北极熊，于10月6日抵达北极圈白岛——在北极探险博物馆我看到了他们的死亡日记和餐巾。经过四个多月的苦斗，最终他们在饥寒交迫中先后死去。直到33年以后，人们才发现了洞穴里的尸体和遗物。1930年，瑞典国王下令为三位探险勇士举办隆重国葬。惨烈悲壮的北极探险史！

白岛在北极点和俄罗斯之间，这里是令人毛骨悚然的一片白色苍凉，遥遥无际的冰山下只有两只北极熊在走动，我在冲锋艇上看到一个小墓碑，一块灰黑色约15英寸高的年代久远的石碑。因为银海号上的历史学家给我们讲述了从白令、巴伦支、安德烈到富兰克林、阿蒙森的北极探险史，我立即问哈佛毕业的美国导游："这是不是安德烈的墓碑？"她说是的。美国极地探险船的历史讲座是我的最爱，如英雄们远去的足音伴随着晨钟暮鼓，震撼心扉！

探险，生命绽放的花朵！回到纽约，朋友们纷纷问我有何感想？我在微信发了"我的北极点感言"：为什么要去北极点？与生俱来的好奇心？对一切与物质无关的事物充满兴趣？也许，一个人最大的财富,是血液里创新的激情;是心灵与历史人物的对话;是读万卷书、行走天下的勇气与理想。1924 年,《纽约时报》记者追问攀登珠峰的伟大先驱乔治·马洛里:"为什么要攀登珠峰?"他回答:"因为山在那里!"(Because it's there!)

南极点

与黑洞望远镜的美丽邂逅

历史的回声　逐梦南极点

　　我们的宇宙,在某种意义上是上帝所创造的最好的
一个。

——莱布尼茨

　　2019 年 4 月 10 日纽约时间早晨 9 点,露出真容的"黑洞"
以古希腊神话《奥德赛》的史诗气派呈现在好奇的数十亿人面
前。每当我阅读霍金的《时间简史》,总感到那些对宇宙与地球
未来锲而不舍探索的科学家们,虽然有着凡人的躯壳,但其生命
精神价值正如这个黑洞:"质量为太阳的 65 亿倍"!

　　我曾在南极仰望星空,璀璨的银河系似乎触手可及,人类首
张黑洞照片相当于用手机拍一张月球上的橘子,何等伟大。写

这篇文章时恰逢去华盛顿参加樱花节,顺便去阿灵顿公墓凭吊南极点探险先驱理查德·伯德海军上将,当我在新闻发布会屏幕看到参与拍摄黑洞的南极点望远镜,犹如看到一位亲密友人一样,不由轻声叫起来,脑海中浮现出与南极点望远镜的美丽邂逅。

那是 2017 年感恩节之后,我告别纽约家人从肯尼迪国际机场登机,开始了梦寐已久的南极点之旅,这也是我 2012 年初探南极后的第三次南极之旅。飞越透迤壮丽的安第斯山脉,先是抵达智利最南端麦哲伦海峡沿岸的蓬塔阿雷纳斯,这个幽美小城是一百多年前斯科特、沙克尔顿、阿蒙森等探险家远征南极点的起航点,也是中国"雪龙"补充物资经常停靠的"驿站"。我和各国极地爱好者在此休整一晚,换置冰原装备,11 月 26 日乘坐伊尔-76 大型运输机飞抵南极联合冰川,入住大本营里零下 40 度以探险家命名的雪地帐篷,夜晚钻入南极睡袋冻得浑身颤抖(幸好带了暖宝宝)。11 月 27 日换乘小飞机,终于飞往魂牵梦绕的南极点!

与伊尔-76 运输机降落在联合冰川的"冰蓝跑道"不同,南极点根本没有跑道,且上空飓风极大,据说可与珠峰峰顶风力相比。我去过珠峰大本营,也乘坐小飞机在珠峰顶端盘旋过,然而对我来说南极点更具挑战性,百年来罹难者不计其数。出发前我们签了"生死状",声明万一有三长两短绝不向主办方追究责任。2008、2013年南极点曾发生过两次小飞机因飓风坠落的机毁人亡事件。我们的加拿大机长皮特阳光英俊,经验丰富,他曾在极夜冒险抢救南极点科考站病员,为此受到奥巴马总统邀宴白宫予以表彰。起飞前皮特谈笑风生,让我惊喜的是他居然熟悉我们的中国极地研究中心!他笑着给我看英文缩写的雪鹰-601 飞机南极地标:"我们飞的是同样的机型,中国发展太快了,真了不起!"他真诚地竖起大拇指。世界真小!我心头涌上一股暖流,告诉皮特那"雪鹰号"飞机的法人代表、中国极地研究中心主任兼国际南极科考委员会中国首席代表杨惠根博士，正是我的极地挚友！此刻他正在"雪龙号"上，率领中国第34次考察队征战罗斯海难言岛，建立中国南极第五科考站呢！我愉悦地给皮特机长阅读杨惠根博士从雪龙船上发给我的微信："周老师，非常高兴您也即将飞赴南极，这样我们将在同一时间踏上南极洲的大地，分享同一个不落的太阳或同一片南十字的星空，当我们仰望这同一片天空或星空时，我们一定会更加的心心相印！"

在飞往南极点途中心潮澎湃，我用指甲使劲刮去飞机舷窗的一层薄冰，往下看去正是BBC《冰冻星球》的景色：蓝天下一望无际晶莹剔透的白色冰原，犹如看一部历史大片：88年前美国探险家理查德·伯德将军成为史上飞抵南极点第一人！就在这南纬88度至90度航线，他深情撒下多面挪威和英国小国旗，以纪念人类首次徒步登上南极点的挪威探险家阿蒙森与英国探险家斯科特。一百多年来多少探险英雄在这绝美又险峻的白色冰原丧失了宝贵生命！

谈起阿蒙森-斯科特科考站这个世界闻名遐迩的站名，正是我在华盛顿阿灵顿公墓祭扫的理查德·伯德上将本人1957年临终前起的名字，他还任命了首位站长。当时有多位参议员提出要以他的名字来命名即将建成的人类首座南极点科考站，但遭到伯德上将的坚决反对。富有大格局大视野的伯德将军首先把大型现代化科考器械、飞机、机动车带进南极冰盖，又率先提出"科研共享、和平利用"的《南极条约》主旨，他一手将南极编年史从"帆船时代""英雄时代"带入"科考时代"！1957年3月11日，积劳成疾的伯德上将在宣布对南极大陆进行联合科学考察的国际地球物理年、并由12国签订《南极条约》的前夕不幸病故，享年69岁。

作者沿着伯德将军的航线飞抵南极点

美国国家档案馆珍藏的伯
德将军南极照片

南极点"黑洞"望远镜

清明节我在他墓前放上一朵樱花,鞠躬致敬,次日我专程去美国国家档案馆。当馆员按照我填写的表格从冰柜里推出 1929 年到 1957 年伯德将军首次飞越南极点的照片、文字记载等一箱子斑驳发黄的原始资料时,我的眼眶湿润了。中国极地领军人物杨惠根讲:"太感动了。周老师,只有像你这样认真钻研的极地学者,才会对昔日探险家倾入如此激情与精力。"也许是伯德将军在天堂冥冥有灵,在我为他扫墓的五天之后,华盛顿即宣布南极点望远镜领衔拍摄的人类首张"黑洞"照片问世! 伯德飞越的南极点航线,我也完完全全地飞越了。此刻,我仿佛看见九泉之下他那睿智刚毅的迷人微笑!

话题回到 2017 年 11 月 27 日,我们飞行了约一小时,安全降落在南极点阿蒙森-斯科特美国科考站冰原上。"南极点,我们来了!"We did it! 我们与机长兴奋拥抱,欢呼雀跃,在迎风飘扬的 12 面《南极条约》原始签约国的旗帜下,我深情地俯身亲吻南极点金属地标水晶球。重踏我心灵的偶像阿蒙森、斯科特和伯德上将的足迹,是我多年的梦想,此刻我仿佛看见佛罗里达宇航火箭发射中心那句话:

只要我们能够梦想的我们都能实现。

南极点美国科考站海拔 2850—3200 米,坐小飞机略有高原缺氧反应,但不像在珠峰大本营过夜那么难受。1957 年美国建立的第一个科考站已陷入厚度约 2850 米的冰盖里了。眼前气势雄伟的南极点科考站是第四次更新重建的,它如同多根古罗马圆柱凌空托起的一座冰上宫殿。登上露台凝望南极点望远镜、南极点天文台和冰立方实验站,真是充满激动与感佩之情!

探秘宇宙冰冻天文站:"我们从哪里来?""我们到哪里去?"

居里夫人说:"一切科学发现都像童话般的美丽。"

作为一名极地探险与天文爱好者,我非常幸运有机会近距离窥探阿蒙森-斯科特站内部及南极点望远镜、"冰立方"的真容!

令世界瞩目的南极点望远镜(SPT)是建立在阿蒙森-斯科特美国科考站上的。不少国内媒体写为南极望远镜,省略了"点"字,此举不妥。举个例子:外滩 5 号和青浦朱家角都在"上海"的大概念之下。南极半岛与乔治王岛的长城站,南纬 62—68 度,气候相对和煦,可将之比喻为上海郊区朱家角;而南极点在南极洲内深腹地,南纬 90 度,冰天雪地,可比喻为上海市中心外滩 5 号。大部分游客玩了朱家角而没能去外滩就打道回府了。所以说广袤的南极与南极点是绝然不同的概念。后者四季冰封,最冷达零下 80 度,相比南极半岛和北极点而言,南极点是地球最难抵达之处。加上南极点科考站不对外开放,必须由美国有关机构带领才可进入参观。我非常幸运在网上找到南极点探险网站,提前一年报名,终得探访向往已久的美国阿蒙森-斯科特科考站!

在资深导游带领下,我们爬上三楼的科考站露台。一眼望去,阳光下的白色冰原晶莹剔透,庞大的南极天文站和南极点望远镜魅力十足!南极点望远镜是一个 10 米直径的射电望远镜和一个微波/毫米波望远镜,观测频率范围在 70—300 千兆赫兹之间,它的主要科学任务是调查南天球数千个星系团之间的神秘联系,这些星系团因暗能量的约束而处于相对平衡状态;同时也观测太空小行星对地球任何可能的潜在威胁。南极点望远镜由美国芝加哥大学和哈佛-史密松天体物理中心(Harvard-Smithsonian Center for Astrophysics,缩写为 CfA)等八个机构的科研小组共同运行,美国国家科学基金会提供资助。其中哈佛-史密松天体物理中心的物理学家史蒂文·温伯格曾获得 1979 年诺贝尔物理学奖!

在太阳下闪烁的浅棕色望远镜位于南极点马丁天文台上。马丁·波默兰茨是美国著名物理学家和南极天文学发展领导者,2004年他出版了科学自传《冰上天文学》。

马丁天文台同样令我着迷。这是一座两层楼的建筑,拥有 270 平方米的四个项目的实验室设备,项目分别为南极最牛的冰立方天文台中微子探测器阵列(AMANDA)、南极红外探测器、宇宙背景辐射各向异性实验以及高级望远镜项目,后三个项目属于芝加哥与哈佛大学的南极洲天体物理研究中心。

1997年哈佛天文中心科学家首次从观测上确认了黑洞周围的事件视界(event horizon):例如银河系中央的特大质量黑洞人马座A,其具有约400万太阳质量、30倍太阳体积,然而它的事件视界看起来仍仅有55微角秒,相当于从地球探窥一只放在月球上的小笼包(比橘子还小)。

眼前的第三代宇宙泛星系偏振背景成像望远镜(BICEP3)建成于2014年,采用用于凯克阵列的崭新科技,不再倚赖大型液态氦杜瓦瓶来制冷。它与两个永恒的问号有关:"我们从哪里来?""我们到哪里去?"时间起始于宇宙大爆炸(Big Bang)。科学家认为紧接着大爆炸就发生的宇宙暴胀,使星球之间的距离不断拉大,超光速的空间膨胀会产生可观测到的引力波及黑洞。试想几亿年后,如若宇宙暗能量暗物质变迁,或将再次发生137亿年前的宇宙大爆炸?看着南极点望远镜想起哈姆雷特的名言:"生,还是死,这是一个问题。"让我们都珍惜地球繁荣和平的每一天吧!

在4月10日公布的首张黑洞照片背后,南极点望远镜是事件视界望远镜(EHT)的创始领军者。EHT以观测星系特大质量黑洞中心为主要目标,以甚长基线干涉测量(VLBI)技术结合世界各地射电望远镜同时观测事件视界,借此检验爱因斯坦广义相对论在黑洞附近强重力场下产生的吸积盘及喷流。这次国际合作由智利、南极点、夏威夷、墨西哥、西班牙等八个地面射电望远镜组成,口径等于整个地球直径。中国天文台宣布在未来五年里将获得EHT成员、夏威夷麦克斯韦望远镜(JCMT)的观测时间。有朋友问我:既然参加了世界六地新闻发布会,为何中国天眼FAST没有参加此次黑洞观测?这与观测主角智利阿塔卡马大型毫米波/亚毫米波阵列(ALMA)的主体位置有关:中国FAST地处ALMA背面,因而无缘此次观测。中国极地研究中心主任、昆仑站建站领队和首席科学家杨惠根告诉我："中国将在南极昆仑站建立射电望远镜天文台,并且争取获诺贝尔物理学奖。"他睿智的眼神闪动着真挚豪迈的光芒。我不认为这是天方夜谭。南纬 80 度的昆仑站位于冰穹 A 顶点,海拔 4087 米,比南极点高出近 1000 米,是地球上最接近宇宙星团的地方,自然条件优于南极点美国科考站。天降大任,我深信杨惠根和中国太空物理科学家的抱负与理想会在不远的未来美梦成真!

我曾于 2018 年春在报刊上发表了探访中微子感测器和南极点"冰立方"的《三吻南极点》,绚丽神奇的宇宙,我们都是凡尘微小过客,但远方的梦让我们内心像壮丽的悬日和璀璨的星空。探索探险,总是令人激情澎湃。

罗素说过:"只有理解的东西才能更深刻地感受它。"

在南极点,我有幸亲睹了与南极点望远镜比邻、大名鼎鼎的国际合作项目——"冰立方"中微子探测望远镜矩阵(ICT)。可谓"没有最牛,只有更牛"呵!宇宙奥秘令人着迷,我们从孩童时代就乐此不疲了。中微子居然能从南极点冰立方穿越冰层地心抵达北极点后,再"出窍"游弋宇宙外太空!

耗资 2.79 亿美元的"冰立方"由 86 根装置着 5160 个传感器的冰洞电缆中微子探测器阵列(AMANDA)组成,冰洞向下延伸至 2.5 公里深度,利用南极纯净的古老坚冰层作巨型"望远镜",其使命是以地球作过滤器,搜寻穿透地球的迷人美丽的中微子"蓝光"! 神秘的中微子在宇宙遥远星系的猛烈相撞中产生,它们能在太空里穿行几十亿光年,携带着我们星系和黑洞诞生的重要信息。为避免大气干扰,冰立方传感器直接瞄准下方,经地心指向北极点! 2010 年至 2012 年科学家们共捕获到 28 个外太空超高能中微子"蓝光",其能量都超过 30 万亿电子伏特。2017 年 9 月 22 日,通过世界上最大的中微子探测器——位于南极点的"冰立方"(Ice Cube Neutrino Observatory),终于探测到了神秘的"幽灵粒子"! 此次发现的粒子穿越 40 亿光年到达南极点科考站！2018年7月12日，美国航天局NASA锁定其来源：它们来自一种高度活跃的椭圆形星系，即所谓的"耀变体"（blazar），其中心内部潜藏着一个巨大的黑洞，释放出的辐射能够直抵地球。也就是说，这种高能宇宙中微子来自银河系之外。马丁天文站冰立方"捕捉"到的中微子辐射源距离地球40亿光年，比4月10日M87黑洞5500万光年竟高出73倍！中微子是宇宙大爆炸的神秘诠释者，参与"冰立方中微子探测矩阵"研究的日本、美国和加拿大科学家先后获得了1988、1995、2002、2015年诺贝尔物理学奖！真是太牛了！

这就是1957年伯德上将创立南极点以来人类探秘宇宙的丰硕成果。这里是最纯净剔透、凝聚着人类卓越"大脑风暴"的冰冻天文台！

走进南极点的阿蒙森-斯科特美国科考站，一眼望见走廊上熟悉的阿蒙森与斯科特黑白照片，激动不已。记得2013年乘坐北极邮轮抵达挪威小城特罗姆瑟，一上岸就看到一个高大的青铜塑像，边上的北极探险博物馆一进门也是他的肖像，在人类探险史上，这是一个令人肃然起敬的名字：罗尔德·阿蒙森。

阿蒙森于1911年12月14日靠狗拉雪橇第一个抵达南极点并插上挪威国旗，为刚独立五年的挪威王国带来荣誉。他探险南极点驾驶的木船"前进号"至今仍在奥斯陆展出。阿蒙森的启蒙好友、"前进号"船主弗里特约夫·南森也是一位了不起的北极探险家与社会活动家，曾获得1922年诺贝尔和平奖并被提名为挪威总统。我去过南森死里逃生的北冰洋法兰士约瑟夫地群岛，曾在那里跋涉并探寻他的往昔踪迹。这两位探险挚友惊天动地的刚毅与无私美丽的心灵，令小挪威成为极地探险大国，在上世纪初威震世界。至今南极洲许多海洋冰川、包括月球上的一座山脉都以罗尔德·阿蒙森命名（包括"雪龙"船撞冰山的阿蒙森海）。"成功，是永远给准备好了的人的"即是阿蒙森在自传《我作为探险家的一生》中的名言。

2017年底我站在地理位置每年移动10米的南极点，脑海中浮现英国斯科特与挪威阿蒙森百年前展开的那场"人类首登南极点竞赛",虽然两队都抵达了南极点,但结局大不相同;"冠军"阿蒙森善于组织,他从罗斯冰架鲸湾出发,借助52只爱斯基摩狗拉的雪橇高歌猛进,凯旋而归。成功之后的阿蒙森与时俱进,著书探险。可惜他在意气风发的55岁那年,为了营救遇险的北极点竞争对手,奋不顾身驾机出发,不幸遭遇飓风机毁人亡,葬身巴伦支海。至今未找到飞机残骸与他的遗体。我曾在阳光下的巴伦支海祭悼他的亡灵。

"阿蒙森最棒!"与我合影的美国科考站女队员热情地对我说,她手指着阿蒙森像:"在南极点寂寞的日日夜夜,他是我们的偶像!"

而1912年1月18日抵达南极点的"亚军"罗伯特·斯科特五人探险队更是命运多舛,他们艰苦卓绝,车翻马死后干脆人拉雪橇。归来途中饥寒交迫,先后暴毙。皇家海军上校斯科特留下了悲壮的死亡日记与科研成果——一块16公斤重2亿多年前的植物化石。茨威格为这一事件大为震动,写下纪实文学《伟大的悲剧》(见《人类群星闪耀时》)。我少女时代阅读此书极感震惊,斯科特死亡日记中的一段话曾令我热泪盈眶:

> ……可怜的奥茨现在正走向他的死亡之路……这是一个勇敢的人和一个英国绅士的英勇之举。我们都希望自己也能以相似的大无畏精神去迎接末日的到来……终了之时已经不远了………

斯科特探险队在南极点合影的"遗照"没一丝笑容。死神翅膀在上空飞旋。六个月后,当第一缕阳光从极夜照亮冰原,人们找到了他们的遗体,并在罗斯岛观测山竖立起九英尺十字架,上面刻着《尤利西斯》的诗句:"勇于拼搏,勇于探索。勇于发现,绝不屈服。"

"去南极点,寻找阿蒙森、斯科特的足迹!"从阅读茨威格的少女时代即朦朦胧胧产生的梦想,终于如愿以偿!

我热爱斯科特的原因不仅仅因为他是意志顽强的著名探险家,

也因为他是一位出色而又多愁善感的极地生物学家。"在南极点征途中,他最坚毅,也最会流眼泪。他流的眼泪比谁都多,他担心无法让其余四人活着走出南极点。"(彻里《世界上最糟糕的旅行》)

法国导演吕克·雅克拍摄的 2005 年奥斯卡获奖纪录影片《帝企鹅日记》美誉天下。但是,人类第一个用文字及黑白照片记录帝企鹅生命轨迹的正是斯科特上校!斯科特在南极探险途中总是记着英国国王乔治五世的临别嘱托:"科考第一,探险第二"。他在日记中写道:"科学,是一切探索的基石。"

在"南极点之旅"飞行寻找帝企鹅栖息地的日子里,我看到百年前斯科特眼中那静谧、温馨、自然主义的感人画面,所有耀眼的亮光,都是被太阳点燃的雪,在威德尔海域古德湾每天拖着雪橇徒步 12 公里,不期而至的帝企鹅是我的冰原伴侣,这真是世间最美的遇见!

写到这里,我真想亲亲那些可爱绝美的南极精灵!

在南极点和帝企鹅栖息地,我一直牵挂着奋战于罗斯海难言岛艰苦建站的杨惠根,为老友和队友们身处险恶环境提心吊胆。难言岛被斯科特北方考察队员形容为"地狱之门",昏天黑地的飓风与"地吹雪"犹如魔鬼之气,百年来这里渺无人烟。那里有个过冬"冰洞"是联合国极地遗产,1911—1912 年斯科特的六位队友在冰洞里九死一生。惠根微信发给我他在冰洞前的照片,一脸阳光信心满满。他在率队登陆难言岛时遭遇罕见海冰带来的危机。他曾在三更半夜从雪龙号给我发来过几次微信,讲述他们遇到的各种挑战,赞扬科考队员的勇敢睿智。

我的南极点之旅结束后,接着又去了智利复活节岛和秘鲁马丘比丘印加遗址。

2018 年春节前夕,我再赴南极杰拉希水道和天堂湾收集有关资料。2018 年五一前夕,在流光溢彩气势磅礴的上海外滩之夜,我与曾任上海市副市长、市委常委的周禹鹏等朋友一起,为在南极奋战了 165 天凯旋归来的杨惠根接风。惠根望着陆家嘴美景和迎风飘扬的五星红旗,笑容绽放:"春风沐浴的外滩,终于回到家了! 多么鲜艳的五星红旗……2月7日在难言岛第五科考站奠基典礼上,我望着罗斯海第一面徐徐升起的五星红旗,极昼的天空丽日高照,那激动的心情至今难忘……"

惠根博士是武汉大学杰出校友,他向我们展示他在《拓——中国第34次南极考察摄影纪实》扉页写的序言:

> 世界之至南,不历经万千磨难,怎能领略她极致的容颜? 银装雪域,固然浮冰密布,也终见得鲸歌海豹笑,红日映霞天……一路走来,我们意志坚定、朝气蓬勃,充满激情,乐观向上。今天的南极虽已跨越英雄的探险时代,但我们英雄豪迈依然,光影瞬间,定格了考察队拼搏的光荣与梦想。

真是太棒了! 我采访过"雪龙号"海、陆、空战将朱兵船长、第五科考站建站站长张体军和杨佃良机长,他们都不约而同称赞惠根是一位"吃苦在先、睿智沉着,判断力极强"的领军人物:"从昆仑站到罗斯海站,十多年来能与惠根一起征战南极太幸运了。他就是我们的沙克尔顿!"复旦才子张体军站长如是说。

在外滩5号,杨惠根再次激情四射地讲:"南极点望远镜和冰立方真是太了不起了,我们一定要迎头赶上! 极地研究中心计划在冰穹A昆仑站建立射电望远镜天文台,我们要争取获诺贝尔物理学奖!"

我的思绪再次回到本文开头的华盛顿阿灵顿国家公墓,樱花掩映下的一排排白色墓碑如同战士方阵,与林肯纪念堂隔波多马克河相望。南极点阿蒙森-斯科特科考站的创办人、《南极条约》起草者理查德·伯德海军上将与美国30万军人一起长眠于此。南极点科考站探索项目获得了四个诺贝尔物理学奖。那些对宇宙未来锲而不舍地探索、做出贡献的科学家们,不分国籍与地域,他们的生命价值正如举世惊叹的M87星系黑洞:"其质量为太阳的65亿倍"!

(此文谨献给探索宇宙奥秘的善良人们)

冰灯雪语

当沙克尔顿遇见"雪龙号"

浦东"雪龙号"码头　德雷克海峡　斯科特北方支队冰洞　中国第五科考站　南极中山站　罗斯海难言岛　大象岛　南极点　联合冰川大本营　南乔治亚岛沙克尔顿墓地　阿蒙森-斯科特科考站

　　2018新年零点，"天赐宁静"倒计时水晶球降落，零下15度的时报广场烟花彩纸漫天飞舞，《纽约，纽约!》《友谊地久天长》歌声中人们热泪盈眶相互拥抱，亲历百年最寒冷的"气旋狂欢"跨年盛典，我更思念正带领第34次南极考察队在罗斯海难言岛创建中国南极第五科考站的挚友杨惠根。我把在时报大厦顶层与新年吉祥物、色彩缤纷水晶球的合影用微信发给他："惠根，新年快乐! 想念! 为雪龙祝福! 你们在日以继夜赶任务吧? 多保重!"

　　1月3日，曼哈顿上空飘逸着漫天雪花，我收到杨惠根从"雪龙号"发来的回音："是，中山站直升机吊运作业第六天，今天又一个好天，天晴，微风。"

　　我问："雪龙号还是无法靠近?"

　　惠根："嗯，海冰厚度还是有1.4米，船依然在38公里外……今年

384

中山站的物资补给是历史上雪龙船离站最远的一次补给,幸亏考察队装备有强大的卡‐32直升机。”

我立即回复:“卡‐32雪鹰!就是2014年对俄罗斯‘绍卡利斯基院士号’国际大救援的那架直升机吧!四年了!时光飞逝,记忆犹新……”

2013年圣诞节到2014年元月7日,就是这架雪鹰直升机震撼世界,冒极大危险营救了52名游客脱险,雪龙船却随即陷入重重浮冰围困的险境中,焦急的我从纽约不时问询惠根,惠根微信回复:“实行国际救援是我们义不容辞的责任”,镇定而充满信心。天佑“雪龙”!历经震惊全球的五天五夜,“雪龙”脱险并赢得全世界敬仰,美国媒体把“雪龙”国际救援比作1914—1916年沙克尔顿南极冰原生死大救援,称赞“雪龙号”为“不沉的坚忍号”!从此,我把与“雪龙号”第34次科考队总领队杨惠根的跨洋微信叫做“冰灯雪语”——冰原灯盏,雪龙夜话……

2017年11月8日中国第34次南极科考队离开上海,直奔罗斯海难言岛,创建中国南极继长城、中山、昆仑、泰山站之后第五个科考站。在上海探亲的我特意到浦东码头送行。出发前夜,收到老友杨惠根微信:“谢谢明天前来为考察队送行,我和我的队友们一定不辱使命,科学决策,顽强拼搏,战胜一切艰难险阻,坚决、安全、圆满地完成考察任务。”

这条留言让我热泪盈眶,因为我深知惠根责任的重大,更知飓风、极寒包围的难言岛生存环境极其恶劣险峻。105年前,在难言岛冰洞过冬的利维克医生就写过一句诗:

> 通往地狱的道路
> 也许是善意的,
> 但很有可能
> 地狱本身

会以难言岛的

风格铺平。①

　　"地狱"在西方文学中不是贬义词,相反具有"勇气""无畏"的含义。英国极地文献纪录片名《冰冻地狱——沙克尔顿传奇》即是一例。为什么中国第五科考站要选择难言岛?因为这里是罗斯海与罗斯冰架的天然实验室,沿岸有利建立港口,邻近德国、意大利、韩国及美国麦克默多科考站便于国际交流。

　　人类梦想南极的脚步,始于库克船长的时代。1775 年英国探险家詹姆斯·库克进入了南极圈。自此,探险家们渐渐揭开了这片神秘大陆的面纱。梦想的巅峰时代是谁先到达南极点的竞争。斯科特、阿蒙森、沙克尔顿、坎贝尔……难言岛闪耀着英雄时代群星璀璨的名字!茨威格描述斯科特南极点探险的《伟大的悲剧》震撼了天下,难言岛的斯科特北方支队也因此蜚声欧美……

　　斯科特探险队北方科考支队由"特拉诺瓦号"大副维克托·坎贝尔率领。坎贝尔是一位临危不惧、沉着冷静的海军军官,1911 年初他的"特拉诺瓦号"曾在罗斯海东岸遇见阿蒙森的"前进号",坎贝尔拜访了阿蒙森,阿蒙森也登上"特拉诺瓦号"与坎贝尔共进午餐。这是南极点竞赛中阿蒙森探险队与斯科特探险队唯一一次相遇。坎贝尔科研小组在完成对阿德利企鹅、南极地质的数月研究之后,因罗斯海布满海冰,"特拉诺瓦号"无法按照原定计划来接他们,为了在暴风雪中生存下去,他们在难言岛挖出一个 9×12 英尺冰洞——利维克医生称为"雪窟",用海豹油取暖和补充能量;依靠企鹅肉和海豹肉充饥。三位海军军官和三位水手"像绅士一样平等、患难与共",每天阅读莎士比亚著作,高唱歌曲,度过黑暗艰难的 7 个月的南极冬天,在 1912 年 9 月 30 日第一缕阳光下(即人们寻找发现斯科特遗体之时)他们钻

---

① …that hell itself would be paved something after the style of Inexpressible Island.

难言岛：四国文字介绍斯科特探险队北方科考支队藏身冰洞

作者拜谒南乔治亚岛沙克尔顿墓地

斯科特南极点死亡日记

出冰洞,耗时5周跋涉200英里于11月7日抵达罗斯岛埃文斯港斯科特大本营,才知道斯科特等五人全部罹难。坎贝尔接替斯科特担任"特拉诺瓦号"船长,带探险队回到英国参加第一次世界大战。斯科特和难言岛队员在英国掀起了宗教般的狂热敬仰。如今的难言岛,迎来了中国南极科考队,这里将建成新的中国南极科考站,升起罗斯海第一面五星红旗!

斯科特、阿蒙森、坎贝尔、沙克尔顿、"雪龙号"、中国第五科考站……历史就这样衔接起来!自郑和下西洋被明朝召回,中国在世界近代探险史已整整缺席五百五十年,如今跻身海洋大国、极地科考强国,怎能不令人心潮澎湃!德雷克海峡波浪起伏的海面上,仿佛正驶过威武船队列阵:那是1911年斯科特的"特拉诺瓦号",1910年阿蒙森的"前进号"与1914年沙克尔顿的"坚忍号"以及中国第34次南极考察队的红色"雪龙号"!

回到浦东码头,隆重欢送仪式之前惠根和我又谈起难言岛:"Inexpressible Island!难言岛!建站重要,安全更重要!"他眼神严肃,介绍我见了他的秀丽妻子。"雪龙号"启航,渐渐变成浩瀚海面上的一个红点,我拼命向挥舞着"中国南极第34次考察队"旗帜的领队杨惠根挥手致意,泪水盈眶,祈祷好友和科考队平安!

泪水迷朦与感慨感动中,我眼前浮现了另一位惠根和我常谈起的南极探险先驱沙克尔顿,他已三次进军南极点,第一次是1902年跟随斯科特探险,抵达南纬82度因坏血病撤退;第二次他把英国国旗插在了南纬88.23度,但为了队友们不被饿死,他毅然放弃"人类首登南极点"桂冠撤退,被英国国王表彰授予爵士勋位;第三次是英国皇家组织穿越南极大陆、南极点之行,沙克尔顿在伦敦报刊登出招聘启事:"赴南极探险。薪酬微薄,需在极度苦寒、危机四伏且数月不见天日的地段工作。不保证安全返航,如若成功唯一获得的仅有荣誉。"

英美共5000人报名,他挑选了27名勇士。历经"坚忍号"冰海沉船狂风暴雪,500多天后沙克尔顿带领大象岛全体船员奇迹般生还!

这是 20 世纪最伟大的救援史诗。虽然三次登南极点失败,但对沙克尔顿来讲,队友的生命永远比个人名誉重要! 2014 年,"雪龙号"舍己救人的国际大救援被欧美媒体与沙克尔顿相提并论:"冰原史诗,当沙克尔顿遇见'雪龙号'",为中国科考队赢来国际声誉! 南极精神将在中国科考队手里一代代薪火相传!

送别"雪龙号"后我返回纽约,感恩节(11 月 23 日)从纽约飞智利蓬塔开始南极点探险之旅。

从英雄时代开始,库克、别林斯高晋、沙克尔顿等人都带着内心原动力——好奇心,一次次踏上探索南极的旅途,阿蒙森、斯科特最先登上南极点,这种探索曾经代表着人类最远的足迹、燃烧着人类精神世界的激情:"因为山在那里! 因为南极点在那里!"打开南极地图,几乎每一个地名背后都有一段美好而令人震撼的探险故事。南极点——阿蒙森-斯科特科考站! 我们来了!

从智利蓬塔阿雷纳斯飞到南极联合冰川,巨无霸伊尔-76 载着世界各地 50 名探险者,展翅飞翔 5 小时后,降落在联合冰川冰蓝跑道——迎接我们的是南极洲内陆的暴风雪,50 名探险者和向导都集中在"特拉诺瓦大帐篷"(以斯科特探险船命名)等候,听南极点探险史讲座,晚上在零下 25 度雪地双人小帐篷过夜,钻进睡袋就会想到斯科特饥寒交迫临死前在睡袋里给妻子写的那句名言:"这比舒舒服服待在家里好多了。"

我们的联合冰川探险向导之一是至今保持世界纪录的瑞典女探险者约翰娜(Johanna Davidsson),她在没有任何外援、与世隔绝的风雪中独自拖着 80 公斤雪撬,独自滑雪 38 天 23 小时抵达南极点! 比前一位世界纪录保持者超前 10 小时! 约翰娜带领我们冰原滑雪,她是那么年轻美丽,温柔谦虚,和文静儒雅的惠根一样,内心却藏着惊人的勇气和理想的火焰! 在联合冰川大本营我才知道飞南极点的只有我们 12 人,大多数欧美旅者在等待攀登世界七大峰之一的南极最高峰文森峰。他们中的许多人攀登过包括珠峰在内的六座山峰,其中的著名登山家戴夫·哈恩甚至15次登顶珠峰！呼吸着英雄的气息，每一天都激情难抑！

载我们飞往南极点的加拿大飞行师皮特是一位南极点飞行英雄，他以赞佩语气跟我谈到CHINARE极地小飞机："全世界只有屈指可数的几架飞机可以直接降落在南极冰川，在罗斯海特拉诺瓦湾常见中国飞机呢，厉害！"他给我看他手机上的CHINARE红点，我细看才知是"中国南极科学考察队"的缩写！我自豪地告诉皮特："那是我们的固定翼雪鹰号！在罗斯海难言岛，我们正建设第五个南极科考站呢！"

11月27日下午趁着天空放晴，我们从联合冰川"冰蓝跑道"登上皮特驾驶的小飞机，历时4小时50分钟抵达海拔3400米的南极点，途中高原反应明显，但比2016年在珠峰大本营好多了，没人使用氧气装置。飞过南纬88度23分时我心情激动，望着茫茫无际的白色冰原，我心里向1909年曾抵达过这里的沙克尔顿致敬。下午6点30分我终于实现梦想，踏上魂萦梦绕的南纬90度南极点，缅怀先驱，热泪盈眶。我和队友在《南极条约》签约国12国随风飘扬的旗帜前打开五星红旗，抱住南极点"水晶球"拍照留念。如果说时代广场水晶球是全世界跨年的象征，南极点的水晶球则是人类勇气坚忍、探险精神的标记！如同2016年登上北极点一样，我手持五星红旗，亲吻脚下的冰原。

一吻阿蒙森

首登南极点的阿蒙森是我极为敬佩的一位英雄，他首次抵达南极点就摘下"世界第一"桂冠，为挪威带来国家荣耀，当时他运气好，恰逢罗斯冰盖晴空万里，加上52条强壮的爱斯基摩狗拉雪橇。可他在北极的运气不好，最终独驾小飞机坠入北冰洋，至今既未发现飞机残骸也未发现阿蒙森海底遗骨！我后来在威德尔海域冰川与帝企鹅朝夕相处四天三夜，最后一天独自从冰原帐篷徒步到帝企鹅栖息地去向可爱的帝企鹅告别。钻出帐篷，纷飞大雪遮住了24小时不落的太阳,一片白茫茫,能见度极差,在冰雪跋涉中我的右脚已被雪靴磨出两个大血泡,我总算体会到斯科特"世界上最糟糕的旅行"的滋味。导游一再强调要走小黑旗雪道,否则很可能遇上冰缝,因为雪越来越大黑旗雪路太远,我决定抄近路斜角走向威德尔海湾——1914年沙克尔顿的"坚忍号"在这里沉入冰海,现在我去那里和冰山漂浮的海湾、憨态可掬的宝贝企鹅告别。无所不在的隐形冰缝是"南极杀手",途中我想到万一跌入冰隙,第一件事是即使挣扎也要尽力把红手套扔得远远的,以便人们发现冰缝找到我,第二件事是在呛水窒息时要安慰自己:现在我和阿蒙森在一起了。虽然他在北冰洋底,我在南冰洋底,但我的灵魂会去找他。这样想着,走着,天突然放晴了,到处都是被太阳照亮的雪,一只漂亮的帝企鹅向我走来,我走,它也走,我停,它也停,我跪在雪地上张开双臂,它居然张开绅士黑白两翼,蓝天白雪,娇艳企鹅与我共舞,让我心花怒放!生命是多么美妙!这一幕被滑雪橇前来寻找我的日籍导游拍摄下来,2018元旦我作为新年卡发给了杨惠根!

二吻斯科特

他1911年11月1日出发,选择这个日子意味"英国第一,势在必得"。斯科特一直梦想南极点。早在1901年他就和沙克尔顿、威尔逊抵达南纬82.16度,后因缺乏维生素C导致坏血病而撤退。回到英国后30岁出头的斯科特立即被国王亲自授勋为海军上校!除了天气恶劣之外,导致1912年斯科特全军覆没的原因是某些重大失误,诸如没有用爱斯基摩狗,把食物站设在较远的南纬79度而不是原计划中更靠近南极点的南纬80度,结果他们恰恰在南纬80度饿死冻死,这说明领导力与判断力是多么重要!我为斯科特南极点逐梦的种种不幸、他的"世界上最糟糕的旅行"抛洒眼泪。在帐篷里他和威尔逊兄弟般的相搂着,像绅士那样死去。在南极点美国阿蒙森-斯科特科考站,让我大吃一惊的是接待我们的美国女科考队员谈到阿蒙森时竖起大拇指:"阿蒙森,很棒!"然后她又把大拇指朝下:"斯科特,不行!"可见人们对英雄是多么挑剔!

三吻沙克尔顿

尽管三次南极点探险均失败,沙克尔顿却创造了列为哈佛经典案例的世纪大救援奇迹。最后一次南极探险心脏病突发,46岁死在亚南极南乔治亚岛,2016年我第二次去南极探险,特意去沙克尔顿的墓地朝圣。墓碑上刻着他的墓志铭:"人的一生应当竭尽全力去获得生命最好的奖赏。"

四吻南极点

为自己实现登陆南极点梦想! 正如美国宇航中心的口号:"凡是我们梦想的,都能实现。"北极点、南极点、珠峰大本营,探险是生命绽放的花朵,好奇心和求知欲是人类内心激情的原动力!

南极点有一个地理位置每年更换、移动10米的铜雕,刻有"南纬90度/阿蒙森-斯科特科考站"字样,美国国旗下的立牌刻着:

南纬90度,地理南极点

阿蒙森　1911年12月14日(抵达南极点)

斯科特　1912年1月16日(抵达南极点)

勇气与毅力是人类最可贵的品质! 此时此刻,团友们欢呼拥抱,热血沸腾,逐梦南极点! 一切几乎是不可思议,就像我们与阿蒙森、斯科特和沙克尔顿这些心灵偶像们一起降落在月球表面一样! 我情不自禁再次俯下身子亲吻南极点——注意嘴唇不要与冰原冻为一体,踏着百年探险先驱的脚印,放飞梦想,我心飞扬!

梦幻冰岛

探访中冰联合北极考察站

6 月 16 日,从丹麦哥本哈根出发的北极圈邮轮抵达冰岛北部美丽的阿克雷里市,刚走出码头不久,我就看见中冰联合北极考察站的冰方负责人哈德尔(Halldor)先生驾车前来迎接:"欢迎你来中冰考察站访问!"他展开双臂给我一个热情拥抱。

我和哈德尔一上车即开始了热烈交谈。哈德尔和我一样,多次登上"雪龙号",我们一见如故。我和哈德尔分享重返冰岛和近年三次穿越南极圈、北极圈的感慨,特别是 2016 年夏天和 2017 年冬季远征北极点、南极点,寻找阿蒙森、斯科特、沙克尔顿、南森、富兰克林、安德烈、巴伦支和白令船长足迹的难忘经历。两人有些相见恨晚的感觉。

驱车约 40 分钟,我们来到了中冰联合考察站,一个坐落在一片茵绿平原、碧空下闪着浅金黄色光芒的三层建筑立即吸引了我的眼球。

"这就是我们考察站……金色铝片覆盖的外墙,象征着璀璨夺目的北极光。"身材高大、金发飘逸的哈德尔先生跳下车热情介绍,"这里原是中冰联合极光观测台,冰岛有全球最美的极光! 在中国极地中心提出升级为中冰联合北极考察站后,肩负更重的使命与责任。"哈德尔的棕色眼瞳闪烁着光芒,指着浸透着中冰双方人员心血的考察站大楼,满怀深情地讲:"这是继黄河站之后中国建立的第二个北极考察站。我专门去过挪威斯匹次卑尔根群岛新奥尔松的黄河站,那是中国依据《斯瓦尔巴条约》1925 年缔约国的地位建立的首个北极科考站。"我这次得以探访也是经杨惠根主任牵线。哈德尔对中国极地考察史如数家珍,令我这个去过六次南北极的美籍上海作家满怀惊喜!哈德尔也是北极门户(Arctic Portal)的总经理,他在北极理事会及欧洲北极事务中有重要影响,是推动中国与北极八国进行战略合作的重要国际友人。

哈德尔开启电子门,我进入中国—冰岛北极联合考察站,逐层参观。法国式现代设计风格,视野开阔,犹如大自然中一个宽敞的音乐厅,魅力十足。会议桌正中放着红色"雪龙号"模型,两旁是中国、冰岛的鲜艳国旗,这样的装饰令人亲切。"2012 年'雪龙号'首次来冰岛首都雷克雅未克,我有幸和杨惠根一起剪彩、致辞,欢迎冰岛总统格里姆松及夫人和首都民众登船参观。"哈德尔指着办公室"雪龙号"模型说,"那年中国第五次北极考察队领队、首席科学家、船长及中国驻冰岛大使苏格陪同总统参观'雪龙号',一时成为北欧国家重要新闻。"

我 2013 年 11 月曾来冰岛观看北极光,有幸参观了首都郊外红瓦白墙的冰岛总统官邸。2012 年 8 月,中国总理温家宝访问冰岛后不久,冰岛总统在官邸热情接见了"雪龙号"和中国北极科学考察队,由此开启了中冰北极战略合作实施项目,如今这座中国唯一与国外合作的极地考察站,引起欧美的广泛关注。

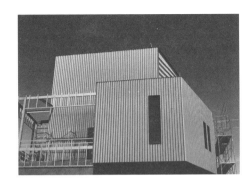

金属外壳的冰岛中冰
联合北极考察站（极
光观测站）

作者在冰岛白色赫夫迪小楼，
里根与戈尔巴乔夫曾在此会晤

雪龙 2 号极地考察船

二战时期与冷战期间,冰岛曾是军事战略要地,因为俄美核战一旦爆发,必经北极冰岛上空。这就是为什么里根总统与戈尔巴乔夫要在冰岛举行高峰会谈的重要原因。冷战结束后,美国陆续撤出了最后一批军人。2018年中冰联合北极科考站建立,也引发了美国的特别关注,因为天然气、石油、矿产均需通过冰岛储存、运输……美国国务卿蓬佩奥2019年2月来冰岛进行国事访问,美国驻冰岛大使馆派官员来中冰联合北极考察站"探测",惊叹"中国速度"。

"中国对于极地发展有远略,有五年、十年甚至十五年的实施计划,这增加了冰岛的信心。"哈德尔一边介绍一边说。这里设备齐全,极光观测系统与摄影器材均属国际一流。在大楼外面的开阔地带,有约500平方米的白色金属极光自动探测仪矩阵。"全部从中国运来,"哈德尔说,"由于地理位置,冰岛是世界在白天也能探测到太阳风粒子极光的国度,中国和冰岛签下99年租用协议,这里将是国际科学界Aurora极光的研究殿堂,是科学家头脑风暴交流的重地。"

他打开大楼演讲/视频会议厅,里面像耶鲁大学阶梯教室那样放着一排排崭新的奶黄色皮质沙发,从法国运来的巨大屏幕正待挂上。"这里既可做科学研究,也可召开国际会议,甚至接待北极理事会的各国领导人。"

冰方负责人哈德尔是北极理事会(轮流执政)现任冰岛主席的好朋友,对冰岛总统也具有影响力,他与中国团队共同选定了地势平坦的冰岛北部凯尔赫小镇为考察基地,地理坐标为北纬65.7度(北极圈66.6度),距景色秀丽的阿克雷里市(Akureyri)车程仅30分钟,沿途雪山大海,如诗如画,令人联想起西藏的纯净质朴、恢弘壮丽与静谧幽美。根据中冰两国领导2012年4月签订的《中冰政府间北极合作框架协议》,新建站区占地面积158公顷(约2370亩),租期99年,现有建筑包括一座500平方米仓库、一栋753平方米综合观测中心大楼与一栋约300平方米温馨舒适、阳光灿烂的乡村生活别墅,中方考察站胡站长刚带着6名考察队员来此执行任务。站区分为生活区、实验区、空间与大气观测区、卫星接收区、无线电主动探测区等功能区。

2017年9月,中国极地中心提出将中冰联合极光观测台升级为中冰北极科学考察站,在已有的极光观测研究的基础上,增加开展大气、海洋、冰川、地球物理、遥感和生物等学科的观察、监测任务的设想,冰方表示全力支持。"哈德尔,很棒! 到了冬天,中国许多游客会涌到这里来看极光! 如果正好有北极理事会高峰论坛,他们说不定还能看到普京总统呢⋯⋯"我又问:"中冰联合北极考察站附近有旅游胜地吗?"

"当然!"

哈德尔开车带我到了约15分钟车程的冰岛"黄石公园",这里和美国黄石公园的地貌完全一样,处处白烟森森,火山喷泉、间歇喷泉和可以烤面包、煮鸡蛋的岩石、沸腾地浆比比皆是,不远处许多人在蓝如宝石的温泉"蓝湖"泡澡嬉戏,附近的迷你"尼亚加拉大瀑布"气势雄伟,规模超过了首都黄金圈大瀑布,真是好一个赏心悦目的所在!

让我印象深刻的还有美味海鲜。作为经济支柱的冰岛渔业资源得天独厚,冰岛政府规定,每一尾鱼苗、每一条鱼从出生到交配、产仔直至入网、宰杀,交运到了欧洲还是日本,做成了罐头还是生鱼片或是炖煮油炸⋯⋯企业都必须全部清晰记录。"一切为了寻根究底,以优势最大化发展现代养殖鱼业,在大数据时代我们突飞猛进,从欧洲最穷的国家上升为最富裕的国家之一,医疗、教育完全免费,我们的鱼儿功不可没呵!"哈德尔自豪地说。

我们去品尝鲜炸的美味鳟鱼,配自制奶酪和西红柿、鲜榨橙汁、啤酒及刚从后院母牛身上挤出来的纯正鲜奶⋯⋯午餐后我们再去看冰川和北极特有的海市蜃楼。这里也是鲸鱼聚集地,可惜要返回邮轮,不然可出海观鲸。堪称是激动人心、美妙绝伦的一天! 中冰北极联合考察站将是兼具极地科考、国际会议与旅游聚焦的一颗璀璨明珠!

2016年我从俄北方港口摩尔曼斯克乘坐俄罗斯50年胜利号核

动力破冰船,于7月1日抵达北极点,参加了船长组织的北纬90度跳水冰泳。其中的主要原因之一,是因为俄罗斯北极点探险队的惊世举动。

在北极点水面4300米以下,俄罗斯探险队插上了一面1米高的铝合金国旗,还安置了装入密盒写给后人的一封信,以此彰显俄罗斯在北极点地区的地位。这一举动当时轰动全球,极具争议。

美国国务院发言人讥讽道:"不管俄罗斯人在海床上是放了一面金属旗还是一面橡胶旗,或是一张床单,无论如何,这种做法没有任何法律效力。"美国政府敦促国会尽快批准《联合国海洋法公约》,以便对北极沿岸领土提出主权要求。加拿大政府则立即宣布斥资70亿美元,建造8艘北极破冰巡逻船并举行军演。而冒生命危险在海底4300米插旗的极地探险家奇林加罗夫则被普京总统授予"民族英雄"称号。奇林加罗夫演讲道:"如果有人在100年或1000年之后潜到那儿,他仍能看到我们的国旗……这是人类历史上第一次到北极点下海床插旗,堪比在月球上插旗。"

我和哈德尔交换看法:"那次俄罗斯代号为'北极-2007'的深海行动,最重要的是从海底采集岩石样本,以证明北冰洋下罗蒙诺索夫海岭和门捷列夫海岭是俄西伯利亚北部地区大陆架的自然延伸。"

"是的,"哈德尔略有所思,"根据目前国际法规定,北极点及附近地区不属于任何国家,北极周围的俄罗斯、美国、加拿大、丹麦(格陵兰岛)、挪威5国各自拥有沿海200海里的专属经济区,而我们三个环北极国家冰岛、瑞典和芬兰虽然具有北极理事会表决权,但不时被美、俄两大佬轻视或架空。中国作为非北极国家的观察国,在北极理事会虽无表决权,但中国与北极国家科学家可在科学工作组层面合作,在北极事务上互利共赢。"

我说:"是的。不久前中国与俄罗斯两国首脑签订了北极合作协议,具有里程碑意义!"哈德尔连连点头称是。

谈话间,兴致勃勃的哈德尔拨通了遥远上海杨惠根的电话:"惠根,我和朱莉娅在一起,我们正谈着您和奇林加罗夫呢!"

奇林加罗夫是俄罗斯杜马副主席,也是普京总统的私人极地政策顾问,当年奇林加罗夫代表俄罗斯、杨惠根博士代表中国、哈德尔代表冰岛在"北极前沿论坛"一起交流发言,都是把生命扛在肩上的理想主义者,相互的敬佩与欣赏犹如一串重新串起的珍珠项链:"奇林加罗夫对中国很友好,多次表示要和我们深入探讨合作呢!"

2013年南极冰原大救援,"雪龙号"奋不顾身救出受困的俄罗斯绍卡利斯基院士号52人,舍己救人感天动地,极地朋友圈迅速扩大。

此次邮轮航行期间,船长向游客颁发了"穿越北极圈证书",令我浮想联翩。这是我第三次穿越北极圈(2013年挪威斯瓦尔巴群岛、2016年北极点、2019年冰岛北极圈)。

"从2012年'雪龙号'首登冰岛起,中国极地研究中心科学家每年都来冰岛阿雷克里!"哈德尔赞叹不已。冰岛好像被中华文化熏陶过一样,人们对中国充满好奇与友情,随处可见中文。

冰岛首都雷克雅未克(Reykjavik),意即"白烟海湾",无数温泉、间歇泉烟雾缭绕。大间歇泉(Great Geysir)闻名遐迩,泉水温度100度,水柱高达60米,这次有幸一天目睹六次间歇高喷,可谓壮观美丽,深受震撼!著名的黄金瀑布气势磅礴,阳光下水雾扑面彩虹瑰丽,我小跑来回,宛若置身仙境。不远处是里根总统和戈尔巴乔夫1986年高峰会谈、改变世界的白色赫夫迪小楼,花园里有醒目的一块彩绘柏林墙饰,据说是柏林赠送给冰岛的礼物,雷克雅未克大教堂充满当代艺术美感……自然与人文交相辉映。

冰岛,一个令人激情荡漾的国度,冰蓝梦境,时隔六年魂萦梦绕!无边无际冷峻黑色的火山泥与柔美湛蓝的温泉湖对比鲜明,难怪好莱坞在冰岛火星般的地貌拍摄了《星球大战》。

2013年11月初探冰岛极光之旅,那时我就疑惑为何肉眼所见极光与五彩缤纷的相机镜头不同? 这次观看纪录片《太阳风与北极光》再窥谜团,惊叹大自然造物主的神妙!据说世界上一半的鲸鱼都会经过冰岛,在邮轮甲板看鲸鱼母子出没海面,就像在俄罗斯50年胜利号核动力破冰船上观赏北极熊母子嬉戏觅食一样,温馨奇幻。冰岛本身就是一座瑰丽多姿的大自然博物馆!

远处的红瓦白墙别墅为冰岛总统官邸,2012年冰岛总统在此热情接待"雪龙号"工作人员,开启中冰北极战略合作。在国内,"中国通"哈德尔已提议在浦东上海科技馆设立永久性"冰岛北极网上博物馆",介绍中冰联合北极考察以及极光、地球物理、海洋生物学等探测成果,播放北极光科教片。上海国际问题研究院副院长杨剑看了我的朋友圈照片马上发来微信,他当年参加了中冰联合考察站开工仪式:"那时天苍苍野茫茫,一片荒凉,转眼间换了人间,现在考察站真漂亮!"

2017年,我在中国极地中心研讨会上结识了国际北极科学委员会主席苏珊·巴尔。她对中国极地考察事业予以极高的评价,她认为中国科学家已经成了北极跨国研究的主力军,而中国的破冰船也已被用于国际联合探险。北极战略要地冰岛与中国长期密切合作,成为促进中国与北极八国保持良好沟通的桥梁。谈到苏珊,哈德尔又激动起来,原来他和苏珊也是好朋友,正如他和中国极地中心主任杨惠根、俄罗斯杜马副主席、探险家奇林加罗夫是好朋友一样!

"美国荷兰号"邮轮鸣笛启航,月色下缎面般美丽的水面,海鸥追逐着浪花,远远近近的冰川气势磅礴,晶莹剔透,"堆琼滴露冰壶莹。楼外天如镜。水晶双枕衬云鬟。卧看千山明月、听潺湲。"(宋·蔡伸)我看到深邃博大的中国元素,正在冰岛和北极圈发出日益璀璨的光芒!挥手告别哈德尔,再见,冰岛! 再见了,中冰联合北极考察站!

攀登马特洪峰

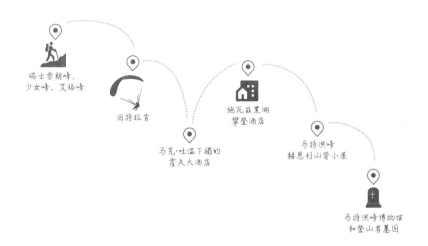

瑞士雪朗峰、
少女峰、艾格峰

因特拉肯

马克·吐温下榻的
霍夫大酒店

施瓦兹黑湖
攀登酒店

马特洪峰
赫恩利山脊小屋

马特洪峰博物馆
和登山者墓园

　　8月9日傍晚，从瑞士飞抵酷暑渐消的故乡上海，仍陷于对马特洪峰大本营的深深迷恋之中，就像2016年秋天从珠峰大本营返回后一样。夜深人静时，回想这次居然攀爬上以往只存在于梦里的马特洪峰赫恩利山脊小屋，真是感慨万分。这个被我用两根登山杖"征服"的著名壁架小屋是瑞士官方导览中的"马特洪峰登顶大本营"。它之所以闻名遐迩，不仅因为它是1865年7月14日人类首支登顶马特洪峰队伍的出发地（随后赫恩利山脊见证了七位成功登顶者中的四位不幸跌坠魂断冰川的惊天悲剧），而且此后的152年中它接待了成千上万世界各地朝气蓬勃的登顶勇士，包括英国无四肢残躯登顶英雄（他在阿尔卑斯山被暴雪掩埋截去坏死四肢）。我8月7日早上九点独自从施瓦兹黑湖（Schwarzsee）海拔2583米登顶者旅店出发，攀登到马特洪峰大本营——海拔3260米的赫恩利小屋，落差700米，向上攀爬六小时，下撤五小时，来回徒步十二小时，真是与马特洪峰刻骨铭心的亲密接触。当我历经艰险终于在下午三点气喘吁吁地登上这个被救援直升机轰隆巨响包围,笼罩着确定的勇气与不确定安全的赫恩利小屋露台时,上上下下都是不惧死亡的马特洪峰登顶英雄,像一股洪流令我热血沸腾!与珠峰大本营看到的都是游客截然不同,这里跃入眼帘的都是世界各国当天登顶者英姿勃发的身影,他们背着绳索、冰镐与冰爪,手掌粗糙,谈笑时而爽朗时而深沉,谁也不能保证他们安全归来。几周前有一位欧洲女子在登顶途中被雷电击中毙命。数月前一对英国兄弟在成功登顶后突被暴风雪困住活活冻死。这都是施瓦兹黑湖酒店瑞士老板娘以令人心碎的语气告诉我的:"唉,有什么办法呢,这样的事经常发生。"现在我在大本营与登顶勇士们交谈,为他们祈祷,看他们笑容灿烂,就像置身于一部恢弘博大、心旌荡漾的贝多芬《英雄交响曲》之中!

马特洪峰(Matterhorn),由德语"Matt"与"horn"组成,意即"草地上的号角",位于瑞士冰川小镇采尔马特,海拔 4478 米,形成于四千万年前。它是阿尔卑斯山最美丽、最险峻亦是最后被征服的山峰,是瑞士引以为傲的象征,它如一支史前长矛直指天际、遗世独立,其特殊三角锥造型被誉为"阿尔卑斯之王"。2014 年和 2017 年夏天我在里弗尔湖(Riffelsee)拍摄它著名的倒影与朝晖夕映时充满惊叹:一柱擎天,如梦如幻,烟波浩渺。积雪的山体折射出金属般的光芒,冷艳孤傲的外形神圣不可侵犯,云雾时而掩盖了整个山体,稍等片刻又露出它那让人惊艳的靓丽尖顶。正如德国探险纪实片《北壁》所述:阿尔卑斯山峰"这一分钟阳光灿烂,下一分钟暴雪肆虐"。变幻莫测的气候挑战着人类的勇气和毅力。里布法特曾形容潜藏在欧洲人心底关于马特洪峰的梦想:"我从没走出过家乡普罗旺斯,但我知道马特洪峰。读书时,校长有次对我们说,'现在,画出一座山。'所有学生,不管有意还是无意,统统都画了马特洪峰。"长大成人后,里布法特成为首位攀完欧洲六大北壁的法国英雄。

2017 年 8 月 3 日,在雪朗峰、少女峰、艾格峰北壁逗留难忘的一周之后,我特意去因特拉肯体验少女峰滑翔飞伞,比起攀登马特洪峰,从 1900 米空中一跃而下不算太难的事情。4 日乘火车重返马特洪峰,阔别三年,激情难抑。入住拉夫尔堡的里弗尔之家马克·吐温酒店,其悠久历史可追溯到 1853 年。马克·吐温 1876 年曾在此居住数月,并以其徒步经历写了小说《攀登拉夫尔堡》(Climbing the Riffelberg),想必文学大师也喜欢与马特洪峰作伴。记得 2014 年夏天我曾踏着马克·吐温书中所描述的山路,从阿尔卑斯山最高酒店——海拔 3100 米的戈尔内格拉特库尔酒店出发,一直徒步到海拔 1608 米的采尔马特镇,落差近 1500 米,却像在天堂漫步一样。沿途马特洪峰和罗萨峰等 29 座海拔 4000 米以上的山峰尽收眼底,以戈尔内冰河(Gornergletscher)为首的多条冰川与冰河争锋,落差达 1000 米的白色激流冲刷而下,曼妙曲线唯美震撼。我一路没用登山杖,马特洪峰是我无所不在的亲密伴侣。随便你在山上怎么转,蓦然回首,巍峨壮丽的马特洪峰会像影子一样跟着你。我在有路标的崎岖山路上兴致盎然地徒步了整整八个小时,不时躺在岩石上晒太阳休息,天黑之前来到马克·吐温曾下榻的采尔马特小镇霍夫大酒店。山上山下,两个马克·吐温酒店走廊里都挂着美国文豪关于马特洪峰小说的插图:无边无际"之"字型的驿队在山间攀爬,运送着永远不够用的酒店食物和燃料。自从 1865 年发生了首支登顶队跌坠惨剧后,成千上万的游客从欧洲和北美涌来马特洪峰,想一睹这座神奇山峰的美貌。马克·吐温本人也是其中之一。2014 年夏天离别采尔马特时,我望着暮色映照下的马特洪峰,恋恋不舍,告诉自己终有一天要回来攀登!

2017 年 8 月 5 日我在拉夫尔堡马克·吐温酒店要了一杯啤酒,跳进被高原鲜花和绿茵环绕的室外按摩池,任由白色激浪冲击几日来连续徒步的酸痛的双腿。我撑着双臂观赏近在咫尺的马特洪峰。寻思难道永远只能在马特洪峰周围的雪域高原打转吗?怎样才能爬上它锥状的身躯?

马特洪峰是 ULAA 国际登山联合会认证的阿尔卑斯三大北壁难

度最高的攀登路线之一。三大北壁分别为马特洪峰,海拔4478米,北壁垂直高度为1200米(从我们抵达的3260米赫恩特小屋开始直至顶端4478米);大乔拉斯峰海拔4208米,北壁的垂直高度为1200米(从3000米到4200米);以及我不久前去徒步的艾格峰,海拔3970米,北壁垂直高度为1800米(从2100米至3970米)。三大北壁的攀登史诗可歌可泣,这是我对攀登马特洪峰产生浓烈兴趣的主要原因。

马特洪峰的高度虽然仅是珠峰的一半,却诞生了现代登山运动;其1865年首登惨剧轰动全球,却孕育出灿若星河的登山文化。攀登马特洪峰有多难?用《美国国家地理》杂志马克·詹金斯(Mark Jenkins)的话来说——"通往其顶峰线路的攀爬难度,比珠穆朗玛峰上的商业线路更大。"成功登上马特洪峰顶峰可谓困难重重:高达1200米的几近垂直的尖顶、外悬的岩壁,平滑、向下倾斜的壁架,马特洪峰像一座陡峭的金字塔,为登上峰巅你必须用指尖抓住岩石间微小的缝隙,脚踩微薄的壁架,使出全身力气往上攀登!8月7日我的攀登之途是阿尔卑斯山最险峻的空手徒步线路,再上去1218米就是顶峰,那就必须带上冰镐、冰爪和登山绳了。我当时无法置信自己已攀爬在历史长河中,脚下每一块岩石都反射着1865年那场悲剧。我能够体验到登顶者面对的严峻挑战,还一度迷路被死亡之翼掠过。这一切让我理解了为什么南北极探险家和珠峰、马峰登山者总是对探索抱着"做爱"般的勇猛与狂热,不惧死亡。

话说8月6日晚我和十位家人从采尔马特乘缆车抵达距离马特洪峰最近的也是当地唯一的酒店——施瓦兹黑湖酒店,原打算次日和全家一起重游小马特洪峰冰川天堂。晚餐后我去风景优美的黑湖畔小教堂散步,登顶者返回后常去做感恩祈祷。绯红色的夕阳余晖让马特洪峰变得几乎触手可及。眺望远处,那如同一颗钻石镶嵌在锥形青峰半山中的白色赫恩利山脊小屋熠熠生辉,就是它!马特洪峰大本营!这就是我一直梦想攀登的小白点!它在向我召唤!回酒店后我立即告诉我家"徒步专家"五妹与日裔妹夫,动员他们次日早上与我一起去攀登小白屋。妹夫紧张地拿着地图讲了一大串日本话,妹妹劝我打消念头:"赫恩利小屋我们都向往五年了,我们在周围走过,实在太陡峭太危险了。你还是和大家去冰川天堂吧!"

"好吧",我说。

7日清晨起来,光芒万丈,我又一次被金属般威严发光、美得令人窒息的马特洪峰打动,那个遥远的美丽白屋在朝霞中散发着无可抗拒的诱惑力。山太高,太远,但大山在召唤!1865年首次登顶的英雄们也在召唤;白色小屋,那是他们的出发地啊,我怎能忘怀!黑湖酒店老板见我意志坚决,拼命鼓励我,她预计我"6小时来回"(结果我走了12小时!)还硬塞给我两根黑色登山杖。在湛蓝天空下,我告别家人开始独自前行。

下这么大决心还有第二个原因:数天前我和姐妹们专程去拜访了艾格峰1936年德奥四位登顶勇士不幸悬空冻死之地,眺望死亡营地,心痛如绞,这里是德国著名影片《北壁》实景拍摄地与艾格峰登顶起始点。1800米垂直岩壁惊心动魄,岩壁下是攀登史文字和勇士照片组成的"艾格北壁英雄墙"。我们还遇到一位英国籍眼睛湛蓝、俊朗精干的北壁救援者,他的手掌满是疤痕和青斑,自陈"每天在起登点和峰顶之间搜寻救人,熟悉艾格北壁的每一块岩石"。这位北壁英雄令我印象深刻。

从2012年至2016年我四次去南北极,对人类探险史特别是英国探险家充满敬佩之情。登山运动的源动力来自英国的工业革命。19世纪英国工业大革命的繁荣盛世引领了贵族阶层对未知世界探险的黄金时代,滑铁卢战役威灵顿击败拿破仑后,空闲的英国皇家战舰改装为极地探险考察船,竭力拓展疆域。1845年5月英国船长约翰·富兰克林率领两艘皇家探险船前往北极,如成功开辟西北航道,英王奖赏两万英镑,如再穿越北纬89度,则可获国王再次嘉奖五千英镑。可惜豪情万丈、志在必得的两艘巨船在两个月后突然销声匿迹,包括船长富兰克林在内的129名船员全部失踪。经过十几年四十多艘救援船搜寻,最终在1857年发现埋在北极圈一堆石头下。关于富兰克林62岁病逝、浮冰围困、全船覆灭的日记字条,堪称北极探险史世纪悲剧。但大救援拓展了地理大发现,开创了英国探险的"英雄时代",孕育了家喻户晓的南极点悲怆英雄斯科特船长,计划横穿南极大陆、冰海求生勇救全船的沙克尔顿勋爵。斯科特一行南极点遇难后,英国国王在西敏寺跪下祈祷,整个欧洲无不动容。悲剧后南北极探险与科考蓬勃发展。中国院士秦大河参加了徒步重走沙克尔顿横穿南极大陆(包括南极点)国际探险队,为中国南极探险填补空白,令世人瞩目。我有幸在2016年夏天参加了秦大河为名誉主席的中国极地科考协会,远征北极点,并奔赴南极点阿蒙森-斯科特科考站探访。与极地探险"英雄时代"并行,英国贵族及知识分子的探索目光也开始转向壮丽如诗的阿尔卑斯山脉。1857年伦敦的一群绅士组建了Alpine Club,这是历史上第一个阿尔卑斯登山协会。从此以后绝美无迹的山峰开始上演探索与哀情、胜利与死亡的悲壮篇章。

攀爬,喘息。关于马特洪峰这座山的悲怆传奇浮现眼前,栩栩如生。1865年7月14日,25岁的英国版画家爱德华·温博尔(坠山悲剧幸存者,数年后出版回忆录《攀登阿尔卑斯山》)组织了人类首支马特洪峰登顶队,包括英国资深登山家休德逊(Charles Hudson,37岁),英国勋爵道格拉斯(Lord Francis Douglas,18岁,其家族与丘吉尔家族联姻),英国船王儿子、登山新手哈多(Douglas Hadow,19岁),才华横溢的法国向导米歇尔·克鲁兹(Michel Croz)以及采尔马特当地向导皮特(Peter Taugwalders)父子共七人。除了新手哈多,六人全部攀登过包括玫瑰峰在内的多座阿尔卑斯险峰。他们从我所攀登的3260米赫恩利小屋出发,在这之前有20支欧洲登顶队失败。当天他们攀过1200米的垂直岩壁成功登顶!站在巅峰的七人对山下意大利竞争者欢呼"我们胜利啦!"胜利的拥抱与喜悦如此甜蜜。温博尔停留一小时作峰巅风景画。新手、英国船王之子哈多因缺乏登山经验,全靠其他六人的帮助。两位资深向导曾强调哈多也许会累及他人生命,但英国绅士们温文尔雅难以启齿,选择带他登顶,可惜激动人心的好景不长：下山时七人系一条绳，为照顾新手哈多，法籍向导克鲁兹爬降在最前面，哈多位居第二，由克鲁兹特别照料。

离开顶峰刚开始下撤，哈多突然鞋底断裂惊恐大叫跌坠北壁。这位 19 岁新手轻率登顶累及了自己在内的四条宝贵生命：他首先冲撞本来站得很稳当的法国向导克鲁兹，其腰绳冲力又拉下了资深登山家休德逊和道格拉斯勋爵，四人一起跌入 1400 米深渊，魂断北壁冰川。采尔马特的马特洪峰博物馆藏有悲剧断裂的腰绳（马尼拉麻细绳）、在冰川发现的断裂鞋跟、眼镜、相机、水壶等遗物。我 2014 年在博物馆初知此事时大为震惊，泪水盈眶。道格拉斯勋爵的遗体至今仍未找到，也许他落进了冰川缝隙。

以下是我在博物馆看到的一段关于法国向导克鲁兹令人痛惜的记录：At each step [on the descent] Croz had to make Hadow's feet secure, and to do so he had to lay down his ice axe so that he had no support himself⋯

登顶之后每下降一步，法国向导克鲁兹都首先设法先让哈多的脚安全着地，为此他不得不放下他的冰镐，使得自己没有支撑点。当身后的哈多突然滑跌，两脚从背后猛然撞上他时，克鲁兹失去重心在陡峭山坡跌落⋯⋯

为了纪念这位兢兢业业的向导先驱，如今瑞士多处阿尔卑斯滑雪胜地、山脊与街道都以米歇尔·克鲁兹命名。

幸存的温博尔和皮特父子三人回到采尔马特小镇立即被送上法庭。很长一段时间里人们认为系绑七人的腰绳不是"断裂"，而是温博尔与当地向导皮特父子三人为了自保而割断。消息传出轰动整个欧洲（30 年后得到平反），英国维多利亚女王立即发布禁止登山旨令。数年后温博尔发表回忆录《攀登阿尔卑斯》声明无辜，描述悲剧与美景、勇气与挑战，再度轰动欧洲。成千上万的人涌向马特洪峰，至 2015 年首登150 周年之际，欧洲勇士已经创下一小时四十五分攀顶纪录。赫恩利小屋人满为患，1888 年扩建为目前的三层白色旅店（六人一间，必须预订）。

1865 年 7 月 14 日英国人
次登顶马特洪峰，下撤时
4 人不幸遇难

马特洪峰以她的冷艳垂直陡峭吸引了全世
界优秀的登山者

攀登马特洪峰——"因为山在那里！"

此时,登山者络绎不绝,700米高度落差的崎岖小道上印满了登顶者的足迹。可攀登初始两小时我就爬错了路,登上一个几乎无路可爬的垂直岩壁。我和新结识的莫斯科登友费了九牛二虎之力攀爬上去,四肢紧抓壁架,但几乎踩到哪里,那里的石片就哗哗往下掉,令人胆战心惊。飞沙走石,远处不时传来雪崩轰隆声,像是海面鲸鱼的有节奏的呼吸,令人毛骨悚然。一周之前我们徒步少女峰马拉松线路最后三公里,陡峭终点有个铜牌纪念瑞士英雄法兰茜斯卡,她曾荣获少女峰马拉松和纽约马拉松第一名,36岁时却在登山途中遭遇雪崩毙命。而我在攀登马特洪峰时迷路,最艰难时刻几乎是命悬一线。我抓住岩壁,转头下望,那万丈深渊极像在马特洪峰博物馆看的黑白影片《大山在呼唤》中英国船王儿子哈多惊恐万状坠落时面对的北壁深渊! 我对自己讲:"一步也不能闪失,绝对不能出错! 否则我将成为哈多!"我四肢并用慢慢爬下险峰,历经半小时终于折返到有几十人攀爬的路标道路。一些陡峭岩石系了路绳供攀登者抓拉,现在所需要的只是体力与毅力了! 不少欧美人看我攀爬艰辛,气喘吁吁,送我冰水、巧克力,还有好心人力劝我这个66岁的"中国女人"下山:"我们可以打电话叫直升飞机送你回去,救援是免费的。"但德国、西班牙、瑞士、美国的登顶勇士们给了我无限动力,此生能与他们共同攀登耳畔雪崩轰响的赫恩利山脊,是我的幸运。我望着约有十座东方明珠塔高的马特洪峰巅峰和约有八座金茂大厦高的赫恩利小屋,决定向遥遥无际的3260米赫恩利小屋不断攀登。"爬上去! 既然来了就一定要爬上去。"转了一圈又一圈,眼见几位欧洲夫妇因高山缺氧撤退,我每攀登二十几块岩石就坐下喘气喝水。往下看是一条"S"型的"蛇队",不一会儿他们就全超过我了,在狭窄小道上每个人见面都会问候或聊天,欧洲登山文化堪与瑞士天堂景色媲美。历经六小时,我终于在下午三点抵达目的地——马特洪峰登顶大本营! 赫恩利小屋的瑞士经理知道我来自上海,热情地说:"欢迎你朱莉娅! 你是我知道的第一位来赫恩利小屋的中国女子!"(中国曾有两位登山家攀

登过马特洪峰之巅）

　　与因特拉肯五星级豪华酒店挤满了中国游客截然不同,在瑞士艾格峰徒步道、少女峰马拉松"龙脊小道"和马特洪峰赫恩利山脊攀爬窄道,你是看不到一个中国人的。可是突然听到有人亲切地叫我的名字!哇!惊喜!我妹妹和日裔妹夫也上来了!昨晚、今晨他们还竭力劝我放弃呢。今早妹妹在黑湖酒店阳台望着我越走越远渐渐消失的背影,决定出发追寻他们五年的梦想!他们上午十点半开始攀登,四点抵达大本营,用了五个半小时,仅比我少半个小时。我跑上去紧紧抱住我妹妹,泪水盈眶。四个月之前她经历了大手术,呼吸困难无法平躺。我多次去医院探望,化验结果幸无大碍。现在她重整旗鼓、再次出发,攀爬3260米马特洪峰大本营,堪称奇迹!探险,生命绽放的花朵,我们被登顶下山的勇士们包围,赫恩利小屋激情澎湃,充满了成功的喜悦!

　　自从克鲁兹、哈多、道格拉斯和休德逊从马特洪峰上坠落而亡后,马特洪峰一直被坏运气缠绕。如今,成千上万人登上了马特洪峰,五百多人在尝试过程中死亡,比攀登珠穆朗玛峰、德纳里峰和雷尼尔山过程中死亡的人加起来还要多。我们遇见的都是了不起的英雄!下山道路漫长,我与西班牙登顶四勇士交谈,他们听说我来自上海都非常兴奋:"巅峰属于两国,左面是瑞士,右面有十字架的是意大利,山脊中间是两国分界线。这是我们第一次,也许是最后一次,实在太危险了。救援直升机盘旋却救不了不幸坠入千米深渊的登山者。关键是速度——速度就是生命。早上四点半出发,抢在下午雨雪之前赶回大本营。"日本知名登山向导Hirofumi则赞叹不已:"你们姐妹俩是我这十年来所知道的攀登马特洪峰赫恩利山脊仅有的中国女性!"

　　在欧洲至少要攀登过十条三大北壁高难路线(例如马特洪峰、艾格峰)才可取得日本向导Hirofumi所拥有的阿尔卑斯IFMGA资格证书。英俊年轻的他选择这样的职业是出于对登山的挚爱。在马特洪峰我见识了许多欧美日登山向导,看上去他们与客户像亲密朋友,只是背着更多吊绳与冰镐。

Everything here is just amazing！生命在高处,与日本、德国、瑞士的登顶健儿一起下山也是一段激动人心的回忆。一位慕尼黑电器商指着眼前 82 座 4000 米以上阿尔卑斯巍峨山峰对我讲,他攀登过马特洪峰之巅四次、征服过八座包括最高峰勃朗峰(4807 米)在内的阿尔卑斯巅峰！这就是欧洲登山文化:不为名利,不收门票,无人审核,谁都可以登顶,但你需对自己和他人生命负责。对突发事件、气候变幻和不良运气要有严肃思想准备。晚上九点回酒店途中路过黑湖小教堂,我默默祈祷,感恩昨天晚霞中在这里得到启示攀登马特洪峰,我向那遥不可及、熠熠生辉的赫恩利山脊小屋送去一个飞吻,我征服了你！我要为今后所有来到你怀抱的阿尔卑斯勇士们祈祷！

回到风景宜人的采尔马特,我带姐妹们去瞻仰采尔马特教堂著名的登山者雕塑墓地。1865 年首登七人中有三人埋葬在这里,其中两位的墓碑上耶稣基督腰间系着登山绳。绵延绝美山峰陪伴勇士们长眠。令人动容的是一位于 1975 年遇难,来自纽约市的 17 岁男孩 Donald,他墓碑上挂着自己的登山冰镐,墓志铭刻着:"我选择攀登(I Chose to Climb)"。这是登山者墓园永远不灭的灵魂,不落的彩虹。

我抬眼望去,人类的探索精神、勇气与梦想正在夕阳下瑰丽的马特洪峰北壁折射出永恒光芒！

珠峰逐梦

寻找马洛里

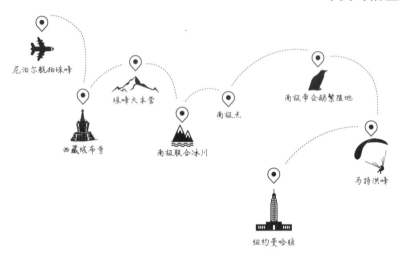

尼泊尔航拍珠峰

珠峰大本营

西藏绒布寺

南极联合冰川

南极点

南极帝企鹅繁殖地

马特洪峰

纽约曼哈顿

航拍珠峰

珠峰旗云,十年魂萦梦绕——2010 年我和朋友在尼泊尔加德满都登上一架小飞机,如雄鹰盘旋在珠峰四周,如触碰天堂般的震撼感动——guess what? 我拍到了珠峰之巅美轮美奂的旗云! 巍峨壮丽,吉祥静谧。乍一看,很像国家地理杂志的航拍摄影呢! 今天翻出老照片感慨万分。动乱不安的今天,愿珠峰祥云保佑世界和平与安宁,反对暴力,远离战争!

最早的珠峰航拍是 1933 年,英国驻印度军队少校布莱克尔,先后两次驾驶飞机飞越喜马拉雅山脉。他拍摄了许多珠穆朗玛峰和马卡鲁峰的照片,其中的世界第一张珠峰鸟瞰照片,完全看清了其三个主山脊和各个支山脊以及三道岩壁的分布情况。它为后来各国登山者攀登珠峰,提供了极富指导价值的参考。

2010年我的尼泊尔珠峰航拍之旅犹如首次朝圣。在我们下榻的酒店,打开窗户即是一字排开、包括珠峰在内的五座8000米以上的巍峨雪山,如诗如画。每每站在阳台上眺望,都心潮激荡,微风吹着我的长发,耳畔回荡着马洛里的名言"因为山在那里"!感谢我们的尼泊尔飞行员,但我不会满足于航拍珠峰,我在空中就梦想要用身体和脚步去接触珠穆朗玛女神山,去绒布寺和珠峰大本营,寻找马洛里的足迹!人,可以有宏大的梦想,也可以有细小的梦想,梦想促使你付诸行动;我的这个梦想在2016年实现了!

有人问我,你去了世界上130多个国家,哪些地方你印象最深刻?我低头沉思片刻,脑海里出现南极点阿蒙森—斯科特考察站的中微子冰立方天文台,以及比《帝企鹅日记》还要可爱的帝企鹅,带着毛茸茸的企鹅宝贝径直向我走来,几双乌黑的小眼睛望着我,那真是幸福的时刻。北极点那一望无际的冰原,雪白的北极熊带着可爱的两只熊宝宝朝我们的破冰船走来,其中一只熊宝宝突然站立起来向我们微笑!心醉了!这场景比童话还要瑰丽!还有,我的祖国西藏,那世界上最美最蓝的圣湖纳木错,不远即是让我魂牵梦绕的绒布寺和珠峰大本营!2019年11月我再次穿越西藏,三次进藏,环行7537公里,包括珠峰大本营、日喀则、林芝、唐古拉山、格尔木、青海湖、香格里拉,走完了一圈,太美了!香格里拉、青海和祁连山的历史遗迹令人感慨万千。

抬起头,我毫不犹豫地说:印象最深的是逐梦三极——南极点、北极点和珠峰大本营!

相遇南极: 戴夫·哈恩——找到马洛里遗体的人

2017年底,我居然比梦想走得更远。在南极点之行中,我有了与珠峰的第三次"亲密接触",虽柏拉图式但更心旌激荡——在号称"珠

413

峰—南极大本营"的南极联合冰川,我和世界著名登山家戴夫·哈恩(Dave Hahn)相遇相知了。我们朝夕相处,促膝交谈,还发现彼此是纽约州立大学的校友!戴夫·哈恩至今保持着15次登顶珠峰的世界纪录——除了他的朋友、当地夏尔巴向导卡米·里塔(Kami Rita)的24次,睿智勇敢的戴夫·哈恩一直高居全球珠峰登顶榜首!当美国朋友向我介绍他时,我首先看到他浓密的眉毛下深邃的眼神和高耸的鼻梁,听到他爽朗的大笑。他身材高大,神情坚毅,让我想起沙克尔顿和斯科特这些伟大的探险家。一直以来,戴夫的名字就等同于极地登山。他用自己的双脚丈量了无数高山,其中包括瑞士和法国境内的阿尔卑斯山、喜马拉雅山、雷尼尔峰、麦金利山、阿空加瓜山和卓奥友峰。而他的成就不止于此,南极洲埃尔斯沃思山,南乔治亚岛和南极洲最高峰文森峰都有他的足迹。

在那些激动人心的白天和傍晚,在餐桌和鸡尾酒会上,戴夫向我娓娓描述他那载入史册的亲身经历:1999年由BBC赞助,他参加了一支由美国探险家组成的"寻找马洛里"探险队,他和好友康拉德·安克(Conrad Anker)——没错!安克就是奥斯卡纪录片《攀登梅鲁峰》《最狂野的梦想》的主角,戴夫也是《最狂野的梦想》中的重要角色——他们在珠峰北坡海拔8170米处发现了马洛里静卧冰原75年的遗体!

再过三年,2023年5月29日将是人类登顶世界最高峰珠穆朗玛峰70周年。1953年5月29日,英国登山队的新西兰人爱德蒙·希拉里(Edmund Hillary)和他的向导夏尔巴人丹增·诺盖(Tenzing Norgay),代表人类第一次站在了世界之巅。我们在南极帝企鹅大本营的一位向导是来自尼泊尔的夏尔巴人,名叫卡巴,45岁,中等身材非常健硕,面孔黝黑牙齿雪白的卡巴已经8次登顶珠峰。与他的交谈让我更多了解了这个勇敢的民族。藏语夏尔巴人(Sherpa)意为"来自东方的人",散居在喜马拉雅山两侧,主要在尼泊尔,少数散居在中国和印度,人口约4万,他们因给攀登珠峰的各国登山队当向导或背夫而闻名于世。卡巴用英语对我说:"没有夏尔巴人,就无法登山,马洛里和欧文最后登顶冲刺仅差二百多米,但他们没请夏尔巴人,魂坠冰峰,可怜啊! 新西兰人希拉里就很聪明,和丹增·诺盖手携手一起攀登,完美摘冠! 毕竟,珠穆朗玛女神是保佑咱夏尔巴人的!"

因为长期生活在空气稀薄的高原,夏尔巴人的肺活量大,血红蛋白携氧能力强,上面谈到的那位保持着24次登顶纪录的向导卡米·里塔和丹增·诺盖在同一座山村长大,他们的泰美村(Thame)距离珠穆朗玛峰大本营仅20公里。卡米4岁就有了登山经历。每到登峰季,各国登顶探险公司会雇佣夏尔巴人先行上山"修路",夏尔巴人会将绳端用冰锥固定进千年岩冰,架设全长达7000—8000米的安全绳,无论在准备还是攀登过程中,一旦遇上雪崩,身先士卒的夏尔巴人总是首先罹难。

在冰原跋涉时卡巴对我说:"我们夏尔巴人是两兄弟合娶一个老婆,如果一个在珠峰死了,另一个抚养老婆孩子。一代一代都这么过来了。"

我叹了一口气,这也太惨了。

"卡巴,那你怎么会来南极的呢?"我问。

"南极探险季是11月到次年1月,正好与珠峰5—6月错开,一些三极探险公司挑选表现优秀的夏尔巴人来南极当向导。我们比欧美人便宜。再说,经历了珠峰,其他艰险都算不了什么。"这时他又自豪地给我看他的名片:"卡巴,资深向导,8次珠峰登顶。"

这是我第一次近距离接触夏尔巴向导。卡巴,想念你! 你现在一切还好吗? 愿珠峰女神保佑你和你的兄弟!

如果从最早攀登珠峰的1921年算起的话,人类与世界之巅的"亲密接触"已经有了99年历史! 一部人类珠峰探险史,也是人类探索精神的缩影,近百年来已有7000勇士登上珠峰之巅,包括我的南极点之旅好友、企业家和环保人士张安华,更有200多名勇士捐躯冰山。无论成功还是失败,他们把马洛里"因为山在那里"的精神,折射在了世界之巅的洁白山体上。

作者和戴夫·哈恩在南极联合冰川大本营

1999 年受 BBC 委托，康拉德和戴夫的美国探险队在珠峰发现了马洛里的遗体，背部比雪还白，在8170 米处俯卧长眠了 75 年

我们在南极的活动向导——世界著名登山家斯科特（保持了 7 次 7+2 世界纪录）和约翰娜（单独徒步抵达南极点世界纪录保持者）

卧虎藏龙大本营：与三位登顶珠峰的德国朋友畅谈

最早尝试攀登珠峰的都是西方的探险家,且以英国人为主。希拉里首登珠峰之前的 14 次攀登,有 10 次由英国人操办,与 1865 年攀登马特洪峰的英国首支登山队一样,体现了英国作为贵族登山俱乐部开拓者的大国实力,而前 9 次珠峰攀登,全部在中国西藏一侧,因尼泊尔禁止,中国开放;后来中国禁止,尼泊尔又开放了;直至现在两国皆开放珠峰登山。在"马洛里时代",那些剑桥、牛津的贵族探险家们,都会兴致勃勃来到珠峰脚下美丽的绒布寺祈福。

1921 年 6 月 26 日,第一支开山鼻祖英国珠峰登山队,从中国西藏一侧来到绒布寺。第一次见到金发碧眼的白种人,喇嘛们不知所措。后来喇嘛们接纳了和颜悦色的登山者,并为英国探险家举行了藏传佛教祈福仪式。

1922 年,剑桥毕业的乔治·马洛里(George Mallory)首次跟随英国登山队攀登珠峰,他爬到了海拔 8000 米以上,可惜,突发的雪崩造成 7 名夏尔巴人遇难,马洛里满怀歉疚,这次登顶戛然而止。

1924 年,以马洛里和牛津三年级学生安德鲁·欧文为成员的英国第三次珠峰登山队,来到我熟悉的绒布寺祈福,最后却成为谜一样的千古悲剧。这次失败给人类登山史留下了"马欧之谜"和一句格言,主角都是乔治·马洛里。可惜戴夫·哈恩他们在马洛里遗体旁没有发现柯达照相机,因此无法证实两人是否已经登顶。这台照相机据信可能由欧文携带,而欧文的尸体至今没有被发现。

南极联合冰川大帐篷炉火熊熊,珠峰传奇人物戴夫·哈恩讲他看到"马洛里面部朝下的俯卧姿态和大腿骨折,说明也许是从顶峰下撤时不幸坠落"。另外马洛里承诺过妻子:"如果这次成功登顶,我会把你的照片放在珠峰之巅。"戴夫·哈恩对我们讲,他本人仔细翻看了马洛里遗体的口袋,有马洛里写给妻子未发出的信和他的怀表,但没有他妻子的照片:"或许马洛里的确把妻子照片放在了珠峰之巅,压在一块石头下,后来照片被风吹走了……不论马洛里是否登顶,毕竟他代表人类首次登上了珠峰 8600 米啊!"戴夫一边喝着联合冰川大本营帐篷里加冰的柠檬茶，一边饶有兴致地讲述。

马洛里第二次攀登珠峰前曾在纽约曼哈顿巡讲，《纽约时报》记者不断追问他："吃了这么多苦且有生命危险，你为什么还要去攀登珠峰？"不耐烦的马洛里回答："因为山在那里。"（Because it's there.）他的这句话遂传扬世界，成为全球登山者的座右铭。

1924 年 6 月 8 日中午 12 点 50 分，马洛里和欧文登达海拔 8600 多米的第二台阶附近，这里距离顶峰还有 240 多米高差，一团夹带着暴风雪的乌云突然遮盖了他们，这是他们最后一次被下面的队友奥德尔（Noel Odell）观察到，从此以后，他俩再也没有回来。直到 75 年之后，马洛里的遗体在珠峰海拔 8170 米处出现在戴夫·哈恩一行人面前。

"戴夫，你初看到马洛里遗体时是什么样的心情？"我问。

"英国探险家一直是我的偶像，譬如斯科特和沙克尔顿。望着面前裸露着雪白背部的马洛里，无论他有没有登顶，他都是我心中最伟大的攀登者。我为他生命的最后时刻哀伤悲痛，但也为他骄傲。我想，也许哪一天，我也会像马洛里一样倒下。我和康德拉·安克的好友、美国最优秀的登山家亚里克斯·洛威（Alex Lowe），1999 年在中国西藏一侧的喜马拉雅山希夏邦马峰雪崩中遇难了，17 年后即 2016 年，绰号'瑞士机器'的乌里·斯特克（Ueli Steck）在登山中发现亚里克斯·洛威的遗体，没想到今年 4 月 30 日，'瑞士机器'乌里·斯特克本人却在珠峰攀爬训练时坠落罹难，他才 40 岁。这一连串的悲剧啊！"

这时大家围上来，大帐篷的气氛变得沉重。对康拉德和金国威那部震颤心灵的奥斯卡获奖电影《攀登梅鲁峰》，纽约影评称："要么成为骨灰级的玩家，要么成为骨灰。"我知道康拉德·安克与亚里克斯·洛威的遗孀成立了新的家庭，抚养她的三个幼子，这是一段伤心又温馨的故事。愿上帝保佑你，戴夫·哈恩！保佑康拉德·安克！保佑杰出的华裔登山家金国威（《攀登梅鲁峰》《徒手攀岩》两部奥斯卡大片摄影兼导演），他们都是当今登山界功绩彪炳的精英和精神领袖！

戴夫这次带领一支 10 人美国探险队来攀登南极洲最高峰文森峰，正好遇到了经久不息的暴风雪，他们 10 人和德国 7＋2（攀登世界七大洲最高峰＋南极点＋北极点）欧洲 8 人团只好整天呆在大帐篷里聊天、打牌或阅读，而我们南极点团 12 人也因为暴风雪，飞机无法起飞，除了夜间回到冰冷的雪地帐篷钻进睡袋，我们绝大多数时间都呆在这个兼作餐厅、酒吧和图书馆的联合冰川大本营帐篷里，200 平方米的空间有 10 张长餐桌，每天的伙食是牛肉汉堡和沙拉，这里炉火熊熊，舒适温暖，我和戴夫也有了许多温馨有趣的交谈。

"珠峰这么大，你们怎么会发现马洛里的？"我问戴夫。

"这和你们中国登山队员有关呢！"戴夫脸上绽放出笑容，"一位王先生（王鸿宝）1979 年 10 月参加了中日联合攀登队前往珠峰。王先生告诉日本队长长谷川良典，1975 年他参加中国第二次珠峰登顶时，在海拔 8100 米左右曾发现一具欧洲人的尸体，他认为可能是欧文的尸体。可惜的是王鸿宝两天后在雪崩中丧生了，因此无法获得更多的讯息。日本队长长谷川良典登顶成功后接受媒体采访，把王鸿宝生前告诉他的话传递给了欧洲各大报刊，掀起了一阵'寻找马洛里'的热潮，奥德尔——最后看到马洛里并拍下照片的战友不顾八十高龄，主动请缨要去寻找马洛里和欧文的遗体。英国人认为 1953 年摘得桂冠的是新西兰养蜂人和夏尔巴向导，作为珠峰登山先驱的大英帝国心有不甘，想还给马洛里和欧文一个公道。"

我去大帐篷的吧台取了一些车厘子和苹果，我们边吃边聊。1961 年出生的戴夫毕业于纽约州立大学历史系，他沉稳流畅的叙述带有考古学家的色彩："1999 年 4 月中旬，我们从尼泊尔进入中国西藏，沿珠峰东北山脊路线上山，一路搜索，特别着重从 7600 米到第一、二台阶之间的道路两侧，在这片地带我们发现了 17 具各国遇难者的遗骸。4 月 30 日，我的朋友康拉德·安克搜寻中，在第一台阶左下方一个较缓的岩石坡上,发现了一堆比雪还白些的白色,走近后,他认识到这是一具尸体,但它不是近期的,而是有相当时日了。尸首趴着,身材颇高大,背部、臀部以及左脚、右臂都很完整,只有右腿断过,向下埋在雪里的头部已腐烂。康拉德·安克大声叫喊我们,我和其他4名队员马上赶过来,我们一开始以为是欧文,因为欧文身材高大健硕,我们小心翼翼地翻看身体褶皱部分保留的衣服残片,最后,在衬衫领口上我们发现了一个残损的'乔治·马洛里'的标签。之后,我们发现了第二个、第三个标签。并在遗体周围发现了到处散落着的睡袋、手套、小刀、手表、防护眼镜和衣物,还有压在身体下的信件。这些物件上都有马洛里,马洛里——毫无疑问,这是马洛里!"

"我记得那张照片,他的背部像一块在阳光下闪烁的白色大理石!"我说。

"是的,马洛里的尸体长期埋在冰雪下,没有因细菌而腐烂,变成和人们常见的动物白色皮革一样! 这个位置离1933年英国第四次登山队发现欧文的冰镐不远,我们推测,欧文可能突然滑落到珠峰北壁下的万丈峡谷里,而马洛里滑坠时立即仰面朝下,加大身体附着坡面的面积,减小速度和重力。我们收集了DNA等认证的标本后,掩埋了伟大先驱马洛里的遗体,将所拍摄的照片和收集到的遗物都带回了美国,后来在旧金山和伦敦办过展览。之后,赞助机构BBC播出了我们此行的纪录片《最狂野的梦想:征服珠峰》。"

戴夫问我:"你看过吗?"我立即回答:"我2011年看了,那时我刚从尼泊尔航拍珠峰回美国不久!"

"航拍珠峰?"我打开手机给戴夫看2010年的珠峰航拍照片,他讲:"太漂亮了! 天哪,这就是我攀登了19次,15次登顶的神女峰啊!"

"戴夫,我比你大10岁,我非常向往攀登珠峰之巅,但是我知道自己不行,就像不是每个人都能参加肖邦钢琴比赛一样。在珠峰自己遇难问题不大,最可怕糟糕的是连带把向导领队都拉入死亡谷底!

就像马特洪峰首支英国登山队一样，那位 19 岁新手腰间系着的安全绳，把其他三人一起拉入了万丈深渊陪葬！"

戴夫望着我，他已经攀登过 35 次文森峰，不计其数的乞力马扎罗峰和马特洪峰，作为著名登山向导，他挑选与训练客户非常严格。

"不过，戴夫，我登上了珠峰大本营！我还去了绒布寺寻找马洛里的足迹！你愿意看看我 2016 年的拉萨—珠峰大本营纪行图文吗？"戴夫非常感兴趣："当然！我喜欢中国！我真希望哪一天能去拉萨看看布达拉宫，听说美极了！"

戴夫谈起中国总是兴致勃勃，有一次他对我说："你知道吗？从珠峰的东北山脊攀登的传统路线，在海拔 8700 米至 8750 米高度有一道难以逾越的岩壁，我们叫第二台阶，英国人用了 17 年时间在此攀登，估计马洛里止步的就是这第二台阶，再上去 8790 米处就是'希拉里台阶'了。在这个飞鸟难越的地方，你们中国登山队员 1975 年在冰雪岩壁上架设了 6 米的金属梯，我多次带美国探险队通过这个'中国梯'成功登上地球之巅呢！"

谈起戴夫·哈恩带来的 7 + 2 梦想探险队，我兴致勃勃地向他介绍我心中的中国偶像王勇峰，他比戴夫小 3 岁，是 1963 年出生的中国登山队长。在 13 年中，他实现了中国人首次 7 + 2——登上世界七大洲最高峰、徒步南极点、北极点的宏伟梦想！

我打开手机日记，我们坐在炉火前一一对照王勇峰登顶时间表：

1987 年文森峰（Vinson Massif，5140m，南极洲最高峰），极寒，险峻。

1988 年珠穆朗玛峰，无与伦比的世界之巅（Mt. Everest，8848.13m），迄今已 3 次登顶！

1992 年麦金利峰（Mt. McKinley Denali，6193m，北美洲最高峰），位于阿拉斯加，雪崩频发。

1994 年阿空加瓜峰（Aconcagua，6962m，南美洲最高峰),死火山,风光明媚。

1997年厄尔布鲁士峰(Mt. Elbrus,5642m,欧洲最高峰),位于俄罗斯高加索山脉。

1998年乞力马扎罗峰(Kilimanjaro,5895m,非洲最高峰),色彩浪漫,攀登不易。

1999年查亚峰(Carstensz Pyramid,4884m,大洋洲最高峰),峰顶终年冰雪覆盖。

王勇峰,好威武的名字!2008年5月8日,他率领中国登山队,在珠峰之巅传递北京奥运会圣火,实现了奥运火炬在世界最高峰的传递!记得那天我在纽约看电视直播,激动得热泪盈眶。

我就这样一页页翻开手机上的旅行笔记,饶有兴致的戴夫聚精会神地聆听。如果戴夫谈他们寻找马洛里的经过是一部沉重深邃的柴可夫斯基《悲怆交响曲》,我的珠峰逐梦也许是柴可夫斯基轻快隽永的《船歌》。我们热烈地交谈着,忘记了大帐篷外面的冰天雪地和风雪呼啸。

世界第三极——从拉萨到珠峰大本营的旅行

> 住进布达拉宫,
> 我是雪域最大的王。
> 流浪在拉萨街头,
> 我是世间最美的情郎。
>
> ——仓央嘉措

重庆—拉萨,飞越世界屋脊。阔别十年,难抑激动之情。又看到鲜花环绕的布达拉宫了,这是离天堂最近的圣殿。美好秋色,想起仓央嘉措的诗:

笑那浮华落尽月色如洗，
笑那悄然而逝飞花万盏。
谁是那轻轻颤动的百合，
在你的清辉下亘古不变。

　　第二天早上和队友们爬到布达拉宫最顶层达赖喇嘛住处,呼哧呼哧大口喘气,肺活量很给力! 把宫殿盖在这么高的地方,松赞干布了不起! 我拍了一张达赖喇嘛和陈毅历史性会见的客厅。下午探访神圣庄严大昭寺,感受藏传佛教的魅力。拉萨的香格里拉酒店太美了,藏族风情,大气磅礴,美轮美奂。蓝天丽日下,我们来到美丽的雅鲁藏布江,波光潋滟,羊群饮水,宁静如画。发源于喜马拉雅山北麓杰马央宗冰川,灵秀之水在平均海拔 4000 米之上流淌,宛若天堂之河!

　　珠峰大本营和圣湖纳木错之旅开始了,清晨从拉萨出发,沿藏北大草原青藏公路(与青藏铁路并行)驱车数小时,抵达巍峨宏大、气势磅礴的念青唐古拉山,逐梦珠穆朗玛! 多年前在空中接近圣山,航拍珠峰,生命欢舞,现在脚踏实地在青藏高原翻山越岭,时有高反呕吐,头痛欲裂,不思吃喝,昏昏沉沉。面对皑皑雪山,心中更充满仰慕,向 99 年来所有成功或失败的珠峰攀登者那刚毅无畏的灵魂致敬!

　　妖娆金秋,没想到在西藏还遇到了极可爱的蓝眼睛哈士奇——西伯利亚雪橇犬,在叶子金黄的两树之间,躺在麻绳摇篮里逗哈士奇,大美西藏,心醉了! 我们来到海拔 5030 米的岗巴拉山,眼前一亮,齐声欢呼,这是享有"天上圣湖"美誉的羊卓雍错,湖面海拔 4441 米,西藏三大圣湖之一! 638 平方公里的湖水清淡甘甜,羊脂般清澈湛蓝,与远处重峦叠嶂的雪山交相辉映,宛若仙境,令人心旷神怡! 卡若拉冰川,如一幅巨型唐卡悬挂在 7191 米山壁上,在阳光照耀下熠熠生辉;这是《红河谷》雪崩实景拍摄地,海拔越来越高,已经 5020 米,高反来袭,二十多位团友购买了足够氧气瓶,大口吸气!

远征珠峰，其路迢迢。途中在江孜"中国最美景观大道"318国道纪念碑留影，欧美老外不少，这里距上海人民广场5000公里。我们途经拉孜前往定日县，沿途翻越海拔5220米的嘉措拉雪山，行驶近35公里的盘山"天路"后抵达海拔5215米的乌拉山口，惊艳！几座海拔超过8000米的雪山一字排开，圣洁的珠穆朗玛就在眼前！在珠峰自然保护区有一个最著名的观景台，到处是石头垒起的玛尼堆，彩色的经幡在蓝天下飘逸，我们眺望着喜马拉雅山脉包括珠峰在内的四座著名高峰，西藏导游从左向右地大声数着：玛卡鲁峰（第五高峰、8463米）、洛子峰（第四高峰、8516米）、珠穆朗玛峰（第一高峰、8848米）和卓奥友峰（第六高峰、8201米）！

　　世界之巅，大美西藏，神奇天路，怦然心动，珠峰近在咫尺，终于来到魂萦梦绕的世界海拔最高的寺庙——绒布寺！

　　6500万年前，青藏高原在板块的碰撞中隆起，这座年轻高原至今深刻影响现代人的生活。绒布寺位于珠峰北麓的绒布冰川末端，海拔5100多米，距珠峰峰顶约20公里，这是马洛里珠峰探险队的集结地。始建于1899年的绒布寺因历史悠久而闻名遐迩，是人类探险史的一块地标。徜徉在绒布寺阳光斜射的橘色回廊，瞻仰莲花生大师当年的修行洞，默默寻找马洛里在这里留下的足迹。我仿佛看到马洛里清晨离开这里时，喇嘛为他戴上祈福的白色哈达，从庭院里他抬头眺望着白雪覆盖的美丽珠峰，像古希腊勇士一样怀着必胜的信心。

　　终于到了！抵达珠峰大本营——藏民们的帐篷旅馆，飘散着酥油茶的清香，我凝望着梦中的珠峰，近得触手可及，巍峨壮丽、气势磅礴、晶莹剔透，美得惊人。我的头疼呕吐高原反应神奇般消失了，记住这个日子：2016年9月29日！2006年我第一次进藏，在日喀则因高反剧烈头疼呕吐，差一点被抬进医院急救，时隔10年，我终于站在珠峰面前了！日照金山、祥云高照，洁白的山体呈现她圣神的美貌，荡气回肠，我闭上眼睛、心灵静谧，万物皆空，充满喜悦。年轻六世达赖仓央嘉措的诗飘逸在我和珠峰之间：

那一夜,我听了一宿梵唱,不为参悟,只为寻你的一丝气息。

那一月,我转过所有经筒,不为超度,只为触摸你的指纹。

张开眼睛,我开始凝视着珠峰山体上朦朦胧胧的一条山脊小道,仿佛看见了马洛里的身影。是的,正是从我的脚下,马洛里在1922年和1924年从绒布寺出发,去寻找他的梦想。以后世世代代的人,包括像我这样曾在日记本里写下"因为山在那里"的上海少女,直到年过花甲,还会跟随马洛里去寻找梦想。

在珠峰大本营度过难以忘怀的一夜——我们住的是59号帐篷。仰望星空,璀璨银河,漫天繁星似乎触手可及。与南极北极的星汉灿烂如出一辙!离天堂最近的地方看星轨移动,如痴如醉。我们冲出帐篷,在星空下发呆到三更半夜,想着霍金和他的《时间简史》,对宇宙奥秘充满敬畏之心,更珍惜此时此刻的曼妙星空!

珠峰大本营之夜(打油诗)

帐篷藏民热情,
燃烧牛粪暖心,
全副武装睡觉,
凌晨熄火如冰。

半夜几回冻醒,
如厕冻掉屁股,
惊醒梦中仙境,
抬头仰望繁星!

吸氧过夜,
600元一大瓶。
万物清新,

作者在珠峰大本营

珠峰登顶第一人希拉里
和夏尔巴人丹增

希拉里和福克斯出
席"南极点归来"盛
大英雄游行

头痛减轻，

晚餐泡面，

早餐酥油茶烙饼。

善良藏妈，不虚此行！

惊鸿一般短暂，

珠峰在我头顶，

哪一颗星是马洛里？

带来这耀眼瞬间，

吉祥旗云？

绒布寺晨曦法号长鸣，

你是飞过珠峰的精灵，

你如夏花般绚烂，

寻找马洛里——山在我心！

　　清晨在地球之巅迎着阳光仰望珠峰，峰顶终年积雪，远望冰川悬垂，银峰高耸，一派圣洁景象。你能感到生命被寂静征服，在宇宙的纯净中变得渺小而明朗。带着对珠峰的留恋，沿着蜿蜒千里的喜马拉雅山脉返回日喀则。山川起伏，白雪皑皑，唵嘛呢叭咪吽，大明陀罗尼，五色经幡七彩云霞。又见圣湖纳木错！海拔 4718 米，此湖只应天上有！那根拉山口，海拔 5190 米，雪映圣湖，经幡飘逸，心中几回默诵石碑所刻仓央嘉措的绝句：

那一年，我磕长头拥抱尘埃，

不为朝佛，

只为贴着你的温暖；

那一世，我翻遍十万大山，

不为修来世，

只为路中能与你相遇……

"戴夫·哈恩！我来到联合冰川大本营，就是为了与你相遇！"

戴夫哈哈大笑。多么美好的时光，想念你——南极冰原的笑声和攀登者云集的联合冰川！

南极点——珠峰人的梦想之地

一百年来和攀登珠峰一样，人类的南极探险始终是一种挑战和巨大冒险，2019年12月一个悲剧震撼了全球：从蓬塔阿雷纳斯飞往南极乔治王岛（长城站所在地）智利站的C－130大力神飞机，突然在"魔鬼西风带"德雷克海峡因恶劣飓风坠落，机上38名智利科考人员和机长无一生还！2016年智利站长曾热情地带我们参观了两个小时，他们与中国长城站有着密切友情，如今竟然发生如此惨重牺牲，令人欲哭无泪！

这条"魔鬼航线"，正是我在2017年11月和队友们从蓬塔阿雷纳斯乘坐"巨无霸"伊尔－76飞机，经过"魔鬼西风带"飞往南纬80度联合冰川的航线！夜深人静，重温我们在伊尔大型运输机内部欢声笑语的照片，难以想象智利朋友在飞机坠落那一刻的惊恐瞬间！为38名罹难极友祈祷！

在蓬塔阿雷纳斯我认识了南极队友张安华，他是北京的环保慈善企业家和画家，2016年5月从尼泊尔攀登珠峰，数次与死神擦肩而过，在"希拉里台阶"险些放弃，多亏夏尔巴向导的无私帮助，他最后终于成功登顶。我一口气看完他发到我微信上的纪实文学《生死珠峰》，写得扣人心弦，他也在联合冰川大帐篷给团友们讲他的"绝命海拔"，惊心动魄、令人敬佩。

当我走下飞机，踏上著名的南极"冰蓝跑道"时，风非常大，似乎随时可以把人卷起来抛到天上，朋友们赶紧拍照留念。我们乘雪地车来到久闻大名的联合冰川营地，很多探险项目都从这里开始，譬如攀登南极最高峰文森峰、南极点滑雪、徒步南极点、飞南极点和观赏帝企鹅等，每年这里还有一个国际马拉松比赛，大约有 100 人参加。

大部分跟随戴夫来攀登文森峰的，都是抱着 7 + 2 梦想的达人，他们穿着朴素的羽绒外套在帐篷里的长餐桌打牌聊天，等待登山窗口期。他们中的许多人是各国上市公司董事长，追求着物质以外的"生命在高处"。我在攀登马特洪峰时遇到一位德国企业家，他指着远处蓝天下的二十几座阿尔卑斯巍峨山峰对我讲："这些山我统统登顶过。"那语气里的自豪，远远胜过他的《福布斯》德国富豪榜排名。而在南极的恶劣环境下往往要等上一个星期。我从南极点回到大本营，戴夫在等；我们飞威德尔海沿岸去看帝企鹅回来，戴夫还在等！可喜的是我们又有了朝夕相处的日子！戴夫指给我看 7 + 2 的九个点图标，包括七大洲的最高巅峰，代表着地球各个坐标系的极点，也是极限探险的最高境界。"登山过程中最怕遇到冰雪和裸露岩壁混合的线路，因为线路复杂，一个选择失误也可能意味着死亡，不过，帮助大家实现梦想，是我此生的宿命和快乐"，他说。

当戴夫向我介绍他的客户时，我得知他们中的 6 位登顶了珠峰，德国领队马克斯本人 3 次登顶珠峰，他的 8 人团队中有 5 人登顶过珠峰，加上澳大利亚登山队的 4 位和我们团的 1 位，还有导游 Scott 等，我们这个小小的帐篷里，竟然有 20 多人曾经登顶珠峰！这毫不奇怪，因为南极、北极、珠峰的三极梦想，把我们极地人捧在上帝的掌心上，哪怕是新西兰养蜂人希拉里，他都实现了儿时梦想，第一个站在了珠峰之巅！

总有一种遇见，让你心跳加速。

有时是人，譬如戴夫·哈恩和满帐篷的各国登山英雄；有时却是与你生活有关的一个图标。

联合冰川的五十个帐篷在阳光下熠熠闪耀，如同电影。帐篷是预先分配好的，每个帐篷都有探险家的英文名字，我帐篷的名字是"Fuchs（福克斯）"，从此我每天与福克斯相守。对我来说，这是一次最美的遇见。在人类南极点攀登史上，人们记得最初也是最重要的四个名字：阿蒙森和斯科特，埃蒙德·希拉里和维维安·福克斯（Sir Vivian Fuchs）。

我兴致勃勃地通过微信告诉正在南极为建立罗斯海第五科考站奋斗的杨惠根主任，他是 2007—2008 国际地球物理年"中国行动"的负责人，他率队冒着巨大风险，建立了南极最高点冰穹 A 中国昆仑站，为中国带来南极事务国际话语权；而 50 年前的英国，也是为了国家声望的浪漫主义追求，为庆祝 1957—1958 国际地球物理年，并促成首飞南极点的美国伯德将军提出国际科学合作《南极条约》的签订，维维安·福克斯在 1953 年提出用雪地车横穿南极大陆、完成沙克尔顿遗愿的计划，获得了刚刚加冕不久的英国女王伊丽莎白二世的资助以及首相温斯顿·丘吉尔的支持。

由于沙克尔顿的"坚忍号"在刚刚抵达威德尔海后不久便撞上了冰山，因此他的南极穿越之旅从未真正开始过，他和他的 27 位船员在接下来两年内为生存展开了史诗般的斗争。40 多年后的 1957 年，福克斯从起点往威德尔海方向一路向南，经过南极点，终点定在罗斯海新西兰站的斯科特基地。

福克斯负责威德尔海方向横穿队的工作，而罗斯海支援队的工作由新西兰政府组织，因攀登珠峰而闻名的埃德蒙·希拉里是福克斯邀请的后援负责人。希拉里的主要任务是为横穿队找到一条从南极冰原下通向终点新西兰斯科特站的路线，并沿这条路线分别在南纬 80 度和 83 度布置两个补给点供福克斯的横穿队使用。结果可想而知，希拉里冒着冰裂危险提前完成了后援工作，然后，他将自己的队伍变成一支"南极点冲刺队"，提前抵达了梦想中的南极点，比福克斯还早几小时！哈哈！而福克斯表现了英国绅士风度，不仅没有生气，还拥抱了年轻帅气的新西兰养蜂人和珠峰登顶英雄。写到这里，我不禁哈哈大笑！这样的回忆多么令人愉快啊！

从此以后,在南极探险史册上福克斯和希拉里的名字被连在一起,他们俩一起参加了从英国到美国的"欢迎英雄归来"的盛大游行。"诗人比任何人都应该是自己时代的产儿。"(别林斯基语)这两位用脚步丈量极点的探险诗人,将人类的勇气坚毅与善良互助,辉煌地铭刻在了地球之巅!

60年以后的2017年,我在南极点探险起点的联合冰川,就住在以维维安·福克斯命名的雪地帐篷里! 每天我钻入冰冷的睡袋,都要大叫几声:"福克斯,希拉里! 快让我热起来吧!"很幸运,他们给我带来的,都是无比温暖的回忆。

我还想到了他们两人追寻的沙克尔顿1914年的伟大梦想,和我在沙克尔顿墓碑上凝视良久的座右铭:"人的一生应当竭尽全力去获得生命最好的奖赏。"

行笔至此,想起唐代大诗人李白:"天地者,万物之逆旅;光阴者,百代之过客。"李白此言,源自汉乐府《古诗十九首》:"人生天地间,忽如远行客。"作为一位"百代之过客",我在电脑前闭上眼睛,闻着蝴蝶兰的馨香,深吸一口气,春风化雨,拥抱世界,亲吻世界,愿世界永远和平安宁。

在等待窗口期的日子,我和戴夫还谈了什么? 帝企鹅? 音乐? 对了! 他还让我谈谈纽约生活! 他是个古典音乐迷! 我和戴夫谈起极地帝企鹅:每天早晨起来,拉开雪地帐篷的拉链门,首先来问候我的就是帝企鹅,一切宛如童话。我们每天从营地帐篷出发,必须在雪地长途跋涉6公里才能到达大批帝企鹅的野生繁殖地,每天来回陪伴我的,除了偶尔跟踪我而行的一只豪迈帝企鹅,就是MP3里的莫扎特音乐,包括歌剧《魔笛》和《费加罗的婚礼》。我一边听音乐一边拉着雪橇长途跋涉,累了就躺在雪地上作"大"字状,太阳晒着我的梦想,一只充满好奇的帝企鹅是我的伴侣,现在,这美好的一切变得多么遥远啊!

作者在联合冰川的"福克斯"雪地帐篷

写到这里，阳台下传来警车的鸣笛，推开玻璃门走到阳台上，只见十几部警车和二十多部警察摩托车，闪着红灯在列克星敦大街和彭博通讯社大楼交口处穿过，没有人群。所有著名百货公司的大门和橱窗都钉上了木板，自从吸了毒品坐过牢的弗洛伊德因警察暴力执法丧命后，全美各大城市爆发了"我不能呼吸"的抗议游行，然而引发了大批不法分子的抢劫暴乱，每天的新闻触目惊心。我的心情一下子变得沉重，种族问题是美国社会的毒瘤。

继续写那些久远的美好日子，世界尽头，星辰大海，鲜花熏风。

对了，遇见"莫扎特"的夜晚太神奇了！那天在林肯中心聆听世界一流 80 后德国钢琴家马丁（Martin Helmchen）和美国指挥家蒂埃里（Thierry Fischer）演奏莫扎特第 25 钢琴协奏曲、第 40 交响曲，他俩让我无比感动！马丁弹奏时几乎没张开眼，深沉呼吸着，简直是莫扎特复活！指挥家风格独特，在第 40 交响曲开始前他闭眼深思许久，像是先把灵魂交付给莫扎特，全场寂静，感人至深，整场演出他几乎没看过总谱，但翻谱的动作充满张力！掌声如雷，演出结束，去林肯中心附近 65 街 Shen Lee 餐厅吃夜宵，感慨莫扎特当时多么贫苦，却写了如此华丽激昂的乐曲！抬头竟发现两位音乐大师正坐在我边上享用演出后的烤鸭！太惊喜了！听了我的感想，德国钢琴家非常高兴，指挥家讲："你怎么观察这么细致？是的，我从不看谱！莫扎特 40 开始之前，我就是要 silent（寂静）！"热切讨论，喜气洋溢，我还讲了几句德语。快 11 点了，这家饭店只剩下我们，真是遇到"莫扎特"！

我曾在大都会歌剧院遇到多明戈和帕瓦罗蒂，纽约，永远把机会留给热爱艺术的人们！

上帝啊！眼下的美国被疫情和暴乱笼罩，何时歌剧、芭蕾、交响音乐会和体育盛事才能重回我们的生活？

"一片雪白，爱在零下八十度。"法国导演吕克·雅克在罗斯海域阿德利高地冰川拍摄了 2006 年奥斯卡奖记录片《帝企鹅日记》。帝企鹅个体高达 120 厘米，体重可达 50 公斤，是地球上唯一在南极严冰上繁殖孵蛋的企鹅。2012年12月初我在"银海号"有幸拍摄到一只倘徉于威德尔海浮冰上的帝企鹅,感人肺腑。而我在第二次南极之旅拍摄的赛利斯博瑞平原(Salisbury Plain),是美国《国家地理》杂志南乔治亚岛纪录片拍摄地。和约25万只王企鹅聚集一起,气势磅礴,美得震撼!最可爱的是南乔治亚岛王企鹅好奇地睁大黑色眼睛,啄我相机镜头的模样!

这次的"南极点之旅"是我第三次来到南极,也是第一次来到帝企鹅繁殖地,我有幸捕捉到和《帝企鹅》电影里一样温馨感人、如梦如幻的喂食、玩耍镜头!威德尔海湾雪地帐篷三天三夜,与美丽帝企鹅共枕同眠。在南极联合冰川与珠峰英雄戴夫和各国勇士们朝夕相处,冰原独行,歌声回荡:"探索!探险!户外运动,这就是绽放的生命!"

南极点——宇航员的梦想之地

"那么,你为什么要四次去南极,三次去北极呢?你最大的收获是什么?是大自然、动物、还是人?"

"都有",我回答朋友。

美丽的冰山,可爱的企鹅、北极熊,不时出没的鲸鱼和海豹海象,24小时不落的太阳,夜空中的南十字星,绚烂的北极光,大自然的瑰丽震撼让我感到不虚此生。但最重要的是极地人和极地探险史带给我的感动,譬如说我在南极联合冰川活动空隙阅读牛津学子彻里写的《世界上最糟糕的旅行》,在熊熊炉火前泪目叹息,产生一种与先驱握手的幸福感。带着书旅行是我的习惯,把这本书带到南极点之旅和在纽约家里阅读完全不一样,我如饥似渴地看,联合冰川以斯科特探险船"特拉诺瓦"命名的大帐篷里所有人都回雪地小帐篷睡觉去了,只有我还在阅读,直到大帐篷暖炉自动熄灭。为什么如此着迷?因为身临其境!书中的纪实叙事发生在一百多年前,却又像发生在今天,发生在我身边。这就是我为什么要来南极点:追随罗伯特·斯科特等南极探险先驱的足迹!

"请谈谈,去南极点的美国人对什么事情感兴趣呢?"有人问我。

这个问题很有意思,我在联合冰川的大帐篷里和一批美国探险队员谈了马斯克重型猎鹰火箭上天,我们激动了一阵子。他们喜欢马斯克。火星,拉丁语 Mars,古罗马神话中的战神,为太阳系中四颗类地行星之一,虽然我们对人类未来移民火星感到不可思议。据南极探险编年史记录,一百多年前,当英国斯科特和挪威阿蒙森登上南极点的时候,那时人们看他们的壮举,就像今天我们看到阿波罗登月和猎鹰火箭载跑车或载人飞上太空一样激动而不可思议!再过 100年后,当人类在火星上开着特斯拉跑车互相串门,一起在火星散步看日出日落,云卷云舒,那时的人们会不会回想起 100 年前的今天马斯克把第一辆跑车送入太空的情景呢?无论是哥伦布发现新大陆、库克船长环球航行、百年前斯科特的南极点探险还是今天的马斯克火星探索,都是人类改变世界的伟大旅程与激情梦想。在这个意义上,一个发射时产生 2270 吨推力的猎鹰火箭芯助推器,和一个在南极暴风雪肆虐中倒下去的孤独探险者具有同样价值——譬如 2016 年 1 月24 日英国探险家亨利·沃斯利在穿越南极洲徒步的第 71 天,终因体力不支和脏器衰竭而罹难,此时距离目的地只有 30 英里。威廉王子发表声明说:"哈里和我很伤心听到亨利·沃斯利的去世。他表现出极大的勇气和决心的力量。"亨利·沃斯利的曾祖父是协助沙克尔顿营救大象岛 22 名船员的弗兰克·沃斯利小艇船长,如果没有弗兰克·沃斯利,沙克尔顿到不了南乔治亚岛,"坚忍号"28 人探险队也许全体遇难。亨利·沃斯利的行动也是为了纪念英国探险家欧内斯特·沙克尔顿"坚忍号"探险 100 周年。

这事发生在我抵达联合冰川的前一年。这里几乎每年都有震惊世界的事情发生。

2017 年 11 月底我们在大帐篷里谈埃隆·马斯克 2012 年 5 月用

SpaceX发射的一枚两级火箭,将一艘名为"龙飞船"的太空飞船送上太空,SpaceX已经成功发射可以重复使用的"猎鹰九号",火箭重复使用,大幅降低了成本。

2020年5月31日,我和先生儿子在纽约家中的电视里看了马斯克SpaceX发射载人航天飞船,两名资深航天员搭载龙飞船2号,飞向国际空间站,并成功回收一级推进器,令人激动,大开眼界。我非常欣赏马斯克的名言:"我死也要死在火星上!"人们曾认为登上南极点和攀登珠峰都是疯狂的梦想,探险家的精神是共通的,由此,我想起了另一位和戴夫一样了不起的朋友——首位华裔太空站站长焦立中,他在太空的时间是229天8小时41分钟!

我认识焦立中是在曼哈顿高登厅(Gotham Hall),尼克松女儿朱莉·尼克松·艾森豪威尔担任董事、贝聿铭儿子贝建中担任董事长的华美协进社成立89周年庆典酒会上。那天青云奖的四位嘉宾——前驻华大使洪博培、华裔宇航员焦立中、王永庆之子台塑泉恩董事长王文祥夫妇畅谈美中关系和人生历程。这是一个鼓舞人心的美好夜晚,与洪博培夫妇、贝建中、杨蕾孟、靳羽西、田浩江等朋友欢聚一堂,爱心回荡。

"我们的漂亮女儿出生几个月后被抛弃在菜场,但她还在笑,我们把宝贝带回家取名为杨乐意。我在中国担任大使时,她是中美关系的桥梁之一。"洪博培夫妇的满满爱心令人感动!事实上,中国是美国人领养外国孤儿最多的国家。美国国务院数据显示,从1992年到2017年,共有10万个中国孤儿被美国人如获至宝地收养,其中85%是女孩。

顾维钧的继女杨蕾孟赠送我她编著的严幼韵自传《一百零九个春天》,110岁的母亲口述与两任外交家丈夫杨光泩和顾维钧的爱情故事、子女教育和纽约生活。杨蕾孟今年85岁,曾担任美国双日出版社总编,《爱情故事》《基辛格全集》均出自她手。她80岁的妹妹杨雪兰是我的好友,华美协进社董事长贝建中博士和父亲一样也是一位建筑设计师,与110岁严幼韵是家族世交,晚年常在一起打牌。我与杨雪兰回忆2005年在华尔道夫酒店一起参加胡锦涛接见时喜气洋溢的情景,"露从今夜白,月是故乡明"。严幼韵女婿奥斯卡·唐是唐英年的亲戚,纽约大都会博物馆的重要捐赠人、著名金融家和收藏家。

最令我印象深刻的是和焦立中的相识和畅谈,和戴夫一样,他非常谦逊,有令人愉悦的个性和相貌。他对我说:"1986年'挑战者号'升空爆炸时,我还在加州大学读化工博士,这个悲剧并没有影响我8岁时的梦想,1990年我与2500多名美国候选者竞争得胜,成为一名正式宇航员!"焦立中的夫人是一位荷兰裔美国摄影师。他翻开龙凤胎儿女照片给我看:"孩子们8岁了,我喜欢带他们去中国,我和杨利伟是好朋友。我在太空的第一个信号是'山东',因为我母亲祖籍山东,母亲50年代从台湾来美国留学攻读理工博士。"握手时,我感到他的手很有力,也非常粗糙。"在宇宙太空不仅要思考,最重要的还要会干活,哈哈!"这位在太空呆了229天8小时的站长爽朗地笑起来!

焦立中博士满怀深情地谈起阿波罗11号登月:"阿姆斯特朗的名言:'这是我的一小步,却是人类的一大步',那个大脚印是第二个走下飞船的巴兹·奥尔德林(Buzz Aldrin)的,我们是好朋友。"不久前焦立中与巴兹·奥尔德林一起出席了电影《农夫航天员》(The Astronaut Farmer)首映式活动。巴兹以阿波罗11号第二个踏上月球的宇航员而闻名遐迩。他性格开朗、爱憎分明,是西点军校和麻省理工学院(MIT)的才子,在MIT攻读太空工程,他的毕业论文是"飞船太空中的对接技巧",这套方法成了NASA沿用至今的对接方案。最有意思的是,在一次演讲活动中,巴兹曾一个老拳打在了一位质疑阿波罗登月是"假的,国旗也是假的"阴谋论说客的胸口上,获得在场美国观众的热烈掌声!

巴兹有许多第一:他是在月球上第一个拍下自己脚印的人,是第一个在月球上撒尿的人——月球华丽与苍凉景色不禁激发了他的诗意,更勾起了他的尿意,他纵情在宇航服中解手,排泄物流进了宇航服内的一根管子，在数亿人的观摩之下，他看似站着一动不动，只是最后抖动了一下身体，而事实上他成为了又一个第一！他也是阿波罗 11 号返回时，第一个踏出飞船回到地球的人。

巴兹的最后一个"第一"，与我从联合冰川出发的南极点之行有关——他是第一位也是唯一一位访问南极点的登月宇航员！这位刚乘坐俄罗斯 50 年胜利号核动力破冰船抵达北极点回来的老爷子，居然在 86 岁（2016 年）来到南极点阿蒙森-斯科特科考站追梦！老爷子拄着拐杖抵达美国南极站，而接待老爷子的美国科考队员，也正好是 2017 年 11 月 26 日接待我们的人！老爷子的好奇心强，他是火星旅行及太空移民的倡导者与支持者，他窥探南极点的"绿棚温室"，南极点的生存环境似乎能够给他一点"火星生存"的感觉。听美国科考队员介绍后，我特别关注了"绿棚"并拍了不少照片。

巴兹毕竟是年龄大了，在参观阿蒙森-斯科特科考站不久即出现了肺积液症状，这是典型的缺氧高原反应，和珠峰登顶者一模一样。情况危急，经过医生的会诊，美国国家自然基金会与美国极地办立即安排撤离。12 月 2 日，一架正在南极点准备装货返回罗斯海美国麦克默多站的大力神运输机，被告知停止一切货物装运，他们的"货物"变成这位 86 岁的老爷子及其儿子和私人助理等。很快这一行人被送到了南极最大的考察站麦克默多站，并在那里转小包机迅速飞抵新西兰基督城，当天老爷子被转进当地医院并得到了有效救治。

老爷子一个人的安危牵动了无数地球人的神经，那是因为 1969 年 7 月 21 日北京时间 11:15:16，老爷子巴兹·奥尔德林把自己的脚印印在了月球上，虽然这是阿姆斯特朗享受月球漫步 9 分钟之后的事，但这次太空探险使他成为人类历史上最伟大的宇航员之一，就是这样一个实现了人类伟大梦想的人，在人生将尽时居然不顾一切安危逐梦南极点（不是南极半岛），成为美国千家万户早餐桌上热烈谈论的内容。老爷子代表了西点精神和 MIT 精神："凡是我们梦想的，我们都应该实现。"

现在,看着焦立中和比他整整大 30 岁的巴兹站在一起出席活动的照片,我不由为首位华裔太空站站长无比骄傲。焦立中曾于 1994年 7 月随"哥伦比亚"号航天飞机进行为期 15 天的飞行;1996 年 1 月15 日从搭载的"奋进号"航天飞机中走出,在太空中作了长达 6 小时的"太空行走",其目的是试验为建造阿尔法国际空间站所设计的设备与装配技巧,他是第一位进行太空行走的华裔航天员。

我相信,不久将庆贺六十大寿的焦立中,总有一天会像他的好友,90 岁的巴兹·奥尔德林一样,把他的太空脚步迈向人类最后一块净土——南极点!

珠峰在呼唤——贵族的灵魂

从南极点乘坐二战时期的 DC - 3 改装后的 Basler BT - 67 轻型飞机(与中国极地中心雪鹰- 601 同属一个机型),飞行四五小时回到联合冰川大本营后,看到戴夫·哈恩和他的登山队员们还在围着长条餐桌聊天打牌,文森峰的恶劣气候毫无改观,他们已经等了五天(在我们活动结束飞回蓬塔阿雷纳斯的那天,他们才飞往文森峰,整整等了一个多星期)。见到我,他们放下手头的牌热情地邀我坐过去,还开玩笑讲:"有人想你了!"这一次,是戴夫的登山队员——他的客户和我讲了戴夫珠峰义救遇险女子的故事。

"朱莉娅,你不知道吗? 戴夫没有向你说起?"

"没有啊!"

"你只知道 15 次,你知道戴夫的第 9 次吗? 那可是轰动全球的新闻呢!"

那是 2007 年 5 月 21 日,我面前这位既有贵族灵魂,又诚挚纯朴的戴夫·哈恩,在第 9 次成功登上珠峰后下撤时,途中意外地在海拔8300 米的高度,发现尼泊尔登山女子乌莎因高山反应陷入脑水肿和半昏迷状态。生死关头,哈恩毅然为乌莎接上自己的氧气瓶,然后与同伴历经 12 个小时的奋斗,将乌莎转移至安全地带。

尼泊尔姑娘乌莎是在 5 月 21 日冲击峰顶时,意外地在珠峰南坡下方 550 米处出现剧烈高山反应,由于严重缺氧导致脑水肿,随即陷入半昏迷状态。乌莎参加的是收费仅为 4500 英镑的低价登山团,遇险之后根本不可能通过先进的通讯工具及时向外界发信号求救。就在乌莎奄奄一息、命悬一线之际,刚刚登顶成功正准备返回营地的美国资深导游戴夫·哈恩意外地发现了她。与哈恩同行的还有夏尔巴向导芬佐·多尔吉。

他们两人决定冒死营救乌莎下山。

在为乌莎注射了一针类固醇以缓解高山反应症状后,戴夫·哈恩和多尔吉背着乌莎,花了 4 个小时才抵达海拔 7920 米的 4 号营地。英国医生立即为乌莎继续输氧,以稳定她的病情。接着,戴夫与 4 名同伴将乌莎装入一个睡袋,艰难地用雪橇和绳索将她拖下山。又经历了 8 个小时的颠簸,乌莎终于被安全送达了海拔 7300 米的 3 号营地。随后,哈恩一行继续下撤至 2 号营地,并于 5 月 24 日撤退至山脚的尼泊尔珠峰大本营。乌莎终于初步恢复神智,摆脱了死亡威胁。

戴夫的公司面对美国高端客户,登顶费用 5—10 万美元起步,富有贵族灵魂的戴夫从死神翅膀下救出了当地尼泊尔姑娘,舍己救人的精神感天动地!

这时,坐在我们当中的戴夫笑笑耸了耸肩膀说:"应该的,不过我不得不摘下自己的氧气面罩给她戴上。由于精疲力尽,我自己差点窒息而死。幸运的是,我最终活了下来!"

我情不自禁地轻呼起来:"这是珠峰在呼唤你!戴夫,你太棒了,像沙克尔顿一样!珠峰会保佑你的!"

此时,我们的大帐篷变得明亮起来,其实南极联合冰川大本营和珠峰大本营的帐篷息息相关,从珠峰到南极,这是一个奥德赛传奇的不同剧幕,却是如此完美的英雄史诗:无论是维维安·福克斯、埃蒙德·希拉里、亨利·沃斯利、宇航员巴兹老爷子还是精英登山家戴夫·哈恩……你会突然感到：马洛里没有死，马洛里就在我们身边。和他们在一起，才是我们此行的最大收获！

阿尔卑斯山逐梦：滑翔伞横穿马特洪峰

在大帐篷里我还遇到奥地利滑雪和滑翔伞冠军，我们观看他们带来的纪录片，和勇士们在一起，每天都心潮澎湃。

现在我看着两位欧洲滑翔伞爱好者托马斯·德·多洛多(Thomas de Dorlodot)和霍拉西奥·洛伦斯(Horacio Llorens)穿越喜马拉雅山脉进行滑翔伞探险的照片，不由想起我2019年5月的马特洪峰滑翔伞之旅。

日出时分，醉心之美，冷艳绝美，马特洪峰，穿过半个地球来看你！

2017年我攀登了马特洪峰，2019年我飞越了马特洪峰。虽然有点心惊肉跳，特别是往冰谷跳下的瞬间，后来因为飞得太高，似乎缺氧心跳加快。马特洪峰飞行教练Eric，你今天还在飞吗？以此谋生三十年，放飞顾客梦想，你也太勇敢，太不容易了！

横向飞越马特洪峰，海拔4000多米，颇具挑战性。阿尔卑斯上空滑翔30分钟，马特洪峰几乎触手可及，山脊到山顶极为险峻。空中遇到强风，堪称惊心动魄！爬过、飞过、写过、爱过……采尔马特，难以忘怀！远眺82座4000米以上阿尔卑斯巍峨山峰，阳光下大气磅礴，如诗如画，回肠荡气。

马特洪峰在1865年被英国7人探险队征服，下撤时惨失四条宝贵生命：其中一位是剑桥大学生、一位是丘吉尔家族的亲戚、另一位是19岁的英国船王之子，以及一位带他攀登的英国登山家。这一切发生在马洛里魂断珠峰的59年之前，英国登山家的步伐，从来没有因为悲剧而停滞。

文之为德也大矣。与天地并生者何哉?

——刘勰《文心雕龙》

再观珠峰,一旦珠穆朗玛峰被确认为地球的最高点,人们决定登上它就只是时间问题。美国探险家罗伯特·皮尔里于1909年到达北极点、阿蒙森率领挪威探险队于1911年抵达南极点之后,被称为"第三极"的珠峰便成为陆地探险领域中人们最渴求的目标。

后人所付出的代价不可谓不惨重。从1852年锡克达测出珠峰8848米高度,到其最终被登临的101年间,珠峰共夺去了24条生命,挫败了15支探险队。而南极点、北极点的探索更是付出了成百上千人的生命代价,仅是1845年5月19日出发的英国"恐怖号"和"幽冥号"——富兰克林船长和他率领的129人就全军覆没!但是人类毕竟缓慢而坚定地迈向自己的梦想:

- 1772年,库克船长抵达南纬71.17度。
- 1820年,俄罗斯别林斯高晋和美国帕尔默抵达南纬69度,发现南极大陆冰原。
- 1823年,英国威德尔深入威德尔海,抵达南纬74.25度,打破库克船长纪录。
- 1839—1841年,英国探险家罗斯三闯南极水域,发现罗斯海、罗斯冰架并打破了威德尔的纪录,抵达南纬78.16度。这个纪录保持50多年。
- 1840年,法国探险家迪蒙·迪尔维尔发现地磁南极,在企鹅见证下升起法国国旗,目前是法国南极科考站。
- 1901—1904年,斯科特探险队首创南纬82度新纪录。1912年1月17日斯科特率5人小组抵达南极点,回程途中全部遇难。
- 1904年,沙克尔顿与斯科特一起抵达南纬82度。1909年1月9日抵达南纬88度23分,打破斯科特纪录。

为了战友生命放弃摘取首登南极点桂冠。1914—1916 年"坚忍号"大英帝国探险队横穿南极,冰海沉船史诗救援。

● 1909 年 4 月 6 日,美国探险家皮尔里抵达北纬 90 度北极点。

● 1911 年,阿蒙森 12 月 14 日抵达南极点,比斯科特早 5 个星期。1928 年,他为营救北极遇难意大利人葬身北冰洋。

● 1926 年,美国伯德将军飞越北极点,1929 年,他飞越南极点,创建南极点科考站,起草《南极条约》。

● 1958 年,维维安·福克斯和埃德蒙·希拉里横穿南极洲和南极点,完成沙克尔顿的遗愿。

● 2008 年,中国南极科考队建立南极最高点冰穹 A 昆仑站。

世界上有两种类型的登山者,一类是只要身在山中就能感受心脏蓬勃跳动的人,以及其他人——如戴夫·哈恩(15 次登顶珠峰世界纪录保持的英雄)。

今天,所有我们俯瞰的一切,都是因为我们站在巨人的肩膀上。Eric 带着我在阿尔卑斯山和马特洪峰之间翻跟头,我却看到了珠峰之巅戴夫·哈恩那朝气蓬勃的身影,听到了马洛里的呼唤:"因为山在那里!"整个阿尔卑斯山脉的天空大地响彻着首登珠峰之巅的新西兰养蜂人埃德蒙·希拉里的名言:

It is not the mountain we conquer but ourselves.

我们要征服的不是高山,而是我们自己!

代后记

曼哈顿女人的"前世"今生^①

问:《曼哈顿的中国女人》这部 40 多万字的长篇自传体小说,已成为当代中国文学史上留学生文学的经典。请问你当时那么忙,为什么要写这部自传体小说?你的"梦想与激情"从何而来?与童年、家庭与时代的影响有关吗?

答:回想起北大荒时代,带了两箱书下乡干苦力活。那时一无所有,但心灵是一座宫殿。我写书的序言时,除了手中几张空白稿纸外,周围都是堆得满满的客户发来的英文传真、函电、国际快邮来样、合同、信用证……

写这部自传体小说的初衷,就是扉页上的题辞:"此书谨献给我的祖国,和能在困境中发现自我价值的人。"至今我还感觉到,我的金色童年,是成长中最珍贵的日子。从孩童起,我血液中就浸透了对祖

---

① 本文为 2019 年 9 月留美作家陈屹对我的专访,节录自微信公号"留美学子"中"陈屹视线"专栏发表的《一本书,两座城——曼哈顿女人的"前世"今生》,有少量删减。

国和文学艺术的热爱。

自传体小说《曼哈顿的中国女人》第一章《纽约商场风云》于1992年刊登在《十月》杂志第1期，第四章《北大荒的小屋》刊登于同年《十月》第4期，边写边登，写了九个月，有时含着泪水，一半以上内容写的都是苦难、挣扎和奋斗。

我是自由投稿，1991年在纽约东方书店记下《十月》最后一页的传真号码。那时我很迷《十月》刊登莫言的《天堂蒜苔之歌》，蒜农那个苦啊，看得我热泪盈眶，感叹中国哪里冒出了一个叫莫言的叙事天才！

业务很忙，序言和第一章写好后，我就一页页地发传真给《十月》，没想到第三天就收到《十月》资深编辑王洪先热情洋溢的回音，并主动表示立即在1992年第一期刊登，当年还获得《十月》长篇小说文学奖。当时我想：我对得起十年北大荒岁月和年轻战友，也对得起1985年录取我为比较文学硕士研究生的那位美国教授了（后来我改读MBA工商管理）。

在纽约经商财务自由后，1987—1990年间，我常去哥伦比亚大学东亚系图书馆阅读国内文学刊物如《十月》《收获》，也阅读了不少欧美作家的作品，1991年开始构思、撰写自传体小说，百分之九十取材于真实生活。当时我喜欢大量观看欧美经典影片，也是林肯中心大都会歌剧院的常客，钟爱的歌剧（譬如普契尼、威尔第、德沃夏克的作品）有时连看两遍。

我还经常写日记，《曼哈顿的中国女人》大部分是我写在日记本上的，书名来自1980年代末第五大道客户对我的称呼，那时在纽约商场来自中国大陆的中国女人不多。

1992年初回国洽谈业务时，我抽空专程赴京拜访了《十月》总编谢大钧和责编王洪先，并且与北京出版社签了5万册的出版合同。没想到这本书7月出版后引起了轰动，登上畅销书榜首，最后发行了160万册。

回想起 1962—1966 年在市少年宫的篝火晚会，我这个曾经裤子都是补丁、脸上满是自信的小伙伴艺术团合唱队队员，立即决定把《曼哈顿的中国女人》的第一笔 5 万人民币稿费捐给上海市少年宫，后来又陆续捐赠了一百多万人民币给边远山区和祖国文化事业。

早期儿童教育、文学启迪，特别是成长环境，对人一生的命运十分重要。为此我热爱生我养我的上海，眷恋每一条童年熟悉的马路，每一棵隐藏着梦想的梧桐树。

问：直接联系《十月》，你真是敢想敢干，不得不说《十月》也是慧眼识人啊！在书中你写道自己出国之前是一位医生，你是怎么走上文学道路的？请谈谈对你的文学创作与人生影响较大的作家和事件。

答：1978 年返城以后，受到许多优秀作家的影响。看了王蒙描写劳改营饿汉的小说后，我曾含着眼泪给王蒙写了一篇读后感向他表示感谢，当然是石沉大海，毕竟像托尔斯泰那样立即给陌生读者罗曼·罗兰提笔写回信的大师不多。

我还非常喜欢路遥的《人生》。一切都是无奈和无解，仿佛一个无边循环的锁链，印象太深了！

2018 年秋天，时隔 52 年再度去延安，独自爬上延安大学文汇山祭拜路遥墓，我想起了前年在北京进行的"20 年内对你影响最大的书"这一调查，被访者共有 1000 位。我居然和路遥同时入选，我非常喜欢的陕西作家陈忠实、贾平凹也在其中！

我想起了 52 年前的一个寒冬，我也曾站在这片河流封冻、山峦裸体的荒漠高原上放声歌唱，从那时起我就和陕北高原、和路遥碰撞出火花，埋下了顽强不屈的种子。

1966 年，不满 16 岁的我与小伙伴们举着一面"长征小队"红旗，坐着运煤货车，忍饥挨饿从上海来到煤城铜川，开始步行串联。善良厚道的铜川铁路工用煤炭给我们 6 个上海小姑娘在地上画出通往延安的遥远路线，这让我对路遥《平凡的世界》中描写的铜川煤矿充满了感情。

我们从铜川开始徒步"长征",脚上磨出大泡,饿着肚子唱"抬头望见北斗星"。七天七夜在黄土高原穿行,处处是裸露的苍凉与贫瘠,最后我们终于扑向梦牵魂绕的宝塔山!

最难忘,从延安回沪后却面临着接踵而至的坎坷与青春苦难。因为阅读了《赫鲁晓夫主义》《斯大林时代》《联共(布)党史》,以及别林斯基、车尔尼雪夫斯基等人的著作,也许是陕北高原给了我一股神秘的勇气,1968年1月,17岁的我给上海《文汇报》写了一封对当时运动的质疑信……

这为我带来了毁灭性灾难,差点葬送了我的整个青春,我把它们都详细地写入了我的自传体小说的序言、《童年》和《少女的初恋》章节里。最近又突然找到消失了50年的那封信原稿,它夹在北大荒时代的一本日记本里。

路遥1973年被推荐上延安大学中文系读书,我1972年被推荐读医科大学,毕业后回到兵团五师医院当内科医生,直到1978年返城,在上海外滩外贸大楼当医务室医生。

路遥笔下那些带有我熟悉的陕北高原气息的文字让我触摸到远方至善至美的幻境。正如路遥所说:"我们可以平凡,但绝不能平庸。"

1978年夏天,《文汇报》刊登了卢新华的《伤痕》,泪流满面的我看到一个文艺复兴的春天正拉开帷幕。那真是一个振聋发聩的时期,我们都想要改变命运,拒绝庸庸碌碌,拒绝返回原点。

从黑龙江兵团回沪后,我的作品陆续在《文汇报》《解放日报》《文学报》《小说界》发表。其中较有影响的是1983年在《文汇报》发表的报告文学《壮士自有铮铮铁骨——记上海市前公安局长杨帆》。

杨帆在皖南事变和三大战役中死里逃生,功勋卓著,新中国成立后却饱受煎熬,1955年初,遭受江青"莫须有"罪名迫害的杨帆被逮捕入狱,直到1983年随潘汉年冤案彻底平反才获平反。牢狱生涯25年,曾一度被逼疯(贾植芳先生因胡风案也被关押了20余年)。采访过程中我有时和老人一起流下热泪。

我父亲在自传里写到过1949年参与接管上海,陈毅、饶漱石和潘汉年在上海外滩首次升旗仪式的情景。父亲对潘汉年、杨帆和饶漱石这些新四军高级干部含冤挨整唏嘘不已。1983年我这篇报告文学对牵涉潘汉年案、胡风案和杨帆案的人员平反昭雪起了一定促进作用。

平日里,我喜欢对照心爱的小说反复看电影(我的德裔美籍老公酷爱经典电影,看老电影是我们的30多年婚姻的生活方式之一),如威廉·斯泰伦的《苏菲的选择》、莉莲·海尔曼的《朱莉亚》、托马斯·曼的《威尼斯之死》、帕斯捷尔纳克的《日瓦戈医生》、赛珍珠的《大地》、陀思妥耶夫斯基的《卡拉马佐夫兄弟》(弗洛伊德称其为"史上最伟大的小说")以及《公民凯恩》《左拉传》《走出非洲》等。任何历经磨难、稍有激情的人看了这些都有可能拿起笔写作!

问:非常感谢你分享给我们如此厚重的回忆,那个时代的物质生活比起今天的条件可谓清贫,你却让我们更深地感受到那时年轻人之所以快乐的缘由。现在请让我们再回到30年前《曼哈顿的中国女人》的岁月,它给你带来了什么?你携带40美元出国,让你重新发现了什么?

答:在1980年代"伤痕文学"浪潮和董鼎山先生《天下真小》的影响下,我的人生也发生了变化。1983—1985年我先后在《文汇月刊》发表了报告文学《心儿在歌唱》,写意大利威尔第国际声乐大赛获奖者罗魏,他是周小燕的学生和廖昌永的恩师,我的好友。我还在《报告文学》《文汇报》《解放日报》《小说界》发表了《打开国际市场的人们》等二十多篇作品,上海电影制片厂派人借调我去永福路创作室改编电影剧本,外贸局长热情找我谈话,问我愿不愿意去当记者。

1985年初我被《经济日报》上海国际信息中心任命为副总经理。1985年5月,由复旦大学中文系主任贾植芳推荐,我被纽约州立大学录取为比较文学硕士研究生。8月21日我两手空空,携带当时规定的限额 40 美元自费留学美国。飞机起飞,我在翻滚的云层中看到了四个字:未知、奋斗。

在美国,举目无亲,打工赚钱,每天干得腰酸腿疼。为了挣足学费,咬紧牙关,白天给一个美国家庭看护孩子,晚上就跑到中国城"喜相逢"饭店干到深夜。

每天夜里,当我拖着沉重的脚步回去,路过街心花园的塑像时,我常常停下脚步,把头靠在塑像的大理石座上歇口气。这时,我就会想起巴金在《激流三部曲》中的那段序言:"这激流永远动荡着,不曾有一个时候停止过……"

1985 年秋天,我也站在这样一个塑像下面,像巴金当年在巴黎留学一样。那么,我的激流呢? 我问自己:我到美国来,难道只是充当一个苦劳力吗? 我抬眼望着纽约的星空,是这么湛蓝;深夜万籁俱寂,只有不远处世界贸易中心姐妹楼的大厦中,仍然放射出彻夜通明的灯光。我想起了我那不止一遍的决心和诺言:"总有一天,有一格窗子会是我的!"于是,我在黑夜中伸出手,让那些窗格的灯光映在我的手上,仿佛在指尖中跳动……一时间,浑身又充满力量,我大踏步向黑暗中那黑黢黢的地铁入口处走去。

在美国自费留学、经商的故事,除了我在《曼哈顿的中国女人》中已经详述的,还要感谢中国的驻美大使韩叙。1986 年春天韩叙大使在我自费读书的纽约州立大学商学院主持召开了"美中贸易发展论坛",我由此认识了一批中国各省市驻纽约世贸中心的对外贸易代表,以及他们身后庞大的国内贸易集团。我们的友谊与合作维持了整整 30 年,直到今天还是好朋友,也培养、帮带了南大、上外、复旦毕业的一批 70 后优秀外贸人才,如今他们不少是老总了。

作为一个旅美文学爱好者,我喜欢仔细嗅闻纽约的文学味道。我常在周末、假日开车去探访那些在少女时期的梦中如此遥远的作家故居,追寻诸如海明威、马克·吐温、阿瑟·米勒、塞林格、莉莲·赫尔曼、杜鲁门·卡波特、惠特曼、菲茨杰拉德等作家的足迹。如今,我好像随时能看见他们的身影,他们在街口等红绿灯,在酒吧高声畅谈……我仍然能闻到他们身上散发出的纽约文化气味,心灵随着他们再次起舞。

这些年,我还迷恋上南北极、珠峰探险史和探险家传记,开始挑战极限,寻找探险家的足迹。行走天下,我感到生命是瞬间,生命在高处。于是边走边写,发表了不少文化散文。

问:2016 年 5 月,北京大学中文系陈平原教授应广东省嘉应学院文学院之邀,在校国际会议中心作学术讲座,讲座的题目是"吟到中华以外天——现代中国文人的域外书写"。他以王韬、黄遵宪、梁启超、朱自清、徐志摩、萧乾、瞿秋白、周励等文人的域外书写为例进行分析,指出了现代中国文人"开眼看世界"之于中国的多重意义。最近我读到你闯荡南极北极、俄法德的报告文学,十几万文字的历史大散文,这里无法一一赘述,可否讲一讲令你最难忘的历险?

答:"给我一束火花,还你一片绚烂",坐在书房写文章是苍白的。一旦真的踏上地球南北极,远去的探险先驱会一个一个跳出来,成为亲密同伴。

从 2012 年至 2019 年,我七次参加南北极探险,四次登上"雪龙号",探访了南极长城站和中冰联合北极考察站。

我登上了人迹罕至的南纬 90 度南极点和北纬 90 度北极点,探访了南极点阿蒙森-斯科特美国科考站。人类四百年极地探险史令我心潮澎湃,动力之一是 BBC 的探险纪录片,还有人类首次挑战南极点的非虚构文学作品,如作家茨威格在《人类群星闪耀时》中描述的斯科特五人小组的悲剧。

我登上俄罗斯核动力破冰船驶往北极点时经过巴伦支海。致力于开拓北冰洋东北航道的荷兰探险家威廉·巴伦支,1596 年发现了熊岛,成为抵达北纬 77 度约瑟夫岛的第一人,我有幸站在约瑟夫岛上(挪威南森史诗之岛)。不幸的是三百年后人们才发现了巴伦支过冬的洞穴、他的北极航海手绘图及死亡日记。你说能不感动吗?

2013 年乘坐冲锋艇去北极斯瓦尔巴群岛最北部的白岛,白色荒漠里看到瑞典探险家安德烈的小墓碑,他是人类第一个试图乘坐热气球抵达北极点的探险家,不幸坠落,活活冻死。33 年后遗体才被发现,瑞典国王下令为他举行国葬。人类第一个登上珠峰 8600 米的马洛里,魂断冰峰,也是 75 年后才找到遗体。从白令、巴伦支(荷兰)、富兰克林(英国)、安德烈(瑞典)直至阿蒙森(挪威),几代探险家前赴后继,付出了宝贵的生命,北极探险史可歌可泣,任何人重踏他们的脚印,都不会无动于衷!

2019 年夏下海的"雪龙 2 号"是国之重器。我为中国仅用三十余年时间即从极地科考的一片空白发展为极地科考大国深感自豪。向海内外读者报道"雪龙"探极,是出于我内心的激情与敬佩。能够与雪龙英雄们结为好友,是我的荣幸。

回到纽约,朋友们问我为什么要去南北极点? 好奇心? 也许一个人最大的财富,是血液里流淌的激情,是读万卷书、行走天下的勇气。

从曼哈顿到北极点、南极点后,我又去了珠峰大本营,并攀登马特洪峰赫恩利山脊小屋,发表《南极旅纪》《攀登马特洪峰》,纪念那些为探求未知世界虽死犹生的攀登者。

问:你的游记,文字波澜壮阔,视角独特,深度广度折射出你非同一般的文化底蕴与文学功底,所以说曼哈顿女人的成功有偶然和必然的链接。作为改革开放早期最早步入文学创作的旅美作家,你很早就与不少旅美文学泰斗有零距离的交流,如董鼎山和夏志清。虽然大师都已过世,但他们应该被历史铭记,作为见证人,请讲述一下他们的故事。

答:我有幸得到居住纽约曼哈顿的文学大师夏志清、董鼎山亲人般的友情和指引,他们人品高尚,学富五车,像水晶一样透明和善良。我非常想念他们。我在欧洲"华人头条"发表的《飘逝的最后炉香——与夏志清谈张爱玲》,点击量十万以上,令人感动。

2015 年中秋节,我和旅美作家王威带着月饼红酒,与董鼎山先生一起举杯邀明月,度过了他人生中最后一个中秋佳节。12 月中旬,我和《侨报周刊》主编刘倩应邀看望董先生,他电话里让我们当晚无论如何要去他家!我们三人开开心心吃了我做的龙虾挂面、刘倩的炒虾仁。董先生精神特别好,侃侃而谈纽约芭蕾、当今世界文化碎片等话题。哪想到他当天夜里独自跌倒在卫生间,股骨骨折,女儿急叫救护车送入医院,动手术后心力衰竭,12 月 19 日即撒手人寰。我们都惊呆了!

2015 年 6 月董先生的瑞典裔美国夫人去世后,我曾经在《解放日报》副刊发表回忆董公夫妇的《生命的奇异恩典》,被提名为当年《朝花》最佳散文之一。没想到文章发表后六个月,董公就去世了。在去世前几周,他送给我二十多本他毕生出版、珍藏的中文书籍留作纪念,包括 1984 年风靡全国的《天下真小》原始版。郑重接过书籍,当时我和刘倩都非常感动,我主动分给了好友刘倩几本,她在八年多时间里为董先生编发了近 400 篇文学随笔和杂文,是《侨报》文学版真正的幕后功臣。

我和刘倩、纽约《侨报》总编游江一起张罗了隆重的董鼎山追思会,但直到三年后我才找到董老骨灰的下落——被女儿悄悄撒到了纽约东河(离她家 5 分钟步行距离)。尽管她在短信中称"你是我父母最好的朋友,就像家里的一员",但是她坚持不告诉我她父母骨灰的下落,无论我怎样请求。我一直追问了三年,她就是守口如瓶,董鼎山的妹妹、侄儿也一概不知,亦不敢多问。

中秋之际,我重读 2015 年《生命的奇异恩典》这篇文章,泪水盈眶,三年多来,我时常感到董鼎山在天空叫我:朱莉娅,你和刘倩知道我在哪里吗?

问:你是影响了 1990 年代华人世界的女作家,同时你现在的人生之旅,超越了 1992 年出版的《曼哈顿的中国女人》许多许多。你的有关德、法、俄历史的文化散文,直抒胸臆、挥洒自如。请谈谈您的思维和笔触,究竟是怎样从南北极跳跃到窥探近代欧洲君王及启蒙运动思想家的?

答:也许这就是小学班主任对我的评语"爱憎分明,兴趣广泛"。我至今感谢她对我的厚爱。

我的文化散文"以史为镜,以史为鉴——回眸启蒙运动"系列《寻找腓特烈大帝》《寻找路易十四》《路易十五时代》《牢狱遗痕》《寻找伏尔泰》《寻找叶卡捷琳娜女皇》等六篇先后得到了复旦、北大、华东师大等学者的好评与推荐。

我和三十年前写《曼哈顿的中国女人》时完全一样,燃烧的激情与求知欲从未熄灭,唯一的不同是视野的日益开阔和"与时俱进"。去年盛夏在斯德哥尔摩诺贝尔颁奖大厅旧地重游,重温罗曼·罗兰、海明威、福克纳等的颁奖致辞和获奖感言。《古拉格群岛》作者索尔尼仁琴的获奖感言在这大厅余音绕梁:"作家的任务就是要涉及人类心灵和良心的秘密,涉及生与死之间的冲突的秘密,涉及战胜精神痛苦的秘密,涉及那些全人类适用的规律,这些规律产生于数千年前无法追忆的深处,并且只有当太阳毁灭时才会消亡。"

图书在版编目(CIP)数据

亲吻世界：曼哈顿手记/周励著.—上海：上海三联书店，
2020.8
ISBN 978－7－5426－7107－3

Ⅰ.①亲…　Ⅱ.①周…　Ⅲ.①散文集－中国－当代
Ⅳ.①I267

中国版本图书馆 CIP 数据核字(2020)第 128731 号

亲吻世界　曼哈顿手记

著　　者 / 周　励

责任编辑 / 匡志宏
装帧设计 / shinorz.cn
监　制 / 姚　军
责任校对 / 张大伟　王凌霄

出版发行 / 上海三联书店
　　　　　(200030)中国上海市漕溪北路 331 号 A 座 6 楼
邮购电话 / 021－22895540
印　　刷 / 上海展强印刷有限公司

版　　次 / 2020 年 8 月第 1 版
印　　次 / 2020 年 8 月第 1 次印刷
开　　本 / 640×960　1/16
字　　数 / 380 千字
印　　张 / 29.25
插　　图 / 8 页
书　　号 / ISBN 978－7－5426－7107－3/I·1646
定　　价 / 78.00 元

敬启读者，如发现本书有印装质量问题，请与印刷厂联系 021－66366565